POLARIS

SVEN
STRICKER

BIN
NOCH
DA

ROMAN

ROWOHLT POLARIS

Originalausgabe
Veröffentlicht im Rowohlt Taschenbuch Verlag,
Hamburg, September 2020
Copyright © 2020 by Rowohlt Verlag GmbH, Hamburg
Redaktion Susann Rehlein
Covergestaltung HAUPTMANN & KOMPANIE
Werbeagentur, Zürich
Coverabbildung Mike Powell / Getty Images,
Hauptmann & Kompanie
Satz aus der Perpetua
Gesamtherstellung CPI books GmbH, Leck, Germany
ISBN 978-3-499-00195-6

Die Rowohlt Verlage haben sich zu einer nachhaltigen Buchproduktion
verpflichtet. Gemeinsam mit unseren Partnern und Lieferanten setzen
wir uns für eine klimaneutrale Buchproduktion ein, die den Erwerb von
Klimazertifikaten zur Kompensation des CO_2-Ausstoßes einschließt.
www.klimaneutralerverlag.de

Für Juli

SEPTEMBER 1989

Es war auf den Tag genau fünfzig Jahre nach Beginn des Zweiten Weltkriegs, es war der Tag, an dem die Kaulitz-Zwillinge das *Tokio Hotel* betraten, und es waren noch ungefähr zwei Monate bis zum Fall der Berliner Mauer. Nichts Besonderes also. Es war aber auch der Tag, an dem Karlheinz Liebig beschloss, ein Baumhaus zu bauen. Ein Baumhaus für seine Kinder.

Karlheinz Liebig war schon immer ein typischer Nachkriegsdeutscher gewesen, Liebe hieß Leistung. Er war ein unzugänglicher, in sich verschlossener Mann, hatte sein Leben in permanenter Verachtung desselben verbracht. Moralpredigten halten, ja, das konnte er, hinter verschlossenen Türen, mit erhobenem Zeigefinger und hochrotem Kopf; auf die Politik schimpfte er, auf langhaarige Bombenleger, die Kunst, Fußballtrikots, die aus Hosen hingen, auf Ausländer sowieso, immer und immer wieder hatte er geflucht und gewettert. Alles war schlecht. Nichts wurde besser.

Am 1. September 1989 aber, als der Nachbargarten der Ronsdorfs plötzlich mit einem Baumhaus auf der kümmerlichen Eiche aufzuwarten wusste, war das Maß des Erträglichen voll gewesen. Es hatte sich keineswegs um ein großes Baumhaus gehandelt, vielmehr um eine Europalette mit draufgesetzter Hundehütte, ganz in Rosa oder Pink und damit eindeutig für Mädchen, aber für Karlheinz Liebig war dies zu viel gewesen, die größtmögliche Provokation, zunächst ein Schandfleck, dann eine Herausforderung. *Er* war der mit dem schönen Garten, man musste sich nur einmal die Pracht der Rosen ansehen, die Tomaten, er verfügte über das Material, den höheren Baum und den plötzlichen, aber unbedingten Ehrgeiz, einmal, ein einziges Mal, den Platz an der Sonne einzunehmen. Einen Platz, den ihm niemand streitig machen würde, denn außer den Ronsdorfs und ihnen hatte niemand in ihrer Reihenhaussiedlung eine Eiche. Oder irgendeinen anderen Baum. Man würde gut finden, was er da tat. Was er für seinen Sohn tat, Moritz, ab dem morgigen Tag sieben Jahre alt. Für seine Tochter Nina, die zwar erst drei war, aber ja auch irgendwann in das passende Alter kommen würde. Schauen würden sie, die Nachbarn, hinter ihren Gardinen mit der Goldkante, neidisch würden sie sein. Das war das Ziel. Das unbedingte Ziel.

Also baute er das Baumhaus. Er baute es weit oben. Er brauchte sehr lange dafür, arbeitete mindestens drei Wochen jeden Abend daran, bis es dunkel wurde; die Leiter lehnte am Baum, war komplett ausgezogen, sein Sohn stand unten, schaute mit großen Augen hinauf, durfte nicht einmal einen Hammer halten und wurde verscheucht, sobald er auch nur das Wort an den Vater richtete. Schließlich aber war der Schweiß vergossen. Karlheinz Liebig war fertig. Er hatte ein wahrhaft großartiges Baumhaus gebaut, mit klappbaren Fenstern vorne wie hinten, einer Eingangstür mit goldener Klinke, abgeschliffenen Brettern, einem Giebeldach und einer Luke in der Mitte des Fußbodens, um von unten hineinzuklettern oder sich an einem Seil herablassen zu können. Es war wirklich beeindruckend. Ein sichtbarer Beweis von Liebe, Zuneigung und Hingabe.

Moritz war glücklich. Stand stolz unter der Eiche und blickte hinauf. Nina hing an seinem Hosenbein und interessierte sich für die Grashalme am Boden.

Karlheinz Liebig stieg hinab, rieb sich die schwieligen Hände, ging noch einmal sicher, dass das Baumhaus auch von wirklich jedem Nachbargrundstück zu erspähen war, und ließ es damit gut sein. Arbeit beendet, Ziel erreicht, Deckel drauf.

Der Haken ließ nicht lange auf sich warten.

Für Moritz war es unmöglich, hinaufzugelangen. Er war zu

klein für die Kletterei, die Eiche war ausladend, außerdem war er ein wenig ängstlich (phantasievoll, sagte seine Lehrerin), es gab keine sichere Möglichkeit, sich von Ast zu Ast hinaufzuziehen, und außerdem, selbst wenn man es irgendwie geschafft haben sollte, was wäre dann gewesen? Was tat man dann da oben? Und wie sollte man wieder runterkommen? Am Seil? Mit aufgeriebenen Handflächen? Und welches Seil überhaupt? Da war kein Seil, seinen Vater interessierte kein Seil. Seinen Vater interessierte überhaupt nichts mehr, er war fertig. Er sah fern, rauchte Zigaretten und trank Bier. Er war fast neunundvierzig. Er hatte seine Arbeit getan.

Moritz stand unter diesem Baum, dem Baumhaus, jeden Tag aufs Neue, und schaute hinauf. Hilflos, machtlos. Das Haus bekam eine mystische Bedeutung für ihn. Da oben war etwas. Etwas für ihn. Er fühlte es, er wollte, dass dieses Baumhaus *sein* Baumhaus war. Da oben würde er groß sein. Groß und sicher. Beschützt. Vor der Welt. Der schlechten Laune.

Und eines Tages, es hatte kurz zuvor geregnet, seine Mutter war in der Küche beschäftigt, sein Vater bei der Arbeit, hatte er sich einfach an den Stamm geklammert und war an ihm hinaufgerobbt, bis zum ersten Ast, dem zweiten, er hatte sich mit den mittlerweile schon wieder zu kleinen Sandalen abgestützt. Die Zähne zusammengebissen hatte er, er begann zu bluten, an den Händen, der Wange, er weinte nicht, war in unendlicher Langsamkeit immer höher geklettert, hatte nicht ein einziges Mal nach unten gesehen, er wusste genau, wenn er dies täte, würde er Angst bekommen und abstürzen, er wollte nicht abstürzen, er wollte keine Angst haben, er wollte hoch zu dem Baumhaus, das sicherlich drei oder sieben Meter über der Erde auf ihn wartete und nur auf ihn. Endlich war er oben, tatsächlich, ihm wurde schwindlig, er hielt sich am Griff der Falltür fest, zog sie auf, kletterte hinein, genoss den Geruch des nassen Holzes, atmete tief durch, musste husten, es bekam etwas Asthmatisches, dann traute er sich erstmals, aus einem der beiden Fenster zu sehen. Der Ausblick war atemberaubend, wunderschön. Die Reihenhäuser waren wie Soldaten in einer Reihe aufgestellt, sie salutierten, extra für ihn, er sah zwei Tauben auf einem Ast, sie berührten sich nicht, ganz nah waren sie, zum Greifen nah. Er sah Industrie, Türme, höhere Häuser, schmutzige Häuser, ganz in der Ferne seine Grundschule oder zumindest einen Teil des Daches davon. Da, eine Bewegung im Nachbarhaus. Frau Ronsdorf, eine alte Frau von mindestens dreißig Jahren, im ersten Stock. Offenes Fenster, zurückgezogene Gardinen. Sie war gerade dabei, sich in ihrem Schlafzimmer umzuziehen. Nein, auszuziehen. Er beugte sich vor, sah erstmals Brüste, große, voluminöse Brüste, war vor der Geschlechtsreife, ahnte die Attraktion, aber es berührte ihn unangenehm. Wegschauen konnte er allerdings auch nicht. Es dauerte keine zwei Minuten, dann war sie fort, Frau Ronsdorf. Vielleicht im Bad. Er sah sich um. Ihm fiel auf, dass in dem Baumhaus eigentlich gar nichts war, dass es von außen schön und vollkommen und von innen hohl und leer war, und das mochte er nicht. Es enttäuschte ihn. Das Baumhaus war viel weniger, als er erwartet hatte, es war nicht für ihn eingerichtet worden, das begriff er nun, das machte ihn wütend, er mochte das Baumhaus eigentlich gar nicht mehr, es roch nach seines Vaters Schweiß, er fühlte sich hier oben nicht sicher, er hatte Angst, jeden Augenblick abzustürzen, mitsamt dem Haus, es wirkte nicht stabil. Also kämpfte er gegen die Angst an, versuchte sich zu beruhigen, atmete tief durch, dann glitt er durch die Luke nach draußen, sah nun gezwungenermaßen nach unten, es war wirklich sehr, sehr hoch, er unterdrückte den wiedereinsetzenden Schwindel, schaffte es gerade einmal über drei dicke, federnde Äste, dann rutschte sein rechter Fuß ab, der Rest folgte, er stürzte abwärts, blieb hier an einem Ast hängen, dort an einem Zweig, das bremste ihn, aber nicht genug. Er schlug auf dem Rasen auf, hart, humorlos, mit dem Rücken, dem Hinterkopf, hatte sich Schnittwunden, Prellungen, Blutergüsse und einen Beinbruch zugezogen, das wusste er zu diesem Zeitpunkt noch nicht, alle Lebensgeister waren aus ihm gewichen, er lag da wie ein Toter, verkrümmt, zerschmettert, in tiefem, dunklem Schlaf.

Aufgewacht war er im Krankenhaus, es war ein Einzelzimmer, niemand war bei ihm, das lag an der Zusatzversicherung, auf die sein Vater so stolz war, sein Vater, der ihn in den folgenden zwei Wochen nicht ein einziges Mal besuchen sollte. Seine Mutter kam jeden Tag, natürlich, mit der quengelnden Nina, sie hatte dieses Pflichtgefühl, für exakt abgemessene dreißig Minuten, sie richtete ihm herzliche Grüße aus, sein Vater würde das Baumhaus wieder abbauen, es sei einfach zu gefährlich. Moritz wusste schon damals nicht, was er schlimmer fand. Dass sein Vater nicht kam oder dass ihm Grüße ausgerichtet wurden, die nie in Auftrag gegeben worden waren.

1

«SO!», SAGTE KUNDE Nummer eins und machte es sich im Stehen gemütlich. «Jetzt muss ich erst mal überlegen.»

Es war wie auf der Post an einem Samstag um Viertel vor zwölf, kurz vor Geschäftsschluss. Wenn man endlich, endlich dran war, lehnte man sich über den Tresen, stützte die Ellbogen auf, streckte den verbreiterten Hintern raus, stellte hier noch eine Frage zum Porto, dort noch eine zum Versicherungsschutz und zur Sinnhaftigkeit von Einschreiben mit Briefkasteneinwurf, füllte mit dem Kugelschreiber ein Standardformular aus, langsam, tastend, als sähe man es zum ersten Mal, so ein Formular, für dessen Erfassen und Erledigen man im Vorfeld eine gute Viertelstunde Zeit gehabt hätte, und ignorierte die immer größer werdende Schlange hinter sich nicht nur geradezu genießerisch, nein, man drehte sich zu ihr um, langsam, mit einem feinen Lächeln im Gesicht, schau, dachte man sich, jetzt stehen die Leute sogar schon bis auf die Treppe – die Treppe! –, dann beschwerte man sich über die personelle Unterbesetzung, die Verteuerung des Portos, den organisatorischen Kollaps des Postsystems, nein, des gesamten Systems, während man selbst natürlich fein raus war, denn man hatte ja alles erreicht, man hatte den Monsun überwunden, den Gipfel erklommen, den Marathon absolviert, man war am Ziel, man war der Sieger, ganz, ganz weit vorne, man war der wichtigste Mensch im Raum. Der, der die Macht hatte, der die Dinge be- oder entschleunigen konnte. Gut, man hätte natürlich auch Solidarität beweisen können, Empathie, Verständnis, man hätte mit kurzen, zielgerichteten Angaben die Schlange hinter sich so zügig wie möglich abbauen und damit im Sinne des Gemeinwohls Effizienz beweisen können, aber hier, in der Mechanik des Augenblicks, da hielt man es doch lieber mit der Selbstgefälligkeit des Stärkeren, da war man ausnahmsweise selbst der Idiot, den man ansonsten aus vollem Herzen verachtete. Schön war das nicht, aber so war das Leben, so war der Mensch, als soziales Wesen grundsätzlich ausbaufähig.

«Und, schon erste Erkenntnisse gewonnen?», fragte Moritz und lächelte, während die Brüheinheit vor ihm selbstreinigend zischte.

Moritz Liebig war ein großer, dünner Schlaks von siebenunddreißig Jahren, in knapp einer Woche würde er Geburtstag haben, ein rötlich grauer Vollbart machte ihn jetzt schon älter, als er war, er trug ein *Eraserhead*-Shirt, eine Schiebermütze saß verkehrt herum auf seinem Kopf und verlieh ihm größtmögliche Lässigkeit bei kleinstmöglichem Aufwand. Und das hier, das war natürlich keine Postfiliale, sondern ein Café, *sein* Café, das *Schöne Leben*, aber das Prinzip des Menschseins war immer und überall dasselbe. Hinter Kunde Nummer eins warteten die Kunden zwei bis sechs, dicht gedrängt, den hitzegeprägten Körpergeruch des Vordermanns in sich aufnehmend wie ein die Sinne lähmendes Gift.

«Ja, weiß ich doch auch nicht, was gibt's denn so?», fragte Kunde Nummer eins, er hätte selbstverständlich längst die ausladende Getränkekarte an der Wand studiert haben können.

«Nun», sagte Moritz freundlich, «wir haben Americano, Espresso, Double Espresso, Espresso macchiato, Double Espresso macchiato, Cappuccino, Flat White, sehr zu empfehlen, Caffè Latte, Gibraltar, das ist wie ein Cappuccino, aber mit weniger Milch. Zum Beispiel. Sie können natürlich auch Iced Latte, Iced Cappu, Iced Chai, Espresso Tonic oder Cold Brew haben, sehr mild, trotzdem viel Koffein, der hat vierundzwanzig Stunden in kaltem Wasser gezogen, den gibt es mit Eiswürfeln und Milch, Kuh oder Hafer, es ist ja schließlich Sommer. Und wenn Sie vielleicht noch einen Extra-Shot wollen, den kriegen Sie für fünfzig Cent oben drauf.»

«Was heißt denn Extra-Shot?», fragte der Mann schlecht gelaunt. «Wer erschießt einen denn hier?»

«Niemand. Nicht für fünfzig Cent», sagte Moritz. «Espresso. Es geht um einen Schuss Espresso. Wonach ist Ihnen denn?»

«Kaffee», sagte Kunde Nummer eins. «Stark. Braun. Bitter.»

«Mit Milch?»

«Nur wenn's nichts zusätzlich kostet.»

«Dann mach ich Ihnen einen Cappuccino.»

Moritz nahm die Maschine in Betrieb und betrachtete Kunde Nummer eins genauer. Es war ein kleiner, kahlköpfiger Verdrossener um die fünfzig, breit gebaut, mit schwarzem T-Shirt und deutlich zu langen kurzen Hosen über bleichen Streichholz-Waden. Die Plattfüße steckten in Sandalen aus dem letzten Jahrhundert, die Zehennägel waren gelblich, der rechte große Zeh blau. Vielleicht ein erstes Zeichen der Verwesung. Moritz beschloss, den Mann Helmut zu nennen. Er mochte den Namen nicht. Er hatte ein Problem mit Verdrossenen, so ganz grundsätzlich, Verdrossene erinnerten ihn an früher. An eine lange, erste Phase seines Lebens, die abgetragen und kompostiert worden war. Helmut stemmte die Hände in die Hüften und blickte sich um, die Nase in die Luft gereckt, den angriffslustigen Blick durch zusammengewachsene Augenbrauen verstärkt. Er räusperte sich lautstark. Eindeutig, jetzt würde Phase zwei folgen, jetzt kam der Teil, in dem so ein Helmut einem die Welt erklärte.

«Da!» Helmut deutete auf das eingerahmte Schild an der Rückwand, auf dem *Be Nice Or Go Away* stand. «Nett», übersetzte er in einem Ton, als handele es sich um ein Schimpfwort. «Nett sein soll ich. Nett! Also, nichts gegen Nettigkeit, finde ich natürlich gut, so grundsätzlich, so, hier, Nettigkeit.»

«Aha», sagte Moritz lächelnd und versiegelte sein Gehirn.

«Ja, sicher. Aber das ist ja keine Einbahnstraße, sag ich mal. Wenn du, nur mal angenommen, wenn du als Ausländer in unser Land kommst, ja, nichts gegen Ausländer, das sind ja auch arme Schweine, aber wenn du schon Ausländer bist, dann hast du gefälligst nett zu sein, ja, absolut nett hast du zu sein, sonst kannst du nämlich gleich wieder abhauen! Die sollen alle weggehen, die nicht nett sind! Und ich sag das auch laut! Laut sag ich das! Wir wären ein viel besseres Land, wenn hier nur die Netten wären.»

Moritz dachte, dass, dieser Logik folgend, Helmut wohl schon am Flughafen wäre, drehte sich nach hinten und betrachtete das Schild, das er auf dem Sperrmüll gefunden hatte und das er an und für sich für unmissverständlich hielt. Es bezog sich ganz eindeutig auf die vor ihm wartenden Kunden. Auf niemanden sonst. Er überlegte – weil er durchaus zu verqueren Gedankengängen in der Lage war –, ob es da nicht vielleicht doch eine verborgene politische Botschaft geben mochte, so was passierte ja manchmal, da stand auf einem T-Shirt zum Beispiel irgendwas von Zusammenhalt, und wenn man sich das kaufte, war man plötzlich und aus Versehen ein Nazi. Auf Helmuts T-Shirt stand natürlich nichts von Zusammenhalt, da stand *riffraff*.

«Nice ist ja auch die Übersetzung von Nizza», sagte Moritz, weil es ihm gerade so einfiel und er Helmut in einen kurzen Moment der Verwirrung zu stürzen gedachte. Er kippte den Espresso in eine mintgrüne Tasse und widmete sich mit unverbrauchter Gelassenheit dem zu gestaltenden Milchschaum.

«Ah so, ja, na klar», sagte Helmut leiser werdend, schließlich komplett verstummend. Moritz hob den Kopf. Kunde Nummer vier, der erst in einigen Minuten die ihm zustehende Beachtung erfahren würde, hatte Kunde Nummer drei auf den Rücken geniest, was Kunde Nummer drei nicht einmal bemerkt hatte, weil er kleine, weiße Knöpfe im Ohr trug und mit ausdrucksloser Mimik im Takt des durch sie schallenden Klangerzeugnisses auf den Fußballen wippte. Dafür machten die Kunden fünf und sechs ein angewidertes Gesicht.

«Ich soll eine Stadt sein oder weggehen?», fragte der verdrossene Helmut am Ende seiner Überlegungen.

«Eine Stadt in Südfrankreich», sagte Moritz lächelnd.

«Das ist doch Quatsch jetzt, oder? Das wissen Sie doch. Das hat doch damit überhaupt nichts zu tun, das ist doch Quatsch, nett soll ich sein, nett!»

«Ja, das wäre schön», sagte Moritz und freute sich. Noch subtiler konnte man einem Helmut nun wirklich nicht mitteilen, dass er ein Arschloch war. Kundin Nummer zwei, eine blondgelockte Schönheit mit ebensolchem Säugling im Manduca, lachte auf. Es war ein offenes Lachen, es war ein schönes Lachen. Moritz würde die Frau Dorothea nennen und bekam einen Gute-Laune-Schub. Das war es doch. Das war es, was er immer gewollt hatte: ein Café, das sein Café war und in das jede Menge spannende, vielschichtige Menschen kamen. Gemischt mit ein paar Deppen natürlich, aber das ließ sich nun mal nicht vermeiden, er war ja nicht weltfremd.

Er hatte gut zu tun für einen Donnerstag, fast schon zu gut. Stella, seine studentische Aushilfe, hatte wegen Migräne abgesagt, das kam recht häufig vor und war bedauerlich, aber selbstverständlich kein Kündigungsgrund, außerdem war Stella die beste Barista, die rund um den Hartwigplatz zu haben war, äußerst erprobt im diplomatischen Dienst. Stella hätte dem Kunden Nummer eins, der ganz gewiss nicht Helmut hieß, jetzt innerhalb eines Satzes klargemacht, warum er sich seine Thesen besser für die Reichsbürgerversammlung aufsparen sollte oder den nächsten Parteitag der Bekloppten, dabei wäre sie charmant geblieben und hätte ihm ein formschönes Herz auf den

Cappuccino gezaubert. Moritz hingegen gestaltete eine Blume der Liebe und hoffte, der Verdrossene würde es damit gut sein lassen. Tat er aber nicht.

«Weiß gar nicht, was es da zu lachen gibt», giftete der Mann nach hinten. Die Frau gefror ihr Lachen ein und umfasste schützend den Kopf des Babys.

«Ich bin nett! Scheißnett bin ich! War ich immer schon! Immer! Und wohin hat mich das gebracht? Arbeitslos bin ich. Weil ich nett war. Weil ich mich nicht gewehrt habe. Siebenundfünfzig bin ich, keine Sau will mich mehr. Und wenn man sich dann einen Kaffee bestellt, wird man auch noch ausgelacht. Armes Deutschland! Armes, armes Deutschland!»

«Ich glaube nicht, dass jemand Sie auslacht, weil Sie einen Kaffee bestellt haben», sagte Moritz und legte einen Versöhnungs-Keks neben die Tasse. Hatte ja schließlich jeder sein Schicksal, selbst so ein mittelnetter Helmut. Das musste man einrechnen, in Betracht ziehen. Die blonde Frau mit dem Kind im Manduca schwieg und blickte weiterhin zu Boden.

«Dann ist ja gut», murrte Helmut und rieb sich mit Daumen und Zeigefinger die Nase. In die Schlange hinter ihm kam Bewegung, es war eher ein Zucken, erste Unmutsgesten mischten sich mit eingeschlafenen Füßen und verkürzter Toleranzschwelle.

«Zwei sechzig, bitte», sagte Moritz, verkniff sich ein «trotzdem» und tippte den Betrag in sein iPad. Helmut nahm umständlich den Rucksack ab, so als käme es völlig überraschend, jetzt und an dieser Stelle bezahlen zu müssen, dann öffnete er ungefähr dreiundzwanzig Verschlüsse, tauchte mit der linken Hand in die Tasche ein und murmelte etwas Unverständliches.

«Keine Hektik», sagte Moritz, dachte das Gegenteil, wusste, der nächste Kunde würde ein neuer sein, eine Dorothea, ein schöner Name, Dorothea, und das hier, das war die Dosis Verschlossenheit, Sturheit und Weltabgewandtheit, die er gerade noch ertragen konnte, für ein paar Minuten zumindest, und mit Helmut würde gleich noch die ein oder andere Kindheitserinnerung aus dem Café hinausspazieren, auf Nimmerwiedersehen hoffentlich, und im Großen und Ganzen war ja auch alles in Ordnung, konnte man zufrieden sein, hier, am Hartwigplatz, wo die Anzahl der Cafés nur noch von der der Spielzeugläden übertroffen wurde. Als er, Moritz, ewiger Student, Gelegenheitsjobber und grundsätzlich bar jeglicher Zukunftsvorstellung, plötzlich mit der Eingebung um die Ecke gekommen war, das alte *Café Schwarz* zu übernehmen, um daraus ein farbenfrohes, modernes Café mit eigener Rösterei zu machen, mit fair gehandeltem Bio-Kaffee und der besten Kaffeemaschine weit und breit, einer Synesso MVP Hydra, die er sich extra in Seattle würde anfertigen lassen, drei Brüheinheiten, da hatten sie alle nur den Kopf geschüttelt, die Freunde, die Nachbarn und natürlich vor allem Jessy, die Mutter seines Sohnes, des zu diesem Zeitpunkt gerade mal einjährigen Elias. «Da kannst du auch gleich ein Sandkorn in die Wüste tragen», hatte Jessy gesagt, «das ist doch Quatsch, hier gibt es doch schon so viele Cafés, warum musst du denn da noch eins danebenstellen?»

«Weil es keines gibt wie meins», hatte er gesagt, vom feinsten Arabica-Kaffee der Welt erzählt, von Qualität und Anspruch und trotzdem fairen Preisen, von Liebe zum Detail und Franzbrötchen, Croissants und Pastel de Nata, von wunderschönem, mintgrünem Geschirr, passend zur ebenfalls mintgrünen Maschine, von Bildern aus *The Big Lebowski* an der Wand, einem kleinen Shop mit selbstgeröstetem Kaffee und Kannen und Tassen und Bechern, alles geschmackvoll und schlicht, dazu natürlich freies WLAN und einen an der Wand befestigten Zähler, der die hochgereckten Daumen auf Facebook und Instagram anzeigen würde. Kaum hatte er fertig geschwärmt und Jessy den Mund geschlossen, hatte er es auch schon gepachtet gehabt, das dunkle *Café Schwarz*, hatte sich für ein halbes Jahr auf eine Dauerbaustelle begeben, die dank seiner nicht komplett zu Ende gedachten Finanzierung hauptsächlich von ihm, seinen Freunden Lucky und Philipp und dem Ordnungsamt besucht wurde. Kein Kredit. Kaum Handwerker. Alles Eigenbau. Nur die Kaffeemaschine hatte Lucky bezahlt, zum Glück, denn Lucky war dank gewiefter Börsengeschäfte wohlhabend und konnte sich die zweiundzwanzigtausend Dollar aus der Portokasse leisten. Als Gegenleistung erwartete er freien Espresso auf Lebenszeit. Sonst nichts. Ein guter Freund, der Lucky. Und ein gutes Geschäft für Moritz. Der hatte über dem Ausbau Gewicht, Rücklagen und Nerven verloren, aber nie die Zuversicht. Und irgendwann war es dann eben fertig gewesen, das *Schöne Leben*, hell, bunt, lebendig, es richtete sich sowohl an Studenten, Mütter und Kreative wie auch an kreative Mütter, die noch studierten.

Helmut legte das Geld auf den Tresen, etwas zu fest, es waren viele Fünf-Cent-Stücke dabei, und machte ein angewidertes Gesicht, weil die Tasse bis zum Rand gefüllt war. Sie würde überschwappen und dafür hatte er nicht bezahlt. Er drehte sich um. «Es ist ja überhaupt nichts zu sitzen frei», schimpfte er. Die Menge vor ihm stöhnte auf, jetzt erfreulich unverstellt. Tatsächlich waren beide Tische, der Stehtresen am Fenster und der Achter-Tisch in der Mitte des Raums besetzt. Schon lange. Schon länger, als Helmut in der Schlange gestanden hatte. Er hätte es also bemerken können. Vorher.

«Ja, was denn?», fauchte Helmut. «Habt ihr ein Problem, oder was?»

Für einen kurzen Moment lag eine Massenschlägerei in der Luft.

«Sie können nach draußen gehen», sagte Moritz mit buddhistischer Gelassenheit. «Da ist eine dreistöckige Sitzbank unterm Fenster. Mit Sonne oder Schatten. Da finden Sie bestimmt was.»

«Sitzbank», ätzte Helmut und verließ das *Schöne Leben*, vergoss dabei die Hälfte seines Cappuccinos und büßte beim Abgang mit dem Kaffee und dem restlichen Respekt der Kundschaft auch seinen Namen ein.

«Hi», sagte Dorothea, hob den Kopf, trat einen Schritt nach vorne und orderte so schnell wie präzise einen koffeinfreien Flat White, stellte mit ihrem strahlenden Lächeln in umarmenswerter Weise die Balance wieder her. Moritz schenkte ihr einen Brownie.

So ging es noch drei, vier Stunden, es waren niemals weniger als drei Kunden gleichzeitig im Café, Moritz verteilte wie immer heimlich Namen, es waren Lilys, Lottes und Leas dabei sowie der ein oder andere Kevin und auch einmal ein Siegfried. Er arbeitete im Akkord, ohne dass es ihm etwas ausmachte. Im Gegenteil, er war der festen Überzeugung, etwas Gutes zu tun, Kultur in die Stadt zu bringen, Lebensqualität.

Um kurz nach neunzehn Uhr kam Jessy mit ihrem gemeinsamen Sohn Elias, um ihm beim Aufräumen zu helfen und ihn daran zu erinnern, dass er eine Familie hatte. Moritz fand sie jeden Tag schöner, diese hochgewachsene, schlanke Frau mit dem Tuch im schwarzen, lockigen Haar, den Sommersprossen im Gesicht und der zum Reinbeißen niedlichen Stupsnase über einem geschwungenen Mund, den man ununterbrochen küssen wollte. Dazu hatte sie Witz, Kraft und Energie, war schlau, meinungsstark und an allem interessiert, was nicht Fußball war. Eine Frau fürs Leben. Von der Moritz immer mal wieder dachte, sie sei zu gut für ihn. Beziehungsweise er zu wenig gut für sie.

«Brauchbarer Tag?», fragte sie, während Elias ihm die Arme entgegenstreckte.

«Brauchbarer Tag bis auf Helmut», sagte er, gab ihr einen verschwitzten Kuss auf die Wange, nahm seinen Sohn auf den rechten Arm und tütete mit der linken Hand einen letzten Caffè-Soja-Latte für eine vegane Stammkundin namens Valentina ein, die immer ein wenig zu spät kam, deren Name dafür ausnahmsweise echt war und die ihren Becher selbstverständlich mitgebracht hatte. «Danke», sagte Valentina mit rauchiger Stimme, sie war irgendwas zwischen fünfunddreißig und fünfzig, unmöglich zu sagen, winkte zum Abschied und entschwand geisterhaft schwebend und rothaarig in eine geradezu umwerfend vegane Abendstimmung.

«Ein neuer Helmut oder ein alter?», fragte Jessy und wischte ein paar Zuckerkrümel vom Tisch.

«Ein neuer. Kommt bestimmt nicht wieder.»

Moritz wuschelte Elias durchs Haar und pustete ihm spielerisch gegen die Nase. Elias lachte, pustete zurück, und Moritz war geduscht. In diesem Moment meldete sich sein Telefon. Das war an und für sich nichts Besonderes, das konnte schon mal vorkommen, heute aber hatte es den ganzen Tag auf der Ladentheke gelegen, still, bescheiden, teilnahmslos, nur ab und zu über akustische Signale den Eingang von Mails, Tweets und Kurznachrichten vermeldend. Nun aber spielte es *You've Got A Friend In Me* von Randy Newman. Und das tat es nur, wenn jemand anrief.

In der Regel waren es Lucky oder Philipp, die sich auf diese altmodische Weise meldeten, aber im Display stand weder Lucky noch Philipp, da stand eine Nummer, die nicht eingespeichert war und die Moritz dennoch sofort erkannte, so wie man selbst nach langen Jahren der Abstinenz den Geschmack von Karottensaft wiedererkannte. Er hätte vor Schreck beinahe seinen Sohn fallen gelassen.

«Oh Scheiße», sagte er.

Jessy streckte die Arme aus, Elias wanderte auf die andere Seite der Macht. «Wer denn?», fragte sie.

Moritz antwortete nicht, fuhr die rechte Hand in Richtung Telefon aus, zögerte, zuckte zurück, aberwitzige Gedanken schossen ihm durch den Kopf, sie führten durch seine gesamte Kindheit, ganz gewiss war es nun passiert, war das eingetreten, was schon seit vielen, vielen Jahren absehbar gewesen war und wovon er immer gehofft hatte, es niemals zu erfahren. Sollte er jetzt rangehen oder nicht? Noch einmal der Anfang des Refrains, dann würde seine Mailbox anspringen und ihm die Entscheidung abnehmen. Seine Augen lösten sich vom Display, seine Hand griff zum Gerät, aber es war zu spät. *Verpasster Anruf* stand da, dann hieß es warten, sekundenlang, ewig, aber niemand hatte auf die Mailbox gesprochen oder, das war natürlich auch denkbar, sprach noch immer, so lange, bis sie voll war, die Mailbox, aber das passte so gar nicht zu der Anruferin, die er hinter der Nummer vermutete.

«Was ist denn los?», fragte Jessy, die Moritz noch nie so geschockt erlebt hatte.

Moritz fühlte einen Eisklotz auf seiner Brust. «Mein Vater ist tot», sagte er.

2

SIE GINGEN ALS Dreierkette, Hand in Hand, Elias in der Mitte. Weit hatten sie es nicht, ihre Altbauwohnung mit dem albern goldenen Stuck an der Decke und den charmant-beängstigenden Rissen in den Wänden war nur zwei Straßen vom *Schönen Leben* entfernt. An Elias war die schlimme Botschaft vorbeigegangen, er plapperte unaufhörlich, vom Kindergarten, von bemalten Kreidetafeln, von kleinen Blumen, die aus den Ritzen der Pflastersteine wuchsen, von einem Mädchen namens Karina, das sich in der Mittagsruhe immer noch in die Hosen machte, von Vanilleeis, das jetzt und zwar genau jetzt unbedingt auf den Speiseplan gehörte. Normalerweise ging Moritz auf ihn ein, fragte nach, half seinem Sohn, seine Gedanken zu ordnen, heute aber ließ er ihn einfach erzählen und hing seinem eigenen Gemisch aus Erinnerungen, Gefühlen und Ahnungen nach. Zurückgerufen hatte er nicht. Bisher jedenfalls. Wie lange hatten sie eigentlich keinen Kontakt gehabt, seine Mutter und er? Moritz betrog sich selbst, tat so, als koste es ihn Mühe, den Zeitraum zu bestimmen, dabei wusste er es ganz genau: Es waren zwanzig Jahre. Fast genau zwanzig Jahre. Moritz war mit achtzehn ausgezogen, an seinem Geburtstag, als kleine Überraschung für die nähere Verwandtschaft, es hatte Aufruhr gegeben, Tränen, Vorwürfe, Verweigerung finanzieller Unterstützung, ja sogar die Drohung einer Enterbung, dann war Funkstille gewesen, und Moritz hatte bemerkt, dass es ihm damit besser ging, dass er hauptsächlich Wut verspürte und dass diese nicht abnahm, wenn er die Stimme seiner Mutter oder, was sowieso höchst unwahrscheinlich gewesen war, die seines Vaters hörte. Zum ersten Weihnachtsfest war noch ein kleines Paket angekommen, in seiner neuen Bleibe bei seinem Freund Lucky, zum zweiten ein Brief, zum dritten eine Postkarte, dann nichts mehr. Endlich. Frieden. Erleichterung. Ruhe.

Nicht einmal zu seiner Schwester Nina hatte er noch Kontakt, die sich zum Zeitpunkt seines Auszugs in einer sehr ausgeprägten Phase der Pubertät befunden hatte, er erinnerte sich an Essstörungen, Drogen, Wutanfälle und ausschließlich schwarze Kleidung, Moritz war mit sich selbst beschäftigt gewesen, in seiner eigenen Rebellion gefangen, hatte sich von allem losgesagt und es irgendwie versäumt, die Verbindung wieder herzustellen. Nina lebte jetzt irgendwo in Amerika, soviel er wusste. Aber ganz sicher war er sich nicht.

Seitdem war zwar kein Tag vergangen, an dem Moritz nicht an seine Familie gedacht hätte, aber es waren auch weiterhin ausschließlich negative Gedanken gewesen, nichts hatte sich verändert, außer dass die Zeit die Wunden wenigstens einigermaßen überdeckt, wenn auch keinesfalls geheilt hatte. Moritz sah an seiner Seite herunter und drückte Elias' Hand. Er war erleichtert über die Liebe, die er ihm schenken konnte.

Sie schlenderten durch die Mommsenstraße, deren Lebendigkeit durch allerlei Baugerüste gestört war, und Moritz erinnerte sich unvermittelt an eine Begebenheit, die sich zugetragen hatte, als er sieben Jahre alt gewesen war. Damals hatte sein Vater ein Baumhaus für ihn gebaut. Wie Moritz zunächst gedacht hatte. Eine von vielen bitteren Erinnerungen, aber vielleicht in der Chronologie die erste, die er so detailliert vor sich sah, als hätte er sie abgefilmt (alles davor waren nichts als Fotos, schwarzweiß, unscharf und kaum belichtet). Andere Kinder, von anderen Eltern, dachten beim Stichwort Kindheit vielleicht an etwas Schönes, an Baden im See, das Aufbauen von Zelten, Ballspiele im Garten, das gemeinsame Erforschen der Welt, aber Moritz hatte keine solchen Erinnerungen. Da war nichts. Das, was er hatte, war das Baumhaus.

«Jetzt ist auch mal gut», sagte Jessy. Moritz zuckte zusammen, als hätte sie ihm vors blanke Schienbein getreten. Mit einer Stahlkappe.

«Was? Womit?»

«Mit der Grübelei. Du stolperst ja fast über die eigenen Beine.»

«Ich dachte, ihr haltet mich fest.»

«Bringt doch nichts, sich verrückt zu machen.» Jessy entfernte im Gehen einen verzweifelten Käfer aus den Haaren ihres Sohnes. «Du weißt nix.»

«Na ja, wenn's danach geht, dürfte ich mich ja nie verrückt machen.»

«Siehst du, jetzt weißt du was.»

«Da», sagte Elias und zeigte auf einen besonders hohen Kran, der sich im Sonnenschein mit elegantem Schwung um die eigene Achse drehte. «Bis zum Himmel.»

«Und darüber hinaus», sagte Moritz und lächelte seinen Sohn mit einer Wärme und Zuneigung an, die ausnahmsweise auch ihm selbst galt.

3

MORITZ RIEF NICHT zurück. Nicht vor dem Abendessen und nicht danach. Er blieb angespannt, hielt sich in der Nähe des Mobiltelefons auf, das er so ungern am Körper trug – er war gegen Strahlung und permanente Verfügbarkeit –, drehte es hin und her, starrte es an, als wäre es ein zwar ekliges, doch irgendwie auch faszinierendes Tellergericht aus Teufels Küche.

Jessy hatte Elias zu Bett gebracht und ihn zwischendurch gewiss sechzehn Mal gefragt, ob er, Moritz, es jetzt nicht endlich tun wolle, sich Erleichterung verschaffen, eine kleine Taste drücken, die nicht mal eine richtige Taste war, sondern nur eine optische Entsprechung davon, mein Gott, das sei doch nun wirklich nicht so schwer. Es könne ja auch etwas ganz Harmloses sein, zum Beispiel der mutige Sprung über den eigenen Schatten, der Versuch einer freundlichen Kontaktaufnahme, eine Erbschaftsangelegenheit, eine dringende Buchempfehlung, was auch immer. Moritz hatte nur den Kopf geschüttelt, bis ein Schleudertrauma drohte, dann hatte er sich um zwanzig Uhr der Diskussion entzogen und sich in der Tagesschau von den üblichen Katastrophen dieser Welt berieseln lassen, bis er beim noch mehr Hitze versprechenden Wetterbericht ausgeschaltet hatte. Alles, was er soeben gehört und gesehen hatte, war an ihm vorbeigezogen wie ein Gewitter in dreißig Kilometer Entfernung. Er fragte sich, warum er eigentlich nie die Telefonnummer gewechselt hatte, warum dies immer noch seine erste war, warum es so einfach war, ihn aufzuspüren, dann versuchte er, sich seine Mutter bildlich vorzustellen, zwanzig Jahre später, es musste seine Mutter gewesen sein, die angerufen hatte, sein Vater hatte nie telefoniert, auch damals nicht – keine Freunde, keine Kontakte, kein Interesse. Weltekel, Bier und Schnaps, das war sein Vater gewesen, Schulterzucken und der Versuch, ohne Mittel zu retten, was nicht zu retten war, seine Mutter.

Er betrachtete das Display. Es sah fremd aus. Das ganze Telefon sah fremd aus. Es war, wie in eine Wohnung zurückzukehren, in die eingebrochen worden war. Man verlor mehr als nur seinen Besitz. Man verlor das Urvertrauen in die Umgebung. Er fühlte sich entblößt, morgen würde er die Nummer wechseln, endgültig, es wurde aber auch Zeit, flexibel zu sein, Neues zu wagen. Seine über zwanzig Jahre so mühsam erarbeitete Leichtigkeit war von einem auf den anderen Moment dahin, warum ging das bloß so schnell, ein bisschen mehr Stabilität hätte es dann doch sein dürfen, enttäuschend war das.

«Jetzt mach nicht so ein Gesicht», sagte Jessy und hüpfte ganz und gar unelegant auf ihrem Gymnastikball durch das Wohnzimmer. Sie wusste, dass ihn das normalerweise amüsierte. Moritz sah ihr zu, wie sie absichtlich gegen die Heizung krachte und seitlich zu Boden stürzte. Er verzog keine Miene.

«Nur Schönheitschirurgen können Gesichter machen», sagte er. «Ich kann das nicht.»

«Du kannst mehr, als du denkst», sagte sie ächzend und rappelte sich auf. Das sah dann doch erheiternd aus. «Zum Beispiel deine Laune verbessern. Ruf jetzt zurück. Bring es hinter dich. Sonst kannst du heute Nacht nicht schlafen.»

«Kann ich sowieso nicht.»

«Selbstmitleid ist so 2015.» Jessy rollte mit den Augen, selbst in einem Stummfilm hätte man es übertrieben gefunden. «Kann ich nix mit anfangen. Los, steh auf und eröffne noch ein Café oder so. Auf jeden Fall tu was.»

Moritz stand auf, ging zum Fenster, betrachtete das abendliche Treiben auf der Straße, die fröhlichen Menschen, Sommerhüte und Flip-Flops, einen pinkelnden Hund, Passanten in geschmacklosen T-Shirts. Plötzlich fühlte er sich selbst beobachtet, so als starre jemand zu ihm herauf, aber nein, das war natürlich Unsinn. Da war niemand. Niemand, der sich für ihn interessierte. Er trat zurück, nahm eine Handvoll Salzstangen aus dem Glas vor sich und steckte sie alle gleichzeitig in den Mund. «Achmensch», nuschelte er. «Sokannnichnichtelefoniern.»

Jessy lachte, Moritz verließ das Wohnzimmer, ging ins Bad, das kalte Neonlicht zeigte ihn, wie er sich fühlte, und schluckte die Pampe herunter. Er hob den Kopf. Da im Spiegel, da waren müde Augen, die älter wirkten als er. Es waren die Augen seines Vaters.

4

ALS JESSY das Schlafzimmer betrat, tat Moritz so, als würde er schlafen. Es war inzwischen dunkel geworden, die wechselnden Lichter der Straße projizierten Schatten an die Wand, kleine Figuren, geometrische Formen. Das Windspiel aus Pappmaché, das Elias im Kindergarten gebastelt hatte, schlug rhythmisch gegen die Scheibe. Sie mussten es dringend abnehmen, dachte Moritz hinter geschlossenen Lidern, Psychoterror war das, eine Foltermethode, die Rache des noch sehr kleinen Mannes an seinen Erzeugern, das durfte man sich nicht gefallen lassen, das nicht auch noch, die paar Tränen würden sie schon aushalten, ha, es musste ja auch gar nicht nach dem Willen des Kindes gehen, nicht immer, das war sowieso ein Wahnsinn heutzutage, früher hätte es das nicht gegeben, da hatten die Kinder gefälligst zu gehorchen, Disziplin war das Zauberwort gewesen, Disziplin und Respekt, aber heute? Heute rollte man für all die Hypersensiblen den roten Teppich aus, die Hochbegabten, um ja keinen seelischen Schaden anzurichten. Und davon, ja, da biss sich die Katze nämlich in den Schwanz, davon allein musste man natürlich einen Schaden bekommen, so als Kind, drei Jahre alt, drei Gehirnzellen, aber alle Freiheiten dieser Welt, die einem im Verlauf des Lebens Stück für Stück wieder weggenommen wurden. Wer sollte das denn verkraften? Oder auch nur verstehen? Moritz presste die Augen fest zusammen, folgte dem reaktionären, ja misanthropischen Weg seiner Gedanken, denen er in einer etwaigen Diskussion keinesfalls zugestimmt hätte, ärgerte sich über sich selbst und wusste genau, wo das herkam, wo diese Art von Gedanken ihren Ursprung genommen hatte.

Er atmete tief, er atmete fest, hatte auf gar keinen Fall Lust, noch zu reden. Nicht einmal mit Jessy. Er wusste, dass sie ihn die letzten Stunden geschont hatte. Sie hatte im Wohnzimmer telefoniert, mit ihrer besten Freundin Deike (was er daran erkannte, dass sie kaum zu Wort gekommen war), anschließend Musik gehört und ihn diskret in Ruhe gelassen. Gut so. Ein weiterer Grund, sie zu lieben.

«Schläfst du?», flüsterte sie nun.

Er sog geräuschvoll die Luft ein.

Jessy lachte. «Schlecht», sagte sie. «Amateur.»

«Was?» Es war nur ein Krächzen, leicht übertrieben, aber es schien von sehr weit weg zu kommen.

«Schon besser», sagte sie. «Aber null Chancen auf einen Oscar. Vielleicht ein Emmy. Wenn die Drehbuchautoren wieder streiken und sonst keiner nominiert wird.»

Sie zog ihr schwarzes, ärmelloses T-Shirt aus, Moritz öffnete vorsichtig und nur ein ganz klein wenig die Augen. Ihre Brüste sahen im Halbdunkel bemerkenswert aus, so vom Grundsatz her. Normalerweise hätte er sich jetzt angemessen dafür interessiert, aber was war heute schon normal? Oder angemessen? Jessy entledigte sich auch der Jeans und des Slips, schmiss die Klamotten achtlos auf den Stuhl aus dem Ankleidezimmer ihrer Großtante und legte sich neben ihn. Sie schlief nackt, immer schon, ob im Sommer oder im tiefsten Winter. Sie liebte das, fühlte sich dadurch frei und unangepasst, wenigstens des Nachts. Seltsamerweise führte es nicht dazu, dass Moritz sie im Laufe der Zeit weniger attraktiv gefunden hätte (das nämlich war seine heimliche Befürchtung gewesen), eher im Gegenteil. Sie hatten nach wie vor ein erkleckliches Maß an Sex, vielleicht sogar weil der Akt der Verführung durch Jessys Freizügigkeit eine stressvermeidende Abkürzung nahm.

«So kenn ich dich gar nicht», stellte sie fest, rollte sich auf den Bauch und legte ihr rechtes Bein über das seine.

«Hast du mit der Dings telefoniert?», fragte er, seine Stimme klang rau. So viel zum Thema Schweigen und Ruhe.

«Die Dings heißt Deike», sagte Jessy. «Und du weißt das.»

«Ach so?»

«Ja, sicher. Du sagst Dings, um sie abzuwerten, so ganz mies von oben herab, nach dem Motto, da kann ich mir nicht mal den Namen merken, so unbedeutend ist die, die Dings.»

«Nee, die ist doch nicht unbedeutend», sagte Moritz. «Deine beste Freundin ist das. Das ist doch sehr bedeutsam. Und wie geht's der so, der Dings ... Deike?»

«Die Deike hat 'ne Krise», sagte Jessy.

«Die Deike hat immer 'ne Krise. Weiß gar nicht, ob man da noch Krise sagen kann, wenn jemand das immer hat. Eine Krise muss doch auch mal irgendwann anfangen und wieder aufhören, sonst ist es keine Krise, sondern ein Zustand. Ein Dauerzustand.»

«Moritz, ich weiß, dass du die Deike nicht leiden kannst.»

«Das hab ich nicht gesagt», behauptete Moritz.

«Deike hat selbst zugegeben, dass sie zu viel redet. Und dass sie das aber nur deshalb tut, weil sie keinen Partner hat und einsam ist und die Stille nicht ertragen kann.»

Moritz grunzte. «Genau andersherum ist das. Die Deike hat keinen Partner, weil sie die ganze Zeit durchsabbelt. Wer soll denn das aushalten? Vor allem ist da null Inhalt dabei, da bleibt nichts hängen, ein einziger Hagelsturm aus Buchstaben ist das, und dann schmilzt das alles weg und hat überhaupt keinen Nährwert.»

«Das ist gemein.»

«Nee, das ist wahr. Ihr habt doch bestimmt eine Stunde telefoniert, also, du hast eine Stunde geschwiegen, was hat sie dir denn erzählt, die Deike? Na? Na?»

Jessys Miene verfinsterte sich. Zumindest dachte sich Moritz das, sehen konnte er solche Feinheiten im Zwielicht ja nicht. «Weiß ich jetzt auch nicht», sagte sie schließlich. Es klang trotzig. «Dass sie zu viel redet halt.»

«Also viele Worte, die von vielen Wörtern handeln.»

«Kann ja nicht jeder so tolle Freunde haben wie du, Moritz», fauchte Jessy. «Ich wette, wenn du dich mit Lucky oder Philipp triffst, dann redet ihr überhaupt nicht. Dann seid ihr so Vorzeigemänner, kein Gesichtsausdruck, kein Wortschatz, null Bewegung, jeder eine Pulle Bier in der Hand und immer schön nach vorne gucken.»

«Nee, so ist das ja auch nicht», verteidigte sich Moritz.

«Wie denn sonst?»

«Wir gucken auch mal zur Seite.»

«Sehr witzig. Was ist denn jetzt mit deinem Vater?»

«Was soll denn mit dem sein?»

«Blöde Frage. Du schindest Zeit.»

Moritz begann zu schwitzen. Er musste unbedingt daran denken, den Ventilator anzustellen. Er fummelte umständlich die Decke aus dem Laken, viel zu warm war das hier, und schmiss sie nach einigem Gezappel auf den Boden. Ihre Wohnung befand sich sowieso in einem dauerhaft improvisierten Zustand, Arbeit und Kind entschuldigten alles, da konnte man schon mal eine Decke auf den Boden werfen und erst später wieder aufheben.

«Weißt du, wovor ich am meisten Angst habe?», fragte er, nachdem er das völlig verdrehte Laken wie ein Leichentuch über sich ausgebreitet hatte, «ich hab eine Wahnsinnsangst davor, dass sich das so fortsetzt. Dass das so 'ne Art Familientradition wird. Dass Elias mich mal genauso sieht wie ich meinen Vater.»

«Kann ich mir nicht vorstellen.»

«Konnte mein Vater sich bestimmt auch nicht. Vorher. Der hat doch kein Kind in die Welt gesetzt und gesagt, so, jetzt geht's los, ab heute bin ich mal ein Scheißvater, das war ich noch nicht, das probiere ich mal aus, dem Jungen werde ich's zeigen, der wird noch bereuen, dass er überhaupt geboren wurde. Mein Vater wird sich doch gefreut haben am Anfang, der wollte bestimmt auch alles richtig machen. Hat er aber nicht. Und wer weiß schon, was ich jetzt mache?»

«Du machst vieles richtig. Nicht alles. Aber vieles.»

«War das jetzt ein Kompliment?»

«Irgendwie.»

«Danke.»

«Du liebst Elias.»

«Das stimmt.»

«Also, was willst du mehr? Ist doch schon mal ein guter Anfang. Glaubst du denn, dein Vater hat dich geliebt?»

«Schwer vorstellbar.»

«Bestimmt hat er das.»

«Egal. Er ist tot.»

Sie drehte sich auf den Rücken. «Okay», sagte sie. «Mal angenommen, dein Vater ist tot. Bist du traurig? Wenigstens ein bisschen?»

«Nein», sagte Moritz. «Das ist es ja. Da ist nichts. Gar nichts. Leere ist da. Das ist doch scheiße. Ich wäre echt gern traurig. Ich meine, was ist man denn für ein Mensch, wenn der eigene Vater stirbt und man fühlt nichts?» Er schlang den Arm um sie, obwohl er eigentlich gerne selbst in den Arm genommen worden wäre, und roch an ihrem Haar. Es duftete würzig, blumig und nach Kinderbadewanne.

«Ich will nicht, dass du jetzt die ganze Zeit so selbstmitleidig bist», sagte sie entschieden und entwand sich seinem Arm. «So passiv. Das bist nicht du. Ich will, dass du Verantwortung übernimmst. Ich will, dass du morgen früh zurückrufst und heute Nacht gut schläfst, weil nichts, was bei diesem Anruf herauskommt, das kaputt machen kann, was wir hier haben. Nicht

Elias, nicht mich, nicht uns, nicht das Café. All das bleibt. Du rufst da an, setzt dich für ein paar Tage mit dem Kram auseinander wie ein erwachsener Mensch, und danach hast du es überwunden, deinen Frieden gemacht, und es geht dir besser denn je. Ist das klar?»

Moritz schwieg. Draußen fuhren schwankende Menschen auf schwankenden Fahrrädern vorbei, es waren mindestens zwei, vielleicht drei. Nach einigen Metern, sie waren bereits erheblich leiser geworden, es musste kurz vor der Kreuzung zum Hartwigplatz sein, gab es einen Zusammenstoß, ein Poltern, dann Aufpralle auf Asphalt, kurze Stille, schallendes Gelächter, noch einmal Geklapper, einen unterdrückten Schmerzenslaut, dann nichts mehr.

«Das sind alles solche Idioten», sagte Moritz leise.

«Könnte von deinem Vater sein, der Satz», sagte Jessy. «Zumindest nach dem, was du erzählt hast.»

«Genau», sagte Moritz. «Das ist original mein Vater. Du kannst das dein Leben lang bescheuert finden, wenn jemand so ist, aber wenn du das mit der Muttermilch aufsaugst, also der Vatermilch, dann ist das halt in dir drin. Da geht das ganz leicht, solche Sätze zu sagen. Ich könnte jetzt die ganze Nacht schlimme Sachen sagen. Da müsste ich nicht mal überlegen. Ich könnte so lange alles scheiße finden, bis du die Koffer packst, weil die Zimmerdecke anfängt, dich zu erdrücken. Ich sag's dir, der Typ ist wie Asbest. *War* wie Asbest.»

«Okay.» Jessy griff auf Hüfthöhe unter seine Decke und ertastete das, was da war. «Schluss jetzt. Hier habe ich ein Gegenmittel. Ich opfere mich. Für dich. Du schläfst jetzt mit mir. Muss nicht lange sein, siebeneinhalb Minuten reichen, damit wir knapp über dem Durchschnitt liegen. Dann sind alle zufrieden, du kriegst einen Kuss auf die Stirn, einigermaßen liebevoll, sofortige Bettruhe, tiefer Schlaf, morgen frühstückst du, aber keine Cornflakes, sondern was mit Obst, du fühlst dich gut und entspannt und gehst in dein Café. Auf dem Weg dorthin rufst du deine Eltern an. Und du wirst sehen, es ist alles ganz anders, als du denkst. Verstanden?»

«Verstanden», sagte Moritz und zögerte.

«Was?»

«Keine Cornflakes?»

5

DER NÄCHSTE MORGEN war äußerlich sonnig und innen bewölkt. Vor dem Haus lärmte die Müllabfuhr und riss Moritz noch vor der Zeit aus dem leichten Schlaf, in den er erst wenige Stunden zuvor gefunden hatte. Er stöhnte, schniefte. Die Augen waren verquollen, die Nase verstopft. Der Scheißventilator. Wusste doch jeder: nachts nicht den Scheißventilator anmachen! Man kam aus solchen Nächten einfach nicht als derselbe heraus, als der man hineingegangen war. Moritz versuchte, die verklebten Augen zu öffnen, es fühlte sich an, als hätte Elias auf den Lidern mit Knetgummi experimentiert und wie immer vergessen, hinterher aufzuräumen. Jessy neben ihm seufzte unwillig, sie spürte, dass er wach war, und war selbst noch nicht bereit dafür. Er holte Schwung und setzte sich auf die Bettkante, die Ellbogen auf die Oberschenkel, den Kopf auf die Handflächen gestützt. Die linke Hüfte schmerzte. Er dachte an ihre gestrige Unterhaltung, an sein Zugeständnis. Sollte er es wirklich tun? Zurückrufen? Oder sprach nicht doch einiges dagegen? Seine Feigheit zum Beispiel? Manchmal schien es ihm, als hätte er seine Fähigkeit, Entscheidungen zu treffen, bei der Einrichtung des Cafés aufgebraucht. Damals hatte er jeden Tag Dutzende Entscheidungen gefällt, einige waren sogar wichtig gewesen, es war ihm leicht und leichter gefallen, hatte Spaß gemacht, hier noch eine Vintage-Lampe, da die besonders seltenen Küchenkacheln vom Flohmarkt, aber als das *Schöne Leben* ausgestattet gewesen war, da war es mit Moritz' Entschlussfreudigkeit vorbei gewesen. Ab sofort wurde *abgewägt*. Abwägen, was für ein furchtbares Wort. Fast so schlimm wie Erwachsensein. Und dafür gab es nicht einmal ein anständiges Wort. Erwachsensein, das war doch kein Wort, ein Konstrukt war das, ein aus zwei Wörtern hilflos zusammengesetzter Zustand. Und noch nicht einmal ein guter. Moritz war, ja, das musste man zugeben, ein Zauderer geworden, manchmal war das gut, manchmal war es schlecht, er wollte sich da nicht festlegen.

Er ließ sich wieder zurücksinken, wälzte sich herum, lauschte dem Crescendo der Stadt und blieb so lange liegen, bis der Wecker klingelte. Jessy federte hoch, ausgeruht und frisch, so als hätte sie die Nacht im Sauerstoffzelt verbracht und zehn Stunden durchgeschlafen. «Morgen!», frohlockte sie, gab ihm einen Klaps auf die schmerzende Hüfte und sprang wie ein gedoptes Reh von der Matratze, auf das Parkett, in den Flur. Er hingegen quälte sich in die Sitzhaltung, gerädert, muffelig. Heute war er nicht achtunddreißig, heute war er dreiundachtzig. Kleiner Zahlendreher, konnte ja mal vorkommen, jeder Tag war anders, jeder Tag war neu. Er erhob sich, schleppte sich in Richtung Bad, Tonnen lasteten auf seinen schmalen Schultern, Elias kam ihm schon entgegen, den Stoffhasen Beppo im Arm, und beförderte ihn mit der Botschaft, dass Beppo ja heute Geburtstag habe, zumindest vorübergehend aus seiner Tristesse. Beppo hatte zwar auch schon gestern und vorgestern Geburtstag gehabt, bekam aber dennoch eine brennende Kerze und ein nur geringfügig angelutschtes Bonbon zum Frühstück, Jessy sang ein wunderschönes *Happy Birthday* und ermunterte Elias, für Beppo ein Geburtstagsbild zu malen. Schließlich sei Beppo ja jetzt drei, und was wäre das für ein Geburtstag ohne Geschenk. Elias war zufrieden, Moritz schüttete seine Cornflakes, die keinesfalls Obst waren, in sich hinein, als wären sie pures Vitamin V. V wie Vergessen. Er blieb in sich versunken, begann zunehmend erfolgreich, sich den gestrigen Anruf schönzudenken, als einen Irrtum, eine Laune der Telefongesellschaft, eine Fehlschaltung, eine Halluzination, das versehentliche Antippen einer genauso versehentlich eingespeicherten Nummer. Dabei gab es sogar kurze Momente, in denen er nicht an seine Eltern dachte, zum Beispiel als Elias ihm den Inhalt seiner Müslischüssel vor Lachen mitten ins Gesicht spuckte, nur weil er sich eine ausgesprochen dreckige Kindersocke über die Nase gestülpt hatte. Jessy wischte ihm mit einem alten Metallica-T-Shirt über die befleckten Wangen, gab ihm einen Kuss auf die Kappe, flüsterte ein sanftes «Anrufen!» und klemmte sich Elias unter den Arm. Sie würde ihn in die *Kita Sorgenfrei* bringen, um direkt danach mit dem Fahrrad zum *Roten Stern* zu fahren, einer linksalternativen Buchhandlung, in der sie nach wie vor drei bis vier Mal die Woche arbeitete.

Jessy liebte diese Buchhandlung, und Moritz liebte sie auch. Hier hatten sie sich kennengelernt, Jessy und er, damals, als er das Buch eines isländischen Autors gesucht hatte, dessen Namen er sich weder gemerkt noch aufgeschrieben hatte und der daraufhin die nächsten eineinhalb Stunden für sich in Anspruch genommen hatte. Die Voraussetzungen für Weiteres waren dabei nicht sonderlich gut gewesen, Moritz war mit einer frisch erstandenen Großpackung Toilettenpapier unter dem Arm in den Laden gekommen und hatte den dazugehörigen Duft gleich mitgebracht, da direkt vor dem *Roten Stern* ein jüngst verklungenes Gewitter allerlei olfaktorischen Unrat aus der Kanalisation in die Luft und damit in seine Klamotten befördert hatte. Jessys Sinne waren also aufs Übelste herausgefordert worden. Dennoch, da war dieses Lächeln, diese Neugier, in der sie sich auf Anhieb gegenseitig erkannten. Unter Aufbringung detektivischer Fähigkeiten und einer gehörigen Portion Abenteuerlust hatten sie vor dem Computer die Köpfe zusammengesteckt (dabei waren sie sich wirklich sehr nahe gekommen) und intensiv geforscht – Island, Autor, irgendwas mit Zeit –, verschiedene andere Kunden waren gekommen und dank ausgeprägter Missachtung enttäuscht bis verärgert wieder gegangen, Moritz hatte

irgendwann begonnen, aus Gründen des Wohlbehagens die Er-
gebnisfindung zu verzögern, dann aber ließ es sich nicht länger
vermeiden, hatten sie ihn aufgespürt, den Autor, der eine Autorin war, eine gewisse Steinunn Sigurðardóttir, die so ganz ohne
schriftstellerisches Zutun zum Schlüssel ihrer gemeinsamen Zukunft wurde. Moritz hatte es natürlich bestellt, das Buch, und
Jessy im Hinausgehen nach mehrmaligem Zögern, Stammeln,
Öffnen der Tür, Vergessen des Toilettenpapiers und Zurückkehren mit konzentriertem Mut zum Kaffee eingeladen. Jessy hatte
gelacht, mit diesem wunderbaren, schallenden Jessy-Lachen,
das zukünftig sein liebster Begleiter werden würde, dann hatte
sie zugestimmt, zu seiner großen Verblüffung, und ihm dabei
verschwiegen, dass sie einen festen Freund namens Viktor hatte,
der sich am Ende des Abends würde umbenennen müssen. Sie
war nach Ladenschluss mit Moritz in ein Café gegangen, das
gar nicht mal so guten Kaffee gekocht, sie aber beide ohne Um-
schweife in eine flirrende Verliebtheit geführt hatte. Das Buch,
es hieß *Der Zeitdieb*, war von Moritz bis zum heutigen Tag nicht
gelesen worden. Selbstverständlich nicht. Das Risiko des Nicht-
gefallens war einfach zu groß. Aber es hatte einen Ehrenplatz im
Regal. Direkt neben dem *Fänger im Roggen*. Es war sehr gut, das
Buch zu besitzen.

Moritz zog die Wohnungstür hinter sich zu, schloss nicht ab
und stieg die Stufen hinunter, sie wohnten im vierten Stock; das
Telefon in der rechten, vorderen Hosentasche trug er wie eine
Waffe, deren Gebrauch man als Pazifist unbedingt zu vermeiden
suchte. Er passierte die Briefkästen, ignorierte die im Dutzend
ausgeschütteten Werbezettel eines indischen Lieferdiensts und
verließ das Haus, die grobe Holztür schloss sich träge hinter
ihm, er blinzelte in die Sonne, sie schien greller, heißer und ein-
schüchternder als am Vortag, und begann augenblicklich mit der
Prokrastination. So nannte man das nämlich jetzt, wenn man

das Notwendige durch konsequente Ablenkung zu vermeiden trachtete. Ein Modewort, dieses Prokrastinieren, ein Modewort für eine der ältesten Tätigkeiten der Welt. Moritz trat in die Backstube nebenan, der Betreiber war ein Marokkaner namens Mehdi, bei ihm war alles glutenfrei, Bio, regional.

«Du hast bald Geburtstag», frohlockte Mehdi und klatschte in die Hände. «Ein Fest? Ein großes Fest mit extra Kuchen und hochprozentigen Getränken?»

«Ich feiere meinen Geburtstag nicht», sagte Moritz und kaufte zehn Croissants, die er im *Schönen Leben* weiterzuverkaufen gedachte und die extra für ihn gebacken worden waren. Der enttäuschte Mehdi gab ihm die Papiertüte mit den Croissants, Geld wechselte den Besitzer, sie verbeugten sich leicht voreinander, dann trat Moritz wieder auf die Straße, war fahrig, nervös, dachte an das Telefon, sein Versprechen und machte sich auf den heute irgendwie beschwerlichen Weg in Richtung Café, die Straße entlang. Er hatte plötzlich sehr, sehr wichtige Dinge zu überlegen, die zwar nicht recht greifbar, aber unaufschiebbar waren, zwei Männer vom Ordnungsamt verteilten auf der gegenüberliegenden Straßenseite Strafzettel, das wollte beobachtet werden, er grüßte mal hierhin, mal dorthin, der ein oder andere Kinderwagen kam an seiner Seite zum Stehen, Moritz hatte für jede Mutter und jeden Vater ein nettes Wort, Kundenbindung war das, gelebte Nachbarschaft, es wurden ganz schön viele Worte bis zur Abzweigung Hartwigplatz, wo er ein abgebrochenes Rücklicht, zertrümmerte Schutzbleche, eine Speiche und den Rest einer Fahrradklingel am Straßenrand vorfand. Als er schließlich und doch erstaunlich schnell vor seinem Café stand, hatte sich die Sonne hinter den Dächern versteckt und er seine Mutter nicht zurückgerufen. Er war einfach nicht dazu gekommen. So war das Leben, Pech gehabt, später war auch noch ein Tag, und jetzt wurde erst mal gearbeitet, es lief ihm ja nicht weg, tot war tot, Jessy würde es schon überleben, und er hatte nun wirklich gute Gründe für das Nichterledigen seiner einzigen, außerplanmäßigen Morgenaufgabe gehabt.

Er stieg die drei Steinstufen hinauf und genoss den durch die geöffnete Tür herausströmenden, aromatischen Duft. Stella war also bereits da, Stella, die keine Migräne mehr hatte, dafür einen Schlüssel.

«Morgen», sagte Moritz und bemühte sich um einen gelösten, beiläufigen Ton. Im Hintergrund lief die CD mit der kubanischen Tanzmusik, die Stella aus dem Urlaub mitgebracht hatte. Sie stand hinter dem Tresen, wischte mit einem Lappen über die Arbeitsfläche und sah wie immer spektakulär aus. Sie war gerade mal zwanzig, studierte des Nachts irgendwas mit sozialer Arbeit und kümmerte sich ansonsten um ihre zweijährige Tochter Trisha, die sie ungewollt noch vor dem Abitur bekommen hatte, aber abgöttisch liebte. Stella war von der linken Schulter bis zum rechten kleinen Zeh tätowiert, flächendeckend, eventuell lückenlos, so zumindest stellte Moritz sich das vor, der in gewisse Regionen selbstverständlich keinen Einblick hatte. Jedenfalls war das, was da sichtbar war, Teil eines wirklich beeindruckenden Gesamtkunstwerks, ein Gemälde der vielfältigsten Botschaften und Aussagen, eine Landkarte des menschlichen Daseins, es ging um Toleranz, Sinnlichkeit und Kraft, soweit Moritz das durch diverse Drachen und Fabelwesen hindurch identifizieren konnte, es sah ein wenig einschüchternd aus, was auch an den kleinen silbernen Ringen, Knöpfen und Steckern liegen mochte, die durch Augenbrauen, Nasenlöcher und Mundwinkel gezogen waren und Stella zusammen mit ihrem orangefarbenen Haar wie von einem anderen Planeten erscheinen ließen. Stella Stardust. Dabei war sie ein von Herzen guter Mensch, gleichzeitig fried- und schlagfertig, bisweilen neurotisch, aber voller Wärme. Stella war, so konnte man sagen, in alle Richtungen leuchtend. Sie hob den Kopf, ihre Augen waren katzengrün.

«Was ist los?», fragte sie, obwohl Moritz eigentlich die ganze Zeit nur gegrinst hatte. Vielleicht deswegen.

«Nichts.»

«Hast du gekifft?»

«Quatsch.»

«Also?»

Moritz begann, die Stühle von den Tischen zu heben, und stellte sie davor auf den Boden.

«Mein Vater ist tot.»

Stella legte den Putzlappen ab. «Oh, Moritz, das tut mir leid.»

«Schon okay», sagte er und wollte auf gar keinen Fall emotional berührt werden. «Passiert halt manchmal. Wenn man alt ist.»

Stella hob die Augenbrauen. «Ernsthaft?»

Moritz grinste, als wäre die Muskulatur erstarrt. Es kam ihm selbst unpassend vor. «Ja, sicher», sagte er. «Mein Vater ist zwanzig Jahre älter als meine Mutter. Und die ist auch schon nicht mehr jung. Und der war schon krank, als ich ihn das letzte Mal gesehen hab. Herzkrank. Alkohol und Stress und so.»

Stellas Gesichtsausdruck verriet Skepsis. «Wann war denn das? Dass du ihn das letzte Mal gesehen hast?»

«Vor zwanzig Jahren. Ziemlich genau.»

«Oh. Schlechtes Verhältnis?»

«Gar keins eben.»

«Tut mir trotzdem leid.»

«Danke.»

Stella sagte nichts weiter, auch Moritz schwieg. Sie waren befreundet, trotz des Altersunterschieds und des Chef-Angestellten-Verhältnisses, aber noch nie so weit voneinander entfernt gewesen wie in diesem Moment. Die erste Kundin des Tages kam, eine offene Tür verführte einfach zum Eintreten, es war eine Charlotte, mit Sommersprossen im Gesicht und einer Manschette über dem linken Arm, sie bestellte ihren Iced Latte zum Mitnehmen. Moritz und Stella funktionierten geschmeidig, arbeiteten Hand in Hand, sprachen dabei nur das Nötigste und taten auch im Folgenden geschäftiger, als sie waren. Zwei Stunden vergingen, das *Schöne Leben* war auch heute wieder bestens besucht, von Anfang an, es gab immer eine Ausrede, um nicht zum Telefon greifen oder sich irgendwie aufeinander beziehen zu müssen. Einmal dachte Moritz (während er für einen unscheinbaren Cordhosenträger namens Rüdiger einen Kamillentee bereitete), durch das Fenster den gestrigen Helmut vorbeilaufen zu sehen, in einem anderen T-Shirt, lautlos vor sich hin schimpfend. Herein kam er nicht. Gegen elf arbeiteten sie eine weitere Schlange ab, sechs Leute, kurze Hosen, jetzt schon von den Außentemperaturen erhitzte Körper, eine wunderschöne Eva war dabei, ein bemützter Ben und eine Gertrude, die wegen enormer Körpermaße beinahe den kompletten Raum einnahm, sowie ein kleiner Mann dahinter, der in ihrem Windschatten ganz und gar zu verschwinden drohte und es schon aus diesem Grund noch nicht zu einem eigenen Namen gebracht hatte.

Als Gertrude schließlich an der Reihe war, hatte sie Mitteilungsbedarf. «Double Espresso», sagte sie mit einer Stimme, die aus irgendwelchen Katakomben zu dröhnen schien. «Und es ist ja so: Die Wutbürger nennen die normalen Menschen Gutmenschen, während die Gutmenschen die Wutbürger besorgt nennen. Ich weiß gar nicht, warum man da immer so schwarz-weiß denken muss, und ich weiß auch gar nicht, was am Gutsein und am Menschsein schlecht sein soll, während ja auch Besorgnis erst mal was Positives ist, etwas Gefühlvolles, und Bürger sind wir sowieso alle, da kannst du ja gar nichts gegen machen.»

«Hm», sagte Moritz vage, wunderte sich über Gertrudes Unmittelbarkeit und strich sich über die schwitzige Stirn. Stella war ganz mit dem Kaffee beschäftigt.

«Und deshalb lösen wir jetzt die Grenzen auf, ja, nein, nein, nein, nicht diese Grenzen, die im Kopf meine ich, nur die im Kopf, das andere kann ich ja gar nicht, also, glaube ich, jedenfalls publiziere ich das, ich mache das, ich gründe eine Bewegung, ja, ja, genau, eine politische Bewegung, wir sind, pass auf, besorgte Gutmenschen sind wir, BGM, genau, wütend dabei, meinetwegen auch wütend, ein bisschen wütend, also BGMW, das ist echt eine Lücke, besorgte Gutmenschen, die manchmal wütend sind, BGMMW, das vereint, statt zu spalten, das ist ein guter Ansatz, da bekommen wir Geld, da werden wir gefördert.»

«Hm», wiederholte Moritz, sah jetzt doch auf und begriff. Gertrude sprach gar nicht mit ihm, sie hatte einen Stecker im Ohr, der aussah wie die zu heiß gewaschene Enterprise von 1969, und telefonierte. Mit einem anderen gutbesorgten Bürgermenschen.

«Ach so», sagte er.

«Genau», sagte Gertrude und nickte ihm freundlich zu.

«Zwei achtzig», sagte er.

«Für Europa!», sagte Gertrude, legte das Geld passend auf den Tresen, machte eine Siegerfaust und entschwand mit Double Espresso und Donnerhall. Moritz schüttelte den Kopf – die Leute –, wischte über den Tresen und widmete sich dem nächsten Kunden, der bis zum Schluss hinter Gertrude versteckt gewesen war. Ein ungewöhnlicher Anblick war er. Ungewöhnlich für hier, ungewöhnlich für die Tageszeit, ungewöhnlich für ein geduldiges Warten in der Schlange. Klein, alt, gebeugt, schwarz-weiß gestreiftes Oberhemd, ausgebeulte, blaue Jeans über schwarzen, ausgetretenen Straßenschuhen, der Rest eines ausgedünnten Seitenscheitels, rotes Gesicht, blutunterlaufene, von Tränensäcken bestimmte Augen. Es war nicht schwer, für diesen hier einen Namen zu finden. Es handelte sich eindeutig um einen Karlheinz.

Moritz zuckte zusammen. «Papa», sagte er.

Sein Vater blickte auf, sah ihm kurz ins Gesicht, aber nicht in die Augen.

«Moritz», sagte er. Es klang sachlich, seine Stimme war brüchig, heiser, schwach. Anders, als Moritz sie in Erinnerung hatte. «Ganz schön klein hier. Deins?»

Moritz nickte, kreidebleich, erschlagen von der größten Unwahrscheinlichkeit aller Zeiten. Sein Vater, der Mann, der noch nie einen Fuß in eine seiner Wohnungen gesetzt, der ihn als Kind nie begleitet oder besucht hatte, der ihn nie zum Bahnhof gebracht oder von dort abgeholt hatte, stand hier vor ihm, in seinem Laden, auf der anderen Seite der Theke, keinen Meter entfernt. Sein Vater, der doch eigentlich tot war.

«Sieht ganz lebendig aus», sagte Stella, die Tragweite des Geschehens erfassend, dann hielt sie sich die Hand vor den Mund und winkte die nächste Kundin heran. Die Menge hinter Karlheinz Liebig verteilte sich um, als hätte jemand im Gebirgsbach die Steinchen umsortiert.

«Was tust du denn hier?», fragte Moritz. Seine Stimme schien aus einer anderen Ecke des Raums zu kommen.

«Ja, mein Gott», sagte sein Vater und machte einen Punkt. Er sah wirklich alt aus, sehr alt, eingefallen und zerknittert. Wie alt war er eigentlich genau? Mindestens achtzig, er war schon ein alter Vater gewesen, als Moritz auf die Welt gekommen war, und es immer geblieben.

«Willst du 'n Kaffee?», fragte Moritz, weil es nahelag.

«Nee», schnaubte sein Vater. «Ich rühr die Plörre nicht an. Tee trinke ich, Tee.»

«Wir haben Tee.»

«Von Teekanne. Klassiktee von Teekanne.»

«Wir haben besseren Tee.»

«Von Teekanne. Und ich hatte heute schon eine Tasse. Ich trinke jeden Morgen eine Tasse Tee. Zum Frühstück. Das weißt du doch.»

Moritz wischte sich erneut über die Stirn, berührte seine Kappe dabei. Wie mochte sein Vater es finden, dass er so eine Kappe trug? So eine unerwachsene Jugendlichenkappe? Und war das nicht eigentlich egal? Musste ihm das nicht egal sein? Warum war ihm das jetzt gerade nicht egal?

«Du hast einen Bart», sagte Karlheinz Liebig.

«Richtig.»

«Ganz schön grau.»

«Rot ist der. Rotblond. Ich war ja immer blond.»

«Grau ist der. Ich bin doch nicht farbenblind.»

«Was tust du hier?», wiederholte Moritz. Sie wohnten in derselben Stadt, aber in verschiedenen Stadtteilen, dazwischen befand sich eine Art Mauer des Herzens. Es war Moritz tatsächlich gelungen, seinen eigenen Eltern in zwanzig Jahren nicht ein einziges Mal zufällig irgendwo zu begegnen. Nicht im Stadtpark, nicht im Supermarkt, nicht beim Arzt. Was natürlich auch daran lag, dass seine Eltern kaum einmal das Haus verließen. Außer zum Einkaufen. Und dass Moritz sorgsam darauf geachtet hatte, stets andere Wege zu gehen. Alternative Wege.

«Man wird ja wohl noch mal seinen Sohn besuchen dürfen», sagte Karlheinz Liebig. «Du hast nicht zurückgerufen. Ich dachte, ihr kriegt immer die Nummer angezeigt auf diesen neumodischen Geräten?»

«Hätte ich noch», murmelte Moritz und fühlte sich angesichts des kleinen, krummen Mannes wieder so verwundbar wie anno neunundachtzig. «Noch nicht dazu gekommen. Hätte ich aber noch gemacht.»

«Sicher», sagte Karlheinz Liebig und blickte sich im Café um. «Bisschen dunkel hier. Mehr Licht würde helfen. Und viel zu wenige Tische. Wo soll man sich denn da hinsetzen? Ist wohl nicht für alte Leute gedacht, was? Ihr Jungen habt das ja immer eilig, ihr seid ja immer auf dem Sprung.»

«Weiß ich nicht», murmelte Moritz, während Stella wie nebenbei einen schwarzen Tee gezaubert hatte und ihn Karlheinz Liebig hinschob.

«Probieren», sagte sie freundlich, lächelte ihn an und entblößte zwei Reihen blendend weißer Zähne sowie den ein oder anderen Edelstein. Moritz' Vater war geblendet. «Zucker», sagte er und kniff die Augen zusammen. «Ich nehme einen Löffel Zucker. Aber nicht gehäuft, auf keinen Fall gehäuft.»

Moritz schob einen Zuckerstreuer hinüber und betrachtete seinen Vater, wie er in unnachahmlicher Umständlichkeit bei der Anwendung dieses simplen Geräts kapitulierte.

«Ja, mein Gott», wiederholte Karlheinz Liebig, und Moritz begriff, dass es sich um ein Füllsel handelte, dass diese Worte der Versuch waren, unangenehme Peinlichkeiten mit ein wenig künstlicher Aufregung zu überspielen. Moritz schraubte den Deckel ab, nahm einen kleinen Löffel aus der Schublade, befüllte die Tasse seines Vaters mit exakt einem Löffel Zucker und rührte um.

«Hast *du* mich etwa gestern angerufen?», fragte er, immer noch in geistiger Schockstarre. *«Du?»*

«Ja, wer denn sonst?» Karlheinz Liebig nahm die Tasse in die Hand. «Was ist das eigentlich für eine alberne Mütze auf deinem Kopf? Hast du eine Glatze? Grauer Bart und Glatze? Von mir hast du die nicht.»

«Was ist mit Mama?», fragte Moritz. Eine Ahnung beschlich ihn.

«Ach so, das», sagte Karlheinz Liebig leise und blickte zu Boden. «Das war an sich ja der Grund …»

Moritz kam hinter der Theke hervor und dirigierte den alten Mann per Fingerzeig in die Ecke des Ladenlokals, die zu den Toiletten führte und vom Tresen am weitesten entfernt war.

«Was ist mit ihr?»

Ihm war kalt, in jeder Hinsicht. Trotz des Wetters und der nicht vorhandenen Klimaanlage. Karlheinz Liebig sah ihn nicht an.

«Ja, mein Gott.»

«Was?»

«Der verdammte Krebs.»

Ein, zwei Sekunden des Schweigens.

«Ist doch scheiße», sagte Moritz' Vater dann, «Bauchspeicheldrüse. Ging alles ganz schnell. ‹Mir geht's nicht so gut, mir ist so schlecht.› Also: Arzt. Herumsitzen. Diagnose. Zweite Meinung. Noch beschissenere Diagnose. Da war der Ofen natürlich aus. Keine drei Wochen später: Ende.»

«Scheiße», sagte Moritz.

«Ja», sagte sein Vater. «Totale Scheiße. Ich kann nicht kochen. Wochenlang nur Toast und Spiegelei.»

Moritz seufzte. Und stutzte. «Was heißt denn hier wochenlang? Wieso denn wochenlang?»

«Was?»

«Papa, wieso wochenlang? Wann war das? Wann ist Mama gestorben?»

Karlheinz Liebig wandte sich ab. Er hatte wirklich die Körperhaltung eines Fragezeichens. Eines abgemagerten Fragezeichens. «Ist das wichtig?»

«Ja sicher, sicher ist das wichtig! Das ist sogar verdammt wichtig!»

«Vor ungefähr ... kommt ja auf einen Tag nicht an, also, ganz genau gesagt, heute ist Freitag ... vor drei Monaten.»

«Mama ist seit drei Monaten tot, und du sagst mir das erst jetzt?»

«Du bist ja nicht ans Telefon gegangen.»

«Gestern! Du hast gestern das erste Mal angerufen.»

«Ja, mein Gott, ich wollte dich halt nicht belasten. Kann man doch eh nichts mehr ändern. Weg ist weg.»

«Wie, weg ist weg? Wir reden hier von meiner Mutter. Deiner Frau.»

«Ich weiß das, Moritz.»

«Wann war denn die Beerdigung?»

«Vor drei Monaten natürlich. Das muss ja auch schnell gehen, das riecht doch sonst.»

«Warum war ich nicht eingeladen?»

«Wir haben zwanzig Jahre nichts von dir gehört. Wir dachten, du willst das gar nicht.»

«Wieso denn wir? Wieso denn jetzt wir?»

«Na, deine Mutter und ich. Vor ihrem Tod. Da haben wir uns überlegt, wen wir alles einladen. Zur Beerdigung. Da muss man doch auch Pläne machen. War doch absehbar. An einem Tag Gartenarbeit, am anderen liegt sie nur noch herum und die Rosen verdorren.»

«Und? Wen habt ihr eingeladen?»

«Den Pfarrer.»

«Nur?»

«Nina war ja nicht zu erreichen. Keine Ahnung, wo die steckt. Irgendwo in Amerika, glaube ich. Weiß nicht, wie man da Kontakt aufnimmt. Wenn es gegangen wäre, hätte ich auf den Pfarrer auch noch verzichtet. Ich hab dem gesagt, der soll ja nicht so lange reden. Ich kann nicht mehr so lange sitzen. Oder stehen. Und es hat geregnet. Weißt du ja vielleicht noch, da war so ein Mittwoch vor drei Monaten, da hat es wie aus Kübeln geschüttet. Und ausgerechnet da war die Scheißbeerdigung, das muss man sich mal vorstellen.»

Moritz hatte Probleme mit dem Kreislauf. «Und warum kommst du jetzt zu mir? In meinen Laden? Während der Arbeitszeit? Und erzählst mir ... so etwas?»

Karlheinz Liebig setzte die Tasse Tee ab, die er die ganze Zeit auf dem Unterteller in der Hand gehalten hatte. «Wollte halt mal gucken, wie es dir so geht», sagte er. «Hab nicht mehr viel Verwandtschaft.» Er nahm einen Schluck und verzog das Gesicht. «Schmeckt nicht. Plörre.»

JULI 1992

Einen Tag nach Inbetriebnahme des sogenannten D-Netzes
— «neumodischer Quatsch», sagte Karlheinz Liebig, «hat keine
Zukunft» — fuhr Familie Liebig in Urlaub. Das tat sie jeden Sommer, selbstverständlich, die anderen taten es ja auch, stets in die
Sonne, stets ans Meer, nirgendwo sonst erlangte man mit so wenig Aufwand den sichtbaren Beweis, auch wirklich fort gewesen
zu sein. Das Ziel war Scheveningen, auch das war wie stets, es
war nicht zu weit, nicht zu teuer, es war Holland, also Ausland,
das gab Zusatzpunkte in Sachen Weltläufigkeit; wer den Urlaub
im eigenen Land verbrachte, hatte es wohl nicht so dicke und
war überhaupt ein wenig provinziell. Moritz war fast zehn, spin-
deldürr, er hatte seit Weihnachten einen ordentlichen Schuss gemacht, Arme und Beine waren dem restlichen Körper enteilt, er
hätte sich aufgerichtet in den Kniekehlen kratzen können, seine
Ohren standen ab, das Gesicht war voller Sommersprossen, er
trat in eine neue Lebensphase ein, begann bereits, sich im Spiegel anders anzusehen, weniger wohlwollend, eher kritisch, unzufrieden, mit der dumpfen Ahnung, bei der Vergabe guten Aus-
sehens vielleicht nicht allzu sehr beschenkt worden zu sein. Sie
saßen in ihrem alten, gelben Volvo, der aussah wie ein fahrbarer
Tresor, Moritz auf der Rückbank hinter der Mutter, Anette, die
in letzter Zeit immer öfter Haarfarbe, Frisur und Kleidung gewechselt hatte, ohne dass es von irgendwem bemerkt worden
wäre. Nina, Moritz' Schwester, war mittlerweile sechs, sie hatte
große, dunkle, ernsthafte Augen und lange, schwarze Haare, die
sich niemand so recht erklären konnte. Karlheinz Liebig machte
immer wieder Bemerkungen, dass Nina vielleicht die Tochter
eines anderen sei, er wiederholte es bevorzugt in Ninas Anwesenheit, niemand lachte, schon gar nicht Moritz' Mutter, die

den Blicken der Familie konsequent auswich, sobald das Thema aufkam. Moritz fühlte, wie all das ihn zusehends störte: das gehässige Gerede des Vaters, die Demutshaltung der Mutter, das verunsicherte Gesicht seiner Schwester. Er wusste nicht, ob er wütend sein durfte oder ob er ein schlechtes Gewissen haben musste, wenn er wütend war, aber es ließ sich sowieso nicht aufhalten. Irgendetwas stimmte hier nicht, fühlte sich falsch an, reizte zu Widerspruch.

Sie passierten die Grenze, ohne kontrolliert zu werden, WDR 2 begann zu rauschen, in den Nachrichten hieß es, dass die USA alle taktischen Atomwaffen aus Europa abgezogen hätten, das war das Letzte, was sie mitbekamen, ab sofort war Urlaub, das Radio wurde ausgeschaltet, das Weltgeschehen hatte draußen zu bleiben.

In Scheveningen ging es sofort an den Strand, ans Meer, zur Inspektion, zur Inbesitznahme. Da vorne, den Blick voraus, da war Bewegung, die Unendlichkeit, die Wellen, die Natur, es war heiß, voll, ja geradezu überlaufen, da waren dunkelbraune Menschen in knappen Badehosen und neongelben Bikinis, es gab eine goldene Regel, dachte Moritz: Man durfte sich nicht umdrehen. Hinter ihnen waren die Hochhäuser, nichts als Hochhäuser, ein Hotel neben dem anderen, Stein auf Stein, nichts war echt, nichts gewachsen, alles war Beton, da waren hässliche, geduckte Restaurants mit schreierischen Tafeln, es gab Pommes und Fisch und Schnitzel, es stank nach Sonnenmilch, Fett und Verdautem. Immer nach vorne schauen, dachte Moritz, da war das Meer, das Gute war voraus, da waren Möwen, da schwebten bunte Drachen in der Luft.

Karlheinz Liebig hatte keinen Blick für das Meer. «Jedes Jahr dieselbe Scheiße», schimpfte er. «Alles voll hier. Nur Deutsche und Holländer.»

Die ganze Hinfahrt hatte er damit verbracht, über die Einheimischen herzuziehen, leicht vorgebeugt, hinterm Steuer, mit diesem boshaften, zynischen Gesichtsausdruck, den Moritz zu hassen gelernt hatte. Holländer: ein furchtbares Volk, unernst, albern und laut. Mit ihren Wohnwagen blockierten sie die deutschen Straßen, vor allem die Autobahnen, überall fuhren die mit ihren Wohnwagen hin, Tempo achtzig, rechte Spur, was war denn das für eine Art, alberne Wohnwagen, ihren ganzen Haushalt hatten die dabei, und dann noch dieses Dauergrinsen, diese ekelhafte gute Laune, ein Volk von Rauschgiftsüchtigen und obendrauf der bescheuerte Akzent. Fast so bescheuert wie die Italiener, Türken, Russen und alle anderen, die Karlheinz Liebig unterwegs so einfielen. Die Amerikaner, die sagten einfach «du», zu jedem. Ob Chef oder Angestellter, alle wurden geduzt. Respektlos war das, respektlos und oberflächlich. Genau, die Amerikaner waren oberflächlich. You can say you to me.

Das Dauerfeuer hatte angehalten, bis sie ihr Ziel erreicht hatten, niemand hatte widersprochen oder eingestimmt, nur Nina hatte ab und zu genickt, des lieben Friedens willen und weil Eltern naturgemäß immer recht hatten; die Stimmung war verdorben, da war keine Vorfreude, keine Euphorie, dann kamen der Strand, das Meer, die Tiefgarage, das Hotel, der zehnte Stock, kein Meerblick, leider, sie würden hintenraus schlafen, zur Straße hin, war halt billiger, der Ausblick bot viel Luft und Leere, auf dem Flur hörte man Engländer streiten. Die hatte er vergessen, die Engländer, stellte Karlheinz Liebig fest, ein Volk von Säufern und Schlägern, auch hier wurde einfach alles geduzt, und die schlechtesten Torhüter der Welt hatten sie auch. Nina nahm ihren Pumuckl aus Stoff, drückte ihn an sich und sicherte sich den besten Platz, den direkt unterm Fenster, möglichst weit weg vom Bett der Eltern, ihren Bruder als Puffer dazwischen. Moritz betrachtete seine Mutter, sie war gestresst und fast so schlecht gelaunt wie der Vater, gab sich keine Mühe, die Stimmung auszugleichen, hatte rote Wangen und zu viel Make-up im Gesicht, während Karlheinz Liebig keinen Zweifel daran ließ, dass das alles hier mit Spaß und Lebensfreude sowieso nichts zu tun hatte, sondern eine lästige, aber notwendige Pflichterfüllung war. Alberne Holländer.

Die Tage zogen dahin, ein wenig zäh, Vollpension, die Kinder machten es sich so schön es ging, bauten Burgen, Schlösser und Tunnel in den Sand, manchmal stritten sie, bewarfen sich mit Plastikspielzeug, ins Wasser durften sie nicht, denn die Eltern konnten nicht schwimmen, außerdem war gewiss alles voller Algen, Quallen und Keime. Anette Liebig vertrieb sich die Zeit mit Frauenzeitschriften, Karlheinz Liebig mit dem nie zufriedenstellenden Versuch, der Sonne auszuweichen, er saß vollständig bekleidet unter einem riesigen Sonnenschirm mit aufgedruckter Zigarettenwerbung, fluchte über das stete Nachjustieren des Schirms und trank ab zwölf Uhr mittags Bier bis zur Bettruhe, die für die Kinder um Punkt zwanzig Uhr erfolgte, wenn der Vater hinunterging in die Bar und erst zu sehr später Stunde zurückkehrte.

Anette Liebig wurde im Laufe der Tage immer stiller, sie alle sprachen kaum miteinander, Nina war sowieso in sich gekehrt und ganz mit Förmchen, Schaufeln und Eimern beschäftigt, Moritz fühlte sich einsam, er lernte andere Kinder kennen, aber die gingen alle ins Wasser, natürlich, deshalb waren sie ja da, einmal stahl er sich davon, stieg einfach mit hinein, ohne Rücksicht auf die Konsequenzen, er genoss es, tobte, spritzte, es war herrlich erfrischend, warm und salzig, er juchzte, spielte Wasserball, warf sich hinein, tauchte unter, schluckte die bittere, braune Brühe, es war egal, er konnte schwimmen, natürlich, er hatte es für die Schule gelernt, aber als er zurückkehrte, klatschnass, bekam er eine Abreibung mütterlicherseits, die sich gewaschen hatte, es ging um gefährliches, rücksichtsloses Verhalten, große menschliche Enttäuschung, vorzeitige Abreise und missratene Kinder, die es früher nicht gegeben hätte. Sein Vater schwieg, trank Bier und wandte den Blick ab.

In der Mitte der zweiten Woche, Karlheinz Liebig plante bereits die Rückfahrt und schien es kaum erwarten zu können, veränderte sich Anette Liebig. Sie kleidete sich sorgfältiger, aber sparsamer, richtete stundenlang ihr Haar vor dem Spiegel, hatte einen seltsamen Glanz in den Augen, auch ihre Haut schimmerte, sie war sehr, sehr braun geworden, hatte das Urlaubsziel erreicht, sie begann zu lachen, sich mit anderen Leuten zu unterhalten, vor allem mit einem Pärchen aus dem Nachbarzimmer, Torben und Evelyn. Er war Lehrer, groß und sportlich, sie Krankenschwester, klein und kompakt. Beide kamen sie aus dem Schwarzwald. Karlheinz Liebig hasste diesen Fremdkontakt, nur widerwillig willigte er ein, sich beim Frühstück zu ihnen zu setzen, er sagte kein Wort, und wenn er etwas gefragt wurde, gab er knochentrockene Antworten, die nicht zu weiteren Nachfragen verleiteten. Aber Anette Liebig scherzte, lachte, verbündete sich, machte abwertende Handbewegungen in Richtung des eigenen Gatten, worüber wiederum Torben und Evelyn lachten, zunächst verstohlen, dann immer offener. Karlheinz Liebig tat so, als bemerkte er es nicht, Moritz war es peinlich, Nina aß ein Milchbrötchen, das zur Hälfte aus Fett und zur anderen Hälfte aus Zucker bestand.

Am letzten Urlaubstag spielten die Kinder noch einmal unten am Strand, ganz vertieft, in ihre eigene Welt versunken, als Anette Liebig plötzlich über Kopfschmerzen klagte – die Sonne – und beschloss, ins Hotelzimmer zurückzukehren. Karlheinz Liebig verdrehte die Augen, er würde auf die Kinder aufpassen müssen, das war er nicht gewohnt, das gehörte nicht zu seinen Aufgaben. Der Lehrer Torben stand nur wenig später auf und ging ebenfalls, er wollte die Rückfahrt planen; die kompakte Krankenschwester Evelyn blinzelte ein wenig unsicher, sie würde sich mit Karlheinz Liebig unterhalten müssen, was nun wirklich niemandem leichtfiel. Sie stellte Fragen, es ging um den Beruf, die Kinder, das Wetter, den nächsten Urlaub. Karlheinz Liebig wurde so einsilbig, dass am Ende nichts mehr übrig blieb als Schweigen. Nach elendig langen zehn Minuten blickte er zum Hotel, stand auf und bat Evelyn, kurz alleine auf die Kinder aufzupassen. Evelyn konnte ihre Erleichterung nicht verbergen, Karlheinz Liebig erhob sich mühsam, die Hüfte schmerzte, und ging ebenfalls zurück in Richtung Hotel.

«Hey», sagte Evelyn zu Moritz und grinste ihn an, «ab ins Wasser. Letzte Chance.»

Moritz juchzte, trat den Fußball weg, den er die letzte Stunde hochzuhalten versucht hatte, und sprintete wie Ben Johnson in Richtung Wasser, da war die Flut, da war das Leben, da waren die anderen Kinder, die gute Laune, der Spaß, da war der Urlaub. Als er zurückkehrte (er hatte sich nur für eine Viertelstunde getraut), stand da sein Vater, aschfahles Gesicht, Nina an der rechten Hand. Moritz rutschte das Herz in die Hose, er rubbelte sich trocken, schneller, als sein Vater schimpfen konnte.

«Fertig?», fragte dieser schließlich düster, kaum war das Handtuch gesunken. «Mitkommen.»

Evelyn blickte schuldbewusst zu Boden, sie ließen einfach alles liegen, das Sandspielzeug, den Sonnenschirm, die Getränke, und stiefelten zurück zum Hotel. Der Vater sagte kein Wort, er machte Tempo, Nina schaute immer wieder zu ihm auf, unsicher, traute sich aber nicht, seine Hand loszulassen. Vielleicht genoss sie ihn sogar, den ungewohnten Körperkontakt. Moritz hielt Abstand. Er war sich sicher, gleich die Konsequenzen seines Verhaltens erleiden zu müssen. Sie betraten die Lobby, da war das Klatschen von Flip-Flops auf Steinboden, Karlheinz Liebig sagte weiterhin nichts, schaute nur geradeaus, aus der

Sicht seiner Kinder schien er riesengroß, da war der Fahrstuhl, schien auf sie zu warten. Heute durfte nicht Nina den Knopf drücken, Karlheinz Liebig tat es selbst, zehnter Stock. Er drehte sich vom Spiegel an der Rückwand weg, Moritz betrachtete erst sich, dann Nina, die den ganzen Weg hierher ebenfalls geschwiegen hatte, das war ungewöhnlich für sie. Aber sie hatte ein gutes Gespür. Immer schon gehabt.

«Leise jetzt!», befahl Karlheinz Liebig mit rauer Stimme, als sie oben angekommen waren und den endlos wirkenden, kalten Flur mit dem grauen Teppich entlanggingen. Er ging auf Zehenspitzen, Nina freute das, ganz vorsichtig, es *wollte* sie freuen, es war fast so, als spielte er plötzlich und zum ersten Mal mit ihnen, ihr Vater, Moritz sah ihn nur von der Seite an, da war nichts Spitzbübisches in Karlheinz Liebigs Gesicht, nur eine ausdruckslose Ernsthaftigkeit, die gut zu Flur und Teppichboden passte. Vor ihrer Zimmertür nahm er noch einmal den Zeigefinger vor die Lippen, Moritz hörte durch die Tür Geräusche, die er nicht einordnen konnte, Nina kicherte leise, ja, sie kicherte, das würde eine Überraschung geben, eine Überraschung für Mama, die sich wegen ihrer Kopfschmerzen hingelegt hatte. Karlheinz Liebig öffnete leise die Tür mit seiner Karte, nahm jetzt beide Kinder an die Hand, die wie ein Schraubstock war, niemand würde hier entkommen, dann schwang sie auf, die Tür, und er betrat mit einem großen Schritt das Hotelzimmer, das hauptsächlich ein Schlafzimmer war, die Kinder eng an sich gedrückt. Moritz schloss die Augen, Nina quiekte.

Da war Anette Liebig, geborene Schickhardt, splitterfasernackt, verschwitzt, in engem Körperkontakt mit Torben, dem gutaussehenden Lehrer aus dem Schwarzwald, sie schrie auf, schob den Lehrer von sich hinunter, zog die Bettdecke hoch, aber es war zu spät, natürlich, Moritz hatte sehr viele Körperteile in sehr viel Verschränkung gesehen, die ein neunjähriger

Junge niemals so sehen sollte. Ganz zu schweigen von einem sechsjährigen Mädchen, das augenblicklich zu weinen begann und sich die Augen zuhielt.

«Macht die Augen auf», sagte Karlheinz Liebig tonlos, Anette Liebig begann ebenfalls zu weinen, während Torben aus dem Bett glitt, seine Badehose einsammelte und, mühsam seine Scham bedeckend, auf den Flur hinausrannte.

«Augen auf, hab ich gesagt», sagte Moritz' Vater. Moritz drehte sich weg, sein Vater drehte ihn wieder hin. Er zeigte mit dem Finger auf seine Frau. «Das da, das ist eure Mutter. Vergesst das nie.»

Er ließ die Kinder los, fast angeekelt, als wären sie ein Abfallprodukt seiner Frau, schob sie in Richtung des Bettes und ging aus dem Raum, hinunter an die Bar. Das Schweigen war ohrenbetäubend. Die Mutter wischte sich die Tränen aus dem Gesicht, Moritz umarmte seine kleine Schwester, wusste aber ebenfalls nichts zu sagen, Nina weinte noch immer und rührte sich nicht. Der Verrat war zu groß.

Irgendwann schaffte es Anette Liebig, die Situation aufzulösen, mit vielen Worten und tausend Umarmungen. Am Abend spielte sie mit den Kindern Mau-Mau, während sich ihr Mann bis zur Abfahrt am nächsten Morgen nicht mehr blickenließ. Als er nach dem Frühstück zurückkehrte, um die Koffer in den Volvo zu verfrachten, roch er nach Alkohol und schwieg.

Sie sprachen nicht mehr über den Vorfall, nie mehr. Nicht während der Heimfahrt, nicht am nächsten Tag, nicht nach Moritz' Auszug. Es war, als hätte dieser letzte Urlaubstag niemals stattgefunden.

6

FÜLLWÖRTER. Es war alles voller Füllwörter. Unfassbar, dachte Moritz, wie viele Füllwörter sich aus den dunkelsten Ecken des Sprachzentrums hervorholen ließen, wenn es aber auch so rein gar nichts zu sagen gab. Füllwörter über das Wetter, die Gesundheit, das Wetter, den Straßenzustand, das Wetter, das Ladenschlussgesetz, das Wetter, die Unzuverlässigkeit der Post und nicht zu vergessen das Wetter, das in dieser Jahreszeit ja auch nur zwischen Sonne und noch mehr Sonne changierte und gar nicht genügend Variationsmöglichkeiten aufwies, um ein ganzes Gespräch, geschweige denn eine komplette Autofahrt zu tragen. War halt scheiße, musste man durch, konnte man nichts machen, und die da oben im Himmel taten eh, was sie wollten.

«Alles Plastik», sagte Karlheinz Liebig gerade. «Wie das schon riecht. Was ist denn das eigentlich für eine Karre? Japanisch? Koreanisch? Wir können ja nichts, aber Autos können wir. Deutsche Autos erkennst du schon am Geruch, die riechen nicht wie das hier, die riechen nach, weiß ich nicht, nach Leder riechen die, nach Handarbeit.»

Sie saßen in Jessys altem Toyota, einer silbernen Familienkutsche, die in der Tat an den Sinn fürs Praktische appellierte, dennoch fand Moritz die Einlassung seines Vaters im höchsten Maße unangemessen. Er konzentrierte sich auf die Straße, die dank der Sommerhitze in betonierter Schönheit vor sich hin glitzerte. Sie hatten noch ein wenig herumgestanden im *Schönen Leben*; das Gespräch, zumal mit unaussprechlichem Überbau, war stetig mühsamer geworden, Pausen waren entstanden, zerdehnt und bleischwer; die wiederholt aufgekommene Frage, warum sein Vater überhaupt hergefunden hatte, ausgerechnet jetzt und nicht vor zwei Monaten oder in drei Jahren, war im Kern unbeantwortet geblieben, dann hatte Moritz angeboten, ihn nach Hause zu fahren, bevor Karlheinz Liebig auf die Idee hatte kommen können, nach dem Café auch noch Moritz' Zuhause mit seiner Anwesenheit zu beehren. Das wäre eindeutig zu viel des Schlechten gewesen. Stella hatte den Daumen gehoben, das *Schöne Leben* vorübergehend in Gänze übernommen, und nun saßen sie also nebeneinander, zwei Fremde, genetisch vereint, und hangelten sich von einem Füllwort zum nächsten. Karlheinz Liebig hatte den Kindersitz auf der Rückbank entweder nicht wahrgenommen oder ausgeblendet. Er verlor kein einziges Wort dazu.

«Mach mal an da», sagte er stattdessen.

«Was?»

«Den Scheibenwischer.» Karlheinz Liebig zeigte auf die Hinterlassenschaft eines Vogels, einen großen, weiß-schwarzen Fleck auf seiner Seite der Windschutzscheibe.

«Das verschmiert doch», sagte Moritz.

«Ja, dann halt mit Wasser.»

«Das verschmiert auch mit Wasser.»

«Probieren geht über Studieren.»

«Der Wassertank ist leer.»

«Herrgott, ja dann halt ohne.»

Moritz machte den Scheibenwischer an, der Vogeldreck verschmierte gemäß der Prophezeiung und bildete einen schlierigen Halbkreis. Es sah nicht schön aus.

«Herrgott!», wiederholte sein Vater und stieß Luft dabei aus, Luft und Spucke, da war Druck, sehr viel Druck. Ekel und Druck. Es war der Sound aus Moritz' Kindheit: der Klang von größtmöglicher Aufregung bei kleinstdenkbarem Anlass.

«Ich weiß gar nicht, was du willst, *ich* fahre doch», sagte Moritz, er hatte sich erfreulich im Griff. «Meine Seite ist frei, also *war* frei, bis ich den Scheibenwischer angemacht habe, du musst doch gar nicht alles sehen. Hauptsache, ich sehe was.»

«Ich will halt wissen, wo ich hinfahre.»

«Du fährst nicht. Und wir können uns jetzt wohl kaum an den Straßenrand stellen und auf den nächsten Regen warten.»

Karlheinz Liebig betrachtete das Elend vor sich wie den Auswurf eines Leprakranken. «Was ist denn das auch für ein bescheuerter Scheibenwischer? Nichts ist unmöglich, dass ich nicht lache! Nicht mal Vogelscheiße kriegen die Koreaner weg!»

Moritz spürte das Adrenalin. «Der macht genau, was er soll, der Scheibenwischer», knurrte er. «Der wischt die Scheibe. Wie es in seiner Stellenbeschreibung steht. Außerdem kennst du die Stadt in- und auswendig. Du wüsstest auch, wo wir hinfahren, wenn du in den Kofferraum eingesperrt wärst.»

«Das könnte dir so passen.»

«Ich gucke einfach durch den Dreck hindurch. Das geht, darin bin ich geübt. Solltest du mal probieren. Hinter dem Dreck ist die Straße. Immer.»

Karlheinz Liebig hob sein Gesäß, zog umständlich ein Stofftaschentuch aus der Hosentasche und drückte auf der Knopfleiste an seiner Seite herum. «Dir macht es ja vielleicht nichts aus, auf eine vollgeschissene Scheibe zu starren. Mir schon. Ich habe ein Recht auf klare Sicht. Das ist das, was den meisten Leuten fehlt: klare Sicht.»

«Papa», sagte Moritz mahnend. Der Klang des Wortes fühlte sich im Zusammenhang mit seinem Sitznachbarn falsch an, die Nähe, die Verniedlichung, die warmen Vokale. Karlheinz Liebig schüttelte den Kopf, hatte zwischenzeitlich das Auto verriegelt und den Sitz verstellt, schließlich den richtigen Hebel gefunden und ließ das Fenster herunter. Als es ganz unten war, beugte er sich vor, es sah erstaunlich kraftvoll aus, streckte hochroten

Kopf und rechten Arm hinaus und begann, mit dem Taschentuch von außen die Windschutzscheibe zu putzen. Sein Gesichtsausdruck schwankte zwischen Wut und Verbitterung. Dazu musste er sich nicht besonders anstrengen.

«Wenn du nicht aufhörst, halte ich an», sagte Moritz.

«Wenn du anhältst, kannst du die Scheibe putzen», ächzte sein Vater.

«Ich halte nicht an», sagte Moritz.

Karlheinz Liebig zog den Arm zurück und spuckte in das Taschentuch. «Menschenskind», sagte er. Sein dünnes Resthaar hatte sich in aufmüpfigen, kleinen Wirbeln um den Kopf gelegt, er beugte sich erneut aus dem Fenster und trotzte dem Fahrtwind mit nun geradezu manischem Wischen des um die Ecke gebogenen rechten Arms. Moritz hatte Bedenken und Hoffnung, der kleine, schmale Mann könnte von einem Luftwirbel aus dem Auto gezogen werden, Anschnallgurt hin oder her.

«Okay, okay», seufzte Moritz, der Klügere gab nun mal nach, er verdrehte die Augen, blinkte und fuhr rechts ran. Eine Bushaltestelle, vier oder fünf wartende Teilnehmer des öffentlichen Nahverkehrs blickten unter müden Lidern hervor auf den alten Herren, der einfach nicht aufhören wollte, mit seinem geblümten Stofftaschentuch die Scheibe zu putzen. Ohne dass der Vogeldreck dadurch an Dichte verlor.

Moritz griff nach hinten. Wenn er sich richtig erinnerte, kullerte auf dem Boden vor dem Rücksitz eine halbgefüllte Wasserflasche, zwischen dem alten Lappen, der Packung Taschentücher, der Rassel, den Keksresten, dem geplatzten Luftballon, der frischen Windel und der halbgegessenen Brezel. Ja, genau, da war sie, er nahm sie an sich, schaltete in den Leerlauf, zog die Handbremse an, öffnete die Fahrertür und schritt um die Motorhaube herum. Sein Vater putzte einfach weiter. Es sah wild aus, vollkommen übertrieben, so als hätte der Putzarm längst die Kontrolle über den wehrlosen, alten Mann übernommen. «Papa», wiederholte Moritz leise mahnend. Ein pubertierender Teenager an der Bushaltestelle kicherte an seinen Pickeln vorbei, eine korpulente Frau mit zwei gefüllten Aldi-Plastiktüten stierte mit offenem Mund auf den visuellen Pausenfüller.

«Es geht nicht ab», sagte Karlheinz Liebig. Er war jetzt puterrot, Schweißtropfen hatten sich auf seiner Stirn gebildet.

«Fingernageleinsatz», riet ein etwa fünfzigjähriger Mann mit Latzhose, weiß gefärbten Malerschuhen und einem schwarzen Rucksack auf dem Rücken. Er war ganz offensichtlich vom Fach und trat näher an den Bordstein heran.

«Nix», ächzte Karlheinz Liebig, ohne den Mann eines Blickes zu würdigen. «Ich kratz doch nicht mit dem Fingernagel über die Scheibe.»

«Hinter das Taschentuch», sagte der Mann stoisch. «Den Fingernagel. Dann kratzen.»

«Porös. Der Fingernagel. Bricht ab.»

Der Mann ließ nicht locker. «Eisenmangel. Rohes Fleisch essen. Danach Fingernageleinsatz.»

«Gerade kein Fleisch da», sagte Karlheinz Liebig giftig. «Außerdem Halteverbot.»

Der Latzhosenträger legte den Zeigefinger auf die Lippen und blieb konstruktiv. «Ja, dann: Scheibe einschlagen», sagte er. «Problem gelöst. Hammer hab ich.» Er nahm seinen Rucksack ab, nestelte daran herum und grinste. Die Frau mit den Aldi-Tüten kicherte. So langsam formte sich in Moritz der Gedanke, dass Karlheinz Liebig nicht recht ernst genommen wurde.

«Hier wird keine Scheibe eingeschlagen», sagte er und schloss ganz kurz die Augen. «Hör auf, du kriegst noch einen Herzinfarkt.»

«Ich hatte schon zwei», ächzte sein Vater. «Hat nichts genützt. Bin noch da.»

Moritz schüttelte den Kopf, dann öffnete er den Schraubverschluss seiner Wasserflasche und schüttete vorsichtig ein wenig Wasser über die Windschutzscheibe. Sein Vater nahm die Flüssigkeit mit dem Taschentuch auf und wischte. Moritz goss nach, und tatsächlich, der Vogeldreck löste sich auf, die Sicht wurde klarer, der Mann mit dem Kassengestell reckte den Kopf. «So geht's natürlich auch», sagte er anerkennend. Die Frau mit den Aldi-Tüten nickte und wandte den Blick ab, die Vorstellung war vorbei, die Protagonisten uninteressant geworden. Karlheinz Liebig hielt endlich inne und betrachtete seinen zitternden rechten Arm. «Das Taschentuch kann ich wegschmeißen», sagte er. «Über vierzig Jahre habe ich das. Jetzt ist es hin.»

«Es ist nur ein Taschentuch», sagte Moritz.

Er winkte den Leuten an der Haltestelle mit einem entschuldigenden Grinsen zu und stieg wieder ein, in Jessys Toyota, der auch wirklich ein wenig eleganter hätte aussehen können.

«Na also, freie Sicht», sagte sein Vater. «Ist ja eh nicht mehr weit.»

«Eben», seufzte Moritz. «Eben.»

Sie fuhren weiter und überquerten schon bald die Kreuzung zwischen Platanenallee und Langkampstraße, das war sie, die rote Linie. Ab hier war es nicht mehr Moritz' Stadt. Er horchte in sich hinein. Da war ein großer, immenser Widerwille, eine körperliche Abwehr, die ihn zwingen wollte, auf die Bremse zu treten, buchstäblich, den Rückwärtsgang einzulegen, auf offener Straße, bloß zurück, weg von hier, es kam ihm selbst übertrieben vor, albern war das, zu viel Macht von falscher Seite, er würde darüber hinweggehen, seinen Vater ganz einfach nach Hause bringen – es war nur eine Straße, es war nur ein Haus – und dann wieder zurückfahren, zu seiner Familie, seinem Sohn, seinem Leben. Er dachte an seine Mutter, Anette Liebig. An die guten Dinge, die es selbstverständlich auch gegeben hatte. Es versetzte ihm einen Stich. Sie würde nicht zu Hause sein. Sie war immer zu Hause gewesen.

«Keine Traueranzeige», fiel ihm plötzlich auf.

«Was?» Karlheinz Liebigs Arm hörte gar nicht mehr auf zu zittern. Er betrachtete ihn wie etwas Verfaultes, das sowieso schon lange abgetrennt gehörte.

«Es gab keine Traueranzeige in der Zeitung. Für Mama. Das hätte ich doch gelesen. Oder mitgekriegt. Im Laden. Von Freunden. Oder Jessy. Jessy hätte das gelesen.»

«Wer ist Jessy?»

«Meine Freundin, Papa. Meine Freundin.»

Karlheinz Liebig fletschte ganz kurz die Zähne. Eventuell sollte das ein Lächeln sein.

«Hätte ich nicht gedacht, dass du mal eine abkriegst. Mit soner albernen Mütze. Überall diese Berufsjugendlichen heute, keiner will mehr erwachsen werden. Das macht die Gesellschaft kaputt, nur noch Kinder überall, keiner mehr, der Verantwortung übernimmt. Aber nicht die Tätowierte aus dem Laden, oder? Schrecklich sah das aus! Bist du eigentlich auch tätowiert? Früher waren das ja nur Seeleute und Verbrecher. Was oft dasselbe war.»

Moritz presste die Lippen aufeinander. «Was ist denn jetzt mit der Traueranzeige?»

«Kostet Geld», sagte Moritz' Vater, als wäre damit alles gesagt. «Und für wen denn auch? Interessiert doch keinen. Wir kennen ja niemanden.»

«Weil du das so wolltest», sagte Moritz.

«Mama hat sich nie beschwert.»

Ja, weil sie Angst hatte, dachte Moritz. Genau wie ich. Vor dir. Er sprach es nicht aus. Dies war nicht der Zeitpunkt für eine Abrechnung, von der er sowieso nicht wusste, ob er sie überhaupt wollte. Nach Hause wollte er. Zu seiner Familie. Seiner wirklichen Familie. Die nächsten zwanzig Jahre ohne seinen Vater verbringen.

Sie kamen an der Trinkhalle vorbei, wo sich Moritz früher Esspapier, Wassereis und Lustige Taschenbücher gekauft hatte, an dem Blumenladen daneben, der jetzt kein Blumenladen mehr war, sondern eine Shishabar. Dann, etwa zweihundert Meter weiter, ging es rechts hinein, in das kleine Wohngebiet, in dem alle Häuser niedrig waren, gleich aussahen und die Zeit in den sechziger Jahren des letzten Jahrhunderts stehengeblieben schien. Ein korpulenter Mann mit Zigarre putzte im viel zu knappen Rippenunterhemd einen alten Mercedes vor seiner Garage, zwei Jugendliche fuhren freihändig schlingernd in der Mitte der löchrigen Straße, die überzüchteten Fahrräder sahen aus wie die pedalbetriebene Entsprechung von SUVs, sinnlose Wüstenfahrzeuge in der Bezwingung des Großstadtdschungels. Moritz bremste herunter, bis die beiden den Weg freigaben, nutzte die leichte Verzögerung zum Durchatmen, dann ging es nach rechts in eine Sackgasse, da waren klebrige Linden, die die parkenden Autos und den Weg verdreckten, Container aller Art, Müll, Altkleider, Braunglas, Weißglas, Grünglas. Ein paar Ladengeschäfte, andere als früher, die Litfaßsäule, auf der der pubertierende Moritz immer nach leicht bekleideten Frauen Ausschau gehalten hatte. Sein Herz war schwer. Hier war er, der Ort seiner Kindheit, seiner Jugend, etwas, was einfach dageblieben war und sich geweigert hatte zu verschwinden, nur weil er es getan hatte.

«Wo fährst du denn hin?», knurrte Karlheinz Liebig. «Hier ist das doch, hier.»

«Ich weiß», sagte Moritz und fuhr dennoch weiter. «Da war kein Parkplatz.»

«Hättest mich trotzdem schon mal rauslassen können. Warum muss ich denn da jetzt laufen?»

Moritz trat auf die Bremse, abrupt, der Oberkörper seines Vaters schnellte nach vorne, bis der Gurt seine Arbeit tat. Zuverlässig, asiatisch.

«Moment mal», sagte er, seine Stimme klang nicht wie sonst. «Das war's? Ich lasse dich raus und auf Wiedersehen?»

«Ja, was denn sonst?»

«Du willst mir also erzählen, du bist in mein Café gekommen ...»

«Na ja, Café ...»

«... bist in mein Café gekommen, nur um dich von da wieder zurückbringen zu lassen und hinter dir abzuschließen?»

Karlheinz Liebig öffnete die Tür. «Deine Mutter ist tot, Herrgott. Das wollte ich dir sagen.»

Moritz' Augen begannen zu brennen. Nein, das durfte nicht passieren. Nicht jetzt. Keine Schwäche zeigen, nicht vor dem alten Mann. Karlheinz Liebig schob sich in unendlicher Langsamkeit hinaus. Seine ganze Energie schien er an der Windschutzscheibe aufgebraucht zu haben. *«Café ...»*, murmelte er noch einmal, es klang wie *Bordell* oder *Hundefriseur*.

Dann schlurfte er den Weg zum Haus zurück, krumm, weit vorgebeugt, ein kleiner Mann, der die Last seines eigenen Lebens auf den Schultern trug. Es sah ..., ja, verdammt noch mal, es sah bedauernswert aus. Moritz seufzte, wendete und fuhr seinem Vater langsam hinterher. Als er auf seiner Höhe war, ließ er das Fenster herunter. «Es ist Mittagszeit», sagte er.

«Ach was?», knurrte Karlheinz Liebig und ging einfach weiter.

«Hast du Hunger?»

«Ich mach mir ein Schnittchen.»

«Komm, ich lad dich zum Essen ein. Was Warmes. Oder kannst du plötzlich kochen?»

Moritz wusste selbst nicht, warum er es vorgeschlagen hatte.

Es war, als ob man sich bei einem grippalen Infekt beide Beine abnehmen ließ, es ergab einfach keinen Sinn.

Karlheinz Liebig blieb stehen und blickte aus trüben Augen in den Toyota. «Aber keinen Chinascheiß», sagte er. «Auch keine Pizza oder was es da nicht alles gibt. Hier, indisch, hab ich gesehen, oder griechisch mit dem Scheißzaziki, da stinkt man den ganzen Tag nach Knoblauch, und vor allem türkisch. Türkisch, türkisch, überall nur noch türkisch. Wenn ich das schon lese. Döner Kebap! Oder pakistanisch! Kannst du dir das vorstellen? Kriegen ihre eigenen Leute nicht satt, machen aber bei uns ein Restaurant auf.»

Moritz seufzte. «Weißt du was?», sagte er. «Iss dein Schnittchen.»

Er gab Gas, viel zu viel, dafür war der Toyota nicht ausgerichtet, er raste um die Ecke, schnitt die Kurve, Gott sei Dank war da kein Gegenverkehr, sein Magen drehte sich in alle verfügbaren Richtungen, und je mehr Meter er zwischen sich und seinen Erzeuger brachte, umso mehr begriff er, er konnte seinen Vater aus dem Blickfeld verschwinden lassen, aber nicht aus seinen Gedanken.

Er trat auf die Bremse, befuhr auf der linken Seite eine Einfahrt und wendete. Letztlich half nur die Flucht nach vorn.

7

«ES HÄNGT JA ALLES an der Panade», sagte Karlheinz Liebig und rutschte auf seinem Holzstuhl hin und her. «Ist die Panade scheiße, ist das Schnitzel scheiße. Ganz einfache Rechnung. Das ist wie im Leben: Auf die Hülle kommt es an, nicht auf das Innere. Die Hülle.»

Die Kellnerin, Anfang zwanzig, blondierte Hochsteckfrisur, tätowierter rechter Arm, lächelte den alten Mann mit unnatürlich weißen Zähnen an. Sie hätte gut Werbung machen können, dachte Moritz, Werbung für Kaugummi.

«Wir haben unsere ganz eigene Gewürzmischung für die Panade», sagte die perlweiße Kellnerin. «Und das Fleisch ist hier aus der Region, keine Massentierhaltung.»

«Kommen Sie mir nicht mit so einem Modequatsch, Fleisch aus der Region», murrte Karlheinz Liebig. «Alles ist plötzlich nur noch aus der Region. Was kommt als Nächstes? Bananen aus der Region? Kokosnüsse? Kiwis? Müssen wir dann alle zum Obst fliegen, damit es aus der Region ist?»

Moritz ertappte sich dabei, dass er ebenfalls auf dem Stuhl herumrutschte, Vater und Sohn mussten wirken wie eine Familie mit Körper-Tourette. «Sag einfach, welches Schnitzel du willst, Papa», sagte er. «Es gibt XL, XXL oder XXXL.» Er sah die Bedienung an. «Was ist denn XXL?»

«Vierhundert Gramm.» Sie zeigte auf die Wand hinter sich. «Da ist unsere *Wall Of Fame*. Gibt Leute, die haben tausendzweihundert Gramm geschafft. Mit Pommes. Bio natürlich. Ganz gesund. Aus nachhaltiger Landwirtschaft.»

Moritz sah sich um und blickte angewidert auf das Foto eines derart übergewichtigen Pärchens, dass das Monsterschnitzel auf die zuvor verspeisten Rinder, Pferde und Zwergkaninchen obendrauf gekommen sein musste. Sie reckten die dicken Daumen, lachten aus aufgeplusterten, rosigen Wangen und waren ein guter Grund, sich ab sofort vegan zu ernähren. Oder überhaupt nicht mehr.

«XL», sagte Moritz. «Wir nehmen XL. Oder L. Gibt es auch M?»

«Gibt es nicht. Beides.»

«Dann XL.»

«Pommes, Wedges oder Bratkartoffeln dazu?», fragte die Kellnerin und tippte mit einem lila Fingernagel in der Länge eines Langlaufskis die Bestellung in ein Tablet.

«Salat», sagte Moritz.

«Bratkartoffeln», sagte sein Vater mürrisch. «Aber nicht zu fettig. Am besten ohne Fett. Und ohne Zwiebeln. Ich hab's mit dem Magen. Und ich nehme ein Bier.»

«Apfelschorle», sagte Moritz. «Klein.»

«Das Bier nicht klein», sagte Karlheinz Liebig. «Groß. Pils.»

Die Kellnerin zog ab, es war das erste Mal seit ihrem Eintreffen im Schnitzelhaus, dass Vater und Sohn keine Ablenkung hatten. Moritz betrachtete seinen Erzeuger, wie er dasaß, so unscheinbar, auf dem Weg in die Unsichtbarkeit. Er tat ihm plötzlich leid.

«Und?», fragte er.

Sein Vater sah ihn nicht an, blickte auf den Plastikuntersetzer. «Und was?», fragte er.

«Willst du nicht wissen, was in den letzten zwanzig Jahren so passiert ist? Bei mir?»

«Doch, natürlich», sagte Karlheinz Liebig.

«Ich hab einen Sohn», sagte Moritz.

«Ach was.»

Mehr kam nicht. Keine Regung im Gesicht, kein Aufblicken, keine Neugier, da saß einfach ein zusammengesunkenes Männchen mit hängenden Schultern.

«Du hast einen Enkel», präzisierte Moritz.

«Ja.»

«Willst du seinen Namen nicht wissen?»

«Doch, natürlich.»

«Elias.»

«Wie?»

«Elias.»

«Nie gehört. Eli…»

«Elias.»

«Wenn du meinst.»

«Hast du das verstanden, Papa? Du bist Opa. Großvater.»

«Ja, was willst du denn jetzt von mir hören? Schön, natürlich, schön. Da hätte sich deine Mutter auch gefreut.»

Moritz verspürte einen Stich. Der Vierer-Nachbartisch bekam seine XXL-Schnitzel, alle sagten «Aaah», es sah dekadent aus und vollkommen maßlos. Afrika, dachte Moritz, Afrika. Das war natürlich Quatsch, man konnte das nicht gegeneinander aufrechnen, aber dennoch. Vielleicht war es doch kein Quatsch. Die blondierte Kellnerin balancierte die ausladenden Teller wie eine Artistin, Moritz konnte ihre Verachtung für den eigenen Beruf und die damit verbundene Kundschaft nur erahnen.

«Okay», sagte Moritz. Er konnte warten, so lange er wollte, es gab keine Nachfrage und würde auch keine geben. Nicht zu Elias, nicht zu Jessy, nicht zu dem Café. Also dann. Stellte eben er die Fragen.

«Wie habt ihr denn gelebt? Die letzten zwanzig Jahre?»

«Wie sollen wir schon gelebt haben? Gut.»

«Ich meine, wart ihr im Urlaub? Habt ihr was unternommen? Hattet ihr Kontakt zu Nina? War jemand krank? Also länger?»

«Nein», sagte Karlheinz Liebig, es dauerte einen Moment, bis Moritz begriffen hatte, dass das die Antwort auf alle Fragen war.

«Das ist alles?», fragte er.

«Was willst du denn jetzt hören? Ich hab halt gearbeitet.»

«In deinem Kiosk?»

«Lotto-Toto-Annahmestelle, Moritz. Lotto-Toto-Annahmestelle. Warum auch nicht? Ist ein ehrenhafter Beruf. Ich hab immer meine Steuern bezahlt. Und was soll ich denn auch zu Hause?»

«Dich um deine Frau kümmern? Freizeit haben? Das Leben genießen?»

Der letzte Satz geriet Moritz ein wenig ironisch. Karlheinz Liebig schwieg. Die Getränke kamen. Moritz konnte sehen, dass sein Vater versucht war, die Flasche direkt anzusetzen, dann erinnerte er sich, dass das Durchsichtige mit der Öffnung neben ihm ein Glas war. Er goss das Bier ein und nahm einen tiefen Schluck.

«Vor neun Jahren hab ich aufgehört», sagte er. «Der Körper wollte nicht mehr, das ewige Stehen. Und am Ende waren das ja auch alles Idioten.»

«Wer?»

«Die Kunden.»

«Natürlich», sagte Moritz.

«Früher wurden wenigstens noch Zigarren geraucht», sagte Karlheinz Liebig wehmütig. «Die feinen Anzüge, das große Geld. Wer da alles bei uns war. Politiker. Wirtschaft. Honorige Leute. Manchmal gab es sogar Trinkgelder. Heute ist das alles doch nur noch Pack, immer in Hektik, keiner sagt mehr guten Tag, schnell schnell muss das gehen, und wenn die Leute nicht gewonnen haben, lassen sie die Lottoscheine einfach liegen, oder sie werfen sie auf den Boden, geraucht wird auch immer weniger, und Zeitungen liest sowieso keiner mehr. Na ja, kein Wunder, steht ja auch nur Müll drin.»

Er nahm einen weiteren Schluck, das Bierglas war fast schon leer. Und noch kein Schnitzel in Sicht.

«Ich hab ja aufhören müssen mit dem Rauchen», sagte Karlheinz Liebig. «Nach dem zweiten Herzinfarkt. Eigentlich nach dem ersten, aber da wollte ich noch nicht. Sie nehmen dir nach und nach alle Vergnügungen, das sag ich dir, dann lebst du zwar noch, aber es gibt keinen Grund mehr dafür.»

Moritz ging nicht darauf ein. Er sah in die Richtung, in der er die Küche vermutete. Wahrscheinlich mussten die vier Schweine für ihr Mittagessen erst noch geschlachtet werden. Er drehte sich erneut um und betrachtete die *Wall Of Fame*. Hochgereckte Daumen, ein gemästetes Lachen. Das Leben konnte so einfach sein. Und so widerwärtig.

«Und Mama?», fragte Moritz und wandte sich wieder seinem Vater zu. «Was hat die die ganze Zeit gemacht?»

Karlheinz Liebig zuckte mit den Schultern und blickte sauertöpfisch auf seinen Plastikuntersetzer. «Was soll die schon gemacht haben? Ist ja immer was zu tun.»

«Ja?»

«Sicher.»

Schweigen. Der alte Mann drehte das Bierglas in seinen Händen; die Fingernägel waren zu lang und sahen wirklich porös aus. Die Hände wirkten insgesamt abgenutzt, sie zitterten sichtlich. Mal stärker, mal schwächer, aber unaufhörlich. Moritz glaubte nicht, dass das an innerer Aufregung lag. Vielleicht am Alkohol. Vielleicht an was anderem.

«Wie lange habt ihr denn eigentlich schon keinen Kontakt mehr zu Nina?», fragte er. Sein Vater wand sich, er war Gespräche dieser Art nicht gewohnt. Oder überhaupt Gespräche.

«Kann ich dir auf den Tag genau nicht sagen. Da setzt man zwei Kinder in die Welt, und dann können die gar nicht schnell genug von einem wegkommen.»

«Tja, Papa», sagte Moritz. «Woran das wohl liegt.»

«Ich hab immer meine Steuern bezahlt.»

Es dauerte noch einige Minuten, dann brachte die Kellnerin endlich die Schnitzel, ähnlicher Schwung, identisches Lächeln wie am Nachbartisch. «So», sagte sie und ließ die riesigen Teller mit einer formvollendeten Drehung vor ihnen nieder. «Zweimal das Schnitzel XL.»

Karlheinz Liebig betrachtete den Teller wie einen Unfall vor dem Gartenzaun, der Aufräumarbeit bedeuten würde.

«Das ist ja viel zu viel», sagte er mürrisch. «Wer soll denn das alles essen?» Die Kellnerin deutete auf einen Tisch neben der Eingangstür, auf dem Pappboxen gestapelt waren.

«Die Reste können Sie sich einpacken», sagte sie. «Machen fast alle. Guten Appetit.»

Sie trat zurück, Moritz sah einen kurzen, privaten Moment, in dem sie die Lippen spitzte und sich kleine Fältchen in den Mundwinkeln bildeten, dann kehrte das strahlend weiße Lächeln zurück, und sie nahm am Nachbartisch neue Getränkebestellungen auf.

The Show must go on, dachte Moritz. Wie recht sie hat.

8

DER KORPULENTE MANN mit dem Rippenunterhemd und der Zigarre hatte seinen Mercedes fertig geputzt und lehnte jetzt über dem Gartenzaun, seine Schultern waren so knallrot wie seine Halbglatze, er blickte Moritz und seinem Vater entgegen, Karlheinz Liebig grüßte nicht, obwohl er ihn natürlich kennen musste. Das Essen hatte sich nicht mehr besonders hingezogen, der alte Mann hatte nur einen winzigen Teil des Schnitzels gegessen, die vier Schweine waren also gewissermaßen umsonst gestorben, eingepackt haben wollte er auch nichts, er hatte noch ein Bier getrunken und ansonsten aus dem Fenster gestarrt mit diesen rot unterlaufenen Augen, unfähig, etwas zum Gespräch beizutragen, und Moritz hatte zunehmend Ärger in sich verspürt, Hilflosigkeit, Wut, die Situation erschöpfte ihn. Da dies in keiner Weise ein Mittagessen seiner Wahl war, hatte er ebenfalls nach dem X vom XL Schluss gemacht, sich die andere Hälfte des Fleisches eingepackt, die Pommes liegen lassen, der Kellnerin ein üppiges Trinkgeld hinterlassen, dann waren sie zurück zum Toyota. Moritz sah das Ende dieser seltsamen Situation greifbar nah, jetzt nur noch schnell seinen Vater nach Hause bringen und dann zurück in eine andere, bessere, heutigere Welt.

«Wo liegt Mama?», fragte er; die ganze Zeit hatte er überlegt, welche Fragen er unbedingt noch loswerden wollte oder musste. Das war vielleicht die Wichtigste.

«Südfriedhof», sagte Karlheinz Liebig. «Das ist ein Mist, sag ich dir, da immer hinzufahren und sich um die Scheißblumen zu kümmern. Mach ich nur noch einmal im Monat, höchstens, schaff ich nicht mehr öfter.»

Moritz atmete tief durch. «Wo da?»

«Unter der Erde.»

«Papa!»

«Wenn du reinkommst, ganz links am Rand. Kannst du nicht verfehlen, einfach auf dem Pfad bleiben, immer an den anderen Toten vorbei. Weißt du eigentlich, dass mittlerweile fast alle aus unserer Straße da wohnen? Die Dieckershoff auch, oder hier, der Schumann mit dem dicken Bauch. Kennst du ja vielleicht noch. Der ist förmlich explodiert. Alle sind sie da. Man kommt sich glatt so vor, als wäre man vergessen worden.»

Moritz hielt dieses Mal in einer Parkbucht schräg gegenüber und vermied jeden Blick auf sein Elternhaus. Direkt über der Haustür mit dem weißen Rahmen und dem braunen Kranz, da war sein Kinderzimmer gewesen. Er hatte es stets gehört, wenn der Vater nach Hause gekommen war. Eine Zeitlang, in der schlimmsten Phase, hatte er dann seine Zimmertür abgeschlossen, bis ihm die Mutter den Schlüssel abgenommen hatte. Zu gefährlich, hieß es, und man wüsste ja nicht, was er dadrinnen trieb.

«Also denn», sagte er.

Sein Vater nickte, schnallte sich umständlich ab und öffnete wie in Zeitlupe die Tür, schob sie von sich weg, aber nur ein Stückchen – neben ihnen parkte ein Mazda –, die Tür federte zurück, Karlheinz Liebig fluchte, dann brachte er sie in ausreichender Entfernung zum Stillstand, sodass er endlich aussteigen konnte. «Schön, dich noch mal gesehen zu haben», sagte er gepresst, dann hob er sich mühsam hinaus. Moritz brachte das vollkommen aus der Fassung. Dieser Satz, wenn auch nur so hingeworfen, passte nicht zu seinem Vater. Eine so geradezu positive, zugewandte Bemerkung, außerdem kam das Wort «schön» darin vor, das ging nicht, das löste vergangene Wünsche und Sehnsüchte in ihm aus, auf die er nun wirklich gerade gar keine Lust hatte und die ihn viel zu sehr dort trafen, wo er nun wirklich nicht getroffen werden wollte.

Karlheinz Liebig schlug die Tür zu und betrat mit verzerrtem Gesicht den Bürgersteig, er sah sich nicht mehr um, sosehr Moritz auch hinter ihm herstierte. Er humpelte auf das Reihenhaus zu, schleppend, die Jeans ausgebeult, um die dürren Beine schlackernd. Nachdem Moritz schließlich den Wagen gewendet hatte und erneut an seinem Elternhaus vorbeigefahren war, war sein Vater bereits darin verschwunden.

FR., 14:30 UHR

Hey, Nina, erschrick nicht. Wenn du es denn überhaupt bist. Auf dem Profilbild kann man ja leider nicht so viel erkennen, aber die Palmen im Hintergrund sehen nach Florida aus. Oder so. Den Rest hast du oder haben Sie auf privat gestellt, deswegen weiß ich es wirklich nicht. Das ist jedenfalls die einzige Nina Liebig, die vielleicht in den USA lebt, die ich im Netz gefunden habe. Entschuldigen Sie also, falls ich mich vertan habe und Sie eine andere Nina Liebig sind. Dann können Sie die Nachricht einfach löschen. Aber wenn das hier doch der Account meiner Schwester ist, dann habe ich leider eine schlechte Nachricht für dich. Mama ist gestorben. An Krebs. Vor drei Monaten schon. Ich habe es selbst erst heute erfahren. Ich besitze ein Café in der Stadt, da kam Papa rein und hat es mir gesagt. Ich weiß nicht genau, warum erst jetzt. Er sah sehr schlecht aus, ist nur noch ein Schatten seiner selbst. Und er war ja immer schon ein Schatten. Der Schatten eines Schattens. Ich weiß auch nicht, ob du das überhaupt wissen willst, aber ich dachte, du musst das natürlich irgendwie erfahren. Ich hoffe, es geht dir gut. Ich habe einen Sohn, Elias. Er ist drei. Du bist also Tante. Mach's gut, kannst mir gerne schreiben, wenn du willst. Moritz

JULI 1993

Fast ein Jahr nach dem Vorfall in Scheveningen hatte sich Moritz verändert. Er war nun fast elf, ein intelligenter Bursche, der auf dem Gymnasium gut aufgehoben war, der mit Zahlen, Buchstaben und Sportgeräten gleichermaßen hantieren konnte. Aber seine Seele hatte sich verdüstert. Der Vertrauensbruch der Mutter war in ihn eingesickert wie zähflüssiges Öl. Es hatte ein paar Monate gedauert, ein paar Zwischenschritte benötigt, Zweifel, Skepsis, Angst, doch dann hatte er sich von seiner einzigen erwachsenen Verbündeten abgewandt. Endgültig, vorzeitig, noch vor der Pubertät. Er hatte sich die Haare wachsen lassen, weil er wusste, welchen Ärger die Mutter bekam, wenn der Vater ihn so sah, war weggerannt, wenn sie mit der Schere ankam, hatte Haken geschlagen wie ein Hase. Er wusste nicht genau, wer dieser Kurt Cobain war, den die Älteren gerade so toll fanden, die Musik war laut und schnell und irgendwie schief, aber genau wie der wollte er aussehen. Holzfällerhemd, langes, strähniges Haar bis auf die Schultern, zerrissene Jeans, Wut im Gesicht.

Alle Drohungen der Mutter, halbherzig, wie sie waren, prallten an ihm ab. Der Vater sprach sowieso nicht mit ihm, nur indirekt, über die Mutter, manchmal stand Moritz am Treppengeländer ihres Hauses, oben, im ersten Stock, und hörte Karlheinz Liebig unten im Wohnzimmer durch die geschlossene Glastür schimpfen. Über ihn. Natürlich. Es klang gefährlich, ungebremst und roh. Wenn die Tirade länger dauerte, setzte er sich auf die Stufen, stützte das Kinn auf die Hände und ließ es über sich ergehen, verstand nur jedes zweite oder dritte Wort, aber am Ende kam immer raus, dass er nichts wert war, schlampig, respektlos, dumm und faul. Dass aus ihm niemals etwas werden würde. Dass seine Mutter mit ihm versagt hatte. Dass man sich für ihn schämen musste.

Anette Liebig hingegen hatte ein dermaßen schlechtes Gewissen, immer noch, dass sie ihren Kindern mittlerweile fast alles nachsah. Nina war jetzt in der Grundschule und übte sich in Unverschämtheit, Moritz bekam nicht viel davon mit, außer einmal, als die Lehrerin bei ihnen zu Hause gewesen war, weil Nina sich am Bauch eines Jungen festgebissen hatte und mit dem Gartenschlauch von ihrem Kontrahenten getrennt werden musste. Die Mutter hatte sich erschrocken gezeigt, kleinlaut, ihr Taschentuch in den Händen gewrungen, der Lehrerin ernsthafte Konsequenzen versprochen, anschließend hatte sie geweint und die Kinder beschworen, dem Vater nichts davon zu erzählen. Moritz hatte sie angesehen, mit glühenden Augen, und sich ausgemalt, was sein Vater wohl mit ihr machen würde, wenn er es dennoch tat. Kindeserziehung war Frauensache, das Versagen darin sowieso. Das war nun einmal so. Moritz fühlte keine Loyalität. Zu niemandem. Außer zu Nina. Und die war noch zu klein, um das Gefühl zu erwidern.

Nach der Schule streunte er meist alleine herum, er hatte nie viele Freunde gehabt, niemanden von der Grundschule mit hinüber aufs Gymnasium genommen, er sprang nicht in Pfützen, lachte nur sehr selten, und wenn, dann an unpassenden Stellen oder wenn der Witz so böse war, dass außer ihm niemand darüber zu lachen gewagt hätte. Er war ein hervorragender Fußballer geworden, so gut, dass gleich mehrmals Jugendtrainer zu Hause geklingelt hatten, um seine Eltern zu überreden, ihn doch in ihrem Verein spielen zu lassen. Moritz konnte mit rechts und links den Ball führen, er hatte eine Übersicht wie kein anderes Kind seines Alters, und während die körperlich zumeist Kleineren noch scheinbar planlos hinter dem Ball herliefen, wusste er schon, wohin er ihn als Nächstes zu passen hatte. Das war das, was auf dem Schulhof und im Sportunterricht ersichtlich gewesen war. Und er hatte sich nicht einmal anstrengen müssen. Seine Eltern aber, sie hatten ihm den Beitritt in einen Verein verweigert. Jedes Mal aufs Neue, sein Vater war immer wütender geworden, hatte schließlich mit der Polizei gedroht, sollte es noch einmal unverlangt an ihrer Tür klingeln. Sie hatten ihm vieles verweigert, Anette und Karlheinz Liebig. Partys, Übernachtungsbesuche, Verkleidungen. Alles, was Spaß machte. Das Leben war eine ernste Angelegenheit. Alberne Holländer.

Am 1. Juli 1993 also war Moritz an den Weiher geradelt. Er ging seit Scheveningen bei jeder Gelegenheit schwimmen, schwamm sich sozusagen frei und die Seele aus dem Leib, nasse Rebellion, und das Wasser hatte nun endlich die passende Temperatur erreicht, sodass man sich die teuren Schwimmbadbesuche sparen konnte. Am Ufer war nicht viel los, da saßen vier andere Jungs, coole Jungs, vielleicht ein Jahr älter als Moritz. Er hatte sie nie zuvor gesehen, wusste nicht, ob sie auf seiner Schule waren, er vermutete, nicht, obwohl er noch immer keinen grundsätzlichen Überblick besaß. Er grüßte nicht, ließ sein Fahrrad fallen, setzte sich ein paar Meter von ihnen entfernt ins Gras und zog seine Schuhe aus. Die Badehose trug er unter den Jeans.

Die Jungs schauten kurz herüber, entdeckten nichts von Interesse, nur einen mürrischen, dünnen Typen mit langen Haaren, dann unterhielten sie sich weiter, über ein Computerspiel namens *Day Of The Tentacle* und die sensationelle Graphik, dann über einen Film, der im Herbst ins Kino kommen sollte und in dem es um Dinosaurier gehen würde, die so realistisch aussahen, als wären sie nie ausgestorben. Steven Spielberg, sagte ein Junge, ein blasser Schlaks mit großer Nase, hochgestellter Frisur und riesiger Brille, Indiana Jones und so. Der Beste. Ein anderer hatte einen Igelschnitt und ein besonders großes Maul, sprach stets ein wenig lauter als die beiden anderen, hatte scheinbar immer die neuesten Spiele, Filme und CDs. Teure Sache, diese CDs. Aber die Zukunft. Unzerstörbar. Digital. Sensationeller Klang. Natürlich nur mit der passenden Anlage. Dann ging es plötzlich um Pornos, die Jungs wurden noch lauter, grober, überboten sich darin, wer schon einmal auf dem VHS-Rekorder der Eltern die heimische Privatbibliothek geplündert hatte und dass es sogar Frauen gab, die es mit mehreren Männern gleichzeitig trieben. Die Köpfe waren jetzt rot, also sprang der bislang schweigsamste Junge, ein etwas korpulenter mit halblanger Gelfrisur, auf und schrie «abkühlen», die vier Jungs stürmten in den Weiher, wild, ungestüm, mit weit ausholenden Bewegungen, das Wasser verdrängend, sie alle — bis auf den Schlaks — schienen hervorragend schwimmen zu können, tauchten unter, spritzten, lachten, blieben aber in dem Bereich, in dem man noch stehen konnte. Moritz ärgerte sich. Sie nahmen alles in Besitz, fast war es, als wäre dieser Ort zu klein für sie alle, als gäbe es wieder einmal keinen Platz für ihn. Er hatte sich mittlerweile komplett ausgezogen bis auf die Badehose, ging auf Zehenspitzen zum Ufer, streckte vorsichtig einen Fuß hinein, unbeachtet, glitt langsam weiter, gewöhnte seinen Körper an die Kälte, dann machte er einen Satz und schwamm los, hinaus ins Freie, fort von den tobenden Jungen, die sich nun gegenseitig unter Wasser drückten und dabei lachten, schrien und das Element ganz zu ihrem machten. Moritz schwamm mit ausholenden Zügen, der Körper als Muskel, fast wütend tauchte er den Kopf hinein und wieder heraus, er schwamm auf Geschwindigkeit, kraulte ausdauernd, das strengte am meisten an, das kostete Kraft, schon bald hatte er die Mitte des Weihers erreicht, er hielt inne, hier war seine imaginäre Marke, bis zur anderen Seite war er noch nie geschwommen, nun hieß es umdrehen, den gleichen Weg zurück, eine Strecke, die ihm nicht annähernd so viel Spaß bereitete wie der Hinweg. Irgendwohin zurückzukehren, ergab einfach weniger Sinn.

Er drehte also um, tauchte ein, schwamm zurück, die Oberarme brannten, er liebte diesen Schmerz, in Ufernähe gab es Geschrei, natürlich, die vier Jungs tobten, aber Moritz spürte zwischen den Zügen, zwischen dem Ein- und Auftauchen seines Kopfes, dass es ein anderes Geschrei war, nicht das Geschrei von vorhin, dass der Übermut fehlte, die Leichtigkeit, Großmäuligkeit. Dieses Geschrei klang ernst. Er hielt an, die Arme zogen weite Kreise um den Oberkörper herum, es mochten noch etwa hundert Meter sein, und er sah, dass zwei der Jungen den Weiher verließen, hektisch, fast panisch, dass sie sich auf ihre Räder schwangen und abhauten, so als hätten sie eine dringende Verabredung, die vor Stunden begonnen hätte und die ihnen erst jetzt wieder eingefallen war. Der dritte Junge, Moritz hielt ihn aus der Entfernung für den Schlaks mit der spitzen Nase, stand ohne seine Brille im Wasser, bis zur Hüfte, und hielt sich die Augen zu. Er bebte. Weinte. Warum? Und wo war Junge Nummer vier?

Moritz begann nun wieder zu schwimmen, zu kraulen, aber er änderte die Richtung, ganz automatisch, hielt genau auf den Ort zu, wo eben noch vier Kinder das Wasser verdrängt hatten, wo jetzt nur noch eines von ihnen stand, bewegungslos, die verdeckten Augen, die bebenden Schultern. Nach dreißig, vierzig Metern Kraulen trieb etwas auf ihn zu, er sah es zwischen zwei Atemzügen, es war ein Körper, lang ausgestreckt, mit dem Kopf nach unten, die Arme zur Seite, er zog eine dunkle Spur hinter sich her, so als hätte ihm jemand einen offenen Farbeimer an die Wade gebunden. Moritz gab einen Schreckenslaut von sich und schluckte Wasser, aber er hörte nicht auf zu schwimmen. Das war der Junge, der noch fehlte, es musste der Junge mit der Igelfrisur sein, der Angeber, der Laute. Als Moritz ihn erreichte, drehte er ihn herum, sodass Mund und Nase nach oben zeigten, er versuchte es zumindest, es war gar nicht so einfach, er bekam Panik, seine Beine traten unrund in den See, er schluckte noch mehr Wasser, dann hatte er es geschafft, der Schwerpunkt des anderen Körpers verlagerte sich, er sank nach unten, auch Moritz tauchte unter, prustete, die Nasenlöcher füllten sich mit Seebrühe. «Hilf mir», rief er, als er wieder oben war und den Jungen mit dem Igelschnitt kaum zu fassen bekam. «Hilf mir doch!»

Der Schlaks mit der spitzen Nase begann jetzt lauthals zu schluchzen, sein Oberkörper stach aus dem Weiher heraus. «Ich kann nicht schwimmen», rief er selbstanklagend, «ich kann nicht schwimmen.»

Moritz fletschte die Zähne, sah das blutende Loch im Hinterkopf des anderen, holte tief Luft und schulterte den Jungen mit der Igelfrisur, irgendwie, er war viel schwerer als Moritz, es drückte ihn sofort unter Wasser, aber Moritz schwamm mit allem, was er hatte, er näherte sich dem Ufer langsam, aber stetig, zweimal tauchte er auf, um Luft zu holen, nur zwei Mal, dann hatte er es geschafft, da war fester Boden, «Hier», rief er, völlig erschöpft, «hier kann man stehen.»

Der Junge am Ufer hörte auf zu weinen, setzte sich in Bewegung, watete auf Moritz und den Bewusstlosen zu, wie ein Flamingo sah er aus, große, stelzenartige Schritte, dann griff er seinen Freund unter den linken Arm, Moritz nahm den rechten. Ein paar Meter noch, da war der Schlamm, die glitschigen, schmerzenden Steine.

An Land perlte das Wasser von ihnen ab, die Sonne ließ sie glitzern und glänzen. Der Junge im Gras atmete nicht. Der Schlaks setzte seine Brille auf, begann zu frieren und zu zittern. Wahrscheinlich der Schock. Moritz beugte sich über den Jungen mit der Igelfrisur, die vom Blut eingedrückt war, er betrachtete ihn wie das Tote, das er in ihm sah. Wie einen Stein, der eine interessante Form hatte. Wie eine Wand, die mit Motiven bemalt war, die man nicht sofort verstand. Er fand den Anblick ungewöhnlich. Einigermaßen faszinierend. Ansonsten fühlte er nichts. Gar nichts. Keinen Schrecken, kein Mitleid, keine Angst. Das kam ihm selbst komisch vor. Die Erwachsenen würden es hinterher auf einen Schock schieben. Auf ein Gefühl, das so groß war, dass er es nicht bewältigen konnte und daher ausschloss. Aber Moritz wusste es besser. Er hatte keinen Schock. Ihm fehlten schlicht die Mittel.

Er erinnerte sich, was er einmal im Fernsehen gesehen hatte, da hatte ein Mann eine Frau gerettet, indem er ihr auf die Brust gedrückt hatte. Immer wieder auf die Brust. Bis die Frau die Augen geöffnet und geschrien hatte. Vielleicht klappte das bei dem hier ja auch. Er kniete sich nieder und führte beide Hände zusammen wie zum Gebet. Dann drückte er mit aller Kraft, er nahm ganz automatisch die richtige Seite, da war Widerstand, natürlich, der Brustkorb, er wanderte tiefer, sodass er sich unterhalb des Herzens befand, er drückte und pumpte, es sah gut aus, wahrscheinlich war es korrekt so, auch wenn sich der Junge nicht bewegte.

«Weiter», sagte der Schlaks mit der Brille. «Das ist gut!»

Moritz achtete stark auf den Rhythmus, er war voller Rhythmus, und tatsächlich, nach einer guten Minute, die Hände begannen bereits zu schmerzen, da riss der Angeber plötzlich die Augen auf und spuckte einen ganzen Schwall Wasser aus, kerzengerade schoss die Fontäne aus seinem Mund und landete genau in Moritz' Gesicht. Der Junge drehte sich auf die Seite und röchelte, Moritz wischte sich mit dem Arm über Stirn, Augen und Nase. Der Schlaks erlaubte sich einen kleinen Ausruf der Freude, dann begann er wieder zu weinen, dieses Mal vor Erleichterung. «Ich bin Philipp», sagte er, «danke, danke!»

«Moritz», sagte Moritz.

«Andreas», hauchte der Junge, den er vor dem sicheren Tod gerettet hatte. *«Wishing I was Lucky.»*

«Häh?», sagte Moritz.

Der Junge lachte krächzend. «Ist das nicht verrückt? Ich mach die Augen auf und könnte an die schönsten Dinge der Welt denken, an Spaghettieis und *Monkey Island*, aber nein, mir geht das bescheuerte Lied durch den Kopf. Und das Beste ist, es ist von *Wet Wet Wet*.» Er lachte erneut, hustete, spuckte, befühlte seinen Hinterkopf, betrachtete das schillernde Blut an seinen Fingerspitzen, verdrehte die Augen und verlor das Bewusstsein.

Als Moritz nach einigem Hin und Her, nach Rütteln und Schütteln, Ratlosigkeit, Krankenwagen, Krankenhaus, ein paar Stichen auf Andreas' Hinterkopf und etlichen Dankesbezeugungen der aufgelösten Eltern nach Hause kam, hatte er neue Freunde gefunden, wirkliche, richtige Freunde, er hatte sich für den nächsten Tag am Weiher verabredet, ja, am Weiher, konnte aber zu Hause niemandem von seiner Heldentat erzählen. Er hatte es eigentlich tun wollen, angemessen ausgeschmückt, aber niemand hörte zu, seine Mutter war vereinnahmt, so wie meistens, weil sein Vater im Wohnzimmer gegen die neuen Postleitzahlen wetterte, fünfstellig waren die, fünfstellig, und sie ersetzten seit diesem Tag die vierstelligen. «Scheiß Ossis!», schimpfte Karlheinz Liebig. «Hätten sie mal oben lassen sollen, die Mauer! Was das alles kostet. Allein der ganze Verwaltungsaufwand. Und wir müssen uns neue Zahlen merken. Für was?!»

Er betrachtete seinen Sohn, der erschöpft, nass und reichlich zerzaust vor ihm stand und jegliches Mitteilungsbedürfnis verloren hatte.

«Wie siehst du überhaupt aus?», fragte Karlheinz Liebig mit zusammengekniffenen Augen über den hochroten Wangen. «So wie du rumläufst, kriegst du eine eigene Postleitzahl, in einem Bezirk für Bombenleger und Affen.»

Moritz machte auf dem Absatz kehrt und stürmte nach oben, in sein Zimmer. Nina war in ihrem eigenen, kleineren Zimmer nebenan, klackerte mit Lego und sang mit ihrer hohen Stimme eine Kindermelodie, die durch die Wand drang. «Du bist nicht alles», sang sie. «Aber alles ist nichts ohne dich.»

9

«DAS IST DOCH total retro», sagte Lucky und starrte auf das Plakat des neuen Steven-Spielberg-Films. «Und allein das Wort Retro ist auch schon wieder retro. Es verbraucht sich ja alles so schnell. Mann, was bin ich heute wieder meta. Das ist auch schon bald wieder retro, Meta. Eigentlich, wenn man sich das richtig überlegt, kann man gar nichts mehr sagen, alles ist irgendwie verbraucht.»

«Hm», sagte Moritz und beschleunigte seine Schritte.

«Ernsthaft, wer da heutzutage alles drauf ist, auf dieser Metaebene.» Lucky war kurzatmig, aber inspiriert, er ließ sich von etwaigem Desinteresse nicht beeindrucken. «Ein unglaubliches Gedränge ist das da oben, also, ich geh mal davon aus, dass die oben ist, die Metaebene, so irgendwo obendrüber, schon alleine damit man runtergucken kann, ne, ist ja klar, runter auf die Leute, die nicht da oben sind, auf so einer Metaebene, auch wenn das immer weniger werden. Eigentlich, wenn du irgendwie schlau wirken willst, dann kannst du ja alles nur noch von der Metaebene aus betrachten, so ganz grundsätzlich, und die ist ja auch und vor allem flach, die Ebene, das steckt ja schon im Wort, Ebene. Schlau, aber flach, weiß nicht, ob das Sinn ergibt, aber es gibt ja nun mal keinen Metaberg, nicht mal einen Metahügel für die Idioten, jedenfalls bist du von gestern, wenn du nicht meta bist, eher retro irgendwie, aber nicht im guten Sinne, und jetzt frage ich euch, wenn alles auf der Metaebene ist und keiner mehr auf dem, ich sag mal, Boden der Tatsachen, wird dann die Metaebene nicht zur Normalität und damit der Boden meta, das frage ich jetzt mal, so von oben nach unten?»

«Kompletter Hirndurchfall», sagte Philipp und schob seine Brille zwei Millimeter nach hinten. «Wie machst du das bloß, dass das alles aus dir rauskommt? Du fängst einfach an zu reden und hörst dir selbst dabei zu, wie sich die Wörter verknoten, oder? Genauso machst du das.»

«Unverschämtheit», sagte Lucky, schien tatsächlich für einen Moment beleidigt zu sein und nestelte an der Kordel seiner Jogginghose. Dann grinste er. «Oder war das jetzt meta, und du meinst eigentlich das Gegenteil?»

«Nein», sagte Philipp.

«War *das* jetzt meta?»

«Nein», sagte Philipp.

«Okay, ich bin raus», sagte Lucky, schlug Philipp auf die schmale Schulter und lachte dröhnend. Er trug seinen besten Jogginganzug, zumindest behauptete er das, wie bei jedem Jogginganzug, den er trug, er war oben gelb und unten grau. Er schlenderte gut gelaunt neben seinen Freunden Moritz und Philipp her, uneingedenk dessen, dass Moritz tiefgreifende Düsternis in sich trug und Philipp so mit seinem Heuschnupfen kämpfte, dass das lange Gesicht nur noch aus Tränen, Schwellungen und Rötungen bestand. Eine Freundschaft musste gepflegte Oberflächlichkeit aushalten, das war Luckys Motto, dafür stand er mit seinem guten Namen, er, der einer pragmatischen Abkürzung der Gedanken niemals abgeneigt war, wenn er sich nicht gerade in wirren philosophischen Ergüssen verlor. Lucky hieß eigentlich Andreas, aber das war ja kein Name, das war ein Sammelbegriff für männliche Exemplare zwischen fünfundvierzig und fünfundfünfzig, auf einer Linie mit Michael, Thomas, Martin und Stefan, daher hatte er mit seinem Spitznamen Lucky, den er nach einem gewissen, nicht wenig dramatischen Ereignis in seiner Jugend verpasst bekommen hatte, buchstäblich Glück gehabt. Er trug zum Jogginganzug ein Basecap auf dem fast kahlen Schädel, hatte tatsächlich eine goldene Kette um den Hals, der von einem schwarzen Vollbart verdeckt war, und schritt in schneeweißen Turnschuhen dahin, für die so mancher Kollege aus der Hood getötet hätte. Überhaupt sah er aus, als wäre er einem Gangsta-Rap-Video entsprungen, irgendwie bedrohlich und von der Straße, er war die menschliche Entsprechung einer brennenden Mülltonne, er wirkte wie von libanesischen Clans beschützt, ein voluminöses Tattoo ragte aus seinem Kapuzenkragen. Nur seine Sprache wollte auch nach all den Jahren nicht zu seinem Style passen, darin war eindeutig zu viel gehobene Mittelschicht, zu viel Gymnasium und Obstteller nach dem Abendbrot. «Wo laufen wir eigentlich hin?», fragte er. «Und warum gehen wir zu Fuß? Wobei das ja eigentlich eine Tautologie ist, denn alle gehen mit den Füßen, niemand fährt zu Fuß oder schwimmt damit, nicht mal Philipp mit seinen Booten, die er Schuhe nennt. Wie auch immer, wir sind erwachsen, wir haben Autos. Und wenn wir mal ein schlechtes Gewissen haben, von wegen Umwelt und dem ganzen Kram, sogar Fahrräder.»

Moritz antwortete nicht und bog in den Schellerweg ein. Hier wurde die Besiedlung spärlicher, das ein oder andere Grün durchbrach den städtischen Beton aufs Freundlichste, Deutschlandfahnen ragten gleichzeitig protzend wie verklemmt hinter Hecken hervor, im Hintergrund zeichneten sich Felder und Hügel ab, die schon bald die Vorherrschaft übernehmen würden.

«Das ist doch der Weg zum Weiher», näselte Philipp. «Du hast aber nicht vor, mich jetzt mit Natur zu quälen? Im Sommer? Das Weiße da in der Luft sind Pollen.»

«Wie man's nimmt», sagte Moritz, die Straße wurde zu einer Anhöhe, die sie über die Dächer der Stadt führen würde.

«Voll romantisch alles», sagte Lucky, zusehends rosiger im Gesicht, «aber warum, verdammt noch mal, laufen wir hier lang? Ich muss nicht mehr laufen, ich hab einen Mercedes. Hab ich das schon gesagt? Ich hab einen Mercedes.»

«Ich brauch Bewegung.»

Moritz war nach dem Besuch bei seinem Vater ins Café zurückgekehrt, fahrig, unkonzentriert, hatte irgendwann angefangen, in den frisch aufgebrühten Kaffee Teebeutel zu hängen, eine Helga mit einem Harald zu verwechseln und umgekehrt, er hatte das Rückgeld vergessen oder doppelt kassiert, bis Stella ihn beiseitegeschoben und den Laden mit einem diamantenen Lächeln ein weiteres Mal übernommen hatte. Er hatte sich an den freien Platz in Toilettennähe gesetzt, mit seinem Laptop, die Haare gerauft, ausgiebig im Netz nach seiner Schwester gesucht, eine eventuell passende Nina Liebig gefunden und ihr eine Nachricht geschickt, nach viel Zögern, Abwägen, Korrigieren und Hadern. Hölzern war sie ausgefallen, die Nachricht, aber so war das eben, manchmal stand zwischen den Sätzen so viel, dass für die eigentlichen Buchstaben kaum mehr Platz war, schon gar nicht zur Entfaltung. Geantwortet hatte sie natürlich nicht, noch nicht, da war ja auch einiges zu verarbeiten, da war der Zeitunterschied, keine Ahnung, ob es in Amerika gerade Nacht, Tag oder Halloween war, vielleicht würde er auch nie eine Antwort bekommen. Auch das wäre verständlich gewesen. Schließlich war der frühe Abend hereingebrochen, er hatte die Stühle hochgestellt, Jessy angerufen, gesagt, dass er spät kommen würde, und seine Freunde Lucky und Philipp herbeizitiert. Beide hatten eigentlich keine Zeit, wie sie mehrmals betont hatten, waren aber ob der offenkundigen Dringlichkeit trotzdem aufgetaucht, selbstverständlich, zuverlässig, pünktlich um sieben. Eine Runde Espresso für alle, die vegane Valentina hatte als letzter Gast (Gästin, wie sie stets betonte) ihren späten Kaffee genommen und den Arbeitstag damit für alle beendet, dann waren sie drei Stationen mit der U-Bahn gefahren und nun hier, am Rande der Stadt, zu Fuß unterwegs.

«Wir gehen nicht zum Weiher», stellte Philipp fest, der nach

Schule und Universität in Rekordzeit eine wissenschaftliche Laufbahn eingeschlagen hatte, irgendwas mit chemischen Verbindungen, Kunststoffen und Polymeren, von denen Lucky mindestens einmal pro Jahr zu seiner eigenen Belustigung behauptete, sie schon als Kind herausoperiert bekommen zu haben und seitdem deutlich freier atmen zu können. Philipp war ein Riese auf stelzenartigen, dünnen Beinen, zu seiner enormen Körpergröße trug nicht unwesentlich bei, dass die lockigen Haare irgendwie nach oben wuchsen, was ihm den Anschein eines zwei Meter hohen Pfahls mit Brille gab. Seine Kleidung war sachlich, T-Shirt, kurze Hose, Socken in Höhe und Farbe der Turnschuhe. Ende.

Sie kamen an einem einzelnen Fachwerkhaus vorbei, die Straße hatte gewiss eine zehnprozentige Steigung, mindestens, war ein Festival der Schlaglöcher, die Stadt hatte nun mal kein Geld, auf einen Bürgersteig war aus Platzgründen verzichtet worden, dafür gab es sinnlose Kurven, die die Sicht für entgegenkommende Autofahrer versperrten. Moritz erinnerte sich, wie sie sich als Kinder hier immer wieder hinaufgekämpft hatten mit ihren Rädern. Wer zuerst abgestiegen war, das war die unausgesprochene Regel gewesen, der hatte verloren. Es war Philipp gewesen. Immer. Manchmal hatte Moritz mangelnde Kondition vorgetäuscht und aufgegeben, damit der Freund nicht dauerhaft gedemütigt war, nur Lucky war stets einhundert Prozent ungebremster Ehrgeiz gewesen; er hatte das durchgezogen, hochroter Kopf, flatternde Muskeln, war als Erster oben angekommen und hatte die Einsamkeit des Siegers genossen – bis sie sich in Langeweile verwandelt hatte und er den anderen beiden wieder ein ganzes Stück entgegengekommen war.

Heute schien die untergehende Sonne auf sie herab, der Lärm der Stadt brodelte nur noch unterschwellig, der abendliche Gesang der Vögel schob sich geradezu aufdringlich in den Vordergrund. Der Gesang der Vögel und Philipps Niesen. «Mann», fluchte er. «Wehe, das hier hat keinen guten Grund.»

«Hat es», sagte Moritz und zeigte auf den Südfriedhof, der sich auf der linken Seite ins Bild schob. Es war der größte Friedhof der Stadt, unterhalb eines Waldes angesiedelt, hier trafen sich die Jahrhunderte, das Abendlicht ließ ihn als unförmige, schwarze, irgendwie geduckte Masse erscheinen, die Grabsteine ragten empor wie Erhebungen auf der Haut. Sie standen vor dem Eingang, ein paar Autos parkten daneben, größtenteils Kombis und Familienkutschen aus den Neunzigern, gekauft von alten Leuten, die irgendwann aufgehört hatten, alle paar Jahre das Auto zu wechseln. Philipp stützte die Hände auf die Knie, Lucky schwitzte in seinem Anzug, Moritz blieb entrückt, da war nicht einmal ein klein wenig Erschöpfung, so als wäre er hier heraufgeschwebt oder von seinem Körper getrennt. «Okay», sagte er leise. «Bevor jetzt einer einen lustigen Spruch macht: Meine Mutter ist tot.»

Lucky und Philipp hielten inne.

«Alter», begann Lucky, «das darf ja wohl nicht …»

«Nein», unterbrach Philipp streng. «Sag's nicht!»

«… Warstein.» Lucky hob die Schultern. «Sorry, war schon unterwegs.»

Moritz öffnete das quietschende Tor, der Kies unter ihnen knirschte stimmungsvoll, dann betraten sie den Friedhof, der sich ausbreitete, in die Ferne zog, der ganz und gar symmetrisch war, Parzelle neben Parzelle, am Ende waren eben alle Menschen gleich, am Horizont ging es eine Ebene hinauf, darüber wachten die Buchen auf dem Gipfel des Hügels. Moritz wandte sich nach links. «Hier lang», sagte er. «Dahinten muss sie irgendwo sein.»

«Du weißt das gar nicht?», fragte Philipp, während Lucky interessiert die vorbeiziehenden Grabsteininschriften las.

«Sie ist noch nicht so lange tot», sagte Moritz und ging einen Schritt schneller.

«Wie lange denn?»

«Drei Monate.»

«Drei Monate», wiederholte Philipp. «Klar. Das ist natürlich ... eigentlich schon ziemlich lang. Und du warst nicht bei der ...»

«Nein.»

«Klar.»

«Willenborg», las Lucky fasziniert, als wäre er in einem Museum. «Erwin. Ist nur sechsundzwanzig geworden.»

«Hab's erst heute erfahren», sagte Moritz.

«Ach so», sagte Philipp.

«Neunzehnhundertvierundvierzig gestorben», sagte Lucky. «Scheißkrieg.»

«Und dein Vater?», fragte Philipp.

«Der hat mir das erzählt», sagte Moritz. «War im Café, ganz plötzlich. Stand einfach da und wollte einen Tee von Teekanne.»

«Ob der wiederkommt?», sagte Lucky. «Also nicht der Krieg jetzt, der sowieso, ich mein, der Name?»

«Dein Vater?», sagte Philipp.

«Ja», sagte Moritz.

«In deinem Café?»

«Ja.»

«Hast du nicht immer gesagt, du glaubst, dass der zuerst ...?»

«Ich versteh es ja auch nicht», sagte Moritz.

«Ein Witz ist das», sagte Lucky.

«Wie, ein Witz?», fragte Moritz.

«Dass den überhaupt mal einer gut gefunden hat.» Lucky tippte sich an die Stirn.

«Wen?», fragte Moritz.

«Na, den Namen», sagte Lucky. «Erwin. Was ist denn das für 'n Name, Erwin. Du kannst doch deinen Sohn nicht Erwin nennen!»

«Wieso Erwin?», fragte Moritz.

«Ja, hast du mir denn nicht zugehört?»

«Äh, hast du *mir* denn zugehört?»

«Klar. Deine Mutter ist tot. Scheiße ist das.»

«Genau», seufzte Moritz. «Augen auf, hier muss sie irgendwo sein.»

Sie schlenderten den Weg entlang wie Inspizienten und suchten, interpretierten, staunten, die meisten Gräber konnten sie überspringen, aus inhaltlichen Gründen, sie waren schlicht zu alt, längst vergangene und vergessene Geschichte, es war allgemein schwer vorstellbar, dass all diese in den Boden gelassenen menschlichen Überreste einstmals gelacht, geweint und getanzt hatten. Lucky betrachtete bedauernd seine immer staubigeren, nur noch um die Schnürsenkel herum weißen Sneakers. Die Dinger waren Sonderanfertigungen gewesen, sauteuer, davon gab es nur eintausend Paare weltweit. Hatte er zumindest behauptet. Also, der Verkäufer. Auf Ebay. In einiger Entfernung goss eine alte Dame ein Grab, sie war nur eine Silhouette, tat es wie in Zeitlupe, krumm, mühsam, die Stille hier oben war insgesamt schwerer auszuhalten als der Lärm am Hauptbahnhof während des Berufsverkehrs. Moritz wollte gerade um die Ecke biegen und den nächsten, parallelen Fußweg in Angriff nehmen, da fasste ihn Philipp an der Schulter.

«Schau», sagte er.

Es war ein Eckgrab mit einem kleinen, grauen Stein, er war oval, wie ein Ei, es war gewiss der günstigste gewesen, grob sah er aus, es stand ganz schlicht der Name drauf, Anette Liebig, geborene Schickhardt, 20. 3. 1959, darunter das Todesdatum.

Sonst nichts. Auf der rechten Seite war Platz gelassen worden für ihren Mann. Das Beet war akkurat, aufgeräumt, die Blumenerde feucht, die Pflanzen in stetem Wachstum. Moritz konnte sie nicht zuordnen, er war nicht gut in Pflanzenkunde. Aber sie waren bunt, erfreulich bunt. Geradezu freundlich. Seltsam, dachte er. Zu Hause war es immer wie auf dem Friedhof gewesen, auf dem Friedhof war es plötzlich lebendig.

Er stand da und starrte auf den Namen, gab sich wirklich Mühe, diesen Ort mit seiner Mutter in Verbindung zu bringen, doch es war zu abstrakt, ihm fehlte die Phantasie, vielleicht gab es da auch eine natürliche Schranke, sich den Tod allzu bildlich vorzustellen. Was, wenn es gelänge?

«Ich weiß nicht, Bruder», sagte auch Lucky, rückte sein Basecap zurecht und wischte sich den Schweiß von der Stirn, «ich hab deine Mama irgendwie anders in Erinnerung.»

Philipp faltete die Hände, so machte man das wohl an einem Grab, und wandte sich an Moritz. «Warum wolltest du eigentlich, dass wir mitkommen?», fragte er. Moritz antwortete zunächst nicht, hatte keine Ahnung, was er mit seinen Händen, dem Kopf, den Füßen und dem ganzen Rest anfangen sollte. Er fühlte sich körperlos, nichts an und in ihm passte zusammen.

«Alleine ist blöd», murmelte er dann. «Und wenn ich Jessy und Elias mitgenommen hätte, würde ich jetzt bestimmt hier stehen und flennen. Bei euch passiert mir das nicht.»

«Ist doch nicht schlimm zu weinen», sagte Philipp, bückte sich und schob etwas auf den Weg gebröckelte Erde zurück aufs Grab. «Kann man doch machen. Ich hab mal geweint, als mir ein Reagenzglas runtergefallen ist. Monate hatte ich an dem Inhalt geforscht, hier ein Tropfen dazu, da was rausgefiltert. Totale Fisselarbeit, es ging um die Konsistenz. Alles umsonst.»

«Und deshalb hast du geweint?», fragte Moritz. «Ernsthaft?»

«Nee, die Dämpfe waren ätzend. Ich hab mir die Wimpern versengt. Das tat total weh, Mann.»

Moritz nickte und beugte sich hinunter, versuchte eine Verbindung aufzubauen zu dem Stein mit der Inschrift, selbst der Name irritierte, so als würde jemand anderes Anette Liebig heißen, zufällig denselben Namen tragen wie seine Mutter.

«Ich weiß nicht mal, wie sie ausgesehen hat, zum Schluss», murmelte Moritz. «Oder die Jahre davor.»

«Komisch, dass die jetzt genau hier sein soll, direkt vor uns», sagte Philipp. «Keinen Meter entfernt. Vielleicht stehen wir gerade vor ihren Füßen. Oder mittendrauf. Stell dir mal vor, wir stehen der auf den Füßen. Irgendwie gruselig ist das. Ich glaub, ich will das nicht, ich find das unangenehm. Ich will eingeäschert werden. Später. Ihr sollt am Ende nicht so vor mir stehen. Auf mir.»

«Wieso denn wir?», sagte Lucky und verbreiterte seine ohnehin voluminöse Brust. «Hast du 'n Knall? Wer sagt denn, dass du der Erste bist, der von uns stirbt? Wer sagt denn, dass *wir* hinterher vor *dir* stehen? Vielleicht stehst du ja auch vor uns?»

«Nein», sagte Philipp sachlich. «Das weiß ich schon, seitdem ich elf bin. Ich werde als Erstes sterben, dann kommst du und ganz am Schluss Moritz.»

«Am Arsch», sagte Lucky. «Ich bin auf keinen Fall der in der Mitte. Entweder Erster oder Letzter. Alles dazwischen ist scheiße. Durchschnitt ist das. Ich will kein Durchschnitt sein.»

Sie standen aufgereiht nebeneinander wie eine Fußballmannschaft beim Abspielen der Hymnen und falteten nun gemeinschaftlich die Hände. Moritz fahndete in seinen Erinnerungen nach Bildern, nach freudigen Ereignissen, die er mit seiner Mutter verband, nach Albernheit und Überschwang, er sprang kreuz und quer durch seine Vergangenheit, es war keine einfache Reise, es gab viel Ablenkung, Schlaglichter, die man an einem Grab nicht zulassen mochte, die schönen Momente versteckten sich schamvoll, sie waren schüchtern und vernachlässigt.

«Was ist das coolste Bild, was du von ihr hast? Von deiner Mutter?», fragte Lucky und verglich den Spar-Grabstein mit dem deutlich üppigeren danebenen.

Moritz schüttelte den Kopf. «Ist schwer.»

«Denk nach, Bruder.»

Moritz lächelte verschleiert. «Einmal haben wir Rock 'n' Roll um den Weihnachtsbaum getanzt, hier, irgendwas von Elvis, ich weiß das Lied nicht mehr, aber so wild, dass der Baum irgendwann umgekippt ist. Sie hat so gelacht. Das kannte ich gar nicht von ihr.»

«Und dein Vater?»

«Der war nicht da. Sonst hätten wir nicht getanzt.»

«Behalt das Bild», sagte Lucky. «Das ist deine Mutter, dieses Bild. Vergiss den Rest. Rock 'n' Roll, Mann. Elvis! Das ist deine Mutter.»

Moritz nickte, sah den Brunnen, der etwa zwanzig Gräber entfernt war, als Ausweg aus der Sentimentalität, ging hinüber und befüllte eine der grünen Gießkannen, die daran aufgehängt waren. Als er zurückkam, fotografierte Lucky gerade den Grabstein von Anette Liebig, dann den des Nachbarn. «Instagram, oder was?», fragte Moritz.

«Quatsch, Instagram», sagte Lucky. «Ich bin doch nicht pietätlos.»

«Gut», sagte Moritz und goss das Grab.

«Facebook», sagte Lucky. «Da sind die richtigen Leute für so Gräber. Die verstehen das. Die Leute auf Facebook, die sind sensibel. Und vor allem alt. Da kriegt man ganz viele traurige Gesichter, wenn man das postet. Traurige Gesichter sind die neuen Likes.»

«Wenn du das machst, geb ich dir die Kaffeemaschine zurück», sagte Moritz, wusste aber, dass Lucky es nicht ernst meinte. Bald würde die Sonne endgültig hinter den Bäumen verschwinden.

«Und dein Vater?», fragte Philipp. «Bei dir im Café?»

«Alt», sagte Moritz. «Steinalt. Und irgendwie kaputt.»

«Dann ist der bestimmt auch auf Facebook», sagte Lucky.

«Nee, der ist nicht auf Facebook», sagte Moritz. «Der hat noch nicht mal einen Videorecorder, geschweige denn Internet, der verschickt seine Brieftauben per Fax, alles, was neu ist, ist erst mal scheiße. Alles Alte aber auch.»

«Ich hab den eigentlich nie zu sehen gekriegt», sagte Philipp. «Der war immer im Wohnzimmer, wenn der überhaupt da war, und du hast uns jedes Mal ganz schnell durch den Flur geschleust, hoch zu deinem Zimmer.»

Ein Rentnerehepaar kam an den drei Freunden vorbei, die Füße dicht über dem Boden, Kies verteilend. Die Frau, sie hatte weißes, gekräuseltes Haar, blieb stehen und stierte Lucky aus kleinen Knopfaugen an. «Sind Sie nicht dieser Sido?», fragte sie missbilligend.

Lucky schüttelte den Kopf. «Nee», sagte er und lächelte gewinnend. «Bushido.»

«Dann ist ja gut», sagte die alte Frau und ging weiter, den nahezu unsichtbaren Ehemann eingehakt, der nicht einmal aufgeblickt hatte. Es wirkte, als hätten sie es nicht mehr weit bis zur nächsttieferen Etage.

«Ich hab den *einmal* gesehen, deinen Vater», sagte Lucky und sah den alten Leuten hinterher. «Einmal. Da hat er alte Zeitungen zerrissen, in der Küche, und in den Mülleimer gestopft, aber mit so einer Wahnsinnswut, als, was weiß ich, als wären die Buchstaben Wespen und hätten ihn gestochen. Ich glaube, der hatte eine Menge Wut in sich.»

«Wenn du Wespen nicht reizt, dann stechen die dich nicht», sagte Moritz. «Mein Vater hat immer alle gereizt. Aber ehrlich mal, das ist so typisch, dass wir hier am Grab meiner Mutter stehen und über meinen Vater reden.»

«Ja, bescheuert ist das», sagte Lucky. «Lass mal das Thema wechseln.»

«Und unter der Woche mussten wir spätestens um halb sechs gehen», sinnierte Philipp, der offenbar nicht richtig zugehört hatte. «Da kam dein Vater normalerweise nach Hause, und dann musste Ruhe sein. Weißt du noch, als wir einmal trotzdem geblieben sind und du nur so getan hast, als wären wir gegangen? Wir haben den ganzen Abend nichts gesagt, nur in deinem Zimmer auf dem Boden gesessen und gehofft, dass niemand reinkommt. Und deine Schwester hat gedroht, dass sie uns verpetzt, wenn sie nicht bei uns sitzen darf.»

Moritz nickte. «Mein Vater ist nie in mein Zimmer gekommen. Nicht ein einziges Mal. In all den Jahren.»

«Aber deine Mutter. Wir konnten erst abhauen, als beide geschlafen haben», sagte Philipp. «Alter, hab ich einen Ärger zu Hause bekommen.»

«Ich nicht», sagte Lucky. «Die haben das gar nicht gemerkt.» Er blickte noch einmal auf das opulente Nachbargrab. «Ist doch scheiße. Da machst du und tust, Probleme über Probleme, ein Leben lang, du kriegst das alles irgendwie geregelt, und am Ende liegst du neben einem Peter Wondratschek, Jahrgang achtundvierzig, und du kennst den gar nicht, und der kennt dich nicht, und du streckst trotzdem einfach so die Füße lang.»

«Ich finde das beruhigend», sagte Philipp. «Auch wenn du nämlich nicht dein Leben lang machst und tust, liegst du am Ende trotzdem neben einem Peter Wondratschek. Es spielt überhaupt keine Rolle. Ist alles nicht so wichtig. Am Ende wartet immer irgendwo ein Peter Wondratschek.»

«Wisst ihr, was komisch ist?», fragte Moritz und bohrte seinen Blick tief in die Inschrift auf dem grauen Stein. «Mein Vater hat gesagt, dass es schön war, mich noch mal gesehen zu haben.»

«Was man halt so sagt», sagte Philipp.

«Nee», sagte Moritz. «Nicht wenn man mein Vater ist. Wenn man mein Vater ist, dann sagt man, scheiße, wie siehst du denn aus, Bart steht dir nicht, lass dir die Haare schneiden, nimm die Mütze ab, Klamotten wie die Hottentotten, das sagt man, wenn man mein Vater ist. Aber nichts mit schön und gesehen haben.»

Philipp drückte das Kreuz durch und stemmte die Hände in die Hüften. Jetzt erinnerte er Moritz an den erwachsenen Groot aus *Guardians Of The Galaxy*. «Das entscheidende Wort ist ‹noch›», sagte er.

«Was?»

«Das entscheidende Wort ist nicht ‹schön›, das entscheidende Wort ist ‹noch›. Was hat er genau gesagt?»

«‹Schön, dich noch mal gesehen zu haben.›»

«Eben. Das klingt nach Abschied», sagte Philipp. «Nach Abgang. Ende. Schluss. Der Vorhang fällt.»

«Na ja», erwiderte Moritz. «Wir haben uns zwanzig Jahre nicht gesehen. Noch mal zwanzig Jahre macht der nicht.»

«Ich weiß, was der Herr Professor meint», sagte Lucky. «‹Schön, dich noch mal gesehen zu haben.› Berühmte letzte Worte, verstehst du? Hast du nicht gesagt, der ist kaputt?»

«Fit ist der nicht.»

«Vielleicht glaubt der, dass er auch bald stirbt», vermutete Lucky. «Vielleicht ist der krank. Vielleicht hat der ja auch keinen Bock mehr. Vielleicht will der nicht mehr. Jetzt, wo seine Frau neben Peter Wondratschek liegt. Vielleicht stirbt der bald und wollte seinen Sohn noch mal sehen.»

«Alter, hör auf», sagte Moritz.

«Kann doch sein. Vielleicht hat der Krebs», sagte Lucky. «Oder die Schwindsucht. Muskelschwund ist echt scheiße. Oder MS. Ich kenn jemanden, der hat MS. Oder Aids. Obwohl, das muss ja gar nicht mehr tödlich sein.»

«Kannst du mal aufhören, bitte?», sagte Moritz.

«War der nur bei dir im Café, oder wart ihr auch bei euch zu Hause?», fragte Philipp. «Also, bei deinen Eltern?»

«Ich hab ihn abgesetzt, ich war nicht drin», sagte Moritz.

«Dann geh da doch mal hin. Guck dir das an.»

«Ich geh da nicht hin», sagte Moritz. «Einmal Sehen alle zwanzig Jahre reicht.»

«Das ist dein Vater», sagte Philipp. «Auch nach zwanzig oder fünfzig oder fünfhundert Jahren.»

«Ich geh da nicht hin. Und du weißt nicht, was du da von mir verlangst.»

«Doch», sagte Philipp. «Ich hab das alles miterlebt damals. Schon vergessen?»

«Wenn dein Vater noch fünf oder zehn Jahre machen will, gut», sagte Lucky. «Wenn der keinen Bock mehr hat, auch gut. Aber du musst das klären, Mann.»

«Warum? Ich kenne den nicht», sagte Moritz. «Er bedeutet mir nichts. Ist mir egal, ob er lebt oder stirbt. Er hat einmal seinen Samen gespendet, wie auch immer er das gemacht hat, dann bei meiner Schwester noch mal, und das war es auch schon, das war das Ende seiner guten Taten.»

Lucky machte eine Rappergeste, die ausgesprochen lächerlich aussah. So eine mit abgespreizten Fingern und angewinkeltem Arm. «Bruder, du kannst es drehen und wenden, wie du willst», sagte er mit der Attitüde des ausgefuchsten Straßenköters und machte einen Doppelpunkt: «Er ist dein Vater.»

Hallo, Moritz, ich bin doch erschrocken. Sätze mit
«erschrick nicht» führen ganz automatisch zum Erschrecken. Weil du weißt, danach kommt was Schlimmes. Ist aber natürlich gut zu wissen, das mit Mama,
danke. Ich weiß noch nicht, was ich dazu sagen soll.
Oder fühle. Ich wollte zuerst behaupten, dass ich
die falsche Nina bin und nicht deine Schwester. Ich
wollte es sagen, und es wäre okay gewesen, ich hätte
nie wieder von dir oder euch gehört. Aber dann fand
ich es doch falsch. Ich bin sehr weit weg, und es
fühlt sich komisch an, plötzlich eine Stimme aus der
Vergangenheit zu hören bzw. zu lesen. Ich weiß, dass
du ein Café aufgemacht hast, ich habe das im Internet gelesen. Manchmal guckt man ja doch. Hat Mama
sehr gelitten? Hatte sie Schmerzen? Wie ging es ihr
zuletzt? Hattest du noch Kontakt? Ich wollte eigentlich gar keine Fragen stellen, Du musst auch nicht
antworten. Es ist schön, dass ich Tante bin. Elias
ist ein guter Name. Das freut mich für dich. Du bist
übrigens auch Onkel. Na ja, sogar fünffacher Onkel.
Überraschung, was? Drei Mädchen und zwei Jungs. Zwischen zwölf und zwei. Es ist mir aber wichtig, dass
wir jetzt nicht einfach so anfangen, miteinander zu
plaudern. Ich wohne aus gutem Grund in Florida. Ich
habe ein schönes Leben. Ein anderes Leben. Es war
schwer genug, dahin zu kommen. Nimm mir das nicht
übel. Wenn du dir das Grab anguckst, schick mir ein
Foto. Ich halte das aus. Gruß, Nina

10

MORITZ STAND auf der kratzigen Fußmatte wie einst als Fünf-
zehnjähriger vor der Haustür der schönen Laura aus der Paral-
lelklasse, er fühlte sich auch genau wie damals, ungelenk, überfordert, das Herz schlug ihm bis zum Hals, na ja, nur ohne den
hormonell bedingten Liebestaumel. Leider. Erschwerend kam
hinzu, dass Lucky und Philipp in unmittelbarer Nähe warteten,
auch das wie damals, offiziell als Verstärkung und moralische
Unterstützung, in Wirklichkeit waren sie einfach nur Voyeure,
Sensationslüstlinge. Gaffer. Damals hatten sie hinter einem
Strauch gelauert, dass sich die Äste bogen, heute saßen sie in
Luckys weißem Mercedes, dem getunten, gespoilerten, auf-
fälligsten Auto der Stadt, er stand auf der gegenüberliegenden
Straßenseite im Halteverbot, sie reckten grimassierend Köpfe
und Daumen in Moritz' Richtung, gleichzeitig dröhnte Kontra
K aus den Boxen und dem geöffnetem Seitenfenster, *Immer der
Sonne entgegen, auf der Flucht vor dem Regen.* Hinter einem der
Fenster würde es gewiss einen verschreckten Rentner geben,
der längst mit dem Wählscheibentelefon in der Hand überlegte,
die Polizei zu rufen. Sicherheitshalber.

Moritz seufzte, drückte ganz automatisch auf den goldenen
Klingelknopf, da war sie, die aufsteigende, gedämpfte Melodie,
der letzte Ton immer ein wenig verzerrt, scheppernd.

Nun hieß es warten.

Nicht unbedingt Moritz' Stärke.

Er betrachtete die Fassade des Reihenhauses, den weißen
Putz, die Holzverkleidung, da bröckelte einiges, der Wohn-
zimmer-Rollladen war heruntergelassen bis auf einen schmalen
Spalt, die Lampe über der Haustür blind und voller Spinnweben.
Im ersten Stock war das Fenster seines Kinderzimmers gekippt.

Die Gardine dahinter war grau und nicht mehr die seine. Natürlich nicht. Er seufzte und blickte sich um. Noch konnte er den Rückzug antreten, noch war es nicht zu spät. Lucky fing seinen Blick auf – der ganze Mercedes wackelte, weil Kontra K es so wollte – und schob Moritz mit den Händen imaginär in Richtung Haus. Moritz schüttelte den Kopf und machte eine halsabschneidende Geste. Philipp stieß mit seiner Frisur an die Wagendecke, das sah ganz schön bescheuert aus, hob auf dem Beifahrersitz entschuldigend beide Arme, dann gab es ein unverständliches Wortgefecht, an dessen Ende Kontra K beleidigt schwieg und Lucky seinen linken Ellbogen aus dem Seitenfenster hängte. Jetzt sah er aus wie ein Zuhälter, der auf seine Tageseinnahmen wartete. Das alles konnte Moritz beobachten, weil sich direkt vor ihm nichts tat. Er drehte sich wieder zur Tür um, so schnell durfte man wohl nicht aufgeben, wo man schon mal hier war, und klingelte erneut. Nicht einmal eine halbe Sekunde später gab es ein schleifendes Geräusch, ein ruckartiges Öffnen, den Blick in ein dunkles Loch mit Kleiderhaken auf der linken Seite, dann stand sein Vater vor ihm.

«Ja, mein Gott, ist ja schon gut.»

Karlheinz Liebig wirkte noch kleiner als am Vormittag, er war auf Strümpfen, die mehrfach gestopft schienen und ein Loch über dem linken kleinen Zeh offenbarten, die dürren Beine bildeten ein O, er betrachtete Moritz aus zugekniffenen Augen, als müsste er sich an den kümmerlichen Rest von Helligkeit erst gewöhnen. «Was willst du denn hier?», fragte er mürrisch, sein Atem roch wie früher. Nach Alkohol.

«Nach dir sehen», sagte Moritz und bereute, auf seine Freunde gehört zu haben.

«Mir geht's gut», sagte Karlheinz Liebig und sah an Moritz vorbei auf den weißen Mercedes. «Überall nur noch diese Kanaken. Die schnüffeln hier rum. Die spionieren uns aus. Einbrecher sind das! Alle aus dem Osten, ganze Banden sind das, organisiert sind die. Die kommen in Scharen. Ich rufe die Polizei!»

Moritz wandte sich um, Lucky und Philipp grüßten freundlich winkend. «Das sind Lucky und Philipp, Papa.»

«Wer?»

«Lucky und Philipp. Meine Freunde von früher. Aus der Schulzeit.»

«Keine Kanaken?»

«Doch, Papa. Kanake heißt Mensch. Und das letzte Mal, als ich nachgesehen habe, waren beide menschlich. Sogar Lucky.»

«Ein erwachsener Mann heißt nicht Lucky.»

Karlheinz Liebig machte keine Anstalten, die Tür freizugeben oder seinen Sohn hereinzubitten. Was Moritz so langsam aus der Fassung brachte.

«Was ist? Sollen wir noch mal anfangen?», fragte er. «Muss ich noch mal klingeln, oder kann ich reinkommen?»

Karlheinz Liebig schüttelte den Kopf und lehnte sich gegen den Türrahmen. «Ist mir zu spät», sagte er. «Für heute. Für heute ist mir das zu spät. Tagesschau kommt gleich.»

«Tagesschau ist längst vorbei», sagte Moritz.

«Das ist eine Behauptung.»

«Das ist Fakt, Papa. Es ist fast zweiundzwanzig Uhr. Das letzte Mal, als ich geguckt habe, begann die Tagesschau um acht. Immer. Jeden Tag. Die Tagesschau geht von acht bis Viertel nach acht.»

«Vielleicht ist ja heute der Tag, an dem sie mal später beginnt. Das weiß man ja gar nicht, bevor man es nicht gesehen hat. Vielleicht gab es ja technische Probleme oder eine Sondersendung, die immer mit ihrem Brennpunkt, die ganze Welt ist ein Brennpunkt, und Fußball spielen sie auch andauernd, das kann man sich ja gar nicht mehr angucken, das alles. Vielleicht läuft genau jetzt der Wetterbericht, und ich kann ihn nicht sehen, weil ich hier bei dir an der Tür stehe.»

«Wenn überhaupt, dann laufen jetzt die Tagesthemen, Papa.»

«Na also, sag ich doch. Wo ist denn da der Unterschied?»

«Ich war bei Mama», sagte Moritz in dem Bemühen, dieses unsinnige Thema zu beenden. «Auf dem Friedhof.»

«Warum?», fragte Karlheinz Liebig, seine Mundwinkel zeigten konsequent nach unten. «Die sagt nichts mehr.»

«Du kümmerst dich ja doch um das Grab. Also, so richtig. Es ist gepflegt.»

«Ja, mein Gott, was soll ich denn machen? Ist ja auch vollkommen überflüssig, eigentlich. Mama ist das doch scheißegal, was über ihr wächst.»

«Und warum machst du das dann?»

«Was für eine blödsinnige Frage. Wie sieht das denn sonst aus, alle Gräber schön, nur unseres nicht?»

«Kann dir das nicht egal sein?»

«Wo denkst du hin?» Karlheinz Liebig sah jetzt doch empört aus, immerhin, eine Regung. «Das ist mir natürlich nicht egal. Die Leute reden sowieso schon zu viel.»

«Auf dem Grabstein ist noch Platz», sagte Moritz.

«Gehört sich doch so. Irgendwo muss ich ja hin. Wir werden uns schon nicht auf die Nerven gehen, Mama und ich. Ist ja bisher auch immer gutgegangen.»

«Lass mich mal rein, bitte.»

Moritz hatte den letzten Satz leiser gesagt, und aus irgendeinem Grund gab sein Vater nun doch die Tür frei, drehte sich um, es dauerte ewig, er schlurfte in das schlauchförmige Haus, wurde mit jedem Schritt fahler, löste sich in der Dunkelheit auf. Moritz ging hinterher, schloss die Tür, sofort überwältigte ihn der alkoholgetränkte, ungewaschene Geruch.

«Du musst mal lüften», sagte er. «Ist ja schlimm hier.»

Sein Vater ging voraus in Richtung Küche. «Ja, ja», murmelte er nur, im Flur lagen ein Paar Schuhe, nicht in perfekter Harmonie, nicht sachte die Fußbodenleiste unterhalb der Wand berührend, so wie früher, nein, der linke hing halb auf dem rechten, die Schnürsenkel waren nicht geöffnet, die Schuhe waren so ausgetreten, dass man ohne Mühe hineinschlüpfen konnte, gewiss auch aus großer Höhe und bei böigem Wind. Es hätte Moritz als Warnung dienen sollen. Doch als er die Küche betrat, traf ihn fast der Schlag. Das Geschirr stapelte sich auf dem Herd bis zur Dunstabzugshaube. Leere Konservenbüchsen waren auf der Arbeitsfläche aufgetürmt, dreckige Geschirrtücher lagen zwischen ebenso dreckigen Messern, Gabeln und Suppentellern, mindestens dreißig oder vierzig leere Bierflaschen standen auf dem Boden rund um die Anrichte. «Was ist das denn hier?», fragte Moritz entsetzt. «Was bist du, ein Messie?»

Karlheinz Liebig ging sofort in die Luft. «Da kannst du dich bei deiner Mutter bedanken», schimpfte er. «Was muss die auch als Erste sterben? So war das nicht gedacht. Ich weiß nicht, wie das geht, hier, die Hausarbeit und alles!»

«Deshalb wolltest du mich also nicht reinlassen.»

«Ja, mein Gott, stolz bin ich nicht drauf.» Karlheinz Liebigs Hände zitterten jetzt besonders stark, sein Rücken verkrümmte sich über das bisherige Maß hinaus.

«Eine Haushaltshilfe», sagte Moritz. «Hol dir doch 'ne Haushaltshilfe.»

«Nix», wiegelte Karlheinz Liebig ab. «Hier kommt niemand rein.»

Moritz verdrehte die Augen und trat von der Küche ins Wohnzimmer. Dort sah es nicht viel besser aus. Ungelesene Zeitungen stapelten sich auf dem Boden, staubgesaugt worden war seit Ewigkeiten nicht mehr, Socken häuften sich unter dem

Fernsehsessel, das TV-Gerät war mitsamt des dazugehörigen Möbels auf einen Meter Entfernung herangezogen worden. Tabletten warteten, teils in der Schachtel, teils im Blister, neben einer Schüssel Erdnüsse auf ihren Gebrauch. Daneben weitere Flaschen Bier.

Moritz hob ein Geschirrhandtuch auf, das sich irgendwie hierher verirrt hatte. «Mann, Papa», sagte er leise.

«So ist das halt, wenn einen alle allein lassen.» Karlheinz Liebig hielt den Blick gesenkt, trotzig, und ließ sich in seinen Sessel fallen. Ein Fallen in Zeitlupe, wider aller anatomischen und physikalischen Wahrscheinlichkeiten. Er nahm ganz automatisch die Fernbedienung in die Hand und schaltete das Gerät ein. RTL, sah Moritz, weder Tagesschau noch Tagesthemen. Irgendetwas explodierte mit enormem Krach, die Aufregung war groß, das Geschrei auch, Karlheinz Liebig kniff die Augen zusammen.

«Machst du das aus, bitte?», sagte Moritz einigermaßen ruhig, aber es war natürlich surreal, vollkommen unrealistisch. Zwanzig Jahre später, zwanzig Jahre Pause, und sein Vater überbrückte die dadurch entstandene Leere mit dem Einschalten des Fernsehers.

«Ich gucke immer um diese Uhrzeit fern», sagte Karlheinz Liebig und stierte nun geradezu demonstrativ in Richtung des Bildschirms. Moritz stand ein paar Sekunden hilflos da, der dünne Faden war komplett gerissen, dann sah er sich noch einmal im Wohnzimmer um, entdeckte immer mehr Anzeichen schleichender Selbstaufgabe, griff sich an die Stirn und begann aufzuräumen, ganz automatisch, die Hände taten es wie von selbst. Vielleicht eine Übersprungshandlung. Aber eine mit Sinn. Er öffnete die Fenster in Küche und Wohnzimmer, nahm eine tiefe Nase städtischer Luft, die ja auch dadraußen nicht wirklich sauber war, hob eine Handvoll Müll auf, brachte ihn zum überfüllten Mülleimer, da ging nichts mehr und vor allem nichts mehr rein, aber unten, in der Schublade unter der Arbeitsplatte, da mussten Mülltüten oder Säcke sein, ja genau, da waren immer welche gewesen, und da waren auch jetzt welche, ein wenig nach hinten geschoben. Moritz riss einen Müllsack von der dunkelblauen Rolle, richtete sich auf, der Rücken tat ihm weh, er stopfte alles hinein, was nicht vollkommen unverzichtbar schien. Er war so angewidert, dass er Lippenherpes befürchtete, während sein Vater mit unbewegtem Gesicht den Fernseher betrachtete, den Mund leicht geöffnet, fehlte nur noch der herabgleitende Tropfen Speichel. Der Rest war Schweigen, alles Leben televisionär, dazwischen gab es Werbung für eine Zielgruppe, der Karlheinz Liebig schon sehr lange nicht mehr angehörte. Am Ende, nach etlichen Minuten, hatte Moritz den blauen 120-Liter-Sack komplett befüllt, trotzdem sah es in Wohnzimmer und Küche kaum besser aus, na ja, ein bisschen schon, er schulterte den Sack wie der Weihnachtsmann die Geschenke und trat damit vor die Tür. Der weiße Mercedes mit Lucky und Philipp stand immer noch auf der anderen Straßenseite im Halteverbot. «Ah, unser Mann im Weltall», rief Lucky begeistert und zeigte auf den blauen Sack. «Ist er dadrin, dein Vater?»

«Sag mal, spinnst du?», schimpfte Philipp. «Du hast echt den Schuss nicht gehört!»

«Na eben. Deshalb frag ich ja», sagte Lucky, öffnete die Fahrertür und stieg aus. «Sonst wüsste ich doch Bescheid.» Er zeigte aufs Haus. «Schlimm?»

«Geisterbahn», sagte Moritz, überquerte die Straße und wuchtete den Sack in den schwarzen Müllcontainer am Straßenrand.

«Phantasialand oder Restekirmes?», fragte Lucky.

«Restekirmes», sagte Moritz. «Ihr könnt abhauen, das dauert hier noch.»

«Wir können helfen», sagte Philipp durch das geöffnete Fenster.

«Nee, Ihr habt schon genug getan.»

«Das klingt nicht gut für mich», sagte Lucky, grinste und bestieg seine penibel gepflegte Luxuskarosse. «Fast ein wenig negativ. Woher kommt das wohl? Wenn du uns brauchst, ruf mich an. Ansonsten Philipp.»

Moritz nickte und ging zurück zum Haus. Lucky startete den Motor, es klang, als würde ein Düsenjet während des Flugs in den Rückwärtsgang schalten, dann gab er Gas, das Letzte, was Moritz von seinen Freunden sah, waren Philipps wackelnde Haare, die über die Rückenlehne des Beifahrersitzes hinausstachen wie der rote Schopf von Marge Simpson.

Als er die Haustür hinter sich geschlossen hatte und das Wohnzimmer betrat, kniete sein Vater am Fenster, die Augen auf Höhe des schmalen Schlitzes, der zwischen Rollladen und Fensterbank übrig geblieben war. In seiner Hand ein Fernglas, das aussah, als hätte es beide Weltkriege erlebt und wäre darüber genauso abgeblättert wie sein Besitzer. Das ganze Bild wirkte lächerlich. Und irgendwie traurig.

«Das sind deine Freunde?», fragte Karlheinz Liebig gepresst und hob das Fernglas erneut an, um die Gegend zu erkunden.

«Ja, Papa. Immer. schon.»

«Ich glaube langsam, ihr wollt mich ausrauben. Wollt ihr mich ausrauben?»

Karlheinz Liebig versuchte aufzustehen, schaffte es nicht, sich in eine aufrechte Position zu stemmen, legte das Fernglas auf dem Sofa ab und zog sich schließlich mit beiden Händen hoch. Er verzog das Gesicht und stöhnte. «Ich meine das ernst. Ihr wollt mich doch ausrauben?! Bist du hier, um zu sehen, was du alles zu Geld machen kannst? Jetzt, wo Mama nicht mehr da ist? Spionierst du mich aus?»

«Papa!», rief Moritz. Es gab für alles eine Steigerung.

«Was weiß ich, die Welt ist schlecht.» Karlheinz Liebig war knallrot im Gesicht. Er schwitzte, seine Stirn glänzte. «Der Mercedes kostet mindestens hundert Mille. Woher hat der denn das Geld, dein Freund?»

«Finanzgeschäfte, Papa. Börse. Lucky ist richtig gut an der Börse.»

Karlheinz Liebig tippte sich an die Stirn. «Der und Börse. Du glaubst auch jeden Scheiß. Guck dir den doch mal an, wie der rumläuft. Kleider machen Leute!»

«So was geht», sagte Moritz matt. «Heutzutage.»

RTL gab sich weiterhin Mühe, akustisch möglichst aufdringlich zu stören. Moritz hielt es nicht mehr aus, ging um den Fernseher herum und zog am Kabel den Stecker aus der Dose. «So», sagte er. «Du hast Besuch.»

Sein Vater gab einen Unmutslaut von sich und setzte sich wieder hin. «Ich hätte *dich* nicht besuchen sollen», sagte er. «Heute. In deinem komischen Café. Wer nichts wird, wird Wirt. So haben wir früher immer gesagt.»

«Ich hab mit Nina gesprochen. Oder geschrieben, besser gesagt.»

Karlheinz Liebig ruckte mit dem Kopf wie eine verhaltensgestörte Taube. «Warum?», fragte er.

«Das ist nun wirklich die blödeste Frage, Papa», sagte Moritz. Er verlor nach und nach die Hemmungen. Vielleicht war es ja doch ganz gut, sich auseinanderzusetzen. Nach all den Jahren. «Mama ist tot. Schon vergessen?»

«Nein.»

«Und du tauchst heute plötzlich aus der Versenkung auf. Zwei gute Gründe, oder?»

«Ihr seid von uns fortgegangen, nicht wir von euch», sagte Karlheinz Liebig, da war ein Frosch in seinem Hals.

«Willst du nicht wissen, wie es ihr geht? Wo sie ist?»

«Sicher.»

«Sie ist in Amerika und hat fünf Kinder.»

«Fünf?», stieß Karlheinz Liebig hervor. «Das ist ja wie in Afrika.»

«Papa!»

«Ist doch wahr. Fünf Kinder. Asozial haben wir das früher genannt.»

«Deine Enkel sind das. Wie viele Enkel hast du also insgesamt?»

Karlheinz Liebig schwieg, schien in sich eine positive, bejahende Reaktion zu suchen, wurde aber nicht fündig. Moritz wechselte das Thema.

«Wenn ich jetzt in die anderen Zimmer gucke, wie sieht es da aus?», fragte er.

«Keiner hat gesagt, dass du in die anderen Zimmer gucken sollst. Das sind meine Zimmer.»

«Wann hast du das letzte Mal die Bettwäsche gewechselt?»

«Ach, die kann man wechseln?»

Moritz verstummte, verspürte in sich plötzlich keinerlei Drang mehr, weiter aufzuräumen, und betrachtete das Sofa. Hier hatte seine Mutter gesessen, immer. Und nie auf der Seite, die seinem Vater nahe war, sondern immer auf der anderen, rechts an der Wand, möglichst weit weg von Karlheinz Liebig und seiner Ausstrahlung. Moritz fragte sich, ob das eine bewusste Entscheidung gewesen war oder ob es einfach so passiert war.

«Ich zeig dir die Terrasse», sagte Karlheinz Liebig unvermittelt, wartete nicht auf eine Antwort und stand auf. Er durchquerte das Wohnzimmer, bildete mit Oberkörper und Beinen fast einen rechten Winkel dabei, schaltete die Außenlampe unter der Markise an und öffnete die Tür zum Garten, den Moritz ebenso verkommen und chaotisch erwartete wie das Innere des Hauses. Aber er irrte sich. Soweit die Dunkelheit es erkennen ließ, war der Rasen ordentlich gemäht, die Beete in gepflegtem Zustand, nichts wucherte, vermehrte oder kreuzte sich ungeordnet. Selbst die alte Eiche schien bei bester Gesundheit. Klar, dachte Moritz, der Garten war so öffentlich wie das Grab der Mutter. Da durfte man sich nicht gehenlassen.

Karlheinz Liebig zeigte auf einen Holzstuhl, auf dem ein geblümtes Kissen lag, und setzte sich auf den zweiten daneben, ohne Kissen, es mochten etwa einenhalb Meter Abstand sein. Weit genug, dachte Moritz, und ließ sich ebenfalls nieder, wenn auch vorsichtig, als wäre nicht ganz klar, ob sich nicht gleich unter ihm der Boden auftun und ihn samt Stuhl verschlingen würde. Er legte die Hände auf die Knie, es war wie eine Prüfung, genau, so hatte er beim mündlichen Abitur gesessen, vor dem Lehrerkollegium, Religion war das Fach gewesen, und er war so aufgeregt gewesen, dass er die witzig gemeinte Einstiegsfrage, welche bekannte Persönlichkeit vor über zweitausend Jahren am Kreuz gestorben war, nicht zu beantworten wusste.

Sein Vater schaute streng nach vorne, auf die Wiese. Das gelbe Terrassenlicht war kein schönes, es ließ den Garten milchig und kalt wirken. Grillen zirpten, versuchten sich in Gemütlichkeit, es wirkte irgendwie aufdringlich und verzweifelt, leichter Wind kam auf. In einem der Nachbarhäuser weinte ein Baby.

Karlheinz Liebig zeigte auf den Baum. «Über tausend Jahre kann die alt werden», sagte er mit schwacher Stimme. «So eine Eiche.»

«Schön», sagte Moritz und dachte an das Baumhaus. Seine Laune verbesserte das nicht.

«Wenn du die pflanzst, dann wächst die in den ersten drei, vier Jahren um zwei Meter. Nicht schlecht, was?»

«Sicher.»

«Und dann denkst du, Mensch, wenn das so weitergeht ...
Aber das geht gar nicht so weiter. Das wird immer weniger. Je
älter die wird, desto weniger wächst die. Und weißt du was?
Die braucht vierzig Jahre, bis die mal die ersten Eicheln hat.
Vierzig Jahre!»

«Das ist doch nicht viel, wenn man tausend Jahre alt werden
kann», sagte Moritz. «Da ist so eine Eiche ja noch nicht mal in
der Pubertät.»

Karlheinz Liebig ging nicht darauf ein, er war mit der Ausar-
beitung seiner eigenen Gedanken beschäftigt. «Am Ende wächst
die nur noch vier Millimeter im Jahr. Kannst du dir das vorstellen? Da legst du los wie ein Weltmeister, machst zwei Meter
in kürzester Zeit, du gewöhnst dich daran, hast Schwung und
willst dich weiter strecken, immer mehr ausdehnen, in Richtung
Himmel, aber es geht nicht, da ist immer mehr Widerstand und
drückt dich runter. Über einen sehr, sehr langen Zeitraum.»

«Worauf willst du eigentlich hinaus, Papa?»

Karlheinz Liebig machte eine kurze Pause. «Mir tut alles
weh», sagte er leise. Er sprach in irgendeine Richtung, nicht
unbedingt zu seinem Sohn. «Also, wirklich alles. Scheiße ist das.
Der Rücken, die Knie, die Gelenke. Das Herz. Jeder Knochen
brennt. Die Zähne wackeln. Ich kann sowieso nichts mehr essen,
weil es mir sofort wieder unten rauskommt. Das verdammte
Schnitzel heute Mittag hätte ich nie ... Ich renne vier Mal pro
Nacht aufs Klo. Und dann kommt nichts. Ich brauche Stunden,
um mir was anzuziehen. Socken zum Beispiel. Socken sind am
schwierigsten. Manchmal versuche ich es gar nicht mehr. Dann
behalte ich sie an. Eine Woche oder länger. Ist auch gut nachts,
denn meine Füße werden nicht mehr warm. Ich glaube, sie
sterben ab. Jedes Mal, wenn ich mich umdrehe, werde ich wach.
Ich kann mich nicht mehr richtig rasieren, manchmal sehe ich
erst im Spiegel unten, dass ich ganze Büschel stehen gelassen

habe. Zehennägel schneiden kannst du vergessen. Meine Hände zittern zu sehr. Mama hat mir immer die Zehennägel geschnitten.»

«Was ist das denn? Parkinson?», fragte Moritz und kämpfte gegen widersprüchliche Gefühle. Ein Moment der Offenheit. Bei seinem Vater. Das kam unerwartet, darauf war er nicht vorbereitet. Ein Gespräch über Schmerzen war ja fast so etwas wie ein Gespräch über Gefühle.

«Weiß ich nicht. Ich gehe nicht zum Arzt», sagte Karlheinz Liebig. «Was hab ich davon, wenn der mir das dann sagt?»

«Medikamente?»

«Ich nehme jetzt schon mehr Medikamente, als mein Magen aushält. Ich nehme Medikamente fürs Herz, den Blutdruck, den Zucker. Irgendwelche Sachen, wo ich gar nicht mehr weiß, wofür oder wogegen die sind. Ich nehme Medikamente gegen die Medikamente.»

Moritz schwieg und dachte nach. «Du hast gesagt: ‹Schön, dich noch mal gesehen zu haben.›»

«Wann?»

«Heute. Als ich dich hier abgesetzt habe.»

Karlheinz Liebig schwieg. Dann stand er auf, es sah in der Tat noch schwerfälliger aus als bislang. «Ich hol mir ’n Bier. Willst du auch eins?»

Moritz schüttelte den Kopf, sein Vater arbeitete sich durch die Terrassentür in die Küche vor. Da war das aufflackernde Kühlschranklicht, ein gedämpftes Ploppen, dann kam der alte Mann zurück, setzte sich wieder und nahm einen tiefen Zug aus der Flasche.

«Ich hab einfach keine Lust mehr», sagte er. «Das ist der Punkt.»

«Was heißt das?»

«Vier Millimeter im Jahr, stell dir das mal vor …»

«Es ist nicht viel, aber es ist Wachstum.»

«Nee, es ist scheiße. Alles ist scheiße.»

«Ist es nicht.»

«Ist es doch. Du kannst hier nicht einfach herkommen und behaupten, dass nicht alles scheiße ist, obwohl du zwanzig Jahre lang nicht gesehen hast, was alles scheiße ist. Was alles scheiße geworden ist. Oder immer schon war. Jedes Jahr wird alles ein bisschen mehr scheiße, ganz langsam, das tröpfelt so, wenn du älter wirst, alles tröpfelt nur noch. Das ist wie mit dem Cholesterin. Am Anfang gleicht das gute Cholesterin das böse aus. Und dann kommt dein Arzt und sagt, so, das war's, Sie haben zu hohes Cholesterin, zu hohes böses Cholesterin, jetzt haben Sie den Wert überschritten, ab jetzt gibt's keinen Ausgleich mehr, ab jetzt gibt's Tabletten. So geht das in allen Bereichen, und alles knirscht und kracht und baut ab und verweigert sich, Stück für Stück. Am Anfang denkst du noch, na und, komme ich eben nicht mehr so gut hoch, auf die paar Sekunden kommt es nicht an und wann bücke ich mich schon mal, aber irgendwann bückst du dich dann gar nicht mehr, du machst die Augen auf, und Mama macht die Augen zu, und du stehst da und denkst: Moment mal, jetzt ist ja wirklich alles scheiße.»

«Aber was heißt das denn, alles ist scheiße?»

«Das, was es sagt. Ich hab keine Lust mehr.»

«Aber vier Millimeter sind vier Millimeter», sagte Moritz. «Immerhin! Egal, wie alt man ist. Es gibt doch auch, weiß ich nicht, Rollstuhlfahrer, die meinetwegen vorher Leistungssportler waren, die sich den ganzen Tag bewegt haben, mit den Füßen, meine ich. Die müssen doch auch weiterleben und was draus machen. Soweit es eben geht, die müssen doch auch Spaß haben, Freude und so weiter. Versuch doch wenigstens mal, die Zeit zu genießen, die du noch hast.»

Ein Seitenblick genügte, und Moritz wusste, dass er Blödsinn geredet hatte. Du konntest keinem Esel vorschlagen, ein Elefant zu werden. Also konnte man natürlich schon, aber nicht wenn man wollte, dass es auch eintraf.

Karlheinz Liebig saß weit vornübergebeugt da, so als ziehe ihn die Schwerkraft bereits unter die Erde, und trank einen größeren Schluck Bier.

«Ich will wirklich nicht mehr», sagte er. «Jetzt, wo Mama weg ist. Es geht nicht ohne sie. Siehst du doch. Nix klappt mehr.»

«Selbstmitleid», sagte Moritz, hatte eigentlich Verständnis und war trotzdem genervt. «Ist menschlich. Aber auch dagegen kann man was tun.»

«Aber nicht gegen den eigenen Körper. Das alleine Zubettgehen. Das alleine Aufstehen. Du kannst das drehen und wenden, wie du willst, Moritz, ich hab das Verfallsdatum überschritten. Ich hab nichts mehr zu tun, mir macht nichts mehr Spaß, nicht mal das Bier.»

Er nahm einen erneuten Schluck aus der Flasche. Der Schnuller des alten Mannes, dachte Moritz. «Du hattest noch nie Spaß an irgendwas», sagte er.

«Es ist falsch, dass Mama weg ist und ich da bin.»

Moritz kniff die Lippen zusammen. Es war schwer, seinem Vater in diesem Punkt nicht zuzustimmen. «Warum suchst du dir nicht eine Beschäftigung?», fragte er, nachdem Karlheinz Liebig keine Anstalten machte, weiterzureden. «Weiß nicht, du hast doch bestimmt Geld. Guck dir was an, Museum oder so, mach Reisen. Es gibt alte Leute, die fangen noch mal an zu studieren. Vielleicht kommt ja erst die Beschäftigung und dann der Spaß.»

«Du hast mir nicht zugehört», sagte der alte Mann schroff. «Mir tut alles weh. Je mehr ich mache, desto mehr merke ich, dass ich nichts mehr machen kann. Das ganze Leben ist wie ein Schnupfen. Du kannst Tropfen nehmen und inhalieren und

Erkältungsbäder nehmen, du kannst Antibiotika schlucken und den ganzen homöopathischen Quatsch. Oder du tust das alles nicht und wartest einfach, bis er vorbei ist. Im Ergebnis kommt es auf dasselbe raus.»

«Okay.» Moritz versuchte, noch einmal zum Kern vorzudringen. «Warum hast du gesagt: ‹Schön, dich noch mal gesehen zu haben›? Warum ‹noch›? Glaubst du, dass du bald stirbst?»

«Ja», sagte Karlheinz Liebig fest. «Irgendwann muss ja auch mal Schluss sein.»

«Und warum bald? Warum nicht in zwei Jahren? Oder in fünf?»

Karlheinz Liebig nahm einen dritten, großen Schluck aus seiner Flasche. «Weil ich möchte, dass du mir dabei hilfst», sagte er. «Wozu hat man denn Familie?»

«Du musst es einfach tun», sagte Philipp. «Du verschwendest dein Talent.»

Moritz seufzte müde. «Kannst du vergessen. Eher nehmen Liam Gallagher und Damon Albarn zusammen ein Album auf, als dass meine Eltern mir das erlauben.»

Es war ein ganz normaler Nachmittag, sie hatten die Hausaufgaben erledigt – also Philipp hatte sie erledigt, Moritz hatte sich die Lösungen zu merken versucht –, nun war die Luft raus. Dreizehn war ein seltsames Alter, die Gliedmaßen hingen unbotmäßig in der Gegend herum, für die kindlichen Dinge war man zu groß, für die großen zu kindlich. Da baumelte man dann halt so dazwischen, schlackerte herum, suchte nach Orientierung und sich selbst. Sie hatten im neuen *Musik-Express* geblättert, einer eher trockenen Erwachsenenzeitschrift, die auf Philipps Bett gelegen hatte, Oasis gegen Blur, Blur gegen Oasis, wer war besser, wer war größer, wer würde die Beatles in den Schatten stellen? Das waren die Fragen, die auch sie umtrieben, die wichtigen Fragen, *Country House* gegen *Roll With It*. Philipp hatte sich entschieden, er war für Blur, ganz klar, er stand auf der Seite der Intelligenz, der Verspieltheit, der anspruchsvollen, ironischen Vertracktheit, anstrengend war das, aber so unglaublich weit entwickelt, Moritz hingegen setzte mehr auf die archaische Kraft des Proletariats, die Einfachheit der drei wahrhaftigen Akkorde. Oasis war eine Haltung, war die Gegenwart, die Zukunft, er fühlte sich verstanden, emotional, auch wenn er kaum ein Wort kapierte von dem, was da im Gitarrengewitter gesungen wurde. Aber: *You gotta roll with it*.

«Du verrätst dich selbst», sagte Philipp und rührte den schwarzen Tee um, den er gekocht hatte. Schwarzer Tee mit

Milch und Zucker. Assam. Eigentlich ekelhaft. Aber es ging um die Zeremonie.

«Quatsch», sagte Moritz, ein Pickel an seiner Oberlippe tat weh und wartete darauf, ausgedrückt zu werden. Sollte man ja nicht machen, Pickel über der Oberlippe ausdrücken, aber einfach so stehenlassen konnte man das ja nun auch nicht.

«Du hast ein Talent, das nicht viele haben», sagte Philipp. Er wirkte reif für seine dreizehn Jahre, mindestens wie sechzehn, hatte etwas Professorales, gehörte nicht zu den coolen Jungs, aber zu den verlässlichen. Moritz spürte jetzt schon, dass das etwas wert war. Gerade für einen wie ihn. «Jeder will dich in seiner Mannschaft haben. Und das nicht, weil du so witzig bist oder wahnsinnig beliebt.»

«Bin ich ja auch nicht», sagte Moritz.

«Nee, aber du bist gut», sagte Philipp. «Das ist mehr wert. Beliebt sind nur die Durchschnittlichen. Weil der Rest sich in ihnen wiedererkennt.»

Moritz sah wieder auf den *Musik-Express*. Philipps philosophische Betrachtungen überforderten ihn, aber sie klangen gut, wenn auch ein wenig traurig. Philipp war alles andere als durchschnittlich.

«Geh doch einfach hin», sagte sein Freund mit den lockigen Haaren. «Geh hin und spiel vor. Was soll schon passieren?»

«Ich hab noch nicht mal Schuhe.»

«Wo ein Wille ist, ist auch ein Schuh.»

«Das letzte Mal, als ein Trainer zu uns nach Hause gekommen ist, hat es fast eine Schlägerei gegeben», sagte Moritz. «Das will ich nicht noch mal erleben.»

«Hast du nicht gesagt, deine Mutter erlaubt dir mittlerweile mehr?»

Moritz nickte, erzählte jedoch nichts von den Gründen.

«Dann mach es halt über sie. Hinterher. Aber geh doch erst

mal hin. Die C-Jugend trainiert heute. Weiß ich zufällig, weil ich da ab und an vorbeikomme. Dann guck ich durch den Zaun und denke, Alter, ich würde so gerne Fußball spielen können.»

«Du kannst aus einer Batterie und zwei Fahrradblechen einen Hubschrauber basteln. Das ist auch was», sagte Moritz.

Philipp schüttelte abwägend den Kopf, stand von der Bettkante auf, durchschritt sein perfekt aufgeräumtes Kinderzimmer, da war das Teleskop, dort der Globus, ging zur Stereoanlage und nahm eine auf dem Verstärker liegende CD in die Hand. «Komisches Material eigentlich», sagte er. «Kunststoff. Na ja.»

Er legte sie in das Abspielgerät. Es war wie ein Wunder, dass da einfach so eine Lade herausgefahren kam, wenn man auf einen Knopf drückte. Sie schloss sich wieder, es gab ein sirrendes Geräusch, Jarvis Cocker begann, von den gewöhnlichen Leuten zu singen, Moritz wippte, Philipp öffnete seinen Kleiderschrank und zog eine Sporttasche heraus.

«Willst du mitkommen, oder was?», fragte Moritz. Philipp war bekanntlich so sportlich wie eine Banane.

«Besser», sagte Philipp. Er öffnete die Tasche so feierlich, als handele es sich um einen gut gehüteten Schatz, und zog ein Paar schwarze Fußballschuhe heraus. Sie waren sehr alt, sehr getragen, aber es waren Fußballschuhe. «Die haben meinem Vater gehört. Als er noch gespielt hat. Linker Verteidiger, dritte Reservemannschaft. Schraubstollen sind darunter, fast neu.»

Er strich über die drei leidlich weißen Streifen des rechten Schuhs. «Ich glaube, er hat gehofft, dass ich über Nacht Talent bekomme, wenn er mir die Tasche schenkt.»

«Wow», sagte Moritz beeindruckt und nahm die Schuhe in die Hand.

«Das ist echtes Leder, nicht so ein Plastikscheiß wie heute», sagte Philipp stolz. Er betrachtete Moritz' Füße. «Die müssten dir eigentlich passen. Papa ist nicht so groß.»

Moritz betrachtete die Schuhe mit glänzenden Augen. Dann lachte er. «Du bist echt 'ne Pfeife», sagte er, was in seiner Welt den herzlichsten Dank bedeutete.

«Ja, dann los», sagte Philipp. «Das Training beginnt um fünf.»

Moritz sprang auf. «Sag mal, hast du das etwa alles genau geplant?», fragte er, nun plötzlich aufgeregt.

Philipp lächelte mit der Weisheit des Frühreifen. «Quatsch. Reiner Zufall ist das. Aber in der Tasche sind auch noch kurze Hose, T-Shirt und Stutzen. Alles gewaschen!»

«Alter.»

«Und Schienbeinschoner. Und jetzt hau ab, ich muss noch lernen.»

Moritz flog geradezu aus dem Haus, die Sporttasche über den Rücken geworfen, ihm war heiß, seine Ohren glühten, er kannte den Weg, Grün-Weiß hatte seine Anlage nur wenige Straßen weiter, sie spielten auf echtem Rasen, auch die Kinder, das machte den Verein besonders, das allein hob ihn aus der Masse heraus. Er dachte nicht an seine Eltern, nicht an die Verbote und Einschränkungen, gleich würde er das tun, was er am liebsten tat, er würde Fußball spielen, mit anderen, auf einem richtigen Rasenplatz, ihm zitterten die Knie, was, wenn er es nicht draufhatte? Wenn er sich nur eingebildet hatte, mithalten zu können? Schon von weitem sah er das Flutlicht, das erhabene, es wirkte einschüchternd auf ihn, die Pfähle riesengroß, ja, genau, die hatten einen eigenen Platzwart, die von Grün-Weiß, er verlangsamte seine Schritte, wurde von Kindern seines Alters überholt, die flachsten, sich männlich gerierten, breitbeinig gingen sie, spuckten auf den Boden, Trainingshosen hatten sie an, halblange Haare mit Mittelscheitel trugen sie, wie es im Moment modern war, auf und neben dem Platz. Moritz verlor jeglichen Mut. Das war nicht seins, er fühlte sich in größeren Gruppen unwohl, vielleicht auch weil sie zu Hause nie Besuch hatten, er wurde schüchterner, je näher er der Anlage kam. Wie sollte er es eigentlich angehen? Er konnte sich schlecht im Gebüsch umziehen und einfach auf den Platz stellen. Die hatten ja gar nicht auf ihn gewartet, die bei Grün-Weiß, er kannte niemanden, er war auch niemand, der einfach so auf andere zuging.

Er erreichte das Eingangstor, es hatte ein Eisengitter mit aufgedrucktem Vereinslogo, dahinter duftete der Rasen, frisch geschnitten war er, die Linien glänzten weiß. Auf dem hinteren Halbfeld spielten kleinere Jungs gegeneinander, es sah aus wie ein versehentlich zertretener, in Panik versetzter Ameisenhaufen, ab und an setzte sich die Stimme ihres Trainers durch, der sich Mühe zu geben schien, das Chaos zu ordnen. Immerhin, irgendwo in der Mitte sprang ein Ball.

Links waren die Umkleidekabinen, davor standen vielleicht fünfzehn Jungs in Moritz' Alter und machten einen Riesenlärm, einige von ihnen hatten Moritz soeben noch überholt. Schallendes Gelächter, große Gesten, man sah sofort, wer etwas galt in dieser Gruppe, um wen sich die anderen scharten. Ein etwas größerer Junge bildete das Zentrum, er hatte schwarze Haare und einen breiteren Körperbau. Vielleicht der Torwart, dachte Moritz, vielleicht der Mannschaftskapitän, vielleicht beides. Er blieb hinter dem Gitter stehen und stellte die Sporttasche ab, stopfte beide Hände in die Hosentaschen. Mehr als einmal spielte er mit dem Gedanken, einfach wieder zu gehen. Noch konnte er. Noch hatte ihn niemand bemerkt, niemand angesprochen.

«Willst du zu uns?», fragte jemand, Moritz zuckte zusammen. Ein Erwachsener war durch das Tor gekommen, ein Erwachsener in Trainingskleidung, mit kurzen Haaren und einem Netz voller Bälle über der Schulter.

«Kann sein», sagte Moritz und bemühte sich um eine möglichst lässige Körperhaltung, was ihn erst recht verkrampfen ließ.

«C-Jugend», fragte der Mann. «Training?»

Moritz nickte. Der Mann lachte. «Finde ich ja stark von dir, einfach so ganz alleine hier aufzutauchen.» Er reichte Moritz die Hand. «Ich bin Ingo. Der Trainer dieses Sauhaufens.» Er zeigte auf die grölenden Teenager vor dem Kabineneingang.

«Moritz», sagte Moritz fest, obwohl seine Lunge vor Aufregung rasselte, seine Knie gegeneinanderzuschlagen drohten.

«Na, dann komm mal mit, Moritz», sagte Ingo und hieb Moritz auf die Schulter. Sie gingen zu den anderen, Moritz versuchte, alle Gesichter auf einmal zu erfassen, ein aussichtsloses Unterfangen. Die Masse verschwamm zu einem großen Haufen Mensch mit Pickeln. «Erstes Mal bei einem Verein?», fragte Ingo.

Moritz nickte erneut.

«Umso besser. Irgendwann muss man ja anfangen.» Der Trainer hob den Arm, die Kinder verstummten. «Mal herhören», rief er mit befehlsgewohnter Stimme. «Das ist Moritz. Er macht heute ein Probetraining. Zeigt euch von eurer besten Seite, keine Beinschüsse, keine Blutgrätsche.»

Ein paar der Kinder lachten, betrachteten Moritz offen und freundlich, andere schauten zu Boden, die meisten nahmen es einfach so hin. Wie gesagt, niemand hatte auf Moritz gewartet. «Wir sind in der Sechs», sagte Ingo. Sie betraten den Kabinentrakt, etliche Türen gingen zu den Seiten ab, Moritz bemühte sich, seine Tasche genauso zu tragen wie die anderen Kinder, nur einen Bügel über der Schulter, der Rest hatte lässig herunterzuhängen, niemand sprach, es war ein einziges Gewische und Gequietsche der Schuhe. Die Kabine mit der Nummer sechs war nicht sonderlich groß, roch nach Schweiß und Duschmitteln, Moritz inhalierte den Geruch und setzte sich irgendwohin, in der Nähe der Tür, öffnete seine Tasche. Die Kinder fingen wieder an, miteinander zu reden, aber gedämpfter, Moritz bemühte sich, sie genau zu beobachten, sogar die Reihenfolge, in der sie ihre Sportkleidung anzogen, imitierte er.

«Leck mich am Arsch!» Der großgewachsene Schwarzhaarige hatte Moritz' Schuhe entdeckt. «Aus welchem Museum sind die denn?»

Ein paar der anderen Kinder lachten, Moritz war peinlich berührt. «Musst ja nicht gleich rot werden, Blondie», sagte der eventuelle Torwart und Mannschaftskapitän. «Kannst du damit etwa spielen?»

«Keine Ahnung», sagte Moritz, seine Stimme war leise. «Hab ich noch nie angehabt.»

«Der muss ja auch erst mal sehen, ob er es mit euch Knalltüten aushält», rief Ingo. «Vorher lohnt sich der Neukauf nicht.»

Auch er betrachtete nun Moritz' Schuhe. «Schraubstollen sind hier eigentlich nicht erlaubt», sagte er. «Zu große Verletzungsgefahr.»

«Soll ich wieder gehen?», fragte Moritz.

Ingo schüttelte den Kopf. «Heute ist es okay. Beim nächsten Mal bitte andere Schuhe.»

Die ersten Kinder verließen die Kabine in Richtung Platz, Moritz betrachtete sein Sportzeug, das eher nach Tennis aussah als nach Fußball, weiß war es, sehr kurz, von Trigema, oh Gott, wie spießig, wie unendlich peinlich. Und viel zu kalt dafür war es auch. Aber es half ja nichts. Moritz zog sich um, der Trainer sah ihn in einer Mischung aus Amüsement und Irritation an, Moritz schien wie aus der Zeit gefallen, die Achtziger wollten ihre Sportbekleidung zurück, ein paar Kinder kicherten, Ingo hielt Moritz eine Trainingsjacke hin, die er selbst nicht zu benötigen schien. «Haben?», fragte er und grinste. Moritz nickte dankbar, zog die Jacke über und stand auf. Seine Füße fühlten sich an, als hätte er versehentlich zwei gusseiserne Bärenfallen angezogen.

Er ging in einem Pulk von vier Kindern nach draußen, machte mit seinen Stollen einen Riesenlärm, die anderen lachten, einer machte Moritz' Gang nach, der tatsächlich wie Balancieren auf rohen Eiern aussah. Die Schuhe waren vorne zu groß, dafür an den Seiten zu eng. Oh Gott, was sollte das bloß werden? Das Betreten des Rasens linderte seine Unsicherheit nur marginal. Moritz hatte plötzlich Angst vor dem Ball. Dem Ball, der doch sein Freund war. Der erste Pass musste sitzen. Darauf kam es an. Die anderen würden darauf achten, wie er diesen ersten Pass spielte, nach diesem ersten Pass würden sie beurteilen, ob sie Moritz ernst nahmen oder nicht. Das Flutlicht war ein wenig schummrig, Moritz hatte Schwierigkeiten mit der Perspektive, speziell wenn der Blick in die Ferne ging oder nach oben, in die Strahler hinein. Die kleinen Kinder auf dem hinteren Halbfeld verließen den Platz lachend, tobend, voller Energie, Ingo befreite die Bälle aus seinem Netz und schoss sie in alle Richtungen. «Zwei Runden warm laufen», rief er. Die Jungs liefen los, gemächlich, um den Platz herum, unterhielten sich dabei, Moritz hätte schon nach einer Runde eine Lungentransplantation benötigt. Was für eine dämliche Idee, dachte er. Was für eine dämliche Idee von Philipp.

«Fünf gegen zwei», entschied Ingo dann und klatschte in die Hände. Die Kinder formierten sich ganz automatisch in zwei Siebenergruppen, man kannte sich, hatte Allianzen gebildet, nur Moritz blieb irgendwo stehen, bis Ingo ihn in eine Gruppe dirigierte, die dann eben sechs gegen zwei spielen würde. «Maximal zwei Kontakte», rief Ingo, die fünf Kinder im Kreis spielten sich den Ball zu, die beiden in der Mitte versuchten, ihn zu erlaufen, irgendwie abzufangen, zu berühren. Moritz wurde gleich in die Mitte geschickt, rannte von links nach rechts, von rechts nach links und kam einfach nirgendwo dran. So lange, bis Ingo ein

Einsehen hatte und Moritz herausnahm. Dann kam endlich sein erster Ballkontakt, er hatte Gänsehaut auf den Oberschenkeln. Unsauber war er, der Kontakt, der Ball rutschte ihm über den linken Fuß und prallte vom rechten aus dem Kreis heraus. «Na super», sagte der Schwarzhaarige, der ganz und gar kein Torwart war und die Augen verdrehte. Moritz genierte sich. Von wegen beidfüßig, nullfüßig war er. Konnte gar nichts.

Der Rest der Trainingseinheit war ebenso wenig ermutigend. Seine Schüsse aufs Tor verendeten so manches Mal im Fünfmeterraum oder gingen weit drüber, die Passübungen waren kläglich, köpfen konnte er sowieso nicht, hatte er noch nie gekonnt. Moritz war nicht dumm, er merkte, dass ihn der Trainer, der doch so nette Ingo, abzuschreiben begann. Moritz würde der Mannschaft, seiner Mannschaft, nicht helfen.

Am Ende gab es ein Trainingsspiel übers Halbfeld, sieben gegen acht. «Die mit Blondie spielen zu acht», rief der Schwarzhaarige, der sich ganz automatisch in die Mitte einreihte und der Nico hieß, so viel hatte Moritz mittlerweile mitbekommen. «Dann gleicht sich das aus.»

Moritz war mutlos, seine Körperhaltung ohne Spannung. «Vielleicht spielst du erst mal in der Verteidigung», sagte Ingo. «Linke Seite.»

Moritz nickte und beschloss, nie mehr wiederzukommen. Experiment gescheitert, seine Eltern hatten recht gehabt, er sollte sich auf die Hausaufgaben konzentrieren und ansonsten nicht weiter auffallen.

Ingo gab den Schiedsrichter, er hatte eine sehr laute Pfeife, dann fing er an zu kommandieren, aufzumuntern, anzutreiben. Die beiden Spieler, die neben Moritz verteidigten, spielten ihn weder an, noch beachteten sie ihn groß, mehr Kommandos als «drauf» und «hinterher» bekam er nicht zu hören. Die andere Mannschaft rund um Nico hatte seine Seite als Opferseite begriffen und führte fast jeden Angriff über ihn durch, Moritz flog der Ball nur so um die Ohren. Es war deprimierend, es war das Ende seiner kurzen Fußballkarriere. Die in den gelben Leibchen führten schon nach wenigen Minuten mit drei zu null. Der Torwart fluchte und schimpfte, Moritz nahm es so persönlich, wie es gemeint war.

Einmal dann, er konnte eigentlich gar nichts dafür, verstolperte einer der Gegner direkt vor seinen Füßen den Ball, er lag plötzlich vor Moritz, erwartungsvoll, zu allen Schandtaten bereit. Sofort stürzten sich zwei Spieler auf ihn. Moritz hatte keine Zeit zum Nachdenken, er trat mit dem linken Fuß auf das Spielgerät, schob es dabei auf seine rechte Seite, der erste Gegner stocherte ins Leere, dann schoss er den Ball mit der Innenseite des rechten Fußes durch die Beine des zweiten Gegners und rannte zwischen beiden hindurch hinterher, übernahm den Ball sofort wieder mit links. «Jawoll!», schrie Ingo, Moritz erschrak so, dass er den Ball schleunigst zu einem Mitspieler passte, um ihn wieder loszuwerden.

Es war nur eine kleine Szene, aber sie veränderte alles. Vielleicht ist es ja so im Leben, dachte er später, als er schlaflos und aufgepeitscht im Bett lag, vielleicht braucht es nur einen einzigen Moment, eine kleine Wendung, einen winzigen Anstoß, auch eine Portion Glück, der Rest findet im Kopf statt. Der Junge neben Moritz spielte ihn direkt nach der nächsten Balleroberung auf der anderen Seite an, Moritz stoppte den Ball dieses Mal akkurat, ganz eng am Fuß blieb er liegen, die Größe der Fußballschuhe spielte plötzlich keine Rolle mehr, dann zog er los, auf seiner linken Seite, erinnerte sich an das, was die anderen in seiner Schule immer an ihm bewundert hatten, diese enge Ballführung, während der er unerwartet die Richtung ändern konnte, indem er einfach den Fuß wechselte, es waren bestimmt zwanzig Meter, die er zum gegnerischen Tor lief, das klang nicht wild, war aber eine Menge, wenn man bedachte, wie sehr sich der Ball zuvor verweigert hatte. Zwei Gegenspieler schüttelte er ab, als Letztes kam der Hüne namens Nico auf ihn zu, mit weit offenem Mund und breiter Beinstellung, es war, als würde sich ein Berg auftürmen, Moritz legte sich den Ball von links auf rechts, das war nun mal sein spezieller Trick, eine Körpertäuschung, da machte Nico die Beine auf, und der Ball ging hindurch, das war die Höchststrafe, Nico schrie auf und rannte hinter Moritz her, der erlaubte sich auf seinem Weg zum Tor ein dümmliches Grinsen, na also, dachte er, geht doch, dann zog ihm eine brutale Gewalt von hinten den Boden unter den Füßen weg, sah er aus dem Augenwinkel die Sohle von Nicos linkem Schuh, während er in der Luft lag, er hatte in der Tat Noppen drunter, der Nico, keine Schraubstollen, der Rest war die Landung auf einem erstaunlich harten Rasen und stechende Schmerzen in der Wade. Ingo pfiff, als müsste er einen ICE damit anhalten. «Nico!», brüllte er. «Was soll die Scheiße? Geh duschen!»

Nico beugte sich über Moritz und hielt ihm die Hand hin. «Mach das nicht noch mal, du Arsch», zischte er. Moritz hielt sich das Bein, schmerzverzerrt, und nickte, Nico zog ihn hoch und grinste. «Ich will dich am Sonntag auf dem Platz sehen.»

Moritz nickte erneut und kämpfte gegen die Tränen an, die der Schmerz hervorbrachte.

Als das Flutlicht erloschen war, trottete er mit den anderen in die Kabine, zog sich schweigend um, wurde nicht in die Gespräche eingebunden, aber lustig machte sich auch niemand mehr. Er hatte seine Sache letztlich gut gemacht, einige weitere schöne Pässe gespielt, war nach und nach immer besser ins Spiel gekommen, Ingo hatte begriffen, dass er kein Verteidiger war, dass er eine gute Technik hatte, ihn weiter nach vorne gestellt, auf den linken Flügel, und ihm am Ende mit breitem Grinsen ein Formular mitgegeben, das Moritz fein säuberlich gefaltet hatte, als wäre es der erste Liebesbrief seines Lebens, geschrieben von Pamela Anderson.

Je näher er nun seinem Zuhause kam, desto mehr verdrängten Fragen die Euphorie. Fragen und Probleme. Wie erklären, warum er diese Sporttasche trug? Wie seinen verschwitzten Zustand erklären, seine dreckigen Klamotten, die ihm nicht einmal gehörten? Wie seine Mutter das Formular unterschreiben lassen, das eine Beitrittserklärung war und einen Mitgliedsbeitrag erforderte? Seinem Vater musste er damit gar nicht erst kommen. Karlheinz Liebig verachtete Vereinssport, er verachtete alles, wo Menschen zusammenkamen. Und wo sie nicht zusammenkamen. Moritz überlegte, ob er die Unterschrift fälschen konnte, ob es auffallen würde, ob er vielleicht der Mutter das Geld für den Monat aus der Börse klauen konnte (er wusste, wo sie sie aufbewahrte). Aber nein, er musste es ihr erzählen, es half ja nichts. Und es zunächst einmal aushalten, dass er nicht zum Abendessen daheim gewesen war, unentschuldigt.

«Wo bist du gewesen?», schimpfte seine Mutter, kaum hatte er die Tür aufgeschlossen. Sie war gerade dabei, den Tisch abzuräumen, der Vater war oben im Bad und rasierte sich, Nina hatte bereits den Schlafanzug an und wappnete sich für den Kampf um ein längeres Aufbleiben. «Wie siehst du überhaupt aus? Was ist das für eine Tasche?»

Sie wirkte abgekämpft, kaum weniger verschwitzt als Moritz, dazu unzufrieden, nicht nur mit ihren Kindern, eher mit etwas, das für Moritz nicht so recht zu fassen war.

Moritz überlegte, einfach die Treppe hinaufzurennen, in sein Zimmer, die Tür zuzumachen, die Antwort zu verweigern, wozu war man denn in der Pubertät, aber die Situation würde kaum besser werden als jetzt. «Ich war Fußball spielen», sagte er.

«Ohne Bescheid zu geben?», sagte seine Mutter eisig. «Was ist das für eine Tasche?»

«Die gehört Philipp. Bei Grün-Weiß war ich. Sandberger Straße.»

Seine Mutter knallte zwei Messer in die Spüle, es versprach und erzielte den größtmöglichen Lärm. «Moritz Liebig!», schimpfte sie. «Was fällt dir ein?»

«Was ist denn daran so schlimm?»

«Du spielst nicht im Verein! Wie oft haben wir ... dein Vater will das nicht!»

«Dann soll er mir das selber sagen!», brüllte Moritz und war froh, dass es dazu nicht kommen würde.

«Hast du ein Tor geschossen?», fragte Nina und machte einen Handstand.

Moritz knallte die Tasche auf den Boden. «Nein», sagte er. «Ich spiele da, Mama. Ab sofort. Ich gehe zum Training, und ich mache die Spiele mit. Du musst die Anmeldung unterschreiben.»

Anette Liebig lehnte sich gegen die Spüle und verschränkte die Arme vor der Brust. Nina setzte sich aufrecht hin. «Und warum?», fragte sie. «Wie kommst du darauf, dass wir dir das erlauben? Hast du nicht genug zu tun? Was ist mit den Hausaufgaben? Was ist mit dem Geld? Das kostet doch auch.»

«Ich kann Fußballspielen», sagte Moritz. «Ich kann das gut. Viel besser als alles andere.»

«Und ich bin sehr gut im Malen nach Zahlen», sagte seine Mutter. «Aber ich komme nicht dazu. So ist das Leben. Man bekommt nicht immer, was man will.»

So, wie sie es sagte, schien das, was sie wollte und nicht bekam, weit über Malen nach Zahlen hinauszugehen.

«Ich gehe da hin», sagte Moritz stur. «Du kannst mich nicht die ganze Zeit einsperren. Und ich brauche Fußballschuhe. Eigene Fußballschuhe.»

Er drehte sich um und stürmte die Treppen hinauf, sein Vater kam gerade aus dem Bad, nickte und grüßte Moritz wie den Pförtner in einem Gebäude, in dem man nur ausnahmsweise etwas zu erledigen hatte. Moritz schmiss die Tür seines Zimmers hinter sich zu, die Glasscheibe darin zitterte.

Schon wenige Sekunden später hörte er den Vater unten schreien. Die Mutter wehrte sich zunächst, ihre Stimme war in dieser Spannung, dieser Vibration, die fast zwangsläufig Tränen nach sich ziehen würde. Nina kam die Treppe herauf und in sein Zimmer, mehrere Stofftiere unter den Achseln, auf dem Arm; sie setzte sich auf eine Ecke seines Bettes, er kannte das schon, schob eine Bibi-Blocksberg-Kassette in das Tapedeck und ließ heile Welt auf sie herabrieseln, das Geschrei von unten übertönen, bis die frisch verheulte Mutter Nina abholte und ins Bett brachte. Moritz wurde von ihr mit Nichtbeachtung gestraft, schließlich war er – wie fast immer – der Grund für den abendlichen Streit gewesen.

Irgendwann ging auch Moritz ins Bad, er putzte sich die Zähne, niemand sagte ihm gute Nacht, nahm ihn vielleicht sogar in den Arm, versöhnte sich mit ihm. Er schlief schlecht, hin und her gerissen zwischen Adrenalin, Angst und Frust. Auch der nächste Tag verlief unglücklich. Moritz mauerte, sprach nicht beim Frühstück, nicht beim Mittagessen, nicht beim Abendessen, auch seine Mutter war schweigsam, der Vater erschöpfte sich in Tiraden über Chipkarten, die seit Januar die bewährten Krankenscheine ersetzten. Und dass man in diesem Land überhaupt nicht mehr krank werden dürfe. Es ginge bergab, immer und überall nur bergab.

Moritz hatte Philipp die Sporttasche zurückgegeben, ihm erzählt, dass das Training gut gewesen sei, er aber nie wieder hingehen würde. Das sei nichts für ihn, Mannschaftssport, alles Idioten, total unsympathisch, vor allem dieser Nico, aber vielen Dank für den Versuch.

Er war wütend. Auf eine Weise, dass er sich kaum unter Kontrolle hatte. Oasis sangen von der Champagne Supernova, und er schwor sich, sich von seinen Eltern nicht länger seine Träume zerstören zu lassen, sich aufzulehnen, ab sofort einfach zu machen, was er wollte, die Unterschrift für den Aufnahmeantrag zu fälschen, das Geld für den Monatsbeitrag aus der Haushaltskasse zu klauen. Es war ihm egal. Er war jetzt einfach mal dran, wollte irgendwo dazugehören, sonntags auf einem Fußballplatz stehen, bei Wind und Wetter, Schnee und Hitze.

Alle Versuche, mit seiner Mutter am Abend noch einmal über das Thema zu reden, scheiterten. Anette Liebig verweigerte sich, abweisendes, starres Gesicht, alles war gesagt, nichts ausgelassen, Moritz hatte sich daran zu halten und seine Hausaufgaben zu machen.

Moritz machte seine Hausaufgaben.

Aber als er sich nach einer weiteren sehr kurzen Nacht aus dem Bett schälte, sich die geschwollenen Augen massierte und sich wappnen wollte für den Kampf gegen die Welt, den Tag, befand sich vor seiner Zimmertür eine amtliche Stolperfalle.

Es war kaum zu glauben.

Da waren Fußballschuhe. Nagelneu.

Für ihn.

Glänzend schwarz, federleicht.

FR., 23:03 UHR

Liebe Nina, es ist schwer, diesen Tag zu begreifen.
Heute ist unsere Mutter gestorben, dafür sind mein
Vater und meine Schwester wieder da. Außerdem habe
ich plötzlich fünf Nichten und Neffen. Fünf! Ich
frage mich, wann sich die ersten unehelichen Kinder
melden, der Tag hat ja noch zwei Stunden.
Keine Angst, ich will nicht mit dir «plaudern», ich
weiß ja, was du meinst. Man kann nicht einfach so
an irgendwas anknüpfen, als hätte es früher nicht
gegeben und als wäre all die Zeit dazwischen nicht
gewesen. Aber eins muss ich dir noch schreiben. Ich
war eben bei Papa, in unserem Haus. Es sieht aus wie
eine Müllkippe. Er lässt sich gehen, ich glaube, er
trinkt mehr denn je. Und vor allem tut er sich leid.
Er hat keine Lust mehr, alles tut ihm weh, er will
tot sein, und er will, dass ich ihm dabei helfe. Ich
weiß nicht genau, wie er das meint, ich bin aufgestanden und gegangen. Ich möchte keinen Fuß mehr
in dieses Haus setzen. Jemals. Die letzten Jahre
waren wirklich gut, alles hatte sich eingerenkt, es
gab Tage, da habe ich nicht einmal an unsere Eltern
gedacht. Aber weißt du was, sie schlägt immer zurück,
die Familie, oder? Ich bin das beste Beispiel. Bei
dir. Und das tut mir wirklich leid. Du brauchst
nicht mehr zu antworten, ich werde auch den Kontakt
zu Papa auf der Stelle beenden. Das Gift wirkt schon
wieder. Ich muss in den Entzug.
Gruß, Moritz

11

ALS MORITZ seine Wohnung im vierten Stock betrat, diese so bunte, lebendige Wohnung, sah sie verändert aus, hatte ihre Heiterkeit verloren, die Unschuld, das fröhliche Chaos, das so ein kleines Kind nun einmal mit sich brachte. Ein anderes Lebensgefühl war eingedrungen, eines, das aus Schwere bestand, aus genetisch bedingter, erblicher Traurigkeit. Die Risse in den Wänden waren wie Risse in der Haut. Aus den Boxen im Wohnzimmer drang Percy Sledge mit einem melancholischen Lied aus den Sechzigern, Jessy saß mit angezogenen Beinen auf dem Cordsofa, das aus einem Antiquitätengeschäft stammte und plötzlich nur noch zerlumpt wirkte. Auf dem Tisch brannte eine Kerze, die nach Erdbeeraroma roch. Nach künstlichem.

«Was ist los?», fragte sie. «Wo warst du?»

«Bei meinem Vater», sagte Moritz, schlüpfte aus den Turnschuhen und setzte seine Mütze ab. Der lockige Haarschopf darunter war verschwitzt, klebte ihm am Schädel.

«Bei euch zu Hause?» Jessys Augen waren müde, es war ein langer Tag gewesen, und Elias hatte wie so oft einfach nicht einschlafen wollen. Auf ihrem Schoß lag ein Buch, irgendwas mit Zukunftsforschung und Gerechtigkeit, vor ihr stand ein Glas veganen Rotweins, an dem sie nur genippt hatte. Sie mochte den Geruch, aber nicht den Geschmack.

Moritz ließ sich neben ihr nieder, ihr rechtes und sein linkes Bein berührten sich. «Und beim Grab meiner Mutter», sagte er. «Da war ich auch. Mit Lucky und Philipp.»

«Mensch», sagte Jessy und nahm ihn in den Arm. «Du hast es dir ja richtig gegeben.»

Moritz lehnte sich an sie und nickte. «Er will, dass ich ihm beim Sterben helfe.»

«Lucky oder Philipp?»

Moritz wollte es nicht, aber er musste lachen. «Mein Vater.»

Jessy setzte sich aufrecht hin. «Im Ernst?», sagte sie. «Dein Vater will sich umbringen?»

«Die Details weiß ich nicht», sagte Moritz. «Wer jetzt wen wie umbringt oder dabei zuschaut oder die Hand hält. Ist ja auch egal, mach ich sowieso nicht, ist ja auch verboten.»

Jessy schüttelte den Kopf. «Verboten ist das nicht», sagte sie und rieb sich die Augen. «Selbstmord ist erlaubt, klar, wie willst du das verbieten oder wen willst du da hinterher für bestrafen? Beihilfe ist auch erlaubt, aber gewerbsmäßig nur unter sehr strengen Auflagen.»

«Ach so.»

«Ja.»

Moritz betrachtete das Flackern der Kerze. Eigentlich roch sie wirklich furchtbar, war übertrieben süßlich und falsch. Eine Illusion. «Das heißt, wenn ich Papa beim Sterben begleite, muss ich nicht ins Gefängnis?»

«Theoretisch ja», sagte Jessy.

«Warum theoretisch?»

«Weil du das natürlich nicht tust. Weißt du, was das für eine Verantwortung ist? Das wirst du dein Leben lang nicht mehr los. Ich lasse mich sofort scheiden, wenn du bei so was mitmachst.»

«Ich weiß, es fühlt sich anders an, aber wir sind nicht verheiratet», sagte Moritz und versuchte sich an einem Lächeln.

«Komm mir nicht mit Nebensächlichkeiten. Ich lasse mich trotzdem scheiden.»

Moritz erhob sich. Er hatte gelächelt, aber eigentlich ärgerte ihn die starre Haltung seiner Freundin. «Du warst nicht dabei», sagte er. «Du hast ihn nicht gesehen. Du hast das Haus nicht gesehen, du hast das Grab nicht gesehen. Du kennst ihn gar nicht. Du denkst ideologisch.»

Jessy sah ihn irritiert an. «Ich bin überhaupt nicht ideologisch», sagte sie. «Ich finde, dass Sterbehilfe grundsätzlich was Gutes sein kann. Ich will nur nicht, dass *du* das machst.»

«Warum? Es geht um Verantwortung. Du sagst doch immer, ich soll Verantwortung tragen.»

«Sag mal, willst du gerade mit mir streiten?»

«Vielleicht.»

«Ich aber nicht mit dir», sagte Jessy. «Nicht nach so einem Tag.»

«Wie auch immer», sagte Moritz steif. «Ich geh da sowieso nie wieder hin. Musst dir also keine Sorgen machen.»

Er verließ das Wohnzimmer und öffnete die Tür des Kinderzimmers. Da lag Elias auf dem Rücken, in seinem Hochbett, das in Wirklichkeit kaum höher als Moritz war, hatte die Decke von sich gestrampelt, den Mund weit geöffnet und zuckte im Schlaf. Was er wohl träumen mochte? Moritz versuchte ihn zuzudecken, die angezogenen Knie erwiesen sich als kaum zu überwindende Blockade, an der Wand neben dem Bett klebte ein Foto von ihnen dreien am Weiher, Jessy und er in Badeklamotten, Elias nackt, mit Schwimmflügeln, die pure Lebensfreude im wild grimassierenden Gesicht. Das andere Ende des Spektrums, dachte Moritz und gab dem herausgestreckten linken Fuß seines Sohnes einen Gutenachtkuss.

12

MORITZ WUCHTETE SICH mit geradezu trotziger, unbändiger Energie aus dem Bett, heute würde ein schöner Tag werden, einer der besten, er zog sein *Never Mind The Bollocks*-T-Shirt an, dazu kurze Hosen, die bis knapp übers Knie reichten, ach, es war Sommer, es war Samstag, es würde ganz viele Kims, Dianas, Lenas und Vincents geben, der Laden würde laufen, und er würde sich geborgen fühlen im Schoße seiner Familie, seines Kiezes, seines Cafés. Er hatte ein Leben, er hatte eine Gegenwart und eine Zukunft. Das Frühstück war von Gelächter geprägt, sie feierten Beppos fünften Geburtstag, Jessy schaute das ein oder andere Mal verwundert herüber, sagte aber nichts, ließ die Stimmung zu, die Ausgelassenheit, freute sich vielleicht sogar darüber, dann hieß es für Elias ab auf den Spielplatz und für Moritz auf ins *Schöne Leben*.

Die Sonne spendete umarmende Wärme, jetzt schon, zu dieser frühen Stunde, aus den Fenstern und Türen winkten die Leute, wohlgelaunt und bereit für die nächste Hitzewelle, Moritz hob seinen Kaffeebecher in alle Richtungen und flanierte die Straße entlang, ein Vogelpärchen umtanzte sich auf dem Kopfsteinpflaster, Fortpflanzung lag in der Luft, der Kreislauf des Lebens blieb in Betrieb, Bob Marley schallte aus der Bäckerei, in der er die Croissants kaufte. Mehdi, der marokkanische Besitzer, verkündete freudestrahlend die Hochzeit seiner erstgeborenen Tochter, Moritz bekam den Catering-Auftrag, einmal Kaffee und Kuchen für einhundertzwanzig Leute an einem Sonntag im September, das alles verabredet, eingetütet und beschlossen in weniger als zehn Sekunden, so begann der Tag, und er war jetzt schon von Großartigkeit gekennzeichnet. Moritz betrat das *Schöne Leben*, Stella strahlte und glänzte, sie hatte

Schoko-Brownies gebacken, die besonders gut schmeckten und sich verkauften wie geschnitten Brot. Ihre Tochter Trisha hatte nun doch keine Röteln, wie sie heimlich befürchtet gehabt hatte, dafür hatte Stella einen Typen kennengelernt, der sie samt ihres Kindes wirklich zu mögen schien und der vielleicht eine echte Chance verdient hatte. Moritz freute sich, antwortete auf Nachfragen bezüglich des eigenen Wohlbefindens ausweichend bis abwiegelnd und richtete mit Schwung das Mobiliar. Die erste Kundin war ein großbusiger Kerl unklaren Geschlechts mit Muskeln wie aus dem Marvel-Universum und rot gefärbten Locken bis zum Hintern. Moritz nannte sie Arnold und zauberte den schönsten Flat White, den der Hartwigplatz jemals gesehen hatte. Arnold verschenkte ein gebleachtes Lächeln, schnappte sich den Platz am Fenster, direkt neben der Eingangstür, und zog ein Magazin über Fliegenfischen aus ihrer Umhängetasche. Herrlich war das.

Moritz merkte, wie das Gift so nach und nach aus seinem Körper wich, man konnte es tatsächlich beeinflussen, Leben war die beste Medizin, seine Methodik war ein wenig brachial, schien aber zu funktionieren. Als dann auch noch Helmut hereinkam, das *riffraff*-T-Shirt in einer anderen Farbe, und sich für sein vorgestriges Auftreten entschuldigte (wofür er einen Cappuccino geschenkt bekam), schien der Tag kaum noch besser werden zu können. Man war halt doch seines Glückes Schmied, dachte er, Scheißspruch, irgendwie FDP, aber wahr. Die letzten beiden Tage waren nichts als Dellen gewesen, Täler, Rückschritte, niemand kam hier unversehrt raus, aber das war sein Leben, das war das, was ihn ausmachte. Nicht das, was vor zwanzig Jahren gewesen war. Oder davor.

Irgendwann kam Lucky herein, blaue Jogginghose, grüner Hoodie, umarmte Stella, bekam seinen Espresso und erkundigte sich, wie der gestrige Abend gelaufen war.

«Gut», sagte Moritz, grinste und füllte frischen Cold Brew in einen Kanister.

«Schön», sagte Lucky. «Dann ist ja alles geklärt, oder?»

«Absolut. Alles geklärt.»

«Keine Fragen offen?»

«Absolut alles geklärt.»

«Schön», sagte Lucky. Er trank seinen Espresso aus und wandte sich zum Ausgang. «Ach so», sagte er. «Ich war heute früh noch mal beim Grab deiner Mutter.»

Moritz stockte, dann stellte er den Kanister in den Kühlschrank. «Warum?», fragte er.

«Kann sein, dass es da demnächst so 'n bisschen Umgestaltung gibt, Bruder», sagte Lucky. «Nur dass du dich nicht wunderst, wenn dich jemand anruft.»

Er hob die Hand zum Gruße, stieg breitbeinig die drei Stufen hinunter und verschwand im gleißenden Sonnenlicht. «Der mit seinem ‹Bruder›», sagte Moritz. «Das kann der sich ruhig mal abgewöhnen.»

«Der meint das so», sagte Stella, stieß Moritz gewissermaßen verbrüdernd in die knochige Seite, es erschien eine Kundin namens Mandy und hatte nach einem endlosen Bestellvorgang Schwierigkeiten, mit ihren langen, silbernen Fingernägeln die mintgrüne Tasse mit dem Espresso macchiato zu greifen. Moritz gab ihr einen Strohhalm aus echtem Stroh, Mandy lächelte dankbar und stöckelte nach draußen auf die Sitzbank, wo man sie besser sehen und bestaunen würde. Es war alles ganz und gar wunderbar.

Dann kam der Anruf.

Moritz erkannte die Nummer nicht, sie hatte die städtische Vorwahl, danach dreimal die Neun, es sah nach einer Firma aus, einer Behörde. So wie der Tag lief, würde man ihm Steuernachlass anbieten, die Kaffeeverköstigung für die Versöhnungsfeier der Nationen oder den ersten Lottogewinn für alle, die noch nie mitgespielt hatten.

«Café *Schönes Leben*, hier ist Moritz», meldete er sich und schob sich das Telefon unters Ohr, Stella bediente einen älteren Herrn mit weißem Bart, der auf Rheinisch einen Kaffee Togo bestellt hatte. Zum Mitnehmen.

«Evangelisches Krankenhaus Mitte, mein Name ist Kästner», meldete sich eine weibliche Stimme, im Hintergrund klapperte es hallig und laut. «Spreche ich mit Herrn Moritz Liebig?»

Moritz' Fröhlichkeit begann augenblicklich zu klemmen.

«Ja?»

«Erschrecken Sie nicht», sagte die Dame am Telefon. Moritz erschrak. Seine Schwester hatte recht, es passierte ganz automatisch. «Ihr Vater ist heute früh bei uns eingeliefert worden.»

«Mein Vater?»

«Karlheinz Liebig. Das ist doch ihr Vater, oder?»

«Ja, das ist mein … Vater», sagte Moritz. Die kubanische Tanzmusik im Hintergrund blendete sich aus, die herein- und hinauseilenden Gäste verblassten und verstummten, selbst Stella neben ihm wurde plötzlich unscharf. «Was ist mit ihm?», fragte er und hatte ein weiteres Mal das Gefühl, den Ansturm sich widersprechender Gefühle nicht bewältigen zu können.

«Es geht ihm so weit gut», sagte die Dame in beruhigender Routine. «Er ist von einem Auto erfasst worden. Vor der eigenen Haustür.»

«Oh, Gott!»

«Er hat eine Platzwunde am Hinterkopf, leichte Gehirnerschütterung. Sein linker Arm ist verstaucht.»

«Oh, Gott!»

«Er hat wirklich Glück gehabt. Sie wissen ja, wie leicht das in so einem Alter schiefgehen kann. Es war ein SUV.»

«Oh, Gott …»

«Die Fahrerin war eine Nachbarin. Eine Frau ... Ronsdorf. Aber ...»

«Ja?»

«Also, das darf ich vielleicht gar nicht sagen, aber als der Rettungswagen kam, hat sie gegenüber dem Sanitäter behauptet, ihr Vater wäre auf der Straße stehen geblieben, als sie um die Ecke gebogen ist. Als hätte er es darauf angelegt.»

«Oh, Gott!»

«Falls Sie ihn besuchen möchten, Zimmer 403. Die Intensivstation hat er bereits verlassen.»

«Oh, gut.»

Moritz verabschiedete sich und legte auf, die kubanische Tanzmusik kehrte zurück, fühlte sich falsch an. Hier gab es nichts zu tanzen, Kuba war wirklich sehr weit weg. Stella sah ihn an. «Oh, Gott?», fragte sie und hakte ihn unter, was sehr komisch aussah, weil sie dabei den Kaffee Togo zum Mitnehmen bereitete.

«Mein Vater hat sich vor ein Auto geschmissen», sagte Moritz. «Vor einen SUV.»

«Ach du Scheiße», sagte Stella. «Aber er lebt noch?»

Moritz nickte, der Rheinländer mit der Glatze und dem weißen Bart nahm den fertigen Kaffee und legte einen Fünf-Euro-Schein auf den Tresen. «Hab ich immer schon gesagt», murmelte er. «Kannst du vergessen, diese SUVs.»

SA., 13:12 UHR

Hallo, Moritz,
wenn er es unbedingt will, lass ihn sterben.
Gruß, Nina

13

DAS EVANGELISCHE KRANKENHAUS teilte sich die Stadt mit drei anderen Kliniken, hatte nicht den allerbesten Ruf, aber eine unschlagbar zentrale Lage. Es war für Moritz kein Problem, innerhalb von acht Minuten und sechsundzwanzig Sekunden hinüberzulaufen. Er schrieb Jessy eine Nachricht und machte sich auf den Weg. Für Stella wurde es mittlerweile zur Gewohnheit, das *Schöne Leben* mehr oder weniger alleine zu führen, aber sie beschwerte sich nicht, sie beschwerte sich nie.

Moritz kam an den Geschäften vorbei, an Blumenläden, Restaurants und Cafés, überlegte, einen Genesungsstrauß zu kaufen, zur moralischen Unterstützung, das machte man ja schließlich so, dann verwarf er die Idee, es wäre zynisch gewesen, auf sehr subtile Weise zynisch, und das konnte er sich auch schenken. Zumal subtile Signale traditionell sowieso nicht wahrgenommen wurden. Nicht in seiner Familie. Er betrat einen Drogeriemarkt, kaufte Zahnbürste, Zahncreme, Duschgel und einen Kamm, dann stieg er die Königstraße hinauf, vorbei an den Schreibwarengeschäften, Friseuren und Änderungsschneidereien, die allesamt keinen Wert auf oberflächlichen Glanz legten, vorbei an den matten, von Tauben vollgeschissenen Eisenbahnschienen, das war aber auch eine unnötige Schikane, dachte er, da hattest du dir vielleicht das Bein gebrochen oder das Genick und musstest zuerst noch einen Berg erklimmen, bis du endlich im Krankenhaus warst. Er bog rechts ab, atmete schwer, es roch nach Desinfektionsmitteln, jetzt schon, da erhob sie sich, die Heilanstalt, naturgemäß eines der hässlichsten Gebäude der Stadt, da waren drei Rollstuhlfahrer, die vor dem Eingang in der Raucherecke kauerten und ihm mit einer solchen Missgunst entgegenblickten, als wäre er der Neue in einem Kaff, in dem die Bewohner lieber unter sich blieben. Moritz schüttelte den Kopf. Zimmer 403, dachte er, rein, raus, auf Wiedersehen. Er betrat die Lobby, suchte den Fahrstuhl, fand eine ganze Front davon, rechts gab es einen Kiosk, links ein kleines Café zur traurigen Aussicht, dann eine Rezeption wie im Steigenberger Hotel, nur ohne dazugehörige Freundlichkeit und Eleganz. Männer und Frauen in Morgenmänteln schlichen umher wie das letzte Aufgebot der *Walking Dead*. Moritz drückte auf den Fahrstuhlknopf und fühlte Luftknappheit, ein Kratzen im Hals, weiche Knie. Wurde er bereits krank? So war es immer, wenn er ein Krankenhaus betrat. Es verkehrte sich in der Wirkung, machte Moritz schwach, brüchig, verunsicherte ihn, fast sah er all die Viren vor sich, die umherschwirrenden, auf der Suche nach einem neuen Wirt. Da ist Moritz, schienen sie zu rufen, er hat dieses Café am Hartwigplatz, da sind jede Menge Opfer, los, wir nehmen ihn als Taxi. Und schon war es passiert, Pest, Cholera und Männerschnupfen, alles gleichzeitig, alle auf Moritz. Er war überaus empfänglich für Stimmungen, und hier, wo Leben, Tod und das zarte Pflänzchen Hoffnung so nah beieinanderlagen, schluckte Resignation die Zuversicht.

Die Aufzugtür direkt vor ihm öffnete sich, und ein Strom von Bademänteln, Jogginganzügen und Trainingshosen kam ihm entgegengehumpelt, -geschlurft und -gerollt, hier ein Tropf, da eine Krücke oder im Überschwang der Gefühle auch mal zwei. Er stand mittig davor und ließ den Pulk um sich herumziehen, fast vermisste er das charakteristische Röcheln, er trat in den Aufzug und stellte fest, er schaute zu viele Serien. Oder die falschen.

Der Aufzug fuhr hinauf ohne Erschütterung, der vierte Stock war so kalt wie ein, na ja, Krankenhausflur, das war überhaupt schon der erste Fehler, dachte Moritz, wenn es irgendeinen Ort gab, der mit Wärme, Lebensfreude und Schönheit ausgestattet sein sollte, dann ja wohl das Krankenhaus. Das wusste man doch mittlerweile, dass selbst Farben einen Unterschied für das seelische Befinden machten. Wer hier aber hereinkam und sowieso schon verzweifelt war, der erhielt den endgültigen Tritt über die Kante. Moritz versuchte, so wenige Einzelheiten wie möglich zu erfassen. Zimmer 403 lag auf der linken Seite, den Gang hinunter, Schwestern in blauen Kitteln fegten zwischen den Türen hin und her, Röhrchen, Zettel und Dosen in der Hand. Die vorletzte Tür, da war es, dahinter befand sich Karlheinz Liebig, gebremst von einem SUV. Gebremst, aber eben nicht gestoppt.

Moritz klopfte, keine Reaktion, er wartete kurz, dann öffnete er die Tür. Er wusste gar nicht, warum er davon ausgegangen war, dass sein Vater ein Einzelzimmer haben würde, wahrscheinlich weil er sein Leben lang allein gewesen war, allein bis auf Anette Liebig, geborene Schickhardt, aber im Gegenteil, sie hatten ihn in ein Vierbettzimmer verfrachtet, was bedeutete, dass er keine Zusatzversicherung hatte und nun die Konsequenzen tragen musste.

Karlheinz Liebig lag auf der rechten Seite am Fenster, auch die anderen drei Betten waren belegt, keiner der Anwesenden war unter siebzig, einer stand im Rippenunterhemd und mit Hosenträgern vor seinem Nachttisch, hielt sich an einem Griff fest und betrachtete Moritz neugierig von oben bis unten, er war mitten im Gespräch mit seinem Bettnachbarn, was bedeutete, sie schrien sich gegenseitig an, man hörte ja auch einfach nicht mehr so gut, das ganze Zimmer atmete Jugendherbergsflair, nur ohne die dazugehörige Jugend und das Flair. «Ah, Besuch», dröhnte der im Unterhemd, «wie schön, wie schön, man wird ja so schnell vergessen, und dann erzählt Opa wieder die ganze Zeit vom Krieg.»

Moritz sagte freundlich guten Tag und ging auf seinen Vater zu, der ihn mit den Augen verfolgte, aber vergessen hatte, dem

Rest des Gesichts irgendeine Regung zu verordnen. Er lag auf dem Rücken, eigentlich saß er mehr, das Bett war gekippt, die rechte, zitternde, Hand befand sich über der Bettdecke, die glatt war wie frisch gebügelt, auf seinem Kopf ein riesiges Pflaster, der linke Arm war von einer Schlinge gehalten.

«Mensch, Papa», sagte Moritz und hätte sich bei fast jedem anderen Menschen einfach ans Fußende gesetzt. Hier zog er sich einen Stuhl heran.

«Ja, nun», sagte Karlheinz Liebig. Seine Stimme war undeutlich, er hatte Schmerzmittel bekommen. Oder Zähne verloren.

«Ich hab dir Zeugs mitgebracht. Zum Zähneputzen und so», sagte Moritz und kramte in seinem Rucksack. Alles, was die Hände beschäftigte, war gut.

«Das kriegt man auch hier im Krankenhaus», sagte sein Vater. «Die sind ja auf so was wie mich vorbereitet.» Er zögerte. «Aber danke», sagte er dann.

Moritz stellte Bürste, Creme und Duschgel auf das Schränkchen, legte den Kamm daneben, dann lehnte er sich zurück, gab sich den unbedingten Entspannungsbefehl. «So», sagte er. Ein Füllsel.

Der Mann mit dem Rippenunterhemd kam auf ihn zu, durchbrach das kleine bisschen Privatsphäre, fragil, wie sie war, und streckte ihm die Hand entgegen. Moritz sah nur noch Viren und Keime, konnte aber nicht umhin, die Hand zu schütteln, wenn sie ihm schon vor der Nase hing.

«Ich bin Alfons», krächzte der Alte, er war breit, hoch, weitestgehend haarlos, bis auf das Innere der Nase, die dick und rot war. «Der Zimmerälteste. Seit vier Wochen hier.»

«Das heißt, Sie sind der Chef?», fragte Moritz. Alfons lachte scheppernd und öffnete dabei ein schwarzes Loch, in dem früher gewiss einmal Zähne gewesen waren. «Nee, Chef wird man hier nicht», sagte er und deutete auf die beiden anderen Patienten, die in ihren Betten kauerten und so beiläufig wie möglich zuhörten. «Chef ist man, wenn man so schnell wie möglich wieder rauskommt. Dann ist man Superchef. Ich glaube, ich komme hier gar nicht mehr raus. Aber das ist in Ordnung. Ich bin sechsundachtzig.»

«Na, da geht doch noch was», sagte Moritz gezwungen heiter, Alfons lachte erneut aus vollem Gehäuse, Karlheinz Liebig schaute aus dem Fenster.

«Nee, da geht nichts mehr. Wir warten die ganze Zeit darauf, dass in meinem Schädel was platzt. Es kann sein, dass Sie sich gleich zu ihrem Großvater umdrehen ...»

«Vater ...»

«... und ich danach nicht mehr da bin. Witzig, was?»

«Nein», sagte Moritz wahrheitsgemäß und tilgte das Grinsen aus seinem Gesicht. «Wollen Sie sich nicht lieber mal wieder hinlegen?», fragte er.

Alfons schüttelte den Kopf. «Wozu? Das Ergebnis ist dasselbe. Nur die Fallhöhe ist eine andere.»

«Tja», sagte Moritz.

«Genau», sagte Alfons. «Der neben mir heißt übrigens Willi, der ist nett und höflich, aber er vergisst andauernd, dass wir im Krankenhaus sind. Letzte Woche war der noch im Urlaub, in Spanien, alles gut, dann steht der morgens auf und fragt seine Frau, wer sie ist. Sie hat noch gedacht, der macht einen Scherz, aber das war kein Scherz. Und jetzt ist der hier. Die Ärzte haben keine Ahnung, was da passiert ist, aber es wird und wird nicht besser. Nur schlimmer. Ich bin den halben Tag hinter dem her, weil der sich immer im Krankenhaus verläuft und nach Hause will. Manchmal will der auch zum Tennis. Na ja, so hab ich wenigstens was zu tun.» Alfons erhob die Stimme. «Ne, Willi?»

Der Kopf des Mannes im Bett neben der Tür drehte sich langsam zur Seite, so als hätte ein Schlüsselreiz sein Gehirn erreicht. «Genau», sagte er. «Heute Abend gibt es Paella.»

Karlheinz Liebigs Bettnachbar drehte sich auf die andere Seite, Moritz sah ein aus dem Schlafanzug herausragendes Bauarbeiterdekolleté, er wollte offenbar nicht Teil der Konversation sein. «Das ist der feine Herr Klopke», sagte Alfons abfällig. «Der redet nicht mit uns. Jeden Tag Dialyse und ansonsten das große Schweigen. Aber muss er ja selber wissen.»

Moritz hoffte, Alfons würde es damit gut sein lassen, aber der Mann ging keinen Schritt zurück, wippte im Rahmen seiner Möglichkeiten auf und ab, als erwartete er jetzt die Retoure, das volle Unterhaltungspaket.

«Ich würde mich eigentlich gerne mal kurz mit meinem Vater unterhalten», sagte Moritz.

Alfons nickte gönnerhaft und lächelte. «Nur zu.»

«Allein», sagte Moritz.

Alfons blickte sich um. «Das wird schwierig», sagte er.

Moritz lächelte zurück. «Ein paar Meter Abstand würden schon reichen.»

Alfons hob beide Hände und ging großen Schrittes zurück auf seine Seite. «Verstanden», sagte er. «Schon verstanden. Nur kein Fremdkontakt. Nicht dass hier noch einer ansteckend ist. Mit seiner guten Laune.»

«Das ist jetzt ja auch nicht …», begann Moritz, brach ab und verspürte den enormen Drang, sich die Hände zu waschen. Alfons setzte sich auf seine Bettkante, schmollend, Karlheinz Liebig löste den Blick vom Fenster, betrachtete die faltenfreie Bettdecke vor sich. «So ist das hier», murmelte er. «Ein Irrenhaus.»

«Wie geht's dir denn?», fragte Moritz.

«Schlecht», sagte Karlheinz Liebig. «Was denkst du denn? Ich hab mir den Arm verstaucht. Nicht mal einen ordentlichen Bruch kriege ich mehr hin.»

«Du hast allen Ernstes versucht ...», Moritz begann zu flüstern, «... dich vor ein Auto zu schmeißen?»

«Was?» Auch Karlheinz Liebigs Ohren schienen schlechter geworden zu sein im Laufe der Jahre.

Moritz sah sich gezwungen, die Lautstärke zu erhöhen. «Du hast dich vor ein Auto geschmissen?», fragte er also überdeutlich. Das Bauarbeiterdekolleté zur Linken zog die Decke über den teilweise blanken Hintern, Alfons ließ sich zu einem triumphierenden «Aha!» hinreißen, nur Willi lächelte vor sich hin. Wahrscheinlich war er gerade irgendwo, wo es schön war.

Karlheinz Liebig ließ die Mundwinkel tiefer sinken und hätte die Arme verschränkt, wenn es denn möglich gewesen wäre. «So ein Quatsch», sagte er. «Auf die andere Straßenseite wollte ich. Zum Altpapiercontainer.»

«Ohne Altpapier?» Es war ein Schuss ins Blaue, aber er traf ins Schwarze.

«Ja, mein Gott», sagte Karlheinz Liebig, «Papier, Papier. Reingucken wollte ich. Ob da noch eine Zeitung drin ist. Von heute. Die Leute schmeißen ja so viel weg.»

«Und dann bist du auf der Straße stehen geblieben, weil dir plötzlich eingefallen ist, dass du deine Lesebrille nicht dabeihattest, oder was?»

«Was kann ich denn dafür, dass da plötzlich die Ronsdorf um die Ecke biegt? Was biegt die denn da auch um die Ecke? Normalerweise biegt die nicht um die Ecke, normalerweise klebt die hinter ihrer Gardine und glotzt.»

Moritz schloss ganz kurz die Augen. «War das jetzt Absicht oder nicht?»

«Habe ich doch gerade gesagt.»

«Du hast gestern noch behauptet, dass du keine Lust mehr hast. Erinnerst du dich?»

«Lust worauf?»

«Auf alles.»

«Aha!», wiederholte Alfons, stand auf und begann, vor seinem Bett Kniebeugen zu machen.

«Deshalb schmeiße ich mich doch heute nicht vor ein Auto», sagte Karlheinz Liebig.

«Sicher?», fragte Moritz.

Karlheinz Liebig sah erneut aus dem Fenster, da war nichts als blauer Himmel und Taubendreck am Rand. Willi hob die Hand, um eine Bestellung aufzugeben. «Paella mit Chorizo und Garnelen», sagte er, es klang durchaus fordernd, fast ein wenig von oben herab. Wirklich, ein Irrenhaus.

Moritz seufzte. «Gib mir mal deinen Schlüssel», sagte er. «Ich hole dir ein paar Sachen. Schlafanzug und so. Wie lange musst du denn hierbleiben?»

«Haben die Ärzte nicht gesagt. Morgen entlasse ich mich selbst. Spätestens. Was soll ich denn hier? Guck dich doch mal um! Und ich kann dir den Schlüssel nicht geben.»

«Warum nicht? Verloren?»

«Nee. Drin gelassen.»

«Wo drin?»

«Im Schränkchen, Herrgott. Der Schlüssel gehört ins Schränkchen. Im Flur.»

Moritz betrachtete seinen Vater intensiv, die roten Augen, die geplatzten Adern, das schüttere Resthaar. Die Familienähnlichkeit war tatsächlich unverkennbar, Moritz sah eine mögliche Zukunftsversion seiner selbst. Aber nur wenn es ganz schlecht lief.

«Weil du gedacht hast, du brauchst ihn nicht mehr», stellte er fest.

Karlheinz Liebig betrachtete die Bettdecke. «Vergessen hab ich den», sagte er kleinlaut, es war wenig überzeugend. «Und dann hat der Wind ... der Wind hat die Tür zugeschlagen. Ist ja manchmal plötzlich windig.»

Moritz entdeckte in sich einen Funken Mitleid, das machte ihn wütend, das wollte er nicht, er wollte klare Verhältnisse, Ablehnung, Abgrenzung, seinetwegen mit einem Anteil Hass. Das, was sich hier dazwischendrängte, machte die Dinge nur komplizierter.

«Wer hat denn noch einen Schlüssel?», fragte Moritz. «Jemand von den Nachbarn?»

«Ich glaube, Mama hat der Ronsdorf einen gegeben. Vor Jahren schon. Wie die im Garten immer über den Zaun stiert. Der ist der Mann ja auch schon ewig weggelaufen. Kaum war das Kind aus dem Haus, war der Mann weg. Das macht die wahnsinnig, dass wir die schöne, große Eiche haben und sie nicht.»

«Ja, Papa», sagte Moritz und stand auf. «Ganz bestimmt. Ich komme mit deinen Klamotten wieder. Willst du was Bestimmtes?»

«Bier.»

«Außer Bier?»

«Nix.»

Er ging zur Zimmertür, Alfons drehte sich weg, mitten in der zweiten oder dritten Kniebeuge, Willi hob noch einmal den Arm. «Junger Mann?», sagte er. Seine Stimme war jetzt ein leises, sanftes Kratzen.

«Ja?», sagte Moritz und trat an den Nachttisch. Willi lächelte ihn an, sein Blick wirkte ganz klar, nur ein wenig schwärmerisch. «Der Wein zur Paella muss trocken sein», sagte er. «Ob weiß oder rot, das ist mir eigentlich egal.»

14

LUCKY STEUERTE den Mercedes durch den Nachmittagsver-
kehr, eine Hand am Lenkrad, die andere im Schoß, es sah nach
sehr, sehr dicken Hühnererzeugnissen im Schritt aus. «Ich hatte
ein Date», sagte er, «vorgestern. Mit einer Frau. Sharlene hieß
die.»

«Nicht im Ernst», sagte Moritz wenig interessiert. Sein
Freund hatte eigentlich andauernd ein Date. Und schien sich
nicht im Geringsten darüber zu wundern, dass es danach nicht
weiterging. Dass es niemals weiterging.

«Nee, die heißt natürlich nicht wirklich Sharlene», fuhr Lucky
fort. «Aber die nennt sich halt so. Da ist also dieses Date. Du sitzt
da, weiß ich nicht, schickes Restaurant, Grünzeug in der Vase
und die Tagesangebote auf so einer schwarzen Kreidetafel, aber
in Schönschrift. Du guckst, dass du dir die Haare gewaschen und
keine Flecken auf dem Hemd hast, du trägst nämlich ein Hemd,
wichtig ist das, du drehst die Mütze mit dem Schirm nach vorne,
das ist noch wichtiger, okay, den Schirm nach vorne, auf keinen
Fall nach hinten. Alles klar, du bist bereit, du redest erst mal über
dieses und jenes, weiß nicht, Beruf, Ziele, YouPorn. Hunde gehen immer, was man halt so labert; wenn die Frau so ein bisschen
kräftiger ist, dann über Pferde, das kann man alles machen, das
ist so zum Aufwärmen, da kannst du schon mal sehen, ist ja auch
nicht unwichtig, hier, Stimmenvergleich und so, stell dir vor,
die sieht aus wie Heidi Klum und klingt dann wie Heidi Klum.
Und du hast genug Zeit, der auf die Brüste zu starren, heimlich
natürlich, lass dich dabei nicht erwischen, Mann, du kannst
die schon mal ordentlich vermessen, aber nur wenn du selbst
redest, nicht wenn die Frau redet, denn die schaut dir dabei in
die Augen, und dann sieht die dich ja, wenn du gerade so richtig

am Vermessen bist. Jedenfalls kann dir da, bei dem Gerede, jede das Bild von sich verkaufen, das sie möchte, verstehst du, oder das *er* möchte, geht ja meistens um eine *sie*, also zumindest bei mir und dir, bei Philipp weiß ich das gar nicht so, jedenfalls kann dein Date das alles manipulieren, kann sagen, was es will, kann *sein*, was es sein will, okay, aber wenn du dann in einem überraschenden Moment, weiß ich nicht, bei der Bestellung oder beim Einschenken von sonem Aperol Spritz ‹Galileo, Galileo› in den Raum rufst und dein Date nicht auf der Stelle ‹Galileo Figaro› antwortet, dann stehst du auf und gehst. Grußlos. Ohne Reue. Egal wie geil du die findest und was die für ein Scheckheft hat. Das wird dann nämlich nichts mehr.»

«Wer hat denn heute noch ein Scheckheft?», fragte Moritz.

«Das ist doch gar nicht der Punkt, der Punkt ist doch nicht das Scheckheft, das ist doch nur ein Bild. Ein Bild für Geld. Ein Scheckheft ist ein Bild für Geld.»

«Also Moment mal, dir ist das passiert? Vorgestern? In einem Restaurant? Mit einer Sharlene? Du hast ‹Galileo Galileo› gerufen, und die hat nicht ‹Figaro› geantwortet, sondern vielleicht ‹Galilei› und war damit raus? Wegen der größeren Bildung?»

«Nee, Quatsch», sagte Lucky, «ich ruf doch nicht ‹Galileo, Galileo›, ich hör doch nicht Queen, ich bin doch nicht bescheuert, kastriertes Gejaule. Es geht um den Grundsatz, den gleichen Blick auf die Welt, den musst du haben, sonst kannst du das vergessen mit so einem Date. Sonst ist auch der Sex hinterher nicht gut.»

«Und woran ist es bei dieser Sharlene dann gescheitert?»

«Na ja.» Lucky senkte den Kopf. Es sah ein wenig kleinlaut aus. «*Sie* hat ‹Galileo Galileo› gerufen, und *ich* hab nicht geantwortet. Dann ist sie aufgestanden und gegangen. Noch vor dem Nachtisch. Die war eine Zehn, Bruder. Eine Zehn. Und ich hab's vermasselt.»

Moritz nickte. Das Schicksal war kein Ponyhof. Er hatte auch dieses Mal keine Lust gehabt, die Reise in die Vergangenheit alleine zu bewältigen, Jessy war hinreichend mit Elias beschäftigt, und er war sowieso noch nicht bereit, seine wirkliche Familie mit der gebürtigen zu vereinen. Also hatte er Lucky angerufen, der wie durch ein Wunder fast immer Zeit hatte und dabei dennoch seinen Reichtum mehrte. Es war eine Unverschämtheit.

Lucky redete seit Minute eins ununterbrochen, sprang von Thema zu Thema, vom Hölzchen aufs Stöckchen, gewiss um Moritz abzulenken, aufzuheitern, und Moritz ließ es dieses Mal gerne zu.

«Sag mal», fragte Moritz, «was sollte das eigentlich heute Morgen heißen, so von wegen Grabumgestaltung und so?»

«Lass dich überraschen», sagte Lucky, «musst du ja auch nicht zustimmen, war nur so eine Idee.» Damit verstummte er erstmals seit zehn Minuten, hielt aber schon nach fünf Sekunden die Stille nicht länger aus und begann fröhlich, eine gerappte Hookline zu summen, in der es um Hochhäuser, Drogen, Straßenkrieg und weit geöffnete Körperteile ging, er summte mit einem Liebreiz, als wäre es ein Kinderlied mit Bienchen, Schmetterlingen und der frisch gelifteten Rama-Familie beim glutenfreien Frühstück. Dabei war es nicht einfach, einen Rap zu summen, aber Lucky hatte es halt drauf.

Sie bogen von der Hauptstraße ab, Lucky trommelte aufs Lenkrad, hier waren die Reihenhäuser, die Vorgärten, winzig, aber sortiert. Sie passierten fast leere Bürgersteige, ein paar dunkle Geschäfte, die mittwochs und nach achtzehn Uhr geschlossen hatten. Sie fuhren um die Kurve, an der sein Vater erfasst worden war, und hatten keine Mühe, eine Parklücke zu finden.

«Ich klingle jetzt bei der Nachbarin», sagte Moritz und schnallte sich ab. «Du wartest am besten auf dem Gehweg, sonst erschreckt die sich.»

«Wenn ich auf dem Gehweg warte, denkt die, ich bin dein Bodyguard, und dann siehst du *richtig* gefährlich aus, Bruder. Weiß ich nicht, ob du das willst.»

Moritz dachte nach und nickte. «Und wenn du im Auto ...»

«Schämst du dich für mich, oder was?»

«Quatsch.»

«Na, also.»

Lucky wuchtete seine sicherlich hundert Kilo aus dem Mercedes, er trug heute andere weiße Turnschuhe, so ausladend, dass man mit ihnen einen Stausee hätte umleiten können, und stiefelte auf irgendeine Haustür zu.

«Nicht schlecht», sagte Moritz, «aber es ist hier drüben.»

Er ging zwei Häuser weiter, es war aber auch alles verwechselbar, brauchte lediglich eineinhalb Schritte, um den winzigen, gepflegten Vorgarten von Frau Ronsdorf zu durchqueren, und klingelte. Lucky schloss zu ihm auf und nahm die Mütze ab. Er sah nun aus wie ein Chorknabe im Körper eines Werwolfs.

Die Klingelmelodie war dieselbe wie im Haus nebenan, seinem, ihrem Haus. Es dauerte etwa zehn Sekunden, dann öffnete sich die Tür. Frau Ronsdorf, das erste weibliche Wesen, das Moritz jemals nackt gesehen hatte, war über die Jahrzehnte rundlich geworden, hatte die langen Haare gegen einen Helmschnitt eingetauscht, der sie unweigerlich brav, züchtig und konservativ aussehen ließ. Schwer vorstellbar, dass Moritz' erste erotische Phantasien ihr gegolten hatten.

«Herrje», sagte sie zur Begrüßung. «Moritz, bist du das?»

Moritz lächelte. «Hallo, Frau Ronsdorf», sagte er.

Sie gaben sich die Hand, ihre war verschwitzt und nicht allzu fest, dann betrachtete sie Lucky mit einer Mischung aus Furcht und Abneigung. «Du hast aber keinen Schläger mitgebracht, um dich an mir zu rächen, oder? Ich hab das nicht mit Absicht gemacht, das mit deinem Vater. Der stand einfach auf der Straße.»

«Aber nein», sagte Lucky freundlich. «Ich schlage nicht.»

«Gut», sagte Frau Ronsdorf.

«Ich lasse verschwinden.»

Frau Ronsdorf wusste nicht recht, ob sie lachen durfte, tat es aber kurz und ein wenig kieksend. Sicherheitshalber. «Sind Sie nicht dieser Kollegah?», fragte sie unsicher.

«Nein», sagte Lucky und grinste. «Sido.»

«Dann ist ja gut», sagte Frau Ronsdorf und wischte sich die Hände an der Hose ab.

«Sagen Sie mal, Frau Ronsdorf, Sie haben doch einen Schlüssel, oder?» Moritz wollte die Situation gerne so schnell wie möglich auflösen.

Die Nachbarin nickte, hob den Zeigefinger, drehte sich um und verschwand nach hinten. «Nette Frau», sagte Lucky zufrieden. «War bestimmt mal eine richtig geile MILF. Die Braven treiben es ja oft am tollsten.»

«Die kann uns doch hören», zischte Moritz. «Das weißt du doch gar nicht, wie weit die jetzt in ihrem Haus verschwunden ist. Und so groß ist das hier ja auch alles gar nicht.»

«Das kann die ruhig hören», sagte Lucky, aus der Ruhe kam die Kraft. «Geile MILF», sagte er laut und deutlich.

«Das ist nett, vielen Dank.» Frau Ronsdorf kam zurück, lächelte schüchtern und überreichte Moritz den Schlüssel. «Ich hab ihn nie benutzt», sagte sie. «Deine Eltern waren ja immer da.»

Moritz zögerte und wollte sich schon zum Gehen wenden. «Wie war das denn, also, ist das denn, neben denen zu wohnen?», fragte er dann doch.

Frau Ronsdorf – sie war vielleicht ein wenig zu stark geschminkt – bewegte den Kopf hin und her, die Frisur blieb stabil, dann sah sie über die beiden Männer hinweg in die Ferne. «Die Wände sind dick», sagte sie. «Erstaunlich dick. Man hört fast überhaupt nichts. Das Einzige, was man hört, ist die Klospülung. Blöd, was? Die kann einen wahnsinnig machen, vor allem mitten in der Nacht. Und je älter man wird, desto öfter ... na ja. Wir haben deine Eltern ein paarmal zum Essen eingeladen, früher. Aber es hat nie geklappt. Ich glaube, dein Vater wollte nicht, obwohl deine Mutter das nie zugegeben hat. Da war immer eine andere Ausrede. Irgendwann gibt man es dann natürlich auf. Also, wir hatten nicht viel Kontakt, guten Tag, auf Wiedersehen, schönes Wochenende. Mehr nicht.»

«Kann ich den Schlüssel behalten?», fragte Moritz.

«Natürlich», sagte Frau Ronsdorf und wirkte darüber geradezu erleichtert. «Ehrlich gesagt habe ich mir manchmal vorgestellt, wie ich irgendwann doch euer Haus betrete und deinen Vater finde, auf dem Boden oder im Bett. Es ist mir lieber, wenn du den Schlüssel hast. Nichts für ungut.»

«Ich verstehe das», sagte Moritz, Frau Ronsdorf lächelte noch einmal verhalten, dann schloss sie auf behutsame Art die Tür. Moritz und Lucky drehten sich um, es waren nur etwa fünf Meter bis zum Eingang der Eltern, Luftlinie sogar weniger.

«Die weiß im Leben nicht, was eine MILF ist», sagte Moritz.

«Vielleicht aber doch», sagte Lucky und freute sich. «Kollegah kennt sie ja auch.»

Moritz verglich die beiden Vorgärten, der seiner Eltern war deutlich schlechter in Schuss, das wenige Gras war höher, die Steinplatten gesprungen, das Gitter unter der Fußmatte knarrte, er schloss die Tür auf und fragte sich, wo eigentlich sein eigener Schlüssel geblieben war, er hatte ja einmal einen besessen, natürlich. Er konnte sich nicht erinnern, ihn zurückgegeben oder -geschickt zu haben. War wohl verlorengegangen, zwischen zwei Umzügen, vielleicht lag er in einer Kiste auf dem Dachboden oder im Keller, vielleicht hatte er ihn weggeschmissen. Sie betraten den Flur, da war er, der charakteristische Geruch nach altem Teppich, schlechter Lüftung und modrigem Holz, irgendwie war sogar etwas Angebranntes, Verschmortes dabei. Gerahmte Bilder von ihm und Nina gaukelten eine funktionierende Familie vor. An der Garderobe hing der Wintermantel seiner Mutter, als wäre nichts geschehen. Lucky ging voraus ins Wohnzimmer, sah das Durcheinander, zuckte mit den Schultern und sah auf dem Rückweg Moritz unentschlossen im Flur stehen. Der Treppenabsatz schien eine Hürde darzustellen.

«Soll ich mit hoch?», fragte Lucky.

«Nee.»

«Also unten warten?»

«Aber nichts klauen.»

Moritz gab sich einen Ruck und stieg die Treppen hinauf, in den ersten Stock, da war sein Kinderzimmer, daneben das von Nina, gegenüber das Schlafzimmer der Eltern, das Badezimmer und das kleine Arbeitszimmer, in das keines der Kinder jemals hineingedurft hatte. Es war dunkel, die Decke niedrig, gedrungen, alle Türen waren geschlossen. Moritz fing mit dem Schlafzimmer an, dahin musste er ja sowieso, er drückte die Klinke und prallte zurück. Der Gestank war betäubend, übermächtig, der Dunst des Altseins, des Ungewaschenen, trotz des gekippten Fensters. Die Bettseite seiner Mutter war unangerührt, gewiss seit drei Monaten, Moritz war sich fast sicher, dass sie selbst noch das Bett gemacht hatte. Da die Wäsche auf der Seite seines Vaters die gleiche war, konnte man davon ausgehen, dass sie tatsächlich noch nie gewechselt worden war. Die Decke lag zerknüllt, wie fortgetreten, am unteren Ende des Bettes, das Kopfkissen war plattgelegen, das Laken zerknittert, Falten werfend, auf dem Nachttisch stand ein halbvolles Glas Wasser, lagen eine Packung Schlaftabletten, Taschentücher und Nasenspray, an der Wand hingen immer noch die Fotos, die Moritz von früher kannte. Sie hatten auch das Schlafzimmer nicht betreten dürfen,

Nina und er, konnten nur auf Abenteuerreise gehen, wenn die Eltern einkaufen oder spazieren waren. Das waren die Momente, wo sie sich heimlich in die verbotenen Räume geschlichen hatten, Nina in Mutters Schuhe gestiegen war und Moritz hinter dem Schreibtisch im Arbeitszimmer die Pfeife des Vaters in den Mund gesteckt hatte und sich vorgekommen war wie ein Geschäftsmann, Schriftsteller oder Meisterdetektiv.

Sein Vater war auf keinem der Fotos zu sehen, aber da waren Moritz und Nina, fröhliche Kinder mit unschuldigen Gesichtern, daneben ihre Mutter, verkniffen, vorauseilend beleidigt, sie hatte es gehasst, fotografiert zu werden, wodurch die Linse sie zurückgehasst hatte, mit wachsender Ungeduld und Lust am Makel. Es gab wenige Fotos, auf denen Anette Liebig hübsch aussah, obwohl sie es gewesen war. Auf ihrem Nachttisch lag ein Buch von Ken Follett, das Lesezeichen befand sich im hinteren Drittel, dort würde es verweilen.

Moritz drehte sich um und öffnete den weißen Kleiderschrank. Ein Berg aus Hemden, Pullovern und Hosen ging auf ihn nieder. «Alter», rief er, schüttelte eine zerknitterte Bundfaltenhose ab und hob ein paar der Sachen auf, um sie mitzunehmen. Den Rest ließ er einfach liegen. Hier musste sowieso mal aufgeräumt werden, so ganz grundsätzlich, da konnte man solchen Kleinkram vernachlässigen. Eine Schublade beinhaltete Socken und Unterwäsche, ebenfalls einfach hineingestopft, Moritz griff mehr oder weniger blind ins Stoffliche. Drei Unterhosen Marke Feinripp und drei Paar Socken, schwarz, dünn, ausgefranst. Das musste erst mal reichen. Er wollte das Schlafzimmer schon wieder verlassen und ins Badezimmer gehen, da blieb sein Blick am väterlichen Nachtschrank hängen. Glattes Holz, beige, glänzend, ein Möbelstück von 1972. Schätzungsweise. Was mochte dadrin sein? Wenn so eine Nachtschrankschublade die Entsprechung des Charakters war, vermutete Moritz: nichts. Aber er wollte ganz sichergehen, vielleicht war da ja doch irgendetwas, das persönlich war, das ihm etwas über seinen Vater erzählte, das nichts mit Misanthropie und Desinteresse zu tun hatte. Das er also nicht kannte. Er ging neben dem Bett auf die Knie, wobei er sorgsam darauf achtete, es nicht zu berühren, dann zog er die Schublade heraus. Schon am Gewicht merkte er, dass sie nicht leer sein konnte.

«Lucky», rief er. «Komm mal hoch!»

Er hörte schwere Schritte auf der Treppe, das Knarren des Holzes, erinnerte sich daran, dass diese Art des Schreitens zumeist zu seinem Vater gehört hatte, seine Mutter hatte schnelle, hektische Schritte gemacht, er erinnerte sich an die Angst, dass der Vater es doch einmal betreten konnte, das Kinderzimmer, seinen Schutzraum, dann war Lucky da und erfasste das Schlafzimmer mit einem Blick. «Gemütlich», sagte er. «Nicht.»

«Guck dir das an», sagte Moritz und gab den Blick auf die Nachttischschublade frei. Es war eine Art Schrein darin aufgebaut, ein silbernes Metallkästchen auf einem zusammengefalteten, roten Tuch. Darauf lag ein Schwarzweißfoto von einer streng aussehenden, kräftigen Frau mit riesigem Dutt und einem jungen Mann in Uniform, der der Nase und der Kinnpartie nach Moritz' Großvater sein musste, Gottfried, der kaum jemals Erwähnung gefunden hatte.

«Mach es auf», sagte Lucky.

«Was?»

«Na, das Kästchen.»

Moritz hob es hoch, sah darunter eine Kladde liegen, eins nach dem anderen, dachte er, eins nach dem anderen, befummelte den winzigen Verschluss, klappte ihn um und hob den Deckel hoch. Das Kästchen war mit rotem Samt ausgeschlagen, es war sogar ein kleiner Spiegel eingearbeitet, da waren sehr viele Fotos, Schwarzweißbilder, allesamt aus dem Ersten Weltkrieg oder dem Zweiten oder der auch nicht wenig schwierigen Zeit dazwischen, da, auf einem Familienfoto vor einer behängten Wäscheleine, da war sein Vater, als kleiner Junge, da waren Geschwister, jede Menge Geschwister, vielleicht auch einfach nur andere Kinder, sie standen ordentlich aufgereiht da, steif, in guten Klamotten, mit ernsten, viel zu erwachsenen Gesichtern und ordentlich zur Seite gekämmten Haaren, da waren die Großeltern, die Mutter im langen Kleid, das bis zum Boden ging und ihre Üppigkeit kaschierte, vielleicht auch eine erneute Schwangerschaft, da war Karlheinz Liebigs Vater, er schien größer zu sein als sein Sohn heute, er trug eine Uniform. Moritz drehte das Bild um, tatsächlich, da waren die Namen, mit Bleistift geschrieben, verblasst, in so einer krummen, geschwungenen Handschrift. Marion, sie war das einzige Mädchen, stand ganz links, schlank, groß, mit langen Zöpfen und ernstem Blick, daneben Werner, Diethelm und Hans – er schien der Älteste zu sein und hielt sich ein wenig krumm –, dann kam Karlheinz, der Kleinste, tatsächlich, Moritz hatte sich nicht geirrt, das war sein Vater, er sah unschuldig aus, offen, feingliedrig, dann die Großeltern, Gottfried und Ilse, hart wirkten sie, hart und verbittert, dabei würdevoll und aufrecht, schließlich Albrecht, ein Außenseiter, buchstäblich, er hatte kaum Ähnlichkeit mit den anderen, war fast so groß wie Hans, sah ein wenig rebellisch aus. Man hatte das Gefühl, die Wäsche bewegte sich im Wind. Moritz nahm das nächste Foto auf, da war sein Großvater erneut, jetzt trug er Grubenkleidung wie ein Bergmann, und da, da war sogar ein Bild, auf dem er den Hitlergruß machte. Oh Gott, dachte Moritz, natürlich, irgendwo mussten sie ja gewesen sein, die Nazis, die Mitläufer, die Befürworter. Er steckte das Bild ein, auf dem die ganze Familie aufgereiht war, hob die anderen Fotos hoch, darunter befand sich noch etwas, ein Orden, ein Abzeichen.

«Alter», sagte Lucky. «Das ist ein Eisernes Kreuz.»

«1813», las Moritz und drehte es um. «1914.»

«Dann ist das aus dem Ersten Weltkrieg. Bestimmt von deinem Opa.»

Moritz klappte das Kästchen zu und nahm die Kladde heraus. Daneben lag ein Kugelschreiber. Eindeutig nicht aus dem Ersten oder Zweiten Weltkrieg, mit dem abblätternden Aufdruck der Lotto-Toto-Annahmestelle des Vaters. Er schlug sie auf und erkannte die Handschrift Karlheinz Liebigs, glaubte sie zumindest zu erkennen.

«Was ist das?», fragte Lucky und beugte sich vor. «Ein Tagebuch?»

«Nee», sagte Moritz verblüfft und blätterte. «Keine Ahnung, was das ist.»

Das Papier war dick und sperrig, da waren schludrig hingeworfene Daten, scheinbar wahllos, in zeitlich logischer Abfolge, aber ohne Zusammenhang, dahinter ein Geschehnis, mal mehr, mal weniger aufregend.

«2010», las Moritz. «Gauck wird Bundespräsident. Die Ronsdorf versöhnt sich mit ihrem Mann. Höchstens zwölf Verkehrstote.»

«Das stimmt doch gar nicht», sagte Lucky nach kurzem Überlegen. «Gauck ist erst später Bundespräsident geworden, 2010 hat der mit der großen, blonden Frau gegen ihn gewonnen, hier, wie heißt der noch?»

«Wulff.»

«Genau.»

«Es stimmt eigentlich fast gar nichts», sagte Moritz, während er weiterblätterte. «2016, Clinton gewinnt gegen Trump und wird erste Präsidentin der USA. Und dann …» Moritz stockte. «So ein Arsch!»

«Was ist?», fragte Lucky.

«Hier steht, dass ich spätestens im Dezember pleite bin und das Café schließen muss.»

«Was?» Lucky beugte sich über die Kladde. «Tatsächlich. Der wusste die ganze Zeit, dass du das hast.»

«Und er hat mir wieder nichts zugetraut», sagte Moritz bitter.

«Hol mal das Tuch raus», sagte Lucky, um abzulenken, und zeigte auf die gefaltete Unterlage. Moritz zog es aus der Schublade. Schon auf dem Weg nach draußen entfaltete es sich halb und gab sich als Fahne zu erkennen. Sie war schwarz, weiß, rot.

«Oh nein», stöhnte Moritz.

«Deutsches Reich, Alter», sagte Lucky. «Sag mal, ist dein Vater ein Nazi?»

«Weiß ich nicht. Vielleicht ist die ja auch noch aus dem Ersten Weltkrieg. Oder dem Zweiten. Die ist doch alt. Ist die alt?»

«Die ist alt. Klar.»

Moritz fühlte die Not, sich für seinen Vater zu entschuldigen. «Ich hab immer gedacht, der wäre einfach nur konservativ. Also sehr, sehr konservativ. So konservativ, dass Rückwärts das neue Vorwärts ist.»

«Na ja», sagte Lucky und zuckte mit den Schultern. «Steckt man nicht drin. Komm, Bruder. Jetzt bringen wir dem Nazi erst mal einen frischen Schlafanzug.»

15

KARLHEINZ LIEBIG schlug ganz langsam die Bettdecke zur Seite, es dauerte gefühlte Ewigkeiten, bis er die Beine herumgeschwenkt, sich aufgerichtet hatte, mit den Zehenspitzen die Erde berührte. Sein Hohlkreuz schmerzte, trotz der Mittelchen, die er bekommen hatte, die Zehen waren taub, es war halt alles schlecht, nichts wirkte, war von Dauer und Bestand, er stand auf, als wäre der ganze, breite Gummiboden ein Hochseil, setzte vorsichtig einen Fuß vor den anderen, ging barfuß hinüber zu seinem Schrank, krummbeinig, die Gelegenheit war günstig, denn er hatte freie Bahn. Vorübergehend. Der eine Trottel von der gegenüberliegenden Zimmerseite verfolgte den anderen Trottel irgendwo auf den Fluren, während der dritte Trottel im Bett nebenan schlief, mit offenem Mund, lautstark schnarchend. Nervenzerfetzend war das. Karlheinz Liebig griff nach seinen Straßenklamotten, Schwester Regina hatte sie zusammengelegt, er würde große Probleme haben, sie anzuziehen, aber wer nicht wagte, der nicht gewann, und vielleicht hatte er ja auch Glück, und die beiden Bekloppten spielten ihre Verfolgungsjagd in einem anderen Stockwerk, einem anderen Krankenhaus, einem anderen Universum, es würde keine Schwester Regina hereinkommen, und sein Bettnachbar würde durchschlafen bis zur nächsten Dialyse. Da er keinen Schlafanzug trug, sondern nur ein hinten offenes Operationsnachthemd — es war entwürdigend —, fiel es ihm nicht weiter schwer, sich davon zu befreien. Einarmig in die Jeans hineinzusteigen ging auch noch einigermaßen, dauerte kaum mehr als drei Minuten, auf die Socken verzichtete er, das Hemd aber geriet ihm zum Problem, er entledigte sich der Schlinge, das tat weh, war unhandlich, der Ärmel riss an einer Stelle auf, als er hineinschlüpfte. Er knöpfte das Hemd einhändig zu, die Finger zitterten wieder, das war aber auch eine Fummelei, man bekam die kleinen, schwarzen Knöpfe überhaupt nicht zu fassen, das Ergebnis war entsprechend, nämlich schief, mit einer Auslassung knapp über dem Herzen, die rechte Seite hing etwas tiefer, von vorne anzufangen war keine Option. Aber irgendwann hatte er es geschafft, schnaufend wie nach einem Halbmarathon. Er stieg barfuß in die Schuhe, es fühlte sich klebrig an und gleichzeitig rau, er war jetzt vollkommen außer Atem, dann stand er endlich auf, der Kreislauf wehrte sich, überhaupt war da dieses Gefühl, dass sein ganzer Körper rebellierte, seine Eingeweide, er dachte an Bier und Schnaps, hatte den ganzen Tag schon an Alkohol gedacht.

Er schlurfte zur Tür, streckte auf dem Weg dorthin ganz langsam den Rücken durch, sah, dass auf einem Haken der Bademantel von Willi dem Träumer hing, nahm ihn herunter, zog ihn über, er war ein wenig zu groß, aber einfarbig weiß, also austausch- oder verwechselbar, schloss ihn mit der rechten Hand so gut wie möglich, sodass man die Straßenkleidung darunter nicht sehen konnte, bekam sogar eine Schleife in den Gürtel gefummelt und öffnete die Tür. Auf dem Gang war Gewusel, laut, rücksichtslos, eine Durchreiche des schlechten Geschmacks. Ärzte und Schwestern, Patienten und Verwandte, alle liefen von allen Seiten aufeinander zu und voneinander weg, wie in einer komplexen Choreographie, deren Planung Monate in Anspruch genommen hatte, niemand beachtete ihn, er griff sich einmal kurz ans Herz, dachte für einen Moment daran, einfach den Medikamentenraum zu suchen, alles in sich hineinzustopfen, was er mit bloßer Hand erwischen konnte, und anschließend das Beste zu hoffen, dann verwarf er den Gedanken, ging den Gang entlang zum Fahrstuhl, klar, er musste den Fahrstuhl nehmen, Treppen schaffte er kaum noch, auch nicht zu Hause. Jeder Weg ins Badezimmer oder Schlafzimmer war ein halber Tagesausflug.

Er stellte sich vor die Aufzugfront, jemand anderes hatte den Knopf gedrückt. Es dauerte vielleicht zwanzig Sekunden, länger nicht, da öffnete sich links von ihm die Aufzugstür, drei, vier Patienten kamen heraus, in quälender Langsamkeit. Zwei davon kannte er. Leider.

«Mensch, der Kalle», dröhnte Alfons, als hätte man gemeinsam die Klasse von 1945 gerockt, Willi daneben sah ihn an wie einen Fremden in der vollbesetzten Straßenbahn, dem man besser nicht auf den Fuß treten wollte. Karlheinz Liebig war noch nie Kalle genannt worden, in seinem ganzen Leben nicht. Und er mochte auch nicht Kalle genannt werden.

«Karlheinz», sagte er steif. «Liebig.»

«Logo», sagte Alfons leutselig und hielt den bereits wieder ausbüxenden Willi mit ausgestrecktem Arm fest. «Na, wie ist es? Erst mal eine rauchen?»

Karlheinz nickte. «Sicher», sagte er leise.

«Was muss, das muss, ne?», bestätigte Alfons. «Unser Willi hier hat vorgestern damit angefangen. Dabei hat der noch nie geraucht, sagt seine Frau. In den ganzen sechsundfünfzig Jahren nicht, die die sich kennen. Nichtraucher war der. Militanter Nichtraucher. Hat als Sparkassendirektor die erste komplett rauchfreie Bank Deutschlands durchgesetzt damals. Aber am Ende ist das Gestern egal, er hat es jetzt offenbar ein bisschen anders abgespeichert. Quarzt eine nach der anderen. Steckste nicht drin, ne, Willi?»

«Das ist schön, dass Sie mich vom Bahnhof abholen», sagte Willi höflich und suchte auf dem Boden nach seinem Koffer.

Karlheinz Liebig stieg gerade noch rechtzeitig in den Aufzug, bevor sich die Türen wieder schlossen. Willi blickte ihm hinterher, beugte sich ein wenig vor, als sähe er ansonsten unscharf. «Ach, das ist schön», sagte er. «Wir haben den gleichen Bademantel. Ein Geschenk meiner Schwester, ich glaube, es war der vierzigste Hochzeitstag. Oder Geburtstag, ich weiß es nicht mehr. Ich habe nie verstanden, was sie mir damit sagen wollte. Aber warum ...», Willi lächelte verschwörerisch, «... stehen Sie im Bademantel am Bahnhof?»

Karlheinz Liebig lächelte nicht, legte den Zeigefinger auf die Lippen und wartete darauf, dass sich die Tür endlich schloss. Ein junger Arzt schlüpfte hinein, in letzter Sekunde, geschäftig in ein Mobiltelefon sprechend, das Thema war Anästhesie und der damit verbundene Feierabend-Vorteil für stressgeplagte Jungärzte, hinter Karlheinz standen oder kauerten vier Mitpatienten in teilweise desolatem Zustand. Es ging abwärts; vielleicht waren sie allesamt auf dem Weg zur Raucherecke, um sich den Rest zu geben.

Im Erdgeschoss verstreuten sich die Mitfahrenden, sah Karlheinz Liebig erstmals und endlich Land, wie durch einen Korridor, der sich plötzlich vor ihm auftat. Der Ausgang war zum Greifen nah. Er strömte mit dem Fluss hinaus, wurde Teil der laufenden Morgenmäntel, aber dann ging er weiter, als die anderen an den fest installierten Aschenbechern stoppten wie die Bienen an der Blüte, marschierte über das Taxirondell hinaus, seitlich vorbei an der Notaufnahme, zog Willis Schwesterngeschenk aus und stopfte es in einen glücklicherweise erst kürzlich geleerten Mülleimer am Wegesrand. Er hatte Durst, Todessehnsucht und kein Geld dabei. Keinen Schlüssel. Mal sehen, dachte er. Mal sehen.

16

«WIE, WEG?», sagte Moritz entsetzt. «Weg, im Sinne von weg?»

Lucky und er standen vor der Tür des Krankenzimmers 403, eine Schwester namens Regina machte ein pflichtgemäß bedauerndes Gesicht und hob entschuldigend die Hände. «Wir sind ja kein Gefängnis», sagte sie. «Es ist durchaus möglich, dass Patienten einfach gehen. Ohne sich abzumelden. Kommt immer wieder vor.»

«Auch Patienten mit suizidalen Tendenzen?», fragte Moritz empört und schob sich die Kappe in den Nacken.

«Ihr Vater wurde noch nicht psychologisch untersucht», sagte Schwester Regina. Sie war eine kleine, runde Frau mit fliehendem Kinn. «Und solange das nicht passiert ist, ist da auch nichts. Also rein faktisch. Rechtlich. Rein faktisch rechtlich. Praktisch.»

«Finden Sie das selbst logisch, was Sie da sagen?»

«Nein, aber doch. Auf gewisse Weise. Das Leben ist kompliziert. Hier sowieso.»

Lucky bemerkte Moritz' zunehmenden Ärger und befand sein bisheriges Schweigen als unsolidarisch. «Ich weiß nicht, ob Sie das verstehen, Schwester», sagte er grollend, «wir haben Herrn Liebig einen Schlafanzug mitgebracht.»

«Das tut mir leid. Sie werden gewiss Gelegenheit haben, ihn anderweitig zuzustellen.» An Schwester Regina prallte alles ab.

«Sie können doch einen Menschen, der sich vermutlich vor ein Auto geworfen hat, nicht einfach unbeaufsichtigt lassen», sagte Moritz. «Hier gibt es doch Scheren ... und Spritzen ... und zu öffnende Fenster.»

«Wie gesagt, Herr Liebig bestreitet die Absicht hinter dem Autounfall und hat an und für sich einen ganz und gar nicht verzweifelten Eindruck gemacht. Er bezeichnete Sie übrigens als einen, Moment, wie war das genau, als einen überspannten, eifernden Kassenpatienten. Sie hätten sogar einen Coffee-Shop.»

«Ein Café», sagte Moritz durch die Zähne. «Ich habe ein Café.»

Schwester Regina winkte ab. «Wie Sie meinen. Allerdings kann sich Ihr Vater natürlich nicht einfach selbst entlassen, ohne das entsprechende Papier zu unterzeichnen», sagte sie. «Wenn Sie ihn finden, sagen Sie ihm das bitte. Ansonsten bekommt er auch Ärger mit seiner Krankenkasse.»

«Und was ist mit der Polizei?»

«Nur wenn Herr Liebig sich oder andere gefährden könnte.»

«Aber davon rede ich doch gerade», sagte Moritz verzweifelt. «Suizidale Tendenzen, schon vergessen?»

«Da drehen wir uns im Kreis», sagte Schwester Regina und schaute auf die Uhr. Gewiss gab es noch viele andere Patienten nicht zu betreuen. Ein vorbeieilender Arzt im weißen Kittel empfing mehr als die üblichen, negativen Schwingungen und stellte sich zu ihnen, er hatte kurze, schwarze Haare, war sehr groß und strahlte eine kantige Autorität aus. «Mein Name ist Dr. Brinkmann», sagte er, «ich bin der leitende Stationsarzt. Kann ich Ihnen helfen?»

«Alter», sagte Lucky, als wäre er gerade aufgewacht, «Sie heißen nicht ernsthaft Brinkmann?»

Der Arzt verdrehte die Augen und zwang sich zu einem höflichen Lächeln. «Sie können sich vorstellen, wie oft ich diese Reaktion schon erlebt habe», sagte er.

«*Professor* Brinkmann?», fragte Lucky begeistert. «Wie der aus der Schwarzwaldklinik?»

«Nein, nur Doktor», sagte der Arzt.

«Schade», sagte Lucky.

«Finde ich auch», sagte der Arzt.

«Was ist mit meinem Vater?», fragte Moritz. «Herr Liebig? Er ist einfach verschwunden, und ehrlich gesagt, die Aufregung ist nicht gerade groß.»

«Herr Liebig», wiederholte der Arzt, blickte zur Decke und legte den Zeigefinger auf die Unterlippe, «ja, ja, ich erinnere mich. Er ist in keinem besonders guten Zustand, Ihr Vater. Ich kann mir nicht vorstellen, dass er weit kommt. Die Arterien sind verkalkt, die Blutwerte miserabel, er hat Diabetes, auch die Leber ist nah an der Zirrhose. Seine Muskeln sind reduziert, die Lungenflügel angegriffen, und es liegt der Verdacht nahe, dass er an Parkinson erkrankt ist. Aber er tut scheinbar sehr wenig dagegen.»

«Er sagt, er nimmt Tabletten.»

«Angegeben hat er hier nichts.»

«Brinkmann», wiederholte Lucky. «Wie geil.»

«Vielleicht weil er sowieso nicht hierbleiben wollte», sagte Moritz.

«Vielleicht.»

«Und was passiert jetzt?»

«Wir schicken ihm die Entlassungspapiere nach Hause. Um ihn mit der Polizei zu suchen, fehlen leider hinreichende Gründe.»

«Depressionen?», fragte Moritz. «Lebensmüdigkeit? Ist das kein Grund?»

Der Arzt machte eine raumgreifende Geste, Moritz folgte ihr und stellte fest, dass sogar der Putz an den Wänden angeschlagen aussah. «Das haben hier so viele», sagte Dr. Brinkmann. «Inklusive der Schwestern, Ärzte, Verwaltungsfachangestellten und Reinigungskräfte. Wenn da jedes Mal die Polizei käme …»

«Okay, kann ich irgendwas unterschreiben?», fragte Moritz. Das führte hier ja zu nichts, und Zeit verschwenden konnte man auch außerhalb. «Damit wir auf der sicheren Seite sind?»

«Die Kostenübernahme», sagte Schwester Regina. «Falls ihr Vater die Post nicht öffnet, sich weigert, zu bezahlen, oder doch noch Suizid begeht.»

«Aha!», sagte Moritz.

«Was, aha?»

«Sie haben gesagt, falls er doch noch Suizid begeht. Das heißt, Sie ziehen es immerhin in Erwägung.»

«Ich ziehe auch die Existenz eines allmächtigen Schöpfers in Erwägung, obwohl nicht vieles dafürspricht und ich schon vor sechsundzwanzig Jahren aus der Kirche ausgetreten bin», sagte Schwester Regina. «Ich eröffne Möglichkeiten. Mehr nicht.»

Dr. Brinkmann war gedanklich längst woanders, vielleicht im Schwarzwald, er nickte abwesend, das hier war eine Ebene, auf der er nicht zu diskutieren gedachte, er nahm den Zeigefinger von der Unterlippe, deutete in eine imaginäre Richtung und ging grußlos seines Weges. Schwester Regina verschwand ebenfalls, allerdings um die Papiere zu holen.

«Bruder, dein Vater hat das einzig Richtige getan», sagte Lucky. «Wenn ich jemals in so ein Krankenhaus komme, erschieß mich.»

«Hab ich dir eigentlich schon mal gesagt, dass das total nervt, das mit dem ‹Bruder›? Nicht einmal Brüder nennen sich andauernd Bruder!»

Lucky schüttelte den Kopf und streckte Zeige- und kleinen Finger seiner linken Hand heraus, fuchtelte damit vor seinem breiten Oberkörper herum. «Du kriegst das Ghetto vielleicht raus aus meiner Sprache, aber du kriegst mich nicht raus aus dem Ghetto.»

«Du warst noch nie in einem Ghetto, Lucky. Du hattest ein

Kinderzimmer in der Größe eines Flugzeugträgers, und dein Bobbycar war aus Holz. Als wir mal in New York waren, hast du dich nicht in die Bronx getraut, und Harlem war dir auch zu gefährlich.»

«Ja, weil die da alle vor den Türen standen und uns angestarrt haben. Das ist wie mit dem Krankenhaus hier. Das ist Hardcore, Mann.» Lucky setzte sich die Kapuze auf, zog die Jogginghose hoch und sah nun sehr bedrohlich aus. «Aber du kannst das drehen und wenden, wie du willst: Das Leben ist nicht, wie es ist, sondern wie du es fühlst», sagte er. «Frag mal deinen Vater.»

Schwester Regina kam zurück, es war wirklich erfreulich schnell gegangen, Moritz unterzeichnete die Kostenübernahme, wurde von einem neugierigen Patienten mit Rollator angehustet und starb innerlich an Schweinepest und Vogelgrippe, Schwester Regina schimpfte mit dem alten Mann wie mit einem kleinen Kind, es war würdelos, es war beklemmend, es war das Ende eines Lebens, wie man es auf keinen Fall haben wollte, dann machten sich die beiden daran, den Ort der ungeschminkten Wahrheit so schnell wie möglich zu verlassen.

«Alter», sagte Lucky, als sie endlich an der Pforte vorbei waren und die Raucher im Rollstuhl ihnen hinterherstarrten. «Ich verstehe deinen Vater tausendprozentig.»

«Ich auch», knurrte Moritz. «Das ist das Schlimmste.»

«Und jetzt?», fragte Lucky. Die Vögel über dem Vorplatz kreisten wie die Geier, waren aber nur Spatzen mit einem Anteil Krähen.

«Wir gehen nach Hause», sagte Moritz. «Ich lauf bestimmt nicht hinter einem alten Nazi her durch die halbe Stadt. Der sitzt in einer Kneipe und lässt sich volllaufen. Mit deutschem Bier aus deutschen Brauereien.»

«Moritz, das ist dein ...»

«Wenn du noch einmal sagst, dass das mein Vater ist, hetze

ich, keine Ahnung, wer da gerade so angesagt ist, Capital Bra auf dich.»

«Na super», murmelte Lucky. «Ausgerechnet Capital Bra. Weißt du eigentlich, was das heißt? Hauptstadt-Büstenhalter. Das heißt das. Hast du darüber schon mal nachgedacht?»

«Nein.»

«Du musst dich wirklich mal um die wichtigen Dinge kümmern, Bruder.»

17

JESSY HATTE FEIERABEND, mehr oder weniger, sie saß auf dem kleinen Balkon, der vorne zur Straße hinausging. Eine Person und ein Zerquetschter, sagte Moritz immer, mehr passte da nicht drauf, vielleicht noch ein zusammengefaltetes Küchenhandtuch. Spielraum etwa fünfzig Zentimeter, dann bewies einzig ein gebogenes Eisengitter, dass es sich überhaupt um einen Balkon handelte und nicht um einen versehentlich etwas zu weit gebauten Wohnzimmerboden. Elias spielte drinnen mit großen Legosteinen, die man wunderbar auf Rekordhöhe aufstapeln und mit erklecklichem Lärm gegen die Balkontürscheibe krachen lassen konnte.

«Ich hatte viel Zeit, nachzudenken», begann Jessy, als Moritz den Kopf durch die Tür steckte, hinauszutreten wagte er nicht. Sie hatte ein Buch auf den Knien, irgendwas mit Selbstbefreiung und seelischer Erweckung.

«Was heißt denn das?», fragte Moritz.

«Ich hatte viel Zeit, über *uns* nachzudenken.» Jessy zog die Beine an. Das war ihre Verteidigungshaltung, so baute sie eine Mauer zwischen sich und ihrer Umwelt auf. Moritz quetschte sich nun doch auf den Balkon und zog die Tür hinter sich zu, so weit es eben ging. Er verspürte unangenehmen Druck in der Magengegend. Leichter Wind empfing ihn, verbunden mit den säuerlichen Gerüchen einer überlasteten Kanalisation, die Sonne war längst ums Haus herumgewandert, dennoch war es drückend, ein Sommergewitter kündigte sich an, vielleicht für den späteren Abend, vielleicht für die Nacht. Elias sang innen ein gar nicht mal so schönes Lied und war ganz in sich und die Klötze versunken. Goldene Kinderzeit.

«Weißt du, Moritz, es ist ja so», sagte Jessy. «Man verliebt sich, am besten ineinander, man gründet eine Familie, am besten miteinander, dann ist ein halbes Jahr alles prima, die Hormone, die Endorphine, man fliegt so dahin und lächelt sich nach dem Aufwachen an, aber dann kommt der Alltag, und man beginnt, weniger zu lächeln und mehr zu funktionieren. Da ist Elias, da ist das Café, die Buchhandlung, alles fordert immer nur und fordert. Man macht sich erst einmal keine Gedanken, lässt die Dinge laufen, weil es eine Eigenschaft des Hamsterrads ist, dass es alle Gedanken unterdrückt, die gegen das Hamsterrad gerichtet sein könnten. Den Stress, alles in Frage zu stellen, will man sich ja nicht auch noch aufhalsen. Denn wo würde das wohl hinführen? In noch größeren Stress. Man müsste ja etwas verändern.» Jessy entfernte einen scheinbar äußerst störenden Fussel von ihrer schwarzen Stoffhose. «Aber heute, Moritz, heute hatte ich endlich mal Zeit, darüber nachzudenken, wie zufrieden ich eigentlich bin. Mit uns, unserer Entwicklung, der Tatsache, dass wir uns kaum noch sehen, dass für dich hauptsächlich das Café zählt, dass du deine Probleme in dich hineinfrisst, dass du niemanden wirklich an dich heranlässt, dass du immer ein wenig auf Abstand bleibst, weil du es zu Hause so gelernt hast, die Art, wie du mit der Geschichte rund um deinen Vater umgehst, wie du mit deiner Vergangenheit umgehst, wie ich mit meiner Vergangenheit umgehe. Wie ich Elias aufwachsen sehen will. Was ich glaube, was gut für ihn ist. Ob wir beide überhaupt noch ein richtiges Paar sind. Ob ich dich eigentlich wirklich mag. Darüber hatte ich heute Zeit nachzudenken.»

Jetzt war Moritz schlecht. Das kam also noch obendrauf, auf diesen grauenhaften Tag jenseits aller Vorstellungen. Alles hatte sich gegen ihn verschworen, der Höllenhund war geweckt, die apokalyptischen Reiter auf dem Weg. «Und?», fragte er, nicht ohne ein gewisses Zittern in der Stimme. Er hoffte, es verebbte auf dem Weg zu Jessys Gehörgang. «Was ist dabei herausgekommen?»

Sie klappte das Buch auf ihren Knien zu und machte eine Pause. «Nix», sagte sie dann feierlich und streckte die nackten Zehen aus.

«Wie, nix?»

«Ja, nix. Ist das nicht bescheuert? Ich hatte heute Zeit, mir Gedanken zu machen, und stattdessen habe ich dieses Buch gelesen. Stundenlang. Totale Zeitverschwendung. Es ist noch nicht einmal gut.»

«Du hast dir keine Gedanken gemacht?»

«Nicht einen einzigen.»

«Moment mal, heißt das, du erzählst mir gerade in aller Ausführlichkeit, dass du mir nichts zu erzählen hast?»

«So kann man das nennen. Ganz schön deprimierend ist das.»

«Mann!», schimpfte Moritz.

Jessy lachte. «Vermutlich bedeutet das in Wirklichkeit, dass ich ganz zufrieden bin», sagte sie. «Und ich möchte natürlich, dass das so bleibt. Streng dich also an. Was ist mit deinem Vater?»

Moritz hätte gerne ein Deo aufgetragen, stattdessen erzählte er von angefahrenen Nazi-Vätern vor Papiercontainern, in Krankenhäusern und auf Abwegen.

«Okay, ich glaube, da hilft nur eins», sagte Jessy und führte die Fingerspitzen zueinander. «Hol ihn zu uns.»

«Auf keinen Fall», protestierte Moritz.

«Doch.»

«Ich hole mir doch nicht Asbest ins Haus, wenn ich gerade erst renoviert habe. Also, jahrzehntelang, ich hab jahrzehntelang renoviert.»

«Du neigst zum Dramatisieren», sagte Jessy. «Seit wann eigentlich?»

«Du verstehst das nicht», sagte Moritz. «Der wird hier reinkommen und alles schlecht finden. Der wird nicht eine Sekunde brauchen, um uns zu zeigen, dass wir alles falsch machen, dass man so nicht leben kann und dass wir miserable Eltern mit einem völlig verkorksten Kind in einer grauenhaften Wohnung sind. Und wir werden es ihm glauben! Obwohl er nur ein kleines, miesepetriges Männchen ist!»

Jessy seufzte. «Ich hab dir doch schon mal gesagt, dass uns niemand nehmen kann, was wir haben. Wir halten das aus. Und immerhin ist es dein Vater.»

«Warum?», fauchte Moritz. «Warum muss mir jeder andauernd sagen, dass das mein Vater ist? Ich weiß selbst, dass das mein Vater ist. Ich weiß das schon viel länger als ihr. Aber was heißt das denn, Vater, ist das so eine Art unsichtbare Fessel, die man nicht mehr loswird? Ist das so ein Fluch, von dem man sich nicht lossagen kann? Ist das wie der Ausweis im Fitnessstudio, der sich jedes Jahr verlängert, auch und gerade wenn man nicht hingeht?»

«Ja», sagte Jessy weise. «Alles. Vor allem das mit dem Fitnessstudio. Gib ihm doch die Chance, seinen Enkel kennenzulernen und vielleicht darüber weicher zu werden.»

«Mein Vater wird nicht weich.»

«Weiß man nicht.»

«Der ist kein Familienmensch.»

«Weiß man nicht.»

«Der hat ein Eisernes Kreuz im Nachtschrank.»

«Das ist nur Metall.»

«Und eine Reichsflagge.»

«Vielleicht ein Andenken an seinen Vater. Deinen Großvater. Vielleicht ist er ja doch ein Familienmensch.»

«Ja, genau. Familie Monster.»

Jessy stand auf, öffnete die Tür zum Wohnzimmer und nahm

Elias auf den Arm. «Wusstest du eigentlich, dass du hier in der Stadt noch einen Opa hast, mein Schatz?», sagte sie sanft.

«Einen Opa?», fragte Elias und sah Moritz an, der notgedrungen hinterhergekommen war. «Der Papa von Papa?»

«Ja», knurrte Moritz. Emotionale Erpressung lag in der Luft und entwickelte sich zu Smog. «Opa Karlheinz.»

«Kommt der?», fragte Elias.

«Vielleicht», sagte Moritz. «Vielleicht aber auch nicht.»

«Soll der Papa mal auf die Suche gehen und den Opa holen?», sagte Jessy sanft, warm und geschmeidig wie die Schlange im Garten Eden.

«Jaaa», antwortete Elias, dann wand er sich von Jessys Arm und rannte voller Begeisterung wild stampfend in sein Zimmer, Moritz imaginierte eine Erschütterung auf der anderen Seite der Erde. «Ich male ein Geschenk», rief Elias noch und war verschwunden, der Smog verwandelte sich in Feinstaub.

«Das war mies», sagte Moritz leise. «Mies, hinterhältig und gemein.»

«Intrigant hast du vergessen.» Jessy lächelte. Wunderschön sah sie dabei aus, es war eine bodenlose Frechheit. «Jetzt geh los, sammle deine Freunde ein und mach dich auf die Suche. Dadraußen läuft dein Vater herum und ist alt und ungeschützt, ohne Geld, ohne Schlüssel, mit einem großen Pflaster am Kopf. Es wird bald Nacht. Rührt dich das nicht wenigstens ein bisschen?»

MÄRZ 1996

Grün-Weiß, der Fußball und Moritz. Er ging jetzt regelmäßig zum Training, zu den Spielen. Obwohl, am Anfang hatte er nicht sonderlich viel Einsatzzeit bekommen, klar, da waren noch vierzehn bis achtzehn andere Kinder, die sich um die elf Plätze balgten. Aber schließlich hatte sich seine nicht zu übersehende Qualität durchgesetzt. Er war von der linken Seite in die Mitte gewechselt, spielte jetzt neben Nico, dem Mannschaftskapitän, der gleichzeitig Moritz' größter Fürsprecher innerhalb der Mannschaft geworden war. Sie waren gut, gewannen fast alle Spiele, ja spielten um die Stadtmeisterschaft mit.

Moritz kannte mittlerweile alle Namen, Darius, den Flügel-flitzer, Özgür, die Kampfmaschine, Tim, Benjamin, Murat, Ahmed und Steve, einer wurde Bubbel genannt, was wohl vor allem seiner voluminösen Unterlippe zuzuschreiben war. Er war ein Hohlkopf, aber gut im Zerstören. Die Spiele der C-Jugend fanden mal um neun Uhr, mal um zehn Uhr morgens statt, ein steter Quell der Unruhe im Hause Liebig, denn welcher normale Mensch stand schon an einem Sonntag um halb acht auf und machte Lärm in Bad und Küche? Moritz erlebte diese Zeit als Momente großer, trotziger Einsamkeit. Er saß allein in der Düsternis bei einem Frühstück, das aus Frühstücksflocken mit Milch bestand, durfte die Rollläden nicht hochziehen, weil das den Vater beim Ausschlafen seines Rausches gestört hätte. Man könne ihn auch jederzeit wieder abmelden, das war der Tenor. Also bemühte er sich, so leise wie möglich zu sein, verzichtete auf das Zähneputzen im Bad, schlich irgendwann mit gepackter Sporttasche aus dem Haus, schwang sich aufs Fahrrad und radelte zu Sportplatz oder Treffpunkt. Auf die einmalige Frage seines Trainers Ingo, ob vielleicht seine Eltern auch einmal be-

reit wären, Moritz und ein paar Mitspieler zu einem Auswärts-
spiel zu fahren, hatte Moritz nur vehement den Kopf geschüttelt
und dabei sehr gequält geschaut. Ingo hatte verstanden und nie
wieder gefragt.

Moritz fühlte sich wohl, zumindest auf dem Platz, verstand
sich dort mit jedem, wurde gesucht und gefunden, aber außerhalb war er ein Außenseiter. Bei Turnieren, wenn die Kinder
zwischen den Spielen die Bratwurst- und Getränkestände auf-
suchten, blieb er stets für sich, wurde nicht in die Gespräche
eingebunden, nicht zu Partys eingeladen, ja, die meisten Mitspieler wandten sich ab, wenn er auf sie zukam, oder verschlossen die Gesichter. Moritz wusste nicht, warum das so war. Er
verstand es nicht, er war freundlich und nett zu jedermann.
Aber er hatte irgendwie nicht den passenden Stallgeruch, war
nicht cool genug, vielleicht sogar ein wenig anders. Weniger
durchschnittlich, tröstete er sich, rief sich Philipps Worte ins
Gedächtnis, immer und immer wieder. Weniger durchschnittlich. Philipp und Lucky besuchten seine Spiele manchmal, Philipp mit gewissem Stolz, Lucky mit den völlig sinnlosen Zwi-
schenrufen des komplett Unkundigen. Einmal rief er Moritz zu,
er solle doch einfach die Hand nehmen, wenn es mit den Füßen
nicht so klappte. Ein anderes Mal bejubelte er versehentlich ein
Tor der falschen Mannschaft. Dennoch, es war schön, dass seine
Freunde Anteil nahmen. Umso mehr schmerzte Moritz dann
doch – und das war für ihn selbst überraschend – die konsequente Abwesenheit der Eltern. Der Spielfeldrand war übersät
mit Angehörigen. Anderswo, in anderen Familien, war es egal,
ob es Sonntag, egal, ob es neun Uhr oder zehn Uhr war, da waren überall stolze Mamas und Papas hinter der Absperrung, die
Mütter hüpfend, Getränke reichend und lautstark anfeuernd,
die Väter mit barscher Kritik, bevorzugt am eigenen Sohn oder
dem Schiedsrichter, kopfschüttelnd, die Fäuste ballend, auf und

ab gehend, jeder ein eigener Trainer seiner ganz persönlichen Weltauswahl.

Karlheinz und Anette Liebig aber waren nun einmal nicht da. Nie. Bei jedem Tor, das er schoss, bei jedem gelungenen Pass, wünschte Moritz sich ausgerechnet den Vater herbei. Dass er es sah. Seine spielerischen Fähigkeiten, seinen Wert für die Mannschaft. Sein Können. Aber seine Eltern waren nicht nur nie da, sie fragten auch nicht nach. Weder interessierte sie das Ergebnis noch der Spielverlauf. Wenn Moritz um 12:30 Uhr zum Mittagessen zu Hause war (das für die Eltern und Nina das Frühstück bedeutete), setzte er sich schweigend dazu, hatte vielleicht noch nasse Haare, was Anette Liebig mit einem strafenden Blick bedachte. Der Schlagersender spielte uralte Lieder von Howard Carpendale oder Roland Kaiser und erstickte die letzten Versuche von Konversation. Nina spielte lautlos mit ihrer Puppe, solange die Mutter es erlaubte, beide Eltern beugten sich weit über ihre Teller, Anette Liebig in der so steten wie vergeblichen Hoffnung, ein Kompliment für ihre Kochkunst zu bekommen, der Vater mit miesepetrigem Gesicht und dem Griff nach dem Salzstreuer. Manchmal erzählte Moritz von sich aus, weil er es nicht für sich behalten konnte, die Eltern nickten kurz oder sagten so etwas wie «gut» oder «aha», aber sie sahen ihn nicht an dabei. Moritz' fußballerische Ausflüge, zu denen er sich des Morgens davonstahl, wurden einfach totgeschwiegen, so wie alles andere auch.

Die Ignoranz lag zunehmend wie eine Bleiweste um seine Schultern, er hatte das Gefühl, jede Mama und jeder Papa der anderen Spieler kannte ihn besser als seine eigenen, sie klopften ihm auf die Schultern, begrüßten ihn mit Namen, fragten, wie es in der Schule lief, und eines Tages im März, es ging eigentlich um Ninas neu entdeckte Liebe zu Pferden und Reiterhöfen, es war ein stiller Moment zwischen Anette Liebig und ihren Kindern, konnte er sich nicht länger zurückhalten. «Ich finde es so schade, dass ihr nie gucken kommt», sagte er leise.

«Moritz», mahnte Anette Liebig. «Es geht hier gerade um Araber und Lipizzaner.»

«Ich kann echt gut Fußballspielen. Alle sehen das, nur ihr kommt nie.»

«Was sollen wir denn da?»

«Einfach da sein.»

«Ich will gucken», sagte Nina. «Und Moritz kommt dann mit zum Reiterhof.»

«Das ist keine christliche Uhrzeit an einem Sonntag», sagte Anette Liebig.

«Einmal», sagte Moritz. «Einmal nur zuschauen.»

«Nein.»

«Bitte.»

«Dazu bekomme ich deinen Vater nie überredet.»

«Dann kommst du eben alleine», sagte Moritz. «Mit Nina.»

«Das will dein Vater auch nicht.»

«Der will nie etwas», rief Moritz. «Niemand will hier irgendetwas.»

Und damit rannte er aus der Küche.

«Es war gerade so schön ruhig», rief Anette Liebig ihm nach, das war ihr letztes Wort, der letzte Vorwurf, damit verschwand das Thema von der Tagesordnung. Es wurde Donnerstag, es wurde Freitag, Moritz machte Hausaufgaben, spielte Fußball, traf sich mit seinen Freunden, unten brüllte der Vater, die Mutter brüllte zurück, Moritz verstand etwas von Trennung und Fehler ihres Lebens, Nina hatte Zimmerarrest, weil sie einer Klassenkameradin den Stuhl weggezogen hatte, gerade als diese sich hinsetzen wollte. Das Mädchen war mit dem Hinterkopf gegen Ninas Tisch geknallt und hatte sich eine Platzwunde zugezogen. Nina mochte noch so sehr beteuern, dass sie das nicht gewollt hatte, bei Anrufen von der Schule verstanden Anette und Karlheinz Liebig keinen Spaß, Strafe musste sein, das mit den Pferden konnte sie vergessen, und wenn sie so weitermachte, würde sie unweigerlich auf die schiefe Bahn geraten und irgendwann bei den Pennern unter der Brücke hausen. Nina weinte viel in diesen Tagen.

Am Samstagabend betrat Anette Liebig sein Zimmer. Das war immer seltener geworden, kam eigentlich kaum noch vor, zumeist schrie sie von unten seinen Namen, wenn sie etwas wollte, und er hatte sich auf den Weg zu ihr zu machen. Sie setzte sich auf die Bettkante.

«Wann ist das denn? Euer Spiel morgen?», fragte sie mit gequältem Gesichtsausdruck.

Moritz setzte sich aufrecht hin. «Um zehn», sagte er.

«Und wo?»

«Zu Hause. Also bei Grün-Weiß. Sandberger Straße.»

Die Mutter stand wieder auf. «Muss man da was mitbringen?»

«Nein», sagte Moritz und erlaubte sich ein Fünkchen Hoffnung.

Seine Mutter nickte. «Es kann sein, dass wir morgen kommen», sagte sie. «Dein Vater will nicht und schimpft sehr, also verlass dich nicht drauf. Aber ich versuche es.»

«Danke, Mama», sagte Moritz und fühlte, wie ihm jetzt schon die Aufregung in die Glieder schoss.

«Danach will ich aber nichts mehr hören. Du musst nicht glauben, dass wir das jetzt immer machen. Der Sonntag ist unser Familientag.»

Und damit verließ sie das Zimmer. Moritz schwankte zwischen schnell noch irgendwie trainieren und sofort ins Bett gehen. Er musste gut sein. Morgen. Er musste zeigen, dass er es draufhatte.

Er konnte kaum schlafen, so sehr gingen ihm mögliche Spielzüge durch den Kopf, sah er sich vor dem Tor stehen, den Ball am Fuß, mit der Abschlusschance, die Eltern und Nina am Spielfeldrand. Noch vor dem Weckerklingeln sprang er aus dem Bett, voll motiviert, hellwach, er stürmte geradezu ins Bad, machte tatsächlich etwas mehr Lärm als sonst, auch seine Eltern mussten ja gleich aufstehen. Aus Ninas Zimmer erklang ein Hörspiel, sie war sowieso immer schon seit sechs Uhr wach, durfte aber niemanden stören, geschweige denn ins Schlafzimmer der Eltern kommen. Beim Frühstück blieb Moritz allein wie jeden Sonntag, dieses Mal irritierte ihn, dass sich oben nichts bewegte, es wurde halb neun, er musste los, ergriff seine gepackte Sporttasche, zögerte noch einmal, lauschte in die Stille und schlüpfte aus der Haustür, nicht ohne sie dieses Mal absichtlich so kraftvoll wie möglich hinter sich zuzuziehen. Er war entmutigt. Seine Eltern würden nicht kommen.

Er hatte ein flaues Gefühl in der Magengegend, als er den Sportplatz erreichte. Sie würden gegen den Tabellenführer spielen, eine türkische Mannschaft namens TSC, die berüchtigt war für ihren Spielwitz, ihre Kampfbereitschaft und ihre Disziplinlosigkeit, wenn es mal nicht so lief. Er war der Erste vor Ort, die anderen Kinder trafen nach und nach ein. Kinder mit Eltern und Geschwistern, mit Picknickkörben und selbstgebastelten grün-weißen Fahnen. Er wurde beiläufig begrüßt von seinen Mitspielern, freundlich von deren Eltern. Nico, der Mannschaftskapitän, kam auch allein. Wie immer.

«Alles fit?», fragte er.

«Muss», sagte Moritz.

Gespräch beendet.

Als Ingo auftauchte, mit den Trikots, dem Elan und dem unbedingten Ehrgeiz, zu gewinnen, zogen sie sich um, besprachen die Taktik, die Aufstellung. Ingo appellierte an die Ehre und malte Namen auf die Tafel. Moritz erstarrte. Er spielte nicht.

«Heute ist Murat mal dran», sagte Ingo nur. Murat freute sich, er war kleiner als Moritz, schneller und wendiger, aber mit der Übersicht eines Maulwurfs ohne Sehhilfe.

Moritz schluckte schwer, dann war es ihm fast egal. Keine Eltern, keine Schwester, kein Spiel. Was für ein Sonntag. Er bekam die schlechteste Laune, zu der er fähig war. Das ging ganz schnell bei ihm. Und man sah es ihm an. Die Kinder gingen hinaus auf den Platz und spielten sich warm, Moritz lustlos und in einer Dreiergruppe mit Nico und dem Knochenbrecher Bubbel, der außer Knurren, Grunzen und Ballwegschlagen nicht viel beizutragen wusste.

Dann, es war kurz vor zehn, der Schiedsrichter näherte sich bereits dem Anstoßkreis, die erste Elf entledigte sich so nach und nach ihrer Trainingsklamotten, erschienen Karlheinz, Anette und Nina Liebig. Ganz plötzlich waren sie da, am Spielfeldrand, zwischen all den anderen Eltern, klar, sie hielten Abstand, Karlheinz Liebig hatte die Hände in den Hosentaschen vergraben, Anette Liebig bemühte sich um ein Lächeln, Nina winkte, sobald sie ihn auf dem Platz gefunden hatte, er konnte den Impuls, zurückzuwinken, gerade noch unterdrücken. So weit kam's noch. Sie waren doch hier nicht in der Grundschule.

«Scheiße», fluchte Moritz. Nico passte den Ball zu Bubbel und dehnte sich.

«Was ist?», fragte er.

«Meine Eltern sind da», sagte Moritz und war tatsächlich den Tränen nah. «Zum ersten und einzigen Mal. Und ich spiele nicht.»

Nico sah zum Zaun hinüber und erkannte Moritz' Eltern sofort. Es waren die, die sich nicht bewegten und wie hineingepfropft in eine Landschaft wirkten, die ihnen nicht entsprach.

Er sah wieder zu Moritz und seinem inneren Kampf, dann ließ er sich von Bubbel den Ball zupassen und schrie auf. «Ah, verdammt», rief er und begann zu humpeln. Moritz und Bubbel sahen sich an. Nico hatte eine sehr gut ausgeprägte Muskulatur und sich noch nie verletzt.

«Was ist?», rief Ingo und kam herüber. Der Schiedsrichter betätigte seine Pfeife. Mannschaftskapitäne zum Anstoßkreis, hieß das. Alle, die nicht spielten, runter vom Feld, hieß das.

«Ich hab mich gezerrt», sagte Nico und griff sich an den Oberschenkel. «Ich glaub, es geht nicht.»

«Ach?», sagte Ingo und sah ratlos aus.

«Tut weh!», sagt Nico nachdrücklich. «Aua.»

«Ach so.» Ingo schlug sich vor die Stirn.

«Moritz muss spielen», sagte Nico, nahm die Kapitänsbinde ab und stülpte sie Moritz über, der überhaupt nicht wusste, wie ihm geschah.

«Na dann los», sagte Ingo, klopfte Moritz auf die Schulter und zeigte auf den Schiedsrichter. «Kannste auch gleich die Seitenwahl machen.»

Nico humpelte theatralisch vom Platz, Moritz schwebte geradezu auf den Mittelkreis zu. Er sah aus dem Augenwinkel, wie seine Familie durchaus registrierte, dass er offenbar der Anführer war. Der Kapitän. Der Spieler, der die Seitenwahl durchführte. Nicht unter dem Radar, sondern mitten auf dem Schirm. Nina zeigte auf ihn, seine Mutter nickte, Karlheinz Liebig sah zum Getränkestand hinüber. Der Rest seiner Mannschaft hatte jetzt auch begriffen, dass ihr bester Mann nicht mitspielte, und gestikulierte aufgeregt. Moritz konzentrierte sich auf den Schiedsrichter und seinen türkischen Gegenpart, der ihn freundlich wie ein Hai kurz vorm Zuschnappen begrüßte. «Fair sein, keine harten Fouls, auf den Schiedsrichter hören», sagte der Referee tonlos, er war etwa Mitte achtzig, hatte einen kugelrunden Bauch, der kaum unter das schwarze Shirt passte, und würde den Mittelkreis auch während des Spiels nur in Notfällen verlassen. Moritz gewann die Seitenwahl. «Anstoß oder Seite?», fragte der Schiedsrichter.

«Anstoß», sagte Moritz, er hatte keine Ahnung, was Nico gewählt hätte, aber hier ging es wohl eher um eine spontane Reaktion. Irgendeine.

«Wir bleiben», sagte der andere Kapitän, sie gaben sich die Hand, dann konnte es losgehen. Moritz reihte sich neben Murat ein, der Schiedsrichter pfiff, das Spiel begann. Und es begann nicht gut. Die türkische Mannschaft hatte so viel Feuer, so viel Willen, dass sie Grün-Weiß von Anfang an quasi überrannte. Eine irre Geschwindigkeit, dazu lautstarke, unverständliche Kommandos von allen Seiten, Murat hätte übersetzen können, hatte aber keine Zeit dazu, Moritz kam überhaupt nicht an den Ball. Er hätte eigentlich weiter vorne spielen müssen, im Defensivzweikampf war er nicht stark genug. Aber da vorne war ja nichts, sie wurden hinten reingedrängt. Es dauerte nur fünf Minuten, da führte der TSC mit 1:0. Das Geschrei war groß, auf dem Platz und daneben, die anderen Eltern der Grün-Weißen erregten sich, Moritz war abgelenkt, sah immer wieder an den Seitenrand, seine Eltern bewegten sich nicht, feuerten nicht an, redeten nicht miteinander, standen einfach nur da, als käme irgendwann der Bus. Nina wurde es langweilig, sie begann, auf der Tartanbahn mit einem der Bälle zu spielen.

Das Spiel lief auch weiterhin völlig an Moritz vorbei, er konnte machen, was er wollte. Seine wenigen Ballkontakte verstolperte er, nach jeder Aktion blickte er zu den Eltern, da war nichts auszulesen, kein Ärger, kein Mitfiebern. Aber sie waren da, das war doch was, immerhin, sie waren gekommen, für ihn. Und er? Er kriegte einfach nichts auf die Reihe. Nach fünfzehn Minuten stand es 2:0. Kurz vor der Pause wurde Moritz von einem Gegenspieler, der mindestens in die B-Jugend gehörte, nach allen Regeln der Kunst ausgespielt, verknotete sich fast die Beine, es gab einen Pass in den Strafraum, Bubbel trat über den Ball und fiel rücklings um, drei türkische Jungs standen plötzlich alleine vor dem Tor, spielten sich den Ball noch einmal zu, hin und her, provozierend, bis Jens, der Torwart, aufgab und den Dienst quittierte. 3:0 für TSC. Dann direkt danach noch das 4:0. Das legte sich Grün-Weiß nach einer Ecke konsequenterweise gleich selbst hinein. Eigentor durch Benjamin, den Unglücklichen. Der Schiedsrichter pfiff zur Halbzeit, die Eltern stieben auseinander, es gab Bratwurst und Getränke, obwohl an diesem Tag kein Turnier war, die türkische Mannschaft gab sich entspannt und palaverte ausgelassen in der Lautstärke einer Schülergruppe beim Klassenausflug. Ingo hatte den Kaffee auf, er stauchte seine Mannschaft nach allen Regeln der Kunst zusammen, Mädchenfußball sei das, obwohl, da gäbe es jetzt ja richtig gute Teams, die wenigstens kämpfen würden, sie seien viel zu lasch, speziell im Mittelfeld, wenn es um die Wurst ginge, seien sie alle Vegetarier, Moritz und Murat sollten mal ihre Körper einsetzen, das wäre ja peinlich, überhaupt seien alle viel zu unkonzentriert, so brauche man sich den Sonntag nicht um die Ohren zu schlagen, man hätte ja auch noch Besseres zu tun, die Pfützen im Park zählen zum Beispiel. Die Halbzeit endete, die Eltern kehrten zurück, mit Plastikbechern und Bratwürsten im Brötchen bewaffnet.

Wer nicht wiederkehrte, waren Karlheinz, Anette und Nina Liebig. Moritz traute seinen Augen kaum. Sie waren tatsächlich gegangen. In der Halbzeitpause. Einfach so. Als hätten sie es gar nicht erwarten können, als wären sie so enttäuscht von ihm, dass sie augenblicklich den Ort des Schreckens verlassen mussten. Moritz war wie gelähmt. Der Rest des Spiels rauschte an ihm vorbei, als befände sich ein Vorhang zwischen dem Ge-

schehen und ihm. Sie verloren sieben oder acht zu null, Moritz'
Lippen waren nur noch ein Strich, nach dem Spiel klopfte ihm
Nico, dessen Bein es schon viel besser ging, aufmunternd auf
den Rücken. «Meine Alten waren auch noch nie da», sagte er.
«Und wenn ich mir das so anschaue, will ich auch nicht, dass
die kommen.»

Trainer Ingo sprach kein Wort mehr mit seinen Spielern,
packte einfach die Trikots zusammen, sammelte die Bälle ein
und verschwand. Die Kinder blieben sich selbst überlassen, für
sie war klar, dass sie verloren hatten, weil Nico gefehlt hatte.
Ohne Nico ging es nun mal nicht. Moritz schwieg sich aus, fühlte sich so einsam wie noch nie und schlich nach Hause. Er nahm
den Bus, verschwitzt, wie er war, saß ganz hinten, leicht erhöht,
und sah aus dem Fenster. Die Stadt in all ihrer Flüchtigkeit zog
an ihm vorbei. Als er die letzten Meter zu Fuß ging, war es
wie ein Spießrutenlauf. Dabei war Sonntag, zudem Mittagszeit,
kaum jemand war auf der Straße.

Er schloss die Tür auf und roch schon das Essen. Es war alles
wie immer, als wären seine Eltern gerade erst aufgestanden,
kein Hallo, keine besondere Begrüßung. Der Vater und Nina saßen in der Küche am Tisch, der Schlagersender lief, die Mutter
sortierte Kassler, Klöße und Rotkohl.

«Wo wart ihr denn?», fragte Moritz verzweifelt und schaffte
es nicht einmal, die Tasche abzustellen. «Wo seid ihr hin?»

«Wir essen um 12:30 Uhr zu Mittag», sagte seine Mutter
und stellte ihm seinen Teller hin. «Das muss ja auch jemand
kochen.»

«Wir hätten doch später essen können», sagte Moritz. «Einmal!»

«Wir essen sonntags um 12:30 Uhr», sagte Anette Liebig
streng. «Wasch dich unter den Armen und dann komm.»

Moritz ließ die Sporttasche fallen, mitten in der Küche, und ging ins Bad. Er wusch sich unter den Achseln, zog ein frisches Shirt über und kehrte an seinen Platz zurück. Die anderen hatten bereits angefangen.

«Setz dich», sagte seine Mutter. «Beeil dich, es wird sonst kalt.»

Moritz setzte sich, sein Atem ging stoßweise. Nina kämpfte mit einem der Klöße, der immer wieder wegzurollen drohte.

«Wir sind nicht immer so schlecht», sagte er. «Eigentlich sind wir viel besser.»

«Schon gut», sagte Anette Liebig. «Zwei oder drei Klöße?»

«Wir spielen um die Stadtmeisterschaft mit. Aber TSC ist Erster.»

«Türken», sagte Karlheinz Liebig. «Nichts als Türken. Dass die das überhaupt dürfen. Erst besetzen die unsere Sportvereine, dann das ganze Land.»

«TSC heißt Türkischer Sport-Club», sagte Moritz. «Die haben nichts besetzt, die haben den Verein gegründet.»

«Warum dürfen Türken in Deutschland einen türkischen Sportverein gründen? Sag mir das mal!»

Moritz schwieg. Seine Mutter tat ihm zwei Klöße auf.

«Wenn ich das gewusst hätte, dass ich mir hier den Sonntag um die Ohren schlage, um mir einen Haufen Türken anzuschauen. Bei euch spielen ja sogar auch welche.»

«Na klar», sagte Moritz und senkte den Blick. «Aber die guten spielen bei TSC.»

«Du warst der Kapitän», krähte Nina und zeigte auf den Oberarm, an dem sich die Binde befunden hatte. «Das heißt, du warst der Chef.»

«Nee», sagte Moritz. «Das war nur heute.»

«Ich weiß nicht, ich glaube, ich will das nicht, das mit diesem Fußball», sagte Anette Liebig. «Du passt da nicht rein, du gehörst da nicht hin.»

Moritz hätte fast ein Stück Kassler ausgespuckt. «Ich kann sehr gut spielen», sagte er. «Heute war es schlecht, aber ich kann das eigentlich wirklich gut. Ihr müsst noch mal wiederkommen.»

«Nein», knurrte Karlheinz Liebig und schob den Teller von sich. «Und ich weiß auch gar nicht, was du da willst. Ich konnte kein Talent erkennen.»

18

«**IN JEDER GESCHICHTE** gibt es eine Figur, mindestens eine Figur, die nicht richtig ausgeleuchtet wird», sagte Philipp und fächelte sich mit der flachen Hand Luft zu. «Und ich weiß überhaupt nicht, warum ich das sein muss. Ich bin vielschichtig, ich bin interessant, ich habe ein Privatleben. Oder überhaupt ein Leben. Ein wertvolles Leben, das es wert ist, erzählt zu werden, mit lauter so, na, wie sagt man, Brüchen und Wendungen. Vor allem Wendungen.» Er schob seine übergroße Gelehrtenbrille auf der Nase zurecht. «Mir kommt es bald so vor, als wären wir nur Hilfsfiguren für Moritz. Beiwerk. Sidekicks heißt das doch beim Film. Auf Abruf, sozusagen. Das ist in Ordnung, unter Freunden, manchmal, aber ihr könnt mich doch nicht hin und her schieben wie eine Spielfigur. In einem Kapitel wird man gebraucht, dann ist man wieder verschwunden, niemand interessiert sich dafür, wohin, und dann hat man plötzlich wieder parat zu stehen, weil man gebraucht wird, um die Geschichte am Laufen zu halten und die Hauptfigur kluge Dinge sagen zu lassen. Nee, meine Herren, tut mir leid. Das ist nicht genug. Ich habe Stärken, ich habe Schwächen, ich habe Aufgaben, und ich habe Hobbys.»

«Welche denn?», fragte Lucky. «Tinder?»

«Inakzeptabel», sagte Philipp.

«Dann ist es nicht wichtig.»

Sie standen zu dritt vor dem Krankenhaus, das auch im Dämmerlicht nicht einladender aussah als am helllichten Tage. Der auffrischende Wind fegte die Kulturseite einer Zeitung über den Vorplatz, der Himmel hatte sich zugezogen, die Wolken demonstrierten Geschlossenheit. Ein Rollstuhlfahrer in der Raucherecke war sanft entschlafen, hoffentlich nicht für immer. Es kam Moritz aber so vor, als hätte er ihn am Nachmittag auch schon so dasitzen sehen. Na ja, das konnte man sich jetzt nicht auch noch aufhalsen, da gab es ja sicher Leute, die sich damit auskannten, die damit betraut waren, hauptberuflich. «Das ist ja sowieso alles Quatsch», sagte er. «Dass wir hier sind. Woher sollen wir denn jetzt wissen, in welcher Richtung wir suchen sollen? Wir haben, warte mal, mindestens drei Möglichkeiten. Das sind zwei zu viel.»

«Ich bin für rechts», sagte Lucky, griff sich gewohnheitsmäßig in den Schritt und stellte sich breitbeinig auf. «Da geht es zum Wasser. Wenn man dein Vater ist und ein Ziel hat, also, jetzt mal psychologisch betrachtet, ne, wenn man so ein bestimmtes Ziel hat, ich sag mal, wenn man sich zum letzten Mal die Schnürsenkel binden will, ihr wisst schon, wenn man die Monatskarte nicht verlängern will, wenn man auf der Auslaufrille ist, wenn man die Milch verschütten will, da nimmt man doch den kürzesten und einfachsten Weg, da kann man sich, wenn man rechtsrum geht, am Ende einfach in den Fluss schmeißen, Kopf voraus, Arme angelegt und tschüs, also, da hat man es nicht so weit. Wenn man das denn will, ich will ja nicht unsensibel klingen. Jedenfalls kann man das dann machen. Und dann treibt man halt so davon.»

«Aber im Zentrum fahren die meisten Autos», sagte Philipp, vernachlässigte die eigene, künstliche Aufregung und wunderte sich kein bisschen, dass Lucky so tat, als hätte es das Thema Selbstmord in seinem Leben noch nie gegeben. «Falls man es mal wieder nicht rechtzeitig über die Straße schaffen möchte.»

«Aber in der Altstadt sind die meisten Kneipen», seufzte Moritz. «Der kürzeste Weg zum Alkohol ist geradeaus.»

«Das dauert als Methode doch viel zu lang. Dein Vater wird ja auch nicht jünger, und nachher schafft der das auf diese Weise gar nicht mehr.» Lucky strahlte, als ginge es um eine Schnitzeljagd mit anschließender Überraschungstüte für alle. «Ich glaube, rechtsrum ist richtig, da gibt es im Vergleich die wenigsten Fußgänger, da geht es, am Fluss entlang, sogar zu ihm nach Hause. Falls er doch nicht reinspringen will. Da muss er nur noch über die Brücke und dann immer geradeaus. Der hat doch bestimmt keine Lust, anderen Menschen zu begegnen. So oder so.»

«Ja, das spricht für rechts», sagte Moritz. «Gutes Argument. Also: rechtsrum.»

Die drei Freunde schritten wie das Sondereinsatzkommando Menschenfeind nebeneinanderher, an der Notaufnahme vorbei, fast wie in heroischer Zeitlupe, fehlte nur noch die orchestrale Begleitung, Fanfaren, je nach Budget reichte vielleicht auch ein Synthesizer von 1984. Den aus einem Mülleimer herausquellenden Bademantel übersahen sie, vielleicht fehlte doch noch einiges zum investigativen Durchbruch. Moritz fragte sich, wie langsam genau sein Vater unterwegs sein mochte, ob Schrittgeschwindigkeit in Karlheinz Liebigs Dimension überhaupt messbar war, ob sie ihn trotz einiger Stunden Vorsprung vielleicht schon an der nächsten Straßenecke auflesen würden, beim Erklimmen eines leicht erhöhten Pflastersteins, ob er auf einer Parkbank am Fluss sitzen, liegen oder hängen würde, ob sie ihn als Wasserleiche dahintreiben sehen würden oder ob er vielleicht einfach ein Eis aß, die dünnen Beine über die Uferbefestigung baumeln ließ und sich mit den Abendvögeln unterhielt. Unwahrscheinlich. Aber was wusste man schon?

«Eben habe ich mich beschwert, jetzt möchte ich mich bedanken», sagte Philipp nach wertvollen Sekunden des Schweigens und wich einem den Gehweg versperrenden E-Scooter aus, «ich bin ja sehr wankelmütig, das gehört zu meiner interessanten Vielschichtigkeit, jedenfalls möchte ich mich bedanken, dass ihr mich von meiner eigenen Depression immer so schön ablenkt. Das kann man ja eigentlich gar nicht genug wertschätzen.»

«Du hast doch keine Depression», sagte Lucky. «Das sagst du nur, um dich interessant zu machen. Nein, nein, mein Freund, du findest dich einfach doof. Dich und die Welt. Das war immer schon so. Und du hast ja auch recht. Kein Grund, jetzt ein Fass aufzumachen.»

«Und du findest dich ein bisschen zu toll», sagte Philipp. «Das war auch immer schon so und wäre ein guter Grund, mal ein Fass aufzumachen.»

«Nur wenn da Glenfiddich drin ist», sagte Lucky und lachte dröhnend. Er war ein Sensibelchen, wirklich, aber eines mit einem Höchstmaß an Tarnung. Moritz dachte an den Spruch, wonach man sich selbst an seinen Freunden erkannte, und war nicht sonderlich zufrieden mit dem Ergebnis.

«Was wir hier machen, ist vollkommen sinnlos», sagte er. «Der könnte überall abgebogen sein. Oder der ist irgendwo reingegangen. Oder hat sich ein Taxi rufen lassen. Von irgendwem, mit Handy. Das können wir doch eigentlich gar nicht alles überprüfen.»

«So oder so, am Ende gibt es Döner für alle», sagte Lucky. «Ach so, hab ich das schon erwähnt? Ich lasse heute mal so richtig was springen, ich hab eben fast dreihunderttausend gemacht. In einer Stunde. Klingt das gut für euch?»

«Super klingt das», sagte Philipp. «Jetzt hasse ich mich noch mehr.»

«Wie machst du das bloß?», fragte Moritz.

«Es ist das Knowhow, Bruder», sagte Lucky. «Die Erfahrung. Du musst einfach wissen, wann und wo du zuschlägst und wann du besser die Füße stillhältst. Und immer schön am Puls der Zeit sein.»

«Da ist so ein Döner doch echt angemessen», sagte Philipp. «Weißt du eigentlich, was da alles drin ist? Glutamat und kondensierte Phosphate zum Beispiel.»

«Glutamat ist okay, aber das mit den Phosphaten hättest du echt nicht sagen dürfen», stellte Lucky fest und grinste, während Moritz in die Hauseingänge, Höfe und Geschäfte blickte. Es war wirklich sinnlos. Eigentlich tat er das hier ja nur Jessy zuliebe, da musste man sich ein anderes Mal Gedanken darüber machen, ob das so zweckdienlich war. Für eine Beziehung. Für einen selbst. Und Philipp hatte recht. Sein hochgewachsener Freund kam in letzter Zeit wirklich ein wenig zu kurz, man hatte sich so daran gewöhnt, dass er immer irgendwie dabei war, dass Philipps Interessen, Sorgen und Nöte kaum eine Rolle spielten. Bei Lucky war die Sachlage anders: Er hatte kaum Sorgen und Nöte, solange die Sneakers geputzt und in rauen Mengen vorhanden waren, und nahm sich ansonsten allen Raum, den er brauchte.

Die paar Passanten, die ihnen entgegenkamen, trauten sich kaum aufzuschauen. Lucky war aber auch wirklich zu einschüchternd, nicht wenige wechselten die Straßenseite, ehe man sie überhaupt etwas fragen konnte. «Hey», rief Lucky irgendwann hinüber, ein schmaler Typ mit Rucksack sprang fast in den nächsten Blumentopf. «Alten Mann gesehen? Pflaster auf Schädel?»

Der Rucksack-Typ schüttelte eilig den Kopf und beschleunigte seine Schritte. «Bisschen weniger wie ein Urzeitmensch, vielleicht», sagte Moritz. «Vertrauen bilden, die Leute öffnen. Gewinnend wirken.»

«Lass mich mal», sagte Philipp. «Ich rede den ganzen Tag mit Reagenzgläsern, da werde ich das ja wohl auch noch hinkriegen.»

Es dauerte fast eine halbe Minute, da kam ihnen wieder jemand entgegen, es war ein kleingewachsener Schnurrbartträger auf einem Citybike, der kaum an die Pedale herankam und gar nicht auf dem Gehweg hätte fahren dürfen.

«Entschuldigen Sie», sagte Philipp höflich. Das Citybike

stoppte. «Wir suchen einen älteren Herrn, der aus dem Krankenhaus geflohen ist. Also nicht geflohen in dem Sinne, als ob er verfolgt würde, sondern eher so aus eigenen Stücken, da kann man dann vielleicht gar nicht von fliehen sprechen, es ist eher so ein Weggehen mit großem Tempo, obwohl ich glaube, dass er gar nicht mehr so schnell unterwegs ist, also es ist ein langsames Wegrennen, der Mann ist jedenfalls alt und der Vater von diesem Herrn hier mit der Mütze, wobei die Familienähnlichkeit erst auf den zweiten Blick ersichtlich ist und von Ihnen gar nicht großartig in Betracht gezogen werden muss. Es ist eine Flucht, ohne dass es wie eine Flucht wirkt oder aussieht. Es ist ein Lauf. Ein Gang. Ein Schleichen. Können Sie uns vielleicht helfen?»

«Was?», fragte der Mann auf dem Citybike und sah hilflos von einem zum anderen. «Ich hab nix verstanden.»

Lucky verdrehte die Augen. «Alten Mann gesehen? Pflaster auf Schädel?», fragte er.

«Vielleicht», sagte der Mann. «Kam nicht sehr schnell vorwärts.»

«Das könnte er sein», sagte Moritz.

«Ein Arschloch war das.»

«Das ist er.»

Moritz bedankte sich, der Mann nickte und fuhr weiter, seine Klingel spielte eine Melodie von Vivaldi, als er über einen Huckel fuhr. Moritz, Lucky und Philipp sahen sich an. Sie waren auf der richtigen Spur.

«Kein Wunder, dass du keine Freundin hast, Alter», sagte Lucky und setzte seinen Weg fort. «Bis du mal bei der Liebeserklärung zum Punkt kommst, ist die Frau an Langeweile gestorben. Oder an Altersschwäche.»

«Du hast doch auch keine Freundin», gab Philipp zurück, für seine Verhältnisse klang er geradezu pampig. «Außerdem, wer sagt denn, dass ich keine Freundin habe? So gut kennen wir uns gar nicht, dass ich nicht auch eine Freundin haben könnte, ohne dass du davon weißt.»

«Ich rede nicht von der Gummipuppe, die ihr im Institut herumreicht und die bestimmt Polymera oder so heißt», sagte Lucky.

«Traurig ist, wenn so ein wandelndes Hip-Hop-Klischee alberne Wissenschaftler-Klischees verbreitet», sagte Philipp. «Dabei ist das gar nicht so, wir sind alles ganz normale Menschen. Moderne Menschen. Einer von uns in der Abteilung ist sogar verheiratet. Und das noch nicht einmal mit einer Frau. Mit einem Mann ist der verheiratet. Glücklich.»

«Mit dir?», fragte Lucky, und er fragte es auf eine Art, dass die ewig unausgesprochene Frage nach der sexuellen Orientierung Philipps mehr als nur mitschwang.

«Nein», sagte Philipp bissig. «Ich steh auf Polymera.»

Moritz lauschte der Kabbelei mit einem Ohr, lief zwischen den Freunden in Richtung Fluss, wunderte sich, dass niemand das eigentliche Drama und damit den Grund ihres Abendspaziergangs als problematisch anzusehen schien, und fragte sich, ob er nicht der Einfachheit halber umdrehen und in Richtung Zentrum marschieren sollte. Es hätte sowieso niemand bemerkt. Von wegen Hauptfigur.

Die Minuten zogen ins Land, es begegneten ihnen noch etliche Nebendarsteller auf ihrem Weg, sie alle gaben sich verdruckst, kurz angebunden, blieben in sich verschlossen. Niemand hatte Karlheinz Liebig gesehen, niemand hatte auf die Umgebung geachtet, Moritz war sich irgendwann sicher, dass sie schlicht die falsche Entscheidung getroffen hatten. Die Chance war eins zu drei gewesen, im Umfeld eines Gewinnspiels hätte das an und für sich hervorragend geklungen, aber sechsundsechzig Prozent Fehlerwahrscheinlichkeit waren nun einmal sechsundsechzig Prozent Fehlerwahrscheinlichkeit.

In einiger Entfernung hörten sie erstes Donnergrollen. Es war so schwül, dass Lucky tatsächlich seinen Kapuzenpulli auszog und ihn sich um die Hüfte wickelte. Auf seinem T-Shirt stand *Public Enemy*. Natürlich. Als sie einen schmalen, langgezogenen Park erreichten, der den Fluss flankierte, begann es zu regnen. Ein Kinderspielplatz, er folgte noch den alten Gesetzen, das hieß: Rutsche, Schaukel, Sandkasten. Nix mit abgerundetem Holz und funktionalem Fallschutzkies, Sicherheitsnetzen und Sichtschutzwand. Es war wohl eine Kostenfrage. Moritz kontrollierte tatsächlich die Schaukel, doch auch da saß kein Karlheinz.

Als sie das Ufer erreichten, war das Gewitter fast schon über ihnen, die Luft wurde feucht, gleichzeitig zum Schneiden dick. Einzelne Eiscafés und Buden buhlten um Kundschaft, zahlreiche Schilder untersagten das Baden und warnten vor Strömung und Gefahr, Hunde wurden dringlich dazu aufgefordert, ihr Geschäft auf einer anderen Grünfläche zu verrichten, Sonnenbaden war ebenfalls nicht erlaubt. Eigentlich war alles verboten, was Spaß machte. Was natürlich niemanden scherte. Die kargen Zugänge zum Fluss waren dicht bevölkert, der ein oder andere Grill war angeschmissen worden, Rauchschwaden jeglicher Art fächelten sich Luft zu, die Leute drängten sich zwischen Restmüll und leeren Flaschen auf der Wiese. Die Männer erfreuten sich an knapp bekleideten Frauen, die Frauen ekelten sich vor nicht weniger knapp bekleideten Männern. Alles wie überall also. Aber kein Karlheinz Liebig. Die ersten Tropfen fielen, es waren wuchtige, schwere, formvollendete Tropfen, die Leute gerieten in Aufruhr. Moritz zeigte auf die etwa fünfhundert Meter entfernte Brücke, die über den Fluss führte.

«Die nehmen wir noch», sagte er. «Nach dem Gewitter. Und dann war's das.»

19

KARLHEINZ LIEBIG WAR tatsächlich nicht sehr fix vorangekommen. Nicht nur dass sein Körper ihm den Schwung verweigerte, er Kopfschmerzen und immer mehr Durst hatte, der gestauchte Arm fließende Bewegungen verhinderte und die verdammten Knie genauso schmerzten wie Knöchel, Hüfte und Ferse, nein, er hatte zusätzlich und zu allem Überfluss schlicht keine Kondition. Er war losgelaufen, ganz automatisch in Richtung Fluss, nicht etwa um sich hineinzustürzen, sondern um den kürzesten Weg nach Hause zu nehmen, zu seinem Kühlschrank, zu Bier und Schnaps und Schinkenwurst. Mehr als einen Selbsttötungsversuch pro Tag hielt er für undurchführbar, außerdem kam um zwanzig Uhr die Tagesschau. Bis dahin musste er zurück sein. Im Laufe des Weges, er mochte sich vielleicht fünfzig Meter vom Krankenhaus entfernt haben, immerhin, war ihm noch einmal das Fehlen des Haustürschlüssels aufgefallen, aber die Ronsdorf, die hatte einen, den hatte Moritz ihr gewiss zurückgegeben, das war ja wohl das Mindeste, dass sie ihm ihren Schlüssel gab, der ja eigentlich sein Schlüssel war, der Schlüssel seiner Frau, das Mindeste war das, vor allem, wenn man bedachte, wie unfassbar mies sie Auto fuhr, dass sie es immer noch nicht gelernt hatte, in ihrem Alter. Es konnte doch nun wirklich nicht so schwer sein, einen alten Mann auf der Straße zu erfassen, zentral, genau in der Mitte, einen alten Mann, der sich nicht einmal Mühe gab, den Aufprall zu vermeiden. Das lernte man doch schon in der Fahrschule: Wenn dir ein Hirsch auf der Landstraße begegnet, Lenkrad fest umklammern und draufhalten, keinesfalls ausweichen, niemals auf die Gegenfahrbahn oder ins Gehölz ausbrechen. Die sicherste Methode für einen selbst war es, den Hirsch frontal auf die Haube zu nehmen, Augen zu und durch sozusagen. Und was hatte die Ronsdorf gemacht? Das Lenkrad herumgerissen hatte sie, auf die Gegenfahrbahn geraten war sie, was für ein Glück, dass es in ihrem Sträßchen kaum einmal Gegenverkehr gab, sonst hätte das übel enden können, also für die Ronsdorf. Oder den Gegenverkehr. Eigentlich für alle außer ihn. Aber nein, nicht einmal das bekam sie hin, genau wie ihre Ehe mit Dieter, dem alten Angeber, dem Europaletten-Baum-hausbauer.

Karlheinz Liebig schwitzte, konnte den Rücken nicht mehr durchstrecken, irgendwelche Blockaden oder Verschleiß im Wirbelbereich verhinderten es, die Schultern sackten nach vorn, er schlurfte weit vorgebeugt, so als suchte er eine Mün-ze auf dem Gehweg. Wenn er Geld gehabt hätte, hätte er sich vielleicht ein Taxi gerufen, den Fahrer in Kauf genommen, sein ganzer Körper war wie das sich immer wieder aufs Neue dre-hende Glücksrad, bei jeder Farbe oder Zahl, überall dort, wo es anhielt, gab es den nächsten Schmerz, einen Stich in die Glieder, unfassbar, wie viele verschiedene Muskeln, Sehnen, Knochen und Nerven es gab, kaum ein Schritt war einfach nur ein Schritt, sein Körper war nicht mehr geeignet für längere oder kürze-re Spaziergänge. Nur wenige Passanten begegneten ihm, und wenn ihm jemand begegnete, dann war es mit Sicherheit ein Ausländer, klar. Ausländer begegneten ihm und andere Arbeits-lose, Ostdeutsche auch, da wusste man gar nicht, was schlimmer war, die erkannte man ja auch am Blick, da rettete man die aus Zone und Gefangenschaft, und zum Dank hassten die einen und blieben lieber unter sich mit ihrem Scheißdialekt, genau wie die Ausländer, das waren aber auch die einzigen Gemeinsamkeiten, so dachte sich Karlheinz Liebig das, es waren Salven des Hasses, die ihm durchs Gehirn schossen, während sie alle durch ihn hin-durchsahen, Ausländer, Ostdeutsche und ostdeutsche Ausländer. Es war alles eins, es war alles gegen ihn. Er kam und kam nicht vorwärts, schaffte nicht einmal einen einzigen Stundenkilometer. Mehrmals musste er stehen bleiben und sich irgendwo anlehnen, einmal brachte er den Mut auf, sich auf eine Bank zu setzen, die zu einem Hauseingang gehörte und nicht öffentlich war, das bereute er, denn das Aufstehen danach war eine Qual. Also hieß es weitermarschieren, ha, von wegen marschieren, der Fluss, die Brücke, Frau Ronsdorf, einen Fuß vor den anderen. Einmal begegnete ihm ein Zwerg auf einem dieser modernen, zusammenklappbaren Fahrräder, auf dem Bürgersteig fuhr der, es war eine Unverfrorenheit, die Welt war schlecht, alles ging den Bach runter, gesellschaftlich und moralisch. Ein Kind war das nicht, bei einem Kind wäre er vielleicht nachsichtig gewesen, aber der hier, ha, der trug einen Schnurrbart, und selbst die bekloppptesten Kinder trugen keinen Schnurrbart. Nicht einmal heutzutage, wo sie alle immer früher frühreif wurden und alles durften, außer erzogen werden. «Runter vom Gehweg, das ist verboten, da gibt es Gesetze!», brüllte Karlheinz Liebig, es war eine Überreaktion.

«Entschuldigung», rief der Zwerg mit dünner Stimme, na, der war bestimmt nicht verheiratet, dachte Karlheinz Liebig, so einer mit so einer Stimme war ja nichts für eine Frau, wie sollte der die denn versorgen, der Radfahrer wich kurzzeitig auf die Straße aus, wurde dabei fast von einem LKW überfahren und kehrte schlackernd direkt hinter Karlheinz Liebig wieder auf den Bürgersteig zurück. «Ist ja lebensgefährlich», brüllte Karlheinz Liebig und wusste selbst nicht genau, ob er jetzt den Zwerg, den Lastwagen oder das Leben an sich meinte. Egal. Weiter. Er schwitzte unter den Achseln, und das, obwohl er vollkommen dehydriert war, der Körper wusste auch nicht, was er wollte, längst bekam er die Sohlen nicht mehr hoch, sie schleiften bei jedem Schritt über den Boden, es klang wie das Wischen mit dem Besen auf einer kleinen Trommel. Karlheinz

Liebig war so mit Gehen, Atmen und Unterdrücken der vielfältigen Schmerzen beschäftigt, dass er seinen Alltagspessimismus für einen Moment vergaß. Als er jedoch endlich, endlich, am Flussufer ankam, die sich dort drängenden Menschenmassen betrachtete, die Freude der Spielplatzkinder, die Unbeschwertheit der Grillenden, die Frechheit, mit der sie eine öffentliche Grünfläche einfach zu ihrem Garten machten, kehrte sie mit Wucht zurück, die Wut. Karlheinz Liebig motzte vor sich hin, leise, aber ausdrucksstark, schob sich am Ufer entlang in Richtung Brücke, wurde von einem einjährigen Mädchen überholt, das die ersten Gehübungen machte, sie waren sich gar nicht so unähnlich in ihrer Unbeholfenheit, nur dass die eine eben erst anfing und dabei emsig, süß und unschuldig aussah und er eben wie Karlheinz Liebig auf dem Weg nach Hause. Er schwitzte immer stärker, es war aber auch schwül. Nach etwa zweihundert Metern fielen die ersten Regentropfen auf den Asphalt, es waren schwere Tropfen, der Anfang von etwas Großem. Ein paar der Grillenden begannen hastig einzupacken, überrascht wirkten sie, diese Spinner, als wäre es nicht schon seit Stunden zu erahnen gewesen, das Unwetter, andere deckten das erhitzte oder glühende Gerät mit Regenjacken ab. Schlau war das nicht. Karlheinz Liebig kam jetzt an ein paar Buden vorbei, ausländisches Zeug, ausschließlich ausländisches Zeug, warum gab es die eigentlich nicht auch mit Sauerkraut und Spätzle, nein, da waren Döner, Pizza, gebratene Chinareishühnerentennudeln und Softeis. Außerdem Falafel. Was immer das sein sollte. Vegetarisch, na gut. Auch alles Spinner. Menschen aßen immer schon Fleisch, dafür hatten sie schließlich die spitzen Eckzähne. Der Regen wurde stärker, das Donnergrummeln zu einzelnen Paukenschlägen, Blitze zuckten über den Himmel, schlugen Haken, an mehreren Stellen zugleich, er war umzingelt von Ungemach, das Hemd klebte an seinem Rücken, so würde er es niemals nach Hause schaffen, alles hatte sich gegen ihn verschworen. Rechts von ihm eilte ein Türke aus seiner transportablen Dönerbude und begann hektisch, die Werbemarkise einzurollen, die gleichzeitig als Sonnenschutz diente, Ali Baba stand dadrauf, ha, Ali Baba und die vierzig Räuber, dachte Karlheinz Liebig, das passte, vor allem das mit den Räubern. Alles Verbrecher, diese Türken, und hier gab es endlich mal einer zu. Karlheinz Liebig war abgelenkt, und schon war es passiert, war er auf ein Softeis getreten, das eines von den unerzogenen Spielplatzrotzgören wahrscheinlich auch noch absichtlich hatte fallen lassen, nicht einmal das Essen brachten diese handysüchtigen Eltern den Blagen heutzutage noch unfallfrei bei, apropos unfallfrei, er rutschte auf der weißen, flüssigen Masse aus wie auf der berühmten Bananenschale, schmiss das rechte Bein in die Luft, aus freien Stücken wäre er dazu niemals in der Lage gewesen, gab einen Laut des Entsetzens von sich, dann ging es ab auf die Tanzfläche, folgte das linke Bein dem rechten, halbhoch flog es ihm entgegen, es war die Aufhebung der Schwerkraft. Dann, das war zwangsläufig, führte die Choreographie ihn rapide bergab, Karlheinz Liebig hatte ja sowieso nur einen Arm zum Abstützen, das war nicht genug, er landete unsanft auf Steiß und Rücken, zwei spontan einsetzende, frische Schmerzen, die sich gnadenhalber voneinander ablenkten. Immerhin landete er nicht auf dem Hinterkopf. «Verdammte Scheiße», hauchte er, dann stöhnte er nur noch; wie ein schwarzer, verkrümmter Borkenkäfer lag er da, auf dem Rücken, die ein oder andere Gliedmaße zeigte unmotiviert nach oben. Der Dönerbudenbesitzer ließ von der Markise ab und eilte zu ihm herüber. «Ey», rief er, «alles okay, mein Freund?» Er beugte sich über ihn und reichte ihm einen stark behaarten Arm. Er war untersetzt, breit, irgendwie viereckig, hatte ein starkes Kinn und Hände in der Größe zweier Schaufelbagger. Und einen deutlich vernehmbaren Akzent. Das schreckte Karlheinz Liebig ab, ihn störte einfach alles, die Peinlichkeit der Situation, die unangenehme Lage, die Aufmerksamkeit, besonders die körperliche Nähe zu einem Fremden, der nicht von hier war. Er lehnte den Arm ab, versuchte sich aufzurappeln, es wollte und wollte nicht klappen, er zappelte wie ein Aal im Eimer. Die meisten Uferbesucher waren mit sich, ihren Utensilien und dem Regen beschäftigt, sahen nicht einmal auf, aber vier oder sechs weitere helfende Hände kamen hinzu, fackelten nicht lange, fassten Karlheinz Liebig unter Schultern und Arme, hievten ihn hoch, er stöhnte auf, als ihm der Rücken durchgedrückt wurde.

«Verletzt?», fragte ein Mann im Unterhemd. «Also, noch mehr?» Der Mann zeigte auf das Kopfpflaster und roch nach Bier. Karlheinz Liebig schüttelte den Kopf und wollte auch so riechen. Eine Frau mit dickem Bauch und breiten Waden grunzte irgendetwas, das wie «Krankenwagen?» klang.

Er schüttelte erneut den Kopf. «Geht schon», sagte er. «Keine Umstände.»

«Na, dann», sagte die Dicke, sie hatte ihre Pflicht getan und watschelte in Flip-Flops von dannen, um sich um ihren eigenen Kram zu kümmern, schließlich war da völlig überraschend ein Gewitter aus dem Nichts aufgetaucht. Der Mann im Unterhemd folgte ihr, klopfte Karlheinz Liebig noch einmal kumpelhaft auf die Schulter, was ihn fast erneut zu Fall gebracht hätte. Wird schon wieder, sollte das heißen, wir teilen uns doch alle dieses Scheißhaus hier, sollte das heißen, guter Mann, sollte das heißen, durchhalten. Karlheinz Liebig fand es unmöglich, angefasst worden zu sein, dann drehte er vorsichtig den Arm … bis zum Einsetzen des Schmerzes. Gebrochen schien auch jetzt nichts.

«Komm rein, mein Freund», sagte der Dönermann, «Regen wird Sintflut.»

Auch dieses Mal wollte Karlheinz Liebig den Kopf schütteln, das konnte er stundenlang, darin war er geübt, aber als er einen Fuß bewegte, es war der linke, spürte er einen scharfen Schmerz im Knöchel, der vorher noch nicht da gewesen war. Unmöglich, dachte er, er kam hier nicht weiter. Was für ein Tag. Was für ein Leben.

«Na gut», sagte er. «Kurz.»

Der Türke griff Karlheinz Liebig unter die Achseln, furchtbar war das, der Regen reihte jetzt Schnüre aneinander, kalt war er, geradezu eisig, der Donner wurde lauter und zunehmend bedrohlicher, die Blitze begannen ihre eigene Symphonie der Abschreckung. Karlheinz Liebig bestieg, gestützt von dem kräftigen Mann, die Dönerbude, machte zwei mühsame Schritte alleine und setzte sich auf einen kleinen Hocker in der gegenüberliegenden Ecke. Der Besitzer zog die Tür zu, dann beugte er sich über die Verkaufstheke, zog an einer Schnur die untere Klappe an der Vorderseite hoch und verriegelte sie, die obere Klappe ließ er offen und stützte sie so ab, dass der Regen an ihr abprallte und die beiden Männer durch einen nicht allzu großen Spalt nach draußen schauen konnten. Karlheinz Liebig machte ein besonders übellauniges Gesicht. Hier drin war es zwar trocken, zugegeben, aber es war eng, es war stickig, es roch nach Fett, Fleisch, exotischen Gewürzen und vor allem Knoblauch. Karlheinz Liebig hasste Knoblauch. Der Drehspieß drehte sich und glühte.

«Danke», sagte er nach kurzem Überlegen. Er wusste schließlich, was sich gehörte. «Sehr anständig.» Und rutschte mit seinem Stuhl noch weiter in Richtung Wand. Seine Körperhaltung war geradezu wirbellos, er fühlte sich wie eine Luftschlange mit zu wenig Luft.

Der Türke zog sich einen Schemel heran und setzte sich neben ihn, obwohl er doch genauso gut bei der Tür auf das Ende des Gewitters hätte warten können.

«Jagst du ja keinen Hund raus, bei dem Wetter», sagte er, als würde es seit Tagen regnen. «Was's passiert?» Er zeigte auf das Pflaster an Karlheinz Liebigs Kopf. «Schon mal gefallen?»

«Ja», sagte Karlheinz Liebig.

«Machst du öfter?»

«Nein.»

Der Türke nickte mit heruntergezogenen Mundwinkeln, es war aber auch ein Pech manchmal, so alles insgesamt, die beiden Männer sahen durch den Spalt in den Regen. Es war wie Breitbildfernsehen mit besonders großen Balken oben und unten. Cinemascope sozusagen. Der Abstand zwischen Blitz und Donner war jetzt nur noch marginal, ehemals Badende rannten an ihnen vorbei, das Zubehör über den Kopf haltend, kreischend, fluchend.

«Komisch, ihr Deutschen», sagte der Türke. «Wenn Wasser von unten, ist alles okay. Wenn Wasser von oben, alles scheiße.»

«Ist doch so», sagte Karlheinz Liebig leise. «Wasser ist scheiße. Kein Wasser ist auch scheiße.»

Der Türke nickte, das klang ausgewogen, das klang logisch. «Ich bin Cengiz», sagte er und hielt dem Deutschen die Hand hin. «Das kommt von Dschingis Khan.»

«Ich hasse Schlager», sagte Karlheinz Liebig. «Aber das eine Lied war ganz nett, hier, Moskau. Schmeiß die Gläser an die Wand.»

«Dschingis Khan hat doch nicht Musik gemacht», sagte Cengiz.

«Nee, stimmt, der Produzent war das. Die waren nur Marionetten. Rumgehüpft sind die. Hossa.»

«Aha», sagte Cengiz ratlos. «Tut dir was weh?»

Karlheinz Liebig schüttelte den Kopf. Eine offensichtliche Lüge, aber Cengiz ließ sie so stehen. Er stand auf und kontrollierte die Standfestigkeit seiner hochgeklappten Vorderluke. Der Regen trommelte von allen Seiten auf den Verkaufswagen ein, einmal donnerte es so laut, dass Cengiz einen türkischen Fluch von sich gab und der Wagen wackelte. «Hat eingeschlagen», sagte er. «Irgendwo hier.»

Der Weltuntergang wurde zusehends von der Zwölftonmusik zur Kakophonie. Cengiz betrachtete den Kühlschrank und schaltete ihn aus, dann auch die ganze Kochzeile mit Drehspieß und Fritteuse. «Eigentlich zu spät. Hab ich gepennt. Willst du was trinken?», fragte er. «Solange Getränke noch kalt sind. Wie heißt du überhaupt?»

«Liebig. Herr Liebig.»

«Willst du was trinken, Herr Liebig?»

«Haben Sie Bier?»

Cengiz nickte, öffnete den Kühlschrank, nahm eine Flasche heraus und öffnete sie mit einem orangen Feuerzeug, das er wie zu diesem Zwecke in der Hosentasche mit sich trug. Karlheinz Liebig nahm die Flasche und leerte sie in einem Zug.

«Wo kommen Sie denn her?», fragte er, um auch mal freundlich zu sein. Er wusste schließlich, wie das ging, er hatte lange Jahre im Außendienst gearbeitet, er hatte eine Lotto-Toto-Annahmestelle besessen.

«Aus Berlin», sagte Cengiz.

«Nein, nein», sagte Karlheinz Liebig und betonte nun jede Silbe. «Wo kommen Sie her? Also, gebürtig?»

«Aus dem Wedding.»

«Nein, ich meine *wirklich*, Herrgott. Ursprünglich. Wo sind Sie geboren? Welche Gegend? Andalusien?»

«Berlin. Wedding. Ich bin in Deutschland geboren.»

«Ach was?»

«Ich weiß. Sprache ist bei mir nicht halb, nicht ganz. Meine Eltern sprechen bis heute kein Deutsch, ich hab zu Hause also immer türkisch gesprochen. Ich spreche Türkisch genauso schlecht wie Deutsch. Dumm ist das. Zwischen den Stühlen gesessen. Immer. Überall.»

Karlheinz Liebig warf einen sehnsüchtigen Blick auf den Kühlschrank. Cengiz folgte seinem Blick. «Mein Freund, der Alkohol bringt dich um», sagte er. «Der Alkohol bringt euch alle um.»

«Keine leeren Versprechungen.» Karlheinz Liebig leistete sich Sarkasmus nur äußerst selten. «Und was heißt hier *euch*? Eben haben Sie noch gesagt, Sie sind aus Berlin.»

«Das stimmt.»

«Bringt der Alkohol Sie um?»

«Nein. Aber ich trinke ja auch keinen.»

«Aber Sie könnten. Wenn Sie wollten. Das ist das Gute an Deutschland, bei uns können Sie wählen, ob Sie sich mit Alkohol umbringen oder ohne. In der Türkei können Sie das nicht. Ihr Muslime seid gezwungen, euch ohne Alkohol umzubringen. Vielleicht macht ihr ja deshalb die ganzen Selbstmordanschläge.»

«Was schmeißt du denn da zusammen, Herr Liebig? Wir machen doch keine Selbstmordanschläge! Und in Istanbul trinken die Leute Alkohol.»

«Was weiß ich.»

«Außerdem bin ich gar kein Muslim», sagte Cengiz und sah jetzt doch genervt aus. «Ich glaube an gar nichts. Außer an Menschlichkeit und dass wir im Herzen alle Brüder und Schwestern sind.»

«Wenn wir im Herzen alle Brüder und Schwestern sind, bin ich das Einzelkind», sagte Karlheinz Liebig.

Cengiz lachte, das Gewitter wurde leiser. «Du bist ein bitterer, alter Mann, Herr Liebig», sagte er, erhob sich und öffnete die untere Klappe des Verkaufswagens. Die Sonne drückte sich hindurch, als wäre nichts gewesen, es war eine milchig dampfende, gelbliche Atmosphäre, es roch nach umgekipptem Teich und Gras, dieses Mal dem auf der Wiese. «Schau dir selbst ins Gesicht. Ich bin vierzig und wünsche mir für meine vier Kinder, dass ich netter bin, wenn ich so alt bin wie du. Ich will sie zum Lachen bringen. Immer. Damit sie traurig sind, wenn ich sterbe. Wirklich schade, wenn dein Leben nicht schön war, Herr Liebig. Aber so sollte es nicht aufhören. Sondern mit einem Lachen. Wenn ich alt bin, will ich Spaß machen, den ganzen Tag, damit das Letzte, was meine Kinder und Enkel von mir sehen, mein lachendes Gesicht ist. Das ist mein Ziel, Herr Liebig. Dann war alles gut.»

Karlheinz Liebig stand auf. «Alles war gut? Sie stehen den ganzen Tag in so einer Butze und verkaufen den Leuten fettiges Essen, wahrscheinlich aus Resten und Gammelfleisch zusammengesetzt, dass selbst die Schweine es wieder ausspucken würden. Ist das ein gutes Leben? Weißbrot mit fettigem Zeugs zu belegen?»

«Ich habe auch Vollkorn», sagte Cengiz. «Und ich verzeihe dir, Herr Liebig. Du kommst nicht mehr aus deiner Haut. Aber heute Abend, wenn du im Bett liegst, denkst du vielleicht ja mal daran, dass es ein Türke war, der dir vom Boden aufgeholfen hat, als du dich nicht mehr bewegen konntest.»

«Sie sind kein Türke», sagte Karlheinz Liebig trotzig. «Sie sind aus Berlin.»

«Und jetzt gibt es endlich Döner für alle, Bruder», sagte eine Stimme vor dem Imbiss. «Zur Feier des Tages.» Drei mittelalte Herren standen davor, ganz plötzlich, der größte und breiteste von ihnen rieb sich begeistert die Hände, während sein um die Hüfte geschnallter Kapuzenpullover von allen unbemerkt auf den nassen Boden zu rutschen drohte. «Schön mit allem. Doppelfleisch, Zwiebel, Salat, Kräutersauce und scharf. Was willst du denn, Moritz?»

Der Mann namens Moritz wandte sich nun ganz dem Wagen zu, um die Speisekarte an der Rückwand zu studieren. Cengiz schaltete die Gerätschaften wieder ein, der zweite, deutlich ältere Herr im Wagen hielt sich an der Zubereitungsfläche fest.

«Papa», rief Moritz erstaunt.

«Ja, warum auch nicht?», schimpfte Karlheinz Liebig. «Wie willst du denn jetzt deinen Döner? Mit Senf?»

Hallo, Nina,
deine letzte Nachricht hat mich geärgert. Du kannst
so was Kompliziertes nicht auf einen Satz herunter-
brechen. Was heißt «Wenn er das will, lass ihn
sterben»? Er ist immer noch unser Vater. Daran erinnern mich ständig alle um mich herum, da kann ich
das jetzt auch mal tun. Du kannst nicht irgendwo in
Amerika dein eigenes Leben führen und mir mit einem
einzigen Satz die ganze Verantwortung überlassen. So
einfach geht das nicht. Im Moment sitzt er im Taxi
neben mir, wir sind klatschnass, er ist überall verletzt. Ein Häufchen Mensch. Da kannst du nicht als
Einziges sagen: «Lass ihn sterben.» Weißt du, wie
das klingt? Ja, wir hatten eine schwierige Kindheit.
Wir müssen darüber nicht schreiben. Aber antworte
lieber gar nicht mehr als auf eine so oberflächliche,
kalte, lieblose Weise.
Gruß, Moritz

20

DER TAXIFAHRER, er war geschätzte fünfundneunzig und hatte seinen persönlichen Weg aus der Altersarmut gefunden, war nicht gerade begeistert gewesen, als die beiden Liebigs in seinen Wagen gestiegen waren. So unterschiedlich sie auch sein mochten, Vater und Sohn, der Regen machte jeden Fahrgast gleich. Und die Feuchtigkeit musste man ja auch erst mal wieder aus den Sitzen bekommen.

«Was tust du denn da?», fragte Karlheinz Liebig mürrisch und hielt sich mit der freien Hand an dem Griff über der Tür fest. Moritz sah von seinem Smartphone auf. «Nichts», sagte er, schickte die Nachricht ab und sah nach vorne. «Die nächste links, bitte», sagte er.

«Ich weiß», nuschelte der Taxifahrer. «Ich bin die Strecke schon gefahren, als es hier noch gar keine Altbauten gab.»

Moritz ging nicht darauf ein, er war aufgewühlt, fand es immer noch furchtbar, dass er seinen Vater nun tatsächlich mit nach Hause brachte. Karlheinz Liebig hatte sich zunächst dagegen gewehrt. «Was soll ich denn da?», hatte er gesagt, «in mein eigenes Haus will ich», und Moritz hätte so gerne «Dann geh doch» geantwortet, «geh da hin und schließ die Tür zu und schmeiß den Schlüssel ins Klo und vergiss nicht abzuziehen», aber er hatte sich an Jessys Worte erinnert und die Backen zusammengekniffen. «Du kommst jetzt mal mit», hatte er also gesagt und gedacht, dass selten in seinem Leben Wunsch und Ausspruch so weit voneinander entfernt gewesen waren, höchstens vergleichbar mit jenem Moment, als er Stellas letzten Freund, einen Hells Angel, der eines Tages im Café gestanden hatte, mit einem «Schön, dich kennenzulernen» begrüßt und dabei gedacht hatte, dass das ja wohl der inakzeptabelste Liebhaber war, den Stella jemals angeschleppt hatte, und dass er in Zukunft in den Arbeitsvertrag aufnehmen würde, dass sämtliche potenziellen Partner von der Geschäftsführung abzusegnen waren. Na ja, die Beziehung hielt zwei Wochen und endete nach einem Kinobesuch, bei dem der Höllenengel durchgängig geweint hatte; das war nichts für Stella, sie stand mehr so auf die harten Typen.

Der Taxifahrer unterhielt sie über Altersgebrechen aller Art, Moritz hörte nicht zu und erfuhr doch einiges über Inkontinenz am Arbeitsplatz, Narben im Lendenbereich und hängende Hoden, die sich im Weg befanden, wenn man Adressen in das Navigationsgerät eingab. Karlheinz Liebig hätte gewiss einiges beizutragen gehabt, aber er schwieg, schaute einfach nur geradeaus, mit seinen trüben Augen, den fallenden Schultern, dem roten Gesicht, der Blick war leer, ob sich im Gehirn darüber etwas abspielte, blieb ein ungelöstes Rätsel. Irgendwann hatte das Taxi den Hartwigplatz hinter sich gelassen (Moritz hatte einen nüchternen Blick auf sein bereits geschlossenes Café geworfen), war ein letztes Mal abgebogen, die Klimaanlage würde ihnen allen eine kräftige Erkältung bescheren, der Fahrer hielt in zweiter Reihe, schaltete das Taxameter aus und drehte sich zu Vater und Sohn um. «Achtzehn dreißig», sagte er, in der Zahnleiste fehlte die ein oder andere Lücke, wenn man es mal so herum betrachtete.

«Er zahlt», murmelte Karlheinz Liebig und schnallte sich umständlich ab.

«Am Ende zahlen immer die Jungen für die Alten», sagte der Taxifahrer. «Wenn man denn Verwandtschaft hat. Immerhin haben Sie Verwandtschaft.»

Moritz zog fünfundzwanzig Euro aus seiner Geldbörse. «Manchmal ist weniger mehr», sagte er. «Stimmt so.»

«Ich erkenne sofort, ob die Leute verwandt sind», murmelte

der Taxifahrer und steckte das Geld ein, während Karlheinz Liebig wie in Zeitlupe die Tür öffnete. «Da, wo geschwiegen wird, ist Familie. Wo die Leute in ihre Handys starren, ist Familie. Wo man aus dem Fenster schaut, ist Familie. Wo man sich keine Mühe mehr gibt, da ist Familie. Oder natürlich, das ist die andere Möglichkeit, da sind Geschäftsleute. Sie sind aber keine Geschäftsleute.»

«Wir sind Geschäftsleute», sagte Karlheinz Liebig. «Beide. Aber er macht was mit Kuchen.»

«Außerdem ist ja immer noch die Frage, ob Familie am Ende nicht auch nur ein Geschäftsverhältnis ist», sagte Moritz, öffnete seine Tür ebenfalls und stieg aus; er hatte seinem Vater gewiss zwanzig Sekunden Vorsprung gegeben und kam doch als Erster auf dem dampfenden Pflaster zum Stehen. Karlheinz Liebig bewegte sich in eine halbwegs aufrechte Position, schlug die Tür zu (er brauchte dafür drei Versuche) und betrachtete die durchaus schmucken Altbauten um sich herum, das Leben auf der Straße, das Treiben, die Kinderwagen, Fahrräder und Skateboards. «Hier wohnst du?», fragte er missmutig, als blickten sie in ein Erdloch vor dem Frühjahrsputz.

«Gute Gegend», sagte Moritz. «Viele offene Leute.»

«Wenn man offen ist, muss man zum Arzt», sagte Karlheinz Liebig. «Dann ist man nicht ganz dicht.»

Das Taxi fuhr davon, fast über Karlheinz Liebigs rechten Fuß, Moritz sah sich um und fühlte sich schon wieder beobachtet, es war genau wie am vorigen Abend, wie konnte das denn sein, entwickelte er etwa so eine Art Verfolgungswahn? Aber tatsächlich, er spürte etwas im Nacken, was nicht der Wind war. Er sah sich um, da war nichts Besonderes, Menschen in der Ausübung ihres Daseins, jung, schön, wiederverwendbare Kaffeebecher in den Händen, eine Promenadenmischung versuchte verzweifelt, einen Schäferhund zu besteigen. Er betrachtete die Fassade seines Hauses, ließ den Blick bis in den vierten Stock wandern, da war der Vorsprung, der es in einem besseren Leben vielleicht zu einem richtigen Balkon geschafft hätte. Wie sollte er seinen Vater da hinauf bekommen?

Karlheinz Liebig reckte ebenfalls den Hals. «Wohin?», fragte er.

«Vierter Stock.»

«Aufzug?»

«Nee», sagte Moritz.

«Dann vergiss es.»

«Geht nicht. Jessy killt mich.»

«Wer ist Jessy?»

«Meine Freundin, Papa. Die Mutter deines Enkels. Und das hast du schon einmal gefragt. Und ich hab es schon einmal beantwortet.»

«Jessy», schnaubte Karlheinz Liebig. «Das klingt wie aus der DDR. Ist die aus der DDR?»

«Nein.»

«Bist du sicher?»

«Ja.»

«Ist die tätowiert?»

«Nur auf den Schamlippen», sagte Moritz und erschrak über sich selbst. So eine Bemerkung gehörte an und für sich nicht zu seinem Repertoire; es ging ihm für den Moment offenbar um den größtmöglichen Schockeffekt, er war der Marilyn Manson der Mommsenstraße, der Alice Cooper der Altbauten, der Ozzy Osbourne der Oststadt. Gleich würde er einer Taube den Kopf abbeißen. Karlheinz Liebig schwieg, aber er sah ein wenig bleicher aus als zuvor. Immerhin.

«Stimmt nicht», sagte Moritz leiser. «Jessy hat keine Tätowierung auf den Schamlippen.»

«Ich will das nicht wissen, Moritz.»

«Nur bevor du sie fragst.»

«Ich hätte sie nicht gefragt. Ich kenne sie ja gar nicht. Und selbst wenn ich sie kennen würde, hätte ich sie nicht gefragt. Ich habe noch nie jemanden gefragt, ob er oder sie auf den Schamlippen tätowiert ist. Das heißt ja nicht umsonst Schamlippen.»

«Jessy schämt sich bestimmt nicht für ihre Schamlippen.»

«Ich will nicht wissen … Hör jetzt endlich auf mit diesen Begriffen. Außerdem komme ich da sowieso nicht hoch. Wie stellst du dir das denn vor?»

Sie traten vor die große, lädierte Holztür. Graffiti sorgten für Großstadtflair, Moritz schloss auf und widerstand dem Impuls, dem Vater einen stützenden Arm zu reichen. Karlheinz Liebig sah wirklich ramponiert aus, die Kleidung war verdreckt, das Pflaster am Kopf hatte den Regen auch nicht unbeschadet überstanden, es hatte sich aufgeplustert und warf gleichzeitig Falten.

«Ey, Mo!», rief eine Stimme von der Seite. Mehdi, der marokkanische Bäcker, stand vor seiner Backstube, um zu fegen, er hatte einen voluminösen Körper, eine nicht mehr ganz weiße Kittelschürze um den Bauch gebunden und ein strahlendes Grinsen im Gesicht. «Bald wird geheiratet!», rief er und wurde von einer Dreierreihe Kinderwagen mit blütenschönen Müttern in Sommerkleidern an den Griffen umfahren. Karlheinz Liebig gab einen Laut des Unwillens von sich, Moritz hatte eine Idee. «Ich brauch dich mal kurz, Mehdi!»

Mehdi nahm die Schürze ab, schmiss sie mitsamt dem Besen achtlos in den Laden, rieb sich die Hände und kam herüber. Er hatte kurzes, schwarzes Haar, einen ebenso schwarzen Vollbart und lachende, dunkle Augen zur nicht weniger dunklen Haut. Er sah so exotisch wie gemütlich aus.

«Nein, nein, nein», murmelte Karlheinz Liebig.

«Mein Vater muss in den vierten Stock», sagte Moritz.

Mehdi schaute in das verschlossene Gesicht des alten Mannes und verstand. «Kriegen wir zu zweit nicht hin», sagte er zu Moritz. «Oder? Ich sag mal so: steif, unbeweglich, unflexibel. Auch vom Körper her. Nichts für ungut. Da müssen wir mindestens drei sein.»

«Deine Söhne?», fragte Moritz.

Mehdi nickte, drehte sich um und pfiff auf den Fingern. «Hakem! Moubarak!», rief er, es dröhnte und hallte so laut wider, dass auch in anderen Stadtteilen gewiss der eine oder andere Hakem oder Moubarak auf die Straße eilte, wer sich halt gerade so angesprochen fühlte. Vor allem aber kamen hier, nur wenige Meter entfernt, zwei Teenager aus der Backstube, der eine mit Bäckerschürze, der andere in der typischen, nachlässig teuren Straßenkleidung junger Nachwuchs-Hipster mit Abitur, Durchblick und frühzeitig abgeschlossener Lebensplanung. Lucky hätte seinen Spaß gehabt.

«Nein, nein, nein, nein», murmelte Karlheinz Liebig, die beiden Marokkaner kamen herüber und sahen Mehdi erwartungsvoll an. «Das sind meine beiden Jüngsten», sagte Mehdi stolz. «Sie haben Hirn, okay, kann man immer mal gebrauchen, für schlechte Zeiten, aber vor allem haben sie Kraft.»

Hakem glich seinem Vater wie ein Ei dem anderen, bis hin zur, na ja, dezent überbordenden Statur, während Moubarak viel schlanker war, drahtig, sportlich, mit dem leicht arroganten Gesichtsausdruck desjenigen, der sich der eigenen Familie überlegen fühlte. Der eine würde den Betrieb übernehmen, so sah es aus, der andere war innerlich bereits auf dem Absprung. Wenn das Leben nicht noch die ein oder andere Überraschung bereithielt.

Mehdi sagte etwas auf Arabisch, beide Söhne nickten, dann stellten sie sich hinter Karlheinz Liebig und streckten ein wenig unsicher die Hände aus. Der alte Mann fuhr herum.

«Finger weg», krächzte er, «da hört ja wohl alles auf! Dreckspack!»

Die Söhne blickten sich irritiert an, Mehdi betrachtete Moritz nicht weniger unangenehm berührt, Moritz führte Daumen und Zeigefinger der linken Hand an seine Nasenwurzel. «Diese netten Herren wollen dir helfen, Papa», sagte er gequält. «*Uns* helfen.»

«Wer mich anfasst, büßt dafür», sagte Karlheinz Liebig. «Ich hol die Polizei! Das ist hier immer noch ein Rechtsstaat! Kein Ausländer fasst mich an! So weit kommt's noch! Auch kein Inländer! Aber vor allem kein Ausländer!»

«Ich verstehe», sagte Mehdi schmallippig.

«Und jetzt?», fragte Moritz.

«Jetzt erst recht», sagte Mehdi. Ein kurzes Kommando auf Arabisch, dann hoben Hakem und Moubarak Karlheinz Liebig hoch, es sah federleicht aus, sie bildeten mit ihren Schultern eine Art Stuhl, jeder nahm ein zappelndes Bein, ein ausgetretener Schuh fiel herunter, Moritz hob ihn auf und öffnete die Haustür, Mehdi stützte von hinten den Rücken, dann ging es die erste Treppe hinauf, es war ein Schnelltransport, Karlheinz Liebig zeterte und fuchtelte mit dem einen Arm, der ihm noch blieb, Moritz ging voraus, die anderen drei trugen seinen Vater wie auf einer Sänfte, «Vorsicht, Querbalken», rief Moritz nach der ersten Kehre, die beiden Söhne hielten Karlheinz Liebig etwas höher, damit er auch wirklich mit der Stirn dagegenstieß. Es gab einen kurzen Aufprall, ein hohles Geräusch. «Au, verdammt noch mal», rief Moritz' Vater.

«Entschuldigung», grinste Mehdi, «dumme Ausländer.»

Es gab noch zwei weitere Querbalken auf dem doch recht beschwerlichen Weg in den vierten Stock, jedes Mal warnte Moritz, jedes Mal stieß Karlheinz Liebig mit dem Kopf dagegen, es war aber auch ein Pech, er sah das Unglück kommen, aber konnte sich nicht tief genug ducken, während die anderen ihn in einer unausweichlichen Gegenbewegung hochstemmten. Mehdi entschuldigte sich wortreich für seine schusseligen Söhne, auch das stets aufs Neue, Moritz ging als Dirigent und Oberspielleiter der kleinen Karawane voraus und übernahm keinerlei Verantwortung für das, was hinter ihm passierte. Oben angekommen, waren die drei Marokkaner angemessen außer Puste, Schweiß lief ihnen in Strömen hinunter, selbst dem hippen Moubarak, Karlheinz Liebig hatte eine ausgeprägte Beule auf der Stirn und stand krumm, schief und völlig erschöpft vor Empörung vor Moritz' Wohnungstür, auf der ein von Elias gemaltes DIN-A4-Bild (vier schiefe Striche und ein Dach) den Weg ins Allerheiligste wies. «Morgen brauche ich zwanzig Croissants», sagte Moritz. «Und mal schön den Preis erhöhen. Spontane Mehlkrise.» Mehdi grinste, umarmte Moritz, klopfte seinen Söhnen auf die Schultern, dann stiegen sie laut palavernd die Stufen wieder hinunter. Bei jedem Querbalken, den sie passierten, brachen sie in schallendes Gelächter aus.

«Unverschämtheit», knurrte Karlheinz Liebig. «Das ist ja lebensgefährlich.»

«Also genau in deinem Sinne», sagte Moritz.

«Gib mir meinen Schuh zurück.»

Moritz warf den Treter seinem Vater vor die Füße. «Und jetzt reiß dich zusammen, Papa, Elias ist drei und hat noch nichts Schlimmes gesehen.»

Moritz klingelte, sozusagen als Warnung, dann schloss er die Tür auf, und sie traten ein, Vater und Sohn, im Türrahmen stießen sie zusammen, es war die intimste Berührung ihres Lebens.

«Herrgott», sagte Karlheinz Liebig.

Jessy kam aus dem Wohnzimmer und machte ein fröhliches Gesicht, dazu musste sie sich nicht allzu sehr anstrengen, sie war einfach perfekt, dachte Moritz, war sie nicht perfekt? An ihrer Hand Elias, der zu Moritz' Erleichterung keinerlei äußere Ähnlichkeit zu seinem Großvater aufwies. Jessy blickte wie an Weihnachten, wie kurz vor der Bescherung.

«Willkommen», sagte sie und lachte mit blendend weißen Zähnen, sie war schön, sie war stark, sie würde den Laden noch zusammenhalten, wenn längst alle Einzelteile auseinandergefallen waren.

«So», sagte Moritz, «das ist mein Vater. Dein Opa Karlheinz, Elias.»

Elias hielt ein Bild in der Hand, sein Geschenk, es war bunt, wild und fröhlich, sie alle vier waren darauf zu sehen. Mutter, Vater, Kind waren einfach zuzuordnen, da waren Jessys lange, schwarze Haare, Moritz' Kappe, sich selbst hatte Elias irgendwie als Keks mit Beinen gezeichnet, sein Opa hatte einen langen, weißen Bart und sah damit aus wie der Schöpfer persönlich, warmherzig, gütig, mit einer formvollendeten Möhre als Nase. Elias konnte wirklich passabel zeichnen für sein Alter.

Der Abgleich mit der Wirklichkeit fiel hingegen bescheiden aus. Elias sah dem alten Mann ins schlecht rasierte Gesicht, an der Stirn blühten frische Hämatome, da waren das Pflaster und der gekrümmte Arm.

«Ja, nun», murmelte Opa Karlheinz und blickte niemanden an, schon gar nicht Jessy oder sein Enkelkind. Elias brauchte eine Sekunde, dann ließ er das Bild fallen und begann zu weinen, haltlos, drückte sich an seine Mutter.

«Na, na», sagte Jessy sanft und gab Elias einen Kuss auf den strubbeligen Kopf.

Vollkommen verständliche Reaktion, dachte Moritz, Kinder haben Instinkte, unbestechliche Instinkte, die wissen mehr, als sie denken können. Jessy nahm ihren Sohn auf den Arm und streckte Karlheinz Liebig die Hand entgegen. «Ich bin Jessy», sagte sie.

Er nahm die Hand und drückte kurz und kraftlos zu. «Liebig.»

«Wollen Sie nicht erst mal reinkommen, Herr Liebig?», sagte sie und deutete aufs Wohnzimmer. «Einen Kaffee? Tee, Wasser?»

«Muss nicht», sagte Karlheinz Liebig. «Aber wenn Sie ein Bier ...»

«Ach, das ist Pech. Haben wir leider nicht», sagte Jessy liebenswürdig. Moritz schaute erstaunt auf, das war gelogen, Elias beruhigte sich mühsam.

«Vielleicht doch Kaffee stattdessen?», fragte sie.

«Plörre», sagte Karlheinz Liebig.

«Also Tee?»

«Nur wenn er von Teekanne ist.»

«Ich schau mal.»

Sie ging in die Küche, Elias drehte sich auf ihrem Arm herum, sah seinem Großvater ein zweites Mal ins Gesicht und begann noch lauter zu weinen.

«Herrgott noch mal», sagte Karlheinz Liebig genervt, machte eine hilflose Geste mit der rechten Hand, dann schaute er sich im Wohnzimmer um, was sollte er auch anderes tun, er drehte sich dabei im Kreis, ganz langsam, die zusammengekniffenen Augen ein einziger Ausdruck der Ablehnung. Moritz fand plötzlich selbst, dass es ein wenig arg unaufgeräumt war.

«Na, hier machen die Kakerlaken aber Urlaub», sagte Karlheinz Liebig. «Was ist denn das für ein Durcheinander? Und putzen müsst ihr auch mal. Tut deine Frau da denn nichts?»

«Wir haben andere Prioritäten», sagte Moritz.

«So, so. Prioritäten habt ihr. Fremdwort wäscht den Sinn oft fort. Sag ich mal.»

«Ich wusste es. Du kommst rein und ziehst alles in den Dreck.»

«Da ist ja auch genug von da.»

«Kannst dich mal bei dir selbst umgucken. Glashaus und Steine und so.»

Karlheinz Liebig zog die Augenbrauen hoch, schuppige Haut löste sich von der Stirn und fiel als Schnee zu Boden. «Ich bin halt alt. Ich kann mich nicht mehr bücken. Jedes Staubkorn verursacht Schmerzen, Bei deiner Frau und dir sollte das noch kein Problem sein.»

«Wir arbeiten beide», sagte Moritz. «Und ich werde mich jetzt auf keinen Fall verteidigen oder entschuldigen, so weit kommt's noch. Du kannst hier nicht nach zwanzig Jahren auftauchen und alles schlechtmachen.»

«Was heißt hier auftauchen?», sagte sein Vater. «Ich wollte das ja gar nicht.»

«Natürlich nicht. Du warst ja auch vorher noch nie in einer meiner Wohnungen.»

«Was hätte ich denn da auch gesollt? Du bist ja eh wieder ausgezogen. Jedes Mal.»

«Nach Jahren, Papa. Nach Jahren.»

Karlheinz Liebig sah seinem Sohn jetzt tatsächlich ins Gesicht. «Warum hast du mich hierhergeschleppt, Moritz?», fragte er.

«Damit du deinen Enkel kennenlernst.»

«Wozu?»

«Wie, wozu? Das ist dein Enkel.»

«Richtig.»

«Also?»

«Also was?»

«Wie findest du ihn?»

«Na ja.» Karlheinz Liebig überlegte. «Was soll ich sagen? Es ist ein Kind.»

«Papa!»

«Was willst du denn hören? Sieht nett aus. Aber das ist in dem

Alter ja bei allen so. Die werden erst später unsympathisch. Das kommt von den Erfahrungen, die die machen, wenn die größer werden. Am Ende ist einer so unsympathisch wie der andere. Ist es schon zwanzig Uhr? Da beginnt die Tagesschau.»

Moritz presste die obere Zahnreihe so fest auf die untere, dass es knirschte. «Du schaust jetzt hier kein Fernsehen.»

Karlheinz Liebig ließ sich angewidert und mit Mühe in einen Cordsessel fallen, dessen Bezug schon kurz nach Wende dringend hätte gewechselt werden müssen. «Warum nicht?», fragte er.

«Wie, warum nicht?»

«Hast du vergessen, was ich dir erzählt habe? Ich bin durch. Ich muss keine Sozialkontakte mehr pflegen, ich muss auch nicht mehr lächeln, ich muss auch keinen anderen Tee mehr trinken als den von Teekanne. Ich kann mich in einen Sessel setzen und Fernsehen gucken. Den ganzen Tag, wenn ich will. Weil es egal ist. Wenn ich dir die Schmerzen aufzählen würde, die ich jetzt gerade habe, in diesem Moment, säßen wir morgen noch hier. Ich weiß nicht, wie ich jemals wieder runterkommen soll aus diesem vierten Stock. Ich weiß nicht einmal, wie ich aus dem Sessel aufstehen soll. Ich weiß nicht, warum du mich hier rauftragen lassen musstest. Von drei Schwarzen. Oder heißt es jetzt Farbige? Ich kann mir das einfach nicht merken. Und ich muss mir das auch nicht merken. Neger darf ich ja wohl nicht mehr sagen. Aber um zwanzig Uhr kommt die Tagesschau. Das ist so, das war schon immer so, das bleibt so.»

«Heute nicht. Nicht für dich.»

«Was denkst du dir denn? Glaubst du, ich komme hierher, sehe irgendein kleines Kind, das ich nicht kenne, es macht klick, und plötzlich finde ich alles gut? Alles ist rosa? Hast du das wirklich geglaubt?»

Moritz setzte sich auf das Sofa schräg gegenüber. «Na ja, ehrlich gesagt, das war so ein bisschen der Plan», sagte er.

«Dein Plan hat angefangen zu weinen, als er mich gesehen hat.»

«Weil du aber auch immer so böse guckst.»

«Ich gucke überhaupt nicht böse. Ich bin einfach nur da. Seid ihr eigentlich verheiratet?»

«Was? Wer?»

«Na, hier, die Dings und du.»

«Jessy. Nein.»

«Dann geht sie fremd.»

«Papa!»

«Warum auch nicht? Ihr trennt euch doch sowieso wieder, das geht ganz schnell. Nur die Ehe hält uns davon ab, voreinander wegzulaufen. Weiß doch jeder.»

«Jessy und ich sind schon lange zusammen.»

«Die ist ganz hübsch. Sie wird dich verlassen. Das ist so sicher wie das Amen in der Kirche.»

«Wenn *du* das sagst. Und was ist jetzt mit Elias? Ich verstehe das nicht. Du bist doch ein Mensch, das muss dich doch wenigstens ein bisschen …? Ohne dich gäbe es den gar nicht.»

«Elias, ja? So ein moderner Name, natürlich, alle heißen plötzlich Elias oder, was weiß ich, Emily. Emily! Nein, der geht natürlich mit der Mutter, der Elias, die ziehen gemeinsam aus, du darfst den vielleicht dann noch einmal in den Sommerferien sehen, an einem Wochenende, aber bezahlen darfst du den dein ganzes Leben, ja, das darfst du, jede Woche, jeden Monat, die wird dich ausquetschen, die Dings, die wird dich nicht vergessen, aber dein Sohn, der wird dich vergessen, zunächst, ist ja auch logisch, aber dir hinterher vorwerfen, dass du nicht für ihn da warst, als er klein war, das wird er, wenn er groß ist und Geld braucht. So funktioniert das.» Karlheinz Liebig betrachtete mit trüben Augen die ungeputzten Fensterscheiben. «Am Ende sind sie alle weg. Das Einzige, was du dagegen tun kannst, ist blechen,

blechen, blechen. Um das Abhauen so lange wie möglich hinauszuzögern. Deine Mutter hat mich am Schluss ja auch allein gelassen. Dabei habe ich immer geblecht.»

Moritz schloss die Augen, ihm war schwindelig. Karlheinz Liebig stand auf und ging zum Balkon, erstaunlich geschmeidig, federleicht, öffnete mit traumwandlerischer Sicherheit die Flügeltüren, trat hinaus, staunte für einen Moment über den geringen Platz, dann schwang er sich über die Brüstung und sprang in die Tiefe, «Jippie» war das Letzte, was Moritz hörte, Jessy kam herein, mit einem Tee von Lipton oder Messner, auf keinen Fall von Teekanne, und ließ vor Schreck die Tasse fallen, Scherben brachten Glück, während Moritz entschuldigend die Schultern hob und «Ein Mal kurz nicht aufgepasst» sagte, «da kann man wohl nichts machen», dann die Flügeltür wieder schloss, sich aufs Sofa fallen ließ, die Füße hochlegte und nach der Fernbedienung griff. Gleich begann die Tagesschau, und die wollte man doch wirklich nicht verpassen. Heute nicht.

So zumindest stellte Moritz es sich vor. In Wirklichkeit saß Karlheinz Liebig immer noch neben ihm, die Beule auf seiner Stirn erblühte in gelbgrünem Blau. Und er schien den von Abscheu erfüllten Blick seines Sohnes sogar irgendwie bemerkt zu haben.

«Tut mir leid», sagte er leise und betrachtete die Fingerspitzen. «Ich bin halt alt. Sagte ich ja schon. Zeig doch mal so ein Foto.»

Moritz hatte Mühe, der abrupten Wendung zu folgen. Hatte sich sein Vater gerade wirklich entschuldigt? Am Ende gar für sich selbst? Hatte er tatsächlich nach einem Foto gefragt? Karlheinz Liebig? Und welches Foto überhaupt?

«Welches Foto?», fragte Moritz.

«Na, von deinem Elias», sagte Karlheinz Liebig. «Ihr habt doch heute alle immer Fotos auf euren Telefonen. Kann man doch mal draufgucken.»

Moritz blickte zur Tür. «Er ist nebenan, Papa. Ich kann ihn holen. Dann kannst du dir den aus der Nähe ansehen.»

Karlheinz Liebig schüttelte den Kopf. «Der ist doch kein Ausstellungsstück. Nein, Foto ist besser. Das bewegt sich nicht, macht keinen Lärm und weint nicht, wenn es mich sieht.»

Moritz stand auf, zog das Telefon aus der Hosentasche und setzte sich auf die Lehne des Sessels. Es war zu nah, viel zu nah, aber er hielt es aus. Er öffnete den Ordner mit den Fotos, es waren mittlerweile mehrere tausend, ein ganzes Leben war darauf, ein Kinderleben, von der Geburt bis zum heutigen Tag.

Moritz hatte keine Ahnung, welches der Bilder er seinem Vater zeigen sollte, sie waren ihm plötzlich alle unangenehm, absurd war das, die meisten Momentaufnahmen waren voller Grimassen und Albernheiten, stolze Eltern mit feixendem Kind, ausgelassen, lebensfroh. «Hier», sagte er und hielt das Telefon seinem Vater vor die Nase, «hier, das war an Karneval.»

«Nicht so nah», schimpfte sein Vater. «Ich seh nix.»

Moritz hielt das Handy einen halben Meter weg.

«Wer denn?», fragte Karlheinz Liebig. «Die sind ja alle verkleidet.»

«Elias ist der Linke. Als Robin Hood ist der gegangen.»

«Wie originell», sagte Karlheinz Liebig. «Das bist du auch schon. Damals. Im Kindergarten. Zwei- oder dreimal sogar, bis du rausgewachsen bist. So ein Kostüm muss sich ja auch lohnen.»

«Das weißt du noch?», fragte Moritz erstaunt.

«Ja sicher», sagte sein Vater. «Ich bin doch nicht dement. Da kommst du von der Arbeit nach Hause, und dann rennt da so ein Grüner mit Pfeil und Bogen rum.»

Moritz wischte mit dem Daumen weiter. «Oder hier», sagte er. «Das war an Elias' drittem Geburtstag. Das ganze Gesicht voller Schokolade.»

«Sieht aus wie ein …»

«Sag's nicht. Bitte.»

«Sieht aus wie deine Mutter, wenn sie sich die Lippen zu stark geschminkt hat. Für mich hätte sie das ja nicht tun müssen, ich mag das ja nicht, wenn das immer alles glänzt und fettig ist.»

Moritz schaute Elias noch einmal genauer an. «Findest du wirklich, er hat Ähnlichkeit mit Mama?», fragte er.

«Wenn er Glück hat», sagte Karlheinz Liebig. «Ansonsten bleiben ja nur noch wir. Und die Eltern von der Dings natürlich.»

«Jessy», sagte Moritz und wischte weiter.

«Richtig», sagte Karlheinz Liebig und beugte sich ein wenig vor. Man musste es wohl als Interesse verstehen. «Was macht er denn da?»

Moritz sah sich das Foto an. Elias tunkte mit konzentriertem Gesichtsausdruck seine Schleich-Giraffe in ein Wasserglas. «Er macht das Tier nass und schlabbert es dann ab. Auch 'ne Art zu trinken. Fand ich wohl lustig.»

«Unhygienisch ist das», sagte Karlheinz Liebig und betrachtete das Bild noch einmal genauer. «Aber ganz schön schlau», sagte er dann. «Wärst du nie draufgekommen. Damals.»

War das da in seinem Mundwinkel ein Zucken? Ein Anflug von Humor? Moritz wischte noch ein wenig weiter, sie betrachteten mehrere Bilder, ohne sie zu kommentieren, Moritz hoffte, dass da nichts kam, was in irgendeiner Hinsicht verfänglich war, keine Bilder von Jessy und ihm im Überschwang des Augenblicks, keine albernen Kurzfilmchen, die er sich mit Lucky und Philipp hin- und herschickte. Irgendwann lehnte sich sein Vater zurück, seine Konzentrationsfähigkeit war aufgebraucht. «Gut, gut», sagte er. Und noch einmal: «Gut, gut.»

Moritz verstand das vierfache Gut als Schlusswort, stand auf, steckte sein Handy ein und setzte sich zurück auf seinen Platz. In ihm breitete sich ein neues Gefühl aus, ein unerwartetes: Nachsicht. Mein Gott, ja, er schimpfte halt viel, sein Vater, er bellte sogar, an- und ausdauernd, aber von einer einzigen Situation abgesehen, hatte er ja nie gebissen, nicht wirklich jedenfalls, und vielleicht stimmte es ja auch, vielleicht war er, Moritz, überempfindlich, nahm er sich die Dinge zu sehr zu Herzen, baute er sich in der Rückschau vieles schlimmer zusammen, als es in Wirklichkeit gewesen war, dramatisierte er seine eigene Legende, sein Vater war ja schließlich auch nur ein Mensch, ein Gefangener seiner Hemmungen, Komplexe und Makel. Hier und heute konnte man doch mal seinen Frieden machen, war es doch in Ordnung, im Kern. Sein Vater hatte es gewiss auch nicht leicht gehabt.

«Was gibt's denn da zu grinsen?», fragte Karlheinz Liebig.

«Ich finde es schön, dass du dir die Bilder angeschaut hast», sagte Moritz.

«Ja, mein Gott, man muss die Zeit ja auch irgendwie rumkriegen», sagte Karlheinz Liebig. Aber nun lächelte auch er. Minimal. Er setzte zweimal an, schluckte, würgte Buchstaben herunter, wackelte mit dem Kopf, dann sagte er es: «Wirkt ganz okay, der Junge.»

Moritz hielt die Luft an, das Herz ging ihm auf, und auch das war ja letztlich nichts als eine offene Wunde. Sie schwiegen. Moritz fragte sich, ob er den Moment zerstören würde, wenn er versuchte, diese unerwartete kleine Durchlässigkeit für neue Erkenntnisse zu nutzen. Über seine Familie, das Leben. Aber sein Vater kam ihm zuvor.

«Natrium-Pentobarbital», sagte er leise.

«Was ist das?», fragte Moritz.

«Das ist ein Mittel, das man in Wasser auflöst.» Karlheinz Liebig stellte mit seiner freien Hand das rechte Bein neben das linke. «Man trinkt es und ist tot. Das brauche ich. Natrium-Pentobarbital.»

Moritz biss sich auf die Lippen. «Dann geh in die Apotheke», sagte er unfreundlicher, als er es gewollt hatte.

«Das bekommst du nicht einfach so, was denkst du denn? Das ist doch nicht wie Nasivin. Du musst einen Antrag stellen, beim Bundesinstitut, das ist sehr kompliziert, du kannst kaum noch die Füße heben und dich auf die eigene Nasenspitze konzentrieren, brauchst aber Gutachten und Nachweise, dass du wirklich nicht mehr kannst. Von Psychologen und Medizinern und Notaren und Nachtwächtern. Für die da oben ist der Leidensdruck erst groß genug, wenn du tot bist.»

«Und?»

«Antrag abgelehnt. Die lehnen alle Anträge ab. Meinen auch. Dreckspack!»

Moritz stand auf und ging zur Balkontür. Da waren schwarze Ränder an den Fugen, die ihm vorher noch nie aufgefallen waren. «Und jetzt willst du, dass ich dir das Mittel besorge?», sagte er. «Wie auch immer das gehen soll?»

«Ja», sagte Karlheinz Liebig.

«Vergiss es», sagte Moritz. «Ich mache mich strafbar. Da mach ich mich doch strafbar?»

«Kann sein.»

«Fahr nach Belgien oder in die Schweiz. Da kannst du legal sterben.»

«Mit einem Termin», sagte Karlheinz Liebig. «Du kriegst da einen Termin. Wochen im Voraus. Das will ich nicht. Ich will das Mittel nehmen, wenn der Tag passt. Ich weiß doch vorher nicht, ob der Termin der richtige Tag ist.»

«Ich dachte, *heute* ist der richtige Tag?»

«Morgen vielleicht schon nicht mehr. Ich will das selber entscheiden. Von Fall zu Fall. Von Stunde zu Stunde.»

Moritz gab sich einen Ruck und drehte sich um. Er war kein Kind mehr. Er konnte die Wahrheit sagen. Heute. Als Erwachsener. Mit eigener Stimme, eigener Meinung. «Bevor ich auch nur in Erwägung ziehe, dir eventuell zu helfen, muss ich erst noch etwas klären», sagte er. «Du hast Neger gesagt. Du hast es relativiert, aber nur so ein bisschen ironisch, eigentlich hast du Neger gesagt, weil du Neger gemeint hast. Und du wolltest es eben schon wieder sagen.»

«Das heißt doch überhaupt nichts», brauste Karlheinz Liebig auf. «In meiner Generation sagt man eben Neger.»

«Ich hab Sachen in deiner Nachttischschublade gefunden.»

«Was machst du denn an meiner Schublade? Da hast du überhaupt nichts zu suchen!»

«Deinen Schlafanzug hab ich gesucht.»

«Wann?»

«Na, heute. Weißt du doch, nach dem Besuch im Krankenhaus.»

«Wie?»

«Mit dem Schlüssel von Frau Ronsdorf. Du erinnerst dich?»

«Du hast den Schlüssel von Frau Ronsdorf?»

«Ich dachte, du bist nicht dement? Wie hätte ich denn sonst in euer Haus kommen sollen?»

«Und du hast der alten Hexe den Schlüssel nicht zurückgegeben?»

«Nein, sie wollte ihn nicht mehr.»

«Wie hätte ich denn dann reinkommen sollen, wenn wir uns nicht zufällig begegnet wären?», fragte Karlheinz Liebig. «Und wieso suchst du meinen Schlafanzug in meinem Nachttisch? Und wieso will die Ronsdorf den Schlüssel nicht mehr?» Er sprach undeutlich, die Buchstaben verwischten, verbanden sich an den falschen Stellen, so als hätte er einen besonders plüschigen Teppich im Mund, der ganze, krumme Körper zitterte vor Aufregung.

«Das ist alles gar nicht die Frage», sagte Moritz. «Die Frage ist, ob du ein Nazi bist. Ob du das die ganze Zeit gewesen bist. Auch früher schon.»

Sein Vater antwortete nicht, er ballte die Fäuste. So saß er da, Moritz stand ihm gegenüber, er schaute auf ihn hinunter, das war ein psychologischer Vorteil, dennoch war es, als machte die Handlung eine Pause, als wüssten die Protagonisten schlicht nicht weiter, als liefe parallel jetzt irgendwo Werbung und beide warteten auf ihr Stichwort, ihren Einsatz und hätten sich unterdessen privat nicht viel zu sagen.

Jessy kam herein, es war der dramaturgisch passende Moment, einen dampfenden Becher mit einem Teebeutel in der rechten Hand. «So», sagte sie. «Tee von Teekanne. Elias wollte lieber erst mal in sein Zimmer gehen und ein neues Bild malen. Ein besseres.» Sie lächelte entschuldigend, stellte den Tee auf den Tisch und fing die Schwingungen auf.

«Was habt ihr denn gerade Schönes besprochen?», fragte sie.

«Nichts Besonderes», knurrte Moritz. «Papa will ein Mittel zum Sterben, und ich habe ihn gefragt, ob er ein Nazi ist.»

21

MUTTER UND SOHN saßen auf der einen Seite des Tisches, Vater und Großvater auf der anderen. Die beiden älteren Liebigs trugen düstere Gesichter zur Schau, die Verwandtschaft war nicht von der Hand zu weisen, speziell im schmollenden Mundbereich und den aussagekräftigen Stirnfurchen. Elias hatte ein neues Bild gemalt, auf dem sein Großvater wie eine Kartoffel mit zu vielen Keimen aussah, es war dem Original ähnlicher als sein voriger Versuch und diente dem Dreijährigen als Untersatz für seine Spaghetti mit Tomatensoße. Jessy machte nach wie vor gute Miene zum traurigen Spiel, aber auch auf ihrer Stirn hatte sich eine steile Falte gebildet, die ihr Dauerlächeln eindrucksvoll konterkarierte. Die Tagesschau war längst vorbei, Karlheinz Liebig hatte es hingenommen, und Moritz hätte in seiner Not eher die Fernbedienung aus dem Fenster geworfen, als dass er dem Vater erlaubt hätte, hier und jetzt seinen angestammten Ritualen zu frönen.

Jessy und er aßen ebenfalls Spaghetti, es war ein Jammer, wie sich die Nahrungsaufnahme seit der Geburt von Elias vereinfacht und gleichzeitig beschleunigt hatte, nur Karlheinz Liebig wollte partout keine Pasta, er aß eine Scheibe Brot mit Butter und Käse, Gouda, mittelalt. Dazu ließ er seinen Tee kalt werden. Das Gespräch war nicht ins Stocken gekommen, nein, das wäre beschönigt, es hatte niemals begonnen, war also auch nicht versandet oder abgeebbt; sie hatten sich hingesetzt, ab da waren die bestimmenden Geräusche das Klappern von Besteck, das Einsaugen der Nudeln, das Schlürfen aus Elias' Trinkflasche, das Heben und Absetzen der Wassergläser, alles schien zu laut, zu dominant, weil sie alle schwiegen, selbst die Stille. Sogar Elias, der sonst keine zehn Sekunden den Mund zubekam, hielt sich an das wortlose Geklapper der Liebigs. Er war ja selbst einer.

So ging es wohl sechs, sieben Minuten lang, es fühlte sich an wie dreißig, da wurde es Jessy zu bunt. Sie knallte Gabel und Löffel auf den Holztisch, leicht versetzt, es klang wie ein überraschender Musikakzent, sforzato, die große Pauke, und riss die Übrigen damit aus ihrer bleiernen Lethargie. «Schluss jetzt», rief sie, das Lächeln war aus ihrem Gesicht getilgt. Das war ihre andere Seite; jetzt hätten auch der Präsident der Vereinigten Staaten samt nordkoreanischem Diktator auf sie gehört. «Reißt euch mal ein bisschen zusammen», sagte sie. «Das hier ist mein Zuhause, und ich dulde es nicht, dass zwei beleidigte Jammerlappen die Luft verpesten, bis den Nudeln schlecht wird. Das ist ein friedlicher und lebendiger Ort, und wenn er das mal nicht ist, werden die Dinge angesprochen und geklärt, ist das klar?»

«Was sind Jammerlappen?», fragte Elias, während sein Vater und Großvater den Liebig'schen Trotzblick aufsetzten.

«Schau dir deinen Vater an», sagte Jessy. «Langes Gesicht, schlechte Körperhaltung.»

Moritz schnaubte. Karlheinz Liebig setzte die Teetasse an, trank einen winzigen Schluck und verzog das Gesicht. «Der ist ja kalt», sagte er.

«Also bitte», sagte Jessy und verschränkte die Arme vor dem Körper. «Was muss am dringendsten geklärt werden?»

Die beiden älteren Liebigs blickten auf Brot und Nudeln. «Das mit dem Nazi», sagte Moritz schließlich. «Wir können nicht auf jede Demo rennen und den Müll trennen und einen auf aufgeklärt, weltoffen und tolerant machen und dann einen Nazi in der eigenen Familie dulden. Da hört das dann nämlich auf mit der Toleranz. Das ist überhaupt das Problem, hier, das mit dem Tolerieren und den Blümchen und den Schmetterlingen und dem Liebhaben an allen Fronten. Dass die, die man tolerieren soll, überhaupt nicht tolerant sind und dass die dann am Ende gewinnen, die Intoleranten. Weil das nämlich Quatsch ist, das mit der anderen Wange, die man hinhalten soll. Am Ende gewinnen die, die zuschlagen, und nicht die, die einstecken. Die, die einstecken, haben ein Schleudertrauma oder landen im Krankenhaus von Dr. Brinkmann. Also scheiß auf die Toleranz, wenn es um die Intoleranten geht! Ich dulde keinen Nazi in meiner Familie. Und wenn schon in der Familie, dann nicht hier am Tisch.»

«Ich wollte ja gar nicht hierher», knurrte Karlheinz Liebig. «Da kann ich mich nur wiederholen.»

«Was ist ein Nazi?», fragte Elias.

«Jemand sehr, sehr Böses», sagte Jessy. «Jemand, der alle Menschen doof findet, die nicht so sind wie er. Jemand, der zum Beispiel Leute nicht leiden kann, die aus einem anderen Land kommen, nur weil sie aus einem anderen Land kommen. Jemand, der voller Hass auf alles und alle ist.»

«Was ist Hass?»

«Wenn man etwas so sehr nicht leiden kann, dass man schon schlechte Laune bekommt, wenn man es nur sieht.»

«Dann hasse ich die Badewanne», sagte Elias. «Hasse ich die Badewanne?»

«Nur bis du drinsitzt», sagte Jessy. «Dann nicht mehr.»

«Opa hat immer schon alles und alle gehasst», sagte Moritz bitter.

«Dich auch?», fragte Elias.

Karlheinz Liebigs Lippen wurden noch schmaler. «Natürlich nicht», sagte er. «Ich weiß nicht, was du von mir willst, Moritz. Ich bin doch kein Nazi, verdammt noch mal. Ich hab die fast gar nicht mehr erlebt.»

«Aber du findest Ausländer scheiße», sagte Moritz. «Fandest du immer schon.»

«Weiß ich nicht.»

«Aber ich.»

«Ich kann doch auch Ausländer blöd finden, ohne ein Nazi zu sein.»

«Da bin ich mir nicht so sicher. Ausländerfeind, Rassist, da gibt es einen Zusammenhang, das gehört sozusagen zur Stellenbeschreibung eines Nazis.»

«Warum findest du Ausländer scheiße, Opa?», fragte Elias.

«Elias!», sagte Jessy. «Wortwahl!»

«Das sind nun mal Ausländer», sagte Moritz. «Das kann man doch mal sagen.»

«Nein. Scheiße», sagte Jessy. «Ich meine Scheiße. Scheiße ist das böse Wort.»

«So böse wie ein Nazi?», fragte Elias.

«Natürlich nicht.»

«Ihr sagt alle immer scheiße», stellte Elias fest.

«Ich nicht», sagte Karlheinz Liebig. «Ich habe blöd gesagt. Glaube ich. Habe ich nicht blöd gesagt?»

«Ist doch scheißegal», sagte Moritz. «Es geht um den Inhalt. Ob du Ausländer blöd, scheiße oder kacke findest, ist den Ausländern am Ende ja auch egal.»

«Deine Ausdrucksweise ist wirklich schlimm, Moritz», sagte Karlheinz Liebig. «Genau wie bei den Schamlippen deiner Frau.»

«Wie bitte?», sagte Jessy.

«Was sind Schamlippen, Mama?», fragte Elias.

«Die Scheide», sagte Jessy. «Warum redet ihr über meine Schamlippen?»

«Haben wir gar nicht», behauptete Moritz und wusste, das Eis wurde dünn und brüchig.

«Haben wir wohl», sagte Karlheinz Liebig. «Siehst du, so ist das. Unterstellungen, Lügen und Halbwahrheiten, so arbeitet ihr, ihr toleranten Linken. Kein Rückgrat. Keine Haltung.» Er wandte sich an Jessy. «Moritz hat behauptet, Ihre Schamlippen sind tätowiert.»

«Provokation», sagte Moritz. «Ich wollte ihn provozieren. Den Nazi provozieren wollte ich.»

«Mit meinen Schamlippen?»

«Mir fiel gerade nichts Besseres ein.»

«Sind sie nicht», sagte Jessy. «Tätowiert.»

«Das interessiert mich nicht», sagte Karlheinz Liebig. «Sie können mit Ihren Schamlippen machen, was Sie wollen. Es sind Ihre Schamlippen.»

«Ich habe ja einen Penis», sagte Elias.

Dann schwiegen sie. Die Uhr über dem Sofa tickte ausgesprochen laut.

«Wir waren eigentlich beim Thema Nazi», versuchte Moritz irgendwie den Gesprächsverlauf und seinen eigenen Hals zu retten. «Ich habe in deinem Nachttisch ein Eisernes Kreuz gefunden. Und eine Deutschlandflagge. Eine alte.»

«Das sind Erbstücke», sagte Karlheinz Liebig. «Einfach nur Familienerbstücke.»

«Und davon kann man sich nicht trennen, wenn man kein Nazi ist und solche Symbole selbstverständlich ablehnt?»

«Was bist du? Die Nürnberger Prozesse?»

«Erklär's mir einfach!»

«Ich hab nicht viele Erinnerungen an früher. Das sind meine einzigen. Dein Opa hat in beiden Kriegen gekämpft.»

«Für die falsche Seite. Und das hebt man dann im Nachttisch auf?»

«Ich hatte die Hoffnung, dass meine Familie da nicht reinschaut.»

Moritz schluckte. Aber es gab kein Zurück. «Fotos», sagte er. «Da sind viele Fotos. Schwarzweiß. Kinder sind dadrauf.»

Karlheinz Liebig schloss die Augen. «Wir waren sieben», sagte er. «Ich war der Jüngste.»

«Du hast nie ein einziges deiner Geschwister erwähnt», sagte Moritz. «Ich dachte, du wärst Einzelkind. Du hast überhaupt nie über früher geredet.»

«Wir haben uns nicht verstanden», sagte Karlheinz Liebig. «Das ist alles. Und ich muss ja wohl nicht über Dinge reden, über die ich nicht reden will. Außer hier jetzt plötzlich. Das ist sowieso das Problem mit deiner Generation. Über alles wird heute nur noch geredet, geredet, geredet, die armen Tiere, alles muss heute Bio sein, Sonnencreme Schutzfaktor fünfzig, einmal Sonnenbrand heißt Hautkrebs, fliegen darf man auch nicht mehr, die Bahn kommt erst gar nicht, aber das Auto ist natürlich besonders schädlich für die Umwelt, die Umwelt, die Umwelt, ein einziges Gerede ist das, die ganze Umwelt wird totgequatscht, so viel CO_2 kannst du gar nicht ausstoßen, wie die Umwelt totgequatscht wird, aber was wird dadurch besser? Nichts!»

«Nein», sagte Moritz und rückte seinen Stuhl ein wenig nach hinten. «Dadurch vielleicht nicht. Aber wenn die Dinge nicht beredet werden, kann man sie nicht verbessern. Bei uns wurde nie geredet. Das stimmt. Über nichts wurde geredet. Gar nichts. So wenig, dass ich nicht einmal wusste, dass ich sechs Onkel und Tanten habe.»

«Alle tot», sagte Karlheinz Liebig. «Glaube ich. Was weiß ich, keine Ahnung. Da war niemand Brauchbares dabei.»

«Wenn du die alle nicht leiden kannst, warum bewahrst du dann die Fotos im Nachtschrank auf?»

Karlheinz Liebig wusste darauf nichts zu antworten. Draußen fuhr ein Eiswagen vorbei und bimmelte mit seiner Glocke. Was für ein albernes Gebimmel, dachte Moritz, es war eigentlich immer schon albern gewesen, das Gebimmel.

«Ich habe keine Nudeln mehr», sagte Elias und schob die

Schüssel nach vorne. Jessy sah fast nicht hin, als sie sie bis zum Rand nachfüllte. «Weiter», sagte sie, «ihr seid auf einem guten Weg.»

«Du bist nicht unsere Therapeutin», fauchte Moritz.

«So weit kommt's noch», bestätigte sein Vater. Das wiederum passte Moritz nicht.

«Lass meine Frau in Ruhe. Und wage es nicht, mit mir einer Meinung zu sein», schimpfte er. «Und was soll das denn, dass ich mein Café schließe?»

Karlheinz Liebig ließ es hinter seiner Stirn arbeiten, dann schob er seinen Stuhl zurück und erhob sich mühsam.

«Geht Opa jetzt wieder?», fragte Elias hoffnungsvoll.

«Sei ruhig und iss die Nudeln», sagte Jessy hart. Elias sah sie verstört an, diesen Ton kannte er nicht, diese Bestimmtheit, ganz ohne die übliche Portion Nähe, Wärme und Humor. In ihm regte sich Widerstand, er hob den Arm und wischte die Schüssel in einer fließenden Bewegung vom Tisch. Es klirrte, Porzellan zersprang, eine einzelne Scherbe rutschte in Richtung Flur, die Nudeln entkamen ihrem viel zu engen Gefängnis und streckten sich auf dem Holzfußboden aus.

«Elias!», rief Jessy und sprang ebenfalls auf. «In dein Zimmer!»

Auch das war neu, Strafen waren noch nie verhängt worden, die gehörten nicht zum unausgesprochenen, pädagogischen Konzept, Elias begann zu weinen, stieß den Stuhl um, es war eine völlig ungewohnte Art von Lärm, vielleicht war das das großväterliche Gift, Moritz zischte, Elias rannte hinaus und schmiss die Tür zu seinem Zimmer so kraftvoll hinter sich zu, dass sich ein Familienporträt von der Wand löste und den Porzellanscherben im Wohnzimmer welche aus Glas im Flur hinzufügte. Mittlerweile waren sie alle aufgesprungen, Jessy und die beiden älteren Liebigs, niemand hatte mehr Lust auf mittelalten Gouda oder Hartweizen mit Tomatensoße. Karlheinz Liebig ballte ein weiteres Mal die Fäuste, Moritz war kreidebleich, und Jessy hielt sich an der Tischkante fest.

«Ich gehe Elias trösten», sagte sie durch die Zähne. «Einigt euch wenigstens, wer die Nudeln aufhebt und wer die Scherben beseitigt.» Und damit schob sie den Stuhl vor den Tisch und eilte hinter ihrem Sohn her.

«Ich hab's dir gesagt», rief Moritz ihr hinterher. «Ich hab dir gesagt, dass das so kommen würde!»

«Ich hebe die Nudeln nicht auf», sagte Karlheinz Liebig leise. «Und auch nicht die Scherben.»

«Was du nicht sagst», fauchte sein Sohn. «Was für eine Riesenüberraschung.»

«Ich würde es ja tun. Aber ich komme nicht so weit runter. Wenn dein … wie heißt er?»

«Elias! Verdammt noch mal!»

«Wenn dein Elias die Scherben auf dem Tisch gemacht hätte, dann könnte ich was tun. So aber kann ich das leider nicht.»

«Ist gut, Papa. Ist gut.» Moritz ging in die Küche, holte Tücher und einen Handbesen samt Kehrblech. Dann ging er auf die Knie und versuchte der Sauerei Herr zu werden.

«Warum also?», fragte er ächzend, während sein Vater sinnlos im Raum herumstand, als hätte man ihm die Batterie herausgenommen.

«Warum was?»

«Die falschen Ereignisse. In deiner Kladde.»

«Das geht dich nichts an.»

«Hättest du dir gewünscht, dass es so ausgeht?»

«Vielleicht.»

«Du hättest dir gewünscht, dass mein Café schließt?» Moritz betrachtete angeekelt aneinanderklebende Nudeln und triefende Tomatenreste. «Ohne es auch nur einmal betreten zu haben?»

«Natürlich nicht.»

«Ich versteh kein Wort», sagte Moritz und erhob sich ächzend und stöhnend, wie unter einer tonnenschweren Last, die nichts mit Nudeln zu tun hatte.

«Das ist alles nicht wichtig», sagte Karlheinz Liebig. «Natrium-Pentobarbital, das ist wichtig. Hilfst du mir, oder hilfst du mir nicht?»

«Nein», sagte Moritz.

«Dann bin ich hier fertig.» Der alte Mann drehte sich um und schlurfte in Richtung Flur, Moritz betrachtete die ausgelatschten Schuhe, die schäbige, abgewetzte Kleidung, die Wunden, Beulen, das Pflaster. Da kam ihm ein Gedanke.

«Wie viel Geld hast du?», fragte er.

Karlheinz Liebig blieb stehen, drehte sich aber nicht um. «Was?»

«Die Frage war doch klar verständlich. Wie viel Geld hast du noch?» Moritz ging um den alten Mann herum, um ihn von vorne betrachten zu können. «Du bist pleite, richtig?»

Karlheinz Liebig schaffte es irgendwie, den Kopf direkt vor seinem Sohn zu heben und dabei um ihn herumzugucken. «Machst du dir jetzt Sorgen um dein Erbe?», fragte er. Die Stimme war angeschlagener denn je. «Ist es das, was dich interessiert? Geld? Man muss sehen, wo man bleibt, was? Vielleicht hatte ich ja recht, und du willst mich doch ausrauben? Vielleicht steht ja Nina auch bald wieder auf der Matte, wenn es um Kohle geht? Vielleicht meldet sie sich dann ja mal? Erinnert sich an einen?»

«Papa, was ist mit dem Haus? Den Rücklagen?»

Karlheinz Liebig schob sich an Moritz vorbei, beide achteten darauf, sich nicht zu berühren. Dann öffnete er mit dem gesunden Arm die Haustür. «Ich bin sehr enttäuscht», sagte er. «Sehr, sehr enttäuscht.»

Die Tür fiel ins Schloss, Moritz stand da und bekam tatsächlich ein schlechtes Gewissen, das machte ihn wütend, traurig, verzweifelt, es stritten und verwirrten sich die Gefühle in ihm derart, dass er lachen musste. Es war der einzige Ausweg.

«Was ist?», fragte Jessy, die die Tür gehört hatte und zusammen mit dem verstört wirkenden Elias das Kinderzimmer wieder verließ.

«Der Opa wollte lieber wieder gehen», sagte Moritz. «Und wenn wir noch ein bisschen warten, ist er bestimmt schon an der ersten Treppenstufe angekommen.»

«Na, das hast du ja wirklich ganz schön versaut», sagte Jessy, Elias schaute unsicher von ihr zu seinem Vater.

«Ich, wieso ich?»

«Ein bisschen mehr Gelassenheit hätte ich schon von dir erwartet. Über den Dingen hättest du stehen müssen. Mit einem Lächeln.»

«Nicht bei der Vorgeschichte.»

«Weißt du was, Moritz?», sagte Jessy. «Es ist selbstsüchtig, selbstgerecht und feige, sich immer in dem zu suhlen, was früher schiefgegangen ist, und das als Entschuldigung für alles zu nehmen. Du bist erwachsen. Ausgerechnet wenn es um deine ebenso erwachsenen Eltern geht, vergisst du das scheinbar.»

Moritz bemerkte, dass er immer noch das Kehrblech mit den Scherben und Nudeln in der Hand hielt, und bewegte sich langsam in Richtung Küche und Abfalleimer.

«Ich glaube, mein Vater hat kein Geld mehr», sagte er. «Und ich frage mich, wieso. Alles versoffen wird er ja nun nicht haben.»

«Wenn das dein Problem ist, kläre es», sagte Jessy kalt. «Und den Rest auch.»

«Jetzt? Es wird schon dunkel.»

Jessy nahm Elias auf den Arm, der sich die Augen rieb. «Ich

helfe dir bei allem, Moritz», sagte sie. «Aber komm erst wieder, wenn du weißt, wie du dieses Thema für dich beendest. Dein sogenanntes Gift, wie du das immer nennst, wirkt von mehreren Seiten, du bist nämlich nicht nur Wirt, du bist auch Überträger. Und ich will das Zeug nicht hier im Haus haben.»

SA., 20:18 UHR

Moritz,

du hast recht. Entschuldige, das war anmaßend. Ich
bin manchmal etwas impulsiv. Weißt du ja vielleicht
noch. Vielleicht fangen wir doch erst mal mit dem
Wetter an, so wie ganz normale Spießer. Hier ist es
sonnig, aber nicht zu heiß. 35 Grad, das geht gerade
noch, am Strand sind lauter schöne Menschen. Und ich.
Ich bin über dreißig und noch nicht geliftet, damit
ist man hier eine Außenseiterin. Die Kinder haben
mich ganz schön schwer gemacht. Aber es ist mir egal.
Meistens. Ich werde geliebt. Für das, was ich bin,
nicht für das, was ich sein soll. Es geht mir also
gut. Gruß, Nina

Hey, Nina,

schon gut. Ich weiß, es ist schwierig, ich nehme dir
nichts übel. Du betonst sehr oft, wie gut es dir
geht. Ich hoffe, das bedeutet nicht das Gegenteil.
Schick mir doch mal ein paar Fotos deiner Kinder.
Meiner Nichten und Neffen. Wahnsinn, fünf! Meinst du,
ich kann die mal kennenlernen? Euch besuchen? Ich
war noch nie in Amerika. Ich schreibe heimlich mit
der Hand unterm Tisch, Papa versucht, eine Scheibe
Brot zu essen. Es ist nicht schön. Gruß, Moritz

Hey, Moritz, ich verschicke grundsätzlich keine
Fotos übers Internet, tut mir leid. Vielleicht mal
per Post. Kann ich aber nicht versprechen. Eigentlich will ich gar nicht, dass du die Kinder siehst,
ehrlich gesagt. Ich habe immer noch das Gefühl, ich
muss meine Familie vor meinen Verwandten schützen.
Ich kann dir aber Folgendes verraten: Darren ist
zwölf, ein sehr sportlicher, schlauer Junge, er wird
mal die ganzen Mädchen mit nach Hause bringen, die
ich dann verjagen muss. Dann kommen Miley und Leonardo, ich hab versehentlich Zwillinge bekommen, sie
sind jetzt zehn, sehr unterschiedlich, Miley steht
auf Technik und Leonardo auf Pferde, sie haben das
Rollenmodell getauscht, das finde ich gut. Ariana war
ein Unfall, aber ein sehr schöner, sie wird nächstes
Jahr sechs, und danach war es dann auch schon egal.
Robert ist zwei, wir nennen ihn natürlich Bob, und
er singt den ganzen Tag Lieder, deren Texte er nicht
versteht. Er sieht dir ein kleines bisschen ähnlich.
Wir wohnen hier in Florida, direkt am Indian River,
es gibt sehr viele Mücken, die Klamotten kleben am
Leib, aber ich liebe es. Wir haben eine Veranda und
zwei Hunde. Jack, das ist mein Mann, arbeitet sehr
hart und sehr lange, abends zieht er oft noch mit
der Bürgerwehr durch die Straßen und passt auf, dass
keiner einbricht. Man muss sich eben schützen, oder?
Auf allen Ebenen. Mehr werde ich dir nicht verraten,
Moritz, ich will nicht, dass es zu nah wird. Meine
Familie ist hier. Ihr da drüben seid durch euer Blut

mit mir verbunden, das ist viel, aber nichts, was mich ausmachen soll. Ich merke auch, wie schnell man wieder zu dem Kind wird, das man nicht mehr sein wollte. Sei mir nicht böse. Du kommst schon ohne mich zurecht, bist du bislang ja auch. Nina

SA., 21:37 UHR

Danke für die Familiengeschichte. Den Rest finde ich
ehrlich gesagt schwierig. Aber egal. Papa ist gerade
abgehauen. Vielleicht stürzt er sich das Treppenhaus
hinunter. Interessiert dich alles nicht, weiß ich.
Ich will mich nicht aufregen. Viel Spaß am Fluss.
Moritz

SEPTEMBER 1997

Moritz hatte mit dem Fußball aufgehört; das frühe Aufstehen, das Trainieren, die festen Regeln samt Verbindlichkeit – nein, da war er rausgewachsen. Für die Bundesliga würde es eh nicht reichen, also, was sollte der Aufwand? Moritz hatte mittlerweile andere Interessen, Partys waren angesagt, lange, ausschweifende Nächte, er schlief nun Samstags wie Sonntags bis Mittag. Als er an ebenso einem Samstag endlich aufstand und im Schlafanzug nach unten ging, saß Anette Liebig bereits vor dem Fernseher, zusammen mit 2,5 Milliarden anderen Menschen, und sah sich die Beisetzungszeremonie für Prinzessin Diana an, ein Taschentuch in der Hand, so ergriffen wie das letzte Mal vielleicht bei der Hochzeit mit Prinz Charles. Nina hockte neben ihr auf dem Sofa, freute sich über die schönen Pferde, verstand mit ihren elf Jahren schon eine ganze Menge vom Leben und spielte mit zwei Lieblingspuppen und einem Playmobil-Jeep den Autounfall in einem Pariser Tunnel nach. Moritz' erster Blick galt dem Vater, wie immer, der nicht in seinem Sessel saß, nicht im Wohnzimmer war, auch nicht in der Küche. Natürlich nicht. Er war in seinem Kiosk. Lotto-Toto-Annahmestelle, wie er es nannte, jede Silbe betonend, mit erhobenem Zeigefinger, in dozierendem Ton. Moritz atmete auf und setzte sich direkt vor dem Fernseher auf den Boden. «Es ist alles so traurig», sagte Anette Liebig, sah über ihn hinweg und verdrückte eine weitere Träne. Moritz schüttelte den Kopf. Er war fünfzehn, nahm die Ansichten und Regungen der Eltern längst nicht mehr so selbstverständlich hin, und da sein Vater nicht da war, traute er sich auch, dies frei zu äußern. «Du kennst die doch gar nicht», sagte er also. «Und die hat dich nicht gekannt. Du weißt doch gar nicht, wie die war. Vielleicht war die ja total blöd.»

«Sprich nicht so von einer Toten», sagte Moritz' Mutter streng. «Das ist respektlos.»

Er verachtete ihre Naivität. «Guck dir das doch mal an, das ist doch alles nur Theater, eine Show ist das. Für so Leute wie dich. Ich wette, die ist noch nicht mal in dem Sarg.»

«Was redest du denn da wieder für ein Zeug?», fragte Anette Liebig. «Und Moritz, ich weiß gar nicht, ob ich das möchte, dass du hier runterkommst und so dermaßen schlechte Stimmung verbreitest. Du bist ja schon wie dein …» Sie verstummte. Auch Nina schwieg, konzentrierte sich auf ihre Puppen und ließ sie immer wieder gegeneinanderknallen.

«Wenn du angezogen bist, bringst du bitte deinem Vater sein Mittagessen», sagte die Mutter, «ich kann hier heute nicht weg.»

«Das mach ich nicht», sagte Moritz.

«Das war keine Frage, sondern eine Aufforderung, Und du interessierst dich doch sowieso nicht für die Diana.»

«Wie du das sagst», sagte Moritz. «Die Diana. Habt ihr Kochrezepte ausgetauscht, die Diana und du? Wart ihr zusammen im Kino? In *Pretty Woman*? Oder *Thelma & Louise*?»

«Du bist ungezogen. Und du gehst!»

«Ich komme aber nicht mit», sagte Nina, ohne aufzublicken.

«Dein Bruder ist fünfzehn», sagte Anette Liebig, «der kann den ganzen Morgen schlafen, dann kann er auch mal alleine vor die Tür gehen.»

Moritz verdrehte die Augen, stand auf, blieb so lange dicht vor dem Fernseher stehen, bis hinter ihm Protestgeheul erklang, dann ging er hinaus, die Treppen hinauf und in sein Zimmer, das aussah, als hätte jemand Möbel und persönliche Gegenstände willkürlich hineingeworfen. Moritz war das egal. Wenn seine Mutter es hier zu unordentlich fand, konnte sie ja aufräumen. Er zog irgendwelche Klamotten aus dem Kleiderschrank, stieg in seine Nike-Treter und putzte sich die Zähne in exakt achtundzwanzig Sekunden. Die Pickel in seinem Gesicht erfuhren keine weitere Beachtung, manchmal deckte er sie mit Babypuder ab, wodurch er sie hervorhob. Moritz vermied es zurzeit, sich selbst anzusehen.

Als er wieder herunterkam, stand seine Mutter vor dem Kühlschrank und zog einen großen, von Alufolie bedeckten Teller heraus. «Bring ihm das», sagte sie. «Aber lass es nicht fallen.»

Moritz verließ das Haus, im Nachbargarten stand Frau Ronsdorf und beugte sich über die winzige Hecke, sie trug ein weit ausgeschnittenes Top, das tiefe Einblicke zuließ, ja sogar verlangte. Moritz bekam rote Ohren und hätte es fast nicht mehr rechtzeitig geschafft, den Blick abzuwenden, als Frau Ronsdorf aufsah. «Guten Morgen, Moritz», sagte sie, die Heckenschere in der Hand. «Bringst du deinem Vater das Essen?»

Moritz nickte, sagte aber nichts. Sie war eine reichlich alte Frau aus seiner Sicht, dennoch schien sein Sprachzentrum irgendwie verstopft. «Na dann, einen schönen Samstag», sagte sie und beugte sich wieder vor, in aller Unschuld. Er setzte sich in Bewegung, hatte vorübergehend leichte Schwierigkeiten beim Laufen und trug den dämlichen Teller vor sich her wie eine Handgranate. Die Alufolie reflektierte die Sonne, die gleißende Helligkeit war fast unerträglich und verursachte Flecken auf Moritz' Netzhaut. Er ging zwischen mehreren Häuserreihen hindurch, nahm die Abkürzung über den Trampelpfad auf der Wiese, dann vorbei an einem Supermarkt, es stank nach Fett und halben Hähnchen, dann musste er nur noch einmal um die Ecke, da war er, der Kiosk, denn es war ja letztlich nichts anderes, ein einfacher, begehbarer Kiosk mit Zeitschriften, Tabak und eben der Möglichkeit, Lotto zu spielen. Toll. Moritz öffnete mit der Schulter die Tür, die Glocke bimmelte, sein Vater stand hinter dem Tresen, sauber gescheiteltes, dünnes Haar, Karohemd, darüber ein grauer Pullunder. Der Laden hatte vielleicht vierzehn Quadratmeter, war vollgestopft, es roch nach Rauch, Papier und kleinen Süßwaren, von denen Moritz noch nie welche zugesteckt bekommen hatte. Kein Kaugummi, kein Esspapier. Sein Vater sah aus wie immer, bewegte sich sicher und zielstrebig, aber Moritz wusste nach all den Jahren sofort, in welchem Zustand er war, er sah es an den Kleinigkeiten, den Augen, den Händen, ob er sich anlehnte oder unauffällig abstützte. Karlheinz Liebig hatte getrunken, heute schon am Morgen, Moritz hasste ihn dafür, verspürte eine eiserne Klammer um sein Herz, am liebsten hätte er den Teller einfach auf den Tresen geknallt und wäre abgehauen, irgendwohin, wo seine Freunde waren, vielleicht um heimlich zu rauchen, vielleicht um Fußball zu spielen.

«Aha», knurrte Karlheinz Liebig, «na endlich!» Er entblößte sein Gebiss zwischen blassen Lippen. Vor dem Zeitschriftenregal stand ein vielleicht dreißigjähriger Mann, der aussah wie ein Referendar, vergeistigt, Nickelbrille, Sneakers, Lockenkopf, er drehte sich ob des groben Tons irritiert um, schob die Augenbrauen zusammen. Moritz stellte den Teller vorsichtig ab, Karlheinz Liebig stieß sich von dem Zigarettenregal hinter sich ab und entfernte reißend die Alufolie. «Was ist das denn für ein Mist?», schimpfte er. «Das ist doch Kassler, ich hatte gesagt Roastbeef, das ist doch kein Roastbeef!»

Moritz senkte den Kopf, er wusste, worauf das hinauslaufen würde, was passierte, wenn die Lawine erst einmal ins Rutschen kam, der Kunde hatte sich eine Sportzeitung gegriffen und stellte sich hinter ihm an.

«Jetzt mach mal Platz, hast du keine Augen im Kopf?», sagte Karlheinz Liebig, seine Augenlider flatterten. «Der Herr will zahlen, Herrgott noch mal.»

«Gibt überhaupt keinen Grund, so aggressiv zu sein», sagte der Kunde, «ich kann doch warten.»

«Das ist ja wohl meine Sache, ob ich aggressiv bin oder nicht», der letzte Teil des Satzes geriet Moritz' Vater ein wenig unordentlich, «das ist mein Sohn, das Private ist privat. Gott sei Dank leben wir in einem Rechtsstaat! Kümmern Sie sich um Ihren eigenen Kram!»

«Ich finde nicht, dass das Ihre Sache ist», sagte der Mann, er hatte eine angenehm tiefe Stimme, schien das Diskutieren gewöhnt. «Ich stehe hier in Ihrem Geschäft. Ich sehe, wie Sie mit Ihrem Kind umgehen. Und ich finde das falsch. Da kann ich doch nicht wegucken.»

«War klar, dass Sie ein Linker sind», sagte Karlheinz Liebig patzig.

«Das hat doch nichts mit links oder rechts zu tun, das ist einfach kein angemessenes Verhalten einem Kind gegenüber.»

«Angemessenes Verhalten», höhnte Karlheinz Liebig. Jetzt roch man die Fahne. Moritz schämte sich. «Angemessenes Verhalten ist es, sich von Dingen fernzuhalten, die einen nichts angehen. Kaufen Sie die Zeitung oder stellen Sie sie wieder zurück und verlassen meinen Laden!»

Der Mann, Moritz nannte ihn Olaf (es war sein neuester Tick, unbekannten Leuten Vornamen zu geben), stellte die Zeitung zurück ins Regal und schien für einen Moment zu überlegen, ob er tatsächlich gehen sollte. Er entschied sich dafür, drehte sich aber noch einmal zu Karlheinz Liebig um. «Seien Sie netter zu ihrem Sohn», sagte er und hob mahnend den Zeigefinger. «Er kann nichts für seinen Vater.»

Dann verließ er das Geschäft, die Türglocke bimmelte, Moritz drehte das Gesicht Karlheinz Liebig zu. «Ich …», begann er, da spürte er die Faust, wirklich und wahrhaftig die Faust, nicht die offene Hand, es war eine Zeitenwende, es war das erste Mal, dass Karlheinz Liebig offen Gewalt anwendete, bislang war er indirekt gewalttätig gewesen, mit Worten, Gesten, Bemerkungen, dem Gesichtsausdruck. Und heute, heute hatte er tatsächlich zugeschlagen. Moritz war so überrascht, dass er zunächst gar nicht bemerkte, wie er aus der Nase blutete. Und doch tat er etwas, was einen erneuten Einschnitt bedeutete, es ging alles so wahnsinnig schnell, dass man es vielleicht sogar noch als Reflex betrachten durfte: Er schlug zurück. Ungeübt, unkoordiniert, fast blind vor Traurigkeit, Hass, Wut und Schmerz. Er schlug dem Vater ins Gesicht, machte einen Satz vorwärts dabei, traf die Wange, Karlheinz Liebig schrie auf und prallte gegen das Tabakregal, mehrere Packungen HB, Marlboro und Lucky Strike fielen ihm auf den Kopf, dann griff er nach einem Locher vor sich und schmiss ihn nach dem Sohn, verfehlte ihn aber trotz der kurzen Distanz. Moritz hob den vor ihm stehenden Teller mit dem Kassler auf und schleuderte ihn auf den Vater. Er traf die Brust, der Teller fiel herunter, zerbarst, das Essen verteilte sich auf dem Fußboden, der sowieso schon voller Krümel, Papierreste und Staub war. Jetzt hörte der Vater auf, sah an sich herunter, Moritz bemerkte, dass er irgendwie tropfte, er stürmte aus dem Kiosk, denn nichts mehr als das war es nun mal, ein kleiner, spießiger, langweiliger Kiosk, wischte sich mit dem Handrücken über die Nase, hinterließ eine blutrote, breite Spur vom Mittelfinger bis zum Ärmel, dann begann er zu weinen, endlich. Vor der Tür stand der Referendar namens Olaf, er hatte im Angesicht der Eskalation gewartet und blickte Moritz entsetzt an. «Soll ich die Polizei rufen?», fragte er. «Ich glaube, ich ruf die Polizei.»

Moritz reagierte nicht, er stürmte an dem Mann vorbei, der am Ende doch nicht eingegriffen hatte, der nur geredet hatte, und beschloss, nie wieder nach Hause zurückzukehren, einfach abzuhauen, irgendwohin, durchzubrennen. Er war alt genug, dachte er, er konnte überall neu anfangen, zur Not auch ohne Schule, das war ja auch ein überholtes Konzept, er würde auf dem Bau arbeiten oder im Hafen, er würde des Nachts auf Kartoffelsäcken schlafen und mit den Ratten das letzte Stück Käse teilen, das würde ihn stärker machen und härter, und am Ende würde ihm der Hafen gehören. So ungefähr stellte er sich das vor, bis ihm an der nächsten Straßenecke auffiel, dass er nicht einmal eine Jacke dabeihatte, geschweige denn sein Portemonnaie oder den Ausweis, es war ja auch wichtig, dass man gut organisiert war, wenn man schon mal ausriss, also ging es doch nicht direkt ins Exil, sondern zunächst einmal zurück nach Hause, notgedrungen. Frau Ronsdorf war nicht mehr da, Gott sei Dank, da war das Aufschließen der Tür, Moritz tropfte auf die Fliesen im Flur, Mutter und Schwester saßen immer noch im Wohnzimmer, getragene Musik kam aus dem Fernseher, war das nicht Elton John? Wie furchtbar, es war wirklich alles inszeniert, kitschig, nichts war echt, Leben und Tod eine einzige, niemals endende Inszenierung. Moritz stürmte nach oben, ins Badezimmer, riss sich Klopapier von der Rolle und stopfte einen Zipfel davon ins linke Nasenloch, dann wusch er umständlich drum herum das Blut ab, eine andere Reihenfolge wäre gewiss zielführender gewesen. Er griff nach seiner Zahnbürste, der Zahncreme, dem Deo, riss seinen Kulturbeutel vom Haken an der Wand, zwängte alles hinein, zack, der Reißverschluss war zu, er stürmte in sein Zimmer, die Holzdielen knarrten, in ihm war so viel Wut, dass kein Platz für Bedauern war, er griff nach seinem Rucksack, der Beutel verschwand darin, ein paar CDs obendrauf, Oasis, Blur, Nirvana, der Discman, die Kopfhörer, seine Geldbörse, er zerschlug sein albernes rosa Sparschwein auf dem Schreibtisch, dadrin waren sechsundachtzig Mark und vierunddreißig Pfennige. Nicht die Welt, aber man kam damit bis in ein anderes Bundesland, vielleicht sogar in den Osten. Mindestens. Er öffnete den

Kleiderschrank, nahm eine Regenjacke heraus, die ließ sich gut zusammenknüllen, zwei Unterhosen und ein Paar Socken, das musste reichen, dann warf er einen letzten Blick zurück und stellte fest, wie wenig ihm dieses Zimmer bedeutete, wie sehr es mit Angst, Düsternis und Unbehagen verknüpft war. Moritz wechselte das Schuhwerk, schlüpfte in seine neuesten Sneakers, dann ging er die Treppe hinunter, gab sich nicht einmal Mühe, leise zu sein, warum auch, für wen auch, seine Mutter saß im Wohnzimmer und schaute Beerdigungen fremder Leute. «Gehst du weg?», rief sie durch die Tür.

«Ja», rief er zurück. Es war nicht gelogen. Ganz und gar nicht.

«War der Kassler okay?», rief sie noch.

«Keine Ahnung», sagte er wahrheitsgemäß. Die Flugeigenschaften waren in Ordnung, dachte er. Er wandte sich zur Haustür, schnallte den Rucksack um, er hatte ein ganz schönes Gewicht, dann drehte er sich ein letztes Mal um. Da stand seine Schwester, Nina, zehn Jahre alt, im Schlafanzug, im Türrahmen zur Küche. Sie sah ihn mit ernsten, tiefen Augen an, ließ ihren Playmobil-Jeep in der Hand baumeln. Sie konnte einfach nicht wissen, was er vorhatte, es war unmöglich, vielleicht aber sah sie die Verzweiflung in seinen Augen, die geschwollene Nase, die Körperspannung, es hatte etwas Endgültiges. Sie zeigte auf seine Nase, mit ausgestrecktem Arm. Moritz nahm den Zeigefinger vor die Lippen, Nina nickte, sie tat ihm leid, nun würde sie auf sich allein gestellt sein, aber er durfte sich nicht abhalten lassen. Dieses Mal nicht. Er öffnete die Tür und schlüpfte hinaus. Er vermutete, dass Nina weinte. Sie weinte schnell. Aber er wusste es nicht, vielleicht war es auch nur Einbildung, er sah es nicht, wollte es nicht sehen.

Er war weg.

Würde niemals wiederkommen.

Sechzehn Stunden später griffen sie ihn auf, an einem Bahnhof in Hessen, er hatte sich den Rucksack stehlen lassen, sich in Widersprüche verstrickt und konnte nichts erklären, kein Ziel angeben, keinen Plan. Er war dehydriert und hungrig. Die Polizei eskortierte ihn zurück zu seinen Eltern, es war eine lange Fahrt, eine schweigsame Fahrt, eine Vermisstenanzeige war nicht aufgegeben worden. Die Mutter empfing ihn an der Haustür, eher beleidigt als entsetzt, der Vater blieb im Wohnzimmer sitzen, vor dem Fernseher, und trank Bier. Auch später, beim Essen, sagte er nichts. Kein Wort. Erwähnte den Streit im Kiosk nicht, es war unwahrscheinlich, dass er seiner Frau davon erzählt hatte. Karlheinz Liebig tat einfach so, als wäre nichts geschehen, schlimmer noch, als wäre Moritz gar nicht da, als wäre der Stuhl seines Sohnes leer. Er war sehr betrunken, aber auf eine stille, in sich gekehrte Art.

Nina hingegen hatte sich alles ganz genau gemerkt. Ihr Bruder wäre allen Ernstes gegangen. Er hätte sie allein gelassen. Ganz allein.

22

MORITZ ZOG DIE Wohnungstür hinter sich zu, ein wenig zu fest, das Treppenhaus spendierte einen Nachhall, der sich gewaschen hatte. Ganz unten, vier Stockwerke tiefer, gab es emsiges Briefkastengeklapper, dazu ein männliches Pfeifen, die Melodie erinnerte in Fragmenten an den Sommer.

Karlheinz Liebig war das nicht. Der stand direkt unter Moritz, auf dem ersten Treppenabsatz, sehr erschöpft war er, sehr verbogen, er sah zu seinem Sohn hinauf, Schweißperlen auf der Stirn, den Mund hatte er weit geöffnet. Er hatte, Moment, bislang exakt sieben Stufen bewältigt. Der schafft das schon, hätte Moritz gerne gedacht, aber es wäre gelogen gewesen. Sieben Stufen, das waren bei dem zeitlichen Vorsprung wirklich nur sieben Stufen. Das war gar nichts.

«Wird aber auch Zeit, dass du kommst», schimpfte sein Vater. «Wie hast du dir das denn vorgestellt? Bis morgen früh bin ich doch höchstens irgendwo zwischen dem ersten und dem zweiten Stock. Versauert bin ich da. Was wohnst du auch so weit oben?»

«Ich hab beim Einzug nicht an dich gedacht», sagte Moritz.

Karlheinz Liebig nahm es nicht mit Humor. «Ich hätte mich ja einfach hier in der Mitte hinuntergestürzt, aber ich komme nicht über das Scheißgeländer. Und wehe, du rufst wieder diese Ausländer.»

«Keine Sorge», sagte Moritz und tänzelte geradezu die Stufen hinunter, es war ein Fest, alle Leichtigkeit war in seinen Beinen, er war jung, er war fit, er war stark, er schwebte geradezu. Er erreichte seinen Vater, der konsequent das abgeblätterte Geländer fixierte, der sich immer weiter entfernte, je näher man ihm kam, er spürte die Unsicherheit, die Unfähigkeit, mit sich selbst oder einem anderen Menschen Kontakt aufzunehmen.

«Keine Sorge», wiederholte Moritz. «Ich hole keine Ausländer mehr für dich. Auch keine Inländer. Du schaffst das schon allein.»

Fast hätte er ihm einen aufmunternden Klaps gegeben, doch das wäre zu viel der Berührung gewesen, auch der ironischen; er nahm immer zwei Stufen auf einmal, erinnerte sich an das Wüten, wenn sein Vater früher Menschen auf Treppenstufen hatte springen, rennen, hüpfen sehen. Das gehörte sich nicht, das tat man nicht, allein dieser Lärm, konnte man nicht vernünftig gehen, erwachsen, gesittet – das war das Wort gewesen, genau, gesittet hatte man zu gehen, das war überhaupt sehr wichtig gewesen: Im öffentlichen Raum hatte man *gesittet* zu sein. Im öffentlichen Raum, der damals schlicht draußen hieß. Zu Hause war man dann vielleicht nicht ganz so gesittet, aber da sah es ja niemand, da war es egal. Moritz hatte sich immer gefragt, ob es wohl alle Familien zweimal gab. Ob es immer eine private und eine offizielle Version gab, die gar nicht mal so saubere Trennung von Wahrheit und Pflicht. Moritz hatte sie immer verachtet, die damit verbundene Heuchelei, die Schauspielerei, die Fassade, er versuchte jeden Tag aufs Neue, mit Elias und Jessy genauso umzugehen wie mit seinen Kunden, mit Helmut wie mit Dorothea. Keine zwei Gesichter, keine doppelte Moral.

In Windeseile hatte er das Erdgeschoss erreicht, er rutschte fast ein wenig juvenil über den glatten Steinboden, hörte Karlheinz Liebig im vierten Stock wüten, seine Stimme klang sehr weit entfernt, wie ein Echo aus längst vergangenen Tagen, im ersten Obergeschoss ging vorsichtig eine Tür auf, es war die alte Frau Weishaupt, die vor lauter Neugier und Verfolgungswahn stets hinter dem Schlüsselloch kampierte, die panische Angst vor Übergriffen und Einbrüchen hatte und einen Feuerhaken in einem Köcher unterhalb der Freisprechanlage. Man konnte ja nie wissen, das Leben in der Stadt war gefährlich, und das Böse lauerte immer und überall. Davon abgesehen machte sie herausragende Kipferl, die sie an Weihnachten im ganzen Haus auf die Fußmatten verteilte. Alle liebten Frau Weishaupt, die verrückte alte Schachtel mit dem grauen Lockenkopf und dem Herzen aus Vanille. Moritz wusste nicht, wie weit sein Vater kommen würde auf dem Weg nach unten, aber seine Verpflegung zumindest war gesichert.

Er stieg in Jessys Toyota, mein Gott, es war halt eine Familienkutsche, völlig in Ordnung war die, albernes Klischee, das mit den ach so vorbildlichen deutschen Autos, er schaltete die Beleuchtung an und fuhr los, winkte einer hübschen, zarten Nachbarin, die die Blumengehänge auf ihrem winzigen Balkonvorsprung goss, in seinem Café unter dem Namen Leia firmierte und die in Wirklichkeit keine Sternenkriege vereitelte oder anzettelte, sondern im Bürgeramt die Personalausweise verlängerte. Die Nachbarin winkte zurück, es lag ein ganz klein wenig Flirt darin. Das Leben war bunt, vielfältig und schön. Gut, der Weg zu seinem Elternhaus fühlte sich schon wieder viel zu vertraut an, das senkte die Stimmung etwas, auch der erneute Gedanke an seine Schwester, die hin und her gerissen schien zwischen verstockter Nähe und übertriebener Abgrenzung, belastete ihn. Nina war immer schon seltsam gewesen, dunkel, unergründlich, aber sie sich nun in der Rolle der liebevollen Mehrfachmutter vorzustellen – gesetzt, geerdet, vielleicht sogar ein wenig spießig, mit einem wahrscheinlich Schnurrbart tragenden Ehemann, der die Republikaner wählte, sein Poloshirt in die Hose steckte und abends für die ganze Familie Pancakes und Donuts mitbrachte, wenn er von seiner Arbeit als Facility-Manager nach Hause kam—, das bereitete Moritz doch Unbehagen, das fand er wirklich abgründig. Warum eigentlich? Weil sie es geschafft hatte, abzuspringen? Sich von allen negativen Einflüssen zu befreien? Weil es eben doch möglich war, die

Vergangenheit hinter sich zu lassen? Vielleicht kam sich Moritz auch schlicht klein vor, weil er hiergeblieben war, weil er es trotz aller Fluchtversuche nicht einmal bis in eine andere Stadt geschafft hatte. Genau, er war wie ein Gefängnisausbrecher, der es sich direkt hinter der Mauer gemütlich gemacht hatte. Schlau war das nicht.

Er parkte in derselben Bucht wie beim letzten Mal, stieg aus. Es roch nach Abend, dem nahen Wald, seiner Kindheit. Es war schwül, die Mücken feierten im Blutrausch ein Fest. In allen Reihenhäusern brannte die Wohnzimmerbeleuchtung, es war wie orchestriert, hier traf man sich noch zum gemeinsamen Fernsehabend, wenn auch jeder in seinem Haus. Nur Karlheinz Liebig tanzte aus der Reihe, denn Karlheinz Liebig war nicht da. Es war, als wäre in einer Lichterkette eine einzige Birne kaputt.

Moritz sah nach links. Bei Frau Ronsdorf bewegte sich etwas hinter der Gardine. Er stellte sich vor, dass sie sich gerade vor das Gerät setzte, einen großen Becher Eiscreme vor sich, so einen schoßbreiten Bottich, und irgendeinen Krimi sah, gewiss einen britischen, gediegenen, gemütlichen; die verfettete Katze schnurrend auf den Beinen. Da, dachte Moritz, da war sie schon wieder, diese Negativität, diese Verachtung, unnötig war das. Frau Ronsdorf konnte doch genauso gut ein Buch lesen, Sartre oder Schopenhauer, Nietzsche oder Nadolny. Genau, alles war möglich. Vielleicht telefonierte sie mit ihrer besten Freundin aus Hongkong, und sie unterhielten sich über den Weltfrieden, Gendersternchen oder Penisverlängerungen. Es war auf jeden Fall gewiss ganz anders, als er dachte. Ganz sicher.

Moritz musste es jetzt natürlich wissen, betrat den Gehsteig, schlich sich an Frau Ronsdorfs Vorgarten heran, betont beiläufig, schlendernd, kein Mensch war auf der Straße, Fledermäuse umflogen die Dachrinne, der Mond war hinter Wolken verschwunden. Er sah durch die Gardine Frau Ronsdorf schräg mit dem Rücken zum Fenster sitzen, in ihren Händen eine Schüssel Eis oder Quark, der Löffel steckte im Mund, der Fernseher lief, Inspector Barnaby ermittelte sich durch die britische Provinz. Moritz seufzte. Er war enttäuscht. Klischees, Klischees, immer nur Klischees. Und die Erfüllung von Klischees. Immerhin, von einer Katze war nichts zu sehen. Er ging ein paar Alibi-Schritte weiter, dann schlug er sich vor die Stirn, als hätte er etwas vergessen, es war eine Aufführung ohne Publikum, drehte sich um und lief wieder zurück. Frau Ronsdorf schien etwas zu spüren, sie wandte den Kopf. Ihr rundes Gesicht erstrahlte, als sie ihn im matten Laternenlicht vorbeilaufen sah. Sie winkte, den Löffel in der Hand. Moritz winkte zurück, inklusive eines ungeheuchelten Lächelns. Die war schon okay, die Ronsdorf. Eine nette Frau. Moritz dachte an das Baumhaus, an die Leere darin, an ihre Brüste. Er zückte den Schlüssel und durchquerte den eigenen, nein, den elterlichen Vorgarten. Da knarrte das Gitter unter der Fußmatte, da war das Herumdrehen des Schlüssels im Schloss, es fühlte sich vertraut an, furchtbar war das, so als wären die zwanzig Jahre dazwischen nicht gewesen, er bemerkte den kleinen Widerstand kurz vor dem Öffnen, man musste die Tür etwas fester an sich ziehen, sie war schwer, Moritz stieß sie auf, ein leichtes Scharren über die schiefen Fliesen dahinter, es hatte sich nichts verändert, wirklich nichts. er schob die Tür zu, es roch komisch, klar, das wusste er schon, aber es roch anders komisch als zuvor, zu all den möglichen und unmöglichen Gerüchen der Kompostierung war noch einer hinzugekommen, einer, den Moritz im Moment nicht zuordnen konnte, es war, als würde man dem Arsen eine Portion Zyankali hinzufügen. Er zuckte mit den Schultern und ging nach oben — warum sich länger im Niemandsland aufhalten als unbedingt nötig —, die Stufen knarrten. Es war gut, dass Lucky nicht dabei war, Lucky oder Philipp, Moritz erlaubte sich einen Augenblick der Sentimentalität. Das hier, dieser Weg nach oben, zu seinem Zimmer, war gewissermaßen die Schweiz gewesen. Immer. Die neutrale Zone, die mit Hoffnung verknüpft war. Unten, im Erdgeschoss, hinter der Glastür, hatte das Böse gesessen, das Gemeine, oben, in seinem Zimmer, da waren die Bücher, die Computerspiele, die Musik gewesen. Die Fluchten, die er sich ermöglicht hatte, die er sich ermöglichen konnte. Und diese Stufen standen dafür, dass man es gleich geschafft hatte. Dass man entweder ganz schnell oben war, in Sicherheit, oder unten aus der Tür hinaus, in Freiheit, jeder Meter wie eine Brise puren Sauerstoffs. Er öffnete Türen, blickte in die Zimmer. Das seiner Schwester (die Klinke war ein wenig klebrig) war leer bis auf eine an die Wand gelehnte Klappmatratze, die im Leben nie benutzt worden war. Denn benutzt von wem? Die Wand war dunkelbraun gestrichen, die schwarzen Vorhänge waren verschwunden, da war jetzt eine blumenverzierte Gardine, weiß, zugezogen. Natürlich. Moritz zögerte, dann ging er zurück in den dunklen Flur, öffnete die Tür zu seinem eigenen Zimmer. Zwölf Quadratmeter, mehr Länge als Breite, da stand ein Bügelbrett, eine Kommode, die er nicht wiedererkannte, ein leerer Wäschekorb, der Teppichboden war abgenutzt, die gelbe Tapete aus Raufaser. Getrocknete Blumensträuße hingen an der Wand, ein runder Spiegel mit Goldrahmen. Er sah sich selbst in der hintersten Ecke sitzen, unter dem Fenster, auf seinem Bett, Bücher lesend. Mehr Bücher. Noch mehr Bücher. Die Knie angezogen, Fußballposter an der Wand, manchmal drang lautes Geschrei nach oben, die tiefe, wütende Stimme, der Hass. Dann wurden die Knie noch weiter angezogen, das Buch näher ans Gesicht gehalten, da, zwischen den Buchstaben, da war eine bessere Welt, eine geordnete, in der am Ende alles gut ausging. In der es Freundschaften gab und Zuneigung, in der man zusammenhielt und gemeinsam gegen jegliches Unheil antrat. Moritz war viel mehr Teil dieser Welt gewesen als der realen, er hatte unzählige Gauner hinter Schloss und Riegel gebracht, Höhlen erkundet, Tiere gerettet und mit echten Freunden Baumhäuser gebaut, die tatsächlich für ihn gedacht gewesen waren.

Hastig schloss er die Tür wieder, er kriegte kaum Luft, am liebsten hätte er abgeschlossen, doch der Schlüssel fehlte. Es war, als bliebe der kleine Junge mit dem Buch auf dem Schoß dort sitzen und blickte ihm hinterher, zögerlich winkend, in seiner Ecke unterm Fenster, Moritz wusste, sie würden sich wiedersehen, er hatte schon oft genug versucht, die Vergangenheit hinter sich zu lassen. In der Hoffnung, dass sie sich von nun an selbst genügte. Es hatte noch nie funktioniert.

Er wandte sich ab. Ging zwei Schritte, betrat das Schlafzimmer. Der Blick zum Nachtschrank des Vaters, das ungemachte Bett, die Fotos darüber, die unberührte Seite der Mutter. Die Bettwäsche schien ihm den väterlichen Geruch entgegenzuschleudern. Es war wie eine Beschwerde. Moritz seufzte, betrat den fremden Raum, der Boden knarrte. Er öffnete den Kleiderschrank auf der Seite der Mutter, hier war natürlich alles sortiert, gebügelt. Bettzeug befand sich in der Regel entweder ganz oben oder ganz unten, er stellte sich auf die Zehenspitzen und griff aus dem obersten Fach ein frisches, zusammengelegtes Laken, dann Bettwäsche mit roten Punkten auf weißem Grund und blauen Punkten auf rotem. Er drehte sich um und betrachtete das Bett. Er hätte gerne Gummihandschuhe angezogen, wusste aber, dass er nicht wiederkommen würde, wenn er in die Küche hinunterging, um danach zu suchen. Er stöhnte, dann zog er einfach an dem Laken und beförderte es mitsamt Kissen und Decken auf den Boden, atmete tief durch, mochte sich all die Staubpartikel, die er aufgewirbelt und eingeatmet hatte, nicht vorstellen und ergriff die ganze Schmutzwäsche, beförderte sie in das dunkle Badezimmer und stopfte alles zusammen in die Waschmaschine. Er richtete sich auf, der Rücken stach, aber er hatte es getan. Jetzt blieb nur noch ein Zimmer übrig, das Zimmer, dessentwegen er eigentlich hier war. Das Arbeitszimmer seines Vaters. Schräg links, da war es. Die Tür knarrte nicht. Ein Raum, der herausstach, ein erstaunlich aufgeräumter. Der alte und gewiss nicht komplett wertlose Holzschreibtisch – was war das, Mahagoni? – stand in der Mitte, der Lederstuhl aus den Sechzigern mit den viel zu hohen Seitenlehnen in perfekter Symmetrie dahinter. Auf dem Schreibtisch eine Unterlage aus Filz, ein Füller und ein Brieföffner, alles parallel zueinander, auf der anderen Seite ein Holzlineal, das Nina dem Vater zu irgendeinem Geburtstag geschenkt hatte, dreißig Zentimeter, links davon eine Pfeifenablage und ein schwerer Aschenbecher. Gereinigt worden war der Aschenbecher natürlich immer von der Mutter, Moritz konnte sich an ihren Ekel erinnern, den Pinsel, den sie dazu benutzt hatte. Er überlegte, dann zog er den Stuhl heraus und setzte sich. Es gelang ihm, nichts dabei zu empfinden. Er zog sich an den Schreibtisch heran, strich mit beiden Handflächen über die Filzunterlage und öffnete die große Schublade zur Linken, so als wüsste er, dass sie, und nur sie, das Ziel sein konnte. Es war schlimmer, als er es befürchtet hatte. Sie war vollkommen verstopft, bis obenhin mit Briefen angefüllt, ungeöffneten Briefen, sie schrien ihn an wie vergessene Gefangene unter Deck eines sinkenden Schiffes. Öffne uns, riefen sie, öffne uns, wir sind die Eskalation. Moritz nahm die obersten heraus, Finanzamt, Krankenkasse, Versicherung, GEZ, Werbung war darunter, noch mal Finanzamt, ein paar Umschläge waren gelb, auch da gab es Abstufungen, sein Vater hatte einfach alles, was unten durch den schmalen Briefkastenschlitz geworfen worden war, ungesehen in die Schublade gestopft. Moritz griff hinein, es war wie das Mischen in einer Lostrommel, wie das Wühlen in Treibsand, und zog den untersten Brief hervor, den er greifen konnte. 12. März 2014, Finanzamt. Puh, dachte er. Das war kein origineller Gedanke, aber er half beim Ausstoßen der Luft. Da waren Wettscheine, das meiste Sportwetten, aber auch obskure, wenig legal aussehende Zettel mit Geboten, Summen und unleserlichen Unterschriften, weitere Daten, Ereignisse, alle falsch, alle behauptet. Sein Vater war ein Spieler gewesen, dachte er. Gewesen? Erstaunlich, dass es hier überhaupt noch Strom gab. Und Wasser.

Moritz hob die Nase und schnüffelte. Irrte er sich, oder war der beißende Geruch von unten nach oben gezogen, vermischte sich mit dem kalten Rauch des Arbeitszimmers? Zunehmend? Rapide? Er schloss die Schublade, musste dafür einige Kraft aufwenden, stand auf und trat in den Flur. Tatsächlich. Es war wirklich so, die Luft verdickte sich, es roch, als ob Gummireifen verschmorten, von irgendwoher erklang ein Knistern. Eine schwarze Wolke kam die Treppe hinauf, breitete sich in unerhörter Geschwindigkeit aus.

Das ist nicht gut, dachte Moritz, das geht nicht gut aus.

Dann kam die Panik. Er nahm die Treppe mit großen Schritten, der Gestank nahm zu, auch das Knistern, der Qualm, durch die Wohnzimmerscheibe unten im Flur drängte rötlich oranges, fast ein wenig übermütiges Licht, durch die Ritzen quollen dunkle Schwaden. Moritz riss die Wohnzimmertür auf, sah zum ersten Mal direkt, von Angesicht zu Angesicht, wie es brannte, züngelte, aus der Ecke des Fernsehers kam, das Gerät brannte lichterloh, das ehemals weiße Möbel darunter ebenso, es hatte auf den Wohnzimmerschrank übergegriffen, den Teppichboden erfasst, alte Krümel wurden gewissermaßen aufgebacken, der Fernsehsessel verglühte regelrecht, das Feuer sah aus, als hätte es einen langen Anlauf gebraucht, jetzt aber so richtig Lust auf Entfaltung bekommen. Löschen, dachte Moritz, Löschen, Wasser, Decke. Wasserdecke. Aber er tat nichts. Für einen Moment sah er die Möglichkeit, seine Kindheit buchstäblich in Flammen aufgehen zu lassen. Keine Erblast mehr, keine Auseinandersetzung, keine Erinnerung. Nur noch Überreste. Die schönste Form der Vergänglichkeit: ein Funkenregen. Das Feuer war verlockend, mächtig, eine gefräßige Monstranz, die er ja vielleicht sogar ein wenig anfüttern konnte. Fast alles hier war brennbar.

Moritz begann zu schwitzen, die Ratio meldete sich zurück, er war ja gar nicht Nero, er war nur ein irrlichternder Cafébesitzer, er dachte an Frau Ronsdorf nebenan, an das schreiende Baby irgendwo, was war, wenn das Feuer übergriff? Wenn es sich ausdehnte? Bis die ganze Reihenhaussiedlung in Trümmern lag? Er riss sich aus seiner Erstarrung, eilte zurück in den Flur, stürmte nach oben, immer zwei Stufen auf einmal nehmend, ins Schlafzimmer. Die Bettdecke des Vaters anzufassen, schaffte er nicht, also riss er die Decke der Mutter an sich. Es waren nur zwei Schritte ins fensterlose Bad, das Licht, das er zuvor absichtlich ausgelassen hatte, funktionierte nicht, da war die Badewanne, er schmiss die Decke hinein und ließ das Wasser fließen, der Hahn sprotzte, stotterte, es kam nur wenig, erbärmlich wenig, wann mochte er das letzte Mal benutzt worden sein?

Ein Wasserstrahl, na also, wenn auch mit Unterbrechungen, er zog die Decke darunter durch, hastig, nicht so gründlich, wie es eventuell angebracht gewesen wäre, dann nahm er den nun schweren, unhandlichen Stoff und rannte die Stufen wieder hinunter, das Feuer hatte sich rasend schnell ausgebreitet, ja, wirklich, es war Moritz um etliche Sekunden voraus, drang bereits in den Hausflur vor, zur Garderobe, der Heizungsverkleidung. Warum war hier auch nur alles aus Holz? Moritz stand da mit der Decke seiner Mutter und erkannte die Aussichtslosigkeit. Eine feuchte Decke gegen ein Inferno. Das war zu wenig. Er traute sich nicht mehr, einen Fuß ins Wohnzimmer zu setzen, es war zu gefährlich geworden, er machte ein paar Schritte nach links und schloss die Tür zur Küche, das war schlau, sinnvoll. Genau, er musste so viele Türen schließen wie möglich, das Feuer einsperren, behindern, er überlegte, ob es wohl irgendetwas gab, das sich zu retten lohnte. Fotoalben. Lächerlich, warum dachte er jetzt an Fotoalben? Warum ausgerechnet Fotoalben? Er wusste nicht einmal, wo sie sich befanden. Hier fackelte alles ab, und er wollte verlogene Bilder einer behaupteten Familienidylle retten, inszenierte Momentaufnahmen. Bescheuert war das. Zum Feuer kam der Rauch. Der giftige Rauch. Moritz hustete. Blickte sich um. Es blieb nur der Weg nach draußen, hier war nichts mehr zu machen. Immerhin war der Ausgang unversperrt. Was galt es denn nun zu retten? Tabletten, dachte Moritz. Sein Vater brauchte seine Tabletten. Er ließ die Decke fallen, zog die Tür zur Küche wieder auf, sie war heiß, er vermutete, nein, hoffte, dass die Hausapotheke immer noch dort war, wo sie immer gewesen war, über der Spüle, über der Dunstabzugshaube, in dem Fach, das für die Kinder lange Zeit unerreichbar gewesen war. Er spürte, wenn er auch nur noch wenige Sekunden länger hier drin verweilen würde, drohte eine ernsthafte Rauchvergiftung, Kohlenmonoxid oder was auch immer. Er riss den Küchenschrank auf, da waren unzählige Medikamente, unmöglich zu unterscheiden, was sich schon seit Jahren hier drin befand und was zum täglichen Gebrauch bestimmt war. Er drehte sich um, griff hinter sich in den Besenschrank, ja, genau, da waren immer noch die Taschen und Tüten, er riss den größten Beutel heraus und kippte alle Packungen und Fläschchen hinein, die er von oben greifen konnte. So lange bis das Regal leer war. Er schloss den Schrank, eine automatische Reaktion, nicht sonderlich logisch, sprang zurück in den Flur und öffnete die Haustür. Da standen bereits Leute, Nachbarn, ein paar telefonierten, riefen Feuerwehr, Polizei oder Presse an. Die Köpfe hoben sich, stöhnten auf, als Moritz aus dem Haus stolperte, es war eine Mischung aus Erschrecken, Erleichterung und Erregung. Frau Ronsdorf stürmte aus ihrem Eingang, fast gleichzeitig, panisch, in pinken Hausschuhen, den Bottich mit schmelzendem Eis in der Hand.

«Moritz!», rief sie, die Stimme das blanke Entsetzen.

«Holen Sie das, was am Wichtigsten ist», rief Moritz und zeigte auf die Flammen, als ob es einer Erklärung bedurfte.

Frau Ronsdorf ließ den Bottich auf den Boden fallen. «Die Katze», sagte sie. «Ich hole die Katze.»

23

ALS ER ENDLICH, endlich nach Hause kam, war es Viertel vor drei. Moritz versuchte, keinen Lärm zu machen, drückte die schwere Haustür vorsichtig ins Schloss. Nichts ist so laut wie ein nächtliches, leeres Treppenhaus, dachte er. So laut und so kalt. Selbst im Hochsommer. Er schleppte sich die Stufen hinauf, kaum kraftvoller als sein Vater.

Die Feuerwehr hatte Stunden gebraucht, bis sie den Brand unter Kontrolle gehabt hatte. Zwei Löschzüge hatten sich vor das schmale Reihenhaus gedrängelt und Anwohnern und Gaffern aufs Niederträchtigste die Sicht versperrt. Immerhin, das Feuer, so gierig es auch gewesen sein mochte, war am Übergriff auf die Nachbarhäuser gehindert worden, der Fassade ging es gut, und das war schließlich die Hauptsache. Dennoch hatten sie noch lange draußen hinter der Absperrung gestanden, die Ronsdorfs, Oberländers, Wilkes und Schmidtchens. Vollständig angezogen, mit kleinen Koffern, Kindern und Haustieren. Herr Schmidtchen, der früher jeden Marathon bestritten und stets dafür gesorgt hatte, dass es auch die ganze Nachbarschaft erfuhr, hatte sich über einen Rollator gebeugt, der im Angesicht der Flammen verheißungsvoll glänzte. «Sabotage», hatte er gebrummt. «Das ist doch kein Zufall.» Und: «Brandstiftung.» Um ihn herum stand eine ganze Traube von Menschen, niemand hatte ihm zugehört. Gebäck war gereicht worden, jemand hatte von Stockbrot auf extralangen Stöcken fabuliert, von mariniertem Fleisch wurde geschwärmt, ein Zaungast befürchtete den Verlust der Liebig'schen Geschirrspülmaschine, das müsse man sich mal vorstellen, der arme Liebig, ein Stinkstiefel vor dem Herrn sei er, aber ohne Geschirrspülmaschine wäre natürlich alles verloren. Der Nachbar Wilke nickte und kritisierte den insgesamt gerade etwas übermäßigen CO_2-Ausstoß, woraufhin allgemein gelacht worden war. Es war insgesamt wie das Wärmen an einem opulenten Osterfeuer, ein gemeinschaftliches Mitternachtsmahl, ein spontanes Straßenfest, es war die Schönheit des Schrecklichen. Moritz war mit Fragen bombardiert worden, natürlich. Wo Karlheinz Liebig sei? Ob der sich unter Umständen noch drinnen befinde? Ob man ihn dann nicht besser herausholen solle? Ob er, Moritz, denn der Sohn sei? Ob er schon immer diesen Bart getragen habe? Wie das denn hätte passieren können? Nicht das mit dem Bart, das mit dem Feuer. Ob er Kinder habe? Was seine Schwester mache? Wie hieß sie noch? Lina, Dina, Tina? Die Nachbarn versuchten, ihre Klatschsucht zu befriedigen, aber niemand hatte gefragt, ob es Moritz gut ginge, Moritz mit dem Beutel voller Medikamente in der zur Faust geballten Hand und den Rußflecken auf Stirn und Nase. Niemand hatte gefragt, ob er einen Arzt brauche, einen Psychologen. Es interessierte einfach nicht oder war vielleicht zu direkt, zu ernst, zu gefühlig. Er stand da, aufrecht, also würde es ihm schon gut gehen. Der Rest blieb sichere Oberfläche, Kollateralschaden gab es immer, man hatte ja nicht umsonst den Krieg überlebt, Tschernobyl und den Flüchtlingsstrom. Also, den von 1989.

Aber Moritz ging es nicht gut.

Er hatte Jessy angerufen, gerade als das Feuer endgültig ins Obergeschoss überzugreifen drohte, er hatte sie entgegen der eigenen Verfassung beruhigt, sie gebeten, seinen Vater aufzuhalten, wenn er denn noch im Hause sei, hier gäbe es im Moment nichts für ihn zu tun, da wären nur Aufregung und Nachbarschaft, also nichts für sein angegriffenes Herz. Sie hatte aufgelegt und kurz danach zurückgerufen, sein Vater säße im ersten Stock auf einem Klappstuhl im Hausflur und äße Hirschbraten mit Frau Weishaupt. Die Nachricht vom brennenden Eigenheim hätte ihn von seinem Teller aufblicken lassen, kurz, dann aber hätte er seelenruhig weitergegessen und gesagt, das sei zwar bedauerlich, aber an und für sich nicht mehr seine Sache. Der Hirschbraten hingegen sei akzeptabel, wenn auch die Klöße etwas problematisch für seine Zähne, und Moritz möge dem schrecklichen Schmidtchen den Rollator unter den Händen wegtreten und ein Foto von dem, Zitat, alten Kotzbrocken machen, während er hilflos und in Zeitlupe im Angesicht der Asche, zu der er auch bald werden würde, zu Boden stürze. Moritz hatte sich vorsichtig gegen die angesengte Stirn getippt, hatte aufgelegt und den Feuerwehrleuten bei der Arbeit zugesehen, die Hitzeentwicklung war unerträglich geworden, die große, dunkle Wolke über dem Haus von der Nacht verschlungen. Irgendwann waren die Männer ins Haus vorgedrungen, einer nach dem anderen, Schritt für Schritt, mit einem langen Schlauch, und hatten den noch nicht restlos verbrannten Lebenszutaten der Liebigs mit Wasser, Schaum und gutem Willen den Rest gegeben.

Moritz war traurig.

Frau Ronsdorf hatte neben ihm gestanden, klein war sie in ihren pinken Pantoffeln, auf dem Arm trug sie eine nachhaltig verfettete Perserkatze, die sich zunächst bemüht hatte, in die Freiheit zu entkommen, dann aber vor lauter Erschöpfung einfach kleben geblieben war, irgendwo zwischen Schulter und Bauch.

«Das hätte ich nie gedacht», hatte sie gesagt. «Ich habe immer damit gerechnet, dass er mal vergisst, seine Zigarette auszumachen oder dass sie ihm herunterfällt, aber dass das Haus ausgerechnet abbrennt, während er nicht da ist, das hätte ich wirklich nie gedacht.»

«Der raucht gar nicht mehr», hatte Moritz geantwortet.

Irgendwann war der Hauptbrandmeister zu ihm gekommen, ein großer, schlanker Mann undefinierbaren Alters mit riesigen

Augenbrauen, der Name war irgendwas mit A, D oder Z, und hatte Moritz in ein Gespräch verwickelt. Ob er Kopfschmerzen habe? Ob ihm schwindelig sei? Ob er einen Krankenwagen benötige? Ob er der Hausherr sei? Moritz hatte den Kopf geschüttelt, bis Schmerz und Schwindel eingesetzt hatten. Der Hauptbrandmeister hatte ihm eine Hand auf die Schulter gelegt, Moritz war mental in die Knie gegangen. Man könne es noch nicht genau sagen, so der Hauptbrandmeister, aber nach erster Begutachtung im Scheinwerferlicht sähe es unter Vorbehalt und bei aller Vorsicht so aus, als wäre der Brand vom Fernseher ausgegangen, genauer gesagt, von einem defekten Kabel dahinter, so als hätte jemand das brüchige Kabel zu fest aus der Wand gerissen, dabei beschädigt und es anschließend einfach wieder eingesteckt. Damit hätte es eventuell angefangen, das würde noch zu untersuchen sein, das wäre ja auch für die Versicherung interessant. Jedenfalls Schwelbrand, Kabelbrand, Flashover, Vollbrand, Zack. Und ob er etwas darüber sagen könne?

«Nein», hatte Moritz kreidebleich geantwortet. Der Hauptbrandmeister hatte nach dem Namen des eigentlichen Hausherrn gefragt, seinem Aufenthaltsort, Moritz erläuterte knapp die Gemengelage, verkniff sich die Erwähnung des Hirschbratens, der Hauptbrandmeister schrieb mit und wandte sich ab, seine Pflicht war erfüllt, von dieser Seite war nichts mehr zu erwarten.

«Nicht wieder eingesteckt», hatte Moritz ihm hinterhergerufen, er konnte es sich nicht verkneifen, das schlechte Gewissen zwang ihn zum Aussprechen der unbequemen Wahrheit. Der Hauptbrandmeister hatte sich wieder umgedreht und die Augenbrauen gehoben. Es waren sehr eindrucksvolle Augenbrauen.

«Ich habe das Kabel rausgerissen», hatte Moritz kläglich gesagt, «aus der Buchse, das kann sein, ja, mein Gott, aber doch nur, weil er Fernsehen geguckt hat. Obwohl ich zu Besuch war. Er kann doch nicht Fernsehen gucken, wenn ich zu Besuch bin. Das macht man einfach nicht.»

«Er?»

«Mein Vater.»

«Verstehe.»

«Wirklich?»

«Na ja», hatte der Hauptbrandmeister gesagt. «Fernbedienung? Darauf gibt es einen Aus-Knopf. Den kann man benutzen.»

«Ich war wütend», hatte Moritz geantwortet. «Kann man doch mal sein, wütend. Da macht man halt so Sachen.»

Der Helm des Hauptbrandmeisters hatte verständnisvoll genickt, aber wenn ein Helm wenig überzeugend nicken konnte, dann dieser. In Moritz' Augen brannte es. «Aber ich habe das Kabel nicht wieder eingesteckt», hatte er wiederholt. «In die Buchse. Das war nicht ich. Das hätte ich nie getan. Das war *er*.»

Der Hauptbrandmeister hatte eine gewisse Verachtung nicht verbergen können, Verachtung in Verbindung mit Skepsis — er hatte bereits viel menschliches Elend gesehen —, und war gegangen, genau wie Moritz, der sich sehr, sehr klein fühlte.

Noch sieben Stufen bis zur eigenen Wohnungstür. Moritz ächzte. Keine Spur von seinem Vater, natürlich nicht, auch nicht im ersten Stock, da waren kein Tisch, kein Stuhl gewesen, Frau Weishaupt hatte ordentlich aufgeräumt. Mit etwas Phantasie ahnte man den Geruch von Hirschbraten in der Luft, vielleicht war es aber auch nur Moritz selbst, der leicht geröstet daherkam. Er suchte nach seinem Schlüssel, die Arme waren schwer, betrat die Wohnung so geräuschlos wie möglich und wurde doch schon im Flur von der aufgelösten Jessy empfangen, im Bademantel. Jessy, die seinen Kopf in beide Hände nahm und daran rüttelte, um die Funktionsfähigkeit zu überprüfen.

«Aua», sagte er zerknautscht.

«Bist du gesund?», fragte sie streng.

Moritz nickte und legte den Beutel auf den Boden.

«Du riechst verbrannt», sagte sie. «Du musst duschen.»

«Um die Uhrzeit?»

«So kannst du doch nicht ins Bett gehen.»

Er schleppte sich ins Badezimmer, für Widerstand fehlte die Kraft, und schälte sich mühsam aus der Kleidung. Sie klebte und war gleichzeitig steif. Sie mussten unbedingt das Licht ändern, dachte er, das Licht über dem Waschbecken. Es war kalt, man sah im Spiegel furchtbar aus. «Wo ist Papa?», fragte er. «Ich hab seine Tabletten mitgebracht.»

«Im Wohnzimmer», sagte sie. «Wollte keine Decke und keinen Schlafanzug, liegt einfach in seinen Klamotten auf dem Sofa und schnarcht. Hättest du eigentlich hören müssen beim Reinkommen.»

«Ich hab so einen leichten Tinnitus.»

«Im Ernst?»

«Nein. Aber es klang gerade gut.»

«Du spinnst», sagte sie und musste tatsächlich lachen. Er betrat die Dusche und bemerkte erst jetzt, wie sehr seine Hände zitterten.

«Wie habt ihr ihn wieder hier raufbekommen?», fragte er.

«Gutes Zureden», sagte sie. «Von Frau Weishaupt. Die beiden scheinen sich zu mögen.»

«Kann nicht sein. Niemand mag meinen Vater.»

«Du verbeißt dich da in was, Moritz.» Jessy stemmte die Hände in die Hüften, als hätte der sechsjährige Moritz mit seinem Fußball ein Kellerfenster eingeschmissen. Jetzt. In der vierten Stunde des Tages. «Die ganze Zeit schon. Du bist überhaupt nicht bereit, ihm eine Chance zu geben. Euch eine Chance zu geben. Du willst, dass dein Bild von eurer Familie so bleibt, wie du es dir aufgebaut und abgespeichert hast.»

«Sag mal, schiebst du mir gerade die Schuld zu?»

«Was denn für eine Schuld?»

«Was weiß ich, irgendeine Schuld. Und reden wir von dem Mann, der meinen Sohn zum Weinen bringt? Der hier auftaucht, um zu sterben? Wie ein alter Elefant? Der mir gesagt hat, dass du mich betrügst? Bevor du mich verlässt?»

«Das hat er gesagt?»

«Sinngemäß.»

«Ach so.» Jessy lachte ein wenig affektiert. «Darauf bin ich noch gar nicht gekommen.»

«Ich hab das Haus angezündet», sagte er und betätigte endlich den Duschhahn. Das Wasser war kalt. «Indirekt.»

«Was heißt das denn?»

«Das Kabel, das den Brand ausgelöst hat, habe ich kaputt gemacht. Gestern. Glaubst du, dass man manchmal Dinge unbewusst tut, weil man sich zu sehr wünscht, dass sie passieren?»

Jetzt wurde das Wasser doch ein wenig wärmer. Jessy lächelte, zog den Bademantel aus, stieg in die Dusche, stellte sich ganz dicht hinter ihn und umarmte ihn. Ihre Körperwärme tat ihm gut. Sie war Trost, Hoffnung und das glaubhafte Versprechen, dass irgendwann vielleicht alles wieder gut werden würde.

«Du meinst, du hast das Kabel unabsichtlich absichtlich kaputt gemacht, weil du dir gewünscht hast, dass das Haus abfackelt?», fragte sie.

«Kann doch sein.»

«Wohl kaum. So weit kannst selbst du nicht um die Ecke denken. Oder handeln. Das war einfach ein Unfall. Ein blöder Zufall.»

«Genau», sagte Moritz aufbrausend. «Außerdem, *er* hat den

Fernseher angemacht. *Er* hat das Kabel eingesteckt, obwohl es kaputt war. Das hätte er ja auch sehen können, das sieht man doch, wenn die Isolierung gebrochen ist oder so.»

«Na also», sagte sie und pustete einen Strahl Wasser gegen seinen Nacken. «Es ist nie immer nur einer.»

24

DER REST DER NACHT war kaum weniger fragwürdig als die Stunden davor. Moritz war ins Bett gekrochen, hatte seinen Vater nebenan schnarchen gehört, es erinnerte ihn an früher, als er das Geräusch für gewisse Zeit als tröstlich und sicherheitsspendend empfunden hatte, bevor er es im Zuge der Pubertät nur noch mit Abscheu verknüpfte. Sie war ihm körperlich unangenehm, diese räumliche Nähe, mehr als das, es war, als säße in einem Bild von Banksy plötzlich eine Figur von Rembrandt, als würde sein Café plötzlich Helmut gehören, dem einzig wahren Helmut im riffraff-T-Shirt. Hier berührten sich Welten, die getrennt gehörten. Er wälzte sich unruhig herum; es war das Paradoxon einer zu kurzen Nacht, dass man vor lauter Wissen, dass die Zeit für Erholung nicht mehr reichen würde, erst recht nicht in den Schlaf fand, dass man, vor der Sorge zu verschlafen, andauernd auf die Uhr sah, zwar mit enormer Körperschwere und bleiernen Lidern, aber innerlich auf der Überholspur. Die Gedanken rasten, stießen gegen Wände, prallten ab, sprangen im Zickzack mal hierhin, mal dorthin. Fünf Uhr, zehn nach fünf, sechs, Sonntag war nur ein Wort, noch eine halbe Stunde, na, jetzt lohnte es sich auch nicht mehr, aber man konnte es ja versuchen. Noch einmal umdrehen, der Nacken schmerzte. Nichts. Fünf Minuten vor dem Klingeln des Weckers stand er auf, der Kopf war schwer, der Schädel dröhnte. Es stimmt nicht, dachte er, es stimmt einfach nicht, dass nie nur einer schuld ist. Es klingt schlau, scheint ausgewogen, aber es ist falsch. Manchmal ist auch einfach nur einer schuld, nicht beide Seiten. Sehr oft ist das so. Es gibt Täter und Opfer. Die Täter haben die Schuld. Die Opfer haben keine Schuld. Sehr selten vielleicht haben auch Opfer Schuld. Mitschuld. Aber es ist nicht die Regel. Es gibt unzählige Beispiele, wo das Opfer keine Schuld trifft. Wo der Täter dies nur behauptet, um sich selbst zu entlasten. Er stöhnte auf und hätte Jessy am liebsten an den Schultern gerüttelt, um ihr seinen Widerspruch mitzuteilen, aber sie schlief tief und fest. Er gönnte ihr die paar Minuten, die sie noch hatte, und öffnete die Wohnzimmertür.

Das Schnarchen erfüllte den gesamten Raum. «Guten Morgen», sagte er kühl. Er kam sich vor wie der unterbezahlte Pfleger eines Altenheims für mittellose Kassenpatienten. «Aufstehen und anziehen. Die Schuhe. Bitte.»

Karlheinz Liebig seufzte. Moritz wiederholte «Guten Morgen» ein wenig lauter, zu mehr war er nicht in der Lage. Nicht nach dieser Nacht, nicht im Angesicht des zu erwartenden Tages. Er machte das Flurlicht an, das kühle, ausladende, sein Vater entwickelte das Seufzen in ein Stöhnen weiter.

Moritz ging ins Bad, betrachtete sich im Spiegel, da waren sie, die Spuren der Nacht, des Rauchs, des Feuers. Seine Wangen sahen eingefallen aus, so wie in einem Science-Fiction-Film, wo Außerirdische den Erdlingen ein Alterungsserum injiziert hatten und der Protagonist an seinem Spiegelbild erkannte, dass er nur noch wenige Stunden haben würde, ein Gegenmittel zu finden. Oder zumindest die Welt zu retten. Moritz wusch sich das Gesicht, das eiskalte Wasser erfrischte nicht. Er gähnte ausgiebig, von so tief unten, dass er wusste, er würde den Tag nicht ohne Mittagsschlaf überstehen.

Er bereitete das Frühstück vor, es waren die gewohnten Handgriffe, das war tröstlich, im Hintergrund hatte Jessy Elias geweckt, ihn auf seinen Großvater vorbereitet, er stellte sich vor, wie Karlheinz Liebig sich mühsam in die Aufrechte begab, mit den Füßen die Schuhe vor sich hinschob, hineinschlüpfte und dann in Zeitlupe aufstand, die zitternden Hände auf dem Rücken verschränkte und gekrümmt aus dem Fenster sah, durch die Welt dahinter hindurchsah, anstatt einfach zu ihnen zu kommen und mit ihnen zu reden. Er fragte sich, ob er sich jetzt, am Morgen und nüchtern, vielleicht irgendwelche Gedanken über sein Haus machte, ob es ihm etwas ausmachte, ihn ärgerte, schmerzte.

«Es tut mir so leid, das mit dem Haus», war Jessys erster Satz, als sie endlich am Tisch saßen und sich die Butter reichten. Elias war ungewohnt wortkarg, er spürte die Stimmung und mochte es nicht, dass sein Großvater noch da war. Wieder da war.

Karlheinz Liebig nickte. «Um manches ist es sicher schade», sagte er. Es klang sachlich. «Aber der Hirschbraten war wirklich gut. Die kann kochen, diese Frau Weishaupt. Ist aber einsam, ist die. Sind ja so viele alte Leute einsam. Weil sich niemand um sie kümmert. Hat die einfach Hirschbraten im Haus. Um die Uhrzeit. Ich hab gedacht, wenn das jetzt vielleicht das Letzte ist, was ich esse, dann war es gut.»

«Du weißt noch nicht, wie es aussieht», sagte Moritz leise und schüttete Elias Frühstücksflocken in seine Schüssel. «Bei dir zu Hause. Das Erdgeschoss ist komplett hin. Bis auf ein paar Teile der Küche. Aber ich habe dir deine Tabletten mitgebracht.»

«Warum?»

«Wie, warum? Damit du mir hier nicht umkippst.»

«Moritz …», sagte Karlheinz Liebig. «Du erinnerst dich?»

«Woran?»

«An meine Bitte. Den Grund, warum ich zu dir gekommen bin.»

«Was ist denn mit deinem Haus, Opa?», fragte Elias.

Sein Großvater sah ihn an, die Augen blutunterlaufen und voller Ernst, das erstmals ausgesprochene Wort «Opa» schien an ihm abzuprallen, da öffnete sich kein Herz, bildete sich keine Lachfalte. «Abgebrannt», sagte er tonlos. «Mit Feuer. Wenn ich da gewesen wäre, wäre ich jetzt nur noch Asche.» Er zerrieb ein imaginäres Körnchen zwischen den gelblichen Fingerspitzen. «Dann hättest du jetzt einen Großvater weniger. Tja, wie gewonnen, so zerronnen. Ist sowieso besser, du gewöhnst dich nicht an mich. Schmecken die Flocken? Ist ja auch nur Zucker.»

Elias' Augen füllten sich schon wieder mit Tränen. Jessy räusperte sich. «Hier ist überhaupt niemand zerronnen, außerdem weiß Elias nicht, was das ist, und das soll auch so bleiben», sagte sie streng. «Es war ein Unglück, das kann passieren, das haben schon andere überstanden, und das Leben geht weiter.»

«Ich will aber nicht, dass das hier auch passiert», sagte Elias. «Ich will nicht, dass mein Zimmer mit Feuer verbrennt.»

«Dein Zimmer verbrennt nicht mit und nicht ohne Feuer», sagte Moritz und empfand schon wieder diese Wut. Elias hatte noch nie geweint, außer wenn er hingefallen war. Oder seinen Willen nicht bekommen hatte. Oder nicht ins Bett wollte. Na gut, er hatte schon ab und an geweint. Eigentlich ziemlich oft. Er war eine Heulsuse. Aber mein Gott, er war nun mal ein Kind. Ein kleines Kind. Und jetzt weinte er andauernd. Wegen eines reichlich nahen Verwandten.

«Willst du Brot?», fragte Moritz mit zusammengebissenen Zähnen.

«Wenn es nicht zu hart ist», sagte sein Vater. «Die Kruste musst du abschneiden.»

«Das kannst du doch selber.»

«Das hat immer deine Mutter gemacht. Meine Hände zittern zu sehr, ich schneide die Finger ab und nicht die Kruste.»

«Wenn du das Haus nicht mehr brauchst, brauchst du auch keine Finger mehr.»

«Aber auch keine Kruste.»

«Ich schneide Krusten nur für Elias ab.»

«Was hattest du da überhaupt zu suchen, in dem Haus?»

Sein Vater sah Moritz mit diesen ausdruckslosen Augen an,

die selbst in Momenten des Ärgers vollkommen trüb blieben. Jessy atmete tief durch und schenkte ihm schwarzen Tee von egal welcher Firma ein. Er schwappte ein wenig über.

«Nachsehen», sagte Moritz. «Ich wollte wissen, was mit dir los ist.»

«Was soll schon los sein? Was glaubst du denn? Ich hab dir das doch erklärt. Ich will einfach nicht mehr, das ist alles.»

«Du hast deine Rechnungen nicht bezahlt», sagte Moritz. «Schon lange nicht mehr.»

«Du warst an meinem Schreibtisch?!»

«Was sind Rechnungen?», fragte Elias.

«Sonst wüsste ich das ja nicht», sagte Moritz.

«Mein Büro ist für die Kinder tabu. Immer schon gewesen.»

«Was ist tabu?», fragte Elias.

«Das Büro», sagten Moritz und Karlheinz gleichzeitig, als wäre das eine Erklärung.

«Tabu heißt verboten», sagte Jessy, Elias nickte. Das Wort kannte er.

Moritz stand auf, er wollte auf seinen Vater herabschauen. «Ich behaupte, du hast euer ganzes Geld verspielt», sagte er. «Du bezahlst die Rechnungen deshalb nicht, weil du sie nicht bezahlen *kannst*. Und was sind das überhaupt für Wetten? So Hinterhofkram, oder was? Du hast sogar darauf gewettet, dass mein Café pleitegeht!»

«Sei doch froh, dass ich an deinem Leben Anteil nehme», nuschelte Karlheinz Liebig und blickte auf seinen Tee. «Es wäre ja auch möglich, dass mir das vollkommen egal ist.»

«Sie haben von dem Café gewusst?», fragte Jessy. «Die ganze Zeit? Und sind nicht hineingegangen? Nicht ein einziges Mal?»

«Man will ja auch nicht stören», sagte Karlheinz Liebig leise.

Moritz fühlte eine akute Verengung der Luftröhre. «Du …», sagte er.

«Ja, ich», sagte Karlheinz Liebig und lehnte sich in seinem Stuhl zurück. «Ich bin halt so. Ich hab dich nicht gebeten, mich und mein Leben zu bewerten, Moritz. Ich hab dich auch nicht gebeten, in meinen Sachen herumzuschnüffeln. Oder dich überhaupt in irgendetwas einzumischen. Jeder lebt sein eigenes Leben, das hab ich schon immer so gehalten, damit bin ich immer gut gefahren. Ich habe dich nur gebeten, mir ein Medikament zu besorgen, an das ich nicht herankomme. Weil du der einzige, greifbare Rest der Familie bist. Finde ich auch nicht toll, hab ich mir nicht ausgesucht. Stattdessen machst du alles immer noch komplizierter, mit deiner Gefühlsduselei und deiner ganzen Aufregung. Ich weiß gar nicht, wie deine Familie das aushält. Reg dich mal ein bisschen ab. Das ist nicht gut fürs Herz.»

«Ich …», begann Moritz, aber sein Vater ließ sich zu einer herrischen Geste hinreißen, die Moritz sofort verstummen ließ.

«Ich weiß, dass ich Fehler gemacht habe. Mein Gott, wer hat das nicht? Ich weiß auch, dass ich immer noch Fehler mache. Mit dem Alkohol zum Beispiel. Trotzdem bin ich uralt geworden, ja? Wollte ich gar nicht, hat sich aber so ergeben.» Karlheinz Liebig beugte sich zu seinem Enkelkind und hob mahnend den Zeigefinger. «Wenn du groß bist, dann trink nicht so viel, sonst wirst du über achtzig.»

Elias nickte eingeschüchtert, Jessy entwich ein kleines Fauchen, Moritz setzte sich wieder hin. «Schwachsinn», sagte er hinter zusammengepressten Lippen und kam sich plötzlich wie der wahre Oberspießer der Familie vor. Es stimmte einfach nicht. Hier stimmte gar nichts mehr, alles war verdreht. «Und du lenkst ab», sagte er. «Was ist mit deinem Geld? Deinem Haus? Das Renovieren wird teuer.»

Karlheinz Liebig nahm einen winzigen Schluck von seinem Tee. Ein klarer Versuch, Zeit zu schinden.

«Gehört mir nicht mehr», murmelte er schließlich, am Rande der Verständlichkeit.

«Was?», fragte Moritz.

«Das Haus. Gehört mir nicht mehr.»

Elias rutschte von seinem Kinderstuhl und rannte in sein Zimmer. Niemand hielt ihn auf, obwohl es ihm strengstens verboten war, während des Essens aufzustehen. Moritz wollte es nicht, aber in seinem Kopf überschlugen sich Wörter wie Altersvorsorge, Sicherheit, Erbe, Nachlass, Geldanlage, Obdachlosigkeit, Brücke und Pleitegeier. Er kam sich schäbig vor. Egoistisch. Selbstgerecht.

«Wieso?», fragte er krächzend.

Karlheinz Liebig wandte den Kopf zur Seite. Da stand eine Blumenvase von Ikea auf dem Boden, in der vier einzelne Sonnenblumen langsam zu welken begannen. «Gehört jetzt dem Schmidtchen», sagte er. «Dem Arsch mit dem Rollator.»

«Ich weiß, wer das ist», sagte Moritz.

«Hat vor ein paar Jahren angefangen, überall an der Haustür zu klingeln. Ich wollte erst gar nicht aufmachen, was hab ich mit den Nachbarn zu tun? Aber na ja, irgendwann war Mama nicht da, und ich dachte, sie hätte den Schlüssel vergessen, und da hab ich aufgemacht. Und da stand er wie so ein Zeuge Jehovas. Nur ohne diese Schilder und die furchtbaren Zeitungen, die keiner liest, du weißt schon. Hat angefangen, über das Leben zu reden, über das Rentnerdasein und darüber, wie langweilig das alles ist und dass man ja überhaupt nichts mehr erlebt. Ich wollte den eigentlich nur loswerden, also hab ich genickt. Und dann hat der gesagt, sie wetten in der Nachbarschaft darauf, ob dieser Farbige echt Präsident von Amerika werden kann. Auf keinen Fall, hab ich gesagt, glaube ich nicht. Nicht in Amerika. Die haben den Ku-Klux-Klan, habe ich gesagt. Und dem Schmidtchen zwanzig Euro gegeben. Damit ging das los.»

«Wann war das denn?», fragte Moritz.

«Keine Ahnung. 2008, glaube ich. Wann ist der Präsident geworden? Anfang 2009? Na ja, da waren die zwanzig Euro jedenfalls weg. Und die halbe Nachbarschaft hat plötzlich eine Party gefeiert, und die andere Hälfte hat lange Gesichter gezogen. Geht natürlich nicht. Also hab ich weitergewettet. Manchmal auch gewonnen. Aber eben nicht immer. Eigentlich eher selten. Fast nie.»

«Hat Mama nichts gesagt?»

«Die hat das nicht gemerkt. Mama war beschäftigt. Der Rasen muss ja immer mal gemäht werden.»

«Und das Haus?»

Karlheinz Liebig sah seinen Sohn an. Moritz konnte den Blick nicht halten. «Das ist die letzte Wette», sagte er. «Ich habe mit dem Schmidtchen gewettet, dass du mir das Medikament besorgst. Das Natrium-Pentobarbital. Ich hab gesagt, du tust das. Weil du mein Sohn bist. Weil du mir helfen wirst. Wenn ich die Wette verliere, bekommt er das Haus. Nach meinem Tod. Und es sieht ja so aus, als ob ich verliere.»

«Und wenn du gewinnst?»

«Bekommen Nina und du seines, wenn er und seine Frau gestorben sind. Dann habt ihr beide eins. Fast nebeneinander. Die Schmidtchens haben niemanden mehr, und die sind ja auch schon uralt. Keine Kinder, keine Erben, nur noch den Rollator. Und dem ist es egal, wo er steht.»

Moritz bemerkte, wie seine Finger stärker zitterten als die seines Vaters. «Ich will das Haus gar nicht», sagte er. «Das vom Schmidtchen. Und dein Haus will ich auch nicht. Das ist nicht mein Haus. Das war nie mein Haus. Das ist auch nicht Ninas Haus.»

«Dann verkauft es», sagte Karlheinz Liebig. «Verkauft beide Häuser und ihr habt eine schöne Altersvorsorge, Nina und du.

Ist ja wichtig, heutzutage. Der Staat sorgt nicht mehr für einen. Besorgst du mir jetzt das Medikament?»

«Nein», sagte Moritz und stand wieder auf. «Du wolltest uns also wirklich das Haus wegnehmen, wenn wir dir nicht dabei helfen, dich umzubringen. Das ist so unter aller ...»

«Moritz», sagte Jessy, die auch noch da war. Sie sagte es sanft, mit großer, künstlich erzeugter Wärme, es war der einzige Weg, ihren Partner zu stoppen.

Moritz riss sich zusammen. «Ich muss arbeiten. Ich habe immer noch ein Café. Auch am Sonntag. Für Leute, die leben. Die gerne leben.»

«Drama, Drama, Drama», sagte Karlheinz Liebig. «Du hast dich immer schon so angestellt. Alles ist groß, alles ist wichtig.»

Jessy sammelte das Geschirr ein und stand ebenfalls auf. «Elias ist mit Jannis verabredet», sagte sie tonlos. «Auf dem Spielplatz. Gleich.»

«Dann muss Papa eben mal ein paar Stunden alleine hierbleiben», sagte Moritz, ohne sie anzusehen. «Das wird er doch wohl aushalten. Spielt ja eh keine Rolle mehr.»

«Ich bin im Raum», sagte sein Vater. «Ich kann euch hören.»

«Und was ist, wenn er sich ausgerechnet dann was antut?», fragte Jessy.

«Tut er nicht. Er will ja, dass ich ihm das Medikament besorge. So lange wird er noch warten.»

«Ich bin immer noch im Raum», sagte Karlheinz Liebig.

Elias kam aus seinem Zimmer zurück, in seiner Hand das weiße Porzellanschaf, das zum gelegentlichen Ansammeln von Münzen und Scheinen diente und für dessen Unterseite Jessy und Moritz leider den Schlüssel verloren hatten.

«Hier, Opa», sagte er und streckte Karlheinz Liebig seine Ersparnisse entgegen. «Für dich.»

25

ES WAR MORITZ zuvor nie aufgefallen, aber der Hausflur stank nach altem Lappen und war von Grund auf schäbig, Spinnweben und Staubfäden baumelten gelangweilt unter der Decke, die Briefkästen quollen über vor Werbemüll, es wurde Zeit, dass sie endlich einen Aufkleber befestigten, zumindest an ihrem, der zwar der Form halber das Wort «bitte» beinhalten, ansonsten aber unmissverständlich darauf hinweisen würde, dass sich die ganzen Werbetreibenden ihre in Plastik eingeschweißten Prospekte gepflegt in den Darmausgang schieben konnten. Von der Agentur über die Post auf direktem Weg zur Mülltonne. Was für ein Quatsch. Was man allein für Wälder und Meere retten konnte, wenn dieser Schwachsinn endlich aufhörte. Wenigstens dieser.

Moritz riss die Tür auf und betrat die Straße, die ihm die erste frühmorgendliche Hitzewelle entgegenschleuderte und so sehr nach dem Auswurf der vergangenen Nacht schmeckte, dass er kaum zu atmen wagte. Da standen sie schon wieder auf der anderen Seite, am Straßenrand, die Hundebesitzer, die immer gut gelaunten, ach so lieben Tierfreunde, an der winzigen, mit Fixerspritzen verseuchten Grünfläche, und freuten sich, wenn ihr Köter auf direktem Wege in die Botanik schiss und nicht auf den Gehweg. Ein Typ mit Schnurrbart, Adiletten und viel zu kurzer Hose, die sein Gehänge einseitig betonte, winkte und lachte. Moritz kannte ihn aus dem Café, natürlich, irgendwann kamen sie alle und bestellten das immer Gleiche: entkoffeinierten Latte macchiato mit Hafermilch, denn Soja war ja so was von out, es war so lächerlich, warum trank er nicht gleich Muckefuck, den gab es bestimmt auch noch irgendwo, verdorbenes Lifestyle-Gesindel. Moritz hob pflichtgemäß die Mundwinkel und winkte zurück, das Lächeln der Adiletten erstarb, vielleicht war der Mann sensibel, spürte Moritz' ablehnende Haltung, es war Moritz egal, heute war ihm vieles egal. Er betrat Mehdis Bäckerei, auch hier jeden Tag dieselbe Leier, wenn er diese Schürze schon sah, diese demonstrativ gute Laune, seht her, hieß das, ich bin zwar nicht von hier, aber ich habe mich integriert, gebt mir einen Bambi.

«Morgen», knurrte Moritz.

«Geht gleich los, sind sofort fertig, kann sich nur noch um Sekunden handeln», sagte Mehdi mit großer Geste.

«Ich komme jeden Morgen um die gleiche Zeit», sagte Moritz, es war ein einziges, langes Ausatmen. «Du kannst den Kram doch einfach mal fünf Minuten früher fertig haben und schon mal hier vorne auf den Tresen legen. Weil du weißt, dass ich gleich reinkomme. Warum muss ich denn da jedes Mal warten? Das kann ja wohl nicht zu viel verlangt sein, dass du da mal ein bisschen mitdenkst und dir einen Wecker stellst oder so.»

«Ging ganz schnell gestern», sagte Mehdi wahrheitsgemäß. «Wie lange warst du drin? Zehn Sekunden?»

«Ja, gestern, gestern. Aber meistens muss ich warten. Überhaupt muss man immer nur warten!»

«Sind halt frisch aus dem Ofen», verteidigte sich Mehdi und betrachtete Moritz verwundert. «Sind noch warm.»

«Die sind auch noch frisch aus dem Ofen, wenn du die fünf Minuten früher fertig hast», sagte Moritz. «Vielleicht sind die dann sogar auch noch warm. Und wenn die nicht mehr warm sind, dann sind die eben kalt. Die Leute essen die hinterher sowieso kalt. Ich hab noch keinen Kunden gehabt, der gesagt hat, das Croissant esse ich nicht, das ist ja kalt.»

«Was ist denn los mit dir?», fragte Mehdi und stemmte die schaufelgroßen Hände in die Hüfte. «Wie sagt ihr? Maus über die Leber gelaufen?»

«Laus», sagte Moritz. «Laus. Wie soll mir denn eine Maus über die Leber laufen, Herrgott noch mal? Was glaubst du denn, wie groß meine Leber ist? Und mir ist nix über die Leber gelaufen, ich hab nur keinen Bock mehr, hier jeden Morgen rumzustehen. Das ist meine Lebenszeit, Mann! Die ist sowieso schon knapp. Jeden Morgen muss ich mir überlegen, worüber wir reden können, bis du endlich mal die blöden Croissants fertig hast. Du interessierst dich ja nicht für Fußball. Und nur weil du das da bei dir dadrüben in Marokko vielleicht gewohnt bist, dass jeder kommt, wann er will, musst du das hier ja jetzt nicht auch ...»

«Moritz!», sagte Mehdi mit so viel Nachdruck, dass Moritz auf der Stelle verstummte. «Was soll die Scheiße? Bist du jetzt Rassist?»

«Nein», knurrte Moritz.

«Willst du mich abschieben?»

«Erst nach der Hochzeit deiner Tochter.»

«Das ist nicht witzig.»

«Ist mir egal. Ich muss auch nicht immer witzig sein. Das Einzige, was ich scheinbar muss, ist warten. Sind die Croissants fertig?»

Mehdi ging nach hinten, in die Backstube, aus der ein süßlicher Geruch drang, der Moritz den einigermaßen leeren Magen umdrehte und gleichzeitig seinen Hunger verstärkte. Er sah erst jetzt, dass Mehdi nicht alleine im Ladenlokal gewesen war, rechts in der Ecke, mit dem Vorzeigeofen für großstädtische Brötchenromantiker verschmolzen, stand der Sohn, der dicke, der den Laden erben würde. Mit offenem Mund stand er da und bewegte sich nicht. Wie hieß er noch mal? Hakem, genau.

«Was?», fragte Moritz. «Angewachsen?»

Hakem schüttelte den Kopf.

«Ja, dann sag was», sagte Moritz.

«Guten Morgen», sagte Hakem.

«Okay», sagte Moritz und fühlte, wie der Wind seinen Segeln entwich. «Guten Morgen.»

Mehdi kam zurück, zwei überquellende Beutel in den Händen.

«Für welche Armee ist das denn?», fragte Moritz. «Du weißt doch, wie viel Croissants ich brauche.»

Mehdi sah jetzt tatsächlich genervt aus, das hätte man ihm gar nicht zugetraut. «Du hast gestern gesagt, ich soll heute mehr backen», sagte er. «Ich glaube, als Dankeschön, weil wir deinem Nazi-Vater die Treppe hochgeholfen haben.»

«Ach, richtig», sagte Moritz.

«Hab ich also gemacht.»

«Gut.»

«Und teurer sollte ich's machen. Spontane Mehlkrise.»

«Das war natürlich nur ein ...»

«Zweiundfünfzig Euro und achtzehn Cent ...»

Moritz blieb die Luft weg. «Zweiund...»

«Und achtzehn Cent», sagte Mehdi und tippte die Zahl in seine alte Registrierkasse ein. «Bitte passend.»

Moritz holte das Portemonnaie heraus und kramte darin herum. «Fünfzig hab ich», sagte er. «Aber nur fünfzig.»

«Dann hast du ab heute Schulden bei mir», sagte Mehdi. «Ehrenschulden sind das. Erlasse ich dir vielleicht bei gutem Benehmen.»

«So weit kommt's noch», schimpfte Moritz, knallte das Geld auf den Tresen und riss die Croissants an sich.

«Sind nur geliehen, die Beutel, wegen der Nachhaltigkeit», hörte er Mehdi noch rufen, im Hinausgehen gewissermaßen, dann palaverte der Bäcker irgendetwas mit seinem Sohn, eine verbale Wahnsinnsgeschwindigkeit war das, sie lachten beide, aber es war weniger unbeschwert als am Tag zuvor im Treppenhaus. Moritz trat auf die Straße, da war die Nachbarin, die aussah wie Prinzessin Leia für Arme, eigentlich hatte sie überhaupt keine Ähnlichkeit, nur weil man zart und klein war, konnte man nicht gleich die Rebellen-Allianz anführen. Moritz spürte ihren Blick, ignorierte sie aber und marschierte die Straße entlang, trat den Boden unter sich gewissermaßen mit Füßen, er hatte aber auch eine schlechte Laune, es war, als hätte sich eine dunkle Macht, die über Jahrzehnte in ihm geschlummert hatte, befreit und würde sich jetzt so richtig ausbreiten. Alles war scheiße, es war Sonntagfrüh, er war übermüdet und die mühsam aufgebaute Welt aus der Balance, schwankend, kurz vorm Umstürzen wie Elias' Legotürme. Vielleicht war das ja auch insgesamt alles nur behauptet gewesen, dieser Optimismus, die Familienliebe, die Zugewandtheit. Vielleicht hatte er sich den dazu passenden Menschen nur angezogen wie einen Mantel, weil er es gerne so haben wollte. Vielleicht war das hier der wahre Moritz, der realistische, intelligente Moritz. Der die Scheuklappen abnahm, der die Welt endlich sah, wie sie wirklich war.

Er stieg die drei Stufen zum *Schönen Leben* empor und betrat das in der Tat eher kleine Café, Stella nahm gerade die Stühle herunter, Moritz riss sich zusammen, sie konnte ja nichts dafür, außer natürlich für ihr übertriebenes Aussehen, wie stellte die sich das überhaupt vor, wenn sie mal vierzig war oder, schlimmer noch, fünfzig? Die ganzen dann welken Tattoos, die riesigen Ohrlöcher, alles dehnte sich und leierte aus, da hätte man doch jetzt schon mal dran denken können, in den guten, straffen Jahren, die viel schneller beendet sein würden, als sie sich das heute vorzustellen vermochte.

«Einen wunderschönen», sagte Stella und entblößte eine funkelnde Zahnreihe.

«Na ja», murmelte Moritz und legte die Croissants auf die Theke.

«Für welche Armee sind die denn?», sagte Stella.

«Lange Geschichte», sagte Moritz und begann, Geschirr aus der Spülmaschine zu räumen, das gestern nicht mehr rechtzeitig fertig geworden war. Dann schaltete er das iPad ein, Rechnungen wollten geschrieben werden, legte ein paar der Croissants in die Vitrine und stopfte die restlichen zurück in die Beutel.

Man sah Stella an, dass sie vor Neugier platzte, dass sie so gerne gehört hätte, wie es mit Moritz' Vater weitergegangen war. Sie selbst blühte geradezu, war wie der Übergang vom Frühling zum Sommer. Was eine frische Liebe alles bewirkte, dachte Moritz und bemerkte, wie sich seine eigene Laune dadurch noch mehr verschlechterte. Er schaltete die Kaffeemaschine an.

«Wie läuft's mit deinem neuen Freund?», fragte er, um bloß nicht selbst erzählen zu müssen.

Stella strahlte ihn an. «Hatten ja nicht so viel Zeit miteinander die letzten Tage», sagte sie ohne Vorwurf. «Aber gestern Abend hat er Trisha ein Hochbett gebaut. Aus Holz. Ganz alleine. In weniger als drei Stunden.»

«Ich dachte, Trisha ist zwei?», knurrte Moritz.

«Ja, und?»

«Da fällt die doch raus, aus dem Hochbett. Das ist ja lebensgefährlich, die tobt darauf rum, fängt an zu hopsen, und dann fällt die da runter, bricht sich den Kiefer oder den Schädel, und dann liegt die im Krankenhaus, und du machst dir für den Rest deines Lebens Vorwürfe. Nur wegen irgendeines Typen.»

Stella runzelte die Stirn. «Das hat natürlich ein Gitter, das Hochbett», sagte sie. «Ein sehr hohes Gitter. Der Ulf hat sich das genau überlegt.»

«Ulf?» Moritz spuckte es beinahe aus, Ulf war ein Name, den man sehr gut ausspucken konnte. «Der heißt nicht wirklich Ulf, dein Freund? Ulf! Wie alt ist der denn? Der Ulf?»

«Zweiundvierzig», sagte Stella kühl.

Moritz nahm sich ein Croissant aus dem Beutel und biss hinein. Die waren gut, die Dinger, da ließ sich nichts sagen. Viel zu fettig natürlich, aber es waren nun einmal Croissants.

«Zwanzig Jahre älter?», sagte Moritz und ignorierte die Warnhinweise, die Stellas Körperhaltung und ihre zunehmend ruckhafte Motorik verrieten.

«Sehr gut in Mathe», sagte Stella knapp. «Gratuliere.»

«Vaterkomplex?», fragte Moritz, er war nun einmal auf Konfrontationskurs und fand weder Rückwärtsgang noch Garage. «Wusste ich gar nichts von.»

«Nein, Moritz.» Stella stellte den letzten Hocker mit Nachdruck auf den Boden. «Überhaupt kein Vaterkomplex. Oder habe ich mich schon mal hinter dir versteckt und wollte beschützt werden? Hast du das Gefühl, ich bin nicht erwachsen? Kann nicht auf mich aufpassen?»

«Nein», sagte Moritz ein wenig erschrocken.

«Geht es dir plötzlich um Konventionen? Ja? Ist es das?», fuhr Stella fort, die Stimme erhoben und mit bislang nicht erlebtem Hang ins Schrille. «Guck mich doch mal an.»

Sie kam ebenfalls hinter den Verkaufstresen, breitete die Arme aus und eröffnete damit einen unverstellten Blick auf das vielfarbige Gesamtkunstwerk. «Sehe ich aus, als würde ich irgendwas auf Konventionen geben? Und vor allem: Mit welchem Recht bewertest du mich eigentlich?»

«Ich ...», begann Moritz und erhob tatsächlich den Zeigefinger der rechten Hand.

«Nee, nicht ‹ich›», fauchte Stella. «Jetzt mal nicht ‹ich›. Hör zu, Moritz. Ich halte dir hier die ganze Zeit den Rücken frei und beschwere mich nicht, oder hab ich mich schon mal beschwert?»

«Nein.»

«Und das, obwohl ich gerade echt was Besseres zu tun hätte, und es ist ja nicht so, als würdest du mich übermäßig gut bezahlen.»

«Du hast dich nie beschwert», sagte Moritz lahm.

«Sag ich doch, ich beschwere mich nicht. Und dann komme ich hierher und hab eigentlich ganz gute Laune, es ist nämlich echt nicht leicht mit Kind, überhaupt jemanden zu finden, der Bock auf einen hat, und dann hab ich jemanden gefunden, und der ist echt gut zu mir und Trisha, und der würde sogar an einem Sonntagmorgen auf meine Tochter aufpassen, wenn die nicht gerade bei meinen Eltern wäre. Und deine einzige Aufgabe als Chef und vor allem als Freund wäre jetzt gewesen, dich für mich zu freuen, stattdessen kommst du hier rein und machst mich saudämlich von der Seite an, nein, nicht nur das, du versuchst, Zweifel zu säen, als wenn du mir das Glück nicht gönnen würdest. Warum, frage ich dich? Was habe ich dir denn getan?» Jetzt traten Tränen in Stellas Augen. Das hatte Moritz noch nie zuvor gesehen. Das letzte Einhorn weinte.

«Wenn ich störe, komme ich später wieder», sagte eine unbekannte Stimme in der Eingangstür. Ein Kunde. Ein schlanker, großgewachsener Holzfällerhemdträger mit Dutt und Vollbart. Das trugen die männlichen Hipster nämlich heute, dachte der Zerstörer in Moritz automatisch. Dutt. Was kam als Nächstes? Leggings? Gummistiefel? Holzpantinen?

«Nein», sagte er. «Komm rein.»

Stella wandte sich ab vom Tresen, hin zur Wand, und begann hektisch, ihre Tränen mit dem Ärmel zu trocknen. Dann drehte sie sich wieder um und lächelte den Kunden an, der sich zwischenzeitlich vorsichtig genähert hatte. Moritz hob eine Augenbraue.

«Was habt ihr denn so?», fragte der Kunde.

«Mein Gott, das steht doch hier alles», sagte Moritz unwirsch und deutete mit dem Daumen auf die große Tafel hinter sich. «Einfach nur ablesen und sich entscheiden. Das kann ja nun wirklich nicht so schwer sein. Wir sind ein Café und haben das, was alle anderen Cafés auch haben. Nur besser. Das muss man jetzt ja nicht jedes Mal aufzählen.»

«Cappuccino», sagte Stella tapfer und lächelte gezwungen. «Oder Latte macchiato. Eis. Mit Eis haben wir auch. Also Eiswürfel. Wenn's warm ist, draußen. Ist ja warm. Espresso geht eigentlich immer.»

«Ist viel manchmal, ne?», fragte der Kunde mit erstaunlich viel Verständnis. «An so Tagen. Bis man mal eingespielt ist.»

«Wir sind eingespielt», sagte Moritz. «Nimm einen Espresso macchiato mit Hafer. Ist gut für den Haarwuchs.»

Der Kunde lachte nicht, aber er nickte, erstaunlicherweise.

«Zum Mitnehmen oder Hiertrinken?», fragte Moritz.

«Mitnehmen», sagte der Kunde. «Auf jeden Fall Mitnehmen.»

Stella öffnete den Kühlschrank und holte die Hafermilch heraus, Moritz kümmerte sich um die Maschine. «Du hast mir gar nichts getan», sagte er und meinte nicht den Kunden. «Aber ich hab mir jetzt schon so viele komische Typen anschauen müssen in den letzten zwei Jahren, so langsam solltest du mal was gelernt haben.»

«Sagt wer?», fragte Stella, füllte etwas Hafermilch in eine Blechkanne und begann sie zu schwenken. «Und warum?»

«Ich sage das. Wegen Trisha. Die braucht ja was Solides, braucht die. Konstanz braucht die. Verlässlichkeit.»

«Ich bin doch da», sagte Stella und wurde nun blasser als die sanft rotierende Flüssigkeit vor ihr. «Und ich bin sehr verlässlich. Ohne mich wäre der Laden hier zum Beispiel längst am Ende.»

«Ja», sagte Moritz. «Du bist echt 'ne Riesenhilfe. Weiß ich. Wenn du nicht gerade Migräne hast.»

Stellas Miene verdüsterte sich weiter.

«Nicht dass du was dafürkannst», schob Moritz eilig hinterher.

«Ich kann wirklich später wiederkommen», wiederholte der Kunde.

Moritz verdrehte die Augen. «Nee, ist okay, hab ich doch gesagt. Der ist ja auch gleich fertig, der Kaffee.» Er presste das Pulver fest. «Tut mir leid, wenn ich dich provoziert habe», sagte er.

Stella nickte und reichte ihm die Milch, die ja eigentlich auch nur dank des Pasteurisierens so aussah, als wäre sie welche.

«Ist echt schwierig mit meinem Vater», fuhr er fort. «Kannst du dir ja vielleicht denken.»

Stella nickte erneut, ihre Lippen aber bildeten einen Strich. Moritz konnte heute auch mit unausgesprochener Kritik nicht umgehen. «Ja, Mensch, ich weiß doch», begehrte er auf. «Jetzt lass mich halt einfach mal was sagen. Ich mach mir nun mal Sorgen um dich. Du immer mit deinen Macho-Typen. Ich versteh es ja, hast du ja alles erzählt, wie super das ist im Bett, wenn man so kernige Typen hat, die es einem so richtig ...»

«Moritz ...», mahnte Stella.

«Ich will das gar nicht wissen», sagte der Kunde und suchte in den Untiefen seiner viel zu engen Jeans nach Geld.

«Aber du musst doch auch mal an Trisha denken.» Moritz konnte sich einfach nicht bremsen. «Du kannst dir doch nicht einfach irgendeinen Ulf anlachen und denken, der hält zu dir und ist deine Zukunft. Weißt du, was so ein Altersunterschied bedeutet? Der nutzt dich sexuell aus, der Ulf, der findet das geil, noch mal so 'ne ganz Junge im Bett, super, und wenn es ernst wird, ist der weg.»

«Ich wusste gar nicht, dass du so ein Spießer bist», sagte Stella.

«Was hat das denn mit … Bin ich nicht!»

«Vielleicht ist das ja andersrum, vielleicht nutze ich *den* ja sexuell aus? Weil der viel Erfahrung hat und so?»

«Ich will das gar nicht wissen», wiederholte der Kunde und strich sich nichtsdestoweniger interessiert durch den bereits ergrauenden Vollbart. Die Haarnadel, die den Dutt zusammenhielt, war an den Seiten irgendwie indianisch gemustert.

«Könnte doch sein, dass ich das einfach geil finde, mit einem älteren Kerl zu schlafen?», sagte Stella. «Könnte doch sein, dass ich gar nicht gleich an die gemeinsame Rente denke, sondern einfach nur einen schönen Moment haben möchte? Könnte doch sein, dass ich alles auf mich zukommen lasse und der Zeit Gelegenheit gebe, die Dinge für mich zu regeln? Warum muss ich jetzt denn daran denken, was vielleicht in zehn Jahren ist?»

«Weil Ulf einfach ein Scheißname ist», fauchte Moritz und wusste natürlich, dass sie in allem recht hatte. Das erschwerte eine sinnvolle Argumentation, da konnte man auch gleich ungebremsten Blödsinn reden. «Ulf ist ein Name für Baumarktkunden. Tanzbären können Ulf heißen, wenn sie tapsig genug sind. Polizisten heißen Ulf. Oder Sacharbeiter im Versicherungswesen. So wie du drauf bist, kannst du mit einem Ulf nichts anfangen!» Er knallte dem Kunden den fertigen Espresso macchiato hin, gerade so fest, dass er nicht überschwappte, und tippte die Summe in sein iPad.

«Drei zwanzig», sagte er.

Der Kunde legte vier Euro auf den Tisch und nahm den Kaffee. «Danke», sagte er leise. «Hat mich gefreut.»

«Ja, ja», murmelte Moritz, öffnete die Kasse und nahm sechzig Cent heraus, um sie in das Glas mit der Aufschrift *Donald Trump Retirement Fund* zu legen. Die Münzen klimperten, der Kunde zögerte, wollte vielleicht noch etwas sagen, dann beugte sich Stella ein wenig vor und gab ihm einen Kuss. Moritz erstarrte.

«Bis später, Ulf», sagte sie.

«Bis später», sagte der Kunde. «Ich hole Trisha um zwei bei deinen Eltern ab?»

«Das wäre super.»

Der Kunde namens Ulf drehte sich um und verließ das *Schöne Leben*, die freie Hand zum Gruß erhoben. Moritz war wie paralysiert.

«Das war Ulf», sagte Stella leichthin und wischte mit dem Lappen über die Arbeitsfläche.

«Sicher», sagte Moritz. Es war ungefähr so peinlich wie damals, als er in leicht angeheitertem Zustand seinem Mitschüler Jonas eine Schmäh-Mail über ihren Geschichtslehrer Herrn Kussnick geschrieben hatte, in der es um Unfähigkeit, offene Hosenschlitze, ungewaschene Hemden und widerlichen Mundgeruch gegangen war und die er dann durch eine Verkettung innerer Fehlschaltungen fatalerweise direkt an den Lehrer selbst geschickt hatte. Die Konsequenzen waren dramatisch gewesen, er war nur knapp einem Schulverweis entgangen, und Moritz war das ganze Jahr den hochroten Kopf nicht mehr losgeworden, sobald der Geschichtsunterricht auch nur genaht hatte.

«Und wie ist es so im Fettnapf?», fragte Stella.

«Eng», murmelte Moritz. «Sieht nett aus. Der Ulf. Echt. Gar nicht wie ein Tanzbär.»

«Der Ulf kann sehr gut tanzen.»

«Schöner Dutt.»

«Soso.»

«Gibt ja bestimmt auch nicht so schöne», sagte Moritz und schwieg. Das schien ihm das Beste zu sein. Vorläufig. Oder für immer.

Stella und er arbeiteten den Sonntagmorgen ab wie zwei

Fremde, die nur zufällig irgendwo im Krisengebiet dieselbe Mission hatten. Gesprochen wurde lediglich das Nötigste; die Musik, die Stella ausgesucht hatte und die plötzlich irgendwie indianisch klang, legte einen rhythmischen Mantel über die angespannte Stimmung. Moritz fand nicht einen einzigen Kunden sympathisch, egal ob männlich, weiblich oder unentschieden, war das immer schon sein Publikum gewesen, fragte er sich, und was waren das überhaupt alles für Leute? Hatten die an einem Sonntagmorgen nichts Besseres zu tun, als in einem Café ihre Laptops auszupacken und auf ihre Handys zu glotzen? Hatten die keine Familie? Freunde? Zuhause? Was war los mit der Gesellschaft? Da begab man sich in die Öffentlichkeit, um alleine in sein digitales Gerät zu starren. Na toll. Es war ihm bislang nie so aufgefallen, aber diese scheinbare Lebendigkeit, die er immerzu beschworen und hochgehalten hatte, basierte auf losen Fäden, die nicht miteinander verbunden oder gar verknüpft waren. Sie war leer. Bedeutungslos. Er gähnte sich zunehmend in eine Maulstarre und arbeitete wie automatisiert, seine Augen schmerzten, die Stirn pochte, das Herz war von einer dicken Eisschicht ummantelt. Stella hingegen plauderte, lachte und parlierte, sie war professionell, ganz bei den Leuten, er hingegen verknöcherte zusehends hinter der Kaffeemaschine.

Und was am Schlimmsten war: Er hatte keine Namen mehr. Für niemanden.

Nicht für den schnöseligen Schönling im Rollkragenpullover, nicht für die abgekämpfte Vollzeitmutter mit den Drillingen, nicht für den nervösen Finanzbeamten im zu kurzen Anzug, den er auch am Sonntag nicht ablegen konnte. Nicht einmal für die Hochzeitsgesellschaft, die um kurz nach elf hereinstürmte, aufgeregt, enthusiasmiert, die Braut mit funkelndem Leuchtfeuer hinter der schon bald nicht mehr modernen Hornbrille, der Bräutigam mit rundem Kopf, im Wachstum befindlichen

Bauch und fleckigem Hemdkragen. Die Gesellschaft war wild durchmischt, es passten gar nicht alle ins Café, sämtliche Altersklassen und Schichten deckte sie ab, lachte, machte Lärm, hatte nichts Böses im Sinn, wollte einfach nur den schnellen Espresso auf die Hand, um sich zu wappnen für einen langen Tag voller Freude. Moritz und Stella gestalteten Espressi im Akkord.

Um zwölf Uhr kamen Lucky und Philipp. Beide wirkten einigermaßen gut gelaunt, zumindest beim Hereinkommen, bei Philipp wusste man das nie so genau, denn das Wissenschaftlergehirn hatte zu viel vom Leben begriffen, um seinem Wirt dauerhaft positive Gefühle zuzugestehen. Lucky hingegen hatte seinem massigen Körper einen Schuss Leichtigkeit hinzugefügt. «Na, Bruder?», sagte er, missachtete die wartende Schlange neben sich und stellte sich als der heimliche Mitbesitzer, der er war, einfach vorne an den Tresen. Eine Frau, die unter anderen Umständen gewiss Franziska geheißen hätte und die im Begriff war, eine Bestellung aufzugeben, sah ihn vorwurfsvoll an.

«Alles im Griff mit dem Herrn Papa?», fragte er.

«Nee», knurrte Moritz.

Stella widmete sich demonstrativ der Kundin, Philipp bemerkte die atmosphärische Störung im Raum und stellte sich dicht hinter Lucky. «Laus über die Leber gelaufen?», fragte er. «Hattet Ihr Stress?»

«Nein», sagte Moritz. «Maus heißt das.»

«Was?»

«Nix.»

«Auf jeden Fall Stress», sagte Stella. «Moritz ist total neben der Spur.»

«Warum?», fragte Lucky.

Moritz seufzte. «Mein Elternhaus ist abgebrannt», sagte er. «Gestern.»

Die anderen drei inklusive Franziska hielten die Luft an. «Oh, scheiße», sagte Stella und legte ihm eine Hand auf den rechten Arm. «Das tut mir leid. Die ganzen Erinnerungen ...»

«War dein Vater ... ich meine, in dem Feuer?», fragte Philipp, ganz bleich war er geworden.

«Eben nicht», sagte Moritz. «Mein Vater hat Hirschbraten gegessen.»

«Ach so, und dadurch hat es gebrannt?», fragte Lucky. «Der Ofen? Der Hirsch?»

«Nein», sagte Moritz, «den Hirschbraten hat ja die Frau Weishaupt gemacht.»

«Und die hat versehentlich das Feuer gelegt?»

«Nein. In *ihrem* Ofen hat die den gemacht, den Braten. In ihrem Ofen.»

«Ihr Ofen war im Haus deines Vaters?»

«Nein, verdammt noch mal. Man nimmt doch keinen ... Bei Frau Weishaupt war Frau Weishaupts Ofen.»

Selbst Philipps Superhirn brauchte einen Moment, um die Informationen zu verarbeiten. «Dein Vater war also gar nicht da? Aber warum hat das Haus dann gebrannt?»

«Weil ich es angezündet habe», sagte Moritz. Stella stöhnte auf.

«Was macht das denn?», fragte Franziska.

«Unabsichtlich», fügte Moritz eilig hinzu. «Natürlich unabsichtlich. Und indirekt. Sehr indirekt. Zwei sechzig.»

Franziska kramte in ihrer Hello-Kitty-Geldbörse.

«Also keine Verletzten?», fragte Lucky. Trog der Eindruck, oder klang es irgendwie enttäuscht?

«Nur innerlich», sagte Moritz leise und seufzte noch einmal. «Ist auch nur das Erdgeschoss. Eigentlich nur das Wohnzimmer und ein bisschen was vom Flur. Aber meinem Vater ist das egal. Der hat mit dem Leben abgeschlossen, das interessiert den gar nicht, was mit dem Haus wird. Außerdem hat er es verschenkt. Nein, verwettet hat er es.»

«Was?», fragte Lucky. «Das Haus?»

Moritz nickte.

«Das heißt, du hast ein Haus angezündet, das dir gar nicht gehört? Gut, das ist natürlich übel», sagte Lucky.

«Ich bin ja Anwältin», sagte Franziska und nahm ihren Cappuccino to go. Moritz nickte und machte einen Stempel auf ihre Sammelkarte, im Gegenzug schob sie ihre Visitenkarte hinüber. «Nur für den Fall», sagte sie.

Moritz nickte noch einmal und steckte die Visitenkarte ein, eher achtlos, hintere Gesäßtasche. Franziska, die Namenlose, hieß in Wirklichkeit Dalia und zog mit ihrem Hello-Kitty-Kaffee von dannen.

«Wir müssen das mal klären», sagte Moritz.

«Was?», fragte Lucky.

«Alles», sagte Moritz.

«Äh, Moment mal, soll ich das hier etwa wieder alleine ...?» Stella blickte konsterniert auf die nicht kürzer werdende Schlange.

«Ich helf dir», sagte Philipp und schob die Ärmel hoch. «Was sollen wir da auch zu dritt auftauchen?»

«Wo?», fragte Lucky.

«Keine Ahnung, was ihr vorhabt», sagte Philipp. «Da halt.»

Er ging hinter den Tresen, ein geweihter Ort, den er noch nie zuvor betreten hatte. Die Wege der Wissenschaft waren unergründlich. «So», sagte er. «Wie kocht man denn jetzt Kaffee?»

SEPTEMBER 1998

Es war der Abend, der das Ende der Ära Kohl bedeutete. Für Moritz' Vater war an diesem Sonntag die Endzeit angebrochen, er schimpfte, schimpfte, schimpfte. Auf die Politik, das Land an sich, die Menschen. Die SPD an der Regierung, das war Teufelszeug, Kommunismus, dafür standen die «Genossen», wie er höhnisch wiederholte, «Genossen», «Genossen», gefolgt von seinem humorlosen, zynischen Lachen, das mehr ein Schnauben war, kurz bevor das Gesicht sich wieder verdüsterte. Und dann würden die das Land nicht einmal alleine zugrunde richten, wetterte er, nein, auch noch zusammen mit den Grünen, den Verbrechern, Bombenlegern, Ökos, schlimmer: Turnschuhträgern. Ein Skandal. Ein Armutszeugnis. Mit Deutschland ging es bergab. Nein, nicht mit Deutschland, mit der Welt. Bergab, bergab, Genossen, Genossen. Das alles ratterte sein verbales Maschinengewehr so heraus, Anette Liebig nickte teilnahmslos, wahrscheinlich hörte sie so wenig zu wie all die Jahre zuvor, Karlheinz Liebig beschwerte sich mit jedem Öffnen einer neuen Flasche immer lauter, dabei war er gar nicht zur Wahl gegangen, hatte seine Stimme verweigert, seiner Frau hatte er es ebenfalls verboten, war doch eh alles umsonst, korrupte Politiker, wen sollte man da denn wählen, es machte ja sowieso keinen Unterschied, und der Kohl war ja auch verbraucht gewesen mit seinem Blüm und der sozialen Marktwirtschaft. Sozial, wenn er das schon hörte. Wem es nicht gut ging, der sollte halt mehr arbeiten. Sozial war, was Geld brachte. Die Wirtschaft, die war sozial. Der Mittelstand, der zählte. Er zählte. Aber an ihn dachte ja wieder niemand. An ihn und seine Lotto-Toto-Annahmestelle. Moritz mit den langen Haaren und dem nachlässigen Äußeren kam dem Vater vor wie eine Entsprechung der neuen Zeit, er bekam sie voll ab, die Wut über das Unvermögen der Deutschen, die allgemeine Verlotterung, die Verrohung der Sitten. Als er kurz nach der ersten Prognose gejubelt hatte, hatte sein Vater eine Vase gegen die Wand geworfen, keine sehr schöne Vase, es war auch kein großer materieller Verlust, aber Anette Liebig hatte zu weinen begonnen und sammelte ein weiteres Mal die Scherben auf, ein paar spitze, kleine Reste blieben zwischen den Teppichflusen hängen. Dann schwiegen sie bis zum Abendessen. Karlheinz Liebig schaltete den Fernseher aus.

Moritz beruhigte sich nur mühsam, schlang das Essen in sich hinein, es war trockenes Graubrot aus der Großfabrik, mit Wurst vom Discounter und einer geschmacklosen Scheibe Käse. An einen Tisch mit Eltern und Schwester setzte er sich nicht, er lehnte in der Küche an der Spüle. Nina sagte immer noch nichts, sie sprach sowieso kaum mehr mit ihnen, las ein Buch nach dem anderen und hatte dicke schwarze Vorhänge an den Fenstern angebracht, die immer zugezogen waren, ob bei Tag oder Nacht. Anette Liebig machte das Sorgen, Karlheinz Liebig wusste nichts davon. Er drohte damit, das Land zu verlassen, mitsamt seiner Lotto-Toto-Annahmestelle. Das Telefon klingelte, Karlheinz Liebig wütete, eine Unverschämtheit sei das, es wäre Abendbrotzeit. Moritz sprang zum Telefon, es würde sowieso für ihn sein, die Eltern hatten keine Freunde, die Schwester war noch zu jung für abendliche Anrufe.

«Moritz Liebig», meldete er sich, der Vater stapfte ins Wohnzimmer und schaltete den Fernseher wieder an, um zu stören.

«Andreas», sagte sein Freund mit ungewohnt ernster Stimme. «Wir müssen uns treffen. Es ist wichtig.»

«Wo?», fragte Moritz.

«Bei mir zu Hause. Bring Philipp mit. Ich hab ihn schon angerufen, er ist in zehn Minuten am Turm.»

Moritz legte auf, strich sich die Haare aus dem Gesicht und

drehte sich um. Plötzlich war der Ton weg, sah er den wild fuchtelnden Vater mit seinem verzerrten Gesicht, es wirkte lächerlich, die gequälte Mutter, die sich mehrere Scheiben Wurst auf den Teller tat und sowieso immer runder wurde, Nina, die ihre Puppe Ginger Spice mit Käse fütterte, den Fernseher, der Balkendiagramme aneinanderreihte, die Sonne, die hinter der erst kürzlich geputzten Glasscheibe unterging. Er betastete sein Ohr, darin pfiff es eindringlich, dann kam der Ton zurück, der Lärm, er ging in den Flur, sagte nichts, zog sich seine Jeansjacke an, die Chucks hatte er schon den ganzen Tag getragen, er lief zu Hause kaum noch auf Socken herum, das war ihm zu intim, zu privat, Schuhe gaben ihm das gute Gefühl, jederzeit wegzukönnen. Er nahm seinen Schlüssel und verließ grußlos das Haus. Es war kühl, das Fahrrad stand vor der Tür, ein einfaches Herrenrad, das er vor zwei Jahren zu Weihnachten geschenkt bekommen hatte. Er bestieg es wie ein Cowboy sein Pferd, fuhr hinaus aus der Wohnsiedlung, atmete auf, die Luft wurde mit jedem Meter besser, würziger, obwohl die Abgase samt Verkehr zunahmen, dann durchquerte er einen ganzen Stadtteil voller Cafés, Kinos und Boutiquen, es war der Duft der Freude, und kam dahinter zu einem künstlich angelegten Park mit Aussichtsturm in der Mitte, von dessen Spitze man über die Baumwipfel hinweg auf den Fluss sehen konnte, auf die Ausflugsdampfer, die Ruderer, die Spaziergänger und Sonntagsausflügler. Ein Naherholungsgebiet. Heute war nicht viel los, die meisten Menschen hingen vor dem Fernseher und bestaunten die politische Zeitenwende.

Philipp war schon da, er hockte auf den Steinstufen des Turms und war so dünn, dass er in der Mitte durchzubrechen drohte, seine lockigen Haare türmten sich auf, die Brille war bunt und ein wenig zu groß. «Was ist denn eigentlich los?», fragte er und richtete sich auf.

Moritz war außer Atem. «Keine Ahnung. Aber die Sache ist ernst.»

«Er hat sich mit ‹Andreas› gemeldet.»

«Eben.» Moritz nickte. «Ich hab den erst gar nicht erkannt. Lass uns mal.»

Philipp stieg auf sein aufgemotztes Mountainbike, das ihm seine Eltern zum letzten Zeugnis geschenkt hatten. Er hatte überall Einsen gehabt, außer in Sport, da hatte es nur zu einer Drei gereicht, zu viele unentwirrbare Extremitäten, deshalb das Mountainbike, es würde zum Training einladen und Anreize bieten. Philipps Eltern wollten nur das Beste für ihren Sohn, Moritz mochte sie. Es waren stille, intelligente Leute, die Nuklearmedizin erforschten und Erdbeermarmelade einkochten. Zusammen. Luckys Eltern hingegen waren ein Mysterium. Wann immer man den Vater traf, sah man vor allem Sprechblasen, den Wind, den er aufwirbelte, die große Geste. Luckys Vater hatte eine enorme Verdrängung, jeder Raum, den er betrat, gehörte wie selbstverständlich ihm. Er war ein Wendegewinner, hatte sein Geld mit dem Ankauf von Ostimmobilien gemacht, da wurde abgerissen, saniert und weiterverkauft, Jahr für Jahr stiegen die Gewinne, er hatte sich seine blühenden Landschaften selbst erschaffen, war Teil der feineren Gesellschaft geworden und selbst in seiner Großzügigkeit so einschüchternd, dass es für Moritz und Philipp unmöglich war, den Menschen dahinter auch nur zu erahnen. Ein Auftritt von Luckys Vater war wie ein Tornado. Es war faszinierend, aber man musste aufpassen, nicht in seinen Sog zu geraten. Und Luckys Mutter, nun sie war mit ihrem Mann mitgewachsen, eine hübsche, blonde Frau mit spitzer Nase und kleinen Falten um die Augen, sehr schmal, immer in den feinsten Stoffen, sie hatte die Kinder stets beschenkt, wenn sie zu Besuch waren, mit Spielzeug, Essen oder, ja, sogar T-Shirts und Karten für die Eisbahn.

Sie fuhren auf ihren Rädern am Park entlang, hier, oberhalb der Stadt, kam die feinste Wohngegend, wurden die Abstände zwischen den Häusern größer, weil Platz für Gärten und Doppelgaragen, Auffahrten und Springbrunnen benötigt wurde. Wenn Autos am Straßenrand parkten, waren es Zweitwagen, kleine, praktische Stadtautos zum Einkaufen, die wahren Schätze befanden sich gut behütet hinter den Zäunen und Gittern. Gerade als sie in die Maximiliansallee einbogen, fielen die ersten Tropfen. «Scheiße», sagte Philipp. Dabei war er im Gegensatz zu Moritz passend und vorausschauend ausgerüstet, mit Regenjacke und festem Schuhwerk. Durch Moritz würde es mehr oder weniger hindurchregnen. Ebenso wie durch Lucky. Der stand vor dem offenen Zufahrtstor und rauchte. Damit hatte er vor einem halben Jahr angefangen, sehr zum Verdruss von Philipp, er empfand ein solches Verhalten als unlogisch, Moritz hatte nur die Schultern gezuckt, so viele Mitschüler rauchten, die Fahrradständer auf dem Schulhof sahen an manchen Tagen aus wie nach einem Ascheregen. Moritz hatte es einmal probiert, sich anschließend übergeben und war für den Moment geheilt.

Lucky hatte immer noch diesen Igelschnitt, trug jetzt aber bevorzugt viel zu weite Klamotten, die Jeans mindestens zwei Nummern größer, und eine umgedrehte Baseballkappe auf dem Kopf. Das Rauchen war ihm noch nicht in Fleisch und Blut übergegangen, er sah aus wie ein Kind, das nur so tat, als ob.

«Was ist los?», fragte Moritz und brachte sein Fahrrad mit einem seitlichen Schlenker zum Stehen. Philipp stieg ganz normal ab und klappte den Fußständer aus.

«Große Scheiße», sagte Lucky leise, er war blasser als sonst, seine Augen zwinkerten nervös. Er schmiss die Zigarette weg, trat sie aus, drehte sich um und ging zurück auf das Grundstück, über den breiten Kiesweg, da war der Springbrunnen, er war ausgeschaltet, da der Wintergarten, links die Garage, davor stand ein brandneuer Porsche, schwarz, gewaschen, zu jeder Angeberei bereit. Lucky hatte bereits zweimal heimlich eine Runde damit durch die Stadt drehen dürfen – erlaubt war, wobei einen die Polizei nicht erwischte. Er ging voraus, die beiden Freunde folgten ihm, die Fahrräder führend, sie merkten an seiner Körperhaltung, dass er ausnahmsweise nicht auf seine Wirkung achtete. Am Treppenaufgang ließ Moritz sein Fahrrad einfach fallen, Philipp stellte seines daneben, dann betraten sie alle drei die Vorhalle, klatschnass, die Jeans spannten über den Oberschenkeln. Eine Wand bestand fast nur aus Garderobe, der Boden war aus Marmor, links hing ein modernes Gemälde voller Farben und eckiger Formen. Lucky ging voran, die Treppe hinauf. «Ihr habt doch mitbekommen, was heute passiert ist, oder?», fragte er. Es war nicht seine Stimme, für Luckys wahres Organ war der Verstärker immer ein wenig zu weit aufgedreht, diese hier kam für mitteleuropäische Ohren geradezu verträglich daher, fast ein wenig schüchtern, monoton.

«Klar», sagte Moritz. «Birne ist weg.»

Lucky nickte und nahm auch gleich noch die Treppe in den zweiten Stock. Moritz wusste gar nicht, was da oben war, dort waren sie noch nie gewesen. «Mama und Papa haben gekotzt», sagte Lucky. «Papa hat vorher schon gesagt, dass wir erledigt sind, wenn die Sozis an die Macht kommen.»

«Warum?», fragte Philipp.

«Weiß ich nicht genau», sagte Lucky. «Lief wohl nicht mehr so gut zuletzt, mit den Häusern im Osten. Zu teuer alles, die Sanierungen, immer wieder Beschwerden, wem die Grundstücke jetzt eigentlich gehören. Also, da gab es so Leute, die wollten die Häuser ihrer Familien zurück. Versteht man ja auch irgendwie. Aber Papa hatte echt Sorgen. Und vor zwei Monaten hat er einen richtig großen Deal gemacht, mit irgendwem von der Regierung. Er meinte, das wäre ein Millionengeschäft gewesen, vielleicht Milliarden. Seitdem haben wir den Porsche, wisst ihr ja vielleicht noch, wann wir den angeschafft haben.»

Lucky zeigte vage nach draußen, der Porsche interessierte ihn nicht. Der zweite Stock war deutlich dunkler und schmaler als die Flure darunter, der graue Teppichboden schluckte den Schall, aber auch hier gingen immer noch mehr Türen ab als in einer handelsüblichen Vierzimmerwohnung. Lucky ging bis zu einer Leiter, die auf den Dachboden führte und die bereits ausgezogen war. «Na ja, und heute waren dann die Wahlen. Also, das war nicht so eine Riesenüberraschung, man konnte das ja ahnen, aber Papa hat es trotzdem kalt erwischt.» Lucky atmete tief durch. «Jetzt sind halt die anderen an der Macht.»

Lucky stieg hinauf, kletterte durch das Loch und gab den Platz frei für seine beiden Freunde. Philipp stieg als Erster hinauf, dann folgte Moritz.

Als sie oben waren, zeigte Lucky, ohne hinzusehen, mit ausgestrecktem Zeigefinger auf einen großen Stützbalken direkt vor ihnen. «Wir sind pleite», sagte er.

Es war ein so unwirklicher Anblick, dass keiner der drei Jungen eine passende Reaktion parat hatte. Auch nicht und am wenigsten Lucky, der den Anblick ja schon kannte. Direkt vor ihnen hing ein Mensch an einem Strick, ein Erwachsener, die Beine schwangen sachte vor und zurück. Er konnte es eigentlich nicht sein, zu unwirklich sah es aus, es musste sich um eine täuschend echte Wachsnachbildung handeln, aber nein, es war Luckys Vater. Luckys Vater, nun ganz still und dennoch wenig dezent. Der Kopf hing wie in einer Demutsgeste herunter, die Lippen waren blau. Endlich gelang es Moritz, zu schreien. Ganz kurz nur, dafür aber umso heftiger. Für Philipp war das ein Brustlöser, er fing an zu weinen, so wie damals im Weiher, Jahre zuvor. Sie alle drei wussten sofort, dass dies ein Anblick war, den sie nie vergessen würden. Moritz wurde sauer auf Lucky, richtig sauer, wütend, dass er ihnen so etwas antat, dass er sie mit hineinzog in diese Katastrophe – warum nicht die Polizei, den Krankenwagen, warum hatte er sie angerufen, wo war seine Mutter, was sollten sie denn jetzt tun? Er schubste Lucky, dass er fast gegen die Beine seines Vaters stieß. «Spinnst du?», brüllte er. «Warum?»

«Ich wusste einfach nicht, was ich machen soll», murmelte Lucky und wehrte sich nicht. «Das machen wir doch sonst immer. Wenn wir ein Problem haben, rufen wir uns an.»

«Das ist kein Problem», schrie Moritz. «Ein Problem ist, wenn du Ärger in der Schule hast oder im Fußballverein, wenn du dich verknallt hast in irgendeine Tussi, die dich nicht will, oder wenn du nicht weißt, was du mit deinem beschissenen Geld machen sollst. Das ist ein Problem. Das hier nicht, das ist viel mehr, das ist … zu viel.»

«Ich weiß», sagte Lucky.

«Was hast du dir denn bloß gedacht?» Moritz konnte sich überhaupt nicht beruhigen. «Was hast du dir denn gedacht, was wir da tun sollen? Mund-zu-Mund-Beatmung?»

«Mir helfen», sagte Lucky leise. «Das macht ihr doch sonst immer. Wenn die Polizei kommt, dann nehmen die den mit, und dann ist der endgültig tot. Und ihr habt mir doch schon mal das Leben gerettet, und da dachte ich, ihr habt vielleicht eine Idee, irgendwas, wie man den wiederbeleben kann oder so. Ein Trick.»

«Ich hab dir nicht das Leben gerettet», sagte Philipp. «Das war Moritz. Ich hab nur geheult.»

«Wo ist deine Mutter?», fragte Moritz.

«Nicht da.» Lucky wischte sich die Tränen aus den Augenwinkeln. «Die ist gleich nach den ersten Zahlen im Fernsehen abgehauen, ich weiß nicht, wohin. Die haben sich angeschrien, und dann war sie plötzlich weg.»

«Hat die nicht ein Handy?», fragte Moritz. «So Leute wie ihr habt doch bestimmt ein Handy?»

«Sie geht nicht ran», sagte Lucky. «Ich hab ihr auf die Mailbox gesprochen.»

«Was für eine Mailbox?»

«So heißt der Anrufbeantworter. Drei Mal. Sie ruft nicht zurück.»

Moritz schüttelte den Kopf. «Einer muss nachsehen, ob das Herz noch schlägt. Sonst weiß ich auch nicht.»

Er und Philipp machten keine Anstalten, auch nur einen Fuß in Richtung des sanft schwingenden Körpers zu setzen. Lucky nahm all seinen Mut zusammen, schniefte und trat an seinen Vater heran. Er musste sich nicht strecken oder bücken, um sein Ohr an das Herz zu legen. Es hatte genau die richtige Höhe. Er war ganz vorsichtig, langsam, so als könnte man da noch etwas kaputt machen, er umfasste mit beiden Händen die Hüften, um seinen Vater festzuhalten, aber da war nichts zu hören, nichts bis auf das Knistern des Anzugs, als er ihn mit dem rechten Ohr berührte.

«Nichts», sagte er niedergeschlagen.

«Er ist tot, Alter», sagte Philipp. «Gib es auf.»

«Keiner von uns wird jemals wieder gut schlafen», sagte Moritz. «Du hast es echt verkackt.»

«Tut mir leid», sagte Lucky. «Ich hab nicht nachgedacht.»

Moritz presste die Lippen zusammen. «Polizei», sagte er. «Krankenwagen. Erst mal. Und wir werden nie wieder darüber reden. Kapiert? Das kann ich nicht, das halte ich nicht aus. Wir können versuchen, Freunde zu bleiben, aber ich kann das jetzt nicht jeden Tag …»

«Kein Wort mehr», sagte auch Philipp. «Nie wieder.»

Lucky nickte und streckte die geschlossene Faust aus. Die anderen beiden schlugen ihre dagegen. Moritz rief die Polizei, dann schwiegen sie. Als die Beamten eintrafen, kamen sie fast gleichzeitig mit Luckys Mutter, die angetrunken wirkte und noch auf dem Treppenabsatz in Ohnmacht fiel. Die Presse machte eine große Sache daraus, die Schüler in der Schule wurden gebeten, Lucky nicht darauf anzusprechen, pietätvoll zu sein, mitfühlend. Niemand hielt sich daran. Lucky litt zwei Wochen lang, dann ging er in Therapie – Kur hieß es, Kur –, drei Monate, die anderen beiden hätten ebenfalls eine Kur gebraucht, doch sie setzten ihre gewohnten Gesichter auf. Moritz erzählte gar nichts, da war niemand, dem er es erzählen konnte, sein Vater las in der Zeitung über den Fall und schimpfte einmal mehr auf die Sozis, die die rechtschaffenen Leute unter die Erde brachten. Einen Zusammenhang zu seinem Sohn stellte er nicht her, er wusste nicht, mit wem Moritz befreundet war. Nur Nina wusste Bescheid. Sie kannte Lucky, sie kannte Philipp, sie wusste, wer die drei Jungen gewesen waren, von denen in der Zeitung berichtet wurde. «Tut mir leid», sagte sie irgendwann fast beiläufig zu Moritz. Es war das Tröstlichste, was er seit langem gehört hatte.

26

LUCKYS MERCEDES MACHTE wirklich so gar keinen Lärm, er glitt über die Straßen wie die lautlose E-Version eines Luftkissenboots. Die Stadt war groß, sie war weitläufig, uferlos, man konnte sich in ihr verlieren und niemals wiederfinden. Es befanden sich so viele Kreuzungen zwischen Moritz' altem und neuem Leben, so viele menschliche und bauliche Schutzschilde, aber es blieb trotz allem ein Mikrokosmos, in dem man gezwungen war, sich aufeinander zu beziehen.

«Er will das wirklich», sagte Moritz nach längerem Schweigen. «Das mit dem Selbstmord. Du kannst da reden und machen, was du willst, er hat einfach keine Lust mehr.»

«Ich find den Begriff ja falsch», sagte Lucky. «Das klingt so nach Krieg und Straße und Gewalt. Auch schön, klar, aber darum geht es ja gar nicht. *Freitod* ist das. Hört sich doch gleich ganz anders an, oder? Machen Leute manchmal, wenn sie nicht mehr weiterwissen. Muss man dann vielleicht akzeptieren. Hat ja auch was mit Respekt zu tun.»

Lucky sah kurz aus dem Fenster und blinzelte. Sie wussten beide, wovon oder besser: von *wem* er sprach. Er sprach von dem Mann, der seit Jahrzehnten kein Thema mehr gewesen war. Den sie bewusst ausklammerten. Weil sie es so besprochen hatten.

«Ist schwer», sagte Moritz. «Das zu akzeptieren. Wenn jemand ganz allein ist, dann ist das vielleicht seine Sache. Wenn der aber Verwandtschaft hat oder Freunde, dann leiden da ja auch andere, unter so einer Entscheidung. Oder tragen das für immer mit sich herum. Du weißt genau, was ich meine.»

«Akzeptanz ist der Schlüssel, Bruder», sagte Lucky. «Irgendwann musst du von dir selber wegkommen und den anderen lassen. Das ist wie mit der Liebe. Wenn du 'ne Freundin hast und du liebst die abgöttisch und dann liebt die plötzlich einen anderen, dann ist der letzte, größte Akt deiner Liebe, ihr das zu gönnen. Und sie loszulassen. Das tut weh, klar. Aber am Ende ist das gesund. Alles andere zerfrisst dich von innen, und du wirst löchrig, faulst und schimmelst. Und weißt du was? Dann wirst du nie wieder neu lieben und geliebt werden. Wer verknallt sich schon in Schimmel?»

«Natrium-Pentobarbital», sagte Moritz. «Das will er haben. Und ich soll es ihm besorgen.»

«Und, machst du's?»

«Weiß nicht, wie. Das gibt's ja nicht an jeder Straßenecke. Das musst du so richtig beantragen, bei irgendeinem Ministerium. Und ich weiß vor allem auch gar nicht, ob ich das will.»

Lucky fummelte am Armaturenbrett herum, das einem Flugzeugcockpit nicht unähnlich war und stärker blinkte als ein amerikanischer Weihnachtsbaum in der Shopping-Mall am Heiligen Abend. Gleich würde er die Turbo-Taste drücken, dann hoben sie ab, ganz bestimmt.

«*Wenn* du es willst», sagte er beiläufig, «gib mir Bescheid. Ich kann fast alles besorgen.»

«Wie, alles besorgen?»

«Na, alles besorgen halt.»

Moritz lachte auf. «Alles klar. Ist das jetzt so eine Gangster-Nummer? Was bist du? Der nette Dealer von nebenan, oder was? Der Babo der Herzen?»

Lucky verzog keine Miene, fette Beats dröhnten plötzlich aus einer ganzen Reihe von Boxen, die sogar in den Fußboden eingelassen schienen und den Innenraum zur Tanzfläche erhoben. «Was denkst du denn, wo das alles herkommt, Bruder?», fragte er und zeigte auf sein vergoldetes Lenkrad. «Du hast den Quatsch mit der Börse doch nicht etwa ernsthaft geglaubt?»

Moritz lachte auf, aber Lucky gab mit nichts zu erkennen, dass das gerade Gesagte ein Witz gewesen war. Er konzentrierte sich auf den zunehmenden Sonntagsverkehr. Moritz hörte abrupt auf zu lachen, Lucky wechselte auf die Busspur, ohne zu blinken. Hinter all die braven Fords und Fiats wollte er sich nicht einreihen.

Als sie das mit einem Mal noch spießigere Wohngebiet erreichten, hatten sie weitere lange Minuten geschwiegen, die sich dieses Mal anders anfühlten. Moritz betrachtete seinen Freund von der Seite, mehrfach, vorsichtig, er sah ... ja, er sah irgendwie verändert aus. Einschüchternd wirkte er, dominant, entschlossen, alles Weiche war aus seinen Zügen verschwunden. Er schien aus einer anderen Welt zu sein. Einem anderen Milieu. Einer Parallelgesellschaft. Moritz hatte die Art und Weise, wie Lucky sich kleidete, immer mit einem Augenzwinkern verstanden. Als Spiel. Was, wenn es kein Spiel war? Wenn das wirklich Lucky war? Mit allen Konsequenzen?

Sie stiegen aus, Moritz drückte die Tür des weißen Mercedes sehr vorsichtig ins Schloss.

«Geschockt?» Lucky grinste wölfisch, obwohl Wölfe ganz gewiss nicht grinsen konnten.

«Nee, alles super, mir geht's gut, ist ja deine Sache, wie du ...», sagte Moritz, beendete den Satz nicht und schritt auf sein Elternhaus zu. Der Rauch hatte sich verzogen, natürlich, aber der Geruch verbrannten Plastiks und Holzes hing noch in der Luft. Die Haustür war zugezogen, dennoch warnten weiterhin Absperrbänder vor dem Betreten. Moritz zog den Schlüssel heraus und fummelte an dem Schloss herum. Die Tür, immerhin, ging nicht leichter auf als zuvor, auch das leichte Schleifen über den Fliesen war geblieben. Moritz hatte fast erwartet, dass die Vorderfront nur noch eine Art Kulisse darstellte, dass dahinter alles offen war, aber im Flur war lediglich die Garderobe verbrannt, die Kleidung daran, die Bilder an den Wänden. Die Wohnzimmertür hing nur noch in Resten in den Angeln, die Scherben der ehemals darin befindlichen Glasscheibe lagen verstreut dort, wo auch Reste des Fernsehsessels standen. Generell war der ganze Boden bedeckt mit Schutt, Glas, Plastik und Holzteilen, es war ein einziges Durcheinander, die Decke war tiefschwarz, auch die Tapete fast vollständig heruntergebrannt.

«Das wird kosten», sagte Lucky und trat mit seinen schneeweißen Sneakers versehentlich auf den Glasrahmen eines nur noch in Ansätzen erkennbaren Familienfotos. Er zog den Fuß zurück und hob das Foto auf. Da war Nina, unschuldig sah sie aus, ja, sogar irgendwie strahlend, zehn Jahre mochte sie alt sein, der Rest der Familie drum herum war verschmort. Für einen Moment war Moritz versucht zu glauben, dass das der Grund ihrer Fröhlichkeit war. Er musste ihr Bescheid geben. Den Kontakt wieder aufnehmen. Obwohl er es eigentlich nicht wollte.

«Was jetzt, Bruder?», fragte Lucky. Moritz wollte auch nicht mehr, dass Lucky ihn Bruder nannte, aber er sagte nichts. Nicht im Moment.

«Der neue Hausbesitzer», sagte er bitter. «Ich muss mit ihm reden.»

27

DER EINGANG DER SCHMIDTCHENs sah fast genauso aus wie der der Liebigs, nur dass der Abstand zum Gehweg etwas weiter, der Vorgarten dadurch zwei, drei Quadratmeter größer und der Rhododendron ein wenig höher war. Auch die Hauseinheit selbst bettete sich perfekt in die ganze Reihe ein, keine absurden Anstriche oder vorschnell vollzogenen Renovierungsarbeiten, nein, sie atmete genauso konsequent den Geist der sechziger Jahre wie der Rest der Siedlung. Sieben Einheiten trennten Moritz' Elternhaus von Familie Schmidtchen, Moritz hätte niemals aufzählen können, wer außer Frau Ronsdorf noch dazwischen lag bzw. wohnte. Sie hatten jeden einzelnen Hauseingang ablaufen müssen, bis ein geschwungenes Messingschild den doch eher verniedlichenden Namen Schmidtchen zu güldenem Glanz zu bringen versuchte. Seltsam, dachte Moritz, Schmidtchen konnte eigentlich nur jemand heißen, dessen Vorfahren es nicht einmal zu einem vollständigen Schmidt gebracht hatten. Vielleicht etwas überinterpretiert, aber an ihm haftete immer noch die destruktive Haltung des Tages.

Moritz stellte sich das Haus als sein eigenes vor, es ekelte ihn, niemals würde er hierhin zurückkehren, in diese Gegend, Vermieten war das Zauberwort, er klingelte, es war exakt der Klang seiner Kindheit, der Klang seines Zuhauses. Man hatte einfach nichts für sich. Es dauerte vielleicht zehn Sekunden, dann öffnete sich die Tür, vollkommen reibungslos, kein Schleifen auf den Fliesen. Das waren die kleinen Unterschiede.

«Moritz!»

Frau Schmidtchen stand da, es musste Frau Schmidtchen sein, alles andere ergab ja überhaupt keinen Sinn.

«Ich hab dich heute Nacht schon gesehen», sagte sie. «Groß bist du geworden. Und alt.»

Moritz hätte schwören können, dass er die Frau nicht kannte. Sie war vielleicht Mitte siebzig, Ende neunzig, schwer zu sagen, eine kleine, durch gesunde Ernährung oder schwere Krankheit schlank gebliebene Frau mit silbernem Haar und stolzen Falten. Ihre Augen waren jugendlich, wach, befanden sich ganz im Hier und Jetzt.

«Frau Schmidtchen?», sagte Moritz auf Verdacht. Sie nickte erfreut, es konnte also nicht ganz falsch gewesen sein. «Gut sehen Sie aus.»

Warum sagte er das? Es war doch überhaupt nicht seine Absicht, Komplimente zu machen. Konfrontieren wollte er sie, die hemmungslosen Hausübernehmer.

«Man muss halt fit bleiben», sagte sie geschmeichelt und winkte ab, dann betrachtete sie Lucky, der sich, so diskret es ihm eben möglich war, im Hintergrund hielt. «Und Sie sind der Freund?», sagte sie. «Hab ich ja ehrlich gesagt immer schon gedacht, dass du am anderen Ufer kampierst, Moritz.»

«Was?», sagte Moritz verblüfft. «Ich kampiere wo?»

«Na ja, du warst immer so feminin. Selbst beim Fußballspielen auf dem Schulhof. Wenn man da vorbeikam, hat man immer gedacht, wer ist denn das Mädchen, das da so gut mithalten kann? Und dann warst du das.»

«Nee», sagte er. «Gar nicht. Und ich hab 'ne Tochter, 'ne Tochter hab ich.»

«Das ist ja heutzutage Gott sei Dank kein Problem mehr», raunte Frau Schmidtchen verschwörerisch. «Wer von Ihnen beiden ist denn der Mann?»

Lucky grinste und hob den Zeigefinger. «Ich», sagte er. «Immer ich.» Er reichte Frau Schmidtchen die Hand. «Andreas», sagte er.

«Freut mich sehr», sagte sie. «Und modisch sind Sie. Trägt man ja heute so, diese Joggingklamotten, wir haben da früher unsere Turnübungen drin gemacht. Aber das hat man ja oft bei diesen Homosexuellen, dass die so am Puls der Zeit sind. Ich fand es immer schade, nie einen kennengelernt zu haben.»

«Wir sind nicht schwul», sagte Moritz ärgerlich. «Wobei das natürlich nicht schlimm wäre, schwul zu sein, aber ich kann das jetzt ja nicht einfach behaupten, obwohl ich das nicht bin. Man kann doch auch mal mit einem Freund unterwegs sein, ohne gleich unter Generalverdacht zu geraten. Wobei ich nicht sagen will, dass Generalverdacht das richtige Wort ist, wenn jemand schwul ist. Man muss ja gar nicht unter Verdacht geraten, Verdacht hieße ja Verdacht auf Schuldigkeit, dabei ist das doch vollkommen egal, ob jemand schwul oder hetero oder gar nichts ist. Oder beides. Ich könnte ja auch asexuell und trotzdem mit einem Freund unterwegs sein. Asexuelle Menschen haben auch Freunde. Außerdem weiß ich gar nicht, warum ich mich jetzt hier verteidige, wir haben doch nicht mehr 1990!»

Frau Schmidtchen lächelte wissend. «Warum stellst du dich dann so an?», fragte sie entspannt und wandte sich nach hinten. «Hermann», rief sie. «Der Moritz mit seinem Freund ist da.»

Aus den Tiefen der Reihenhaushölle schob sich ein alter, krummer Mann nach vorn, wie die spontane Verlangsamung des Erdenlaufs wirkte es, als hätte jemand am Rad der Zeit gedreht, um sich zwischendurch eine Pizza zu backen, den Wagen zu reparieren oder in weiter Voraussicht die Weihnachtsgeschenke zur Post zu bringen. Irgendwann stellte Herr Schmidtchen den Rollator im Flur gegen die Heizung, wie in Zeitlupe, sehr, sehr korrekt, und ging die letzten beiden Schritte bis zur Tür mit einer Energie, die nur seine Beine nicht mehr teilten.

Er tastete sich nach vorne, hielt sich am Türrahmen fest und sah neugierig hinaus. An den breiten, immer noch muskulösen Schultern und Armen erkannte man den früheren Sportler, seines Haupthaars war er im Alter verlustig gegangen. Er sah, ja, er sah ein wenig aus wie eine Knolle, inklusive knubbeliger Nase. Moritz wollte ihn jetzt, bei Tageslicht, auf Anhieb unsympathisch finden, selbstverständlich, das war ja der Plan gewesen, aber Herr Schmidtchen hatte so glänzende Augen, so viele Lachfalten, strahlte so viel Freude aus, dass es ihm gar nicht mal leichtfiel. Leider.

«Na, Junge?», sagte der alte Mann zur Begrüßung und betrachtete Moritz wie einen ehemaligen Schüler, aus dem was Ordentliches geworden war. «Kommst du, um dich zu entschuldigen?»

«Wofür entschuldigen?», sagte Moritz.

«Weil du dein Elternhaus abgefackelt hast.»

«Ich hab doch nicht … wie kommen Sie denn auf so was?», fragte Moritz.

«Spricht sich rum», sagte Herr Schmidtchen. «Irgendjemand hat dich heute Nacht mit dem Feuerwehrmann gehört. Und dann geht das ratzfatz, die Häuser sind nicht ohne Grund alle miteinander verbunden. Furchtbar ist das. Meistens. Bei der Ronsdorf denke ich manchmal, die hat heimlich durch alle Wände Löcher gebohrt, so auf Höhe ihrer verfetteten Katze, damit die bei uns ins Wohnzimmer blicken kann. Die weiß einfach alles. Sogar, ob wir die braunen oder die weißen Choco Crossies essen. Wir essen die braunen.»

«Ja, also, es war ein Unfall.» Moritz fühlte sich in die Defensive gedrängt, dabei war er doch eigentlich auf Angriff aus. «Ich wollte Ihr Haus nicht anzünden. Es war ein Versehen. Ich schwör's.»

Herr Schmidtchen bekam einen Lachanfall, der wie das letzte Husten klang.

«Was denn, das ist dein Haus?», fragte Frau Schmidtchen und konnte sich das Lachen ebenfalls kaum verkneifen. «Seit wann?»

«Ach …», sagte ihr Mann und winkte ab.

«Aber wer will das denn haben?», fragte Frau Schmidtchen. «Niemand.»

«Was hast du wieder angestellt?» Sie knuffte ihn in die Seite, dass er fast aus dem Türrahmen fiel.

Herr Schmidtchen wischte sich den Mund ab. «Junge», sagte er und wandte sich an Moritz. «Wir haben hier aus Spaß ein bisschen gewettet. Mit dem Gewinn, wenn man das denn so nennen will, haben wir einmal im Jahr eine Vorgartenparty veranstaltet. Die Einzigen, die nie daran teilgenommen und den Spaß wohl auch nicht verstanden haben, sind deine Eltern.»

«Du hast den Liebig sein Haus verwetten lassen?», fragte Frau Schmidtchen jetzt doch ein wenig vorwurfsvoll.

«Na ja.» Herr Schmidtchen blickte Moritz von schräg unten listig an. «Wie sag ich das jetzt? Dein Vater ist … nicht unbedingt der größte Sympathieträger der Straße, Moritz.»

Moritz öffnete – mehr als Reflex – empört den Mund, Familie war nun mal Familie, Lucky kam einen Schritt näher. Herr Schmidtchen verstand dies als Drohung.

«Ach nun ja, herrje, da muss man ja nicht gleich beleidigt sein. Weißt du, wie oft der die Polizei gerufen hat, wenn hier auch nur einer nach zweiundzwanzig Uhr geniest hat? Na, da haben wir ihn eben ein wenig hochgenommen. Diese Wettscheine gelten doch alle überhaupt nichts. Er hat mir das Haus auch nie offiziell überschrieben.»

Moritz sortierte seine Gedanken. «Aber er hat doch was verloren? Also Geld, meine ich.»

«Ja, das ist richtig.»

«Viel Geld?»

«Ach was. Kleinbeträge. Pienatz. Oder wie das heißt.»

«Das wäre ja alles ganz lustig», sagte Moritz und bekam endgültig seinen Moralischen, «wenn Sie mit ihm über verdorrende Rosensträucher oder den Blattlausbefall an den Linden gewettet hätten. Haben Sie aber nicht. Sie haben auf das Ende meines Cafés gewettet.»

«Das fand ich auch grenzwertig», sagte Herr Schmidtchen. «Ehrlich. Aber ich hab dagegengehalten. Ich hab an dich geglaubt.»

«Sie kennen mich doch gar nicht.»

«Eben, mein Junge. Eben. Ich glaube aber an das Gute im Menschen. So ganz allgemein.»

«Auf seinen eigenen Tod haben Sie gewettet.»

«Was?»

«Auf den Tod meines Vaters haben Sie gewettet. Das heißt, er hat Ihnen erzählt, dass er sterben will. Und Sie haben trotzdem mitgemacht.»

Herr Schmidtchen wirkte jetzt ernsthaft erschrocken und blickte seine Frau an. Die schien ebenfalls nur noch wenig amüsiert. «Halt, halt», sagte er. «Das stimmt so nicht, das ist nicht richtig, das hab ich nicht.»

«Weil?», fragte Lucky.

«Er hat sich ... na ja, er hat sich ehrlich gesagt immer ein bisschen über dich beschwert, Moritz», sagte Herr Schmidtchen. «Ich meine, ich weiß, dass das nichts heißt, er hat sich über alles und jeden beschwert, aber er hat gesagt, dass du und deine Schwester nichts mehr mit ihm und deiner Mutter zu tun haben wollt und dass du ihm bestimmt nicht einmal helfen würdest, wenn er ein bestimmtes Medikament bräuchte, das er sich nicht selbst besorgen kann. Wie hieß das? Nando ...»

«Natrium-Pentobarbital», sagte Moritz.

«Genau», sagte Herr Schmidtchen. Ganz blass war er geworden. «Ich hab gesagt, du tust es. Natürlich tust du es. Du hilfst ihm, hab ich gesagt. Du bist doch sein Sohn, hab ich gesagt.»

«Moment», sagte Moritz. «Er hat es genau andersherum erzählt. Er hat gesagt, Sie hätten behauptet, ich besorge ihm das Medikament nicht.»

«Aber nein.» Herr Schmidtchen schüttelte den Kopf, Frau Schmidtchen und Lucky teilten sich einen Gesichtsausdruck, der verriet, dass sie den Faden längst verloren hatten. «Das hat er sich falsch gemerkt, das würde ich doch niemals tun. Außerdem weiß ich überhaupt nicht, wofür dieses Medikament ist.»

«Damit bringt man sich um», sagte Moritz.

«Selbstmord?», ächzte Herr Schmidtchen. «Ich hab gedacht, Blutdruck.»

«Na ja, gewissermaßen auch richtig», sagte Moritz.

«Ich finde Freitod passender», sagte Lucky. «Als Begriff.»

«Sie hätten mir also Ihr Haus überschreiben müssen, wenn ich meinem Vater das Medikament nicht besorgt hätte?» Moritz kam jetzt eigentlich ebenfalls nicht mehr hinterher. «Was hat das denn für eine Logik? Was ist das überhaupt für eine verrückte Idee?»

Herr Schmidtchen wand sich im Türrahmen, seine Frau hatte allen Schalk verloren und sah ihn strafend an. «Ein Scherz», krächzte er. «Nur ein Scherz. Ein kleiner Spaß unter Nachbarn.»

«Du machst Scherze mit unserem Haus?», sagte seine Frau streng. «Was ist, wenn Moritz jetzt darauf bestanden hätte? Wenn er das Haus unbedingt haben wollte, das schöne, alte Haus, und sich alleine deshalb schon geweigert hätte, seinem Vater ein Medikament zu besorgen, dass dieser nun mal braucht, um sich das Leben zu nehmen?»

«Äh?», sagte Herr Schmidtchen.

«Was?», sagte Lucky.

«Genau», sagte Moritz. «Ich weigere mich nämlich. Und ich hätte jetzt gerne Ihre Hausschlüssel.»

«Oh nein», sagte Frau Schmidtchen streng und schob ihren Mann nach hinten, dass er fast umgekippt wäre. Sie würde wie eine kleine, zähe Löwin um ihren Besitz kämpfen. «Es tut mir leid um das Haus deiner Eltern, Moritz», sagte sie. «Es tut mir leid um den ganzen Ärger, den so ein Feuer mit sich bringt. Es tut mir leid um deine Mutter, und es tut mir leid, dass dein Vater offenbar allen Lebensmut verloren hat. Aber du kannst deswegen nicht unser Haus haben. Niemand bekommt dieses Haus, solange ich lebe.» Sie sah über ihre Schulter. «Und Hermann. Solange Hermann lebt.»

«Und das dauert noch», krähte Hermann aus dem Hintergrund. «Ich bin nicht umsonst jeden Marathon gelaufen, den es zu laufen gab. Einmal hätte ich fast am Ironman teilgenommen, wenn nicht der Flug abgesagt worden wäre. Triebwerkschaden, das muss man sich mal vorstellen.»

«Ja, ja», sagte Frau Schmidtchen, sie kannte die Geschichte schon.

«Das dreht sich jetzt im Kreis», sagte Lucky, der so nach und nach das Interesse verlor und die Straße hinaufblickte. Vor dem Eigenheim der Liebigs blieben immer wieder Katastrophentouristen stehen und schauten sich die Brandstelle an.

«Ich möchte Ihr Haus doch gar nicht», sagte Moritz leise. «Aber was mache ich bloß mit meinem Vater?»

Die Frage war an niemand Bestimmten gerichtet. Lucky trippelte mit den Füßen, er wollte gehen.

Frau Schmidtchen zögerte, schien zu überlegen, ob sie Moritz und Lucky nicht doch noch hereinbitten sollte, dann entschied sie sich dagegen. Sie waren schon zu weit gekommen in ihrem Gespräch, räumliche Veränderung würde die Dinge verlangsamen und verlängern. «Einmal», sagte sie, «hab ich deine

Mutter in eurem Vorgarten getroffen. Ist noch nicht lange her, vielleicht ein Jahr. Sie hat Unkraut gezupft.»

«Wie ging es ihr da?», fragte Moritz. Es stach in der Brust. Selbst Frau Schmidtchen kannte seine Mutter besser als er.

«Nicht gut. Sie hat geweint.» Frau Schmidtchen senkte den Blick, ihr Mann schnaubte. «Ich hab natürlich gedacht, na klar, das alte Ekel, da hat es wieder mal Streit gegeben, der Mann bringt seine Frau zum Weinen, aber sie hat den Kopf geschüttelt und ein bisschen herumgestammelt und gesagt, dass sie Krebs hat und dass ich im Moment die einzige Person bin, die davon weiß. Dass sie sich nicht traut, es deinem Vater zu erzählen, weil sie glaubt, dass er dann nicht besorgt reagiert, sondern wütend. Dass er Angst davor haben wird, alleine zurechtkommen zu müssen, und dass er vollkommen unselbständig sei. Dass sie das traurig macht, dass sie nicht einmal richtig krank werden darf, weil sie einen Mann hat, der sich nur um sich selbst und seine eigenen Bedürfnisse kümmert. Und der beleidigt ist, wenn sie sich erdreistet, als Koch- und Putzkraft auszufallen. Nur wegen einer vielleicht tödlichen Krebserkrankung.»

«Oh», sagte Moritz. Es tat ihm in der Brust weh, fuhr ihm in die Magengegend. Er war nicht da gewesen. Auch er nicht. Er war niemand gewesen, den seine Mutter hatte anrufen können, als es ihr schlecht ging.

«Ich habe versucht, sie zu trösten», fuhr Frau Schmidtchen fort. «Na ja, das war schwierig, wir kennen uns ja kaum, und deine Mutter ist kein Mensch, der solche Gespräche öfter führt, das hat man gleich gemerkt. Sie hat sich richtig hineingesteigert, sie hat gesagt, dass dein Vater einen guten Kern hätte, ganz gewiss hätte er den, und nur so ein schwieriger Mensch geworden sei, weil er eine schwere Kindheit gehabt hätte, und dass sie selbst kaum etwas darüber wüsste, dass dein Vater es aber zum

Beispiel nie verwunden hätte, dass er seinem Bruder das Bein zerschlagen hätte ...»

«Mein Vater hat *was?*», fragte Moritz.

«Krass», sagte Lucky, der jetzt wieder bei der Sache war.

«Ich weiß es doch auch nicht, irgendwie war dein Vater schuld an einem Unfall, und sein Bruder ist seitdem gehbehindert», sagte Frau Schmidtchen.

«Ist?», fragte Lucky leichthin. «Lebt der alte Holzmichel etwa noch?»

Herr Schmidtchen kicherte, unpassend war das, Frau Schmidtchen hob die Schultern. «So hat es deine Mutter jedenfalls gesagt. *Hans*, hat sie gesagt. Behindert *ist*, hat sie gesagt.»

Moritz fiel das Familienfoto wieder ein, das er gefunden hatte. Hans war der Älteste, Karlheinz der Jüngste. So viel wusste er noch, Wie alt musste sein neuer Onkel also sein? Hundert?

«Wie ist Ihre Begegnung ausgegangen?», fragte Moritz.

«Wie solche Begegnungen immer ausgehen», sagte Frau Schmidtchen. «Man wischt sich die Tränen ab und macht weiter. Was bleibt einem anderes übrig? Unkraut ist Unkraut. Ich habe dann ab und zu nach ihr gesehen, auch wegen ihrer Erkrankung. Aber sie wollte nicht mehr darüber reden, hat nur noch gelächelt und über den Garten gesprochen, das Thema war für sie erledigt. Zumindest mir gegenüber. Na ja, dann ist das mit den Besuchen auch wieder eingeschlafen, weil dein Vater es nicht mochte, dass wir miteinander geredet haben. Finde ich schade, heute.»

Moritz nickte. Er fand auch einiges schade, eigentlich alles. Er war nicht da gewesen. Nina war nicht da gewesen. Keiner von beiden war je über seinen Schatten gesprungen.

«Können wir den Quatsch mit den Wetten jetzt vergessen?», fragte Herr Schmidtchen zerknirscht. «Tut mir leid, dass ich das alles nicht kapiert habe. Ich bin ein alter Angeber mit nix dahinter.»

Lucky schüttelte den Kopf. «Schwer in Ordnung sind Sie», sagte er. «Wenn ich mal zweihundert Jahre alt bin, will ich auch so sein.»

«Du kannst dann meinen Rollator haben», sagte Herr Schmidtchen und erlaubte sich ein kleines Lächeln. Sie alle lächelten sich an, vorsichtig, dann schloss Frau Schmidtchen behutsam die Tür. Es gab weiter nichts zu sagen. Moritz trat auf den Gehweg zurück, wie in Trance. Die Sonne schien ihm nun frontal ins Gesicht, spendete eine wärmende Umarmung. Genau andersherum ist es, dachte er. Schmidt hießen nur die Leute, die es nicht zu einem Schmidtchen gebracht hatten.

Nina,

eigentlich wollte ich dir nicht mehr schreiben und
dich in Ruhe lassen. Aber letzte Nacht ist unser
Elternhaus abgebrannt. Na ja, nicht ganz, aber große
Teile des Erdgeschosses. Wahrscheinlich ein Kabeldefekt. Papa kann da erst mal nicht mehr hin. Außerdem
hat er das Haus verwettet an einen Nachbarn namens
Schmidtchen. Weiß nicht, ob du dich noch an den erinnerst. Die Schmidtchens sagen, es wäre nur ein
Spaß gewesen. Sie wollen das Haus nicht. Papa glaubt
aber, wir kriegen zusätzlich zu seinem noch das Reihenhaus der Schmidtchens, wenn er stirbt. Also Herr
Schmidtchen. Und Papa. Durch meine Hilfe. Oder nicht
stirbt, das habe ich selbst nicht so genau begriffen.
Ist auch egal, niemand bekommt hier das Haus von
irgendwem, und niemand stirbt. Oder was weiß ich.
Es ist kompliziert. Lucky ist ein Dealer, wusstest
du das? Von wegen Börse. Ich bin echt geschockt.
Nichts ist, wie es scheint. Weiß nicht, wie ich
damit jetzt umgehen soll. Am liebsten würde ich ihm
die Synesso zurückgeben. Mein Café ist mit Drogengeld gebaut, das ist mir echt zu hart. Wie soll ich
das denn bitte Elias eines Tages erklären? Weiß dein
Sohn Darren eigentlich, dass er einen Onkel hat? Und
arbeitet dein Mann wirklich als Hausmeister in einer
Shopping-Mall? Gruß, Moritz

SO., 13:19 UHR

Was? Wieso Hausmeister? Shopping-Mall? Spinnst du?
Den Rest habe ich sowieso nicht begriffen. Das mit
dem Dealer wusste ich, aber nicht, dass er das heute
noch macht. Was glaubst du denn, woher ich mein Zeug
damals hatte?

28

MORITZ STARRTE auf sein Smartphone. «Halt an», sagte er dann. «Halt sofort an.»

Lucky machte ein erstauntes Gesicht, dann blinkte er und stoppte an der Bushaltestelle, an der Moritz nur zwei Tage zuvor mit seinem Vater gehalten hatte – allerdings auf der anderen Seite. «Was ist los, Bruder?», fragte er und klang einigermaßen besorgt. «War ein bisschen viel, ne? Musst du kotzen? Aber nicht hier drin!»

Moritz schüttelte den Kopf und schnallte sich ab. «Hast du Drogen an meine Schwester verkauft?», presste er hervor. «An ein Kind?»

Lucky sah auf der Fahrerseite aus dem Fenster. «Ach das», sagte er nur. Moritz hätte sich ein klares Nein gewünscht oder eine rechtschaffen empörte Reaktion. Aber nichts. Lucky gab es gewissermaßen zu. Er öffnete die Beifahrertür und schwang die Beine hinaus, nicht eine Sekunde wollte er mit diesem Typen weiter auf engstem Raum verbringen.

«Mach wieder zu, Bruder», sagte Lucky. «Aber von innen. Draußen ist es heiß.»

«Nenn mich nie wieder Bruder, okay?», rief Moritz. «Hat sich ausgebrudert! Und ich hab auch keine Lust, dass du noch mal mein Café betrittst! Kannst deine Kaffeemaschine abholen, gleich morgen früh!»

«Was denn jetzt?», fragte Lucky. «Das Café nicht mehr betreten oder die Maschine abholen?»

Moritz ruckelte hin und her, dann schloss er die Beifahrertür wieder. «Wie konntest du das nur machen? Bei Nina? Ich hab das Gefühl, ich kenne dich überhaupt nicht!»

«Beschützen wollte ich die», sagte Lucky.

«Jetzt wirst du auch noch zynisch.»

«Nee, Moritz», sagte Lucky und klang mit einem Mal sehr ernst, sehr erwachsen. «Pass mal auf, mein Freund. Du hast immer schon in deiner heilen, kleinen Alternativwelt gelebt, okay? Hast immer versucht, das echte Leben aus deiner Blase auszuschließen. Okay, das tun wir alle auf die eine oder andere Weise. Und klar, da war vielleicht ein bisschen zu viel wirkliche Welt in deiner Kindheit. Aber du kannst dir nicht immer Sonnenblumen vor die Augen binden und denken, ist das alles gelb hier. Die wirkliche Welt trinkt keinen fair gehandelten Double Espresso zur Mittagszeit, die trinkt Filterkaffee in der schlaflosen Nachtschicht. Und deine Schwester hat das viel früher begriffen als du. Die hat viel früher erkannt, was der Mensch ist, die hat das von Anfang an geschnallt. Schon als sie ganz klein war. Also hat sie angefangen, zu kiffen. Als sie größer wurde. Für ein paar Stunden Entspannung, für etwas Pause von der Traurigkeit. Nehm ich ihr nicht übel. Besser, als wenn sie sich anders abgeschossen hätte.»

«Was soll das denn jetzt sein? Kommst du mir jetzt mit so einer Art Ethos?»

«Wir reden vom Kiffen, Moritz. Nicht von Koks, nicht von Ecstasy, nicht von Meth, nicht von Heroin. Nicht mal von Alkohol. Die hätte sich das Zeug sowieso besorgt, genau wie ihre Freundinnen und die Jungs in ihrer Schule. Und da hab ich halt gedacht, nimm meins, das ist rein und sauber und nicht verseucht.»

«Du hast einem Kind Drogen verkauft!»

«Sauberes Gras war das. Und ich hab's ihr nicht verkauft, ich hab's ihr geschenkt.»

«Das wird ja immer besser!»

Lucky seufzte. «Du stellst dir das falsch vor», sagte er. «Ich hab das selbst angebaut. Auf dem Dachboden meiner Eltern. Da, wo wir … wo wir meinen Vater gefunden haben. Ich hab mit achtzehn damit angefangen, richtig sorgfältig, schön die Gebrauchsanweisung im Internet studiert, die Lampen besorgt, Düngemittel, das volle Programm. Weil ich dachte, so kann man aus diesem kaputten Ort vielleicht noch etwas machen. Ich hab mit einer Pflanze angefangen, am Ende hatte ich vierzig. Meine Mutter hat nichts davon gemerkt, die war nie mehr da oben und schnallt ja sowieso schon seit Ewigkeiten nichts mehr. Und dann hab ich das halt ab und an verschenkt. An Leute, die es gebrauchen konnten. Und an mich selbst. Ich sag dir, so beliebt war ich nie wieder.»

«Warum weiß ich davon nichts? Warum hab ich das nicht mitgekriegt?»

Jetzt zögerte Lucky. «Weil ich vorsichtig war», sagte er dann. «Du warst immer schon so moralisch. Ich hab gedacht, du beendest vielleicht die Freundschaft.»

Moritz schnaubte. «Hätte ich auch. Aber dann mach ich das halt erst heute. Und nicht wegen des Grases. Sondern weil du mich verarscht hast. Und Philipp. Weil du uns verarscht hast!»

«Philipp wusste das.»

«Was?»

«Der wusste das. Immer schon.»

Moritz presste seine rechte Hand so fest zusammen, dass die Knöchel weiß hervortraten. «Und heute?», fragte er. «Was verkaufst du denn noch Schönes? Bisschen Koks an die Kinder? Damit die ihre Prüfungen besser schaffen? Du Wohltäter?»

Lucky stellte den Motor aus. Die Wartenden an der Bushaltestelle schauten empört. Moritz war sich nicht sicher, aber er vermeinte die Dame mit den Aldi-Einkaufstüten wiederzuerkennen, die dieses Mal eben in die andere Richtung fuhr. So war das wohl, mal ging's in die eine Richtung, mal in die andere.

«Ich verkaufe gar nichts, Moritz», sagte Lucky sanft. «Nur an der Börse. Ich habe mir einen Spaß erlaubt. Mit dir. Hätte ich vielleicht nicht tun sollen, so angegriffen, wie du bist. Hab ich aber gemacht. Weil ich ein großes Kind bin. Es ist alles so, wie du denkst und immer gedacht hast. Ich hab ein Depot, ich spekuliere auf Gewinne, ich hänge vorm Computer und am Telefon und kenne mich mit dem ganzen betriebswirtschaftlichen Kram ziemlich gut aus. Das ist alles.»

«Und das Gras?», fragte Moritz. «Was ist mit dem Gras? Was ist mit meiner Schwester?»

Lucky lächelte. «Das ging genau ein Jahr. Dann hab ich's gelassen. War einfach zu zeitaufwendig, die ganze Aufzucht und Pflege und Geheimhaltung. Meine Mutter war zwar depressiv und hat mehr Tabletten geschluckt als die russische Olympiamannschaft, aber irgendwann wäre ich bestimmt aufgeflogen. Ich hab die Pflanzen sterben lassen. Das tut mir heute noch leid.»

Der Linienbus näherte sich aus zweihundert Meter Entfernung, der Fahrer betätigte die Lichthupe. «Fahren oder laufen?», fragte Lucky.

Moritz legte sich den Gurt um. «Ist zu heiß zum Laufen», knurrte er.

Lucky grinste, ließ den Motor an und glitt elegant aus der Parkbucht. Moritz war völlig erschöpft, seine Gedanken überschlugen sich. Er hatte das Gefühl, dass sein ganzes, bisheriges Leben auf einer Illusion basierte.

«Was ist mit dem Medikament für meinen Vater?», fragte er. «Warum hast du behauptet, du kannst es besorgen?»

«Erinnerst du dich noch an Engi?», fragte Lucky. «Den Schlaukopf aus Zürich, über den wir uns in der Schule immer lustig gemacht haben wegen seines komischen Akzents?»

«Ja, sicher. Michael Engler. Ein Vollidiot war das.»

«Gar nicht. Du fandest den nur blöd, weil der auch mit mir

befreundet sein wollte. Jedenfalls haben wir immer noch Kontakt, ab und zu, und der lebt jetzt wieder in der Schweiz.»

«Ja, und?»

«Als Arzt, Moritz. Als Arzt in der Schweiz. Der kommt da ran, an das Barbiturat.»

«Ach so», sagte Moritz.

«Ja», sagte Lucky schlicht.

«Gibt es noch mehr?», fragte Moritz. «Mehr Dinge, die ich nicht weiß?»

«Ja, sicher», sagte Lucky. «Wir alle bekommen doch nur Ausschnitte aus dem Leben der anderen mit. Und dann auch noch Ausschnitte, die extra für uns aufbereitet werden. Jeder hat unzählige Persönlichkeiten, je nach Umgebung, je nach Situation. Das muss auch so sein, sonst kommst du nicht klar. Die Menschen sind einfach zu verschieden. Man muss sich anpassen.»

«Bist du wirklich Lucky?», sagte Moritz. «Du redest gar nicht wie er.»

Der massige Kerl lachte auf. «Ich hab nur kurz die Rolle gewechselt. Bruder. Das gerade war ich in meiner Therapiegruppe.»

Moritz kam sich naiv vor. Nichts war einfach, nichts war klar, nichts war wahrhaftig. Er nutzte den Rest der Fahrt zum Atmen, zur Beruhigung seiner Nerven, und als sie das Café erreichten, hatte er durch allerlei Verschieben und Relativieren sein Koordinatensystem wieder einigermaßen geordnet. Vielleicht war es gar nicht so wichtig, immerzu die Wahrheit zu sagen, dachte er. Vielleicht waren andere Dinge wichtiger. Dinge, die nichts mit Sprache oder Worten zu tun hatten. Lucky parkte in zweiter Reihe, schamlos, so als gehörte ihm die Straße, und drehte seine Kappe um.

«So», sagte er, «am Ende doch ein schöner Tag. Haus zurückgewonnen, Freundschaft gerettet, Espresso gesichert. Läuft.»

Als sie ausstiegen, betrachtete Moritz den Hartwigplatz mit einem gewissen Misstrauen. Aber er sah aus wie immer, da waren die Tauben, die Familien mit den Eisbechern, die Skater und die Rentner auf den Bänken. Nur dieses ungute Gefühl, beobachtet zu werden, wollte auch jetzt nicht weichen. Es war schwer zu beschreiben, noch schwerer zu begreifen, aber Moritz fühlte eine Art Kralle in seinem Nacken. Es war nur ein Aufblitzen, aber für eine Sekunde dachte er ernsthaft ebenfalls über eine Therapie nach. Eine Verhaltenstherapie. Da stimmte offenbar mehr nicht mit ihm, als er es sich selbst gegenüber zuzugeben bereit gewesen war.

Im *Schönen Leben* schien der größte Andrang bewältigt. Nur ein Kunde stand vorne am Tresen, der riesige Philipp musste sich sehr weit hinunterbeugen, um die Kaffeemaschine zu bedienen, er sah dabei schon recht natürlich aus, Stella legte mit der Zange ein Croissant auf einen Teller. Am Tisch saß ein älterer Herr mit Zopf und las Zeitung, an der Wandleiste hatten zwei Mittzwanziger ihre Laptops aufgeklappt und hauten in die Tasten.

«Ich kann leider kein Milchherz zaubern», sagte Philipp gerade.

Der Kunde, ein sportlicher Radhosenträger mittleren Alters, gab sich entspannt. «Das macht nichts», sagte er.

«Und keine Blume», sagte Philipp.

«Auch nicht schlimm.»

«Ich kann eigentlich gar nicht zaubern», sagte Philipp.

«Ich auch nicht», sagte der Kunde, lächelte, nahm Kaffee samt Croissant und setzte sich zu dem Zopfträger an den Tisch.

«Und?», fragte Stella. Sie schien versöhnt zu sein, ihre Wangen glühten. «Wo wart ihr? Alles gut?»

Lucky wollte sich da nicht festlegen und wiegte den Kopf.

«Nein», sagte Moritz, «aber mein Vater hat sein Haus doch nicht verwettet. Also, nicht wirklich.»

«Gut», sagten Stella und Philipp gleichzeitig, dann blickten sie sich lächelnd an, so als würden sie sich mögen. Sehr mögen.

«Macht wohl Spaß, was?», fragte Moritz und freute sich, ja, tatsächlich, er freute sich. Das war am heutigen Tag das erste Bild, das ihm gefiel.

«Philipp stellt sich nicht ganz blöd an», sagte Stella.

«Stella ist eine gute Lehrmeisterin», sagte Philipp.

«Philipp hat Talent», sagte Stella.

«Stella ist sehr geduldig», sagte Philipp.

«Philipp macht einen nicht komisch von der Seite an, wenn ihm etwas nicht gelingt», sagte Stella.

«Ich hab's verstanden», sagte Moritz. «Tut mir leid mit heute Morgen, Stella. Wirklich. Besonders das mit dem Ulf.»

«Was ist das denn für ein blöder Name?», fragte Lucky. «Wer heißt denn Ulf?»

Moritz hielt die Luft an, dann lachte Stella. «Mein Freund», sagte sie. «Mein Freund heißt Ulf.»

«Besser als Andreas», sagte Lucky sofort, über Philipps Gesicht huschte bei der Erwähnung von Stellas Freund die Winzigkeit eines Schattens, dann wischte er mit einem Lappen über den Dampfhahn.

«Macht Spaß hier», sagte er. «Könnte ich öfter machen. Ist ein guter Ausgleich zu dem ganzen Kunststoff.»

«Ich biete dir gerne einen Minijob an», sagte Moritz. «Vielleicht üben wir dann vorher noch, nicht mit dem Lappen für die Tische den Dampfhahn zu putzen.»

«Oh, Shit», sagte Philipp und warf das Tuch von sich, als wäre es von Killerkeimen durchdrungen. Lucky nahm die entspannte Pose des Paten ein. «Ob ich wohl meinen Espresso haben könnte?», fragte er.

Stella schob Philipp zur Seite, was dieser durchaus zu genießen schien. «Kommt sofort, ist schon in Arbeit», sagte sie in alter Fröhlichkeit. Moritz war endgültig beruhigt. Die Dinge pendelten sich ein, natürlich taten sie das, eine gewisse Hysterie war ihm aber auch wirklich nicht abzusprechen, ein wenig mehr Vertrauen in die Umstände und das Leben an sich täten ihm gut. Daran konnte, nein, musste man arbeiten. Für die Zukunft. Letztlich waren die Überraschungen, die Wendungen, doch einigermaßen überschaubar, da durfte man sich nicht so anstellen, die musste ein erwachsener Mann wie Moritz einfach bewältigen können. Wie sollte das ansonsten erst in Elias' Pubertät werden?

«Entschuldigung, Moritz», sagte eine weibliche Stimme hinter ihm. «Erschrick nicht.»

Moritz drehte sich um und erschrak. Da stand eine schwarzhaarige, grazile, einen halben Kopf kleinere Frau, die seine Augen und die weibliche Entsprechung seiner Nase mitgebracht hatte.

«Nina!», rief er.

Sie lächelte mit gesenktem Blick. «Ich glaube, wir müssen reden.»

29

DIE GUT GESCHULTEN Großstadtvögel in den Bäumen bemühten sich gesanglich um einen angemessenen Rahmen. Moritz und Nina hatten sich schweigend zu der Grünfläche gegenüber seiner Wohnung begeben, nun saßen sie auf einer Parkbank, von Dealern und Fixern war nichts zu sehen. Sonnenhungrige stellten ihre kaum verhüllten Körper auf dem dichtbesiedelten Stückchen Wiese aus, klar, es war nun einmal Sonntag, es roch nach Grillfleisch, Sonnenmilch und Rauchwaren aller Art. Familien und befristet verbandelte Ex-Singles hatten Liegen mitgebracht, Tische, Stühle und genug Essbares für die Verköstigung der gesamten Stadt. Moritz saß links außen, seine Schwester am anderen Ende der Bank. Sie schwiegen, betrachteten das Leben.

«Seit wann bist du denn in Deutschland?», fragte Moritz schließlich. Das war unverfänglich, nicht zu tiefgründig. Für den Anfang. Nina sah mit offenem Mund in die Baumwipfel, als müsste sie rechnen. «Seit dreiunddreißig Jahren», sagte sie. Moritz blickte überrascht zu ihr hinüber.

«Ich war noch nie in Kalifornien», sagte sie.

«Florida», korrigierte Moritz.

«Richtig», sagte Nina kleinlaut. «Ich war noch nie in Florida. Nicht in Florida, nicht in Kalifornien, nicht in New York. Überhaupt nicht in Amerika. Ich wollte da immer hin. Aber es hat nicht geklappt. Und dann hab ich das halt einfach irgendwann behauptet, damit mich alle in Ruhe lassen, und bin nicht mehr davon weggekommen. Weiß auch nicht, warum ich das gemacht habe.»

«Man macht halt manchmal so Sachen», murmelte Moritz. Er war nicht einmal besonders erschüttert, er verstand, dass es Situationen gab, die sich verselbständigten.

Nina zupfte eine imaginäre Falte von ihrer Stoffhose. «In Wirklichkeit wohne ich keine vierzig Kilometer von hier, in so einem ganz kleinen Kaff. Nordwaldhausen, kennst du ja vielleicht. Zweihundert Einwohner. Genau richtig für mich.»

«Und meine fünf Nichten und Neffen?», fragte Moritz. «Darren und Miley und die anderen?»

Sie senkte den Kopf und spielte mit ihren Fingerspitzen. «Gibt es nicht. Ich wollte immer Kinder. Mindestens fünf. Aber hab den passenden Partner nie gefunden. Oder gleich wieder vertrieben. Ich hab Schwierigkeiten, Menschen zu vertrauen. Ich lasse niemanden an mich ran.»

Moritz betrachtete seine Schwester genauer. Sie wirkte älter als Anfang dreißig. Kleine Fältchen um die Augen, einen leicht verkniffenen Zug um den Mund, das eigentlich hübsche Gesicht von tiefen Schatten unter den Augen ausgehöhlt. Sie öffnete ihre Handtasche und holte eine Schachtel heraus, hielt sie ihm hin. Er schüttelte den Kopf.

«Bevor du fragst», sagte sie und fummelte eine Zigarette aus der Packung. «Ich weiß, was ihr hier alle so treibt. Bei dir ist das nicht schwer, du machst ja diesen ganzen Social-Media-Kram, ich hab alles mitgekriegt. Das Café, die Geburt von Elias, den Urlaub auf Bali, als du deine Freundin beim Aufpusten der Luftmatratze gefilmt hast, bis sie geplatzt ist. Also, die Luftmatratze. Bei Mama und Papa ist das natürlich schwieriger, da bin ich mindestens zwei Mal im Jahr vorbeigefahren, um zu sehen, ob das Haus noch steht.»

«Das Haus ist wohl kaum der Grund. Du wolltest gucken, ob sie noch leben.»

Nina nickte. «Ich hab mich mit meinem Auto davorgestellt, hatte Schiss, dass mich jemand sieht, den ich kenne, und jedes Mal habe ich überlegt, ob ich einfach mal klingeln soll. Aber ich hab's nicht gemacht. Und wenn sich etwas hinter der Gardine bewegt hat, bin ich wieder abgehauen. Wusstest du, dass Papa ein Fernglas hat, mit dem er die Straße beobachtet?»

«Ja», sagte Moritz. «Aber erst seit kurzem.»

Eine violette Frisbeescheibe landete sanft vor ihren Füßen. Moritz hob sie auf und suchte nach dem Werfer oder der Werferin. Von der Wiese her kam ein Typ mit nacktem Oberkörper, Pluderhosen und Dutt auf ihn zu, der nicht Ulf war. Moritz wollte lässig wirken und warf das Frisbee fachgerecht zurück. Die Scheibe verfehlte ihr Ziel, stieg viel zu hoch, machte eine steile Wendung in der Luft und landete bei einer türkischen Großfamilie auf dem Grill. «Alter!», rief der Mann, der nicht Ulf war, entsetzt, drehte sich eiligst um und ließ sich von der Großfamilie vielstimmig, angemessen und unverständlich beschimpfen.

Moritz rutschte etwas weiter in die Mitte.

«Was machst du?», fragte er. «In Nordwaldhausen?»

«Erzieherin», sagte sie. «Gibt da eine Grundschule in der Nachbargemeinde.»

«Lehrerin, echt?», fragte Moritz. Er hatte nicht einmal gewusst, dass Nina studiert hatte.

«Nein, Erzieherin», sagte sie. «Pausenbetreuung, Hort, Spielangebote, Aufsicht. So was halt.»

«Klingt gut», sagte Moritz und wusste nicht, ob das stimmte.

Nina zündete sich ihre Zigarette an. «Es ergibt auf jeden Fall Sinn. Das ist das erste Mal in meinem Leben, dass ich etwas mache, was Sinn ergibt.» Sie blickte in die Ferne. «Jetzt steht das Haus also nicht mehr.»

«Doch, doch», beeilte sich Moritz zu sagen. «Es ist nur das Erdgeschoss. Und das kann man reparieren. Oder restaurieren. Ein dummer Zufall, wirklich. Ich war da, und dann war der Fernseher an, da musste ich den natürlich ausmachen und hab am Kabel gezogen, und dabei ist es wohl kaputtgegangen.»

«Fernbedienung», sagte Nina.

«Ich weiß, Nina. Das sagt mir jeder. War halt Pech.»

«Papa will sich wirklich umbringen?» Ihre Stimme war so hart, so als wäre das der letzte, qualvolle Streich eines Unverbesserlichen, mit dem er es allen noch mal so richtig zeigen wollte.

«Ich finde Freitod als Begriff besser», sagte Moritz.

«Wie auch immer. Wir haben den Ärger.»

«Was heißt hier ‹wir›? Du bist in Amerika. Offiziell.»

«Amerika ist abgebrannt.»

«Ich glaube, er wünscht sich, dich noch mal zu sehen», sagte Moritz. «Ich glaube, er vermisst dich.»

Nina fauchte, dass jede Straßenkatze erblasst wäre. «Red keinen Scheiß!»

«Tue ich nicht.»

«Das hätte er sich früher überlegen müssen», sagte sie. «Außerdem kannst du nichts vermissen, was du nie besessen hast.»

Die Frisbeescheibe kam allen Ernstes ein zweites Mal auf sie zugeflogen, landete fast an derselben Stelle wie zuvor. Moritz nahm sie und erhob sich. «Bitte nicht», rief der Typ mit dem Dutt, der in seinen Pluderhosen auf ihn zugestürmt kam. Moritz deutete einen Wurf an, dann lächelte er und drückte dem Mann die Scheibe in die Hand. «Danke», sagte der erleichtert, völlig außer Atem, aber glücklich und stürmte zurück auf die dichtbesiedelte Spielfläche, wich tänzelnd glänzenden Körpern auf Badetüchern und Decken aus. Das Leben konnte so einfach sein.

Moritz setzte sich wieder, Nina zog an ihrer Zigarette. «Ich habe Angst, Papa wiederzutreffen», sagte sie. «Ich bin nicht so stabil.»

«Papa ist nur noch ein kleiner, alter, kranker Mann», sagte Moritz. «Er ist nicht mehr wie früher.»

«Ich auch nicht», sagte Nina und sah ihren Bruder an. «Da ist viel passiert, in den Jahren dazwischen. Wie bei jedem.» Sie seufzte. «Ich hab euch gesehen. Ich schleiche schon seit Tagen um euch herum. Er macht mir immer noch Angst.»

«Aber du hast dein Versteckspiel aufgegeben», sagte Moritz. «Jetzt. Das hat doch einen Grund. Klingt das pathetisch? Ich glaube, das klingt pathetisch.»

Nina zerdrückte die Zigarette unter ihrem linken Schuh. «Ziemlich pathetisch», sagte sie. «Aber das kann ich auch. Als du abgehauen bist, damals, hab ich dir das nicht verziehen. Du hast mich echt allein gelassen mit denen. Ich hab alles abgekriegt. Papa hat die Welt noch mehr gehasst als vorher. Und noch mehr getrunken. Entweder er hat überhaupt nicht mehr mit mir gesprochen oder mich angebrüllt. Zweimal wollte er mich schlagen. Er hat mich nur nicht erwischt. Ich muss eine riesige Enttäuschung für ihn gewesen sein.»

«Nein», sagte Moritz. «Sag das nicht. *Er* war eine riesige Enttäuschung für *uns*. Alles andere ist falsch.»

«Mama war immer auf seiner Seite. Immer.»

«Sie hatte einfach Angst. Angst davor, was passiert, wenn sie die Dinge eskalieren lässt. Mama war nicht so selbständig, sie hat jemanden gebraucht, der sie versorgt.»

«Sie war feige. Und die Dinge *sind* eskaliert. Sehr langsam. Sehr lange.» Nina griff nach der nächsten Zigarette.

«Rauchst du viel?», fragte Moritz.

«Ja», sagte sie schlicht, überlegte und steckte die Packung wieder ein. «Eine Sache, die ich dir geschrieben habe, stimmt. Ich will keinen Smalltalk und keine rührende Familienzusammenführung. Mir geht es ganz gut da, wo ich jetzt bin. Auch wenn es nicht Amerika ist. Wir klären das mit Papa, gucken, was wir mit ihm anfangen, ob wir seine Entscheidung mittragen können, dann geht jeder seines Weges. Okay?»

«Okay», sagte Moritz und erhob sich. «Es sind nur ein paar Meter.»

«Ich weiß.»

Sie standen auf, traten hinter die Parkbank und durchquerten die Büsche über einen schmalen Trampelpfad, wichen leeren Dosen, klebrigem Eispapier und getrockneten Hundehaufen aus. Da war die Straße, das Kopfsteinpflaster, da stand Mehdi im Ladeneingang, verschränkte die Arme vor der Brust, sah demonstrativ in die andere Richtung und grüßte nicht. Noch etwas, dachte Moritz, noch etwas, das es zu kitten galt. Sie überquerten die Straße, Moritz kontrollierte automatisch, ob sein Vater vielleicht vor dem Haus auf dem Gehweg lag, ob er sich nicht doch über die Brüstung des Balkons geworfen hatte, unbemerkt von allen anderen, unsichtbar noch im Tod, schüttelte den Kopf, das hätte man doch gemerkt, da wäre doch eine Menschentraube, die Feuerwehr, der Notarztwagen. Er schloss die schwere Haustür auf, ein paar der Briefkästen klapperten zur Begrüßung.

«Vierter Stock», sagte Moritz.

«Ich weiß», sagte Nina.

Die Treppenstufen machten Lärm, fügten ordentlich Theaterdonner hinzu, Moritz fragte sich, ob Jessy und Elias bereits wieder zurück waren, ob sein Vater vielleicht sogar noch an derselben Stelle saß wie am Morgen, weil er es nicht in die Horizontale geschafft hatte, die Schmerzen, die Antriebslosigkeit, die Komplettverweigerung. Ja, er hatte sogar ein wenig Angst, dass der alte Mann nicht mehr da sein könnte. Angst vor den Folgen.

Sie betraten die Wohnung, der Holzboden knarrte, Nina begab sich auf die Zehenspitzen. «Ich bin zurück», rief Moritz, er hatte sich auf den letzten Stufen viele Gedanken über die passenden Worte gemacht. Und das war dabei herausgekommen. Keine Reaktion, keine Antwort.

Moritz und seine Schwester sahen sich an, es war immer noch

seltsam, nach all der Zeit, aber sie waren eindeutig Geschwister, miteinander verbunden auf die natürlichste Art.

«Papa?», rief Moritz jetzt. Nichts. Sie betraten die Küche: niemand. Das Wohnzimmer: keiner da. Das Badezimmer: unverschlossen und leer.

«Komisch», sagte Moritz und öffnete zögerlich die Tür zum Schlafzimmer, fast ekelte es ihn. Was, wenn der Vater ausgestreckt auf ihrem Bett lag, auf Jessys und seinem, und schlief — oder verstorben war? Ausgerechnet hier und jetzt? Aber: Da war kein Karlheinz Liebig.

«Mann», sagte er, erleichtert, erschrocken und ratlos zugleich. «Er ist nicht da.»

Nina zeigte auf eine weitere Tür. «Was ist denn hiermit?», fragte sie.

«Das ist Elias' Kinderzimmer», sagte er. «Da geht der nie im Leben rein.»

Sie zuckte mit den Schultern. «Dann nur der Ordnung halber?»

Moritz erwiderte das Schulterzucken und drückte die Klinke herunter, ließ die Tür mit dem Kinderbild und der verschmitzt lachenden Giraffe darauf aufschwingen. Er zuckte zurück.

Tatsächlich. Da war er. Karlheinz Liebig, auf Bodenhöhe. Er saß, nein, fläzte in Elias' dunkelblauem Riesensitzsack, weit zurückgelehnt, perfekt eingepasst in die durch sein Körpergewicht entstandene Kuhle, und schnarchte vergleichsweise dezent. Auf seinen Knien lag aufgeschlagen das Fotoalbum, das sie Elias zum dritten Geburtstag geschenkt hatten und das seine ersten beiden Jahre dokumentierte, zwischen linkem Arm und Oberkörper klemmte Elias' nicht sonderlich prall gefülltes Sparschwein.

Nina stellte sich neben Moritz und betrachtete den sehr kleinen Mann.

«Das ist er also», sagte sie.

«Ja», sagte Moritz.

«Viel ist es nicht.»

«Nein.»

«Mein Zimmer hat er nie betreten», sagte sie.

«Meins auch nicht», sagte Moritz. «Und er hat sich nie für Fotos interessiert.»

«Er hat auch nie auf dem Boden gesessen.»

«Aber geschnarcht hat er schon immer.»

Moritz klatschte in die Hände. Nicht zu laut, aber gerade so, dass Karlheinz Liebig aufschreckte. «Herrgott», schimpfte er und rieb sich die Augen.

«Ich bin zurück, Papa», sagte Moritz. «Und ich habe jemanden mitgebracht.»

Karlheinz Liebig zappelte, schälte sich mühsam aus dem Sitzsack, das Sparschwein klimperte, er bemerkte das Fotobuch auf den Knien, es war ihm unangenehm, er legte es zur Seite, dann versuchte er sich abzustützen, um irgendwie aufstehen zu können, es dauerte, war umständlich, Moritz schaffte es trotzdem nicht, ihm eine helfende Hand zu reichen. Nina hingegen überwand sich. Sie trat auf ihn zu und reichte ihm beide Hände. «Komm her, Papa», sagte sie.

Karlheinz Liebig hielt inne, erstarrte geradezu in der Bewegung, dann sank er in den Sitzsack zurück, betrachtete seine Tochter wie ein Traumbild, ergriff aber nicht ihre ausgestreckten Hände.

«Nina», sagte er.

«Richtig», sagte sie.

«Was machst du denn hier?»

«Nach dir sehen.»

«Ich denk, du bist in Amerika?»

«Bin ich nicht.»

«Mama ist tot.»

«Ich weiß, Papa. Ich weiß.»

Sie streckte noch einmal die Hände nach ihm aus, er zögerte kurz, dann ließ er es tatsächlich zu, stellte das Sparschwein auf das Fotoalbum, den ganzen Schatz, ließ sich hochziehen, es dauerte, aber Moritz war neidisch, irgendwie, schließlich stand Karlheinz Liebig aufrecht, wischte sich die Hände an der Hosennaht ab und war sogar ein wenig kleiner als seine Tochter.

«Was soll denn der Umstand?», fragte er und vermied Blickkontakt. Wie immer. «Hast du nicht irgendwelche Sachen zu tun? Wann bist du hergeflogen?»

Nina öffnete den Mund, aber Moritz war schneller. «Das Entscheidende ist, dass sie jetzt hier ist», sagte er. Die Wahrheit wollte dosiert werden, und wer wusste schon noch, was überhaupt die Wahrheit war.

Karlheinz Liebig zeigte mit einer zitternden Hand auf das Sparschwein. «Sehr nett von dem Jungen, wirklich», sagte er mit knarzender Stimme. «Hat das Herz auf dem rechten Fleck. Wie heißt er noch mal?»

«Elias, Papa», sagte Moritz. «Elias.»

«Soll er aber behalten, das Geld. Brauch ich nicht.»

«Klar. Kannst du ihm ja erklären.»

«Nein.» Sein Vater wandte den Blick ab und betrachtete Nina. «Du siehst nicht gut aus», sagte er. «Rauchst du?»

«Ja, Papa», sagte Nina und errötete. «Das habe ich von dir.»

«Ich hab ja aufgehört. Wollte ich gar nicht, aber Dr. Kilius hat drauf bestanden. Kennst du Dr. Kilius noch? Guter Mann. Ist auch alt geworden.»

«Der war immer schon alt», sagte Nina. «Und er hat seine Patientinnen betatscht. Auch die ganz jungen.»

«Lasst uns jetzt bitte nicht über Dr. Kilius reden», sagte Moritz. «Gehen wir in die Küche, ich ... ich mache uns Kaffee, den brauch ich, das kann ich.»

Die Familienkarawane verließ das Kinderzimmer. Sie setzten sich an den Küchentisch, Nina und Karlheinz, während Moritz die Kaffeemaschine bediente, die mit Abstand das teuerste Gerät im ganzen Haushalt war. Nina betrachtete die Fotos an der Wand.

«Ihr seht glücklich aus», sagte sie. «Das freut mich.»

«Uns geht's gut», sagte Moritz. «Willst du deinen Kaffee mit Milch oder Hafer?»

«Tee», sagte Karlheinz Liebig. «Von Teekanne.»

«Ich meinte Nina», sagte Moritz.

«Double Shot Espresso», sagte Nina. «Mit einem Schuss Hafer.»

«Hat man Pferden früher zur Belohnung gegeben, Hafer», sagte Karlheinz Liebig. «Das ist also der Fortschritt. Mensch und Tier gleichen sich an.»

Nina fühlte sich sichtlich unwohl, sie rutschte auf ihrem Stuhl herum, vielleicht verspürte sie bereits den Nikotinentzug, sie spielte mit ihren Fingern, bewegte den Kopf hin und her. Salbei, dachte Moritz, Salbei oder Baldrian, vielleicht Kamille. Auf keinen Fall doppelten Espresso. Eigentlich. Na ja, die Verantwortung konnte er jetzt nicht auch noch übernehmen. Er machte den Kaffee für sich und Nina, brühte Teewasser auf und versteckte den Beutel vor seinem Vater, der es schaffte, seiner so lange vermissten Tochter in der Zwischenzeit nicht eine einzige Frage zu stellen.

Als sich Moritz endlich zu ihnen setzte, atmeten beide auf.

«Auf euch», sagte Moritz und hob seine Tasse.

«Na ja», sagte Karlheinz Liebig und schnupperte am Tee. «Der ist ja heiß.»

Moritz ignorierte ihn. «Vielleicht können wir aus dieser Zusammenkunft jetzt etwas Sinnvolles machen», sagte er. «Wir sind natürlich nicht Familie Mustermann, aber wir sind hier. Alle drei.»

«Warum? Frage ich mich», sagte Karlheinz Liebig. «Findet ihr das nicht selbst etwas übertrieben? Ich meine, extra aus Amerika ...»

«Jetzt hör doch mal auf mit Amerika, Papa», sagte Nina. «Du willst dir das Leben nehmen, sagt Moritz. Es ist doch wohl normal, dass man da mal vorbeischaut.»

«Ihr macht da alle so ein Drama draus», sagte Karlheinz Liebig. «Warum könnt ihr mich nicht einfach lassen? Ich bin alt. Und da ist dann auch noch ein Haus für euch drin. Die Schmidtchens ...»

«Haben dich verarscht», sagte Moritz. «Es gibt kein Haus umzuverteilen, und das abgebrannte Erdgeschoss gehört dir auch noch. Samt intaktem ersten Stock.»

«Verarscht?», empörte sich sein Vater. «Da hört doch alles auf!»

Moritz verspürte den Drang, gemein zu sein. «Ihr habt die Wette ja nicht mal richtig verstanden», sagte er. «Keiner von euch. Wer jetzt wem zutraut, irgendwelche Medikamente zu beschaffen oder auch nicht. Vergiss das einfach. Der Schmidtchen kann dich nicht leiden und hat dich auflaufen lassen.»

Karlheinz Liebig nahm den Schluck Tee, den er zur Verarbeitung benötigte. «Hast du auch Kinder?», fragte er Nina unvermittelt.

«Fünf», sagte sie automatisch. «Drei Mädchen und zwei ...»

«Hätten es werden sollen», korrigierte Moritz schnell. Wer wusste schon, in welche Unumkehrbarkeit sich seine Schwester ansonsten hineinmanövrierte. «Fünf Kinder hätten es werden sollen. Fünf Mal hat es nicht geklappt. Fehlgeburten. Alle. Tragisch. Leider. Kann man nichts machen.»

Karlheinz Liebig nickte. «Das ist es nämlich», sagte er. «Das Leben ist eine einzige Ansammlung von Enttäuschungen. Warum fällt es euch denn so schwer, mich einfach gehen zu lassen? Ich komme sowieso nicht in den Himmel, ich glaube nicht an Gott. Ich glaube nicht daran, dass es nach dem Tod weitergeht. Mama gegenüber habe ich immer das Gegenteil behauptet, weil ich wusste, dass ihr das wichtig war. Aber das ist das Gute, wenn du nicht an Gott glaubst: Dir passiert überhaupt nichts, wenn du lügst. Es ist ja niemand da, der dich hinterher dafür richtet. Wisst ihr, woran ich glaube? Ich glaube an die ewige Ruhe. Und genau die will ich. Meine Ruhe will ich haben.»

«Ich glaube auch etwas, nämlich dass es nicht egal ist, ob wir da sind oder nicht. Und dass du das nicht zu schätzen weißt», sagte Moritz. «Du hast keinen Blick für das Schöne. Nie gehabt.»

«Was denn für Schönes? Wenn ich zu Hause aus dem Fenster gucke, sehe ich auf Müllcontainer.»

«Du bist depressiv, Papa», sagte Moritz. «Immer schon gewesen.»

«Komm mir nicht mit so einem Gequatsche. Das ist was für Schwätzer, das könnt ihr in eurer Generation lassen, alle sind nur noch depressiv, du bist ja heute fast schon nichts mehr wert, wenn du nicht depressiv bist, ihr könnt mal schön alle eure Kinder zum Psychiater schicken, wie viele Kinder hast du noch mal, Nina? Fünf?»

«Keins», sagte Nina und kämpfte gegen die Tränen an. «Hat Moritz doch gerade gesagt.»

«Aber du hast doch eins, oder?» Karlheinz Liebig wandte sich an Moritz. «Ich hab den doch gesehen, dann muss es ihn auch geben. Geht der Junge schon zum Therapeuten? Er ist drei, oder? Da wird es doch langsam Zeit.»

«Nein, Papa», sagte Moritz. «Elias ist der einzige Liebig, der völlig okay ist. Zumindest im Moment noch.»

«Bist du dann sicher, dass er dein Sohn ist?»

«Das ist gemein, Papa», sagte Moritz leise.

«Die Dings ist sehr hübsch, was will die denn mit einem wie dir?»

«Papa.»

Karlheinz Liebig verstummte und senkte den Blick. «Seht ihr», sagte er, «ich bin ein böser, alter Mann. Es macht für niemanden einen Unterschied, ob ich da bin oder nicht.»

«Das stimmt», sagte Nina hart. «Von mir aus kannst du eigentlich gehen. Für immer.»

Sie kippte ihren doppelten Espresso in einem Zug hinunter. Moritz blickte sie an, diese Kälte war kaum auszuhalten, Karlheinz Liebig machte eine einladende Geste. «So», sagte er, in keiner Weise verletzt. «Nina versteht mich.»

«Überhaupt nicht», sagte Nina. «Ich verstehe überhaupt nichts. Aber weißt du was, Papa, dir ist das vielleicht nicht klar, aber es geht mir unfassbar auf die Nerven, mich mein ganzes Leben lang mit dir beschäftigen zu müssen. Mit dir und Mama. Selbst wenn ihr nicht da seid. Selbst wenn ich nicht da bin. Vielleicht hört das ja mal auf, wenn einer einen Punkt macht. Warum also nicht du? Dann hättest du zum ersten Mal in deinem Leben etwas Gutes für uns getan.» Sie lehnte sich in ihrem Stuhl zurück. «Als Kind hatte ich solche Angst vor dir, jetzt bin ich erwachsen und will, dass das aufhört.»

Karlheinz Liebigs Unterlippe zitterte plötzlich genauso stark wie die Hände. «Angst», sagte er, ohne seine Tochter anzublicken. «Ist ja lächerlich. Warum sollte jemand vor mir Angst haben? Habe ich dich jemals geschlagen?»

«Du wolltest, aber du hast mich nicht getroffen.»

«Mich hast du geschlagen», sagte Moritz.

«Einmal», sagte Karlheinz Liebig. «Und du hast mich provoziert.»

«Habe ich nicht», sagte Moritz.

«Das ist lange her. Ob es mir leidtut? Nein. Ich bin dauernd geschlagen worden als Kind.»

«Das entschuldigt überhaupt nichts», sagte Nina giftig.

«Du willst jetzt bestimmt, dass ich mich bei dir entschuldige, Nina», sagte ihr Vater. «Aber das tue ich nicht. Du warst schwierig. Ein sehr ungezogenes Kind. Ich habe das deiner Mutter immer wieder gesagt. Nina kann sich nicht benehmen, habe ich gesagt. Tu was dagegen. Aus der wird nichts, wenn sie so weitermacht, habe ich gesagt. Aber sie hat dich nicht in den Griff gekriegt. Du hast deine Mitschüler geschlagen, du hast Widerworte gegeben, immer wieder, dann hast du mit den Drogen angefangen. Meine Tochter und Drogen! Wir hatten die Polizei im Haus. Wegen Ladendiebstahls. Zweimal. Und du willst, dass ich mich bei dir entschuldige? Wie wäre es mal andersherum? Entschuldige dich dafür, dass du deiner Mutter das Leben zur Hölle gemacht hast. Mama hat sehr oft geweint damals.»

«Ich auch, Papa, ich auch», rief Nina und sprang auf. «Ich hab andauernd geweint! Und ich hab gewusst, es war eine Scheißidee, hierherzukommen!»

Damit stürmte sie aus der Küche, schlug die Wohnungstür so fest hinter sich zu, dass im Flur schon wieder eines der Bilder von der Wand fiel und zerbarst. Moritz schloss die Augen.

«Oh, Mann», hauchte er. «Das geht langsam ins Geld.»

«Drama, Drama, Drama.» Sein Vater trank einen Schluck aus seiner Tasse. «Der ist nie im Leben von Teekanne», sagte er.

Moritz schüttelte den Kopf. «Was ist mit Hans?», fragte er.

Karlheinz Liebig hielt inne. «Welcher Hans?»

«Dein Bruder, Papa.»

«Was soll mit dem sein?»

«Lebt er noch?»

«Kann ich mir nicht vorstellen. Der müsste jetzt ja schon weit über neunzig sein.»

«Mama hat gesagt, der lebt noch. Zu Frau Schmidtchen. Ist noch nicht lange her.»

«Frau Schmidtchen ...», ächzte Karlheinz Liebig. «Aber kann schon sein, der war immer schon zäh. Unkraut vergeht nicht.»

«Warum habt ihr keinen Kontakt?»

Moritz' Vater wand sich. «Was sollen denn diese Fragen? Wie kommst du denn da jetzt drauf? Ist doch völlig egal, warum dies oder warum das. Warum muss man denn immer alles erklären?»

«Ihr habt euch nicht verstanden?»

«Ich will da nicht drüber reden, Moritz.»

«Ich hab gehört, du hast ihn verletzt. Schlimm verletzt.»

Karlheinz Liebig erhob sich mühsam. «Ich sage doch, das Leben ist eine Ansammlung von Enttäuschungen. Heute zum Beispiel. Da sind sehr viele Enttäuschungen. Ich muss mich ausruhen. Besorgst du mir das Medikament?»

«Nein.» Moritz atmete das Wort aus, er hatte es schon geformt, als der Satz noch nicht beendet gewesen war. Sein Vater schleppte sich zur Küchentür. «Ich klingele mal bei dieser Frau Weishaupt», sagte er. «Schreckliche alte Schachtel, aber ein guter Braten. Vielleicht ist noch was übrig, so ein Hirsch ist ja groß.»

Er schlurfte durch den Flur, trat auf die Scherben. «Herrgott», schimpfte er, dann ging die Wohnungstür. Moritz war allein.

JANUAR 2000

Der erste Tag des neuen Jahrtausends war ein Samstag, was den Vorteil hatte, dass der letzte Tag des alten ein Freitag war. Ein Freitag war ein guter Tag, um etwas zu beenden, sei es eine Woche, einen Lebensabschnitt oder eben ein ganzes Jahrtausend. Moritz wäre so einiges eingefallen, was er gerne auf der Stelle beendet hätte, aber noch fehlten ihm die Möglichkeiten. Er war siebzehn, der Körper war schon fast erwachsen, die Gesichtshaut hatte sich beruhigt, seine schulischen Leistungen hingegen hatten nachgelassen, er näherte sich dem Abitur, ohne seinen Eltern jemals vom damit verbundenen Hängen und Würgen erzählt zu haben. Aber egal. Es war Silvester, nein, Neujahr, es war sechzehn Minuten nach eins, er spürte die Wirkung des Alkohols, der Pille, die ihm ein Typ mit weit aufgeknöpftem Hemd in die Hand gedrückt hatte, das ganze Zeug vermischte sich in seinem Kopf zu einer großen, inneren Klarheit, wie er sie nie zuvor verspürt hatte. Er *verstand*. Mochten die anderen auch denken, dass er Blödsinn redete oder phantasierte, für ihn war plötzlich alles klar. Er musste weg von zu Hause, weg von seinen Eltern, weg auch von seiner Schwester. Am Tag seines achtzehnten Geburtstags würde er nicht mehr aufzuhalten sein. Es waren noch neun Monate bis zur Freiheit. Lucky stand neben ihm, mehr oder weniger, hielt sich an seiner Schulter fest, während Philipp auf dem Bordstein saß, den Kopf gesenkt hielt, in sich zusammengesunken war. Sie waren auf einer Party gewesen, irgendein Mitschüler hatte sturmfreie Bude, die Eltern waren über Silvester in St. Tropez oder der Karibik, was wusste man schon, also hieß es, hoch die Tassen, sie waren bestimmt zu siebzigst oder zu hundert gewesen, die ganze verdammte Oberstufe war anwesend gewesen, bis auf ein paar Streber oder Schleimer, die niemand eingeladen hatte. Um fünf nach zwölf aber, als die anderen knallten und Fingerkuppen riskierten, war der Rebell in Moritz ausgebrochen, der Typ, der Rituale und Massenhypnose verachtete, der sich nicht gemeinmachen wollte mit den Festen der anderen, der nichts übrighatte für organisierte Fröhlichkeit, und spätestens als die Ersten zu knutschen begonnen hatten oder samt Klamotten rücklings in den Pool gefallen waren, als die Lautstärke explodiert war, hatte er seinen Freunden Lucky und Philipp ein Zeichen gegeben, eins hatte nicht genügt, es hatten noch viele Zeichen folgen müssen, über eine Stunde lang, bis sie es endlich kapiert und sich mit ihm auf den Weg gemacht hatten. So saßen, standen, hingen sie nun an der Bushaltestelle und warteten auf den Nachtbus. «Ist doch scheiße», sagte Moritz, «die ganzen Spießer da. Wer will schon so ein Spießer sein? Ich will kein Spießer sein.»

Lucky nickte. Er war in letzter Zeit ordentlich in die Breite gegangen, fraß gewissermaßen rund um die Uhr, wenn er nicht gerade kiffte oder Alkohol trank. Sie alle waren ein wenig neben der Spur, Lucky, Philipp und er, seit jenem unaussprechlichen Ereignis am Tag der letzten Bundestagswahl. Sie hatten ihr Versprechen gehalten, es nie wieder zu erwähnen, und auch sonst alles Mögliche getan, um sich abzulenken. Das Leben bestand aus Party, Ausnüchterung, Lernen und noch mehr Party. Nichts anderes zählte. Je grober, derber, lauter, desto besser. Philipp hing irgendwie so mit drin, er war ja eigentlich mehr der feinsinnige Typ.

«Ich bin so verliebt», lallte Lucky zusammenhangslos. «Warum macht die mit dem rum?»

«Wer mit wem?», sagte Moritz.

«Die Dings mit dem Dings», sagte Lucky, als wäre damit alles geklärt.

Philipp sackte nach vorn, dass seine Stirn fast die Straße berührte.

«Wir verlieren den, Alter», nuschelte Lucky, «noch bevor der Bus kommt. Was trinkt der auch so viel? Ich hab den mal im Colarausch erlebt, da war der schon kaum auszuhalten.»

«Grenzen austesten», murmelte Moritz. «So heißt das doch, wir sollen unsere Grenzen austesten.»

«Ich bin für offene Grenzen», sagte Lucky und rülpste in der Lautstärke der langsam verebbenden Silvesterböller.

Moritz schob Lucky ein wenig von sich, ging in die Knie und versuchte Philipp in eine halbwegs aufrechte Position zu stemmen. «Na los», sagte er. «Du von der anderen Seite.» Lucky ließ sich neben Philipp auf den Bordstein fallen und lehnte sich gegen ihn, anstatt ihm aufzuhelfen. «Ihr seid totale Nullen», sagte Moritz. «Kann man nix mit anfangen. Hätte ich euch im Weiher mal bloß nicht geholfen.»

«Du Arsch», sagte Lucky und lachte dröhnend. «Mann, bin ich verknallt. Ich glaub, die heißt Eva.»

Moritz hob den verschleierten Blick und sah auf die andere Straßenseite, nein, sogar noch eine Querstraße weiter. Es war ein Zufall, dass er genau in diesem Moment exakt dorthin schaute. Dadrüben, entlang der Kreuzung, da lief Nina, seine Schwester Nina, dreizehn Jahre alt und völlig allein unterwegs. Moritz bewunderte noch einmal seine innere Klarheit, stellte nicht eine Sekunde in Frage, was er sah, wunderte sich nicht über das Fehlen der Eltern, irgendwelcher Freunde. «He», rief er, viel zu leise, «Nina!»

«Du träumst», sagte Lucky. «Die ist längst im Bett.»

«Nee», sagte Moritz. «Da ist die. Dadrüben.»

Er rappelte sich auf, es dauerte einen Moment, sein Körper wollte der inneren Erleuchtung nicht recht folgen. Er ließ seine beiden Freunde einfach sitzen und schwankte in Richtung

Kreuzung. Es war wirklich schweinekalt, ein Winter, der seinen Namen verdiente, Nina hatte diesen Mantel getragen, diesen schwarzen, militärischen Mantel, den sie von einer Freundin geliehen bekommen und niemals zurückgegeben hatte. Moritz arbeitete sich Schritt für Schritt vorwärts, eisiger Wind schlug ihm entgegen, nüchterte ihn aus, zumindest bildete er sich das ein, da waren lauter Menschen vor den Häusern, immer noch, aus den Fenstern drang Gelächter, laute Musik, da war Bass, Bass, alles war voller Bass, manche Farben hatten etwas Schlieriges, lösten sich vor seinen Augen auf, setzten sich neu zusammen, alle Fenster waren miteinander verbunden durch diese Farben, es galt, ein neues Jahrtausend zu feiern, ein neues Jahrtausend, das musste man sich mal vorstellen, wie wenigen Menschen war das vergönnt, und alle ließen sie es krachen, diese Spießer mit ihren Spielerunden und dem Bleigießen und dem billigen Sekt.

«Nina», rief er noch einmal. Sie musste ihn doch gehört haben, trotz des Lärms, ein Name mit vier Buchstaben, das I ließ sich gut rufen, wie ein Alarmton war das, «Niiiina», was lief die hier bloß rum? Moritz hatte sie aus den Augen verloren, sie war halt um die Ecke gebogen, dazu kam der nicht abziehen wollende Rauch des Silvesterfeuerwerks, es war ein dichter, stinkender Nebel, wie viele Menschen in anderen Ländern hätten von dem Geld essen können, wie viele Tiere waren tot von den Bäumen gefallen, Herzinfarkt, Exitus, alles Idioten, Mitläufer, Spießer.

Moritz bog in den Gustav-Heinemann-Weg ein, auch hier würde der Nachtbus entlangfahren, die Versprengten einsammeln, ab und an torkelte eine Gestalt durch die Nacht, breitete sich auf dem Fußweg Unverdautes aus, und das da vorne, das war seine Schwester, eindeutig. Sie trug einen Rucksack, hatte die Arme eng um den Körper geschlungen, sich weit nach vorne gebeugt, machte riesige Schritte mit ihren langen, spindel-dürren Beinen. Stöcke, wie Moritz immer sagte.

«Nina», rief er noch einmal. Dieses Mal erschrak sie, blieb stehen, überlegte sichtlich, abzuhauen, wartete schließlich doch, bis er aufgeholt hatte, aus einem Fenster kam schallendes Gelächter, eine Person, weiblich, lachte besonders lange, über die anderen hinaus, es klang billig, vulgär und hatte keine Melodie.

«Ach, verdammt», sagte Nina und sah ihn nicht an. Sie war immer noch mehr als einen Kopf kleiner als er. Vielleicht würde das so bleiben, ganz bestimmt sogar. Ihr schmaler Körper drückte enorme Anspannung aus, Unbehagen. «Was machst du hier?», fragte er und steckte die Hände in die Hosentaschen, versuchte, nicht zu schwanken. Ein Auto fuhr vorbei, in Schlangenlinien, das ganze neue Jahrtausend war völlig außer Rand und Band, genauso verkorkst wie das alte und die davor.

«Verrate Mama und Papa nichts, ja?», sagte sie heiser. Ihre langen, tiefschwarz gefärbten Haare waren strähnig, ihr Gesicht wirkte im Laternenlicht hager, bleich und gleichzeitig ungesund glänzend. Ihre Augen waren dunkle Höhlen.

«Wie bist du von zu Hause weggekommen?», fragte er.

«Papa ist seit Stunden besoffen und Mama um elf Uhr ins Bett gegangen. Die hat mich einfach alleine gelassen. Alleine mit Papa. Migräne. Angeblich. Sie hat den Jahreswechsel verpennt.»

«Und dann?»

«Bin ich abgehauen.»

«Und Papa?»

«Hat im Keller Bier geholt. Der denkt bestimmt, ich bin im Bett. Der geht ja nicht in mein Zimmer.»

«Und wo willst du hin?»

«Lass mich einfach, okay?», sagte sie.

«Nein», sagte Moritz. «Sag mir, wo du hinwillst.»

«Scheiße», wiederholte sie, drehte sich um und ging einfach weiter. Moritz blieb nichts anderes übrig, als hinterherzueilen. Er war nicht unbedingt in Bestform, Nina schaffte es, ihm immer einen Schritt voraus zu sein, sie ließ ihn einfach nicht aufschließen, irgendwann, es mochte in der Buchenbergstraße sein, die flach war und auf der es alles Mögliche gab außer Buchen, zog sie aus ihrem Mantel eine Packung Zigaretten und begann, sich im Laufen eine anzuzünden.

«Spinnst du?», sagte Moritz. «Du bist dreizehn!»

Nina zog seelenruhig daran, es ging auf Lunge, sah erfahren aus, beiläufig, gleichzeitig verächtlich und selbstzerstörerisch. «Vielleicht mache ich ja noch viel schlimmere Dinge», sagte sie, dann bog sie in den Bismarck-Park ab, der direkt zum Opernhaus führte. Der Weg knirschte unter ihren Doc Martens, ihre Jeans waren schwarz wie ihre Haare, sie war kein Kind mehr. Heute Nacht nicht. Vielleicht schon viel länger nicht mehr, nur dass es Moritz noch nicht bemerkt hatte. Das hier war kein Wohngebiet, es gab kaum noch Passanten, die Bäume waren dicht, der Weg eng, die Vögel schwiegen, vermutlich in Schockstarre ob des Erlebten, Moritz und Nina gingen bis zu einer künstlich erleuchteten Parkbank, an der sich fünf andere Teenager versammelt hatten. Drei Jungs und zwei Mädchen. Sie alle waren schwarz gekleidet, von Kopf bis Fuß, trugen Rucksäcke, ließen eine Flasche mit roter Flüssigkeit kreisen. «Na endlich», sagte ein Junge mit Dreadlocks, der mindestens fünfzehn war, eher sechzehn. «Die Zeit wird knapp, die sind gleich fertig. Wer ist der Typ?»

Nina gab sich alle Mühe, ihre Kinderstimme älter klingen zu lassen. «Mein Bruder», sagte sie. «Hat mich unterwegs erwischt.»

«Scheiße», sagte der Junge. «Machst du mit?»

Moritz schüttelte den Kopf. Vorsichtshalber.

«Aber du hältst die Fresse?», fragte ein Mädchen, das gewiss nicht viel älter war als Nina. Sie hatte ihre blonden Haare zu einem Pferdeschwanz gebunden und zog sich eine schwarze Mütze über den Kopf. «Oder verrätst du uns? Bei den Bullen?»

Moritz bemerkte, dass er doch nicht so klar war, wie er die ganze Zeit vermutet hatte. Er brauchte eine Ewigkeit, bis er das Bild einigermaßen zusammengesetzt hatte. «Was verraten?», fragte er dümmlich. «Was macht ihr denn?»

Das Mädchen lachte. Der Junge mit den Dreadlocks sah auf die Uhr. «Showtime», sagte er. «Alle auf Position.»

Die Kinder, denn es waren ja schließlich Kinder, zogen sich Kapuzen über den Kopf, Nina hatte tatsächlich schwarze Schlitze in ihre Winterwollmütze geschnitten. Moritz schrak zurück. «Nina», sagte er. «Was wird das?»

Nina zeigte auf einen Baum neben der Bank. «Ich würde mich verstecken, wenn ich du wäre», sagte sie. Moritz gehorchte unsicheren Blickes, schlich hinter den Baum, kam sich albern vor, fühlte sich unvorteilhaft von der Laterne an der Parkbank ausgeleuchtet und stolperte ein paar Eichen weiter nach vorne, raus aus dem Lichtkegel, in die Schatten, näher an das Operngebäude heran. Die Kinder, auch seine meist so stille Schwester Nina, verließen zielstrebig den Kiesweg und verschmolzen zu beiden Seiten mit der Dunkelheit. Keine Sekunde zu früh. Im und am fast vollverglasten Opernhaus veränderte sich etwas. Es wurde heller, lebendig. Auf dem Vorplatz erstrahlten Scheinwerfer, es war ein warmes, weiches Licht, die Flure in allen drei Stockwerken wurden von Menschen geflutet, die Flure, der Eingangsbereich und schließlich der Ausgang. Menschen, die sich mit irgendeiner Arie in das Millennium hatten geleiten lassen, die also Geld hatten, viel Geld, Geld und Stil, die nicht einfach saufen gingen wie die anderen Idioten. Das hier waren besondere Idioten, es waren reiche Idioten. Moritz hielt die Luft an. Was war Nina? Robin Hood? Die ersten Gäste verließen das Opernhaus, es war ein Bild wie aus dem achtzehnten Jahrhundert, Männer im Smoking, mit Fliege und Übermantel, Frauen in Abendkleidern, Roben, Pelzmänteln, trotzdem frierend. Plötzlich ein Signal, ein schriller Pfiff, ein Aufschrei, dann stürmten die sechs Teenager, von denen einer Moritz' Schwester war, zwischen den Bäumen hervor, sie hielten etwas in der Hand, im Anschlag, genau, es war ein Anschlag, Moritz versuchte seine Augen zu schärfen, verdammter Alk, es waren Sprühdosen, seine Schwester hatte eine Sprühdose in der Hand, sie alle hatten Sprühdosen. Sie stürzten sich auf die Frauen, besprangen sie geradezu, ausschließlich die Frauen, die mit den Pelzmänteln, die Dosen zischten, wie ein Angriff von Schlangen klang es, sie besprühten die Pelze, machten sie damit unbrauchbar, wertlos, toter als tot, es war ein Riesengeschrei, Panik lag in der Luft, die feinen Herrschaften wussten gar nicht, wie ihnen geschah, Männer fuchtelten wild in der Gegend herum, bemüht, die holde Weiblichkeit zu schützen, Nina wich allen Hindernissen aus, sie stellte sich geschickt an, im Völkerball wäre sie ganz weit vorne gewesen, sie ließ sich einfach nicht greifen und besprühte bestimmt vier oder fünf Frauen nacheinander. Ihre Farbe, ihr Signal, war grün, neongrün. Ein Pelz nach dem anderen wurde zu Schrott mit Haaren. Auch die anderen Kinder machten ihre Sache gut, so als hätten sie trainiert, ein Mädchen rief «Animal Rights», es hatte mehrere Ausrufezeichen, klang schrill, kämpferisch, unmöglich zu sagen, ob es Nina gewesen war, es war ein göttliches Durcheinander, nur der Junge mit den Dreadlocks wurde irgendwann geschnappt, festgehalten, ein Operngänger riskierte seinen schönen Anzug im Kampf, bis sich der Teenager schließlich mit einem Schienbeintritt aus der Umklammerung befreite. «Rückzug», rief er, Moritz klatschte in die Hände und lachte, er hatte seinen Spaß, das hier war ganz großes Kino, die beste Art, dieses bescheuerte Jahrtausend zu beginnen, er klatschte in die Hände, krümmte sich vor Lachen, während die Kinder wie Phantome in der Waldanlage verschwanden, an verschiedenen Stellen, in verschiedene Richtungen. Zurück ließen sie weinende Frauen, aufgebrachte Männer, das war die Oper, die ganz große Oper, voller echter, falscher und übertriebener Gefühle. Moritz konnte sich gar nicht beruhigen, es war das Beste, was er seit langem gesehen hatte.

«Na, Hauptsache, Sie haben Spaß», sagte eine tiefe Männerstimme. Moritz drehte sich erschrocken um. Da standen vier Polizisten, in Uniform, mit Schutzkleidung, bis an die Zähne bewaffnet. «Haben Sie uns vielleicht was zu erzählen?»

Moritz hatte nichts zu erzählen. Zumindest nichts von Wert. Er kannte nichts und niemanden, wusste nicht, was hier vor sich ging, hatte sich im Park verlaufen, auf dem Nachhauseweg von einer Party, er war zu Fuß unterwegs, ja, er hatte getrunken, wie der Rest der Welt, genau, frohes neues Jahr, ja, er war achtzehn, bitte schön, hier war sein Ausweis, er war selbst erstaunt gewesen, was sich ihm da offenbarte, die armen Pelze (hier konnte er sich Gekicher nicht verkneifen), Wahnsinn, was diese Leute alles anstellten, das waren bestimmt diese bösen Drogen, nein, er hatte keines der Kinder jemals gesehen, und selbstverständlich fand er jetzt den Weg nach Hause, es ging ihm gut, alles Gute, Herr Wachtmeister, na, das sagte man ja bestimmt nicht mehr, und nein, er wollte sich selbstverständlich nicht über die Herren Wacht... Polizisten lustig machen.

Sie ließen ihn laufen, buchstäblich, und nahmen die Anzeigen der Besprühten auf. Eine Verfolgung durch die Nacht schenkten sich die Polizisten. Hatte ja keinen Sinn, war ja auch dunkel, und es gab noch jede Menge Schnapsleichen aufzulesen.

Moritz war bester Laune, als er den Nachhauseweg antrat. Es

waren vier Kilometer, vielleicht fünf, ein Spaziergang, der ihm guttun würde. Lucky und Philipp saßen gewiss längst im Nachtbus, dem stinkenden, vollgekotzten, der sie nach Hause bringen würde, vielleicht hingen sie darin und pennten, fuhren im Kreis, bis der Busfahrer sie rausschmeißen würde.

Der Nebel lichtete sich, man hatte wirklich kaum die Hand vor Augen sehen können, die Luft roch nass und rauchig, Moritz begegnete immer weniger Menschen, die Party war vorbei, alle paar Meter stieg man über leere Flaschen, Feuerwerksreste, zerfetzte Pappe, ausgebrannte Böller. Zivilisationsreste. Moritz aber hatte seiner Schwester beim Rebellieren zugesehen, es war fast so, als wäre er selbst es gewesen, der sich aufgelehnt hatte, er war nicht das schwarze Schaf der Familie, nicht das einzige. Was für ein Gefühl.

Er bog in die Mozartallee ein, normalerweise eine engbefahrene Hauptverkehrsstraße – Platanen am Straßenrand, Schönheitskliniken, Immobilienmakler, Anwälte –, jetzt leer wie nach einem Weltuntergang, den man Moritz verschwiegen hatte. Es ging immer geradeaus, endlos, Moritz hatte sich so weit im Griff, dass er laufen konnte, ohne zu stolpern.

«Na, du Loser, hattest du deinen Spaß?»

Sie war völlig lautlos neben ihm aufgetaucht, Moritz erschrak dermaßen, dass auch der letzte Rest Alkohol sich von der Blutbahn in die Leber verkrümelte. Nina hatte jetzt rote Wangen, sah gesünder aus als zuvor, sie war gewiss ein großes Stück gerannt, außer Atem war sie nicht.

«Mann», sagte Moritz. «Was machst du bloß für eine Scheiße?»

«Weißt du, wie viele Tiere für so einen Pelzmantel sterben müssen?», sagte sie und fingerte schon wieder nach ihren Zigaretten. «Fast hundert. Die züchten die zum Sterben.»

«Das machen die Bauern auch. Mit den Schweinen und so.»

Nina sah ihn von der Seite an. «Versuchst du die Tussis jetzt echt zu verteidigen, oder was?»

Moritz grinste. «Nee.»

Sie hatten ewig nicht mehr miteinander geredet, waren ewig nicht mehr nebeneinandergelaufen.

«Was wäre gewesen, wenn du nicht aus dem Haus gekommen wärst?», fragte er. «Wenn Papa gemerkt hätte, dass du abhaust?»

«Der merkt doch schon lange nichts mehr», sagte sie.

«Der hat noch nie was gemerkt», sagte Moritz.

«Alles Verbrecher», äffte Nina ihren Vater nach. Und zwar gar nicht so schlecht. «Alles Verbrecher, Ausländer, Italiener, Dreckspack.»

Moritz lachte. Es tat gut. Ninas Gesicht verdunkelte sich.

«Als du damals abhauen wolltest», sagte sie, Moritz hörte auf zu lachen, «wollte ich auch abhauen. Sofort. Ich fand es scheiße, dass du mich im Stich lassen wolltest. Und ich fand es scheiße, dass du es nicht getan hast. Wenn du es getan hättest, hätte ich es vielleicht auch getan. Wie oft hat dich Papa geschlagen?»

«Nicht oft. Vielleicht drei Mal», sagte Moritz. «Wenn man so Klapse oder Feger dazuzählt, vielleicht auch öfter. Weiß ich nicht, ob man die dazuzählen muss.»

«Klapse klingt so nett», sagte Nina.

«Ist aber nicht nett», sagte Moritz.

Nina machte große Schritte, Moritz hatte Mühe, mitzuhalten.

«Mich hat er noch nie geschlagen», sagte Nina. «Aber er spricht auch nicht mit mir. Nur *über* mich. Er findet mich scheiße.»

«Papa findet alle scheiße», sagte Moritz.

«Vielleicht hat er ja recht. Vielleicht bin ich scheiße. Zu nichts zu gebrauchen. Dumm. Unhöflich. Schlampig. Nicht süß genug.»

«Du bist echt schlampig», sagte Moritz.

«Papa hat gesagt, aus mir wird nie was. Und dass ich hässlich bin.»

«Du bist nicht hässlich. Gib mir die mal.»

Moritz deutete auf die Zigarettenpackung seiner Schwester. Nina grinste und reichte ihm die Schachtel, öffnete sogar den Deckel für ihn. Moritz grinste ebenfalls, nahm die Packung, zog alle Zigaretten heraus, brach sie in der Mitte durch und schmiss den ganzen Kram mit großer Geste in eine Hauseinfahrt zur Linken, durch die ansonsten nur Porsches und Mercedes kamen.

«Ey, du Arsch», schrie Nina, «spinnst du?»

«Du bist meine Schwester, du bist dreizehn, und du lässt die Scheiße sein», sagte Moritz.

«Das musst du gerade sagen. Fang mal bei dir selber an. Du bist besoffen und hast irgendwas eingeschmissen.»

Darauf fiel Moritz nichts ein. Zunächst. «Aber ich bin nicht wie Papa», sagte er schließlich. «Mir ist es nicht egal, wie es dir geht.»

«Dann werde auch nicht wie Papa. Hör du auf zu trinken», sagte Nina. «Und ich hör auf mit dem Rauchen. Vielleicht.»

Moritz nickte. Das klang fair. In einer Silvesternacht. Gute Vorsätze und so.

Sie liefen jetzt ein ganzes Stück schweigend nebeneinanderher. Aus der Villengegend wurde Kleinbürgertum, als hätte jemand ein Lineal angelegt und eine imaginäre Grenze gezogen. Die Häuser wurden kleiner, Mehrfamilienhäuser mischten sich darunter, hier und da brannte immer noch Licht, natürlich, eine weiß-graue Katze begegnete ihnen, sie hatte struppiges, aufgestelltes Fell.

«Was ist dein größtes Geheimnis?», fragte Moritz irgendwann.

Nina überlegte. Vielleicht was ihr größtes Geheimnis war,

vielleicht ob sie es ihm erzählen sollte. «Ich spare», sagte sie dann.

«Das ist dein größtes Geheimnis?»

«Ich spare, um abhauen zu können», sagte sie. «Ich klaue Sachen, um abhauen zu können. Ich bin schon dreimal fast erwischt worden. Im Laden. Aber sie haben mich nie gekriegt. Ich bin schnell. Und ich will weg. Ganz bald.»

«So schlimm?», fragte Moritz.

«Kennst du das Gefühl, bei der Geburt vertauscht worden zu sein? Du siehst jeden Tag zu Hause diese Gesichter, aber sie fühlen sich nicht verwandt an. Das kann doch nicht deine Familie sein. Alles, was du siehst, ist schlechte Laune. Alles, was du kriegst, ist schlechte Laune. Mama und Papa sagen immer nur, dass das Leben schwer ist. Und ernst. Ich will aber nicht, dass es schwer ist. Meine Freundinnen gehen schwimmen, im Sommer. Die gehen ins Kino. Die essen Eis. Ich nicht. Ich will nicht mal raus. Es ist ja alles gefährlich und gemein und böse. Ich kann hier nicht bleiben. Es macht mich krank.»

«Aber wo willst du denn hin?», fragte Moritz hilflos. «Du bist viel zu jung, um abzuhauen.»

«Nach Amerika», sagte Nina. «Ich will nach Amerika. Die haben große Straßen da. Und Sonne.»

Moritz nickte. Was sollte man dazu auch sagen? Seine Füße taten ihm weh, er musste mehr Sport treiben, unbedingt. Öfter mal wieder mit den Jungs Fußball spielen.

«Haust du ab?», fragte Nina. «Wenn du achtzehn bist?»

Moritz nickte erneut. Es hatte keinen Sinn, es zu leugnen. Nina wusste es genauso, wie sie das von Amerika wusste.

«Du Arsch», sagte sie, aber es klang nicht böse, nicht wütend. Eher verständnisvoll. «Ich werde dann nicht mehr mit dir sprechen», sagte sie. «Raus heißt raus.»

«Ich weiß», sagte er. «Raus muss auch raus heißen.»

«Und wenn wir gleich nach Hause kommen», sagte sie, «kein Wort zu Mama und Papa.»

«Ja», sagte Moritz. «Das große Schweigen. Wie immer.»

30

«EIGENTLICH VERSTEHE ICH, dass dein Vater depressiv ist», sagte Philipp und ließ gekonnt die Milch schäumen. «Der Mensch ist ein nicht zu Ende gedachtes Konstrukt.»

«Soso», sagte Moritz und lehnte sich an den Tresen. Er kannte seinen Freund. Das konnte jetzt dauern.

«Absolut», fuhr Philipp fort. «Gehen wir mal von achtzig Lebensjahren aus. Optimistisch ist das, ich weiß, aber wir brauchen mehr Optimismus. Das erste Viertel deines Lebens musst du dich erst mal bereit machen, okay? Du weißt nix, du kannst nix, dein Körper macht dich fertig, dein Gehirn bleibt jahrelang an Lego hängen, du sollst aber binomische Formeln aufsagen, die du nie wieder benötigst, und kannst nicht mal ein Ei in die Pfanne hauen. Dazu die ganzen Unsicherheiten: Bin ich blöd? Bin ich hässlich? Mag ich Frauen? Mögen Frauen mich? Können sich meine Eltern das Auslandsjahr in Neuseeland leisten? Und wer hat sich die Scheiße mit den Pickeln ausgedacht? Nach der Krise kommt die Selbstüberschätzung, du explodierst, fühlst dich stärker, potenter und schlauer als der Rest der Welt, hast das aber auf Lego aufgebaut, nicht auf den binomischen Formeln. Das fällt dir auf die Füße, aber erst später, wenn du dich plötzlich gar nicht mehr so toll findest, weil das Leben sich als weit komplizierter und komplexer herausstellt, als du es jemals erwartet hättest. Aber ich will nicht vorgreifen, das hier war das erste Viertel deines Lebens. Das letzte Viertel brauchst du, um dich gegen den lange angekündigten und schließlich eintreffenden Verfall zu behaupten. Die Einsicht zu verkraften, dass es bald vorbei ist. Dir zu überlegen, ob du nicht besser doch noch schnell an Gott glaubst, damit dein Abgang nicht so verdammt trostlos ist. Überall wachsen Haare, nur nicht mehr auf dem Kopf. Dafür aus den Ohren, der Nase und da, wo die Sonne nicht hinscheint. Du rennst andauernd zum Arzt, wenn du denn noch rennen kannst, du nimmst mehr Pillen, als das Spektrum Farben hat, du vergleichst dich mit früher, jeden Morgen, jeden Tag, bei jeder Bewegung, und schneidest in allen Punkten schlecht ab. Das zieht dich natürlich runter. Überall ist nur noch Schmerz, alles tut weh. Du beginnst, mehr und mehr das zu tun, was du niemals tun wolltest: Du beginnst in der Vergangenheit zu leben, weil da noch was los war mit dir und du nicht vollkommen überfordert warst mit den Anforderungen der Gegenwart. Also, zwei von vier Vierteln sind schon mal sinnlos verbraucht, die Hälfte des Lebens verbringst du mit Auf- und Abstieg. Bedeutet: Die zwei Viertel dazwischen gilt es zu nutzen, okay? Das ist die gute Zeit. Die produktive Zeit. Aber was tust du? Du hetzt und wühlst dich durch die Gegend, jetzt zählt es ja, du suchst dir einen Job, der dich ernähren *und* glücklich machten soll, was für eine schwierige, unerfüllbare Kombination, was für eine Irrfahrt. Du gründest eine Familie, selbstverständlich, das ist normal, das tut man halt so, du schaust deinem Nachwuchs beim ersten Viertel und den eigenen Eltern beim letzten zu, dazu immer diese Zweifel, dieses Bilanzziehen, dieses Vergleichen, du verbringst zu viel Zeit mit der Aufarbeitung deiner Traumata vom Anfang, als du noch offen und verletzlich warst, und dem Beneiden der anderen Leute, die scheinbar glücklich sind, alle glücklicher als du, dazu kommt die zunehmende Angst, die Angst vor dem Ende, die Angst vor der Abrechnung. Du bist gestresst, du kompensierst deine Unzufriedenheit mit Konsum und fettigem Essen und alkoholischen Getränken, das Belohnungszentrum will schließlich aktiviert werden, aber du wächst nicht, du wächst nicht als Mensch, das Einzige, was anwächst, sind Gewicht, Blutdruck und Cholesterinwerte. Die Suche nach Erfüllung jedenfalls bleibt über Jahrzehnte mehr oder weniger erfolglos — und es sind ja auch gar nicht so viele Jahr-zehnte, die du hast. Jetzt also die Kernfrage: Wann genau leben wir eigentlich? Einfach so? Im Moment? Was ist denn, wenn wir unsere Viertel nicht geregelt bekommen, speziell die zwei in der Mitte? Wenn die geschätzten vierzig Jahre, um die es geht, eine einzige, inakzeptable Enttäuschung sind? Dann wird man wie dein Vater, Moritz. Und schmiert im letzten Viertel, wo sowieso schon alles zu spät ist, endgültig ab. Verbittert, desillusioniert, in dem Wissen, dass jetzt nichts mehr kommen kann, was den ganzen Aufwand gelohnt hätte. Drei zwanzig, bitte.»

Der Kunde vor Philipp war eine Kundin. Sie war auf den ersten, zweiten und dritten Blick ziemlich sympathisch, eine Frau im zweiten Viertel, die Moritz mit aller Vorsicht als eine Sophie bezeichnen würde. Sie legte das Geld passend auf den Tresen. «Wirklich beeindruckend», sagte sie. «Kam das einfach so aus deinem Kopf?»

«Einfach so», bestätigte Philipp.

«Dafür ist jetzt bestimmt mein Kaffee kalt.»

Philipp bekam rote Wangen. «Glaub ich nicht. Soll ich dir einen neuen machen? Äh, ich mach dir einen neuen.»

«Wie wäre es heute Abend bei mir zu Hause? Um neunzehn Uhr? Kaffeemaschine habe ich.»

Philipp stammelte irgendwas mit den Buchstaben G, E, R und N, vielleicht nicht unbedingt in dieser Reihenfolge, die Kundin lächelte und verließ selbstbewussten Schrittes das *Schöne Leben*. Der gewiss noch nicht mal ansatzweise kalte Kaffee blieb un-gerührt zurück.

Moritz pfiff durch die Zähne. «Also, das ist mir zum Beispiel noch nie passiert», sagte er. «Intelligenz ist eben doch sexy.»

«Mir passiert das andauernd», sagte Stella. «Aber nicht we-gen meiner Intelligenz.»

«Egal», sagte Philipp, dessen Wangen langsam wieder die

übliche Bleiche annahmen, tonlos. «Es war nur eine Illusion. Blendwerk. Ein Aufflackern.»

«Du bist nicht glücksbegabt», stellte Moritz fest.

«Sie hat mir ihre Adresse nicht verraten.»

«Gut, das stimmt, aber der Anfang ist gemacht», sagte Moritz. «Wenn sie morgen wiederkommt, kannst du ihr sagen, dass du den ganzen Abend durch die Stadt gelaufen bist und an allen Türen geklingelt hast in der Hoffnung, dass sie diejenige ist, die aufmacht. Dann lacht sie und gibt dir ihre Adresse.»

«Das schaffe ich nicht», sagte Philipp. «In puncto Anbahnung bin ich noch im ersten Viertel.»

Moritz seufzte. «Deine frauenfangende Rede hat sowieso einen Haken. Mein Vater ist nicht so geworden, nicht im zweiten, nicht im dritten und nicht im letzten Viertel, der war schon immer so. Und außerdem ist er bereits im fünften Viertel. Was mache ich denn jetzt? Der kann doch nicht ewig bei unserer Nachbarin Hirschbraten essen. Irgendwann ist der ja auch mal alle.»

«Sag doch einfach, du kommst nicht an das Medikament ran», schlug Stella vor. «Problem gelöst. Muss er sich eben woanders umsehen. Oder den Rest vom Leben aushalten.»

«Nein, da ist das Problem eben nicht gelöst», sagte Moritz. «Das ist so, als ob du den Teppich hochhebst und den Dreck drunterfegst. Der ist ja dann immer noch da, der Dreck. Nicht dass in meiner Familie nicht andauernd der Teppich hochgehoben worden wäre, aber der ist ja auch nicht unbegrenzt groß, so ein Teppich. Oder breit. Der hebt sich ja irgendwann, der Teppich, wenn der Dreck mehr wird als die Fläche … des Teppichs. Und dann quillt das an den Seiten heraus. Das alles. Versteht ihr, was ich meine?»

«Schon», sagte Philipp. «Aber das ist wirklich ein ganz schlechtes Bild. So abgewetzt wie der Teppich. Total abgegriffen.»

«Da stimme ich zu», sagte Stella. «Die Kundin gerade hätte dich nicht zum Kaffee eingeladen. Weder um neunzehn Uhr noch zu irgendeiner anderen Uhrzeit.»

«Ich will doch auch gar nicht zum Kaffee eingeladen werden. Meinen Vater loswerden will ich. Am besten lebendig.»

«Was ist mit deiner Schwester?»

«Aufgetaucht aus Amerika, fünf Kinder gehabt, dann doch nie weggewesen, fünf Kinder verloren und beleidigt wieder abgetaucht.»

«Ich verstehe kein Wort», sagte Philipp.

«Sie hat sich eine Geschichte ausgedacht, damit man sie in Ruhe lässt, und wohnt in Wirklichkeit ganz in der Nähe. Und sie hat keine Kinder. Nie welche gehabt.»

«Wie schade», sagte Stella.

«Allerdings», sagte Moritz. «Darren mochte ich besonders.»

Zwischen zwei Kunden schlängelten sich Jessy und Elias hinein. Ihr Spielplatzbesuch war beendet. Moritz' Herz ging augenblicklich auf. Da kamen sie, die beiden, für die sich in allen Vierteln des Lebens auch rückblickend alles gelohnt haben würde. Elias rannte auf seinen Vater zu, kam hinter den Tresen und sprang ihm auf den Arm. «Ist Opa noch da?», fragte er.

«Opa ist bei Frau Weishaupt», sagte Moritz und pustete seinem Sohn eine Haarsträhne aus der Stirn.

«Bleibt er da?», fragte Elias hoffnungsvoll.

«Man weiß es nie», sagte Moritz. «Man weiß eigentlich gar nichts.»

«Doch», sagte Elias. «Ich weiß ganz viel.»

«Was denn?»

«Alles!» Er riss beide Arme in die Luft, beugte den Oberkörper nach hinten, sprang von Moritz' Arm und sauste zurück zu seiner Mutter, die in der Zwischenzeit Philipp und Stella umarmt hatte.

«Wo ist denn Lucky?», fragte Jessy und gab Moritz einen Kuss. «Fällt ja doch auf, wenn er fehlt.»

«Stimmt», sagte Moritz, dem das gar nicht aufgefallen war. «Wo ist denn Lucky?»

«Dringende Drogengeschäfte, hat er gefaselt», sagte Philipp.

«Natürlich.» Moritz gab es auf. Das mit dem Begreifen und Einschätzen von Dichtung und Wahrheit, Täuschung und Vorspiegelung falscher, richtiger oder unentschiedener Tatsachen wurde heute einfach nichts mehr.

«Ich störe nur ungern», sagte der erste Kunde in der Schlange leicht ungeduldig, «aber ich hätte jetzt schon gerne so einen Cold Brew.» Sein schlaksiger Körper hing der Länge nach durch, er hätte namentlich nicht näher an einem Joe sein können. Einem schlechtgelaunten Joe.

Philipp wandte sich zum Kühlschrank, um den Kanister mit dem Kaffee-Kaltgetränk zu bemühen. «Ist natürlich Quatsch. Ich glaube, der konnte uns einfach nicht mehr sehen.»

«Verständlich», sagte Stella und gähnte.

Moritz betrachtete die eigene Auslage. «Veränderung», sagte er. «Wir brauchen Veränderung. Entwicklung. Man darf nicht stehen bleiben. Mal ein bisschen was Gesundes. Das fehlt hier. Salat. Obstsalat. Heute haben doch alle plötzlich Bowls. Gemischte Rohkost mit Obst und Kräuterdressing und regionaler Bio-Marmelade in der Schüssel. Bulgur und Tofu. Süßkartoffeln. Wir brauchen Bowls. Ich weiß gar nicht, wie wir das bislang ohne Bowls aushalten konnten. Bowls mit Hirse.»

«Hirse», sagte Stella und tippte sich an die Stirn.

«In Hirse ist sehr viel Fluor», sagte Moritz.

«Und Schwefel», sagte Jessy.

«Phosphor nicht zu vergessen», sagte Moritz.

«Magnesium», sagte Philipp. «Und Kieselsäure. Vor allem Kieselsäure. Sehr viel Kieselsäure.»

Moritz grinste. «Seht ihr: Wir brauchen Hirse.»

«Wenn du Hirse brauchst, brauchst du eine Küchenkraft», sagte Stella. «Ich bin das nicht. Und Magnesium gehört für mich an die Hände, wenn ich mal am Reck turne. Was ich nicht tue. Mit Eis und Milch? Zum Hiertrinken?»

Der Kunde namens Joe nickte und machte sinnlos das Victoryzeichen dazu. Philipp füllte vier Eiswürfel in das Glas, dann den Cold Brew darüber.

«Niemand isst Hirse wegen des Schwefels oder der Kieselsäure», sagte Jessy und hielt den juchzenden Elias mit dem Kopf nach unten. «Ihr müsst mal ein bisschen weniger vergeistigt sein. Es geht um Vitamin B6. In Hirse ist vor allem Vitamin B6. Ich weiß überhaupt nicht, wie ihr ein Café führen könnt ohne Vitamin B6. Das grenzt ja an Körperverletzung.»

Moritz lachte, betrachtete sie und erkannte die Frau, in die er sich verliebt hatte.

«Ich würde es gerne noch mal so machen», sagte er und lächelte sie an.

«Was?»

«Na das. So wie damals, als wir uns kennengelernt haben. Weißt du nicht mehr?»

Jessy ließ Elias runter, der sofort wie ein geölter Blitz hinter den Tresen verschwand. «Wie könnte ich das jemals vergessen? An dem Tag hat unsere Buchhandlung ein Dutzend Kunden verloren.»

«Also, lass es uns noch einmal tun. Es ist niemand hier, um den es schade wäre.»

Joe verzog die Mundwinkel, er fühlte sich offensichtlich angesprochen. Jessy blickte sich um. «Du willst es noch einmal tun? Vor all den Leuten?»

«Vollkommen schamlos.»

Moritz griff nach dem Laptop unter der Ladentheke, kam

herum und zeigte auf den leeren Tisch vor den Toiletten. «Der perfekte Ort», sagte er. Er schaute sich nach seinem Sohn um. Elias war abgelenkt, er wurde sanft, aber beharrlich von Stella daran gehindert, den Kühlschrank zu öffnen und hineinzuschlüpfen.

«Aber es muss schnell gehen», sagte Jessy. «Das fällt sonst auf.»

Moritz setzte sein schiefstes Verführergrinsen auf. Wie schön, dachte er, ein Kreis, der sich schloss. Sie würden die Köpfe zusammenstecken. So wie einst. Sie waren immer noch Forscher. Forscher und Entdecker.

Philipps Mund entfuhr ein unterdrückter, heiserer Laut. Die Frau namens Sophie war noch einmal hereingekommen, sie schritt an der kleinen Schlange vorbei und direkt auf Philipp zu. Woher nahm sie bloß dieses Selbstbewusstsein? Dieses Selbstverständnis?

«Wsvergssn?», fragte er und leuchtete in den knalligsten Farben. Sie reichte ihm einen Zettel. «Meine Adresse. Bringt sonst ja nichts. Nachher musst du noch an jeder Tür klingeln.»

«Hätte ich gemacht», sagte Philipp, Moritz ballte heimlich die Siegerfaust. Gute Antwort.

Sophie lächelte, drehte sich um und entschwand ein zweites Mal. Philipp schwenkte den Zettel ehrfurchtsvoll durch die Luft wie einst sein Abiturzeugnis, Durchschnittsnote 0,8. Sie alle betrachteten das Papier wie eine Originalmitschrift des letzten Abendmahls.

«Ist echt blöd fürs Karma, wenn man hier als Kunde stört», sagte Joe, das stehende Fragezeichen. «Was kostet das denn eigentlich so? Mein Kaffee wird warm.»

31

DER TOYOTA schob sich durch einen erstaunlich komplexen Feierabendverkehr, den es an einem Sonntag gar nicht hätte geben dürfen. Die Hitze hatte sich zu neuen Höchstleistungen hinreißen lassen, die Klimaanlage arbeitete auf Hochtouren, vor ihnen schlingerte ein alter Ford Fiesta, aus dem vier Fußballfans mit weit aufgerissenen Mündern und gereckten Schals heraushingen.

«Lebensgefährlich ist das», knurrte Karlheinz Liebig und verschränkte die Arme vor der dürren Brust. Es hatte Moritz einige Mühe gekostet, ihn überhaupt zum Einsteigen zu bewegen. Seine Internetsuche mit Jessy war deutlich zügiger vonstattengegangen als damals in der Buchhandlung, Moritz hatte sofort gewusst, was das Ergebnis für ihn bedeutete, er war aufgestanden, hatte sich von Jessy einen ganz und gar unverschämten Klaps auf den Hintern geben lassen, seinen Sohn auf die Stirn geküsst, schöne Grüße an Ulf ausgerichtet und Philipp viel Glück für den Abend gewünscht, ihm sicherheitshalber ein paar vermutlich überflüssige Kaffeezubereitungstipps mitgegeben. Dann war er nach Hause zurückgeeilt, vorbei an all den grüßenden Großstadtkindern, und hatte im ersten Stock bei Frau Weishaupt geklingelt. Sie hatte die Tür entriegelt, das dauerte seine Zeit, aber sein Vater war tatsächlich noch da gewesen, im Wohnzimmer hatte er gesessen, auf dem geblümten Sofa, es hatte nach Braten gerochen, nach Filterkaffee und Vorhängen, die schon seit zwanzig Jahren ausgelüftet gehörten. An den Wänden hingen Schwarzweißfotos von einer Sportgymnastin, die unter Umständen die junge Frau Weishaupt selbst gewesen sein mochte, vor Karlheinz Liebig hatte ein kleines Glas Bier gestanden, vor Frau Weishaupt irgendwas Sprudelndes. Sie wirkte ganz vergnügt und voller

Energie, er im Rahmen seiner Möglichkeiten einigermaßen entspannt, was sich dadurch zeigte, dass er die Füße über Kreuz gestellt hatte, die Sohlen zeigten zur Seite. Sein Gesichtsausdruck hingegen war so mürrisch und abweisend wie immer, und als Moritz ihm bedeutete, dass sie nun einen Ausflug machen würden, hatte er sich zunächst geweigert, dann geschimpft, sich noch einmal geweigert, schließlich war er doch aufgestanden, langsam und steif, hatte sich den krummen Rücken gehalten, Frau Weishaupt hatte sanft applaudiert, er hatte abgewinkt und sich bedankt, immerhin, auch dafür, dass sie ihm den Braten klein geschnitten hatte. Dann hatte er ihr zitternd die Hand gegeben, die sie fest ergriffen und in ihre beiden genommen hatte. Im Treppenhaus hatte sich Karlheinz Liebig noch einmal nach ihr umgedreht, ein wenig verschwitzt roch er, verschwitzt und ungewaschen, Moritz hatte über die Zwangsanwendung eines Deos nachgedacht, dann aber darauf verzichtet, um den alten Mann nicht noch zusätzlich zu demütigen.

Es hatte einige Zeit gedauert, bis sie unten angekommen waren, Stufe für Stufe hatten sie genommen, vor der Tür knallte die Sonne auf den Asphalt, der ältere Liebig gerierte sich wie ein Vampir im Angesicht des Morgengrauens, dann schritten sie langsam zu Jessys Wagen, der vor Hitze kaum anzufassen war. «Wo willst du denn hin mit mir?», hatte Karlheinz Liebig gefragt.

«Wirst du sehen», hatte Moritz geantwortet, der genau wusste, wenn er sich zu früh offenbarte, wäre die Fahrt beendet gewesen, bevor sie begonnen hatte. Seitdem fuhren sie in Richtung Norden, raus aus dem verstopften Zentrum, durch die Vororte, die Industriegebiete, sie überquerten die Autobahn, hielten sich auf der Landstraße, die links und rechts von schiefen Pappeln gesäumt wurde. Moritz trug eine Sonnenbrille, sein Vater kniff die Augen zusammen, dass die Tränensäcke hervortraten.

«Wo ist Nina?», fragte er irgendwann.

«Wieder weg», sagte Moritz knapp und konzentrierte sich auf den Gegenverkehr.

«Da kommt die extra aus Amerika. Meinetwegen.» Karlheinz Liebig schüttelte in Anbetracht der Unvernunft den Kopf. «Was so ein Flug alleine kostet.»

«Ja, Papa», sagte Moritz und wich mit einem Schlagloch auch gleich dem Thema aus. «Erzähl mir noch mal was von deinem Bruder.»

Karlheinz Liebig stöhnte. «Welchem?»

«Hans», sagte Moritz.

«Da gibt es nichts zu erzählen. Schau, die Schwalben fliegen niedrig, es wird regnen.»

Moritz beugte sich vor und betrachtete den Himmel. Nicht eine einzige Wolke war zu sehen. «Wie hast du ihn verletzt?», fragte er. «Damals.»

«Ich habe siebzig Jahre nicht darüber geredet, Moritz. Da fange ich heute nicht damit an.»

«Hans ist mein Onkel, ich habe ein Recht darauf, solche Sachen zu erfahren.»

«Gar nichts hast du», sagte Karlheinz Liebig. «Fährst du mit mir hier durch die Gegend, um mich auszuquetschen? Weil ich nicht rauskann, oder was? Lass mich aussteigen, ich laufe zurück. Mit etwas Glück schaffe ich's bis zur Autobahn.»

«Ist er wirklich gehbehindert seitdem? War das Absicht? Wie hat er dich dazu gebracht?»

«Er hat mich getriezt, ja?», sagte Karlheinz Liebig widerwillig. «Ich war klein und das schwächste Glied in der Kette. Er hat mir jeden Schlag, den er von deiner Großmutter bekommen hat, weitergegeben. Mit Zinsen. Er und die anderen. Albrecht ist immer abgehauen, aber Werner und Diethelm hat es ebenso erwischt. Und alle haben es mich büßen lassen. Ich hatte mehr blaue Flecken als Sommersprossen. Du musst das aushalten, Moritz, die Liebigs sind und waren keine gute Familie, nie gewesen. Und jetzt lass mich in Ruhe damit.»

«Hast du dich gerächt? An Onkel Hans?»

«Ich hab gesagt, du sollst mich in Ruhe lassen.»

«Aber wieso behindert?»

«Ja, Herrgott, das hab ich natürlich nicht gewollt. Es ist vielleicht ein bisschen viel gewesen, aber er hat sein Bein nicht verloren. Nur fast. Und konnte danach eben nicht mehr richtig laufen. Gibt Schlimmeres, andere werden taub. Oder blind. Obwohl, die müssen sich das Elend dann nicht mehr ansehen.» Karlheinz Liebig schaute aus dem Fenster, das rote Gesicht sah wild aus, war in untypischer Bewegung. «Hätte er mich halt weniger schlagen müssen. Alles rächt sich. Irgendwann. Und man darf die Kleinsten nie unterschätzen. Das sind die eigentlich Starken, die haben den langen Atem, das gute Gedächtnis.»

Moritz schwieg und bog ab, das Navigationsgerät hatte ihn schon vor Hunderten von Metern darauf hingewiesen, dass sie ihr Ziel bald erreicht haben würden. Auf der Windschutzscheibe sammelten sich Insekten und Blutflecken, er betätigte die Scheibenwaschanlage und verschmierte den Tod. Sie befuhren ein modernes Wohngebiet, es wirkte wie mitten ins Nichts gebaut, zur Auflockerung dienten lediglich ein paar im Wachstum befindliche kahle Bäume, eingesperrt zwischen Gitterstäben, alles war sortiert, steril, pragmatisch. Ein kleiner Supermarkt zur Linken, der gleichzeitig als Post diente, daneben die Apotheke. Ein Bäcker, ein Café, das aussah wie die Mensa eines Leichenschauhauses. Doppelhaushälften, Ein paar Einfamilienhäuser, genormte Gärten, angebaute Garagen, ein makelloser, glatter Asphalt. Ein großes, mit Blumen gerahmtes Schriftbild auf einer glatten, zur scheinbar einzigen Straße gewandten Hausseite: *Willkommen im Sonnenschein.*

«‹Sonnenschein›», ächzte Karlheinz Liebig. «Was soll ich hier?»

«Loslassen üben», sagte Moritz und fuhr die Straße zu Ende.

Sie haben ihr Ziel erreicht, versprach das Navigationsgerät, Moritz sah aus dem Fenster. Zur Linken befand sich ein grauer, dreistöckiger Wohnkomplex mit grün gestrichenen Balkonen, er wirkte wie ein Sanatorium, vielleicht auch wie ein Reha-Zentrum, eine Sporthochschule oder ein Forschungszentrum. Das konnte ja wohl nicht gemeint gewesen sein, das konnte doch nicht die richtige Adresse sein, dachte Moritz. «St. Maria Seniorenresidenz», stand auf einem goldenen Schild im Eingang. Alles stimmte. Bis auf den Eindruck.

«Mist», murmelte Moritz, sein Vater brauchte nur eine Sekunde länger, um das Schild zu lesen und das Ziel seines Ausflugs zu begreifen. «Du willst mich abschieben!», rief er. «Du willst mich hierlassen! Du willst mich einweisen! Du willst ...»

«Deinen Bruder Hans besuchen», sagte Moritz. «Mit dir! Ich hab gewusst, dass das ein Altenheim ist, aber nicht, wie es hier aussieht. Wirklich! Ich hab die Adresse herausgefunden, wo er jetzt wohnt, mit Jessy habe ich die herausgefunden.»

Karlheinz Liebig versuchte, sich zu beruhigen. «Ich geh da nicht rein», sagte er mit zusammengebissenen Zähnen. «Sehe ich keinen Sinn drin. Da sind doch alle schon tot.»

Moritz betrachtete die Eingangstür, die in diesem Moment von selbst aufschwang und den Blick auf einen quietschfidelen Endsiebziger freigab, der im Sonntagsanzug und mit einem Kreissägen-Hut der zwanziger Jahre des letzten Jahrhunderts fröhlich pfeifend seinen Gehstock jonglierte. Gleich würde eine Dixieland-Band aus dem Gebüsch springen und für akustische Untermalung sorgen.

«Sieht nicht tot aus», sagte Moritz. «Außerdem müsste dir das doch entgegenkommen.»

«Mir kommt nur ein Idiot mit Hut entgegen», knurrte sein Vater.

«Ist das Hans?», fragte Moritz.

«Nein.»

Moritz öffnete die Fahrertür. «Na los, wenn wir schon mal hier sind.»

Karlheinz Liebig bewegte sich keinen Zentimeter. «Warum sollte ich … was versprichst du dir denn davon?»

«Dass du deinen Frieden machst. Mit deinem Bruder. Dass du dich entspannst.»

«Du hast ja früher schon viel dummes Zeug geredet», sagte Karlheinz Liebig, «aber ich hab nicht gewusst, wie naiv du bist.»

Moritz musste sich eingestehen, da war was dran. Egal, der Plan hatte gut geklungen, tiefenpsychologisch fundiert, voller Empathie, Hoffnung und gutem Willen, sie waren hierhergefahren, jetzt konnte man es auch durchziehen. Er stieg aus. «Ich will ihn sehen», sagte er schlicht. «Ich will sehen, wer mein Onkel ist und wie es ihm geht.»

«Dann grüß ihn nicht von mir», sagte sein Vater und bewegte sich keinen Zentimeter.

«Los jetzt», sagte Moritz.

«Nix», sagte sein Vater.

«Die haben dadrin bestimmt eine Cafeteria», sagte Moritz.

«Na und?»

«Mit Bier.»

«Ich komme.»

Karlheinz Liebig öffnete die Beifahrertür und schälte sich hinaus. «Eine Absteige ist das», stellte er mit Blick auf das Gebäude fest, dann richtete er sich so weit auf, wie er es eben hinbekam, knallte die Tür zu und schlurfte um den Toyota herum. «Ein Ghetto haben die gebaut. Ein Ghetto für die Alten. Damit die nicht in der Innenstadt die Supermärkte verstopfen und den Verkehr aufhalten. Das Land durften wir wiederaufbauen, aber wer langsam wird, ist im Weg. Also, weg mit denen. Aus den Augen, aus dem Sinn.»

«Weiß ich nicht, ob man das so sagen kann. Das ist mir schon wieder viel zu negativ. Hier ist es schön ruhig. Hör mal, die Vögel zwitschern.»

Karlheinz Liebig horchte. «Ich hör nix. Und meine Ohren sind das Einzige, was noch halbwegs funktioniert.»

Mist, dachte Moritz. Er hatte gehofft, sein Vater würde nicht darauf eingehen. «Aber sie könnten», sagte er. «Sie könnten zwitschern. Es wäre sehr viel Platz zum Zwitschern.»

«Es gibt hier kaum Bäume», sagte Karlheinz Liebig.

«Richtig», gab Moritz zu. Ganz gehirntot war sein Vater noch nicht.

«Was soll ich denn mit dem reden?», fragte der und blickte an der Fassade entlang, als würde er nach dem richtigen Zimmer suchen.

«Das ergibt sich», sagte Moritz. «Ihr habt doch bestimmt tausend Fragen.»

Karlheinz Liebig schüttelte den Kopf, aber nun ging er sogar voran, erstaunlich war das, er nahm den steinigen Weg zur bereitwillig aufschwingenden Eingangstür mit eigenem Schwung und Antrieb. Moritz hielt sich dicht hinter ihm, sie betraten das Foyer, das in seiner klimatisierten Kühle und Steinlastigkeit in der Tat weniger an eine Residenz als an eine sanierungsbedürftige Tiefgarage erinnerte. «Zur letzten Ausfahrt», murmelte Karlheinz Liebig und suchte mit den Augen die Rezeption. An der linken Seite war entlang der Wand ein schmales, der Länge nach sehr stattliches Meerschweingehege angebracht, sicherheitshalber auf streichelfreundlicher Hüfthöhe. Mit dem Bücken hatten es die meisten Bewohner ja vermutlich nicht mehr so. Mindestens zehn

Tiere tummelten sich darin, mümmelnd, fiepend, Beweglichkeit vorlebend. Auf der gegenüberliegenden Seite war, wie auf einem Altar, zwischen zwei Hydrokulturen und unter einem Jesuskreuz ein aufgeschlagenes Kondolenzbuch ausgestellt. Bitter, dachte Moritz. Klar, der Tod schwang hier natürlich immer mit. Aber musste man wirklich alle, die hereinkamen oder hinausgingen, permanent daran erinnern? Er stellte sich vor, wie die Bewohner des Morgens, wenn sie vom Frühstück kamen, sicherheitshalber im Buch nachschauten, ob die nette und nur ganz leicht vergessliche Bridgepartnerin von gestern Abend wohl noch eine Revanche gewähren würde. Karlheinz Liebig war mittlerweile an der Information angelangt, dahinter stand ein breit grinsender Freiwilliger im sozialen Jahr, der sich offenkundig über den am wenigsten stressigen Job im Heim freute und dem ein weißer Stöpsel aus dem linken Ohr hing. Moritz hätte jetzt gerne übernommen, aber sein Vater war in Geberlaune.

«Wir wollen zu einem Arschloch», sagte er grob und funkelte den Freiwilligen böse an.

«Aus dem Bereich der Bewohner oder Pfleger?», fragte der sehr junge Mann freundlich, auf seinem Namensschild stand Sören. «Wir haben beides.»

«Bewohner», sagte Karlheinz Liebig, dann drängelte sich Moritz endlich dazwischen.

«Hans Liebig», sagte er. «Wir wollen zu Hans Liebig.»

«Ah, Hans Liebig», sagte Sören. «Der ist doch kein Arschloch. Der ist ein sehr freundlicher alter Herr. Guter Geiger. Vor allem an Sonntagen. Dritter Stock, Zimmer 306.»

Karlheinz Liebig stöhnte. «Aufzug?», fragte er. «Mir tun die Knie weh. Arthrose.»

«Selbstverständlich. Den Gang entlang, an den Wollmäusen vorbei, gleich hinter dem Café.»

Vater und Sohn bedankten sich, ließen Meerschweinchen und

Kondolenzbuch links wie rechts liegen und folgten dem Verlauf des Flurs. «Alle aus Osteuropa», knurrte Karlheinz Liebig. «Die Pfleger. Eine Schwemme ist das. Billig sind die. Und für die Alten reicht's, da muss man ja nichts können.»

«Das da eben war der Sören», sagte Moritz. «Und der Sören kommt nicht aus Osteuropa.»

«Wieso denn nicht?»

«Der heißt Sören, Papa.»

«Der kommt da her», beharrte sein Vater. «Wenn wir unsere Kinder Jacqueline und Kevin nennen können, dann können die ihre Blagen auch Sören nennen.»

«Der sprach astreines Hochdeutsch, der Sören.»

«Das ist ja wohl das Mindeste. Wie soll man sich denn sonst beschweren?»

Da war das Café, *Zimt und Zucker* hieß es, es war zum Gang hin offen, reichlich bevölkert mit Rollatoren und ihren Besitzern, da stand die ein oder andere Tasse Filterkaffee auf den runden Tischchen, es gab Käsekuchen, Schwarzwälder Kirschtorte und Eis in den Sorten Erdbeer, Vanille und Schokolade. Geredet wurde kaum, man hatte sich im Einerlei der Tage nicht mehr viel zu erzählen, dafür verschüttete Helene Fischer eine Extraportion Pathos aus einer einzelnen Box über dem Fenster. «Die haben bestimmt kein Bier», sagte Karlheinz Liebig schlecht gelaunt, «ein ganz mieser Trick war das.»

«Du bist nicht wegen des Biers hier», sagte sein Sohn. «Das hast du nur gebraucht, um einlenken zu können.»

Sie standen vor dem Aufzug, der so schmal war, dass er mit einem einzigen alten Menschen samt Gehhilfe voll besetzt war. Klassischer Fall von Fehlplanung.

«Zehn Minuten», sagte Karlheinz Liebig. «Zehn Minuten, dann sind wir wieder draußen. Und du weißt, dass ich lange für den Weg brauche.»

Der Aufzug kam, entließ eine sehr geblümte Rentnerin mit riesiger Brille, sie brauchte eine Sekunde, um sich zu erinnern, wer und wo sie war, dann hustete sie und gab den Weg für die Liebigs frei.

Moritz drückte auf die unwahrscheinlich große Taste mit der Drei. Sie standen eng, er roch viele Dinge an seinem Vater, die Übelkeit in ihm auslösten. Angst, dachte Moritz. Angst und Alkohol und Seifenverzicht, gemischt mit den Resten der Dönerbude und irgendeinem dazwischengeschobenen Mett-Igel. Der Aufzug setzte sich ruckhaft in Bewegung.

«Welche Zimmernummer ist das noch mal?», fragte sein Vater. «Ich will das nicht, ich hab da keine Lust drauf, ich weiß wirklich nicht, warum du mich dazu zwingst.»

«Ich zwinge dich zu gar nichts», sagte Moritz. «Du kannst jederzeit aussteigen.»

«Was soll ich denn im zweiten Stock?»

Als sich die Aufzugtüren endlich, endlich öffneten, ging Moritz verschiedene Szenarien durch. Tränenreiche Umarmung, Nichterkennen durch Alzheimer im Endstadium, eine Prügelei zwischen Geschwistern in Zeitlupe, ein Geigensolo. Es war alles denkbar.

Der Gang war krankenhauskahl, der Boden aus grauem Linoleum, die Decke hätte durchaus höher sein dürfen, man duckte sich unwillkürlich, auch ohne Wirbelsäulenverkrümmung. Auf beiden Seiten waren in exakt bemessenen Abständen genormte Türen, die teils kahl geblieben, teils so individuell wie möglich gestaltet waren, mit Namensschild, Kranz oder christlicher Kreide-Symbolik. Moritz hatte schnell verstanden, dass rechts die Einzelzimmer waren; durch die ein oder andere geöffnete Tür ließ sich erkennen, dass es sich hierbei um allerhöchstens zwölf Quadratmeter handelte, immerhin mit eigenem Bad. Eine Frau saß dem Hochsommer zum Trotz in dicke Decken eingehüllt auf einem Lehnstuhl und starrte mitten in den eigenen Raum hinein. In einem anderen Zimmer lief der Fernseher in einer so atemberaubenden Lautstärke, dass die beiden Liebigs Wyatt Earps Schüsse am O. K. Corral fast auf sich bezogen hätten. Das Zimmer 306 befand sich auf der linken Seite, es war also kein Einzelzimmer. Hier waren die Unterkünfte der weniger Vermögenden, bei denen die finanziellen Reserven nichts Privateres erlaubten. «Herrgott», murmelte Karlheinz Liebig und stand unschlüssig vor der geschlossenen Tür. «Ich weiß immer noch nicht, was das soll», sagte er. Ein letztes Aufbäumen. «Was immer du dir davon versprichst, es wird an meinem Entschluss nichts ändern. Ich hab einfach keine Lust mehr.»

«Das erwarte ich ja auch gar nicht, Papa», log Moritz, der tatsächlich ziemlich nervös war. «Aber wenn du dir das hier so ansiehst, hast du es doch eigentlich noch ganz gut. Hilft ja manchmal, sich zu vergleichen.»

«Mama ist tot», sagte sein Vater.

«Ich weiß, Papa. Aber dein Bruder lebt.»

Moritz klopfte und wartete zwei, drei Sekunden auf eine Reaktion. Dann öffnete er die Tür und fühlte sich augenblicklich an seinen gestrigen Klinikbesuch erinnert. Das hier war kein Wohnraum, es war ein Krankenzimmer, nichts anderes. Unpersönlich wie der Übergang zu etwas anderem, das hoffentlich nur besser sein konnte. Eine Abstellkammer. Ein Ort der Verwahrung. Links der Tür lag ein Mann in abgetragener Straßenkleidung auf seinem Bett, das ein klassisches, transportables Krankenhausbett war, inklusive Haltegriff an einer über dem Kopf befindlichen Stange. Er grüßte nicht, schien gar nicht zu bemerken, dass jemand hereingekommen war. Moritz sah seinen Vater an, der schüttelte den Kopf. Das war also nicht Hans. Auf der anderen Seite des Zimmers ein vergleichbares Bett, etwas fröhlicher, säuberlich gemacht, die Bettwäsche war rot-weiß kariert. Darüber ein Regal mit einigen wenigen persönlichen Gegenständen. Auffällig waren nur ein Geigenkasten und ein in Schutzfolie eingepacktes Kissen. Neben dem Bett ein Nachttisch, viel Plastik, eine glatte Fläche für Teller, Tassen und Tabletten, eine Schublade, etwas Stauraum, ein größeres Fach über den Rollen. Das war alles. Aber auf der Bettkante, da war er, der Grund ihres Besuchs, ja, da saß eindeutig ein Liebig und blickte sie neugierig an. Er hatte keine Haare mehr, sehr viele Altersflecken auf Glatze und Gesicht, ein paar Warzen. Nase und Mund waren familieneigen, sein Rücken ähnlich gekrümmt wie der seines Bruders, doch schien er ein ganzes Stück größer zu sein.

«Hans», sagte Karlheinz Liebig bemüht freundlich, was man daran erkannte, dass er mit der Stimme oben blieb. Es war erstaunlich, dass er auch hier oben den ersten Schritt machte. Moritz hielt sich einen Meter dahinter und blickte immer wieder zu dem Zimmergenossen auf der linken Seite hinüber, der keine Regung zeigte. Vielleicht war er sediert oder schlief mit offenen Augen. Gab es ja manchmal, dachte Moritz. Vielleicht nahm so etwas im Alter auch zu.

Hans Liebig stand auf und griff nach seinem Gehstock, der an der Wand gelehnt hatte. Er trug eine blau-weiße Trainingshose, dazu einen grauen Wollpullover, der viel zu warm und eindeutig im falschen Programm gewaschen worden war. Er kam auf seinen Bruder zu, ein wenig misstrauisch, zog das linke Bein nach. Karlheinz Liebig blinzelte bei jedem Aufsetzen des Stocks auf den Boden. Aber er ließ sich nichts anmerken. Die Brüder betrachteten einander wie etwas sehr weit Entferntes, das erst noch scharfgestellt werden musste.

«Ja?», fragte der älteste Liebig heiser. «Entschuldigen Sie, mein Gedächtnis …»

«Ich bin's, Hans», sagte Moritz' Vater. «Der Karlheinz.»

«Karlheinz …»

«Dein Bruder, Hans. Dein jüngster Bruder.»

Hans Liebig straffte sich, das Gesicht wechselte den Ausdruck im Sekundentakt, man konnte jede gedankliche Wendung nachempfinden. «Siehst gar nicht so jung aus», sagte er schließlich.

«Aber nur weil du so verdammt alt bist.» Karlheinz streckte die zitternde Hand aus. Hans Liebigs nicht weniger zitternde Hand kam ihm entgegen, es war ein Wunder, dass sich die Hände trafen, dann wurde ohne großes eigenes Zutun geschüttelt.

«Mein Gott», sagte Hans Liebig, ihm schien so nach und nach die Dimension des Ganzen klarzuwerden. «Wie lange ist das her?»

«Fast siebzig Jahre», sagte Karlheinz Liebig. «Grob geschätzt.»

«Heißt das, dass ich jetzt sterbe?», fragte sein Bruder. «Wenn du hier bist, ist dann Schluss? Schließt sich der Kreis?»

«Hab ich nix mit zu tun», sagte Karlheinz Liebig.

«Heißt das, dass *du* bald stirbst?»

«Nicht wenn es nach meinem Sohn geht.»

Die Brüder betrachteten sich gerade neugierig.

«Das Leben ist nicht gut mit dir umgegangen», sagte Hans Liebig nach einer kurzen Pause.

«Mit dir auch nicht.»

«Findest du? Ich bin achtundachtzig.»

«Aber du bist hier.»

«Das ist nur das Ende. Dazwischen war viel Gutes. Unter anderem. Wen interessiert schon der Abspann?»

«Mich nicht», sagte Karlheinz Liebig. «Ich würde am liebsten vorher ausschalten. Wenn man mich ließe. Gibt ja so Leute, die wollen auch noch den letzten Namen lesen.»

«Verstehe ich auch nicht. Aber wie komme ich denn zu der

Ehre?», fragte sein Bruder. Täuschte Moritz sich, oder wurde sein Ton schon wieder distanzierter? Vielleicht kam ihm die Erinnerung an vergangene, längst bewältigt geglaubte Zeiten dazwischen.

«War eine Idee von dem da.» Karlheinz Liebig zeigte auf Moritz. Sein Onkel nahm Moritz jetzt erstmals so richtig wahr. «Ach so», sagte er, «ich dachte, Sie wären der Pfleger.»

«Nein. Ich bin Ihr Neffe. Moritz.»

«Moritz ... na, dann müssen wir ja wohl ‹du› sagen.»

Hans Liebig lächelte und schüttelte auch Moritz die Hand. Sie war fleischig und weich. «Tja, das hier ist mein bescheidenes Reich. Ist wirklich bescheiden, ich weiß, ich hab alles verschenkt, was ich mal hatte. Fürs Lesen reicht die Konzentration nicht mehr, Fernsehen kann ich auch im Fernsehraum, und die paar Möbel, die was wert waren, haben meine Kinder verscherbelt.»

«Du hast Kinder?» fragte Moritz, das Du ging ihm schwer über die Lippen. «Ich habe Cousins?»

«Zwei», sagte Hans Liebig. «Simone und Samuel. Haben längst 'ne eigene Brut. Großcousins von dir, sozusagen. Das ist ein Ding, was? Sind denn da, wo du herkommst, auch noch mehr?»

Moritz nickte. «Ich hab einen Sohn. Elias. Und eine Schwester natürlich. Nina.»

«Wohnt in Amerika», sagte sein Vater.

Moritz seufzte, widersprach aber nicht. Er hätte sich gerne hingesetzt, aber es gab keine Gelegenheit dafür. Außer auf der Bettkante, und das war ihm dann doch zu nah, zu privat.

«Tja», sagte er, weil das Gespräch bereits ins Stocken zu geraten drohte. Er zeigte auf den Zimmergenossen seines Onkels. «Und das ist?»

«Herr Blockhorst.» Hans Liebig sagte es sehr laut, sehr gedehnt, reichlich boshaft. «Redet nicht mit einem, der Schnösel. Schläft den ganzen Tag, und wenn er nicht schläft, ist er stumm oder tut taub. Dabei hört der jedes Wort. JE-DES-WO-RT!»

Herr Blockhorst reagierte tatsächlich nicht, es schien, als hätte er nur noch wenig Berührung zur Welt der anderen Sterblichen.

«Ihr siezt euch?», fragte Moritz.

«Selbstverständlich. Warum nicht?»

«Ihr wohnt im selben Zimmer.»

«Wir kennen uns kaum. Ich muss sagen, ich bin schon ein wenig überrascht, dass ihr hier seid. Zu erben gibt es von mir nichts. Außer meiner Geige. Und die kriegt die Simone. Oder der Samuel. Aber der lässt die bestimmt fallen. Also lieber doch die Simone. Wie habt ihr mich überhaupt gefunden? Über die Kinder?»

«Nein, übers Internet», sagte Moritz. «Ihr hattet hier mal einen Tag der offenen Tür, und da hast du anderen Rentnern das Haus gezeigt. Gab ein Foto damals. Für die Tageszeitung. Du hattest die Hand halb vorm Gesicht, aber das steht jetzt trotzdem im Internet. Mit Namen.»

«Die ganze Welt kann sehen, wie ich die Hand vors Gesicht halte?»

«Richtig. Aber es ist der Welt wahrscheinlich egal. Und keine Sorge, wir sind nicht hier, weil wir etwas erben wollen.» Es wurde Zeit, dass sie konstruktiv wurden. «Wir sind hier, damit ihr beiden miteinander redet und euch vielleicht versöhnt. Jetzt. Wird doch Zeit, oder? Kann man doch mal machen, kann man doch mal abrunden, so ein Leben. Positiv abrunden.»

Herr Blockhorst räusperte sich vernehmlich, es konnte auch ein Husten, Krächzen oder Lachen gewesen sein.

Hans Liebig grinste. «Dein Junge ist naiv», sagte er zu seinem Bruder.

«Ich weiß», sagte der. «Aber erst seit heute. Also, er ist bestimmt nicht erst seit heute naiv, aber ich weiß es erst seit heute.»

Hans Liebig lachte nun offen und unverstellt, da war einiges an Stimmvolumen. Er hielt inne, sinnierte und schien eine Erinnerung abzurufen. «Moritz ... Moritz und Nina.»

Er drehte sich sehr langsam um und hinkte zurück zu seiner Bettkante, ließ sich darauf nieder, dann zog er den Nachttisch auf Rollen an sich heran. Er öffnete das unterste Fach und zog unter Schwierigkeiten eine Schuhschachtel heraus, die geradezu überquoll mit Fotos. Fotos in allen Größen, Formaten und Farbverläufen.

«Soll ich helfen?», fragte Moritz. Karlheinz sah sehnsüchtig zum Ausgang.

Onkel Hans schüttelte den Kopf, hob einen großen Packen heraus und legte die Fotos neben sich aufs Bett. Die Stationen eines ganzen Lebens rutschten auseinander und verteilten sich auf der Bettdecke. «Moritz und Nina», wiederholte er leise, war unten in der Schachtel angelangt und nahm langsam, sehr langsam, vier oder fünf Fotos auf einmal heraus, betrachtete sie sorgfältig und legte alle bis auf eins beiseite. «Hier», sagte er. «Seht mal.»

Moritz trat näher, sein Vater machte keine Anstalten und blieb mitten im Raum stehen. Hans Liebig zeigte auf ein Foto im Hochformat, das sehr viel von der alten Eiche in ihrem Garten zeigte, von einem gewissen Baumhaus darauf und sehr wenig von zwei kleinen Kindern, die am Fuße der Eiche standen und aufgrund der Entfernung nicht sonderlich gut zu erkennen waren. «Das bist du?», fragte Hans Liebig und zeigte auf den fröhlichen, blonden Jungen, der seine dreijährige Schwester an der Hand hielt. Beide blickten sie in die Kamera, Nina lachte mit weit offenem Mund.

«Das bin ich», sagte Moritz und fand das Baumhaus – das musste er zugeben – wirklich schön. Das Baumhaus und die Laune seiner kleinen Schwester. Der alte Mann drehte das Foto um. Da stand es, mit Bleistift, es war die Schrift seiner Mutter: Moritz und Nina, September 1989.

«Da gab es noch die DDR», sagte Hans Liebig.

«Das hab ich gebaut, das Baumhaus», sagte Karlheinz Liebig übellaunig. «Hat mich Wochen gekostet, und dann hat es keiner benutzt. Woher hast du das Foto denn? Von mir nicht.»

«Von deiner Frau», sagte sein Bruder. «Das hat sie mir geschickt damals. Wir hatten eine Zeitlang Kontakt.»

«Hinter meinem Rücken?»

«Anders wäre es ja nicht gegangen. Sie hat gedacht, ich sollte wissen, dass sie zwei Kinder hat. Dass du zwei Kinder hast. Wie heißt sie? Anette? Wie geht es ihr?»

«Besser als mir», sagte Karlheinz Liebig. «Sie ist tot.»

Moritz sah seinen Vater an. Er konnte es einfach nicht lassen. Nicht einmal hier.

«Das tut mir leid», sagte Hans. «War eine gute Frau. Ich weiß überhaupt nicht, warum sie dich geheiratet hat. Ich glaube, sie hat es auch einige Male bereut.»

«So», sagte Karlheinz Liebig zu Moritz. «Und wie hast du dir das jetzt genau gedacht mit dem Versöhnen? Wo fängt man denn da an?»

«Andere Frage», sagte Hans Liebig. «Wem bringt das jetzt noch was?»

«Vielleicht deinem Bruder, Onkel Hans», sagte Moritz.

Karlheinz Liebig sah zu Boden. «Bescheuerte Idee. Dein Neffe denkt, ich hab wieder Spaß am Leben, wenn du nicht mehr böse auf mich bist. Küchenpsychologie ist das.»

«Warum genau sollte ich denn eigentlich böse auf dich sein? Ernsthaft, ich habe es vergessen.»

Karlheinz Liebig zeigte auf den Gehstock. «Na, wegen deines Beins.»

«Was ist damit?»

«Es ist kaputt.»

«Ja, ich weiß. Aber was ist damit?»

«Ich hab das Mofa manipuliert. Damals. Als Kind. Weil du mich immer geschlagen hast. Schon vergessen?»

Hans Liebig zog das Kinn ein und überlegte drei Sekunden. «Das hast du mir nie erzählt.»

«Was?»

«Du hast mir nie erzählt, dass du das Mofa manipuliert hast.»

Beide Männer schwiegen, zogen sich in ihre jeweilige Ringecke zurück, sortierten ihre Gedanken und warteten auf den Gong. Er kam nicht.

«Sicher?», fragte Karlheinz Liebig schließlich. «Du wusstest das gar nicht?»

Hans Liebig schüttelte den Kopf und schluckte, der Kehlkopf hüpfte. «Moment mal. Du hast das Mofa manipuliert? Kaputt gemacht? Absichtlich? Ich hatte den Unfall deinetwegen?»

Moritz zog die Luft ein. Das lief irgendwie anders als erwartet.

«Na ja», sagte Karlheinz Liebig leise. «Sonderlich gut gefahren bist du natürlich auch nicht. Mit dem Mofa. Du hattest ja wahrscheinlich gar keinen Führerschein. Und die Technik war damals ja auch noch gar nicht so weit.»

«Ach so, jetzt bin ich schuld, dass du das Mofa manipuliert hast, weil ich keinen Führerschein hatte?»

«So kann man das nicht sagen», sagte Karlheinz Liebig und blickte hilfesuchend zu Herrn Blockhorst, der sich tatsächlich auf die Seite drehte und die drei Männer interessiert und aus bemerkenswert wachen Augen beobachtete.

«Es ist ja so», sagte Hans Liebig und atmete tief durch. «Ich habe mein ganzes Leben lang Schmerzen im Bein. Jeden einzelnen Tag. Ich habe im Laufe der Jahrzehnte zweimal einen Entzug wegen Tablettenabhängigkeit gemacht. Nein, dreimal. Ich bin mindestens ein Dutzend Mal operiert worden und immer der Behinderte geblieben. Es wurde nur noch schlimmer. Ich wollte immer in die Berge, ich liebe die Berge, aber ich komme ja nicht einmal eine Treppe hoch. Ich wollte zur Bundeswehr, aber die nehmen keine Krüppel. Ich habe ewig keine Frau gefunden, alle, na, sagen wir lieber viele, fanden mich zwar nett, gutaussehend war ich, oh ja, aber wenn es dann um die Liebe ging, dann wollte doch lieber keine einen mit Stock. Ich habe nie viel Geld verdient, deshalb sitze ich hier mit dem blöden Blockhorst, werde seit vier Jahren bevormundet und entmündigt. Und jetzt kommst du an, an einem Sonntag, einfach so, und sagst, du bist schuld?»

Karlheinz Liebig wusste nicht ein noch aus. Er blickte Moritz an wie ein Nichtschwimmer im Pazifik, dann zu Boden, dann zu Herrn Blockhorst, der selbst diese erneute Beleidigung ungerührt hingenommen hatte.

Hans Liebig stand wieder auf, nahm den Stock, kam erstaunlich zügig und mit lautem Geklacker auf seinen Bruder zu, drückte Moritz die Gehhilfe in die Hand. Der befürchtete eine Schlägerei und wollte sich schon dazwischenwerfen, die Arme ausgebreitet. Hans Liebigs Gesicht aber hellte sich auf.

«Ich danke dir», sagte er, lachte und streckte seinem Bruder beide Hände entgegen. Der schlug verblüfft ein. «Stell dir vor, ich wäre zur Bundeswehr gegangen. Am besten noch auf die Gorch Fock. Meine Fresse, wie furchtbar wäre das gewesen. Den ganzen Tag herumkommandiert zu werden. Ernsthaft, Karlheinz, weißt du, wo ich meine Frau kennengelernt habe? Gott sei ihrer Seele gnädig, in der Klinik war das. Beim ersten

Tablettenentzug. Die wunderschönste Krankenschwester auf der ganzen Welt war das, Krankenschwester Helene. Ich war so verliebt, dass ich überhaupt keine Schmerzen mehr hatte. Was die Seele mit dem Körper machen kann, was? Und jetzt halt dich fest, die fand mich auch gut. Dann kamen Samuel und Simone. Zack, zack ging das, ein Jahr auseinander sind sie, die beiden. Großartige Kinder sind das. Die würde es ohne deinen Blödsinn damals gar nicht geben. Wir haben ein gutes Leben gehabt, wirklich, finanziell ein bisschen knapp, ich bin ja auch nicht immer der Hellste gewesen, aber was haben wir für Feste gefeiert. Was haben wir uns geliebt. Jetzt ist sie seit zehn Jahren tot, kannst du dir das vorstellen? Und ich drehe eine Ehrenrunde nach der anderen.»

«Das …», sagte Karlheinz Liebig, «ja, das …»

«Traurig ist das. Tausche einen ganzen Blockhorst gegen eine halbe Helene. Kannste nix machen. Und du? Wie ist es dir ergangen in den letzten siebzig Jahren? Schön das Leben genossen?»

Moritz trat einen Schritt zurück. «Ich glaub, ich guck mir mal eure Cafeteria an», sagte er. «Die scheinen sehr leckere Schwarzwälder Kirschtorte zu haben.»

«Nix für Diabetiker», sagte Hans Liebig und sah wieder seinen Bruder an. «Hast du noch deine Zähne?»

«Teilweise», sagte Karlheinz Liebig. «So bruchstückhaft wie meine Erinnerungen.»

«Auch Tabletten?»

«Nee, Quatsch, ich nehm doch keine Tabletten.» Karlheinz Liebig winkte ab. «Also, acht Stück am Tag nehme ich, aber bei mir ist es der Alkohol. Ich trink ganz gern mal einen.»

Hans Liebig lachte erneut, es klang sympathisch.

«Bis gleich», sagte Moritz, wartete nicht auf Antwort und öffnete die Zimmertür. Sein letzter Blick galt dem ausdruckslosen

Herrn Blockhorst, der ja auch eine eigene Geschichte hatte, eine Geschichte voller Überraschungen, Entwicklungen und Widersprüche. Sein großer Zeh blickte aus einem schwarzen Socken heraus.

«Bin mal weg», flüsterte Moritz und zog die Tür hinter sich zu. Auf dem Gang schob eine Schwester Tabletts mit dem Abendessen für die Bewohner in einen Rollwagen. Moritz nickte ihr aufmunternd zu, Pflegeberufe wurden ja so schrecklich schlecht bezahlt, er ging zum Aufzug, überlegte kurz, dann trat er beiseite und nahm die danebenliegende Treppe. Besser jede Treppe mitnehmen, die es gab. Solange man es noch konnte.

Lieber Moritz,

ich schäme mich zutiefst für den heutigen Tag. Ich
bin wie eine Boxerin, die sich aus der Deckung gewagt hat, innerhalb von Sekundenbruchteilen niedergeschlagen wurde und nicht wieder aufgestanden ist.
Manchmal muss man einsehen, dass man für gewisse
Dinge nicht gemacht ist. Dieser ewige Versuch, sich
mit früher zu versöhnen, der führt zu nichts. Ich
kann das nicht. Du hast es sicherlich gemerkt, es
geht mir nicht wirklich gut. Und ich bin zu labil,
um mich meiner - unserer - Vergangenheit zu stellen.
Ich muss üben, nach vorne zu sehen. Deshalb bin ich
jetzt doch wieder in Amerika. Hier ist es schön.
Du musst dir das so vorstellen: Ich sitze auf der
Veranda, die Mücken sind eine Plage, die Klamotten
kleben am Körper, ich trinke selbstgemachte Limonade,
die Kinder spielen im Vorgarten, die Millers laden
heute Abend noch zum Barbecue ein. Ich freue mich
sehr drauf, Mike und Nancy sind in Ordnung. Er hat
einen kleinen Angelshop am Ende der Straße, Nancy
arbeitet in einem Diner als Bedienung. Sie kommen ganz gut über die Runden, es sind bescheidene,
gottesfürchtige Leute. Wir helfen uns gegenseitig,
wenn Reparaturen oder Einkäufe vonnöten sind. Darren
ist heimlich verliebt in die Tochter der Millers,
Margaret. Und sie in ihn. Sie hat diesen altmodi-
schen Namen von Margaret Mitchell. Du weißt schon,
die Autorin von «Vom Winde verweht». Wir nennen sie
Maggie. Ich glaube, Darren und Maggie werden eines

Tages heiraten. Und ihre eigene Familiengeschichte schreiben. Es wird eine gute sein. Pass auf dich auf. Es war schön, kurz in dein Leben hineinzuschauen. Deine Familie sieht toll aus. Zumindest auf den Fotos in der Küche.
Alles Gute, Nina

32

DIE DICKE DAME fortgeschrittenen Alters in der mittlerweile leeren Cafeteria war auf Feierabend eingestellt. «Wir machen in fünf Minuten zu», sagte sie mit, tja, osteuropäischem Akzent, die Stimme erhoben und überdeutlich wie zu ihren tagtäglichen Kunden. Moritz zeigte auf die noch reichlich bestückte Vitrine. «Was passiert denn mit dem Kuchen?», fragte er.

«Kommt weg.»

«Kriege ich noch ein Stück von der Schwarzwälder Kirschtorte? Ist doch Quatsch, das alles wegzuschmeißen.»

Sie sah ihn strafend an. «Es ist Schluss», sagte sie.

«Vielleicht trotzdem?», fragte Moritz.

«Geht nicht. Schneidemesser ist schon gewaschen.»

Moritz seufzte. Normalerweise hätte er jetzt Sachen sagen müssen wie: «Was soll das heißen, dann waschen Sie es eben noch mal, der Kunde ist König, was ist das denn für ein Service hier, schneiden sie den Kuchen halt mit ihrer scharfen Zunge durch», aber ihm fehlte im Moment jedes Aggressionspotenzial.

«Ach so», sagte er also. «Klar. Darf ich mich denn hier hinsetzen? Kurz?»

«Bis ich die Tische sauber mache», sagte die Frau, die bestimmt zeitig nach Hause musste, um das Babysitten und die drei Putzjobs unter einen Hut zu kriegen, die sie zum Überleben benötigte.

Moritz setzte sich an einen der runden, weißen Plastiktische, die, leicht schief stehend und mit Kaffeeflecken und Krümeln übersät, tatsächlich dringend auf Reinigung warteten. Er sah auf die Uhr, zog sein Telefon heraus. Eine Nachricht von Nina. Er las sie, überlegte, sofort zu antworten, und entschied sich aus Gründen der Vernunft dagegen. Wie mochte es wohl gerade ablaufen im dritten Stock? Versöhnten sich die Brüder wirklich? Oder hielten sie sich ihre Verfehlungen vor? Und Onkel Hans hatte recht gehabt: Warum das alles? Wie konnte man bei einem Mann wie Karlheinz Liebig, der sein ganzes Leben damit beschäftigt gewesen war, keine Gefühle zuzulassen, auf einen kathartischen Effekt hoffen? Es war wirklich, wirklich eine blöde Idee gewesen, hierherzukommen, entstanden aus Hilflosigkeit und mangelnder Erfahrung im Umgang mit alten Leuten, die keine Lust mehr auf das Leben hatten. Er hätte sich psychologische Hilfe suchen müssen, richtige, geschulte Hilfe, anstatt auf eigene Faust den Oberlehrer zu spielen und seinem Vater sein Lebensverständnis aufzuzwingen. Was wusste er schon, was über die Jahrzehnte im Kopf des alten Mannes vor sich gegangen war? Unter welchem inneren Druck er gestanden hatte?

Moritz steckte das Handy weg und schaute erneut zur Kuchenvitrine. Er hatte die Schwarzwälder Kirschtorte nur bestellen wollen, weil er es oben im Zimmer gesagt hatte. Er mochte überhaupt keine Schwarzwälder Kirschtorte. Was war los mit ihm, dass er sogar einen Kuchen gegessen hätte, den er nicht mochte, nur weil er behauptet hatte, dass er ihn bestellen würde? Irgendwo stand ein Fenster offen, dennoch war es drückend heiß. Man sah kaum noch Bewohner, sie aßen auf ihren Zimmern zu Abend, sicherlich gab es auch irgendwo einen Speisesaal, logisch, den musste es ja geben, Er stellte sich vor, wie sein Großvater hier wohl aufgehoben gewesen wäre. Großvater Gottfried. Er wusste nichts von ihm, außer das, was er in den letzten Tagen, Stunden erfahren hatte. Und dass sein Vater auch über ihn nicht geredet hatte. Er stellte sich vor, wie Gottfried an den Tisch kam, hier, in diesem Café, und sich zu ihm setzte, in seiner Bergmannsuniform, hager war er, tiefe Furchen hatte er im Gesicht. Opa Gottfried wirkte erschöpft, sehr, sehr erschöpft, streckte die Beine unter dem Tisch aus, seine tief in den Höhlen liegenden Augen hatten Schwierigkeiten, einen Punkt zu fixieren, flohen mal hierhin, mal dorthin. Vielleicht nahm er Aufputschmittel.

«Na?», sagte er schließlich. «Enkel? Von mir?»

«Ich bin Moritz», sagte Moritz. «Der Sohn von Karlheinz.»

Gottfried nickte. «Karlheinz, gut. Ich habe viele Enkel. Eine Fußballmannschaft mit Ersatzspielern. Ehrlich, ich kann keine Kinder mehr sehen. Nichts für ungut. Du arbeitest den ganzen Tag, um dich herum Staub und Enge, und dann kommst du nach Hause, und dann ist da auch Enge, aber diese andere, diese selbstgewählte. Viel zu wenige Quadratmeter für viel zu viele Menschen. Es wäre schön gewesen, wenn damals die Pille schon erfunden gewesen wäre. Ist dir das zu direkt, Max?»

«Moritz», sagte Moritz. «Nein, das ist mir nicht zu direkt. Warum hast du so viele Kinder bekommen, wenn du keine magst? Warum habt ihr euch nicht gebremst, Oma und du? Kann man da nicht aufpassen? Da kann man doch aufpassen!»

«Das sagst du so leicht. Heute, im nächsten Jahrtausend. Es ist ja so, je mehr Kinder du hattest, desto größer war die Chance, dass später eines davon für dich sorgt. Und außerdem war Oma ganz schön knackig. Früher.»

«Das ist mir jetzt doch zu direkt.»

«Tut mir leid.»

Moritz fegte einen Krümel vom Tisch. «Was ist mit unserer Familie passiert? Was ist schiefgegangen?»

Opa Gottfried seufzte und zog die Nase hoch. Das Gesicht war schwarz von Ruß und Staub. «Schwierige Zeiten waren das, Junge», sagte er. «Ich versuche dir das mal zu erklären. Wird nicht einfach werden. Aber gut: Du wächst in einer lebensfeindlichen Umgebung auf. Also, das Wort ‹lebensfeindlich› hast du jetzt in mir geformt, das wäre mir so nicht über die Lippen gekommen, das ist so was Modernes, aber ich verstehe schon, was du, also, was ich meine. So ein Krieg löst ja was in dir aus. Der Hunger. Die Armut. Kann nicht viel Schlimmeres geben, oder? Und dann ist der Krieg vorbei, und dir fällt das auf die Füße, dass du da mitgelaufen bist und dass du dem falschen Idioten gefolgt bist, und plötzlich ist alles gelogen und falsch gewesen, woran du geglaubt hast, und wegen dir sind Leute gestorben, direkt oder indirekt, weil du nichts dagegen getan hast, und du hast dieses schlechte Gewissen, die ganze Zeit, und dann fängst du an, das zu verstecken, vor den anderen und vor dir selbst, muss ja vorwärtsgehen, oder? Also Brust raus und Selbstvertrauen behauptet. Es sind keine Zeiten, wo man viel redet. Verstehst du? Schon gar nicht über Gefühle. Weil zu viele davon da sind, nicht zu wenige. Der Stärkere setzt sich durch, so ist das halt. Und bei uns zu Hause waren viele am Tisch, die der Stärkere sein wollten. Zu viele am Tisch, zu wenig zu essen darauf. Das ist natürlich ätzend. Was ist das denn für ein Wort? ‹Ätzend›? Sprecht ihr heute so? Egal. Kannst du dir vorstellen, dass sich fünf, sechs Kinder ein Zimmer teilen? Was glaubst du, wie es da irgendwann zugeht? Spätestens ab der Geschlechtsreife? Ich hab mich da rausgehalten, ich war da immer überfordert, das sage ich dir ganz offen. Hier und jetzt am weißen Tisch.»

«Ich verstehe», sagte Moritz. «Und mein Vater? Was ist mit dem?»

Gottfried hatte nun einen Zechenhut auf, so einen mit goldenen, gekreuzten Schlägeln und Eisen auf schwarzem Grund, und verzog den Mund zu einem ironischen Lächeln. «Ein Sensibelchen war der, das kannste dir gar nicht vorstellen. Der hat nur geträumt. Den ganzen Tag. Was der sich für Sachen ausgedacht hat, das war ein richtiger Schöngeist. Na gut, ein Spinner, ehrlich gesagt. Aber das werden hinterher die Härtesten. Wenn sie's überleben. Hat er ja ganz gut hingekriegt, oder?»

«Nee, gar nicht gut. Der trinkt.»

«Gute alte Familientradition.» Moritz' Großvater nahm einen Schluck aus einer braunen Bierflasche ohne Etikett, die plötzlich am Tisch aufgetaucht war, und entblößte dabei ein paar braune Zähne.

«Ich hab ein Foto von dir gesehen, wo du den Hitlergruß machst.»

«Ach so, das.» Gottfried sah in die Luft, als würde er überlegen. «Das war das einzige Mal. Glaube ich. Vielleicht habe ich auch auf ein Vogelnest unterm Dach gezeigt.»

«Du warst ein Nazi.»

«Wollen wir jetzt über deinen Vater sprechen oder über meine Vergangenheit? Ich bin Bergmann, ich hab mich nicht für Politik interessiert, ich hab das gemacht, was alle gemacht haben. Du verlangst etwas viel von mir, wenn du einen Widerständler in der Familie haben willst.»

«Finde ich nicht.»

«Das ist dein gutes Recht.»

«Was hast du getan, dass sich deine Kinder von dir abgewandt haben?», fragte Moritz.

«Mich nicht interessiert», sagte Gottfried. «Mich nur um mich selbst gekümmert. Oma die ganze Arbeit machen lassen. Und sie war einfach nicht gut mit Kindern. Hat uns viele Versuche gekostet, um das herauszufinden.»

«Genau wie dein jüngster Sohn. Aber er hat nur zwei Versuche gebraucht.»

«Geschichte wiederholt sich eben. Warst du sensibel?» Gottfried sah Moritz prüfend an.

«Ja, schon, Ich glaube, ja.»

«Das können die ehemals Sensiblen natürlich nicht leiden. Das hat ihn provoziert. Ganz bestimmt.»

«Heißt das, ich bin schuld?»

«Ihr immer alle mit eurer Schuldfrage.» Opa Gottfried seufzte. «Das hat uns schon nach dem Krieg genervt.»

Die osteuropäische Bedienung kam um die Theke herum. Mit der linken Hand trug sie einen Eimer mit aufgelegtem Putzlappen, in der rechten Hand ein Stück Schwarzwälder Kirschtorte auf einem Teller. Sie stellte ihn vor Moritz ab.

«Hier», sagte sie. «Ich putz jetzt erst die anderen Tische.»

«Mensch, danke», sagte Moritz und strahlte sie an. Die dicke Frau lächelte ein wenig verlegen zurück, es sah hübsch aus, da war ein bislang unentdecktes Grübchen am Kinn. «Geschenk des Hauses», sagte sie. «Weil schon zu ist.»

Dann ging sie in die andere Ecke des Raumes und begann zu schrubben.

«Nicht schlecht, Junge», sagte Opa Gottfried «Mir hat nie jemand was geschenkt. Vielleicht ist das doch ein ganz gutes Konzept mit dem freundlich und weniger egoistisch sein. Wobei ich dieses Wort gar nicht kenne. ‹Konzept›. Ist das von dir?»

Moritz schüttelte den Kopf und wusste, er hatte den Kuchen jetzt auch aufzuessen. Schon beim ersten Bissen kündigte sich Altersdiabetes an. «Wenn dein Sohn, also, wir reden hier von deinem Sohn, ja», fragte er mit vollem Mund, «... wenn dein Sohn plötzlich ankommt und sagt, er hat genug gelebt, er will nicht mehr, wie würdest du da reagieren?»

Opa Gottfried nahm noch einen Schluck aus der Pulle und zuckte mit den Schultern. «Einer weniger durchzufüttern.»

«Ach, komm.»

«Na gut, ich würde natürlich alles versuchen, ihn davon abzuhalten. An die Heizung fesseln oder so. Man weiß ja nicht, ob das nicht nur so eine Laune ist, die der hinterher bereut.»

«Erfährt man dann ja auch nicht mehr.»

«Eben. Aber eigentlich ... ich meine, zu meiner Zeit sind so viele Menschen gestorben, andauernd, du wusstest manchmal nicht, ob es sich lohnt, sich die Namen deiner Nachbarn zu merken. Du wirst auch da härter, was das Leben und den Tod betrifft. Und wer bin ich, jemandem vorzuschreiben, wie er sich auf dieser Welt zu fühlen hat? Für manche ist das einfach kein schöner Ort. Wir haben letztlich …», Gottfried schien zu rechnen, er bewegte einzelne Finger in keiner bestimmten Reihenfolge, «etwa sieben Milliarden unterschiedliche Welten auf diesem Planeten, sozusagen, für niemanden fühlt sich die Existenz gleich an. Woher soll ich wissen, wie schlimm es für Karlheinz ist? Er war schon immer ein zartes Seelchen.»

«Nee, im Gegenteil. Er ist grob, zynisch und kalt.»

«Siehst du, verschiedene Welten.»

Moritz nickte und aß noch etwas von der Torte. Er war längst satt.

«Schmeckt's?», fragte sein Großvater.

«Wie Kernseife mit Obsteinlage.»

Gottfried sah sich um und verschränkte die Arme hinter dem Kopf. «Schön ist es hier ja nicht.»

«Nein.»

«Aber es hat ein Dach, es ist trocken, jeden Tag gibt es zu essen, und das reichlich. Niemand muss sich Sorgen machen, dass ein Torpedo mitten hindurchgeschossen wird. Die Leute tragen dir den Arsch hinterher. Und für Unterhaltung ist auch gesorgt.»

Moritz schob den Teller beiseite. «Du meinst, ich bin zu anspruchsvoll? Zu verwöhnt? Ein Wohlstandsweichling? Meinst du das?»

«Bist du einer?», fragte sein Großvater.

«Ja. Aber da kann ich doch nichts für. Ich kann keinen Krieg beginnen, nur um zu wissen, wie sich das anfühlt.»

«Das ist richtig.» Gottfried trug jetzt plötzlich Hausschuhe und eine graue Strickjacke, die an den Ärmeln Löcher hatte.

«Und Karlheinz, der dumme Junge, hat eben auch so einiges erlebt, das ihn zu dem gemacht hat, der er ist.» Moritz seufzte. «Meinst du, mein Sohn wird mal genauso werden? Elias? Gibt es so eine Art Familienerbe?» «Wer soll das wissen?», sagte der weise Bergmann. «Ich hab's dir doch eben erklärt. Dein Sohn ist wieder ein neuer Planet. Gemacht aus der Erde von alten Planeten, aber dennoch: Was darauf wächst, ist nicht planbar. Die Karten werden neu gemischt, jedes Mal. Ehrlich gesagt weiß ich überhaupt nicht, was ich hier rede, du legst mir die ganze Zeit Sachen in den Mund, die ich nicht verstehe und die sich komisch anfühlen. Ich will eigentlich nur Bier trinken, Radio hören, meine Ruhe haben und dann einschlafen. Ich hab Frühschicht. Um vier Uhr muss ich raus.»

«Dann schlaf mal gut, Opa.»

«Keine Sentimentalitäten, Junge. Werd erwachsen.»

Moritz' Großvater entschwand. Die Bedienung mit dem Grübchen hingegen kam so langsam in seine Nähe. «Brauchen Sie nicht aufzuessen», sagte sie über die Tische hinweg. «Schmeckt nicht, ne?»

«Na ja», sagte Moritz. «Es ist schon sehr süß.»

«Zucker mit Farbstoff und Dosenkirschen», sagte sie. «Lassen Sie's stehen.»

Moritz stand auf und schenkte ihr sein aufrichtigstes Lächeln. «Danke», sagte er. «Sie sind toll! Schönen Feierabend.»

Sie strahlte, ganz kurz nur, winkte mit der freien Hand, hörte aber nicht auf zu wischen. Ihre Bewegungen waren zügig, sie hatte noch einiges an Fläche vor sich. Moritz lief langsam zurück in Richtung Fahrstuhl. Er hatte einen unglaublichen Durst. Zwei alte Frauen kamen ihm entgegen und verhandelten aufgeregt die Folgen des Klimawandels für die Besuchskultur im Heim. Auf der rechten Seite war eine Herrentoilette, Moritz schlüpfte hinein und trank einen großen Schluck Wasser aus dem Hahn im

Vorraum. Zucker, genau. Seife und Konservierungsstoffe und Zucker. Er richtete sich auf, Wasser lief ihm das Kinn hinunter, er erkannte sich im Spiegel, das offene Gesicht, die verwuschelten Haare, der Bart, der links gleichmäßiger wuchs als rechts. Es stimmte, er war ein Liebig, aber er war eindeutig ein eigener Planet. Ein Planet, der seine selbstgewählte Umlaufbahn nicht verlassen würde. Allen älteren Planeten zum Trotz.

Er verließ die Toilette und nahm den Aufzug. Sobald er die Drei drückte, kehrte die Nervosität zurück. Was würde ihn oben erwarten? Krieg? Frieden? Das große Schweigen?

Die in Decken eingehüllte Frau auf der rechten Seite des Gangs saß immer noch genauso da wie zuvor, nur dass ein unangerührtes Tablett auf ihren Knien lag. Der Western war vorbei, dafür knallten nun die Nachrichten aus dem Fernseher, das Weltgeschehen drängte sich auf. Gut so, dachte Moritz, dieser Ort war eh schon davon abgeschnitten.

Er blieb vor der 306 stehen und überlegte kurz, legte das Ohr an die Tür, kein Laut war zu hören. Er klopfte, wartete zwei Sekunden, zählte, einundzwanzig, zweiundzwanzig, dann trat er ein. Das Bild hatte sich verändert. Überraschend verändert. Die drei alten Herren – ja, drei – saßen auf der Bettkante von Herrn Blockhorst, wie die Spatzen, dicht beieinander und schienen erstaunlich gute Laune zu haben. Gemeinsam, nicht jeder für sich. Sogar Herr Blockhorst, der plötzlich Teil des Ganzen war. Sie blickten Moritz erwartungsvoll an, ein wenig treuherzig, wie Welpen kurz vor der Fütterung.

«Junge», sagte Karlheinz Liebig, der in der Mitte saß, feierlich. «Das Natrium-Pentobarbital …»

«Ja?», sagte Moritz hoffnungsfroh. Jetzt musste es kommen, das erlösende Wort, der Neuanfang, der Rückzug des Destruktiven.

«Wir brauchen es dreimal.»

SEPTEMBER 2000

Der zweite September nahte, es waren noch fünf Stunden bis zu seinem achtzehnten Geburtstag, dem Tag, der sein Leben verändern, verbessern, beschleunigen würde. Moritz hatte alles ganz genau geplant. Es würde Kraft kosten, Durchsetzungskraft, Überwindung und Mut, das waren nicht seine herausragenden Eigenschaften. Aber je näher der Tag kam, desto klarer wurde ihm, dass er das jetzt durchziehen musste.

Nina war vierzehn, noch, sie fühlte sich älter, sah älter aus und benahm sich auch so. Sie trat ohne Ankündigung in sein Kinderzimmer, das tat sie andauernd, und es machte ihn wahnsinnig.

«Anklopfen, Nina!»

Er kniete auf dem Boden vor dem geöffneten Bettkasten und musterte seine alten Spielsachen, die er im Zuge der Pubertät zusammen mit den Hörspielkassetten darin versteckt hatte. Peinlich, womit man sich einst beschäftigt hatte. Aber nun mal seins.

«Überlegst du, was du mitnimmst?», fragte sie und schloss die Tür hinter sich. Sie war wie immer ganz in Schwarz gekleidet, die spätere Frau in ihr bereits deutlich sichtbar.

«Du darfst es nicht verraten», sagte Moritz, klappte den Bettkasten zu, stand auf, nahm das Filmplakat von *Pulp Fiction* von der Wand und rollte es zusammen. «Versprichst du mir das?»

«Im Ernst?», sagte sie. «Du ziehst aus und nimmst das blöde Teil mit?»

«Keine Ahnung», sagte Moritz, schmiss das Poster auf sein Bett, wo es sich wieder entrollte.

«Wo gehst du denn hin?», fragte Nina.

«Zu Lucky», sagte Moritz. «Erst mal. Der hat Platz. Seine Mutter ist nie da, der bewohnt den ganzen ersten Stock alleine.»

«Und seine Mutter hat nichts dagegen?»

«Er hat sie nicht gefragt.»

«Kommst du mich besuchen?»

«Klar.»

«Papa wird wütend sein», sagte Nina.

«Glaube ich nicht. Ist dem doch scheißegal, wo ich bin.»

«Und Mama traurig.»

«Tja.» Moritz zog eine Kiste unter dem Schreibtisch hervor, eine kleine Umzugskiste, in die er ein paar Herzenssachen gepackt hatte. Bücher vor allem, aber auch die CDs von Oasis, Nirvana und Pearl Jam.

«Wenn ich hier noch einen Tag länger bleibe, gehe ich ein», sagte er. «Allein dieser Geruch. Ich halte den Geruch nicht mehr aus.»

«Und ich?»

«Du musst noch ein paar Jahre durchhalten.»

Moritz schlug Nina auf die Schulter, sie senkte sie unbehaglich, um der Körperlichkeit zu entgehen, dann drehte sie sich um und ging zur Tür. «Ich habe ein Geschenk für dich», sagte sie. «Soll ich es dir heute schon geben?»

«Ich habe morgen Geburtstag.»

«Aber morgen bist du weg.»

«Nicht sofort. Gib es mir morgen. Dann verabschieden wir uns.»

Nina verließ das Zimmer, Moritz war unkonzentriert, fahrig, so musste sich Lampenfieber anfühlen, der Auftritt im Madison Square Garden oder in einem Fußballstadion. Fast mechanisch packte er die Kiste voll, mehr konnte er nun einmal nicht transportieren, dann ging er noch einmal nach unten, die Treppe hinunter, bei jedem Schritt dachte er, dass es das letzte Mal sein würde, dass er an einem Abend diese Treppe hinunterlief. Das letzte Mal, dachte er, noch eine Stufe, das letzte Mal, noch eine Stufe. Seine Mutter stand in der Küche, spülte und rauchte gleichzeitig, das Backofenlicht war an, das hatte Moritz immer gemocht, das einladende Licht des Backofens, die damit verbundene Wärme, heute roch es hier unten nicht nach Alkohol und Tabak, zumindest nicht nur, nein, es roch auch nach dem Marmorkuchen, den seine Mutter vor jedem Geburtstag für ihn buk. Eine Fertigmischung zwar, aber sie schmeckte. Moritz würde versuchen, morgen vor seinem Auszug noch ein Stück zu ergattern. «Der Kuchen wird nichts», sagte seine Mutter. Sie hatte sich die Haare mit Strähnchen verzieren lassen. «Weiß nicht, was ich da falsch gemacht habe.»

«Ich mag ihn auch krümelig», sagte Moritz. Sein Vater tauchte aus dem Wohnzimmer auf. «Das ist eine Backmischung, Herrgott», schimpfte er. «Was kann man denn bei einer Backmischung falsch machen?»

«Du kannst es ja mal versuchen», sagte Anette Liebig. «Aber dazu müsstest du natürlich erst mal wissen, wie man eine Backofenklappe öffnet.»

«Ohne mich hätten wir nicht einmal einen Backofen», sagte Karlheinz Liebig. Er klang schon wieder ein wenig verwaschen. «Wenn ich mir nicht jeden Tag den Arsch aufreißen würde im Laden, dann müsstest du den Scheißkuchen unter der Brücke backen, wo du dann wohnen würdest. Weil du nichts kannst.»

«Ich geh noch mal weg», sagte Moritz.

«Am Vorabend deines Geburtstags?», fragte seine Mutter halb strafend, halb wehleidig. In ihren Augen glitzerten Tränen.

«Warum denn nicht?»

Es ergab überhaupt keinen Sinn, am Vorabend eines Geburtstags zu Hause zu bleiben. Was sollte man dort tun? Beten, dass der nächste Tag schnell vorüberging? Sich seine eigenen Geschenke einpacken?

«Lass ihn abhauen, ab morgen kann er sowieso machen, was er will», sagte Karlheinz Liebig und öffnete den Kühlschrank. «Du wirst doch achtzehn?»

Moritz nickte. Sein Vater zog ein neues Bier heraus und hebelte den Verschluss mit seinem Feuerzeug auf.

«Als ich achtzehn war, hab ich schon zwei Jahre gearbeitet», sagte Karlheinz Liebig. «Mal gucken, wann du uns nicht mehr auf der Tasche liegst.»

Moritz schlüpfte im Flur in die Schuhe und verzichtete auf eine Jacke. Er hatte eigentlich gar nicht vorgehabt, noch einmal nach draußen zu gehen, aber er brauchte sie jetzt, die Freundlichkeit des Spätsommers. Er schwang sich aufs Fahrrad und fuhr durch die halbe Stadt, bis er völlig verschwitzt war. Sein Weg führte ihn fast automatisch zu Lucky, der eigentlich immer zu Hause war. Das Fahrrad bog auf die Kieseinfahrt ein, die Steinchen spritzten zur Seite. Wie auch immer sich Luckys Mutter die Villa überhaupt noch leisten konnte, ihr Mann schien einiges an Privatvermögen beiseitegeschafft oder eine Lebensversicherung gehabt zu haben, die auch unter besonderen Umständen zahlte. Na ja. Moritz schaffte es nicht einmal bis zur Haustür, da öffnete sich darüber bereits ein Fenster.

«Mann, was für 'ne Überraschung. Geht's schon los?»

«Nee, erst morgen», sagte Moritz. «Bahndamm?»

Lucky schloss das Fenster und brauchte keine Minute, bis er durch die Haustür kam. Er war jetzt richtiggehend dick, mit dem Glück, gleichzeitig gewachsen und breitschultrig geworden zu sein. Er trug eine Baseballkappe auf dem Kopf, verkehrt herum, er hörte seit neuestem fast nur noch Hip-Hop. Eminem, Gang-Starr und der Wu-Tang-Clan. Das war so seine Welt. «Yo», sagte er zur Begrüßung.

«Jodelihi», sagte Moritz. «Nobelkarosse am Start?»

«Logisch.»

Lucky schwang sich auf sein Fahrrad, das sehr bunt war, sehr voluminös und auch für größere Bergtouren geeignet. Sie fuhren schweigend durch den frühen Abend, ganz selbstverständlich sammelten sie auch Philipp ein, der gesittet zu Abend aß, als sie auftauchten, von seinen perfekten Eltern aber selbstverständlich den zur Entfaltung benötigten Auslauf genehmigt bekam. Es dauerte eine Viertelstunde, dann saßen sie am Bahndamm, am Fuße einer steil abfallenden Böschung, nur wenige Meter vor ihnen verliefen die Eisenbahnschienen, sie kannten diesen Ort von irgendwelchen albernen Mutproben, die sie früher mehr oder weniger gemeinsam absolviert hatten. Mehr oder weniger, weil Philipp zu schlau war für so etwas und Moritz zu ängstlich. Also war es Lucky gewesen, der die insgesamt vier Schienenstränge überquert hatte, von der einen Seite der Schlucht zur anderen und wieder zurück. Und der wie durch ein Wunder dabei von keinem Zug erfasst worden war. Dreimal hatte er es gemacht, dann hatte sich der Effekt verbraucht, war der Nervenkitzel verblasst, konnte man sich wieder auf die wesentlichen Dinge des Lebens konzentrieren. *Star Wars*, Mädchen und Alkohol.

In Moritz hatte sich indes Widerstand geregt, hatte der Silvestervorsatz gefruchtet. Er hielt sich zunehmend zurück, hatte geradezu panische Angst davor, so zu werden wie sein Vater. Etwas Positives wollte er mit seinem Leben anfangen, unbedingt, wie auch immer man so etwas anstellte.

«Ich stell mir gerade vor, wie du morgen bei uns einziehst und meine Mutter in drei Jahren merkt, dass wir nicht mehr zu zweit sind», sagte Lucky und warf ein Steinchen zwischen die vorderen beiden Schienen.

«Willst du das echt durchziehen?», fragte Philipp und gähnte.

«Ich werde morgen achtzehn», sagte Moritz. «Das ist ja wohl was Besonderes. Heißt es. Ich darf aber niemanden einladen, weil das meinen Vater stört und für meine Mutter zu viel Aufwand ist. Die wollen keine Leute im Haus. Meine Eltern feiern nicht mit mir, und ich will auch nicht mit denen feiern. Die wollen, dass das ein Tag ist wie jeder andere. Bloß mit Marmorkuchen. Weil man das so macht, dass da Kuchen ist an so einem Geburtstag. Es ist jedes Jahr der gleiche Kuchen, weil der so schön einfach geht. Wenn ich dann aber sage, ich haue ab, ich mach was mit meinen Freunden, denn ich habe ja Geburtstag, dann fängt meine Mutter an zu weinen, was ich für ein schlechter Sohn bin, dass ich an meinem Geburtstag nichts mit meiner Familie zu tun haben will. Mein Vater gibt mir morgen beim Frühstück kurz die Hand, dann schimpft er über die Ronsdorf oder die Heizkosten im Sommer oder dass in China ein Bauer einen Sack Reis mit Kartoffeln verwechselt hat. An allem sind auf jeden Fall die Sozis schuld. Seit die an der Regierung sind, geht es nämlich bergab. Obwohl es vorher auch schon immer bergab gegangen ist. Überhaupt muss das Leben ein sehr, sehr hoher Berg sein, wenn man sieht, wie weit es da bergab gehen kann. Und am Ende werden alle vergessen haben, dass ich überhaupt Geburtstag habe, und Nina gibt mir kurz vor der Schule ihr Geschenk, weil sie in ihrem Zimmer darüber gestolpert ist, irgendeine Hautcreme gegen das Altern, die sie in altes Zeitungspapier eingepackt hat. Hauptsache, abends ist wieder alles so wie an den anderen Tagen, das ist wie in einer Fernsehserie, wo am Ende jeder Folge auch alles so sein muss wie am Anfang, damit man jederzeit wieder einsteigen kann. Ich will das nicht mehr, ich will niemanden mehr, der mir sagt und zeigt, wie bescheuert das Leben ist. Das Leben ist nicht bescheuert, es ist das, was wir draus machen.»

«Na ja, wir hängen am Bahndamm rum», sagte Philipp.

«Ja, heute», sagte Lucky und breitete die Arme aus. «Aber wir werden groß! Wir werden größer als die Beatles, schöner als die Mona Lisa, mächtiger als Darth Vader, berühmter als Jay-Z und lustiger als Jim Carrey. Wir werden reicher als Steve Jobs und klüger als Stephen Hawking. Wir werden alles, Brüder!»

«Amen», sagte Moritz und lehnte sich auf der Böschung zurück, bis der Kopf auf dem Gras-Stein-Gemisch ruhte und er den strahlend blauen Himmel betrachten konnte.

Morgen war der Tag, der Tag der Loslösung. Vielleicht wurde er nicht gleich Jim Carrey oder Jay-Z, aber er würde auf jeden Fall kein menschenfeindlicher, miesepetriger Duckmäuser wie sein Vater, das stand fest.

«Rückzug», sagte Philipp und rappelte sich auf. Die Schwingungen verrieten es, zehn Minuten waren um, die S-Bahn in Richtung Zentrum kam. Die drei Freunde zogen sich ein paar Meter auf die Böschung zurück, in den Schutz der Bäume. Nicht weil sie Angst davor hatten, überrollt zu werden, sondern weil es schon vorgekommen war, dass ein Zugführer die Polizei gerufen hatte und sie nur mit größter Mühe dem Zugriff hatten entkommen können. Besser war, man wurde gar nicht erst gesehen.

Sie ließen, verborgen hinter Bäumen und Sträuchern, die Bahn passieren und saßen noch ein wenig zusammen, starrten auf die Schienen, malten sich eine Zukunft aus, die sie selbst gestalten würden. Philipp wollte studieren, er war nun einmal gut in Physik und Chemie und interessierte sich auch noch dafür, warum auch immer. Lucky wollte CDs aufnehmen, als Tonmeister oder Sänger oder Produzent, er wollte sich da nicht festlegen. Auf jeden Fall deutscher Hip-Hop sollte es sein, direkt von der Straße, das echte Leben, davon gäbe es in diesem Land viel zu wenig. Und reich wollte er werden. Keine Geldsorgen haben. Geldsorgen führten zu schlimmen Lebensläufen und falschen Entscheidungen. Moritz hatte, je mehr er darüber nachdachte, eigentlich überhaupt keine Idee von der Zukunft. Keine Interessen, mit denen sich Geld verdienen ließe. Keine Spezialgebiete, in denen er besonders gut war. Vielleicht sollte er doch lieber bei seinen Eltern bleiben, vielleicht war er noch gar nicht bereit, in die Welt hinauszutreten. Vielleicht war das alles ein Irrtum, seine Wut, seine Entschlossenheit, die gefühlte Zwangsläufigkeit. Kurz bevor ihn der Mut endgültig verließ, verließen sie erst einmal den Bahndamm. Der Heimweg war zäh, sie hatten alles gesagt, sich leergequatscht, verabschiedeten sich wortkarg voneinander, Lucky schlug ihm auf die Schulter und sagte, er erwarte ihn morgen mit Koffer und Girlanden. Dann war Moritz allein unterwegs. Es wurde dunkel, das Fahrrad fuhr fast von alleine, und plötzlich, wie teuflisch, entfaltete sich der Nachhauseweg als ein Stück Heimat, die man nicht verlassen wollte. Er kannte hier jeden Stein, jeden Schleichweg, jeden Trampelpfad. Woanders kannte er nichts. Er dachte an den Dachboden, so wie er jeden Tag mindestens einmal daran gedacht hatte. Wie konnten Lucky und seine Mutter dort bloß weiterhin wohnen? In diesem Haus? Wie konnte irgendjemand überhaupt irgendwo wohnen?

Er kam zu Hause an und gähnte nun auch. Er hatte Hunger. Wahnsinnigen Hunger. Er schloss das Fahrrad ab und die Tür auf. «Ich hab gesagt, du sollst schlafen», rief seine Mutter gerade die Treppe hinauf. «Gib endlich Ruhe!»

«Herrgott, man versteht sein eigenes Wort nicht», brüllte der Vater aus dem Wohnzimmer und machte den Fernseher lauter, in dem überhaupt nichts gesagt, sondern geschossen und zerstört wurde.

«Ich bin aber nicht müde», brüllte seine Schwester von oben. «Und Moritz ist auch noch nicht da.»

Seine Mutter drehte sich zu ihm um. «Ist er wohl», rief

sie. «Außerdem ist er bald achtzehn, das ist ja wohl ein Unterschied.»

«Irrenhaus», schrie der Vater durch die geschlossene Glastür.

Nina knallte die Zimmertür zu, dass das Treppengeländer zitterte, Anette Liebig sah ihren Sohn strafend an. «Das ist es nämlich», fauchte sie. «Nur weil du am Vorabend deines Geburtstags draußen in der Gegend herumrennst, gibt deine Schwester keine Ruhe. Geh nach oben und mach dich bettfertig.»

«Ich hab noch Hunger», sagte Moritz.

«Das hättest du dir früher überlegen müssen. Dein Vater will nicht, dass in der Küche jetzt noch Lärm gemacht wird.»

Und damit trat sie ebenfalls ins Wohnzimmer. «Tür zu!», brüllte Karlheinz Liebig, dann noch etwas Unverständliches.

Moritz ging die Treppe hinauf, zögerte und klopfte bei seiner Schwester. Sie tat, als hörte sie es nicht. Also ließ er es, das war ja ihre Sache, nicht mehr sein Problem, putzte sich die Zähne, betrachtete sich im Spiegel und mochte den Anblick nicht. «Herzlichen Glückwunsch», übte er flüsternd, dann machte er das Licht aus und ging ins Bett.

Die Nacht war kurz und unruhig, sein Vater schnarchte nebenan lauter denn je, Nina rannte andauernd ins Bad und machte größtmöglichen Lärm dabei, nur seine Mutter hatte sich erfolgreich in den Trost der Nacht geflüchtet, vermutlich trug sie Ohrstöpsel. Am nächsten Morgen war Moritz weit vor dem Wecker wach, kontrollierte seine Auszugskiste, ob auch wirklich alles darin war, ob er an alles gedacht hatte. Klamotten, dachte er, scheiße, er musste ja irgendetwas anziehen. Er holte Philipps alte Sporttasche aus dem Schrank, kippte sie aus, da stapelten sich ungewaschene Schienbeinschoner, Trikots, Stutzen und Schuhe, der Geruch hätte einen Iltis grün anlaufen lassen, dann stopfte er wahllos Unterwäsche, Socken, ein paar Hosen und T-Shirts aus dem Kleiderschrank hinein. Fertig. Ganz kurz dachte er, was denn wäre, wenn sie jetzt hereinkäme, seine Familie, mit einer Überraschungstorte, die kein Marmorkuchen war, in der aber achtzehn Kerzen steckten, ein Lächeln auf weichen Gesichtern, liebevoll verpackte Geschenke auf und unter den Armen. Dann beruhigte er sich. Das wäre zu untypisch. Er stellte Tasche und Umzugskiste auf sein ungemachtes Bett, öffnete die Tür und ging zum Bad. Niemand hielt ihn auf, niemand gratulierte oder rief fröhliche Worte aus irgendeinem Zimmer. Achtzehn. Ein Tag wie jeder andere. Aus der Küche im Erdgeschoss waberte Fahrstuhlmusik, Nina zog sich hinter ihrer Tür besonders lautstark an oder renovierte oder bastelte an einem Stahlträger, man wusste es nicht, aus dem Schlafzimmer dröhnte das Schnarchen, das Bad war abgeschlossen. Was hieß, dass seine Mutter darin war. Dann eben nicht. Moritz ging zurück in sein Zimmer, zog sich an und griff auf seinem Schreibtisch nach einem Zettel. «Bin weg. Wohne jetzt bei Lucky. Happy Birthday to me». Das schrieb er, mit schwarzer Tinte, zerknüllte den Wisch und faltete ihn wieder auseinander. Nein, es war gut so. Genau so.

Er legte den Schrieb auf sein Bett, nahm dafür die Tasche auf den Rücken und die Kiste zwischen die Arme. Das Öffnen der Zimmertür war eine Schikane, er hoffte so sehr, dass niemand ihn jetzt erwischte, dass er es nicht erklären musste, dass ihn keiner aufhielt, dann war er auch schon unten, schloss die Haustür auf und wollte gewissermaßen durch die Hintertür, die eine Vordertür war, entschwinden.

«Moritz», sagte die Stimme seiner Mutter hinter ihm. Sie war noch im Schlafanzug, die Haare ungemacht, die Brille auf der Nase. Ihre Stimme klang nicht entsetzt, eher verwundert. «Musst du schon los?»

«Ja, Mama», sagte Moritz. «Ich muss los.»

«Aber dein Geschenk?», sagte seine Mutter. «Und der Kuchen. Was ist mit dem Kuchen?»

«Kannst du haben. Vielleicht gibt es irgendwann einen neuen.»

Seine Mutter verstand immer noch nicht. «Willst du denn nicht wenigstens warten, bis dein Vater auf ist? Und deine Schwester fertig?»

Moritz schüttelte den Kopf. Jetzt nahm Anette Liebig den Inhalt der offenen Umzugskiste wahr, die Lieblingsstücke, die Herzenssachen. Das Persönlichste und Privateste, das Moritz besaß. «Willst du die verschenken?», fragte sie. «An deinem Geburtstag?»

Moritz schüttelte noch einmal den Kopf. Er begann zu schwimmen. Jetzt nicht einknicken, dachte er, standhaft bleiben. «Die nehm ich mit», sagte er, seine Stimme brach. «Zu Lucky.»

Spätestens jetzt hätte sie es doch begreifen müssen, die Zusammenhänge verstehen, doch sie war und blieb für Zwischentöne nicht empfänglich, anders hätte sie es über die Jahrzehnte auch nicht ausgehalten. «Musst du ja wissen», sagte sie. «Aber den hatte ich mir schon anders vorgestellt, deinen Geburtstag.»

«Ich auch», sagte Moritz. «Ich auch.»

33

MONTAG UND DIENSTAG waren Tage des Stillstands, des Abwartens und Funktionierens. Moritz ging zur Arbeit, ganz normal, es überraschte ihn selbst, dass man einfach so weitermachen konnte, als wäre nichts passiert, als stünden nicht alles entscheidende Fragen an. Jessy und er hatten es nicht übers Herz gebracht, Karlheinz Liebig nach der Rückkehr aus dem Seniorenheim in ein ebensolches zu bringen, geschweige denn in ein Hotel oder sein teilverbranntes Haus, das im Moment ja sowieso nicht bewohnbar war, also lag, saß und thronte er weiterhin auf ihrem Sofa. Moritz führte am Montagnachmittag die Polizei durchs Erdgeschoss des Reihenhauses, er lernte, dass es da eine eigene Abteilung gab für Fälle wie diesen, der Polizist brachte einen aufdringlichen Statiker mit, den Moritz versehentlich als Stalker anredete, manchmal lagen die Dinge aber auch nah beieinander. Das Haus erwies sich als aktuell nicht einsturzgefährdet, immerhin, das würde auch die Nachbarn freuen, die ansonsten aufgrund der gewünschten Gleichförmigkeit gewissermaßen gezwungen gewesen wären, ihr Eigenheim dem von Karlheinz Liebig anzugleichen und mit dem Flammenwerfer herumzuziehen. Ein Versicherungsvertreter fand sich ein, erzählte mit erhobenem Finger von Haftpflicht und Hausrat, Moritz bestritt vehement Brandstiftung und gab Ungeschick zu, eine Prüfung würde folgen, oh ja, gewichtige Mienen wurden aufgesetzt, zum Abschied gab es einen Händedruck und die sinnlose Ermahnung, zukünftig doch vielleicht ein ganz klein wenig besser aufzupassen. Dann engagierte Moritz eine Zimmerei, der Meister kam in Windeseile, versprach zügige Abwicklung, gut, da wäre halt eine Warteliste, es würde gewiss kaum zwei Monate dauern, er trug eine professionell bewölkte Miene zur Schau, teuer war das Schlüsselwort, teuer, teuer, Menschenskind, teuer. Moritz nahm alles hin und dachte nur, es würde vorbeigehen, so wie alles vorbeiging, niemand hatte ihm einen Rosengarten versprochen. Karlheinz Liebig verbrachte die meiste Zeit auf dem Sofa und war zu nichts zu bewegen, Jessy war bemüht, seinen Alkoholkonsum einzuschränken, obwohl es sie nervte und eigentlich Moritz' Sache gewesen wäre, aber Moritz hatte neben der Restauration des Familienstammsitzes ja ein Café zu führen. Am Dienstag verschwand sein Vater für eine Stunde zu Frau Weishaupt, da konnte es längst schon nicht mehr um Hirschbraten gehen, er erzählte hinterher nichts, und Moritz fragte so wenig nach wie Jessy. Lucky ließ sich beide Tage nicht blicken, das war ungewöhnlich, aber vielleicht war es ja auch wirklich so, dass er die Nase voll hatte von den Familienproblemen der Liebigs, dass er ein bisschen Zeit brauchte für sich und die Börse. Oder für was auch immer. Philipp war am Institut, in seinem Fall war es nichts Besonderes, dass er eine Weile nicht auftauchte. Sein Job war nun einmal zeitraubend. Was aber fehlte, waren die nervigen Nachrichten am Abend, in denen er gewöhnlich das Netflix-Programm kommentierte oder lustig gemeinte Memes weiterverschickte. Doch zurzeit: nichts. Moritz registrierte es, dachte allerdings nicht weiter darüber nach, er war vollauf mit Jessy, Elias, Karlheinz, dem Café und vagen Zukunftsplänen beschäftigt.

Der Mittwoch hätte ein weiterer, gewöhnlicher Tag sein können, wenn es nicht Moritz' Geburtstag gewesen wäre. Kein spektakulärer, wenn man die bloße Zahl betrachtete, achtunddreißig, in Anbetracht der Umstände aber doch kein Geburtstag wie jeder andere.

Moritz lehnte Feiern ab, das war eine weitere Familientradition, die er fest in sich verankert hatte und die er selbst nicht mochte, weil sie ihn an die Misanthropie der Eltern erinnerte. Ihn stresste die Vorstellung, sich um Gäste kümmern zu müssen, die nicht für Kaffee und Kuchen bezahlten, sich darum bemühen zu müssen, dass es allen gut ging. An seinem Geburtstag wollte er das nicht. Seine Ruhe wollte er haben. Ausgenommen davon waren natürlich Jessy und Elias. Sein dreijähriger Sohn reagierte sowieso schon verstört darauf, dass Moritz weder Luftballons aufpustete noch den Tag mit Topfschlagen und Eierlauf veredelte.

«Guten Morgen, mein Held», flüsterte Jessy Moritz ins Ohr, es war etwa zwei Uhr dreiundzwanzig, zumindest nach Moritz' Gefühl, die Zeitmesser Mitteleuropas bestanden auf sechs Uhr dreißig. «Nee», nuschelte er und wünschte, der Tag wäre schon vorbei. «Herzlichen Glückwunsch», wisperte sie und kitzelte ihn an den Seiten. Gekonnt, gemein, gezielt.

«Nicht», rief er entsetzt, war augenblicklich hellwach und rollte sich zur Seite, geradewegs vom Bett herunter. Jessy rollte hinterher und sprang auf ihn drauf, es tat schon irgendwie auch weh, war aber vor allem lustig, sie umarmte ihn, machte sich so schwer wie möglich, er ächzte und stöhnte. «Mit vierzig geht das nicht mehr», keuchte er, lag auf dem Bauch und atmete den Staub unter dem Bett ein.

«Dann haben wir ja noch zwei Jahre», sagte Jessy und boxte ihn. «Aufstehen», rief sie. «Los, Faulpelz, gib Gas!»

Moritz stand auf, mit Jessy auf dem Rücken, die sich an ihn klammerte, er brauchte dafür seine ganze Kraft, die Knie schmerzten, warum ging das denn jetzt schon los, dann trug er sie durchs Schlafzimmer bis zum Flur, sie war nackt wie immer und legte ihren wuscheligen Kopf auf seine rechte Schulter. Im Durchgang zur Küche stand Karlheinz Liebig. Im Schlafanzug, wie versteinert.

«Ach», sagte Moritz.

«Oh», sagte Jessy. «Los, rückwärts», zischte sie ihm ins Ohr. «Wehe, du drehst dich um.»

«Was macht ihr denn da?», fragte Karlheinz Liebig verständnislos. «Albern ist das.»

Moritz schritt langsam rückwärts. Mehr als Jessys nackte Beine konnte sein Vater eigentlich nicht sehen. «Guten Morgen», sagte er steif.

«Weiß nicht, was an dem Morgen gut sein soll.» Karlheinz Liebig bewegte sich keinen Zentimeter, sah auch nicht weg. «Mein Herz schmerzt, außerdem die Hüfte. Und mir schlafen dauernd beide Arme ein. Aber auch nur die. Ich krieg die Augen nicht mehr zu. Dafür muss ich ständig auf Toilette. Senile Bettflucht, verdammt noch mal.»

Jessy auf Moritz' Rücken formte lautlos das Wort *Geburtstag*. Karlheinz Liebig kniff die Augen zusammen. «Was?», fragte er.

«Was?», fragte auch Moritz, der ja nicht sehen konnte, was sie da trieb. *Geburtstag*, formte sie erneut mit weit aufgerissenem Mund und deutete mit dem Kinn auf den Kopf unter ihr.

«Blitzkrieg?», fragte Karlheinz Liebig verständnislos. «Grottenolm? Granulat?»

Jessy rollte mit den Augen und schlug mit ihrer Stirn gegen Moritz' Hinterkopf. Sie waren wieder auf Höhe des eigenen Schlafzimmers angekommen und standen nun im Türrahmen.

«Aua», sagte Moritz. «Was machst du denn so früh schon hier? Normalerweise schläfst du doch noch drei Stunden.»

«Hab ich doch gerade erklärt. Seid ihr jetzt alle vollkommen verrückt geworden? Deine Frau muss zum Arzt, Moritz. Sie sitzt auf deinem Rücken, hat keinen Schlafanzug an und kann nicht mehr sprechen.»

«Geburtstag», sagte Jessy laut und deutlich. «Ihr Sohn, der Typ da unter mir, der hat Geburtstag.»

Karlheinz Liebig kniff erneut die Augen zusammen, als müsste er das Bild vor sich scharfstellen. «Moritz?», fragte er. «Geburtstag? Heute?»

«Ja, Papa.»

«Ach so. Na, Glückwunsch.»

«Wie alt bin ich?» Moritz ließ Jessy im Schutze seines Körpers hinter sich hinunter.

«So im Detail?»

«Ganz genau.»

«Kommt es auf ein Jahr mehr oder weniger an?»

«Für mich schon.»

Jessy war aus dem Sichtfeld Karlheinz Liebigs entschwunden und öffnete die Tür des Kleiderschranks, die auch mal wieder geölt werden musste.

«Ja, mein Gott, die Hälfte hast du hinter dir», sagte Moritz' Vater. «Ungefähr.»

«Er ist jetzt achtunddreißig, Herr Liebig», rief sie aus dem Schlafzimmer. «Achtunddreißig.»

«Weiß ich doch», knurrte Karlheinz Liebig. «Und wenn ich das nicht ganz genau weiß, dann nur weil ich mir nicht ganz sicher bin, welches Jahr wir gerade haben. Neunzehnhundertzweiundachtzig bist du geboren. Ein Donnerstag war das. Ich war im Geschäft und hab auf den Anruf aus dem Krankenhaus gewartet. Mama hat sich ganz schön Zeit gelassen. Im Radio lief Andy Borg, der war damals auf Platz eins der Hitparade, *Adios Amor* hieß das Lied. War schön.»

«Und als der Anruf kam?»

«Hab ich ein Schnäpschen auf dein Wohl getrunken, dann ging es weiter. Ich kann doch wegen einer Geburt keine Lotto-Toto-Annahmestelle zumachen. Nachher verliert da einer eine Million, nur weil ich einen Sohn bekomme. Ich verstehe das sowieso nicht, dass heutzutage die Männer immer alle dabei sein müssen. Das stört doch. Als wenn wir da irgendwas nützen würden. Und dieser Alibi-Quatsch mit der Nabelschnur ... die haben da in so einer Klinik doch bestimmt auch Fachpersonal für so was. Das müssen gar nicht die Väter machen. Und wenn doch: dringend Leute einstellen.»

Damit drehte er sich um und schlurfte zurück in die Küche. Jessy hatte mittlerweile Jeans und T-Shirt übergezogen, Moritz atmete tief durch. «Wir brauchen eine Lösung», sagte er. «Noch eine Woche geht das nicht gut.»

«Heute ist Geburtstag», sagte Jessy und küsste ihn auf den Mund. «Morgen sind wieder Probleme.»

Sie gingen in Richtung Küche und Bad, gemeinsam, Hand in Hand, nicht ohne auf dem Weg Elias' Zimmertür aufzustoßen und gleichzeitig «Guten Morgen» zu rufen. Elias reagierte nicht, denn Elias war nicht da.

«Wie, nicht da?»

Moritz rutschte das Herz in die Hose. Jessy gab einen spitzen Schrei von sich. Das Bett war ungemacht, eindeutig benutzt, immerhin, aber eben leer.

«Elias?», rief Jessy alarmiert. Sie schaute ins Bad, in die Wanne, die Dusche, Moritz öffnete die Wohnungstür und rief den Namen seines Sohns in den hallenden Flur. Keine Antwort, dafür wusste der Rest des Hauses jetzt, dass sie als Eltern versagt hatten. In Moritz kroch der Schock so langsam den Rücken hinauf, was für eine Art Tag würde das werden? Jessy war in der Küche angekommen, Moritz hörte sie schimpfen. «Mensch!», zischte sie. Moritz drängelte sich an ihr vorbei. Da saß er, Elias, auf seinem Kinderstuhl, vollständig angezogen, die Haare gekämmt, in den Händen ein Geschenk, das er eindeutig selbst eingepackt hatte, vor sich auf dem Tisch drei brennende Kerzen unterschiedlicher Größen, Formen und Abnutzung. Der ganze Frühstückstisch war gedeckt, mit Tellern, Tassen, Milch, Orangensaft und den üblichen Cerealien. Es sah nicht unbedingt sortiert oder besonders geschmackvoll gestaltet aus, war aber das Schönste, was Moritz seit Ewigkeiten gesehen hatte. «Herzlichen Glückwunsch zum Geburtstag, Papi», strahlte Elias, Moritz war gerührt.

«Hast du das alles selbst gemacht?», fragte er und küsste seinen Sohn auf die Stirn.

«Opa hat mir geholfen», sagte Elias und zeigte mit ausgestrecktem Finger auf den alten Mann, der sich ebenfalls in die Küche geschlichen hatte und peinlich berührt zu Boden sah.

«Ja, nun», sagte Karlheinz Liebig. «Senile Bettflucht, sag ich doch.»

«Danke», sagte Moritz. «Danke, Papa.»

Sein Vater gab einen unwilligen Laut von sich. «Jetzt hör auf, dich so anzustellen. Man kann doch wohl mal 'nen Liter Milch auf den Tisch stellen. Herrgott, der Junge kommt ja gar nicht an den Kühlschrank, was musstet ihr den auch so hoch anbringen?»

Sie setzten sich, Karlheinz Liebig kämpfte mit der Lehne, als er sich daran abstützte, dann wurde Brot gereicht. Moritz packte das Geschenk seines Sohnes aus, es war eine orangebraune Haarbürste, die am gestrigen Abend noch im Bad im Regal gelegen hatte und eigentlich Jessy gehörte.

«Danke, mein Schatz», sagte Moritz und gab die Bürste unter dem Tisch an Jessy weiter.

«Für den Bart», sagte Elias und griff mit beiden Händen in die Cornflakes, dass es nur so spritzte.

«Herrgott noch mal, was sind denn das für Manieren?», sagte Karlheinz Liebig, aber es klang etwas weniger verbissen als sonst.

Sie frühstückten und blickten in die Kerzen, Elias sang abwechselnd alle Geburtstagslieder, die er kannte, es waren zwei. Schließlich stand Moritz auf. «Na komm, kleiner Mann», sagte er. «Zähne putzen für den Kindergarten.»

«Gehst du heute auch Kaffee machen, Papa?», fragte Elias.

«Klar», sagte Moritz. «Besser als jetzt kann es ja nicht mehr werden.»

Die ersten Nachrichten auf dem Smartphone trafen ein, lustige und lustig gemeinte Glückwünsche, Bildchen und Herzchen. Moritz verabschiedete sich von Jessy, die auch heute wieder einige Zeit alleine mit Karlheinz Liebig verbringen würde, darüber mochte Moritz kaum nachdenken, da galt es nun wirklich bald eine Lösung zu finden, eine Lösung, eine Lösung, eine Lösung.

«Ich feiere meinen Geburtstag nicht», sagte er, weil er seine Freundin kannte. «Nicht vergessen.»

«Ich vergesse nichts.» Jessy grinste.

Er verließ mit Elias das Haus, schnallte ihn auf dem Kindersitz seines Fahrrads fest, das immer noch dasselbe war wie zum Jahrtausendwechsel. Nur halt jetzt mit Kindersitz. Vielleicht konnte man über eine Neuanschaffung nachdenken. Mehdi stand mit verschränkten Armen auf der obersten Stufe der Backstube nebenan, das tat er eigentlich ziemlich oft, fiel Moritz auf, er war wie so ein Patron der Straße, ein Pate, der seinen Kiez im Auge behielt. Sein Blick auf Moritz war immer noch ein wenig von oben herab, beleidigt, mürrisch, nur in den Augenwinkeln war die gewohnte Gutmütigkeit zu erkennen.

«Morgen, Mehdi», sagte Moritz. Half ja nichts.

«Papa hat Geburtstag», krähte Elias.

«Elias ...», sagte Moritz abwehrend. Mehdi veränderte seinen Gesichtsausdruck, das Beleidigte war eindeutig Fassade gewesen, er trat auf den Gehweg und umarmte Moritz so fest, dass dieser fast das Lenkrad losgelassen und seinen Sohn damit in eine bedrohliche Schieflage gebracht hätte.

«Herzlichen Glückwunsch, mein Freund», dröhnte Mehdi.

«Heute gehen die Croissants aufs Haus. Und entschuldige! Entschuldige, dass du so ein Arschloch warst.»

Moritz bekam einen Lachanfall. «Schon verziehen. Ich hole sie um Punkt neun ab, die Croissants», sagte er. «Um Punkt neun.»

Mehdi ließ Moritz los. «Sind längst fertig und vertrocknet», rief er. «Warten auf dem Tresen auf dich.»

Moritz schob weiter, breit grinsend. Es ließ sich alles ausräumen, irgendwie. Man musste sich nur überwinden. «Warum warst du ein Arschloch, Papa?», fragte Elias.

«Das sind keine Wörter, die du benutzen solltest», sagte Moritz.

Elias nickte. «Warum warst du ein Arschloch, *Papi?*», fragte er ernsthaft.

«Schon besser», sagte Moritz und freute sich. «Ich war ungerecht. Passiert mal, aber man kann sich ja wieder vertragen.»

Elias nickte, das kannte er aus dem Kindergarten. Nachdem Moritz ihn dort abgeliefert und zwei Kindergärtnerinnen und zwölf minderjährigen Hausschuhträgern beiderlei Geschlechts die Hände geschüttelt hatte, fuhr er noch einmal bei Mehdi vorbei und holte die Croissants ab, die natürlich frisch waren und die er tatsächlich nicht zu bezahlen brauchte. «Sind in der letzten Rechnung mit drin», sagte Mehdi und verscheuchte mit Leichtigkeit eine Hundertschaft Bienen aus seinem Laden. Moritz entschuldigte sich noch einmal für sein Verhalten, aufrichtig und glaubhaft, damit war die Sache ausgeräumt, dann spazierte er zu seinem Café, grüßte links wie rechts, fand all die Hundebesitzer und Kinderwagenschieber heute wieder freundlich, zugewandt und zum Gernhaben geeignet, Stella hatte bereits aufgeschlossen und Girlanden in das *Schöne Leben* gehängt. «Oh nein», sagte Moritz, «also, total lieb, aber jetzt muss ich den ganzen Tag Glückwünsche entgegennehmen.»

«Der erste kommt von mir», sagte Stella und umarmte ihn. Sie war erhitzt und roch nach Tannenbaum. «Hier, mein Geschenk.»

Moritz öffnete die purpurfarbene Schleife, dann das Packpapier, in das sie das Geschenk eingewickelt hatte. Es war ein Buch: *Der Heiler in dir. Techniken und Übungen, sich selbst und andere zu heilen.*

«Sehr subtil», sagte Moritz. «Danke! Wie läuft's mit Ulf?»

«Super», sagte sie. «Kommt nachher bestimmt mal vorbei.»

Sie arbeiteten sich in Form. Zumindest jeder Stammkunde fragte nach der Bedeutung der Girlanden, die anderen wussten ja nicht, dass es hier drin nicht immer so aussah. Moritz schüttelte weitere, unzählige Hände, er war wie ein Verschiebebahnhof für Bakterien und Keime aller Art, dann kam irgendwann überraschend Philipp vorbei, es war kurz nach eins. Wie die Zeit doch verging, wenn man sich amüsierte.

«Was machst du denn hier?», fragte Moritz. «Mittagspause?»

«Hab mir einen halben Tag frei genommen», sagte Philipp und schob die Brille zurecht. «Sophie müsste auch gleich hier sein.»

«Welche Sophie?»

«Na, hier, du weißt schon. Meine Kaffee-Verabredung von neulich. Um neunzehn Uhr. Der Neunzehn-Uhr-Kaffee.»

«Moment mal», sagte Moritz. «Bedeutet das, die heißt wirklich Sophie?» Es war das erste Mal, dass ein erdachter Name mit dem echten übereinstimmte. Zumindest soweit er wusste. Er musste tatsächlich Geburtstag haben.

«Ja, warum denn auch nicht? Eine tolle Frau, sie sagt so wahnsinnig kluge Sachen. Also, sie heißt zwar Sophie, aber ich nenne sie Philo. Philo-Sophie, verstehst du?»

«Alter, das tust du nicht!»

«Nein, aber ich könnte.»

«Nur wenn du wieder solo sein willst. Seid ihr jetzt echt zusammen?»

«Was für eine spießige Frage. Ach so, herzlichen Glückwunsch übrigens.»

Die beiden Freunde umarmten sich, in diesem Moment kam Sophie, die Sophie hieß, federnd ins Café hineingeschlendert. «Wie schön», sagte sie, gab Philipp einen reichlich souveränen Kuss auf den Mund und streckte Moritz die Hand hin. «Herzlichen Glückwunsch», sagte sie und lachte. Mein Gott, ist die sympathisch, dachte Moritz. Er freute sich für Philipp, das hatte er wirklich verdient.

«Ich bin Sophie», sagte sie.

«Weiß ich schon sehr lange», sagte Moritz. «Moritz.»

So ging es weiter. Nach Philipp und Sophie kamen immer mehr Freunde und Bekannte herein, bis in die Schulzeit zurück führte das, Zufälle gab es, da war sogar ein Typ, von dem Moritz zwischen der fünften und der sechsten Klasse abgeschrieben hatte, bevor ausgerechnet der sitzengeblieben war. Wie hieß er noch mal? Ilja, genau. Toll, dass der an seinem Geburtstag erstmals hier gelandet war. Der Ilja. Moritz hatte eine ziemlich lange Leitung, es dauerte mindestens bis Ulf, bis er erkannte, dass das alles kein Zufall sein konnte. «Was hast du gemacht?», fragte er Stella mit zusammengebissenen Zähnen. «Warum tust du mir das an?»

Sie gab die Unschuld vom Tattoostudio. «Ich war das nicht», sagte sie und zog Ulf an sich heran, der netterweise das gebrauchte Geschirr von den Tischen abgeräumt hatte. «Beschwere dich bei Jessy.»

Als dann auch noch Lucky das Café betrat und die wenigen Gäste, die nicht mit Moritz bekannt oder verwandt waren, höflich auf eine geschlossene Gesellschaft hinwies, wusste Moritz, das war von langer Hand geplant, das war ein ganz mieser Trick, unter Ausnutzung der Tatsache, dass er hier nicht so ohne weiteres wegkonnte.

«Glückwunsch, Bruder!», sagte Lucky und schlug ihm auf die Schulter. «Geschenk gibt's nachher. Du wirst staunen.» Wie durch ein Wunder standen plötzlich drei Kuchen auf dem Tisch, wenn Moritz sich nicht irrte, war einer davon Schwarzwälder Kirschtorte, auf allen dreien brannten kleine, weiße Kerzen. Es war zu spät für eine spontane Flucht, Moritz konnte die Sache nur noch laufenlassen, er nahm das Messer und teilte die Kuchen auf. Jessy war auch schon da, fast unbemerkt hatte sie das Café betreten und lachte ihn dreist an, na warte, dachte Moritz, na warte. Elias tauchte unter dem Tresen auf und sah nur noch Süßes. Mehdi lachte dröhnend in Toilettennähe, dann stand er von seinem Platz auf und verteilte kleine Portionen Pastel de Nata, nicht ohne jedem einzelnen Gast zu erklären, wie man sie zubereitete und am besten aß. Gleichzeitig legte er Flyer für seine Bäckerei aus, gewusst wie, von nichts kam nichts. Moritz wehrte sich innerlich lange dagegen, dann begann er die Aufmerksamkeit zu akzeptieren. Für den Moment. Stella legte wieder kubanische Tanzmusik auf, Moritz bekam einen Haufen Geschenke untergeschoben, es war das Übliche, Bücher, CDs, Filme, was man halt so schenkte, wenn man nicht nah genug dran war, um es besser zu wissen, Moritz freute sich pflichtgemäß und wusste, er würde weder eines der Bücher lesen noch einen der Filme sehen. Und CDs schenkte man ja eigentlich auch nur noch, weil Streaming so schlecht zu verpacken war. Irgendwann stand – und das war der unbestrittene Höhepunkt des Tages – plötzlich sein Vater im Eingang, es war der Moment, als Lucky draußen ein Schild anbrachte, dass das Café wegen Inventur geschlossen wäre. Karlheinz Liebig hatte sich die drei Stufen hinaufgearbeitet, der ganze Körper strahlte Unerfahrenheit, Unbehagen und Scheu aus, aber er war da, und das nicht einmal alleine. Frau Weishaupt war mit ihm gekommen, sie hatte eine beige Weste an, dazu einen beigen Rock und schwarze Schuhe mit leichten Absätzen, ihre Handtasche glänzte silbrig. Moritz ging auf sie zu. «Sie sehen toll aus», sagte er zur Begrüßung. «Ich fühle mich geehrt.»

«Das sagst du nur, weil ich nicht toll aussehe», gab Karlheinz Liebig ungefragt Antwort. «Für mein Gesicht kann ich nichts, und meine Klamotten hast du angezündet!»

«Nein, Papa», sagte Moritz und lächelte Frau Weishaupt an, «deine Klamotten sind im Schrank. So zusammengeknüllt, wie du sie hinterlassen hast. Außerdem geht es gerade ausnahmsweise nicht um dich.»

«Es geht nie um mich. Und man kann hier nicht sitzen.» Sein Vater dachte nicht daran, sich aus dem Mittelpunkt zu nehmen. «Wie stellst du dir das denn vor? Sollen die Frau Weishaupt und ich stehen?»

Moritz suchte Mehdis Blick, zeigte auf den alten Mann, der marokkanische Bäcker verstand und schlug seinen beiden Söhnen, die sowieso nicht genau wussten, was sie hier sollten, auf den Hinterkopf, alle drei standen auf und gaben damit den Tisch frei. Karlheinz Liebig und Frau Weishaupt setzten sich, Frau Weishaupt bedankte sich etwa zehn Mal, Karlheinz Liebig glich es durch Missachtung aus. «Es ist laut hier», sagte er. «Und viel zu eng. Du kannst doch kein Café eröffnen, in dem kein Platz ist!»

«Geh einfach wieder, wenn es dir zu voll ist», sagte Moritz ruhig. «Ich bin nicht sauer. Ich verstehe das. Und du schlägst zwei Fliegen mit einer Klappe. Du bist hier raus, und es ist wieder mehr Platz.»

Sein Vater blickte zur Tür. Lucky schleppte lautstark die ein oder andere Kiste geistiger Getränke herein, es sah verdächtig nach Party aus. Elias fegte als laufender Kuchen durch den Laden und hinterließ Spuren wie Hänsel und Gretel im Wald. Moritz nahm weiterhin von allen Seiten Glückwünsche entgegen, jede und jeder wollte mit ihm anstoßen, er war überfordert und benötigte keine Viertelstunde, bis er sich, einer Panikattacke nah, auf die Toilette zurückzog. Er schloss die Kabinentür ab, klappte den Deckel herunter und setzte sich darauf, nahm den Kopf in die Hände und stützte sich auf den Knien ab. Er atmete schwer und versuchte, den kurzen Moment der Stille auszukosten. Familienerbe hin oder her, er war nun einmal nicht für solche Veranstaltungen gemacht. Und Jessy wusste das. Darüber würde zu reden sein. Die Tür des Vorraums schwang auf, klar, man hatte auch hier und heute nichts für sich, der Sound Kubas drang herein, dazu Gelächter und aufgeregtes Gerede wie kurz vor Konzertbeginn. Irgendjemand räusperte sich, dann gab es ein Ächzen, Knie knackten, Moritz betrachtete die eigenen Schuhspitzen, da schob sich eine mittelgroße Tablettenpackung durch den Spalt zwischen Vorraum und Kabine und endete direkt vor seinen Füßen.

«Hä?», sagte Moritz wenig intelligent und hob die Packung auf. *Natrium-Pentobarbital* stand darauf, schwarze Schrift, weißer Hintergrund. Es sah harmlos aus, da war kein großer Unterschied zu Paracetamol auszumachen.

«Gern geschehen», sagte eine wohlbekannte Stimme. Der Wasserhahn wurde betätigt, Hände gewaschen.

«Lucky?», sagte Moritz. Er drehte die Packung vorsichtig in den Händen. Sie war federleicht und fühlte sich bleischwer an.

«Wer sonst?», sagte Lucky durch die geschlossene Tür. «Ich hab dir doch von unserem Schulfreund in der Schweiz erzählt, der jetzt Arzt ist.»

«Michael Engler.»

«Ich sag mal so, du hattest recht, der ist ganz schön bescheuert. So ein Angeber, *mein Haus, mein Auto, meine Berge*, aber hilfreich war er schon. Der war nicht das Problem, Bruder. Die Apotheke war's. Und der Expressversand über die Grenze wäre auch schwierig geworden. Aber mein Gott, am Ende sind Probleme dazu da, gelöst zu werden.»

Er klang jetzt doch wieder wie ein Dealer, fand Moritz. Oder nein, wie der Chef eines Dealers. Wie ein Mafioso. Camorra, Cosa Nostra, Triaden. Ein Typ, der einfach immer bekam, was er wollte. Moritz wollte es sich nicht zu genau ausmalen, aber gleich würde Lucky ihm gewiss ein Angebot machen, das er nicht ablehnen konnte.

«Wie denn gelöst?», fragte er.

«Ich hab's abgeholt, Mann. War selbst mal kurz in der Schweiz. Mit Engi einen auf Freundschaft gemacht, das Rezept mitgenommen, den Apotheker überzeugt, die Grenze überquert. Das war's. Alles innerhalb von zwei Tagen.»

«Ist das dein Geburtstagsgeschenk?», fragte Moritz.

Lucky schwieg einen Moment, nur das Rubbeln der Hände auf rauem Papier war zu hören. «Nein», sagte er dann. «Das fände ich zynisch. Und ich bin nicht zynisch. Zynismus passt auch gar nicht mehr in die Zwanziger. Das, was du da jetzt hast, ist eine Möglichkeit. Entscheiden, wie du damit umgehst, musst du. Ich bin nur die Straße — ob darauf ein Unfall passiert oder geheiratet wird, weiß ich nicht. Versprich mir aber, dass du die Scheiße nicht aus Versehen selbst nimmst.»

«Bist du verrückt? Natürlich nicht.»

Die Tür des Vorraums öffnete sich. «Und halte das Zeug von deinem Sohn fern», rief Lucky noch. Dann war er weg, Kuba lachte, tanzte und drängte erneut herein, die Tür schloss sich, Moritz war wieder für sich. Er bewegte das Medikament zwischen den Fingern, es war genau eine Dosis, reichte für eine Anwendung. Seinem Onkel Hans und diesem Herrn Blockhorst konnte er nicht helfen. Aber das wäre vielleicht auch ein wenig zu viel gewesen, wer sollte das verantworten? Er schüttelte die Schachtel, fragte sich, so nebensächlich das auch war, ob es einen Beipackzettel gab, ob da Hinweise auf Nebenwirkungen waren und wie die wohl aussehen mochten? Moritz schaffte es nicht, die Packung zu öffnen und nachzusehen. Er zog ab, obwohl er nur auf dem Deckel gesessen hatte, verließ die Kabine, steckte das Barbiturat in seine Hosentasche, die sich ordentlich ausbeulte, wusch sich die Hände, dann glitt er wie auf einer Eisfläche zurück auf die eigene Geburtstagsfeier. Hey, schallte es ihm entgegen, Ho, Geburtstagskind, Unternehmer des Jahres, der Mann mit der schönsten Frau der Stadt, der glückliche Vater, der König vom Hartwigplatz, er lebe hoch. Moritz lächelte alles weg, professionell war das, fühlte sich so authentisch an wie eine Elternversammlung in Elias' Kita. Er setzte sich zu seinem Vater und Frau Weishaupt. Es war keine bewusste Entscheidung, es stand einfach an. Derjenige, der sich am meisten darüber zu wundern schien, war Karlheinz Liebig. Er zuckte zusammen, saß noch krummer und gebeugter als zuvor. Lucky lehnte mit versteinertem Gesicht vorne an der Wand und mied Blickkontakt.

«Na?», sagte Moritz zur Einleitung. Da war eine Art Nachhall in seinem Kopf. «Geht's gut?»

Keine spitzenmäßige Einleitung, aber eine zweckdienliche. Karlheinz Liebig sagte nichts, bewegte unschlüssig die Schultern.

«Wir heben den Altersdurchschnitt ja doch ganz beträchtlich.» Frau Weishaupt schien etwas peinlich berührt und hielt sich an ihrer silbernen Handtasche fest. «Ich hoffe, wir stören nicht.»

«Ohne Sie wäre das Bild hier nicht vollständig», sagte Moritz und meinte es so. Frau Weishaupt öffnete den feingliedrigen

Verschluss und nestelte in der Tasche herum. «Ich hab da was», sagte sie und holte ein braunes Plastikpferd heraus, das mindestens sechzig, siebzig Jahre auf dem Buckel hatte. Die schwarze Mähne litt unter Haarausfall, die Schnauze war abgeschabt, die Fesseln ebenso. «Für Ihren Sohn. Wie heißt er noch mal?»

«Emil», brummte Karlheinz Liebig und starrte auf die leere Bierflasche vor sich.

«Elias», sagte Moritz. «Das ist wahnsinnig nett von Ihnen, Frau Weishaupt. Woher haben Sie das?»

«Von meiner Mutter», sagte sie. «Weihnachten 1950. Es heißt Bonnie. Ich habe es immer aufgehoben, aber jetzt ist auch mal gut. Man braucht ja Platz.»

«Wofür?», fragte Karlheinz Liebig. «Damit man sich nicht verletzt, wenn man tot umkippt?»

Moritz sah zur Ladentheke. Stella, Jessy und Philipp kümmerten sich um die Gäste, Ulf unterhielt sich mit Sophie, Lucky begleitete die kubanische Tanzmusik mit Gesten des Hip-Hop. Elias und der Kuchen bildeten immer noch eine Einheit.

«Wollen Sie Bonnie meinem Sohn nicht persönlich geben?», fragte er. «Dann verbindet er das Pferd für immer mit Ihnen.»

«Ach, nein», sagte die alte Nachbarin. «Der weiß doch gar nicht, wer ich bin.»

«Eben. Ändern Sie das. Vielleicht engagieren wir Sie bald als Babysitterin, da wäre es schon gut, wenn er Sie kennen würde.»

Sie lachte nervös, dann, nach einem kurzen Moment des Haderns, stand sie auf und ging vorsichtig zu Elias hinüber, der sie ansah, als hätte der Weihnachtsmann den Bart verloren und trotzdem einen Sack voller Geschenke dabei.

«Papa», sagte Moritz. In seiner Hosentasche drückte das Medikament, es wurde zunehmend stickiger, sie würden unbedingt lüften müssen «Ich weiß gar nicht», stammelte er, «es ist das erste Mal, dass du irgendwo hingekommen bist, wo ich ... also, wo was mit mir ist ...»

«Ich war auch mal beim Fußball. Vergessen?» Karlheinz Liebig schwitzte ebenfalls stark und wischte sich mit dem Handrücken über die glänzende Stirn.

«Wie könnte ich? Du hast gesagt, ich hätte kein Talent.»

«Das hab ich gesagt? Glaube ich nicht, dass ich das gesagt habe, du hast doch ganz gut gespielt.»

«Ich war grottenschlecht an dem Tag.»

«Ach ja, stimmt. Vollkommen talentfrei.»

«Jedenfalls bist du hier.»

«Kannst du dich bei der Margot bedanken. Für mich ist das ja eigentlich nichts.»

«Die Margot also.»

«Ja, mein Gott. Die Frau Weishaupt.» Moritz' Vater schob die leere Flasche fünfundzwanzig Zentimeter weiter nach vorne. «Kümmerst du dich um das Haus? Ich kann das nicht mehr.»

«Ich bin doch schon dabei.»

«Nein, ich meine, verkaufst du es? Nina und du, ihr könnt euch das Geld teilen.»

«Papa, ich habe Geburtstag. Ich will jetzt nicht darüber reden, was nach deinem Tod ist. Heute. An diesem Tag.»

«Als der Zweite Weltkrieg ausgebrochen ist, hatten auch Leute Geburtstag. Das eine hat mit dem anderen nichts zu tun. Weißt du, was ich von den Sachen im Haus vermisse? Nichts. Da ist nichts drin, was mir wichtig wäre. Das ganze Haus war deine Mutter. Seitdem sie nicht mehr da ist, ist das Haus nicht mehr da. Verkauf es.»

«Und du? Was wird aus dir?»

Karlheinz Liebig rutschte auf dem Stuhl hin und her und

schwieg zunächst. «Wenn du bequemere Sitzgelegenheiten hättest, würden die Gäste bestimmt länger bleiben», sagte er schließlich. «Hier bekommt man ja einen wunden Po.»

«Das ist genau überlegt», sagte Moritz. «Ich will gar nicht, dass die Gäste länger bleiben.»

«Wie bitte?»

«Die Leute sollen gerne hier sein und ihren Kaffee trinken, aber dann sollen die auch wieder gehen und die Plätze freimachen. Sonst mache ich keinen Umsatz. Nichts ist schlimmer als ein Typ mit Laptop, der sich den ganzen Tag an seinem einzigen Getränk festhält und sich dadurch ein billiges Büro anmietet. Ich hab doch nur die paar Plätze.»

«Verstehe», sagte Karlheinz Liebig und grinste. Ja, tatsächlich, er grinste. «Du bist wirklich losgezogen und hast unbequeme Stühle gesucht?»

Moritz beugte sich verschwörerisch vor. «Das war gar nicht so einfach. Stellt ja niemand extra welche her. Aber mein Gott, es gibt schon wirklich gruselige Fehlkonstruktionen. Also, pass auf, hier ist die Idee: Die Stühle sollten aus Holz sein und schön aussehen. Klar, die Optik zählt. Aber hart mussten sie sein und auf keinen Fall ergonomisch. Die Sitzfläche durfte nicht federn oder durchschwingen, die Beine, also die Beine vom Stuhl, sollten möglichst haltlos über den Boden schlittern, guck mal.» Moritz rutschte demonstrativ mit seinem Stuhl über den Boden, das Quietschen übertönte ganz Kuba. «Also kein Filz unten drunter, okay? Keine Stopper. Dafür habe ich sie aber etwas schief abgeschliffen, die Beine. Bei jeder Bewegung denkt man, gleich kracht hier alles zusammen. Und keine Armlehnen, bloß keine Armlehnen.»

«Doch», sagte Karlheinz Liebig. «Armlehnen gehen auch. Zu enge Armlehnen. Zu eng und zu hoch.»

«Jaja, aber ohne ist noch schlimmer, da baumelt einfach alles an den Seiten runter, es ist vollkommen unmöglich, sich auch nur irgendwie bequem hinzusetzen, auf Dauer.»

«Großartig», sagte Karlheinz Liebig begeistert. «Das ist ja wirklich ausgefuchst, du hast an alles gedacht.»

«Und die Sitzfläche muss glatt sein. Der Hintern darf darauf nicht parken, der muss immer in Bewegung bleiben. Und hier, wenn du ganz genau hinguckst: Die Stühle passen überhaupt nicht zu den Tischen. Eigentlich sind die Tische etwas zu niedrig oder die Stühle zu hoch, das kannst du dir aussuchen, wie herum du das betrachten willst. Großgewachsene Leute kriegen ihre Knie jedenfalls gar nicht dadrunter. Alle anderen fühlen sich auch unwohl, weil sie das Gefühl haben, sie kippen gleich vornüber auf den Tisch oder müssen sich zu weit herunterbeugen.»

«Ich», rief Karlheinz Liebig begeistert. «Ich fühle mich hundsmiserabel.»

«Ja, weil du nicht ins Gesamtbild passt, du wirst keine Einheit mit der Umgebung.»

«Ich kann hier gar nicht sitzen. Mir tut noch mehr weh als sonst!»

«Toll», sagte Moritz.

«Schön», freute sich sein Vater.

Frau Weishaupt und Elias kümmerten sich immer noch um Bonnie. Moritz zögerte, hielt noch einmal inne, dann streckte er die Beine durch, griff in seine Hosentasche, zog das Barbiturat heraus und legte es auf den Tisch.

«Hier», sagte er. «Für dich.»

Karlheinz Liebig mit seinen zittrigen Fingern griff danach und las den Schriftzug. Dann legte er es wieder auf den Tisch und sah seinen Sohn an.

«Danke», sagte er leise. Es mochte das erste Mal gewesen sein, dass er sich für etwas bedankt hatte. Zumindest bei Moritz.

«Ich gebe es dir aber nur unter einer Bedingung», sagte der.

«Und zwar?»

Moritz legte die Hand über das Medikament. «Dass du es nicht nimmst.»

«Das ist doch Quatsch jetzt. Wo ist denn da der Sinn?»

Frau Weishaupt und Elias lachten und winkten herüber, Vater und Sohn winkten zurück.

«Der Sinn liegt darin, dass du weißt, dass du es könntest, wenn es dir wirklich so richtig, richtig schlecht geht. Das ist viel wert, denn dadurch hast du immer einen Ausweg. Du musst es nicht aushalten, bis sie dich vielleicht irgendwann an Maschinen anschließen. Du kannst die restlichen Tage genießen, denn du hast ab jetzt immer einen Plan B.»

«Oh, Gott.»

«War das zu drastisch?»

«Ich will nicht an Maschinen angeschlossen werden.»

«Okay, es war zu drastisch.» Moritz beugte sich noch einmal vor. «Dadrüben, die Frau Weishaupt. Die hätte bestimmt nichts dagegen, noch ein bisschen Zeit mit dir zu verbringen.»

Karlheinz Liebig schlug mit der Faust auf den Tisch, aber es war vergleichsweise sachte. «Da sagst du was», empörte er sich. «Weißt du, was die mich gefragt hat?»

«Was denn?»

«Ob ich nicht zu ihr ziehen will.»

«Unfassbar.»

«Weißt du, was die ist? Einsam ist die. Kein normaler, noch dazu weiblicher Mensch käme auf die Idee, mich zu fragen, ob ich zu ihm ziehen will.»

«Das stimmt», sagte Moritz und seufzte. «Und?»

«Und was?»

«Tust du's?»

«Ich bin doch nicht bescheuert. Eher ziehe ich bei der Rons-dorf ein.»

«Klar.»

«Genau.»

Karlheinz Liebig verzog unter Schmerzen das Gesicht und sah zu Frau Weishaupt, die gerade mit Elias das Spielzeugpferd über die Prärie galoppieren ließ.

«Andererseits ...»

«Ja?»

«Na ja, ich hab mir ’ne Zahnbürste gekauft. Kaufen lassen. Von ihr. Ist ja ganz gut, wenn man irgendwo ’ne Zahnbürste hat. Falls man mal eine braucht.»

Moritz öffnete die Faust und zog die Hand zurück.

«Es gehört dir», sagte er. «Versprich mir aber, dass du mir vorher Bescheid gibst, wenn du es anwenden willst.»

Sein Vater beobachtete Frau Weishaupt, die jetzt mit Elias eine Runde durch Havanna tanzte. «Hat ja vielleicht noch ein bisschen Zeit», sagte er. «Muss man ja nicht überstürzen. Das ist sowieso das Schlimmste heute, dass immer alle alles so überstürzen.»

«Will noch jemand ein Bier?», fragte eine freundliche Stimme mittleren Alters. «Oder wäre das auch überstürzt?»

Karlheinz Liebig sah auf. Da stand Stellas Ulf wie Kai aus der Kiste und schwenkte einen immerhin noch halbgefüllten Kasten.

«Nein, das wäre natürlich nicht überstürzt», sagte Karlheinz Liebig. «Ich nehm zwei.»

Ulf stellte die Flaschen auf den Tisch, sammelte die leere ein und schlenderte weiter zum großen Tisch in der Mitte. «Hat der da einen Dutt?», fragte Karlheinz Liebig. «Der hat doch nicht etwa einen Dutt?»

«Das ist der Ulf», sagte Moritz. «Der hat einen Dutt.»

«Ah», sagte Karlheinz Liebig und nickte, als erklärte das alles. «Ulf. Bescheuerter Name.»

Lieber Moritz,

ich weiß natürlich, dass du heute Geburtstag hast.
Ich gratuliere dir. Klingt steif, was? Meine ich
aber nicht so. Wie geht es Papa? Ist er noch da?
Also, so insgesamt? Weißt du eigentlich, dass ich
immer noch das Geschenk zu deinem achtzehnten Geburtstag habe? Ich habe es aufgehoben. Weil ich
immer gedacht habe, na ja, vielleicht sieht man
sich ja mal. Jedenfalls hatte ich bis jetzt nie die
Gelegenheit, es dir zu geben. Es ist Flüssigseife.
Du hast wahnsinnig unangenehm gerochen damals, vor
allem wenn du vom Sport nach Hause gekommen bist.
Ungeduscht. Ich habe damals gedacht, du könntest
darüber lachen. Vielleicht wollte ich dich auch einfach nur provozieren.
Ich weiß nicht, wie sich Flüssigseife entwickelt,
wenn man sie zwanzig Jahre stehen lässt. Vielleicht
hat sie sich verfestigt, vielleicht hat sie sich
verflüchtigt. Wenn ich so darüber nachdenke, ent-
spricht mir das eigentlich. Ich bin wie Flüssigseife.
In beiden Aggregatzuständen. Entschuldige das Hin
und Her, aber vielleicht erlaubst du mir ja, ab und
zu aus Amerika herüberzukommen. Ich meine, man muss
ja auch mal über den Tellerrand schauen, und ich bin
mir sicher, die lassen mich hier auch wieder rein.
Hinterher. Ich habe nicht umsonst eine Green Card.
Alles Gute, Moritz. Ich wachse an meinen Aufgaben.
Bis ich erwachsen bin. Nina

MI., 18:23 UHR

Hey, Nina. Komm vorbei. Wir haben noch jede Menge
Schwarzwälder Kirschtorte.

34

«NICHT DEIN ERNST», sagte Moritz. Philipp nahm die Haltung des kunstbeflissenen Vernissage-Besuchers ein, er stellte das rechte Bein vor, führte die linke Hand zum Kinn und spitzte die Lippen. Lucky hingegen troff der Stolz aus allen Poren. Er glühte regelrecht. «Herzlichen Glückwunsch zum Geburtstag», rief er, der Umgebung zum Trotz, und hob beide Arme wie ein Conferencier, der die Hauptattraktion anzukündigen gedachte.

Es war später Nachmittag, sie standen auf dem Südfriedhof, hier war das Grab von Moritz' Mutter, und es war ... na ja, verändert.

«Schau es dir erst mal in Ruhe an und genieße», sagte Lucky.

Die Geburtstagsfeier hatte sich noch ein, zwei Stunden hingezogen, dann hatte Moritz es nicht mehr ausgehalten und nach und nach jeden einzelnen Gast hinauskomplimentiert, inklusive Frau Weishaupt und seinem Vater, bis sie endlich allein gewesen waren, allein mit Stella und Ulf. Sie hatten aufgeräumt, das Café war wieder für den Publikumsverkehr geöffnet worden, Moritz hatte gedacht, er hätte es endlich überstanden, dann hatte Lucky ihm die Augen verbunden, mit einem wirklich übel riechenden, parfümierten Stofftaschentuch, und ihn zusammen mit Philipp hierhergebracht. In seinem Mercedes, bei dröhnender Musik, die die Route verschleiern sollte. Die Augenbinde war gefallen, Moritz war wie benebelt gewesen, Lucky hatte tatsächlich «Tada!» gesagt, und nun musste sich Moritz irgendwie verhalten.

Da, wo zuletzt noch ein schlichter Stein Anette Liebigs Grab behütet hatte, stand jetzt ein Ungetüm. Ein dreiteiliges Ungetüm auf einem Sockel. Das rechte Element bildete ein beiger Stein, aufrecht, groß und stark. Von links lehnte sich ein schwarzer, glänzender Stein dagegen, ohne den beigen zu berühren. Dennoch bildeten beide Elemente eine Einheit. Dazwischen, ebenso stilisiert, ein Lebensbaum, dessen Verästelung beide Teile miteinander verband.

«Modern», sagte Philipp, wollte sich zunächst nicht weiter festlegen und nickte ausdauernd vor sich hin.

«Granit und Quarzit», sagte Lucky. «Polierter Naturstein. Wiegt vierhundert Kilo.»

«Ich kann dir gar nicht sagen …», begann Moritz, aber Lucky unterbrach ihn.

«Musst du auch gar nicht. Freu dich einfach. Das ist deiner Mutter angemessen. Rock 'n' Roll, Alter. Elvis unterm Tannenbaum.»

«Danke», sagte Moritz. «Kann man das auch wieder abbauen?»

«Dauert normalerweise zwölf Wochen, bis so etwas steht, Bruder», führte Lucky begeistert aus, «zwölf Wochen. Ich hab es in einer geschafft! Schön mit der Friedhofsverwaltung gequatscht, das Ding selbst war schon fertig, das hat jemand zurückgehen lassen, da mussten nur noch neue Namen eingraviert werden und die alten weggefeilt, und den Aufbau, na ja, money makes the world go round, sag ich mal.» Moritz' letzte Erwiderung sickerte in sein Gehirn ein. «Aber wieso wieder abbauen?»

«Es ist unfassbar hässlich, Alter», sagte Moritz unglücklich. «Ich habe noch nie etwas so Furchtbares gesehen. Es tut mir echt leid, aber darunter kann man doch nicht tot daliegen. Das Ding erschlägt einen ja. Vierhundert Kilo? Da hast du ja die ganze Zeit Angst, es kracht eines Nachts bei feuchter Erde auf dich drauf. Und das Teil ist mindestens einen Meter höher als alle anderen hier.»

«Das war ja auch das Ziel», sagte Lucky irritiert. «Nicht immer so ducken, auch mal herausstechen.»

Moritz seufzte. «Ich weiß nicht, wie ich das meinem Vater sagen soll. Also, danke, Mann, natürlich danke, aber so was kannst du doch nicht einfach … Wieso haben die das eigentlich zugelassen? Ich meine, da könnte ja jeder kommen?»

«Ich hab einfach behauptet, ich bin du», sagte Lucky kleinlaut. «Ich hab gesagt, ich heiße Liebig, die haben gesehen, es geht um Liebig, da haben die keine Fragen gestellt. Wollten auch keinen Ausweis sehen oder so. Kommt wohl nicht so oft vor, dass jemand sich um die Gräber kümmert, der nicht zur Familie gehört.»

«Ich find's eigentlich ganz schön», sagte Philipp. «Klar, man muss sich erst mal dran gewöhnen, und es ist jetzt nicht unbedingt dezent, also dezent im Sinne des Bescheidenen oder Geschmackvollen, aber du brauchst das Grab deiner Mutter nie wieder zu suchen, wenn du hierherkommst, du siehst es schon vom Eingang aus. Kann man ja auch mal von der Seite betrachten.»

Moritz sah zum Nachbargrab, das plötzlich klein, ranzig und irgendwie eingefallen aussah. «Peter Wondratschek sieht ziemlich blass aus», sagte er.

«Geschieht ihm recht. Hast du eigentlich gesehen, dass der Lebensbaum aus Bronze ist?», fragte Lucky. «Komplett aus Bronze.»

«Toll», sagte Moritz.

«Und der schwarze Stein ist aus schwedischem Granit», sagte Lucky. «Schwedisch!»

«Mein Vater wird denken, damit ist er gemeint», sagte Moritz. «Das wird ihn fürchterlich aufregen.»

«Dann hat das doch sein Gutes», sagte Philipp. «Nie im Leben legt der sich hier auch nur einen Tag früher drunter, als er unbedingt muss.»

«Stimmt.» Moritz begann sich zu freuen. «Das ist überhaupt das allerbeste Geschenk, Mensch! Mein Vater wird das Teil so hassen, dass er so lange wie möglich durchhält, um nichts damit zu tun haben zu müssen.»

«Ach so», sagte Lucky und kämpfte gegen eine gewisse Enttäuschung an. «Na ja, so gesehen …»

Philipp betrachtete die in den Sockel eingelassene Inschrift. «Was ist das?», fragte er. «Welche Schriftart? Perpetua?»

«Ja, das ist Perpetua», sagte Lucky. «Die anderen waren mir zu protzig.»

Ein älteres Ehepaar kam an ihnen vorbei. Der Mann war noch recht agil, die Frau auf eine Gehhilfe angewiesen, ein Metallgestell, das sie bei jedem Schritt vor sich herwuchtete. Die Friedhofswege waren nicht für Gehhilfen ausgerichtet. Auch hier ein klarer Fall von Fehlplanung, dachte Moritz, Optik vor Funktionalität. Überhaupt, da sollte so ein Friedhof ein Ort der Ruhe und inneren Einkehr sein, und dann machte man dank der Kieswege bei jedem Schritt einen Lärm, als würde man Styroporplatten gegeneinanderreiben und währenddessen mit dem Fuß eine Basstrommel bedienen.

«Entschuldigen Sie», sagte die alte Dame, blieb vor Lucky stehen, kniff die Augen zusammen und betrachtete ihn von oben bis unten. «Sind Sie nicht dieser Haftbefehl?»

«Nein», sagte Lucky und lächelte. «Andreas heiße ich.»

«Dann ist ja gut», sagte die alte Dame, lächelte und wuchtete sich Meter für Meter weiter. Ihr Mann, ein weißhaariger Sonnenhutträger, warf im Vorbeigehen einen missgünstigen Blick auf den neuen Grabstein und rümpfte die Nase.

Moritz brauchte drei, vier Sekunden, dann begann er sich aufzuregen. «Was rümpft der denn die Nase?», sagte er. «Was hat der alte Mann denn da herumzurümpfen? Eine Unverschämtheit ist das. Nur weil man vielleicht nicht so aussieht

447

wie die anderen Reihenhäuser hier. Nur weil man mal aus der Masse heraussticht, aus der Reihe tanzt. Ha, aus dem Reihenhaus tanzt! Der Grabstein bleibt stehen! Anbauen werden wir, eine weitere Etage einziehen, das gibt noch 'ne schöne Garage dazu und einen Wintergarten. Ich glaub, ich spinne. Was hat das denn mit Toleranz zu tun, wenn einen schon so ein Grabstein provoziert? Was geht den das überhaupt an? Der soll sich um seinen eigenen Grabstein kümmern, da kann er sich ein eingeschweißtes DIN-A4-Blatt auf den Sockel tackern, wenn ihm alles andere zu wenig dezent ist, Herrgott noch mal!»

«Siehst du», sagte Philipp, grinste und polierte mit dem Ärmel den schwarzen Stein vor sich. «Du kannst das drehen und wenden, wie du willst: Du bist eindeutig der Sohn deines Vaters.»